〖中华诗词存稿·名家专辑〗

中华诗词学会 编

霍松林诗词诗论集

诗词理论卷

霍松林 著

中国书籍出版社
China Book Press

图书在版编目（CIP）数据

霍松林诗词诗论集 / 霍松林著 . –– 北京：中国书
籍出版社 , 2019.12

（中华诗词存稿）

ISBN 978-7-5068-7740-4

Ⅰ . ①霍… Ⅱ . ①霍… Ⅲ . ①诗词—作品集—中国—
当代 Ⅳ . ① I227

中国版本图书馆 CIP 数据核字 (2019) 第 291592 号

霍松林诗词诗论集·诗词理论卷

霍松林 著

责任编辑	王星舒	
责任印制	孙马飞　马　芝	
封面设计	采薇阁	
出版发行	中国书籍出版社	
地　　址	北京市丰台区三路居路 97 号（邮编：100073）	
电　　话	(010) 52257143（总编室）(010) 52257140（发行部）	
电子邮箱	eo@chinabp.com.cn	
经　　销	全国新华书店	
印　　刷	北京虎彩文化传播有限公司	
开　　本	710 毫米 × 1000 毫米 1/16	
字　　数	262 千字	
印　　张	24.5	
版　　次	2020 年 5 月第 1 版　2020 年 5 月第 1 次印刷	
书　　号	ISBN 978-7-5068-7740-4	
定　　价	698.00 元（全 2 册）	

《中华诗词存稿》
编委会名单

作者简介

霍松林（1921—2017）甘肃天水人，南京中央大学中文系毕业，著名文艺理论家、中国古典文学研究专家、诗人、书法家。曾任陕西师范大学文学院名誉院长、终身教授、博士研究生导师，香港学术评审局专家顾问、中华诗词学会名誉会长、中国古代文学理论学会荣誉会长等。曾任国务院学位委员会学科评议委员、全国哲学社会科学"七五"规划委员会委员、中国杜甫研究会会长、中国唐代文学学会副会长兼秘书长、陕西省政协常委、日本明治大学客座教授等。著有《文艺学概论》、《文艺散论》、《诗的形象及其他》、《唐宋诗文鉴赏举隅》、《历代好诗诠评》、《唐音阁文集》（含《论文集》、《鉴赏集》、《随笔集》等五种）、《霍松林诗词集》等35种，主编《中国诗论史》、《〈万首唐人绝句〉校注集评》等40多种。1989年被评为全国教育系统劳动模范，享受国务院特殊津贴。1995年被中国作家协会列名于"抗战时期老作家"名单，颁赠"以笔为枪，投身抗战"的红铜质奖牌。2002年被评为"陕西风云人物"，2008年被授予"中华诗词终身成就奖"和"改革开放30年陕西高等教育突出贡献奖"。改革开放初期，曾参加全国第四次文代会、第四次作代表。

总 序

我们这个诗歌大国有一个很好的传统,历来注重"采诗"、搜集整理诗歌材料。作为唯一的全国性诗词组织的中华诗词学会,自 1987 年 5 月成立以来,就十分重视这项工作。学会每年的学术研讨会和历届"华夏诗词奖",都出版论文集和获奖作品集。纪念学会成立二十年、三十年时,还专门编辑出版了《大事记》《论文选集》《诗词选集》。《中华诗词》创刊以来,每年都制作年度合订本。2007 年 5 月,在北京天识东方文化艺术传播有限公司的资助下,以近代以来诗词创作、诗词理论、诗词运动重要文献汇编,当代名家个人作品专集等为主要内容,出版了《中华诗词文库》。经过十来年的编辑整理,已经出了近百卷。这些诗集、文集的出版,记录了近百年来尤其是改革开放四十多年来,中华诗词从起步、复苏走向复兴的砥砺前行的历程,为近、当代诗歌史的撰写准备了丰富的资料。

党的十八大以来,中华民族优秀传统文化重新受到应有的重视。习近平总书记《念奴娇·追思焦裕禄》词和《军民情》七律的相继发表,引领中华大地诗潮滚滚而来。《中共中央关于繁荣发展社会主义文艺的意见》和中办、国办《关于实施中华优秀传统文化传承发展工程的意见》,都明确提出"加强对中华诗词、音乐舞蹈、书法绘画、曲艺杂技和历史文化纪录片、动画片、出版物等的扶持。"国家教育部组织制定由中华诗词学会起草的新中国语言体系中的新韵书《中华通韵》已经通过国家语言文字工作委员会语言文字规范标准审定委员会审定，即将颁布全国试行。这些都使我们真切地感受到，中华诗词的春天真的到来了。诗人们乘着骀荡春风，正以高昂的激情，书写着中华民族伟大复兴的新时代、新史诗，国家富强、民族振兴、人民幸福的中国梦；正以与人民同呼吸、共命运的诗人之心，对人民的欢乐、人民的忧患、人民的情怀给以诗意的表达；正以"美"或"刺"的诗人之笔，对市场经济大潮中人民对幸福生活的期待，对美好未来的希望，对假丑恶的深恶痛绝，或给以方向，或给以赞美，或给以鞭挞。正如习近平总书记所指出的："好的文艺作品就应该像蓝天上的阳光、春季里的清风一样，能够启迪思想、温润心灵、陶冶人生，能够扫除颓废萎靡之风。"

当前，传统诗词创作者和诗词爱好者队伍发展迅速，已超过三百万。每天创作的诗词作品超过唐诗、宋词、元曲的总和。诗词评论研究队伍也成长很快，诗词评论、诗词学、诗词创作理论研究成果丰硕。如何从浩如烟海的诗词作品中"淘"出优秀作品，并使之存下来、传下去，如何使诗词研究理论成果"面世"并发挥应有的指导作用，确实是摆在我们面前的无可回避的一个重要课题。中华诗词学会是一个没有国家编制，没有国家拨款的社会团体，事业的运转主要靠社会赞助和会员费支撑。俊识（北京）文化传媒有限公司总经理吕梁松、北京采薇阁总经理王强，两位一直是对中华传统文化情有独钟的热心人，慷慨解囊，愿意同中华诗词学会一起，搜集整理编辑推出《中华诗词存稿》这套书，共同为中华诗词文化的继承和发展，做成这件十分有意义的事情。

　　《中华诗词存稿》主要搜集整理出版三部分内容的资料：一是当代诗词名家的个人作品集；二是当代诗词评论家、诗词学者的学术著作集；三是当代诗词作品、诗词理论学术成果阶段性、专题性、地域性的集成类作品集。诗词作品强调精品意识，沙里淘金，把"有筋骨、有道德、有温度"的优秀诗词作品搜集起来。诗词评论、研究类资料强调理论性和创新性，应具有鲜明的个性特点，具有创建性的见解。集成类的资料应有一定的史料保存价值。总之，做成一套具有当代价值和历史意义的好书。在此，我们编委会人员，向提供资料、筛选编辑、版面设计、校对勘误，包括所有为这套资料付出辛勤劳动的同志们，表示真诚的谢意！

郑欣淼

二○一九年七月于北京

序

郑伯农 周笃文（执笔）

松林先生是著作等身的大学问家，同时又是当代吟坛的巨擘宗匠。他袭芬家学，少有夙慧。中学时即主编刊物，名动一方。1945年考入时在陪都重庆的中央大学，1946年随校迁南京。师从汪辟疆、陈匪石、胡小石等名家大老攻治文史，学益精进。尤得于右任先生器许，有西北奇才之目。程千帆先生云："松林之诗兼古今之体，才雄而格峻，绪密而思清。"可谓的评。先生于文史之学，既能广纳，兼贵精深。所著《文艺学概论》、《唐音阁文集》、《孔颖达诗歌初探》、《苏诗释例》等恒能发人所未发，师古而不泥于古。贵在通权达变，开径自行，一代宗师，允其无忝。即以本书而论，收集自1979年以来三十余年有关诗歌本质、体裁、风格、艺术手法及潮流趋向等著作三十五篇，具有很强的针对性、理论性与实践性。才学兼胜，令人读之手不忍释。

本集开篇之作是成于1979年的《诗的"直说"及其他》，这是讨论《毛主席给陈毅同志谈诗的一封信》的专文。"诗不能直说吗？""形象思维等于比、兴吗？"对于这些重大而敏感的理论问题，作者通过对毛文周密、深入的分析，并结合诗歌创作的实际，得出了准确、深刻而又极富新意的结论。他认为毛主席所言的"直说"前面有个"不能如散文那样"

的状语，其含义并不等于"不能直说"。因为如散文那样直说，那就不是诗而是散文了。并引用毛公原文"赋也可以用，如杜甫之《北征》，可谓敷陈其事而直言之也"来加强上述观点。文中还引用李商隐的《夜雨寄北》"君问归期未有期，巴山夜雨涨秋池。何当共剪西窗烛，却话巴山夜雨时"作为例证，说明"四句诗明白如话，一口气说完，没有用比、兴，全是直说，然而又是何等深婉，何等含蓄不露！"这是我们所看到的关于这个问题最辨证、深刻与完满的解释。它避免了片面、肤浅的毛病，而又大有益于诗词创作。在当时写这样的文章是需要勇气、学问与大智慧的。

又如《论于右任诗的创新精神》，也是一篇力能扛鼎的鸿文。作者率先引用于右老在台南诗人集会上的重要讲话，如强调："（诗必须）一、发扬时代精神；二、便利大众欣赏。"又说："古人用自己的口语来作诗，我们用古人的口语来作诗，其难易自见。我们想要把诗化难为易，接近大众，第一先要改用国语的平仄与韵。"霍老认为"于先生在台南诗人集会上所讲的两段话，实在太精辟了。"后来他提倡作近体诗用新声新韵，即按普通话的读音押韵调平仄，又在《简论近体诗格律的正与变》中提出了这样的主张："与其受格律束缚而窘态毕露，何如适当放宽格律而力求完美的艺术表现。"又说："入门须正，初学写近体诗必须经过严格的格律训练。所谓适当突破，是指一首诗尽管有拗字、拗句、失粘等，但应基本合律……读起来仍不失近体诗的格调韵味。"可说是嗣响于右老而有所发展。这些主张与我们所倡导的"倡今知古"、"求正容变"，是完全吻合而有利于继承创新的。

　　《论绝句的起源、类型、特征和艺术鉴赏》同样是才学俱超、优入一流的鸿文力作。"何谓绝句？"有人认为是截取唐人律诗一部分而成的，有人认为始于汉代古乐府之《古绝句》。但作者经过仔细爬搜认同南朝宋代义阳王刘昶的《古绝句》"白云满障来，黄尘暗天起。关山四面绝，故乡几千里。"为古绝之始。堪称定谳。在谈及鉴赏时，作者指出："高水平的鉴赏，必须建立在对作品本身及作家经历社会背景等彻底了解的基础上，因此校勘、训诂、考证、以及各种相关问题的研究是必要的；而通过长期精读名作培育起来的艺术敏感和通过亲身创作实践积累起来的心得体会，往往能在鉴赏作品时迅速透过外在形态而把握其内在意蕴，捕捉其象外之象、言外之意、弦外之音，而确切的审美判断，即寓于无穷的艺术享受之中。"如此议论，真可说是涵盖古今，横通中外的至理名言，匪惟有裨于阅读，亦大有助于创作，足以启沃后学，开示诗艺的无数法门。

　　一部《诗国漫步》，可说是当代诗词复兴的生动记录与诗国星空的闪亮坐标。它立足于时代的制高点，激扬文字，引领风骚，推动着诗词事业的发展。相信它的问世必将为振兴中华诗词发挥更大的作用。

　　（注：本书收入"中华诗词存稿"，改名为"霍松林诗词诗论集——诗词理论卷"）

目　　录

诗的"直说"及其他

—— 对《毛主席给陈毅同志谈诗的一封信》的理解

自从 1978 年 1 月北京《诗刊》发表《毛主席给陈毅同志谈诗的一封信》以来，出现了许多学习这封信、根据这封信的精神探讨形象思维的文章，其中不乏很好的意见，这是令人鼓舞的；但也有一些提法，还值得进一步讨论。现在谈谈个人对这封信的一些理解，以就教于文艺界的同志们。

一、诗不能"直说"吗？形象思维等于比、兴吗？

对于毛主席的这封信的精神实质，应该结合文艺创作的实践，从全篇文字的有机联系出发来理解，应该作为整个毛泽东文艺思想的组成部分来理解，而不应只抓住其中的个别字句来理解。有些同志只抓住了"诗要用形象思维，不能如散文那样直说，所以比、兴两法是不能不用的"这几句加以发挥，从而得出两个结论：一、诗不能"直说"，二、形象思维就是比、兴两法。我觉得，这是既不符合文艺创作的实际，也不符合毛主席的原意的。

为了同大家一起领会毛主席的原意，不妨多引几句原文：

又诗要用形象思维，不能如散文那样直说，所以比、兴两法是不能不用的。赋也可以用，如杜甫之《北征》，可谓"敷陈其事而直言之也"，然其中亦有比、兴。"比者，以彼物比此物也"，"兴者，先言他物以引起所咏之词也"。

在这里，毛主席既说诗"不能如散文那样直说"，又以杜甫的名作《北征》为例，指出"敷陈其事而直言之"的赋也可以用。从这一段文字的前后联系看，是不能得出诗不能"直说"，形象思维等于比、兴的结论的。

毛主席举杜甫的代表作《北征》为例，说明他是从诗歌创作的实践出发论述诗歌的特点的，我们也应该从诗歌创作的实践出发来理解毛主席的论述。

一切有价值的、可以用来指导实践的理论，都是实践经验的总结。赋、比、兴"三义"，这是我国古代的诗歌理论家从包括大量民间歌谣在内的《诗经》的创作实践中总结出来的。对于赋、比、兴的解释，特别是对于兴的解释，从汉代以来，众说纷纭。朱熹《诗集传》中的解释较后出，也较简明扼要。毛主席引用的，就是朱熹的原文。按照毛主席引用的朱熹对赋、比、兴的解释来读《诗经》，就可以看出，比、兴所占的比重是很小的，占极大比重的则是赋。

就兴来说，"先言他物以引起所咏之词"，这就明白地告诉我们：兴，一般只用于一首诗的开头或一首诗中每一章诗的开头，而不能用于全篇。试想，写一篇诗，从头到尾都是"先言他物"，而没有他物引起的"所咏之词"，那恐怕是不大好办的。即使写出这样的诗，读者也很难了解作者的真意。以《诗经》的第一篇《关雎》为例：第一章开头的"关关雎鸠，在河之洲"，这是兴。据说"雎鸠"这种鸟儿雌雄相爱，情意专一，所以诗人因为看见河洲上成对成双的"雎鸠"关关和鸣，就起了"兴"，联想到"淑女"是"君子"的好配偶，从而引起了"所咏之词"："窈窕淑女，君子好逑。"第二章也是一样，不过"先言他物"的兴只有"参差荇菜，左右流之"两句，而由它引起的"所咏之词"——"窈窕淑女，寤寐求之。求之不得，寤寐思服。悠哉悠哉，辗转反侧"，则占更大的比重罢了。而这些"所咏之词"，看来是"敷陈其事而直言之"的，应该算是赋吧！

纵览《诗经》中的三百多篇诗，有些篇章，只在开头用兴；更多的篇章，压根儿不用兴，从头到尾都是"敷陈其事而直言之"。《诗经》的《毛传》不标比、赋，只标兴，它标出的兴统计起来，只有一百一十六条。明代的谢榛曾说他对《诗经》中的赋、比、兴作过一番仔细的考查，结果是："赋，七百二十；比，三百七十；兴，一百一十。"[①]这些数字不一定十分精确，但也足以说明兴在《诗经》中究竟占什么比重了。

就比来说，"以彼物比此物"，实际上就是我们现在作为修辞手法之一使用的比喻。《礼记·学记》里曾说："不学博依，不能安诗。"所谓"博依"，按照郑玄的解释，就是"广譬喻"。在《诗经》里，比喻这种手法的确用得很广泛。例如《邶风》中的《柏舟》，连用"我心匪石，不可转也。我心匪席，不可卷也"两个比喻来表示"我心"的坚贞

---

① 《四溟诗话》卷二。

不渝；《小雅》中的《斯干》，连用"如跂斯翼，如矢斯棘，如鸟斯革，如翚斯飞"，四个比喻，来刻画建筑物线条的整齐挺拔，都收到了很好的艺术效果。然而正像任何一个人说话不大可能从头到尾都用比喻一样，在一篇诗里，比喻一般只用于某些部分。在一部《诗经》里，只有一篇《小雅·鹤鸣》，王夫之认为它"全用比体"，是"创调"。①而在王夫之以前，一般学者则认为其中的"鹤鸣于九皋，声闻于野"和"鹤鸣于九皋，声闻于天"，是兴不是比，可见那个"创调"之说也不见得能成立。那么，"全用比体"的诗，在《诗经》里就连一篇也没有。《豳风》里有一篇《鸱鸮》，通篇以一只失去小鸟、但仍努力筑巢的母鸟的哀怨口吻，诉说她的辛勤劳瘁，算是寓言诗。如果从它比喻人事这一点着眼，说它全篇用比，也未尝不可；但即使把寓言诗看作全篇用比，这种寓言诗也不过诗中一体而已。

至于赋，则情况大不相同。如果说在抒情小诗中，比、兴还可以与赋平分秋色的话，那么，在叙事的、记行的、广泛地反映现实生活的长诗中，赋的比重就远远不是比、兴所能比拟、所能取代的了。《诗经》里像记述周民族历史的《绵》、《生民》、《公刘》以及反映农民一年到头的生产劳动和困苦生活的《七月》等长诗，都是赋体。汉魏六朝乐府民歌中许多"感于哀乐，缘事而发"、深刻地反映社会矛盾的现实主义诗篇如《东门行》、《妇病行》、《战城南》，特别是长篇叙事诗《陌上桑》、《孔雀东南飞》、《木兰辞》等等，也基本上是赋体。②建安文学中最能表现"建安风骨"的现

① 《姜斋诗话》卷二："《小雅·鹤鸣》之诗，全用比体，不道破一句，《三百篇》中创调也。"

② 谢榛就曾指出："《孔雀东南飞》，一句兴起，余皆赋也。"《四溟诗话》卷二。

实主义诗篇，如曹操的被称为"汉末实录，真诗史也"①的《蒿里行》之类，也是赋体。唐宋时代，赋体诗有了进一步的发展，宋人项安世就曾经指出："自唐以后，文士之才力，尽用于诗。如李杜之歌行，元白之唱和，序事丛蔚，写物雄丽，小者十余韵，大者百余韵，皆用赋体作诗。"（《项氏家说》卷八）毛主席特别指出："如杜甫之《北征》，可谓'敷陈其事而直言之也'。"这是很有典型意义的。像《北征》这样在令人惊叹的广度和深度上反映一个历史时代的真实面貌的宏伟"诗史"，如果不用赋而只用比、兴，怎么能创造出来呢？《新唐书》的作者就中肯地指出，杜甫"善陈时事，律切精深，至千言不少衰，世号'诗史'"。"善陈时事"的"陈"，不就是"敷陈其事而直言之"的"陈"吗？明白了这一点，再来读唐诗，就可以看出：所有在较大的广度和深度上反映了社会矛盾的优秀诗篇，都主要用赋或全用赋。李白的《丁都护歌》和《古风》中的《大车扬飞尘》等篇，杜甫的著名组诗"三吏"、"三别"和《北征》、《自京赴奉先县咏怀五百字》，白居易的著名组诗《秦中吟》和《新乐府》中的许多篇章如《轻肥》、《歌舞》、《买花》、《缭绫》、《卖炭翁》、《杜陵叟》等等，不都是这样的吗？最能说明问题的是：李商隐用七绝、七律的短篇形式所写的表现爱情和难言之隐的"无题诗"，大量运用了比、兴手法，而为我们展现了农民痛苦生活的巨幅图画的长诗《行次西郊一百韵》，却像杜甫的《北征》一样"敷陈其事而直言之"。此中消息，是很值得我们认真思考的。

既然纯用比、兴，不可能写出篇幅稍长的、广泛反映社会生活的诗歌，那么，纯用比、兴，又怎么能够写出几十出

---

① 钟惺：《古诗归》。

的长篇戏曲和上百回的长篇小说呢？然而有些同志却不曾考虑这些文艺创作的实际情况，只抓住"诗要用形象思维，不能如散文那样直说，所以比、兴两法是不能不用的"这几句而加以引申，从而丢掉了赋而只谈比、兴，一则把形象思维等同于比、兴，再则把等同于比、兴的形象思维说成一切文学艺术创作的共同规律。当然，这些同志的文章，在对于比、兴的深入探讨方面是做出了贡献的；但我总觉得，把比、兴等同于形象思维，从而认为诗不能"直说"，又把等同于比、兴的"形象思维"说成一切文学艺术创作的共同规律，从而在一切文学艺术的创作中排斥了"直说"，这是既不符合文艺创作的实践，又不符合毛主席的原意的。

有的同志也许要问：毛主席不是明明说"诗……不能如散文那样直说"吗？对于毛主席的这些话，究竟应该怎样理解呢？

首先，毛主席在这里谈的是诗，而且是用散文来和诗歌相对照，突出地说明诗歌的特点的。正因为谈的是诗，所以在谈诗的特点的时候，用了我国古代诗论家论诗的传统术语——赋、比、兴。

在诗里，用比、兴两法，即"以彼物比此物"、"先言他物以引起所咏之词"，这不是"直说"，而是"曲说"。

在诗里，用赋的手法，即"敷陈其事而直言之"，这和比、兴相比较，不是"曲说"，而是"直说"。

毛主席指出"诗……不能如散文那样直说"，这是完全正确的。因为"如散文那样直说"，那就不是诗，而是散文了。但在这里，毛主席又明确指出"敷陈其事而直言之"的"赋也可以用"，那就是说诗也可以"直说"；只是"不能如散文那样直说"罢了。毛主席特意用了"如散文那样"这个状语对"直说"加以限制，这是不应忽略的。"不能如散文那样直说"，其含意并不等于"不能直说"，这大概不会有什么争论吧！

那么，诗的"直说"与散文的"直说"又有什么区别呢？

这个问题，毛主席已经在主要之点上为我们作了说明。这说明就是："如杜甫之《北征》，可谓'敷陈其事而直言之也'，然其中亦有比、兴。"不是单纯用赋，而是赋、比、兴相结合，此其一。

即使单纯用赋，但诗里面的赋必须同诗的抒情特点和词采、节奏、韵律、章法等形式上的特点相结合，此其二。

《诗经》及其以后的诗歌创作实践雄辩地说明：在诗歌创作中，赋、比、兴最好并用。关于这一点，钟嵘在《诗品序》里有过说明。他把赋、比、兴"三义"，作为创作"指事造形，穷情写物，最为详切"的优秀诗篇的必要条件，从而指出："宏斯'三义'，酌而用之，干之以风力，润之以丹彩，使味之者无极，闻之者动心，是诗之至也。若专用比兴，患在意深，意深则词踬。若但用赋体，患在意浮，意浮则文散，嬉成流移，文无止泊，有芜漫之累矣。"

《诗经》的《毛传》，不注比、赋，只注兴。这是什么原因呢？刘勰在《文心雕龙》的《比兴》篇中解释说："毛公述传，独标兴体，岂不以风通而赋同，比显而兴隐哉！"孔颖达在《毛诗正义》里也认为那是因为"赋直而兴微，比显而兴隐"。看看毛公对于他标明的那一百一十六处"兴也"的解释，就使人感到有些兴，的确是太隐晦曲折了，如果没有《毛传》，谁也想不了那么"深"。当然，毛公在有些地方不免从特定的政治目的出发，穿凿附会，故弄玄虚，然而和比、赋相较，兴显得"微""隐"，还是符合事实的。这因为"他物"与"所引起之词"之间的关系很复杂，如果作者不能使读者清楚地看出二者之间的明确关系，自然就难于理解了。

"比"虽然比"兴"显，但也有明喻、隐喻、借喻等等的不同，在古典诗歌里，又常常与用典相结合。所以，有些比，也是相当费解的。

因此，钟嵘指出的"若专用比、兴，患在意深，意深则词踬"的弊病很值得注意。我们不妨看看李商隐的《锦瑟》：

> 锦瑟无端五十弦，一弦一柱思华年。
> 庄生晓梦迷蝴蝶，望帝春心托杜鹃。
> 沧海月明珠有泪，蓝田日暖玉生烟。
> 此情可待成追忆，只是当时已惘然。

这首诗，连金代大诗人元好问都感到不知所云，发出过"无人作郑笺"[①]的慨叹；就因为除尾联而外，前六句"专用比兴"，还结合了用典，显得十分隐晦曲折。元氏以后，试图为它"作郑笺"的人很不少，然而仁者见仁，智者见智，直到现在还没有比较一致、令人满意的解释。让我们举几个例子，朱彝尊说："此悼亡诗也。意亡者喜弹此，故睹物思人，因而托物起兴也。瑟本二十五弦，弦断而为五十弦矣，故曰'无端'也，取断弦之意也。'一弦一柱'而接'思华年'，二十五岁而殁也。'蝴蝶'、'杜鹃'，言已化去也。

---

① 元好问《论诗绝句》："'望帝春心托杜鹃'，佳人锦瑟怨华年，诗家总爱'西昆'好，独恨无人作郑笺。"

'珠有泪'，哭之也；'玉生烟'，已葬也，犹言埋香瘗玉也……"①何焯说："此篇乃自伤之词，骚人所谓美人迟暮也。'庄生'句言付之梦寐，'望帝'句言待之来世。'沧海'、'蓝田'，言埋而不得自见；'月明'、'日暖'，则清时而独为不遇之人，尤可悲也。"汪师韩说："'锦瑟'，乃是以古瑟自况。……世所用者，二十五弦之瑟，而此乃五十弦之古制，不为时尚，成此才学，有此文章，即已亦不解其故，故曰'无端'，犹言无谓也。自顾头颅老大，'一弦一柱'，盖已半百之年矣。'晓梦'，喻少年时事。义山早负才名，登第入仕，都如一梦。'春心'者，壮心也。壮志消歇，如望帝之化杜鹃，已成隔世。'珠'、'玉'皆宝货，珠在'沧海'，则有遗珠之叹，惟见月照而泪。'生烟'者，玉之精气。玉虽不为人采，而日中之精气，自在蓝田……"②薛雪说："玉溪《锦瑟》一篇，解者纷纷，总属臆见。余幼时好读之，确有悟入，觅解人甚少。此诗全在起句'无端'二字，通体妙处，俱从此出。意云：锦瑟一弦一柱，已足令人怅望年华，不知何故有此许多弦柱，令人怅望不尽；全似埋怨锦瑟无端有此弦柱，遂致无端有此怅望。即达若庄生，亦迷晓梦；魂为杜宇，犹托春心。沧海珠光，无非是泪；蓝田玉气，恍若生烟。触此情怀，垂垂追溯，当时种种，尽付惘然。对锦瑟而兴悲，叹无端而感切。如此体会，则诗神诗旨，跃然纸上。"③张采田说："此全集压卷之作，解者纷纷，或谓寓意青衣，或谓悼亡，迄不得其真象；惟何义门云：'此篇乃自伤之词，骚人所谓美人迟暮也。'其说近似。盖首句谓行年无端将近

---

① 见《李义山诗集辑评》。
② 《诗学纂闻》。
③ 《一瓢诗话》。

五十。'庄生晓梦'，状时局之变迁；'望帝春心'，叹文章之空托；而悼亡、斥外之痛，皆于言外包之。'沧海'、'蓝田'二句，则谓卫公（按：指李德裕）毅魄久已与珠海同枯，令狐（按：指令狐绹）相业方且如玉田不冷。卫公贬珠崖而卒，而令狐秉钧赫赫，用'蓝田'喻之，即'节彼南山'意也。结言此种遭际，思之真为可痛，而当日则为人颠倒，实惘然若堕五里雾也，所谓'一弦一柱思华年'也……"①请看看，只有八句诗，解释就如此分歧，有如猜谜！

这里需要作一些补充。钟嵘讲的是"患在意深"，要注意那个"患"字，而不能片面地抠那个"深"字。诗歌，不论是风格婉约的，风格豪放的，还是具有其他任何好的风格的，都要求意深味厚，发人深省，引人深思，切忌"浅露"、"质直"。比、兴两法如果用得好，对于把诗歌写得言有尽而意无穷，是十分必要的。但如果用得不太好，像《文心雕龙·隐秀》所批评的"晦塞为深"，写出来的诗隐晦曲折，难索解人，那就不是我们所应提倡的了。

古代诗人的有些诗写得隐晦曲折，是有不得已的苦衷的。例如李商隐的部分近体诗，兼用比、兴、典故，很难测其旨趣，就由于"遭时之变，不得不隐"②。"在给革命的文艺家以充分民主自由、仅仅不给反革命分子以民主自由"的社会主义时期，"不得不隐"的历史条件已经消失，因而在如何运用比、兴两法的问题上，也就不能不考虑我们的时代特点了。

钟嵘所说的"若但用赋体，患在意浮……"，也只是说明：

---

① 《玉溪生年谱会笺》。

② 沈德潜《说诗晬语》（卷上）："义山近体，襞绩重重，长于讽谕，中多借题攄抱，遭时之变，不得不隐也。"

第一，赋、比、兴三法，要"酌而用之"，应该避免专用赋而排斥比、兴；第二，如果专用赋，就可能出现"意浮"、"芜漫"等等的缺点。可能不等于必然。专用赋，也完全可以写出并不"意浮"、"芜漫"的好诗。

这里需要对"敷陈其事而直言之"中的"直言"作些解释。很清楚，这个"直言"，是就既不须"以彼物比此物"、又不须"先言他物以引起所咏之词"而言的，其含意并不等于"肤浅"、"粗浅"、"平直"、"质直"或"直遂"。总之，它不是个贬义词。在前面已经谈到，古典诗歌中许多广泛而又深刻地反映社会生活的优秀篇章，多数是主要用赋，也有些是专用赋。这些主要用赋、甚至专用赋的优秀篇章，虽然风格是各种各样的，但都没有"肤浅"、"粗浅"、"平直"、"质直"或"直遂"的缺点。

风格深婉蕴藉的抒情小诗，是适于用比、兴的。但专用赋体，也未尝不可以写得深婉蕴藉。例如李商隐的七绝《夜雨寄北》：

> 君问归期未有期，巴山夜雨涨秋池。
> 何当共剪西窗烛，却话巴山夜雨时。

四句诗明白如话，一口气说完，没有用比、兴，全是"直说"，然而又是何等深婉！何等含蓄不露！诗人接到妻子的信，问他何时回家，他慨叹道："那还遥遥无期啊！"其羁旅之苦和思家之切，已跃然纸上。接下去，写了此时的眼前景"巴山夜雨涨秋池"，却不说这眼前景引起了什么感触，而说"何当共剪西窗烛，却话巴山夜雨时"——什么时候能够回到家里，同你一块儿翦亮西窗的蜡烛，向你追述在"巴山夜雨涨秋池"的时候，我一个人借着西窗的烛光，阅读你询问归期的信的心情呢！徐德泓在《李义山诗疏》中说："翻从他日而话今宵，则此际羁情，不写而自深矣。"桂馥在《札朴》（卷六）中说："眼前景反作后日怀想，此意更深。"姚培谦在《李义山诗集》中说："'料得闺中夜深坐，多应说着远行人'，是魂飞到家里去。此诗则又预飞到归家后也。奇绝！"都说明这首专用赋体的小诗语浅而情深，"直说"而不"平直"。

　　归结以上所谈，可以看出在赋、比、兴三法中，赋的地位相当重要。如果要用这些传统术语说明"诗要用形象思维"的特点的话，应该赋、比、兴并用，而不应只谈比、兴，丢掉赋。

二、对于"以文为诗"和"宋人多数 不懂诗是要用形象思维的"，究竟应该怎样理解

　　《毛主席给陈毅谈诗的一封信》又说："韩愈以文为诗"。"宋人多数不懂诗是要用形象思维的，所以味同嚼蜡。"这又该如何理解呢？"诗要用形象思维，不能如散文那样直说"，从前后的关联上看，其中的"散文"显然指的是不用形象思维的散文，而不是一切散文、包括文艺性的散文。毛主席早在《在延安文艺座谈会上的讲话》中就曾经反对过"在文艺作品中写哲学讲义"。"哲学讲义"可以说是不用（也可以局部地用）形象思维的散文。在我国文学史上，以哲学

讲义之文为诗的所谓"诗人"，是古已有之的。钟嵘在《诗品序》里就曾尖锐地指出：

> 永嘉时，贵黄老，稍尚虚谈，于时篇什，理过其辞，淡乎寡味，爰及江表，微波尚传。孙绰、许询、桓、庾诸公诗，皆平典似《道德论》，建安风力尽矣！

《世说新语注》所引的《续晋阳秋》，更跨越永嘉而上溯到正始时期。它说：

> 正始中，王弼、何晏好庄、老玄胜之谈，而世遂贵焉。至过江，佛理尤盛，故郭璞五言，始会合道家之言而韵之。（许）询及太原孙绰，转相祖尚，又加以三世之辞，而《诗》、《骚》之体尽矣。

到了宋代，道学（又称"理学"）作为官方哲学，风靡一时。道学家劝人"勿学唐人李杜痴"。他们把那些情景交融，符合形象思维特点的好诗骂为"害道"的"闲言语"，反其道而行之，用诗歌形式来讲道学。于是，连"一阳初动处，万物未生时"，"太极圈儿大，先生帽子高"之类的"诗"都写出来了！偶尔写自然景物，也要和"闲言语"区别开来。例如陈傅良的《游鼓山》，根据《周礼》来肯定山水；[1]魏了翁的《中秋有感》，援引《易经》来否定月亮。[2]正如南宋的刘克庄所批评："近

---

① 陈傅良：《止斋先生文集》卷一。
② 魏了翁：《鹤山先生文全集》卷六。

世贵理学而贱诗,间有篇咏,率是语录讲义之押韵者。"①这种"语录讲义之押韵者",不仅在道学家的诗集里俯拾即是,而且在不同程度上影响道学家以外的许多诗人。

《诗品序》所说的"平典似《道德论》"的所谓"诗",《续晋阳秋》所说的会合佛理和道家之言而韵之的所谓"诗",以及宋代道学家所写的那许多"语录讲义之押韵者",都可以说是"如散文那样直说"的玩意儿。换句话说,那是用诗歌"写哲学讲义",是以哲学讲义之类的不用形象思维的散文为诗。

"以文为诗",如果是以哲学讲义之类的不用形象思维的散文为诗,那真可以斥之为"完全不知诗"。

毛主席在《在延安文艺座谈会上的讲话》中精辟地指出:人类的社会生活是文学艺术的唯一源泉,而过去的文艺作品,则是流而不是源;那种把流当成源,毫无批判地硬搬和模仿古人作品的文艺教条主义,是非常有害的。在我国文学史上,把流当成源的"诗人"也古已有之。钟嵘在他的《诗品》里,就批判过"殆同书钞"的诗歌,并指出颜延之"喜用古事,弥见拘束",任昉"动辄用事,所以诗不得奇"。当然,恰当地"用事"(运用典故)和吸取古人语言中有生命的东西来为反映现实生活服务,那是完全必要的。但如果离开文艺的唯一源泉,"误把抄书当作诗",那就走进了死胡同。宋代的许多诗人,是在不同程度上带有"误把抄书当作诗"倾向的。例如宋初的西昆派,就由于"多窃取义山诗句",致遭"优人掯扯"之讥②。西昆派的诗人们还不仅"掯扯"

---

① 刘克庄《后村文全集》卷一《吴恕斋诗稿跋》。
② 《古今诗话》:"杨大年、钱文僖、晏元献、刘子仪为诗,皆宗李义山,号西昆体,后进效之,多窃取义山诗句。尝内宴,优人有为义山者,衣服败裂,告人曰:'吾为诸馆职掯扯至此!'闻者大噱。"

李义山。他们的律诗，完全是靠摭拾典故写成的，例如杨亿的泪，不过是用"泪"作谜底的谜语罢了。

在宋代，比西昆诗派势力更大、影响更大的是江西诗派，这两个诗派各有特点，但在堆积典故，"资书以为诗"这一点上却有共同性。金代的诗文评论家王若虚在《滹南诗话》里说：

> 朱少章论江西诗律，以为"用昆体功夫而造老杜浑全之地"。予谓用"昆体"功夫，必不能造老杜之浑全；而至老杜之地者，亦无事乎"昆体"功夫。盖二者不能相兼耳。

朱少章认为江西诗派"用昆体功夫"，这是不错的。江西诗派的开创者黄庭坚说："自作语最难。老杜作诗，退之作文，无一字无来处；盖后人读书少，故谓韩杜自作此语耳。古之能为文章者，真能陶冶万物，虽取古人之陈言入于翰墨，如灵丹一粒，点铁成金也。"①和"点铁成金"并提的还有所谓"夺胎换骨"。黄庭坚又说："诗意无穷而人才有限；以有限之才追无穷之意，虽渊明少陵而不得工也。不易其意而造其语，谓之换骨法；规摹其意形容之，谓之夺胎法。"②黄庭坚提出的"无一字无来处"和"点铁成金"、"夺胎换骨"，算得上江西诗派的纲领，影响相当深远。当然，如果把这作为锤炼语言的方法之一，也未尝没有好处。但如果完全按照这个纲领作诗，那自然就跟西昆派一样，在"流"上下工夫，"误把抄书当作诗"了。王若虚批评按这种办法作诗的人不

---

① 《豫章黄先生文集》卷一九《答洪驹父书》。
② 惠洪：《冷斋夜话》

过是'剽窃之黠者'①心，并不算过分。

江西诗派自称以杜甫为"祖"，但并没有很好地继承杜甫"善陈时事"、深刻地反映社会生活的现实主义精神，而主要是学他的"无一字无来处"，拼命堆砌典故成语。当然，杜甫的部分律诗里，的确典故不少，但那是为抒情达意、反映现实服务的；至于有"诗史"价值的五七言古诗，则极少用典故。受杜甫批判现实、"即事名篇，无复依傍"的启发而和白居易等人开展了一个轰轰烈烈的新乐府运动的元稹，就不是赏识杜甫的"无一字无来处"，而是"怜渠（爱他）直道当时语，不著心源傍古人"②，这实在比江西诗派高明得多。

王若虚认为江西诗派既"用昆体功夫"，就"必不能造老杜之浑全"，这是相当中肯的。当然，江西诗派是一个较大的重要流派，属于这个流派的诗人，情况不尽相同，不能一概而论。总的来说，这一流派的诗歌中也有不少好的和比较好的，应该充分肯定；但毫无诗情诗意、毫无生活内容，一味堆砌典故、雕琢辞句，类似"俗子谜"的作品③，也的确不算少。

所谓形象思维，是指凭借来自社会生活的具体形象进行思维，以生动的艺术形象反映生活。宋代的道学家用诗歌形式写"语录讲义"，西昆派和江西派以"流"代"源"，"资书以为诗"，都排除了来自生活的具体形象。毛主席所说的"宋人多数不懂诗是要用形象思维的"中的"多数"，正是

---

① 《滹南诗话》卷下。

② 《元氏长庆集》卷一八《酬孝甫见赠十首》。

③ 黄庭坚《和答钱穆父咏猩猩毛笔》诗："爱酒醉魂在，能言机事疏，平生几两屐，身后五车书。物色看王会，勋劳在石渠。拔毛能济世，端为谢杨朱。"王若虚说："此乃俗子谜也，何足为诗哉！"（《滹南诗话》卷下）。

指道学家和西昆派、江西派的一些诗人。

但是，对于毛主席所说的"宋人多数不懂诗是要用形象思维的，一反唐人规律，所以味同嚼蜡"这几句话，也应该联系整个宋诗的创作实际来作全面的理解。看看陈思的《两宋名贤小集》、陈起的《南宋群贤小集》、吴之振等的《宋诗钞》、厉鹗等的《宋诗纪事》、管庭芬的《〈宋诗钞〉补》、陆心源的《〈宋诗纪事〉补遗》、曹庭栋的《宋百家诗存》等书，就知道宋代诗人的总数，数量很大。毛主席所说的"多数"，就算指那个总数中的百分之六七十，剩下的百分之三四十，其数量还相当可观。何况，说那个"多数"不懂诗要用形象思维，也只是就其主要倾向而言，具体到"多数"中的每一个诗人，则要作具体分析，一分为二。西昆派诗人的一些怀古诗，如杨亿的《汉武》之类，也不错。江西诗派中的许多人，都有好的或比较好的作品传世。道学家中的有些人，也不全是用诗歌写"语录讲义"。例如朱熹的老师刘子翚，就有不少反映现实、愤慨国事、风格明朗豪爽的好诗。连朱熹这个宋代最大的道学家，有些诗也写得清新活泼，虽讲哲理而颇有生活气息。例如他那首《观书有感》——"半亩方塘一鉴开，天光云影共徘徊。问渠（它，指"方塘"）那得清如许，为有源头活水来。"不是一直为人们所传诵吗？

所以，引用毛主席的这几句话来否定宋诗，是很不妥当的。

对于宋诗的评价，从来存在着针锋相对的争论，而争论的焦点，则在于"以文为诗"。同时，因为多数评论家认为"以文为诗"是由韩愈开创、而为宋人继承的，所以争论的内容又常常涉及对韩愈诗歌的评价问题。陈师道在《后山诗话》里说："退之（韩愈字）以文为诗，子瞻（苏轼字）以词为诗，如教坊雷大使之舞，虽极天下之工，要非本色。"这是全面否定的意见。魏泰在《临汉隐居诗话》里记述沈括与吕惠卿等谈诗，沈说："韩退之诗乃押韵之文耳，虽健美富赡，而格不近诗。"吕反驳说："诗正当如是，我谓诗人以来，未有如退之者。"①这是全面肯定的意见。张戒在《岁寒堂诗话》（卷上）里针对这一争论提出了他自己的看法：

> 韩退之诗，爱憎相半。爱者以为虽杜子美亦不及；不爱者以为退之于诗本无所得，自陈无己（陈师道字）辈，皆有此论。然二家之论俱过矣！以为子美亦不及者固非；以为退之诗本无所得者，谈何容易耶？退之诗，大抵才气有余，故能擒能纵，颠倒崛奇，无施不可。放之则如长江大河，澜翻汹涌，滚滚不穷；收之则藏形匿影，乍出乍没，姿态横生，变怪百出，可喜可愕，可畏可服也。苏黄门子由有云："唐人诗当推韩杜。韩诗豪，杜诗雄。然杜之雄亦可以兼韩之豪也。"此论得之。

以上是从北宋到南宋初年对韩愈"以文为诗"的争论。相对而言，张戒对韩诗的评价比较公允。他称赞韩诗的那一段话，可以说是对韩愈"以文为诗"的特点的具体描绘。

在前面已经谈到，对"以文为诗"，要作具体分析，如果以不用形象思维的"语录讲义"之类的散文为诗的话，那真可以说"完全不知诗"。相反，如果以用形象思维的散文为诗，那就是另一回事。韩愈有些诗，如《丰陵行》、特别是《谢自然诗》，前人已指出"篇末直与《原道》中一样说

---

① 此条见魏庆之《诗人玉屑》卷一五。

话"，"乃有韵之文"①。像这样以《原道》之文为诗，当然只能写出"味同嚼蜡"的东西。正是这一类作品，对宋人"以文为诗"产生了消极影响，道学家所写的那些"语录讲义之押韵者"，可以说是《丰陵行》《谢自然诗》的恶性发展。但韩愈也的确有不少像张戒所描绘的那样显示了"以文为诗"的优点的好作品。《毛主席给陈毅同志谈诗的一封信》就明确指出：

> 韩愈以文为诗；有些人说他完全不知诗，则未免太过，如《山石》、《衡岳》、《八月十五酬张功曹》之类，还是可以的。据此可以知为诗之不易。

很清楚，毛主席既认为韩愈是"以文为诗"的，又批驳了"韩愈完全不知诗"的说法，可见并没有不加分析地全盘否定"以文为诗"。毛主席认为"还是可以的"那几篇韩诗，都是"以文为诗"的代表作。例如《山石》，如方东树在《昭昧詹言》中所指出："只是一篇游记，而叙写简妙，犹是古文手笔。"元好问在《论诗绝句》里，就对这篇诗作了很高的评价。

清代的叶燮在他的论诗专著《原诗》中，对韩愈"以文为诗"的贡献及其对宋诗的积极影响，作过比较中肯的论述。他说：

---

① 《韩昌黎诗系年集释》卷一引程学洵《韩诗臆说》。

> 唐诗为八代以来一大变，韩愈为唐诗之一大
> 变，其力大，其思雄，崛起特为鼻祖。宋之苏、梅、
> 欧、苏、王、黄，皆愈为之发其端，可谓极盛。

各种文艺样式，是各有特点，也有共同性的。不是各自孤立，而是互相影响、互相渗透的。南宋人陈善说得好：

> 韩以文为诗，杜以诗为文，世传以为戏。然
> 文中要自有诗，诗中要自有文，亦相生法也。文
> 中有诗，则句语精确；诗中有文，则词调流畅。……
> 前代作者皆知此法；吾谓无出韩、杜。①

谢榛在《四溟诗话》（卷二）里补充说："李斯《上秦皇帝书》（按：即《谏逐客书》），文中之诗也；子美《北征篇》，诗中之文也。"

陈善认为"文中有诗"，"诗中有文"，诗文互相影响，互相吸收优点，"前代作者皆知此法"。这是符合诗、文发展的实际情况的。所以"以文为诗"，由来已久，不自韩愈始，更不自宋人始，不过这个特点在韩愈、特别是宋人的诗歌中显得比较突出罢了。

"以文为诗"的特点为什么在宋诗中显得比以前突出呢？这首先是跟宋代特定的历史条件以及某些诗人的生活实践分不开的。北宋王朝建立以后，就受契丹（辽）和西夏的威胁、侵略，民族矛盾日益尖锐。统治集团对外妥协纳贡，对内剥削、镇压，阶级矛盾也日益尖锐。当那些西昆派的馆

---

① 《扪虱新话》上集卷一。

阁诗人用"缀风月，弄花草，淫巧侈丽，浮华纂组"①的诗歌粉饰升平的时候，"都城外不数里，饥寒而死者甚众"②。于是一些忧心国事、关怀人民、要求政治改革的诗人，以苏舜钦、梅尧臣、欧阳修为代表，开展了一个反西昆的诗歌革新运动，从诗歌便于抒情达意、反映现实、进行"美""刺"的目的出发，革新、发展了"以文为诗"的传统，为苏轼、王安石等人的诗歌创作奠定了基础。金人南侵，北中国人民沦于金奴隶主贵族的铁蹄之下，痛苦不堪，而南宋统治集团不但不发奋图强，反而变本加厉地压榨人民，以称臣纳币的屈辱投降政策，换取荒淫享乐的"偏安"之局，直至灭亡。在这种特殊的历史条件之下，"以文为诗"，就成了许多爱国诗人大声疾呼地反映抗战要求、激昂慷慨地发表政治主张、尖锐激烈地揭露政治黑暗、无微不至地反映人民痛苦的有效形式。总的说来，宋诗的成就次于唐诗，但也仅次于唐诗。而从苏舜钦开始、到陆游达到高峰的大量激动人心的爱国诗篇，是宋诗特有的瑰宝；而反映阶级矛盾、同情人民疾苦的大量诗篇，也有超越前人的新特点，其价值不容低估。

宋人"以文为诗"的特点表现在许多方面，否定宋诗的人也是从这些方面入手的。

一曰多用赋。

明代否定宋诗的"前七子"，就认为"古诗妙在形容，所谓水月镜花，言外之言。宋以后，则直陈之矣"③。所谓"直陈"，是指"敷陈其事而直言之"。早于"前七子"的李东阳在解释《诗品序》中的"直书其事，寓言写物，赋也"时说：

---

① 这是石介在《怪说》中抨击西昆派的话。
② 《宋史·吕蒙正传》。
③ 《四溟诗话》卷二引李梦阳语。

"正言直述，则易于穷尽而难以感发。惟有所寓托，形容摹写，反复讽咏，以俟人之自得，言有尽而意无穷，则神爽飞动，手舞足蹈而不自觉，此诗之所以贵情思而轻事实也。"①这都是重比兴而轻赋、乃至否定赋的论调。诗，是应该"贵情思"的，但怎么能"轻事实"呢？从诗歌"轻事实"的论点出发否定了"铺陈善恶""直陈时事"的赋，就取消了诗歌反映现实、批判现实的职能，又怎能产生史诗、叙事诗一类的作品呢？宋诗多用赋，正表现了反映现实、批判现实的优点。

关于在较大的广度和深度上反映现实的长诗不能不用赋，这在前面已作过说明。这里再就"以文为诗"和多用赋的关系谈一点意见。

《周礼·春官》说："大师教六诗，曰风、曰赋、曰比、曰兴、曰雅、曰颂。"既然叫"六诗"，就应该是六种诗体。贾公彦在《周礼正义》里就是这样解释的。章太炎在《六诗说》里也认为"六诗"是六种诗体，其区别在于风雅颂入乐，赋比兴不入乐。这跟一般学者根据孔颖达《毛诗正义》对"六义"的解释，认为风雅颂是诗的体裁、赋比兴是诗的表现手法不同，但也有相通之处。例如赋，说它既是一种诗体，又是这种诗体的表现手法，原是合情合理的。前面已经谈到，《诗经》中周民族的史诗，汉魏六朝乐府民歌中的叙事诗，以及杜甫的被称为"诗史"的《北征》等等，都是赋体，也都是散文化的特点。即如《北征》，叶梦得说它"如太史公纪传"②，谢榛说它是"诗中之文"，施补华说它是"有韵古文"③，不都说明了散文化的特点吗？郭绍虞先生在其新

---

① 转引自古直：《诗品笺》。
② 《石林诗话》卷上。
③ 《岘佣说诗》："《奉先咏怀》及《北征》是两篇有韵古文，从文姬《悲愤诗》扩而大之者也。后人无此才气，无此学问，无此境遇，无此襟抱，断断不能作。然细绎其中阳开阴合、波澜顿挫，殊足增长笔力。百回读之，随有所得。"

著《六义说考辨》①里认为"六诗"中的赋作为诗体之一，"与现代的散文诗性质正同"，是很有道理的。

二曰真、切。

谢榛在《四溟诗话》里说："诗不可太切，太切则流于宋矣。"又说："凡作诗不宜逼真，如朝行远望，青山佳色，隐然可爱，其烟霞变幻，难于名状；及登临非复奇观，惟片石数树而已。远近所见不同，妙在含糊，方见作手。"谢氏的这些话，与严羽的"盛唐诸人，惟在兴趣，羚羊挂角，无迹可求"的论调相类似。这如果指王维、孟浩然等人的写景抒情小诗而言，也未尝不可；但对于深刻地反映历史真实的诗篇来说，就很不适用。杜甫的《石壕吏》，写"有吏夜捉人"的情景，就不得不切、不得不逼真；而切与逼真，正是这篇诗的生命。如果写"有吏夜捉人"而要"妙在含糊"，"羚羊挂角，无迹可求"，那将是什么样子呢？《北征》中从"妻子衣百结"到"问事竞挽须"那一段关于描写生活细节和人物形象的文字，不是正以真切见长吗？而这些表现手法，正是从真切地反映现实的需要出发，从优秀的传记文学传统中吸收过来的。宋诗对这一点作了进一步的发展，不仅从文艺性的散文中，还可能从小说以及其他文艺形式中吸取了确切逼真地反映现实、刻画形象、揭示人物内心世界的艺术技巧。例如梅尧臣的《村豪》：

> 日击收田鼓，时称大有年。烂倾新酿酒，包载下江船。女髻银钗满，童袍毳叠鲜。里胥休借问，不信有官权！

---

① 载《中华文史论丛》第七辑。

用五律的形式，惟妙惟肖地刻画了一个与官府串通一气、横行乡里、鱼肉百姓的恶霸地主的典型形象，而揭露批判之意，即饱和于形象之中。又如范成大的《催租行》：

> 输租得钞（收据）官更催，踉跄里正敲门来。
> 手持文书（即前面的"钞"）杂嗔喜："我亦来营醉归耳！"床头悭囊大如拳，扑破正有三百钱。
> "不堪与君成一醉，聊复偿君草鞋费。"

寥寥几句，活画出一个假公济私，以流氓无赖手段敲榨勒索的地保形象；被敲榨的劳动人民无可奈何的表情和心理活动，也历历如见；情节的戏剧性和生动性，更引人注目。

反映社会生活如此。描绘山水景物，也从山水记之类的散文传统中吸取了艺术技巧，善于摹写细节、刻画个性，给人以新鲜活泼、真切有味的感受。例如：

> 黑云翻墨未遮山，白雨跳珠乱入船。
> 卷地风来忽吹散，望湖楼下水如天。

　　——苏轼：《六月二十七日望湖楼醉书》

> 泉眼无声惜细流，树阴照水爱晴柔。
> 小荷才露尖尖角，早有蜻蜓立上头。

　　——杨万里：《小池》

新筑场泥镜面平，家家打稻趁霜晴。

笑歌声里轻雷动，一夜连枷响到明。

——范成大：《四时田园杂兴》

这一类诗，实在比那些"妙在含糊"、陈陈相因的模棱皮相之语高明得多。关于宋诗的这个新特点，叶燮从反对因袭，强调革新、发展的角度作了很好的概括。他说：

> 宋人之心手，日益以启，纵横钩致，发挥无余蕴，非故好为穿凿也。譬之石中有宝，不穿之凿之，则宝不出；且未穿未凿以前，人人皆作模棱皮相之语，何如穿之凿之之实有得也？如苏轼之诗，其境界皆开辟古今之所未有，天地万物，嬉笑怒骂，无不鼓舞于笔端，而适如其意之所欲出，此韩愈后之一大变也，而盛极矣。①

三曰尽情抒写。

主张"诗贵温柔敦厚、不可说尽"的人总是批评宋诗不含蓄、无余味。这种批评，从宋代就开始了。《隐汉隐居诗话》认为欧阳修的诗"才力敏迈，句亦清健，但恨其少余味"。《石林诗话》称学欧阳修的人"倾困倒廪，无复余地"。《朱子语类》说"苏（轼）才豪，然一滚说尽无馀意"。清人吴乔更进一步说："子瞻、鲁直、放翁，一泻千里，不堪咀嚼，文也，非诗矣。"②沈德潜不像吴乔那样激烈，但意见是一致的。他说："宋初台阁倡和，多宗义山，名'西昆体'。

---

① 《原诗》卷一《内篇（上）》。

② 《答万季野诗问》。

梅圣俞、苏子美起而矫之，尽翻窠臼，蹈厉发扬，才力体制，非不高于前人，而渊涵淳漓之趣，无复存矣。"①诸如此类的批评，都是有根据的，但并不全面、并不确切。诗人的思想感情、创作个性各不相同，诗歌反映的对象也丰富多彩、千差万别，怎么能要求诗歌只有一种风格呢？含蓄深婉、一唱三叹，这只是诗歌的一种风格。在宋诗里，也是有这类作品的，陆游写爱情悲剧的七绝《沈园》，就可以作为例证。但陆游以及其他爱国诗人抒发报国杀敌、收复中原的壮志豪情的诗作，就往往蹈厉发扬，淋漓酣纵，其风格是豪放的，或者悲壮的。例如陆游的《长歌行》：

> 人生不作安期生，醉入东海骑长鲸；
> 犹当出作李西平，手枭逆贼清旧京。
> 金印煌煌未入手，白发种种来无情；
> 成都古寺卧秋晚，落日偏傍僧窗明。
> 岂其马上破贼手，哦诗长作寒螀鸣？
> 兴来买尽市桥酒，大车磊落堆长瓶；
> 哀丝豪竹助剧饮，如巨野受黄河倾。
> 平时一滴不入口，意气顿使千人惊。
> 国仇未报壮士老，匣中宝剑夜有声；
> 何当凯旋宴将士，三更雪压飞狐城！

试问含蓄深婉的艺术风格，怎能表现这种波涛汹涌般的爱国激情呢？

在宋诗中，有许多描写人民痛苦生活、揭露政治黑暗、鞭笞统治集团罪恶的作品，如王禹偁的《感流亡》，梅尧臣

---

① 《说诗晬语》卷下。

的《田家语》《汝愤贫女》，苏舜钦的《庆州败》、《城南感怀呈永叔》，文同的《织妇怨》，王安石的《河北民》，苏轼的《荔支叹》，陆游的《农家叹》等等，都有"一滚说尽""不留馀地"的特点，表现了强烈的批判现实的精神。对于社会的阴暗面，对于统治者残酷剥削压榨人民的罪行，对于诸如此类的一切丑恶现象，如果采取温柔敦厚的态度和含而不吐的表现方法，那就不是我们所欢迎的优秀诗人了①。

上述两类诗，应该说是宋诗中的精华所在。这两类诗中的优秀作品，尽管有尽情抒写的特点，但还是有馀味的，耐咀嚼的；不过和那种含蓄深婉的作品风格不同罢了。例如前面举出的梅尧臣的《村豪》，对恶霸地主是尽情揭露，不留馀地的，但并不是"无馀意"。从"不信有官权"一句，不是可以联想到地主与官府狼狈为奸的种种罪恶，认识到封建政权就是地主阶级的政权吗？从对那个"村豪"骄奢豪横的描绘中，不是可以联想到村民们所受的剥削压迫吗？读陆游的《长歌行》，不是可以联想到历史上"爱国欲死无战场"乃至"爱国有罪"的黑暗现实，从而激起我们对秦桧之流的无比憎恨和对爱国人民、爱国志士的无限同情吗？

四曰涉理路、多议论。

---

① 封建社会的许多诗论家囿于"温柔敦厚，诗教也"之说，认为《诗经》中的诗都是含蓄深婉的，事实却恰恰相反。王夫之在《姜斋诗话》卷二里就曾指出：《诗经》"有所指斥，则皇父、尹氏、暴公，不惮直斥其名，历数其恶，而且自显其为家父、为寺人孟子，无所规避。诗教虽云温厚，然光昭之志，无畏于天。无恤于人，揭日月而行，岂女子小人半含不吐之态乎？"袁枚也针对沈德潜贬低宋诗、强调"诗贵温柔，不可说尽"的论点提出了不同意见。他认为孔子对于《诗经》的看法，"惟《论语》为足据。子曰：'可以兴'，'可以群'，此指含蓄者言之，如《柏舟》、《中谷》是也。曰：'可以观'，'可以怨'，此指说尽者言之，如：'艳妻煽方处'，'投畀豺虎'之类是也"。（《小仓山房文集》卷一七《答沈大宗伯论诗书》）

早在南宋末年，严羽就在《沧浪诗话》中提出"不涉理路，不落言筌……"的正面主张之后，对宋代诗人"以议论为诗"进行了激烈的批评。明代"前七子"的领袖李梦阳看来是同意严羽的意见的，他在《缶音序》里说："宋人主理，作理语。诗何尝无理！若专作理语，何不作文而诗为耶？"属于"后七子"支流的屠隆在《文论》里也说："宋人多好以诗议论，夫以诗议论，即奚不为文而为诗哉？"前、后"七子"都是"文必秦汉，诗必盛唐"，全盘否定宋诗的。在这里，李、屠两人都笼而统之、不加分析地斥责"宋人主理"，"宋人多好以诗议论"，因而断定宋诗不是诗，而是文。反对前、后"七子"复古主张的公安派首领袁宏道与此不同，他从"文之不能不古而今也，时使之也"的观点出发，对宋诗作了一些分析，高度评价了它的成就，也尖锐地指出了它的流弊。他在《雪涛阁集序》里说：

> 故诗之道，至晚唐而益小。有宋欧、苏辈出，大变晚习，于物无所不收，于法无所不有，于情无所不畅，于境无所不取，滔滔莽莽，有若江河。今之人徒见宋之不唐法，而不知宋因唐而有法者也。如淡非浓，而浓实因于淡。然其弊至以文为诗，流而为理学，流而为歌诀，流而为偈诵，诗之弊，又有不可胜言者矣。

前面已经说过宋代道学家所搞的那些"语录讲义之押韵者"，不是诗。把那些道学家的所谓创作概括为"作理语"、"以议论为诗""以文为诗"而加以否定，是完全应该的；但如果以偏概全，用以否定整个宋诗，并从而得出做诗不能

"涉理路"、不能"发议论"的结论，就从一个极端走到另一个极端去了。关于这个问题，叶燮在《原诗》中的意见很值得注意。他说：

> 从来论诗者，大约申唐而绌宋。有谓："唐人以诗为诗，主性情，于《三百篇》为近；宋人以文为诗，主议论，于《三百篇》为远。"何言之谬也！唐人诗有议论者，杜甫是也。杜五言古议论尤多，长篇如《赴奉先县咏怀》、《北征》及《八哀》等作，何首无议论？而独以议论归宋人，何欤？彼先不知何者是议论，何者为非议论，而妄分时代耶？且《三百篇》中，《二雅》为议论者正自不少，彼先不知《三百篇》，安能知后人之诗也？如言宋人以文为诗，则李白乐府长短句，何尝非文？杜甫前、后《出塞》及《潼关吏》等篇，其中岂无似文之句？为此言者，不但未见宋诗，并未见唐诗。村学究道听耳食，窃一言以诧新奇，此等之论是也。

叶氏根据《诗经》以来的诗歌创作实践驳斥了"独以议论归宋人"的谬论，很有说服力。这里需要解决的问题是：同样"以议论为诗"，何以杜甫等伟大诗人写出了像《自京赴奉先县咏怀五百字》《北征》那样的不朽之作，而宋代的道学家却搞出了像《濂洛风雅》①那样的"语录讲义之押韵者"？

---

① 《濂洛风雅》，是宋元之际人金履祥所编的一部道学诗选。

曾受业于叶燮的沈德潜在《说诗晬语》里接触到这个问题。他说：

> 人谓诗主性情，不主议论。似也，而亦不尽然。试思《二雅》中何处无议论？杜老古诗中，《奉先咏怀》、《北征》、《八哀》诸作，近体中《蜀相》、《咏怀》（当指《咏怀古迹五首》——引者）、《诸葛》（当指《诸将五首》，"葛"字疑误。——引者）诸作，纯乎议论。但议论须带情韵以行，勿近伦父面目耳。

沈氏指出诗里面的议论"须带情韵以行"，即必须具有抒情性和音乐性，这是很有见地的。但应该进一步说明：这种"带情韵"的诗的议论，只能来自生活实践，来自形象思维，而不可能来自"先行"的"主题"，来自单纯的逻辑推理；应该饱和着生活的血肉，而不应离开生活，抽象地说理。

所谓形象思维，并不是如严羽所说的"惟在兴趣"，而是要从感性认识上升到理性认识，所以，有些精美的诗句，往往既是景语、情语，也是理语。杜甫的"水深鱼极乐，林茂鸟知归"、"江山如有待，花柳自无私"，陆游的"山重水复疑无路，柳暗花明又一村"等等，就是很好的例证。就整首诗说，例如杜甫的绝句："迟日江山丽，春风花草香，泥融飞燕子，沙暖睡鸳鸯。"情景交融，自不待言。它是不是还通过诗的形象体现了什么理性认识呢？罗大经在《鹤林玉露》（卷八）里是这样理解的："上二句见两间（天地之间）莫非生意，下二句见万物莫不适性。"这可以说是诗人通过形象发了一些议论，不过议论的色彩不大明显罢了。至于《北征》《自京赴奉先县咏怀五百字》等篇，议论的色彩就比较明显。《咏怀五百字》，这是诗人已到奉先、经历了饿死孩子的痛苦之后，写这次旅行中所见所感的作品，题曰"咏怀"，当然要发议论。例如第二大段，诗人写他于"岁暮百草零，疾风高冈裂"之时独自跋涉旅途，"霜严衣带断，指直不能结"，冻得够呛；然而当"凌晨过骊山"的时候，皇帝和他的宠妃、宠臣以及皇亲国戚等等，却在温泉所在的华清宫"避寒"，穷奢极欲，大量挥霍人民的血汗。诗人愤慨地写道："瑶池气郁律，羽林相摩戛。君臣留欢娱，乐动殷胶葛。赐浴皆长缨，与宴非短褐。彤庭所分帛，本自寒女出。鞭挞其夫家，聚敛贡城阙。圣人筐篚恩，实欲邦国活。臣如忽至理，君岂弃此物？多士盈朝庭，仁者宜战栗！况闻内金盘，尽在卫霍室。中堂舞神仙，烟雾蒙五质。暖客貂鼠裘，悲管逐清瑟。劝客驼蹄羹，霜橙压金橘。朱门酒肉臭，路有冻死骨。荣枯咫尺异，惆怅难再述！"在这里，诗人愤慨地大发议论，简直像是跟最高统治阶层进行说理斗争，然而并不是抽象地说理、空洞地发议论，而是对身历目睹的生活现象进行形象思维，从感性认识跃进到理性认识，所以议论既"带情韵以行"，又饱和着生活的血肉。宋诗就其主流来说，正继承、发展了这个传统。让我们举几个例子：

> 江上往来人，但爱鲈鱼美。
>
> 君看一叶舟，出没风波里。
>
> ——范仲淹：《江上渔者》
>
> 陶尽门前土，屋上无片瓦。
>
> 十指不沾泥，鳞鳞居大厦。
>
> ——梅尧臣：《陶者》

昨日入城市，归来泪满巾。

遍身罗绮者，不是养蚕人！

——张俞：《蚕妇》

蜀道如天夜雨淫，乱铃声里倍沾襟。

当时更有军中死，自是君王不动心。

——李觏：《读长恨辞》

横看成岭侧成峰，远近高低各不同。

不识庐山真面目，只缘身在此山中。

——苏轼：《题西林壁》

山外青山楼外楼，西湖歌舞几时休？

暖风熏得游人醉，直把杭州作汴州！

——林升：《题临安邸》

让我们再看看长篇宋诗中的议论：

王安石先后写了两篇《明妃曲》，欧阳修和了两篇，其中都有议论。王安石的前篇先写了六句："明妃初出汉宫时，泪湿春风鬓脚垂。低回顾影无颜色，尚得君王不自持。归来却怪丹青手，入眼平生几曾有？"然后评论道："意态由来画不成，当时枉杀毛延寿……"据《西京杂记》记载：汉元帝因后宫佳丽太多，不得常见，乃使画工图其形，按图召幸。其他宫人都贿赂画工，叫把自己画美些；唯独王昭君自恃貌美，不肯行贿，画工毛延寿便把她画得很丑，因而得不到召幸的机会。当匈奴入朝求美人的时候，元帝按图挑了个丑的，恰恰就是王昭君。昭君临行，发现她不仅美丽为后宫第一，而且"善应对，举止娴雅"，于是追究原因，杀了画工。这个故事本身就很有讽刺意义，可以入诗。王安石的独创性在于不是把批判的矛头指向画工，而是指向汉元帝，通过个别体现一般，阐发了一个具有普遍意义的大道理。"意态由来画不成，当时枉杀毛延寿。"对于一个人的精神实质、美丑好坏，是要通过亲自接触才能辨认清楚的，仅凭第二手材料、完全借助个别人的间接描绘，怎能作出正确的判断呢？毛延寿作弊，固然有罪，但汉元帝如果亲自进行了解，压根儿不依靠画工的描绘，不就杜绝了毛延寿作弊的根源了吗？所以如果从根本上追究责任，毛延寿的被杀也是冤枉的。很清楚，这篇诗如果只复述那个故事，而没有从形象描写中迸发出来的这两句新颖、精辟、发人深省的议论，其艺术质量必将大大减低。形象思维的特点之一是："坐驰可以役万象，片言可以明百意。"在优秀诗篇里，那种"可以明百意"、使整个艺术形象大放思想光辉的"片言"，常常是体现生活真理的议论。笼统地反对以议论入诗，是不利于诗歌创作的健康发展的。

欧阳修的《再和明妃曲》，一开始也只是就故事内容进行概括："汉宫有佳人，天子初未识。一朝随汉使，远嫁单于国。绝色天下无，一失难再得。"接着发议论："虽能杀画工，于事竟何益！耳目所及尚如此，万里安能制夷狄……"对于"耳目所及"两句，王士祯（渔洋）在《香祖笔记》里斥为"议论近腐"，翁方纲在《七言诗三昧举隅》里反驳说："正是唱叹节族耳，何尝是'议论'乎？此乃真所谓'不着一字'之妙，而何以云'近腐'耶？"说这是"唱叹节族"，是看

出了它的抒情性的，不算错；但它同时也是议论。王安石的
"意态由来"两句和欧阳修的"耳目所及"两句，立意不同，
但都是从昭君故事里概括出来的带有普遍性的大道理。这普
遍性，直普遍到包括了王安石、欧阳修感慨甚深的现实，因
而那议论就不是抽象的干巴巴的教条，而是洋溢着既来自历
史、又来自现实的激情。一切诗的议论，都带有这样的叙事、
说理和抒情浑然一体的特点。欧阳修的《食糟民》、苏轼的
《荔枝叹》、尤袤的《淮民谣》和陆游的《绵州录事参军厅
观姜楚公画鹰少陵为作诗者》等诗，议论更多一些，但都具
有这一特点，不失为优秀之作。至于像王安石的《兼并》那
样的政论诗，当然是受了政论文的影响，与上述各诗有区别。
但由于是从现实出发的，也有情韵，似乎仍可以作为诗中一
体而享有生存权。

　　除以上几点而外，"以文为诗"，当然还表现为吸取散
文在章法、句法等形式方面的优点，以加强诗歌的表现力。
近体诗篇幅短小（排律除外），不一定吸取散文的章法。至
于长篇古风，如果不从散文创作长期积累的艺术经验中吸收
有益的东西，就难免写得平直板滞。杜甫、韩愈乃至宋代杰
出诗人的长篇名作，在章法上"以文为诗"的特点都十分突
出。这一点，前人已有作为优点加以肯定的。例如吴汝纶评
杜甫的五言长诗《述怀》云："……其顿挫层折行气之处，
与《史记》、韩文如出一手，此外不可复得矣。"[1]方东树
谈到七言长诗的时候也曾指出："观韩、欧、苏三家，章法
剪裁，纯以古文之法行之，所以独有千古。"[2]就句法说，
《诗经》中的史诗、屈原的《离骚》、汉魏六朝乐府民歌中

---

[1] 转引自《唐宋诗举要》卷一。
[2] 《昭昧詹言》卷十一。

的"杂言诗"，以及此后杰出诗人如鲍照、李白、杜甫等的"杂言"歌行，一篇之中，句子忽长忽短，短则一言、两言、三言，长到七言、九言、乃至十一言以上，与全篇或四言、或五言、或七言的"齐言诗"相较，具有明显的散文化特点。就每一句的音节说，五言的常规是上二下三，七言的常规是上四下三（或者说，二、二、三），当诗人感到这个格式不便于表现特定内容的时候，究竟是削足适履呢，还是吸收散文的句式，以便更好地表现内容？宋人选择了后一条道路。例如梅尧臣的《田家语》，在揭露统治者不顾农民死活、"互搜民口"的罪恶之前，先写了这样两句："水既害我菽，蝗又食我粟。""既""又"呼应，突出了"天灾"之惨，为下文揭露"人祸"作了有力的铺垫。黄庭坚写给苏轼的"我诗如曹郐，浅陋不成邦，公如大国楚，吞五湖三江……"的第四句，以"五湖、三江"作动词"吞"的宾语，从而形象地表现了苏诗豪迈壮阔的气势。这几个句子，都突破了上二下三的格式，因适当的散文化而加强了表现力。就七言句说，例子更多。欧阳修《戏答元珍》中"春风疑不到天涯，二月山城未见花"的上句，陆游《长歌行》中"哀丝毫竹助剧饮，如巨野受黄河倾"的下句，都由于吸收散文句子的优点而变得富于弹性，更好地表现了诗人特定的思想情感。至于以散文中常用的虚词入诗，只要用得恰切，往往会起到"传神阿堵"的妙用。例如前面提到的范成大《催租行》中的"我亦来营醉归耳"，由于用了一个表示限制语气的"耳"跟"亦"相呼应，就把那个"里正"的无赖神态活画出来了。

当然，散文化的句子必须为更有力地反映生活、表达诗情诗意服务；它应该是着意锤炼出来的，而不是随意拼凑的。

同时，在一篇诗中，即使经过锤炼的散文化句子也不宜用得太多；太多了，就有损于诗的音乐性。例如欧阳修的《答杨子静祈雨长句》："……军国赋敛急星火，兼并奉养过王公；终年之耕中一熟，聚而耗者多于蜂。是以比岁屡登稔，然而民室常虚空。……"虽然思想内容进步，但用一连串过分散文化的句子发议论，缺乏形象，缺乏情韵，因而削弱了艺术感染力。

归结以上所谈，对于宋人"以文为诗"，要作具体分析，一分为二，不能以流弊代主流。就宋诗的主流看，"以文为诗"起了积极作用。同时，"以文为诗"，当然是在"以诗为诗"的基础上进行的，而不是丢掉诗歌传统，舍己之田而耘人之田。宋代的优秀诗人为了更有效地抒情达意，反映不同于前代的社会生活，不仅创造性地吸取前代诗人的创作经验、艺术手法，而且创造性地吸取前代散文家的创作经验、艺术手法，从而提高了诗歌这一艺术形式的表现力。这一点，值得我们重视和肯定，对于我们创作新诗歌，也很有借鉴意义。

用古代诗论中的术语谈论形象思维而只强调比、兴，忽略了甚至排斥了赋，不加分析地否定"直说"、否定"以文为诗"、并从而否定整个宋诗，这是不符合诗歌创作的实践、不符合《毛主席给陈毅同志谈诗的一封信》的原意、不利于创造无愧于社会主义新时期的宏伟"诗史"的。当然，这只是个人的一些粗浅看法，未必妥当，谬误之处，诚恳地希望得到同志们的批评和指正。

（原刊《陕西师大学报》1979 年第 3 期）

重谈形象思维

——与郑季翘商榷

郑季翘在《文艺研究》（1979年第1期）上发表了一篇洋洋洒洒的论文：《必须用马克思主义认识论解释文艺创作》（以下简称《解释》）。这个题目当然是无可争辩的，但这篇论文的内容，则有很多离题、背题乃至骂题的地方，值得商榷。

怎样还历史的本来面目

这篇论文的第一个小标题是"还历史的本来面目"。在这个小标题下，郑季翘做了不少文章，其中心意思是要为他1966年4月在《红旗》上发表的讨伐"形象思维论"的檄文恢复"荣誉"，从而对"形象思维论"继续开展批判。文章一开头就指责道：在毛主席的信发表后，有的同志"曲解毛主席关于形象思维的论述，为自己过去宣扬的错误理论'形象思维论'进行辩解，并进一步发挥其错误思想，甚至歪曲我在文化大革命前写作和发表的《在文艺领域里必须坚持马克思主义的认识论——对形象思维论的批判》一文的事实真相，硬把它和'四人帮'拉在一起来批判，这是很不应该的"。"这种蓄意违反事实，陷人以罪的做法也是很不正常的。"……诸如此类，不一而足。……

郑季翘所说的那段"历史"距今并不遥远，它的"本来面目"，亿万人民特别是文艺界的人们无不记忆犹新。如果有人故意加以歪曲和掩盖的话，那么只要坚信实践是检验真理的唯一标准，只要有那么一点辩证唯物主义的观点和实事求是的作风，要"还"起来也不太困难。

在读到郑季翘的这篇新作之前，我根据《诗刊》记者在《学习〈毛主席给陈毅同志谈诗的一封信〉座谈会纪要》中提供的事实，对郑季翘有些谅解，误以为他那篇文章真如《诗刊》记者所说，原是对形象思维问题作学术讨论的，只是被江青、陈伯达之流所利用和篡改，把学术问题搞成政治问题，层层加码，无限上纲，陷人以罪，为其篡党夺权的阴谋服务罢了。现在经过郑季翘"澄清事实"，才知道那篇讨伐"形象思维论"的檄文是他自己"写作和发表"的，与林彪、"四人帮"无关，这就使我对郑季翘有了新的看法。

郑季翘在他的新作《解释》一文中，虽然曾说"毛主席历来提倡艺术科学中的是非问题，应当通过艺术界科学界的自由讨论去解决，通过艺术和科学的实践去解决，而不应采取简单的方法去解决"，并且表示"愿意参加关于形象思维的讨论"；但不仅没有接触他以前在"批判形象思维论"的文章中是怎样对待艺术中的是非问题的，而且在他的《解释》一文中，仍对他轻蔑地称之为"形象思维论者"的同志们极尽冷嘲热讽乃至谩骂之能事。这"也是很不正常"的。让我们先谈谈他1966年4月发表在《红旗》的那篇《在文艺领域里必须坚持马克思主义认识论——对形象思维论的批判》（以下简称《坚持》）究竟是什么样的文章？它在"四害"横行时期，究竟起了什么作用？

在我国，从 50 年代中期开始的关于形象思维问题的讨论，是在批判胡风把文艺的特点，把形象思维绝对神秘化的基础上开展起来的，有些同志在批判胡风文艺观点的文章中，就批判过对形象思维的曲解。然而文艺毕竟是有自己的特点的，丢掉了文艺的特点，也就丢掉了文艺，因此，当时党在文艺界的领导者之一周扬同志在《建设社会主义文学的任务》的报告（见 1956 年 3 月 25 日　《人民日报》）中，首先批判了胡风"把艺术认识和科学认识、形象思维和逻辑思维完全割裂开来，借以证明作家的创作同他们的世界观毫无关系"之后，又从克服作品中公式化、概念化倾向的目的出发，要求重视艺术地反映现实的特殊规律。此后，关于形象思维的讨论，就开展起来了。直到郑季翘的《坚持》发表前夕，都是真正贯彻了"百家争鸣"精神的"自由讨论"。在讨论中，有个别同志不承认有形象思维，绝大多数同志则认为形象思维是文艺反映现实的特点或特点之一，但对形象思维的理解又不尽相同。因此，有时争论得很热烈，但都是心平气和地各抒己见，互相商讨，没有谁动用过棍子或帽子之类的武器。这些事实，只要翻阅一下上海文艺出版社 1978 年出版的《形象思维问题参考资料》第一辑，就会看得一清二楚。

这里还应该特别提出：周总理《在文艺工作座谈会和故事片创作会议上的讲话》中，在反复强调发扬艺术民主的同时，还反复强调了文艺的特殊规律，明确谈到"文艺的特点是通过形象思维反映生活"，"文艺为政治服务，要通过形象，通过形象思维"。据郑季翘在《解释》一文中的"解释"：他的《坚持》初稿"写于 1962 年底、1963 年初"，当时不知道毛主席给陈毅同志的信中三次地肯定了形象思维，因而谈不到把矛头指向毛主席。而周总理上述讲话的时间是 1961 年 6 月 19 日，即在郑季翘写《坚持》初稿的半年以前。周总理的上述讲话，既是在较大规模的会议上发表的，又立即在各省市传达、落实。郑季翘作为一个省的文教工作的负责人，总不能说在《坚持》一文中把形象思维论打成"反马克思主义的认识论体系"的时候，还不知道周总理在那篇讲话中两次地肯定了形象思维吧！对于这一点，郑季翘又如何解释呢？

　　话又说回来，我在前面之所以讲到形象思维问题的讨论是在批判胡风文艺观点的基础上开展起来的，其目的是探讨文艺如何通过它的特点更好地为无产阶级政治服务，又特别提到敬爱的周总理也早已肯定过形象思维，只不过是"还历史的本来面目"，说明从 50 年代中期开始直到郑季翘《坚持》一文发表前夕为止的关于形象思维问题的讨论，是人民内部的学术讨论，不是政治问题，不是敌我矛盾性质的问题。

　　作为一个学术问题，尽管周总理、毛主席都先后多次肯定过形象思维，郑季翘仍然可以提出他个人的独创性的见解。问题是郑季翘在《坚持》一文中，压根儿没有把形象思维看作学术问题，按照"双百"方针进行"自由讨论"；而是把它作为严重的政治问题、作为敌我矛盾性质的问题，棍、帽交加，对所有主张形象思维的同志（包括周总理在内）乃至整个文艺界、教育界，进行了全盘否定的"批判"与声讨。

　　郑季翘无视或者说"歪曲"（这是他最喜欢强加于人的字眼）形象思维问题的讨论正是在批判胡风的基础上开展起来的历史事实，在《坚持》一文的第五节《从形象思维论的演变看它到底为什么人服务》中耸人听闻地说：

> 形象思维这个观点传入我国后，曾被胡风拿来进行反对马克思主义的活动。……后来，胡风的反党阴谋被粉碎了，但是他的形象思维的论点并没有得到批判。……文艺界一些别有用心的人就来继续以形象思维论为武器，向马克思主义的世界观开火了。

把讨论形象思维问题指斥为传胡风之衣钵，"继续以形象思维论为武器，向马克思主义的世界观开火"，这纲上得非常高，高到"吓煞人也"的地步！当然，郑季翘还是有分寸的，他在这里指的是"文艺界一些别有用心的人"，而没有指全体。那么，并非"别有用心的人"又怎么样呢？郑季翘说，这些人认为"只有形象思维才能说明文艺的特点"，因此，"人们的出发点不同，而结果都是一个：都肯定了形象思维论"。

"都肯定了形象思维论"中的那个"都"所包含的规模究竟有多大呢？请看郑季翘的如下一段描绘：

> 近年来，在我国文学艺术领域中流行着一个特殊的理论，这就是形象思维论。这个理论很有势力：一些文艺理论家在倡导着它，大学的文学课程在讲述着它，文艺工作者在谈论着它。一句话，这是我国文学艺术领域中普遍流行的、用以说明作家进行文艺创作时思维过程的基本理论。

　　这就是说，在郑季翘的《坚持》一文发表之前，我国整个文学艺术领域都被形象思维这种"特殊的理论"占领了、统治了。

　　面对这种现实，郑季翘提出了一个十分尖锐的问题："形象思维论为什么会成为某些人进行反党、反马克思主义活动的理论武器呢？"他于是亲自下手，"经过研究"作出了如下判决：

　　　　所谓形象思维论，不是别的，正是一个反马克思主义的认识论体系，正是现代修正主义文艺思潮的一个认识论的基础。近年以来，文艺领域中不断发生这样那样的问题，这反映了这个战线上复杂尖锐的阶级斗争，而形象思维论，却正给一些否定马克思主义和党的领导的人提供了认识论的"根据"，起了很坏的作用。

　　郑季翘在作了如上判决之后，合乎逻辑地提出了如下的战斗任务：

　　　　当前，我们的社会主义文化革命正在深入发展。在文艺领域中，我们正在对一些反社会主义的作品和理论进行斗争，这是完全必要的。但是，如果不彻底破除形象思维论这个反马克思主义的体系，那就等于还给反社会主义的文艺在认识论的根本问题上留下一个掩蔽的堡垒。所以，为了保卫马克思主义的认识论，捍卫毛泽东文艺思想和坚持党的文艺路线，对形象思维进行彻底的批判，扫清形象思维论者撒播的迷雾，应该是思想战线和文艺战线上一个重大的战斗任务。

我在这里引了这么多郑季翘的原文，未免浪费纸笔。然而为了"还历史的本来面目"，不得不这样做。……郑季翘如果真的像他要求别人的那样"在学术讨论中坚持实事求是的作风"，"用马克思主义认识论"看问题，那就不妨把自己的《坚持》一文放在那个特定的历史环境里，……看看会得出什么结论？何妨把《坚持》发表以后所产生的社会效果做一些哪怕是非常粗略的调查，看看会有什么感想？……

根本的分歧究竟在哪里

郑季翘的新作《解释》一文的第二个小标题是"根本的分歧在哪里"，在这个小标题下面，他概括了《坚持》一文的基本内容，并对近两年来许多同志对《坚持》一文的批评进行了反驳，然后作出了结论："这种分歧的实质，就在于是否用马克思主义的认识论来解释文艺创作。"（着重点是原有的——引者）

郑季翘提出的这个"根本分歧"是从若干"分歧"中归纳出来的。我们也不妨就这若干"分歧"进行商榷。

（一）究竟有没有形象思维

郑季翘断言根本没有形象思维，只有逻辑思维。"所谓形象思维"，"不过是一种违反常识，背离实际的胡编乱造"。他进一步上纲："认为形象思维是与抽象思维相对称的特殊的思维规律，就是在认识真理的途径上制造了二元论。"

把对方打成"二元论"的"制造"者，当然对自己很有利，但首先应该弄懂什么叫"二元论"。看来动不动以马列主义者的口吻训人的郑季翘，连什么是"二元论"还处于望文生义的阶段，岂不令人惋惜！多少有一些哲学常识的人都知道，认为万物只有一个本原的哲学学说叫"一元论"。认为物质是世界的本原，这是唯物主义的"一元论"；认为精神是世界的本原，这是唯心主义的"一元论"。与此相反，认为世界的本原不是一个，而是两个——物质与精神，企图调和并结合唯物主义与唯心主义的，叫做"二元论"。郑季翘所批判的"形象思维论者"并不曾谈论世界的本原问题，只不过认为人类具有反映物质世界的两种思维形式，这又与"二元论"有什么相干？

我个人承蒙郑季翘不弃，在《坚持》一文中被多次点名批判，因而很受了一些教育与锤炼。但截至目前，几经思考，仍认为人类具有形象思维和逻辑思维两种既有共同性，又有特殊性，相互促进，相辅相成的反映客观世界的思维形式，而文艺创作，虽然离不开逻辑思维，但主要要用形象思维，正像科学研究虽然也需要形象思维，但主要用逻辑思维一样。

马克思在《〈政治经济学批判〉导言》中指出："整体，当它在头脑中作为被思维的整体而出现时，是思维着的头脑的产物，这个头脑用它所专有的方式掌握世界，而这种方式是不同于对世界的艺术的、宗教的、实践——精神的掌握的。"这说明从艺术上掌握世界的思维方式和从科学上掌握世界的思维方式各有特点。我曾经在郑季翘批判形象思维时作为靶子之一的《文艺学概论》中引用过这段经典性的论述，但郑季翘不屑一顾，大概是认为那也是"制造二元论"吧！

　　《在延安文艺座谈会上的讲话》（以下简称《讲话》）这篇光辉著作中，毛主席虽然没有用"形象思维"这个术语，但在阐述文艺的特殊规律的许多地方，实际上都谈到了形象思维。他强调指出："学习马克思主义，是要我们用辩证唯物论的观点去观察世界，观察社会，观察文学艺术，并不是要我们在文学艺术作品中写哲学讲义。"谁都知道，"写哲学讲义"，主要用的是逻辑思维。"并不是要我们在文学艺术作品中写哲学讲义"，这就清楚地指出，文艺创作，要用形象思维。毛主席正是由于充分地估计到文艺的这一特点，所以又明确地告诉我们："马克思主义只能包括而不能代替文艺创作中的现实主义。"这短短的一句话，讲得多么精辟、多么全面！第一是"只能包括"，我们所说的现实主义是包括于马克思主义之内的革命现实主义，而不是违反马克思主义的其他"现实主义"；第二是"不能代替"，一"代替"，就取消了文艺创作的特殊规律，从而抹杀了文艺的特殊职能。

　　马克思主义"包括"的现实主义，其创作过程是受辩证唯物主义指导的，毛主席正是从这一点出发，既指出社会生活是文艺的唯一源泉，又强调"文艺作品中反映出来的生活却可以而且应该比普通的实际生活更高，更强烈，更有集中性，更典型，更理想，因此就更带普遍性"。文艺创作从客观生活出发而达到了六个"更"，正说明从感性认识上升到了理性认识，其创作过程，是"包括"在马克思主义的认识论之内的。但是，这个过程，马克思主义的认识论又"不能代替"。毛主席是这样说明这个过程的：

革命的文艺，应当根据实际生活创造出各种各样的人物来，帮助群众推动历史的前进。例如一方面是人们受饿、受冻、受压迫，一方面是人剥削人、人压迫人，这个事实到处存在着，人们也看得很平淡；文艺就把这种日常的现象集中起来，把其中的矛盾和斗争典型化，造成文学作品或艺术作品，就能使人民群众惊醒起来，感奋起来，推动人民群众走向团结和斗争，实行改革自己的环境。

毛主席在这里所说的"根据实际生活创造出各种各样的人物来"，"把这种日常的现象集中起来，把其中的矛盾和斗争典型化"等等，难道不是最深刻、最准确地揭示了形象思维的特质吗？

毛主席在给陈毅同志谈诗的一封信里三次地肯定了形象思维，并借用我国古代诗论家从包括大量民歌在内的《诗经》的创作实际中总结出来的赋、比、兴"三法"，说明了形象思维的特点，其精神跟《讲话》中的上述论述一脉相承，并无二致。毛主席引用朱熹的话对赋、比、兴作了解释："赋者，敷陈其事而直言之也"；"比者，以彼物比此物也"；"兴者，先言他物以引起所咏之辞也"。此外，我国古代诗论家对赋、比、兴还作过许多解释。如说："赋之言铺，直铺陈今之政教善恶"。"比者，附也；兴者，起也。附理者切类以指事，起情者依微以拟议"。"取象曰比"，"叙物以言情，谓之赋"，"触物以起情，谓之兴"。总括起来看，兴指现实生活激起的诗情诗意，比指创作过程中的联想与想象，赋指对客观事物的叙述和描写。兴、比、赋并用，正说明艺术构思自始至终都是凭借客观事物的感性形象进行的。

郑季翘为了替他的"反形象思维论"辩护，只引了毛主席所说的"诗要用形象思维，不能如散文那样直说，所以比、兴两法是不能不用的"几句话，公然把"赋也可以用，如杜甫之《北征》，可谓'敷陈其事而直言之也'，然其中亦有比兴"这几句与上文紧密联系、十分重要的话砍掉了！他如此这般地把毛主席的完整论述根据自己的需要加以肢解之后，即"理直气壮"地教训"形象思维论"者说：

> 如果我们完整地加以理解，当能体会到，毛主席所说的形象思维，是指诗要通过形象来表现思想（着重点是原有的——引者），与散文直接说出自己的思想不同，而比、兴则是用形象表现思想的艺术方法，所以不能不用。……某些同志企图以曲解毛主席给陈毅同志的信来为"形象思维论"辩护，是徒劳的。

在这里，郑季翘把毛主席所说的"诗要用形象思维"做了一个真正够得上"荒谬"的解释："诗要通过形象来表现思想。"还"老王卖瓜，自卖自夸"，说这是对毛泽东思想"完整地加以理解"，而把"形象思维论"者对毛主席三次肯定形象思维的解释说成"曲解"。魔术师的魔术棒这样一挥，就轻而易举地把毛主席的形象思维理论纳入他的反形象思维论体系中去了。应该指出，这才真正"是徒劳的"。

　　毛主席指出的马克思主义包括的现实主义文艺创作，是要从社会生活中汲取源泉，用形象的形式，即生活本身的形式，在更高的程度上反映生活真实。我们在前面引用的《讲话》中的那些精辟的论述，不是讲得十分清楚吗？毛主席反复指出的是"应当根据实际生活创造出各种各样的人物来"；"把这种日常的现象集中起来，把其中的矛盾和斗争典型化"；要表现"新的人物，新的世界"；毛主席给陈毅同志谈诗的信中又指出："要做今诗，则要用形象思维方法，反映阶级斗争与生产斗争……"什么时候讲过文艺要"通过形象来表现思想"这样的话、或者表达过这样的意思？"通过形象来表现思想"，这决不是辩证唯物主义者对文艺所下的定义，因为它和唯心主义划不清界限。黑格尔给文艺下过一个相当著名的唯心主义的定义，与郑季翘的定义，先后辉映，堪称"双璧"。那就是："观念是艺术的内容，而感性的、形象的外观是观念的形式。""四人帮"的御用文人遵照"主题先行"和"三突出"之类的钦定模式，由"领导出思想"，然后根据"领导"所出的"斗走资派"之类的思想编造人物，从而炮制出来的歪曲现实生活、颠倒敌我关系的大量阴谋文艺作品，不是也完全符合郑季翘所下的"通过形象来表现思想"的定义吗？

　　还应该指出，毛主席借赋、比、兴的传统术语论述形象思维，只用了几句话，但郑季翘同志连这几句话的意思都没有弄懂，就"完整地"加以解释了。毛主席说"诗要用形象思维，不能如散文那样直说……"把前后联系起来加以理解，就可以看出这里的"散文"指的是不用形象思维的，非文艺性的散文。这一点，我认为很重要。因为第一，诗也是可以"直说"的，毛主席紧接着就以杜甫的不朽名作《北征》为例，指出"敷陈其事而直言之"的赋"也可以用"。"直言"与"直说"，究竟有多大差别呢？学过一点语法的人都会看出毛主席特意用了"如散文那样"的状语对"直说"加以限制。诗"不能如散文那样直说"，并不等于诗"不能直说"。比如说"我们不能如'四人帮'那样搞文艺创作"，难道就等于"我们不能搞文艺创作"吗？第二，用形象思维的文艺性的散文，也不一定"直说"，往往是"曲说"的。（我的这些理解也许是"曲解"，在《陕西师大学报》1979年第3期发表的《诗的"直说"及其他》一文和在《语文学习》1979年第二、三期连载的《柳宗元〈永州八记〉选讲》一文中作了较充分的说明，请参阅、赐教）而郑季翘的理解却与此不同，说什么"毛主席所说的形象思维，是指诗要通过形象来表现思想，与散文直接说出自己的思想不同，而比、兴则是用形象表现思想的艺术方法，所以不能不用"。请问郑季翘，难道博览群书、从实际出发的毛主席，会认为像司马迁的《项羽本纪》那样的史传文学作品和柳宗元的《黔之驴》、《永州八记》之类的文艺性散文，都是"直接说出自己的思想"吗？

在《解释》一文的另一个地方，郑季翘更进一步指斥他所谓的"形象思维论"者"不是完整地、准确地去理解马列主义、毛主席的思想，而是断章取义、片言立论、任意地加以曲解"。骂得的确很痛快，也值得被骂者认真检查，有则改之，无则加勉。但郑季翘却为我们树立了这样一个"完整地、准确地去理解马列主义、毛主席的思想"的"样板"，怎能不使人感到遗憾！

　　理论是从实践中概括出来的，又需要经过实践的检验，在反复实践中得到完善和发展。因此，卓越的、有丰富的文艺创作经验的革命作家关于形象思维的论述是值得重视的。在列宁直接关怀和指导下从事文艺工作的高尔基，具有无产阶级的革命立场和马克思主义的思想武装，是已有定评的伟大的社会主义现实主义作家。他在小说、戏剧、诗歌、童话以及各种文艺性的散文等几乎所有的文艺样式的创作中，都取得了辉煌的成就，积累了异常丰富、异常宝贵的实践经验。他在总结自己的创作经验的基础上批判地继承了前人关于形象思维的理论而加以革命性的改造，发表了许多精湛的见解。1933 年，他在《论短视与远见》一文中，把他阐述的形象思维，作为社会主义文学艺术创作的思维方式，认为作家只要正确地反映社会主义现实生活及其发展趋势，"这就是社会主义现实主义，是那些改变和改造世界的人的现实主义，是以社会主义经验为基础的现实主义的形象思维"。而郑季翘却对高尔基的形象思维理论嗤之以鼻，随便引了几句，即以"含糊语句"四字判处死刑。时隔十余年，郑季翘似乎认识到革命作家的创作经验也有些用处了，他引了姚雪垠同志谈《李自成》创作经验的一段文字。引来干什么呢？引来为他的反形象思维论撑腰，用以证明形象思维论"是完全违背实际的一种臆造，是十分荒谬的"。

　　《李自成》是目前深受广大读者欢迎的小说。引《李自成》作者的创作经验否定形象思维，是有说服力的。问题是郑季翘只引了似乎对他有利的几句话，犯了"断章取义、片言立论"的老毛病。其实，姚雪垠同志的最主要的创作经验对郑季翘的"反形象思维论"很不利。郑季翘大约是个忙人，写论文时，无暇占有材料，所以不妨多引几句姚雪垠同志《〈李自成〉创作余墨》（《红旗》1978 年第 1 期）中的话，以供参阅：

> 在历史小说作家的劳动中，关于历史事变的科学研究，题材的形成，主题思想的逐渐明确和深化，由简略到比较细密的艺术构思，原是互相伴随着进展的，是辩证统一的。过去有人将逻辑思维与形象思维绝对分开，从而只承认逻辑思维，否定形象思维，这个论断不符合众多文学艺术家的创作实践，是一种形而上学的观点。逻辑思维只能指导形象思维，不能代替形象思维。形象来源于生活，来源于客观世界在头脑中能动的反映，决不是来源于逻辑思维。没有形象思维，连最简单最原始的艺术也不会产生。

> 企图用逻辑思维代替形象思维，其结果必然不利于艺术创作，而只会促使作品流于简单化、概念化、干巴巴的、千篇一律、以图解主题思想为完成任务。如果逻辑思维可以代替艺术形象，那么所有的理论家都可以创作出优秀的文学艺术作品，用不着提倡独特的艺术修养了。另外，我们也必须看到，不仅逻辑思维能够指导形象思维，而且伴随着创作实践过程的形象思维也能够反过来影响逻辑思维。

郑季翘本来是企图用姚雪垠同志的创作经验为自己的"反形象思维论"辩护的，却没看到姚雪垠同志还讲了这么多，"否定形象思维，这个论断不符合众多文学艺术家的创作实践，是一种形而上学的观点"等等的创作经验。看了这些经验之谈，不知郑季翘有何感想？打算怎样处理？是不是又要像对待毛主席给陈毅同志的信那样"完整地加以理解"，然后纳入自己的"反形象思维论"体系呢？如果采取这种手法，那只能弄巧成拙。因为姚雪垠同志从他的创作实践中概括出来的关于形象思维及其与逻辑思维的辩证关系的论述，是和50年代中期以来多数主张形象思维的同志的见解完全一致的。

（二）主张形象思维，是不是等于"不用抽象，不用概念"，传播"反科学的直觉主义、神秘主义理论"

郑季翘在《坚持》一文中引了我在《文艺学概论》（陕西人民出版社1957年版）中所说的"形象思维是用形象来思维的"一句话（在《解释》一文中又被引用）以及其他几位同志所讲的类似的话，然后斥之为"不用抽象、不用概念，不依逻辑规律"，传播了"反科学的直觉主义、神秘主义理论"。

必须郑重声明：这些帽子，扣在我的头上，并不那么合适。我在《批判阿垅的诗歌理论》（发表于《人民文学》1955年8月号，同年10月号《新华月报》转载，同年9月天津文联编入《批判胡风集团反动文艺思想》第三辑）一文中，用了近两千字的篇幅批判了阿垅的"形象思维"论，谈了我自己对形象思维的看法。其中的着重点是，引用毛主席《实践论》中"从感性认识跃进到理性认识"的有关论述，批判了阿垄鼓吹直觉主义、神秘主义的理论；引用列宁《黑格尔〈逻辑学〉一书摘要》中"一切科学的（正确的、郑重的、非瞎说的）抽象，都更深刻、更正确、更完全地反映着自然"的有关论述，批驳了阿垄在形象思维过程中排斥抽象和概念的臆说。

至于说"不依逻辑规律"，这也跟我对形象思维的论述颇有出入。我在《试论形象思维》（《新建设》1956年5月号发表，收入长江文艺出版社1958年版拙著论文集《诗的形象及其他》和上海文艺出版社1978年版《形象思维问题参考资料》第一辑）一文中用了将近三千字的篇幅，谈了"形象思维和逻辑思维的共同性"，并在这一节的结尾部分说：

> 如果说形象思维有助于逻辑思维，那么，逻辑思维对于形象思维就有其更重大的指导意义。早在人类发展的初期，我们就看到思维有形象的和逻辑的两种形式。而逻辑思维的发展，不仅没有取消形象思维的作用，反而相应地促进了它的发展。在前面说过，形象思维也需要"反映事物的本质，反映事物的内部规律性"，而逻辑思维，正可以帮助艺术家在研究生活的时候，正确地理解事物的本质及其内部规律性。

总之，在我关于形象思维的全部论述中，既谈了形象思维的特殊性，也强调了它与逻辑思维的共同性以及二者之间的辩证关系。其结论是：文学艺术的创作不等于"写哲学讲义"，必须运用形象思维，而不能只用逻辑思维。但在文艺创作中进行形象思维的时候，这种形象思维不是孤立的，不是和逻辑思维对立的。我曾在《文艺学概论》中强调说明：

> 在文学创作中，形象思维有赖于逻辑思维的帮助，它们往往互相启发，互相渗透，互相转化，形成一种复杂的思考过程。

不难看出，我在谈文艺创作的特点的时候，曾几次谈到"逻辑思维可以帮助形象思维，却不应该代替形象思维"，却从来没有讲过在文艺创作中只要形象思维，不要逻辑思维。我探讨形象思维问题，正是从 1955 年初批判阿垄"把形象思维归结为'感觉'而和逻辑思维对立起来，从而反对对于生活的理性认识"开始的。

郑季翘只引了"形象思维是用形象来思维的"一句话，就作出了"不用抽象、不用概念，不依逻辑规律"等一系列判断，实在令人费解。"用形象来思维"，我在其它地方，也借用高尔基的说法，写作"凭借形象来思维"。其用意在于强调在文艺创作中，形象是思维的对象，而这形象又主要是人物形象。"革命的文艺，应当根据实际生活创造出各种各样的人物来"。不凭借实际生活中的各种各样的人物形象进行思维，能行吗？要知道，这正是文艺创作的特点。把几麻袋数字和公式视为珍宝搞数学研究，写出了名震中外的数学论文的陈景润同志，就不必下这番工夫。但对搞文艺创作的人来说，如毛主席所指出："了解人熟悉人的工作却是第一位的工作。"

"形象思维是用形象来思维的"这一句话，是我从前面的几大段论述中概括出来的，这里不妨引几句：

> 因为艺术的基本对象是作为"社会关系的总和"的活的整体的人，所以形象思维的特点之一是凭借具体的形象、主要是凭借处于特定环境中的人的形象（外在形象和内在形象）进行思维的。

很清楚，我始终没有说不要"思维"，而是说要凭借处于特定环境的各种人物的外在形象和内在形象来"进行思维"。"思维"这个哲学术语，难道不正是包含了"抽象"、"概念"等内容、而倒是跟这些内容水火不相容的吗？在《文艺学概论》中，我还讲过这样一段话："有些人把形象思维和逻辑思维对立起来，甚至反对在谈形象思维问题时接触'抽象'、'思想'一类的术语。在他们看来，仿佛在形象思维中只有感受、没有认识，只有形象、没有概念。果真这样，那么形象思维就不是'思维'了。"不知道郑季翘是有意忽略，还是没有看见。

（三）"主题先行"，是不是现实主义的创作规律

在《坚持》一文中，郑季翘先后引了我谈主题思想形成过程的两段话。一段是："有些人认为不论是逻辑思维或形象思维，在将'丰富的感觉材料''进行改造制作'的方法上并没有什么区别。那就是：逻辑思维是从具体到抽象，'造成概念和理论的系统'；形象思维也是从具体到抽象，形成抽象的主题思想。在他们看来，形象思维不同于逻辑思维的只是在它形成抽象的主题思想之后，还需要给这种抽象

的主题思想制造形象的外衣。显而易见，这种说法是错误的，有很大的危害性的。按照这种说法，必然会在创作的一定阶段上用逻辑思维代替形象思维，其结果是产生公式化概念化的作品。"引到这里，紧接着就扣了一顶大帽子："形象思维论者反对在文艺领域中运用《实践论》中所阐述的普遍的认识规律，竟然达到如此狂妄的地步！"很显然，这帽子也是凭空飞来，强加于人的，虽然大得吓人，长期内也发生过很大的压力；但其实是"大而无当"。我倒要请教郑季翘：难道"普遍的认识规律"运用于各种自然科学领域和社会意识形态领域去研究各自的特殊本质特殊规律的时候，只能表现为同样的模式，而不会显示出各自的特点吗？如果只能表现为同样的模式的话，那么对毛主席在《矛盾论》中阐明的矛盾的普遍性与矛盾的特殊性的辩证关系，究竟应该怎样理解？对毛主席在《讲话》中指出的"一般的宇宙观也并不等于艺术创作和艺术批评的方法"，"马克思主义只能包括而不能代替文艺创作中的现实主义，正如它只能包括而不能代替物理科学中的原子论、电子论一样"，又该如何解释？

我在谈形象思维的时候，多次引用《实践论》中所阐述的普遍的认识规律，强调在马克思主义世界观指导下进行的与逻辑思维互相渗透相辅相成的形象思维，必须从感性认识上升到理性认识。郑季翘同志节引的那一段话，只不过是试图在普遍的认识规律指导下说明文艺创作"在将'丰富的感觉材料'进行'改造制作'的方法上"有什么特点罢了，怎么能扣上"狂妄"地"反对在文艺领域中运用《实践论》所阐述的普遍的认识规律"的帽子呢？

郑季翘在《坚持》一文中还引用了我的另一段话："霍松林同志说：'在形象思维的整个过程中，抽象化和具体化是统一的，不应该先抽象出赤裸裸的主题思想，然后再将它具体化。'"紧接着就用嘲笑的口吻说：

这种不要先有主题思想的文艺创作论，在不久以前，在不少文艺工作者当中，还是一种时髦的理论哩！

图穷匕首现，看来郑季翘费了不少笔墨，把形象思维论打成"反党"、"反马克思主义"、"反社会主义"的"现代修正主义的一个认识论基础"，其目的之一，就是要创立一种"先有主题思想的文艺创作论"——"主题先行论"。

在《试论形象思维》和《文艺学概论》中，我是这样探索主题思想的形成过程的："科学家在将'丰富的感觉材料''改造制作'的过程中，一面理出事物的本质，一面即抛弃'感觉材料'；艺术家则不然，他一面理出事物的本质一面选择并集中具体事物中的那些表现某种现象的一般本质的感性因素，顺着这样的途径，逐渐地形成了形形色色的形象，也逐渐地形成了主题思想。所以，在艺术中，思想并不是抽象地存在的，而是作为对象，作为由全部形象的逻辑发展及其相互关系所交织成的生活图画而存在的。一部作品所描绘的生活图画既体现着生活的一般规律性，同时又是独特的、个体的生活景象。"这就是我对被郑季翘节引的两段话——关于主题思想形成过程的部分解释。在被郑季翘从上下文中孤立出来的"形象思维是用形象来思维的"那句话后面，我还进一步解释说：

　　艺术家在生活实践中密切地注意处于特定环境中的各种人物的典型特征，注意他们的行动表现和内心活动，注意他们在做什么、怎样做以及为什么这样做……为自己积蓄生动具体的印象，并根据这些印象进行"思维"，从而孕育人物，形成主题。主题思想本来就不是人物形象以外的东西，而是人物形象的思想意义。在现实主义的艺术作品中，主题思想总是跟着人物形象及其相互关系的逐步展开、逐步深化的。

　　概括起来说，我认为现实主义文学艺术家把"感觉材料"经过"改革制作"，形成主题思想的过程、方法，与社会科学家把"感觉材料"经过"改革制作"，形成"概念和理论的系统"的过程、方法，是有所区别的。前者的特点是：当文学艺术家深入现实生活，"观察、体验、研究、分析一切人，一切阶级，一切群众，一切生动的生活形式和斗争形式"的时候，主题的形成和深化，是伴随着人物的孕育和发展进行的。这里特意用了"孕育"两字，是在说明要创造出真正有强大生命力的人物形象、艺术典型，比女人十月怀胎还难，作者得把自己的全部心血、全部思想感情倾注进去，进行长时期的"孕育"。许多堪称"伟大"、"卓越"的文学艺术家，都有这方面的经验。巴尔扎克说：他过着他的人物的生活。他在写到高里奥老爹的死的时候，自己也觉得不舒服起来，甚至想叫医生。屠格涅夫在对奥斯特洛夫斯基谈到写《父与子》的时候说："巴扎洛夫这个人折磨我到了极点。就是当我坐下来用餐时，他也往往在我面前出现。我在和人谈话的时候，就会想：要是我的巴扎洛夫在，他会讲些什么？"
福楼拜说他写到波娃利夫人服毒的痛苦时，他自己也尝到了
"真正的砒霜的味道"，因而也病倒了。我国明代大戏曲家
汤显祖在创作《牡丹亭》的时候，有一天忽然不见了。这急
坏了全家人，寻遍了他可能去的所有地方，最后才发现他躺
在柴堆上，"掩袂痛哭"。家里人很吃惊，问他为什么这样
悲伤。他说：写杜丽娘的唱词，写到"赏春香还是旧罗裙"
的地方了！我国现代和当代的著名作家，也谈过类似的经验。
姚雪垠同志在《〈李自成〉创作余墨》中就曾经说过："伴
随着对历史的初步认识进行着形象思维，愈来愈多的故事情
节和生活画面在我的心中出现，而且很生动。"在谈《〈李
自成〉的创作》中又说他孕育《李自成》的人物时，"对李
自成及其将领、士兵群众、包括孩儿兵、女兵和女将在内，
怀着深厚的感情，……与农民起义的大小英雄同呼吸，共脉
搏，时常为他们痛洒激动之泪"。梁斌在谈他写《红旗谱》
的过程时也说："当我写这本书时，为了悼念我的朋友及战
友们，曾经无数次的掉下眼泪，是流着眼泪写这本书的。"

　　高尔基所说的"凭借形象来思维"和法捷耶夫所说的"用
形象来思考"中的"形象"，都是指实际生活中的形象，主
要指人物形象。人物形象来自现实生活，主题思想也来自现
实生活。在一个坚持用真实地反映现实生活的现实主义原则
从事创作的作家那里，主题思想伴随着人物形象的孕育、成
长而形成、深化的过程，是一个复杂的过程。尔柴诺夫在关
于托尔斯泰的回忆中记述的一段话很能说明问题。尔柴诺夫
问托尔斯泰道：

人家说，您对安娜·卡列尼娜非常残酷，您叫她在火车底下碾死；他们说，她不能一辈子同这一'枯燥无味的人'亚历克赛·亚历克赛特罗维奇耽在一起啊。

托尔斯泰笑了一笑，提起了普希金的一件事："普希金有一次对自己的一位朋友说：'你想想看，塔吉雅娜同我耍的什么把戏！她结婚去了！我从来也没有想到她会这样的。'关于安娜·卡列尼娜，我能说的也就是这样。一般说，我的男女主角们有时做一些我不会希望他们做的玩意儿，他们做的是在现实生活中必须做的和像在现实生活中常有的一样，而不是我所希望他们做的。"

这就是列宁所称赞的"不仅创作了无与伦比的俄国生活的图画，而且创作了世界文学中第一流的作品"的"伟大艺术家"托尔斯泰"孕育"人物的一种情况。当他的男女主角们"做的是在现实生活中必须做的和像在现实生活中常有的一样"，而不是做他"希望他们做的"这种情况出现的时候，他就放弃了他的"希望"，服从于生活的真实。而和他的"希望"相一致的主题思想，也就不得不跟着改变。

与此相反，郑季翘创立的"主题先行论"却不准作家根据实际生活长期地孕育人物，硬要作家"越过具体事物的感性形象"先形成主题思想，然后再根据表现主题思想的需要去创造人物。这样做，怎能创造出有血有肉有生命的足以激动亿万人心灵的人物来？就算那主题思想是正确的吧！也只能写出概念化的东西。普列汉诺夫曾经一针见血地指出：

倘若著作者不借形象而借理论的证明来写，或者那形象是为了显示一定的主题而想出来的，那么，即使他并不写研究或论文，依然写着小说或戏曲，他也同样不是艺术家，而是评论家。

我在郑季翘作为"狂妄"地"反对在文艺领域中运用《实践论》中所阐述的普遍的认识规律"而加以节引的那一段话之后还继续写道：

艺术家如果和科学家一样，只限于领会生活现象的本质及其规律性，而忽略尖锐地表现这种本质及其规律性的、特征的感性因素，特别是人的心灵的最复杂的活动，就不会创造出生动的、光辉灿烂的形象，只会干瘪地体现一些抽象的思想。同时，有些人是喜欢走捷径的。既然认为形象思维和逻辑思维一样，也是由具体到抽象，形成主题思想，那么，干脆用现成的科学理论、政治观点或政策条文作主题好了，又何必浪费精力，深入生活呢？对于他们，"第一位的工作"不是"了解人，熟悉人"，而是使现成的、抽象的主题思想"形象化"。

上述说法的危害性，还不仅在于它给公式化概念化作品的"创作"提供了理论根据，而且在于它实质上是在艺术领域中宣传了唯心主义。如所周知，唯心主义的美学家也是承认艺术的形象性的，但他们却抽掉了艺术形象的客观内容。在他们那里，艺术形象并不是现实生活的反映，而是作者的观念世界的客观化。

用一句老话说，这真可谓"不幸而言中"了。……奇怪的是：郑季翘对于他创立的"主题先行论"结出的如此"丰硕"的成果似乎还感到不够过瘾；正当我们肃清阴谋文艺的流毒，争取形象地高度真实地反映现实生活，更好地为四化服务的时候，他却在《解释》一文中不仅坚决维护《坚持》一文的全部内容，而且打出"完整地"解释毛主席给陈毅同志的信的旗帜，创立了（其实是从过去的唯心主义者那里接过了）一个"新"的公式：文艺创作是"通过形象来表现思想"！在阶级社会里，"思想"是有阶级性的，我们已经吃够"春桥思想"的苦头了！　"形象"这东西，也是可以违反生活，任意编造的，谁能说《春苗》、《盛大的节日》中没有"形象"？那么，在乾坤转正，日月重光的社会主义新时期，郑季翘连毛主席早已提出的"革命的文艺，则是人民生活在革命作家头脑中的反映的产物"这一经典定义都抛在脑后，继"主题先行论"之后，又创立了一个换汤不换药的"通过形象来表现思想"的新公式，究竟要把我们的社会主义文艺引到哪里去呢？

怎样用马克思主义的认识论解释文艺创作

郑季翘在《坚持》和《解释》两篇论文中，有一个一贯的提法：如果用形象思维、而不用逻辑思维进行文艺创作，就是反对马克思主义的认识论。很清楚，这是把马克思主义认识论和逻辑思维等同起来了。按照这个提法，人类在马克思主义的认识论产生以前的漫长岁月里，一直是没有思维能力、不会运用逻辑思维来认识世界的。事实难道是这样的吗？

事实上，人类在很早的时候，就在社会实践中掌握了认识世界的两种思维形式：形象思维和逻辑思维。

马克思在《〈政治经济学批判〉导言》里，谈到古希腊的神话时曾说："任何神话都是用想象和借助想象以征服自然力，支配自然力，把自然力加以形象化。"而"想象"，按高尔基的解释，就是"关于世界的思维"，"特别是凭借形象的思维"。那么，人类早在自己的童年时期，就已经有了关于世界的形象思维。毛主席运用从《诗经》的创作实际中概括出来的赋、比、兴解释形象思维，这说明早在遥远的周代，我国诗人就已经用形象思维的方法进行诗歌创作。至于逻辑思维，在我国先秦诸子，特别是墨家的著作中，已概括出相当完整的逻辑理论；在古希腊，早从亚里士多德的时代起，形式逻辑学已经形成。形式逻辑的规律和规则是全人类共有的，它没有阶级性，正像语言没有阶级性一样。不然，属于不同阶级的人们就无法互相了解。我们通常所说的"逻辑"，就指的是"形式逻辑"。列宁曾说："任何科学都是应用逻辑。"历史上许多著名的科学家当然都还没有掌握辩证唯物主义，所以这里所说的"逻辑"也指的是形式逻辑。毛主席要我们"学一点逻辑"，当然也指的是形式逻辑；如果指的是辩证唯物主义，那么只"学一点"，怎么行呢？

郑季翘同志把逻辑思维和马克思主义的认识论等同起来，把马克思主义的认识论降低到形式逻辑的水平；还以此为根据，给主张文艺创作要用形象思维的同志加上"向马克思主义世界观开火"的罪名，真令人啼笑皆非。

我在《试论形象思维》一文中，专门写了《世界观在形象思维中的作用》一节。开头是这样的：

> 思维并不等于世界观，但不论形象思维或逻辑思维，都必须通过世界观的棱镜。

> 形象思维是一个观察、研究、评价、选择、概括生活事实，创造表现某些社会力量本质的典型形象的复杂过程。在这个过程的各个阶段上，艺术家的世界观都起着决定性的作用。

接下去，我即依次论述了在这个过程的每个阶段上世界观所起的指导作用，归结到"在创造性地掌握马克思主义的基础上深入地研究现实，创造出更多、更好的作品"。

显而易见，我是把形象思维、逻辑思维和世界观加以区分的。我的整个构思是：在革命作家的创作过程中，形象思维有赖于逻辑思维的帮助，更需要马克思主义世界观的指导。我也是力图说明怎样在马克思主义世界观指导下进行形象思维和逻辑思维的。这一点，跟郑季翘把马克思主义的世界观与一般的逻辑思维混为一谈的做法是大不相同的。

思维是存在的反映，是第二性的现象，它随着社会实践的发展而发展。毛主席在《实践论》中指出："在很长的历史时期内，大家对于社会的历史只能限于片面的了解，这一方面是由于剥削阶级的偏见经常歪曲社会的历史，另方面，则由于生产规模的狭小，限制了人们的眼界。人们能够对于社会历史的发展作全面的历史的了解，把对于社会的认识变成了科学，这只是到了伴随巨大生产力——大工业而出现近代无产阶级的时候，这就是马克思主义的科学。"不同历史阶段的不同阶级，都在各自的世界观指导下进行逻辑思维和形象思维。我们所要求的，则是受马克思主义世界观指导的逻辑思维和形象思维。郑季翘同志在 1966 年高喊"文艺领域必须坚持马克思主义的认识论"，在十馀年后的今天又高喊"必须用马克思主义认识论解释文艺创作"，仿佛是"最最"坚持马克思主义的认识论了，但在《坚持》《解释》两篇论文里，却把人类历史上最正确、最科学、最先进的马克思主义世界观等同于一般的逻辑思维，这究竟应该得出什么结论呢？

不仅如此。从郑季翘的两篇论文看，他实际上背离了马克思主义认识论的若干基本观点和基本原理。这里只谈两点，和郑季翘商榷。

第一，背离了"生活、实践的观点，应该是认识论首先的和基本的观点"，从而背离了"只有人们的社会实践，才是人们对于外界认识的真理性的标准"的基本原理。

郑季翘在《坚持》一文中，为了证明在文艺创作中不用形象思维而用逻辑思维，就是坚持了马克思主义的认识论，引了列宁的一句话："逻辑形式和逻辑规律不是空洞的外壳，而是客观世界的反映。"列宁的这句话坚持了存在第一性、思维第二性的唯物主义观点，是完全正确的。但郑季翘在引了这句话之后，却紧接着说："正因为这样，依照逻辑进行思维，就可以对于客观世界的本质取得正确的理解。"这显然是偷换了命题。辩证唯物主义的认识论教导我们：要"对于客观世界的本质取得正确的理解"，必须通过社会实践，通过"实践、认识、再实践、再认识"的"循环往复"。而郑季翘却用列宁关于逻辑形式和逻辑规律的客观性论断，偷换了人的正确认识来源于社会实践和实践是检验真理的唯一标准的辩证唯物主义认识论原理，在他看来，"对于客观世界的本质取得正确的理解"，不必依靠社会实践，只要住在高楼深院里"依照逻辑进行思维"，"就可以"了。这实在轻松得很！但这决不是在文艺领域里坚持了马克思主义的认识论，而是坚持了马赫主义。马赫主义者正是把逻辑形式或思想形式当作真理的标准，从而抹杀客观真理的。列宁在揭露马赫主义时一针见血地指出："如果真理只是思想形式，那就是说……不能有客观真理了。"

郑季翘的"表象——概念——表象"的公式，据他自己说，是"从思想和存在的辩证同一性即由物质到精神，由精神到物质的辩证转化的原理出发"创立出来的。但按他自己的解释，这个公式中的第一个"表象"只是"事物的直接映象"，明显地排除了社会实践，也就排除了在"社会实践的多次反复"中"综合感觉的材料加以整理和改造"，又怎么能产生他的公式中的中间环节"概念"呢？他的公式中的第二个"表象"，据他自己的解释，是按照"概念""新创造的形象"，这就更加奇妙了！就算他公式中的那个"概念"是由感性认识上升到理性认识的东西，即由物质变出的精神吧，但毛主席讲得很清楚："这时候的精神、思想（包括理论、政策、计划、办法）是否正确地反映了客观外界的规律，还是没有证明的，还不能确定是否正确，然后又有认识过程的第二个阶段，即由精神到物质的阶段，由思想到存在的阶段，这就是把第一个阶段得到的认识放到社会实践中去，看这些理论、政策、计划、办法等等是否能得到预期的成功。……此外再无别的检验真理的办法。"由此可见，"由精神到物质"，指的是把第一阶段得到的认识放到社会实践中去检验，看它是否反映了客观外界的规律性，与郑季翘公式中的"概念——表象"，即根据"概念"创造艺术形象完全是两码事。郑季翘的荒谬之处还不止此。他那个未经实践检验的"概念"是否正确地反映了客观外界的规律，这对他并不重要。这只要看他怎样把那"概念"转化为"新创造的形象"，就十分清楚了。他说："在思想到物质的过程中，又正因为表象材料可以经过抽象而变成思想，人们就可以把表象材料经过抽象而同自己的思想意图彼此比较，反复衡量，然后用它们在头脑中建立和自己思想意图相一致的形象。"不是"把表象材料经过抽象，"然后把抽象出的"概念"放到社会实践中去检验，而是"同自己的思想意图彼此比较"；不是创造和生活真实相一致的形象，而是"建立和自己思想意图相一致的形象"。这哪里有一点辩证唯物主义者的气味！

　　把思维看成第一性的，把存在看成第二性的，否定认识来源于实践、又必须经过实践的检验，这究竟该算哪一种"主义"的认识论？看起来，郑季翘创立了一个"红"极一时的"主题先行论"，决非偶然。这个"主题先行论"，"四人帮"如获至宝，在大量阴谋文艺的"创作"实践中，经过了足够的检验。时至今日，它在亿万人民群众中早已成了过街老鼠，而郑季翘对这个"发明创造"却仍然洋洋自得，抱住不放。对于"实践是检验真理的唯一标准"这个马克思主义认识论的基本原理抱什么态度，不是又一次得到了生动的说明吗？

第二，背离了"由特殊到一般"、"由一般到特殊"，循环往复、使认识不断深化的基本原理。

郑季翘把他的"表象——概念——表象"的公式，也写作："个别（众多的）——一般——典型。"在提出这个公式之前，有这样的说明："文艺作家头脑中新的表象的创造，必须是一个抽象和具体，一般和特殊循环往复的思维过程"。（着重号是原有的——引者）很清楚，他在这里讲的"一般和特殊循环往复的思维过程"，是"作家头脑中的新的表象的创造"过程。这实际上是完全脱离社会实践的纯意识活动，用的是《矛盾论》中的词句，表现出的是与辩证唯物主义相对立的观点。在《矛盾论》中，毛主席所说的"由特殊到一般"，是指人们在社会实践中，"首先认识了许多不同事物的特殊的本质，然后才有可能更进一步地进行概括工作，认识诸种事物的共同的本质"。毛主席所说的"由一般到特殊"，是指"当人们已经认识了这种共同的本质以后，就以这种共同的认识为指导，继续地向着尚未研究过的或者尚未深入地研究过的各种具体的事物进行研究，找出其特殊的本质，这样才可以补充、丰富和发展这种共同的本质的认识。"这两个认识过程"循环往复地进行"，就"使人类的认识不断地深化"。请问郑季翘，这怎么能和"个别——一般——典型"的公式挂上钩？老实不客气地说，这个公式，是违反辩证唯物主义、违反文艺创作的实践经验的。

　　"个别——一般——典型"，其目的在于说明如何"按照马克思主义的认识论"创造文学艺术的典型。那么，按照马克思主义的观点，什么是文学艺术中的典型呢？恩格斯总结了大量关于典型创造的经验，明确指出："每个人都是典型，但同时又是一定的单个人，正如老黑格尔所说的，是一个'这个'。"这就是说，文学艺术中的典型，在反映社会生活的本质规律方面不同于科学：它不是通过"一般"的形式来说明"个别"，而是通过"个别"的形式来反映"一般"。正因为这样，恩格斯反对把人物加以抽象的"理想化"，反对把个性"消融到原则里去"。相反，他认为"倾向应当从场面和情节中自然而然地流露出来"。

　　要创造出这样的典型，恐怕还是"形象思维论"者所说的在"熟悉人，了解人"的过程中，既认识人物的共性，又选择、积累许多最突出、最鲜明地体现那共性的个性特征——具体的感性材料，加以概括，才能办到。比如阿 Q 这个典型所表现的"精神胜利法"，其共性（一般）多么大！但那是通过被人打了，却说那是儿子打老子，自以为胜利；钱被人抢了，自己打自己的耳光，却说打人的是自己，被打的是别人，也自以为胜利之类的许多非常独特的个特征表现出来的。又如阿 Q 这个典型所表现的讳疾忌医、不敢面对现实的劣根性，其共性也不算小，但那是通过千方百计地保护头上的癞疮疤的许多细节描写表现出来的。鲁迅如果不是从生活中选择、积累这许多感性材料，拿什么去塑造出阿 Q 这个独一无二的不朽典型呢？共性寓于个性之中，又通过个性表现出来。而当同一共性通过不同的个性表现出来的时候，就具有不同的特点。所以在古今中外文学艺术的人物画廊里，同一阶级的共性基本相同的人物，"每个人都是典型，但同时又是一个'这个'"。鲁迅创造了许多农民的典型，不都是独一无二的"这个"吗？而这，正是形象思维的特点。而郑季翘的"个别——一般——典型"的公式，却要从"众多的""个别"中抽出脱离个性特征的"一般"，再把"一般"变成"典型"，那所谓"典型"就不可能是恩格斯所说的典型，而只能是类型。按那样搞，一个阶级，就只能有一个"典型"。而从"众多的""个别"中抽出"一般"的工作，作家也不必亲自去做，因为每个阶级的最本质的共性（一般）即阶级性，革命导师们不是已经科学地抽象出来了吗？

郑季翘背离"由特殊到一般""由一般到特殊"的基本原理，还表现在把形象思维的讨论划为"禁区"上。

毛主席在《矛盾论》里针对"矛盾的普遍性已经被很多人所承认"，"而关于矛盾的特殊性问题，则还有很多同志，特别是教条主义者，弄不清楚"的实际情况，着重地分析了矛盾的特殊性问题。他强调指出："科学研究的区分，就是根据科学对象所具有的特殊的矛盾性。……如果不研究矛盾的特殊性，就无从确定一事物不同于他事物的特殊的本质，就无从发现事物运动发展的特殊原因，或特殊的根据，也就无从辨别事物，无从区分科学研究的领域。"文艺理论，也是一门科学，它研究的对象，就是文艺创作及其发展的历史。这一对象，是有其"特殊的矛盾性"的，有许多"尚未研究过的或者尚未深入地研究过的"问题需要研究。形象思维问题，就是其中之一。仅就这个问题说，从50年代中期以来，讨论正待深入和扩展。比如在革命现实主义的创作和在革命浪漫主义的创作中，形象思维各有什么特点；在"两结合"的创作中，形象思维如何运用；在叙事类作品的创作和抒情类作品的创作中，形象思维有什么差异；在诗歌、小说、戏剧、电影、童话、寓言、报告文学等各种文艺样式的创作中，形象思维有什么不同。更细致一点说，即使在小说这一文学样式中，短篇小说、长篇小说、科学幻想小说，在各自的创作过程中所进行的形象思维，也不可能没有区别。还有，历史悠久的中华民族，在长达三千年的艺术创作实践中，逐步形成了一套为中国老百姓所喜闻乐见的民族形式和民族风格；那么，这在形象思维上，是否也有与此相联系的民族特色呢？可是，开始不久的形象思维问题的讨论，还没来得及接触这些方面，就被郑季翘在《坚持》一文中加上"反马克思主义认识论"的罪名，划为"禁区"了。直到扫除"四害"，玉宇澄清，《毛主席给陈毅同志谈诗的一封信》发表之后，形象思维问题的讨论才又开展起来。在讨论中，由于毛主席用我国古代诗论的术语赋、比、兴说明形象思维，因而解放了人们的思想，有些从事古典文学教学和研究工作的同志，开始从我国古代文艺理论和文艺创作中探讨形象思维的民族特色了。可是，就在这时候，郑季翘又发表了《解释》一文，尖锐地提出：他那个"反形象思维论"者和"形象思维论"者之间的"根本分歧"，"就在于是否用马克思主义的认识论来解释文艺创作"。就是说，他是坚持"必须用马克思主义认识论解释文艺创作"的，而肯定和讨论形象思维的同志们，则是反对用马克思主义认识论解释文艺创作的。这个纲还是上得相当高！我们虽然提倡"百家争鸣"，但对于"反马克思主义"的东西，总不应该任其"自由讨论"下去吧！所以对于形象思维的讨论，仍应一棍子打死。

　　且不说郑季翘所讲的马克思主义认识论，实际上并不是马克思主义的认识论；就算是马克思主义的认识论吧，它也"只能包括而不能代替"文艺创作和文艺理论，正像它"只能包括而不能代替"数学、机械学、化学、物理学等各种科学中的基本理论、基本知识一样。如果可以"代替"的话，那么，所有科学家就不必去劳神苦思地研究他们所从事的那门科学对象所具有的特殊的矛盾性，而马克思主义的认识论，也就再无法得到"补充、丰富和发展"了。

　　毛主席在《矛盾论》中精辟地阐述了"由特殊到一般""由一般到特殊"这两个认识过程循环往复地进行，使人类的认识不断提高、不断深化之后，尖锐地指出：

> 　　我们的教条主义者在这个问题上的错误就是，一方面，不懂得必须研究矛盾的特殊性，认识个别事物的特殊的本质，才有可能充分地认识矛盾的普遍性，充分地认识诸种事物的共同的本质；另一方面，不懂得在我们认识了事物的共同的本质以后，还必须继续研究那些尚未深入地研究过的或者新冒出来的具体的事物。我们的教条主义者是懒汉，他们拒绝对于具体事物做任何艰苦的研究工作，他们把一般真理看成是凭空出现的东西，把它变成为人们所不能够捉摸的纯粹抽象的公式，完全否认了并且颠倒了这个人类认识真理的正常秩序。他们也不懂得人类认识的两个过程的互相联结——由特殊到一般，又由一般到特殊，他们完全不懂得马克思主义的认识论。

　　在党中央的英明领导下，全国九亿人民同心同德，向着实现四个现代化的宏伟目标进行新长征的伟大转折时期，"尚未深入地研究过的或者新冒出来的具体的事物"是很多很多的，亟待我们在马克思主义认识论的指导下进行艰苦的研究工作，为新长征贡献力量。那种自以为最懂得马克思主义的认识论，但在实际上却"把一般真理看成是凭空出现的东西，把它变成为人们所不能够捉摸的纯粹抽象的公式"，并企图以此代替、乃至反对许多尚未深入地研究过的和新冒出来的具体事物的特殊本质进行艰苦研究工作的人，还是越少越好。质诸郑季翘，不知以为如何？

　　最后，必须郑重声明：在马列主义、毛泽东思想的科学体系面前，我确实还是一个小学生，因而尽管力图用马克思主义的认识论解释文艺创作，连自己也深感力不从心。在这篇文章中，自然也难免有不少谬误，欢迎郑季翘及其他同志批评、指正。但归纳全文的主导思想，还想向郑季翘进一言：文艺创作，是有它的特殊规律的。既然一再强调必须用马克思主义的认识论解释文艺创作，就应该允许别人探讨文艺创作的特殊规律。至于形象思维，究竟是否属于文艺创作的特殊规律，那在文艺界的自由讨论中、特别是在社会主义文艺创作的实践中，自然会得到解决，不必一再地扣帽子、打棍子；质诸郑季翘，不知又以为如何？还有，这篇文章中的有些词句，由于是基于郑季翘在两篇论文中所表现的对待"双百"方针的那么一种"很不正常"的态度而发的，所以未能较好地控制自己的感情，希望能够得到谅解。

（原刊《陕西师大学报》1979 年第 4 期）

提倡题材、体裁、风格的多样化是
我国古代诗论的优良传统

"作为观念形态的文艺作品，都是一定的社会生活在人类头脑中的反映的产物。"社会生活十分广阔，文艺的题材也必然多种多样。为了全面地反映并从而积极地影响社会生活，应该提倡题材的多样化，反对题材的单一化。而提倡题材的多样化、反对题材的单一化，正是我国古代文论特别是诗论的优良传统。

一

看看我国最早的诗歌总集《诗经》，其题材就相当多样，因而所能发挥的社会作用也相当全面。孔子曾经指出：

> 小子何莫学夫诗？诗，可以兴，可以观，可以群，可以怨。迩之事父，远之事君，多识于鸟兽草木之名。①

这是从《诗经》的创作实际出发，概括诗歌的社会作用的著名论述。"可以兴"，这说明了诗歌的鼓舞作用；"可以观"，这说明了诗歌的认识作用；"可以群"，这说明了诗歌的团结作用；"可以怨"，这说明了诗歌的批判、讽谕

---

① 《论语·阳货》。

作用。"迩之事父，远之事君"，这是孔丘从他的政治立场出发，说明诗歌要为礼教服务。至于"多识于鸟兽草木之名"，则说明诗歌还能给人以自然科学方面的知识，具有知识性。这一段话是从阐述诗歌的社会作用的角度讲的，但也接触到了诗歌的题材问题。就是说，凡是可以起到这样的社会作用的题材都可以写。黄宗羲在解释这一段话时，就着重从题材的多样化方面立论。他说：

> 昔吾夫子以兴、观、群、怨论诗。孔安国曰："兴，引譬连类。"凡景物相感，以彼言此，以谓之兴。后世咏怀、游览、咏物之类是也。郑康成曰："观风俗之盛衰。"凡论世采风，皆谓之观。后世吊古、咏史、行旅，祖德、郊庙之类是也。孔曰："群居相切磋。"群是人之相聚。后世公宴、赠答、送别之类皆是也。孔曰："怨刺上政。"怨亦不必专指上政，后世哀伤、挽歌、遣谪、讽谕皆是也。

黄氏在举例说明了"兴、观、群、怨"的题材范围之后又总起来说："盖古今事物之变虽纷若，而以此四者为统宗。"①以"兴、观、群、怨"四者包举"古今事物之变"，不正是提倡题材的多样化吗？

孔丘强调了"事父""事君"，这表明了他的政治倾向性。看起来，他是在政治倾向一致性的前提下提倡诗歌社会作用的多样性，因而也提倡诗歌题材的多样性的。

---

① 《南雷文定》四集卷一《汪扶晨诗序》。

诗歌之所以能发挥社会作用，从多方面影响现实，是由于它能够从多方面真实地反映现实，以饱和着诗人对现实的真情实感和深刻认识的艺术形象激动读者的心灵。我国古代诗论家，是注意到了这一点的。他们中的许多人，在回答诗歌如何产生的问题时，表现了朴素的、然而十分可贵的唯物观点。例如《礼记·乐记》云："凡音之起，由人心生也。人心之动，物使之然也。感于物而动，故形于声。"刘勰《文心雕龙·明诗》云："人禀七情，应物斯感，感物吟志，莫非自然。"钟嵘《诗品·序》云："气之动物，物之感人，故摇荡性情，形诸舞咏。"这一切，都接触到主观反映客观的问题。诗歌既然是"感物吟志"的产物，那么"感人"的"物"无限丰富多样，诗歌的题材也应该无限丰富多样。我国古代诗论家，正是从这一点着眼，肯定了诗歌题材的多样性。郑玄《诗谱序》云："及成王、周公致太平，制礼作乐，而有颂声兴焉；……厉也，幽也，政教尤衰，周室大坏，《十月之交》《民劳》《板》《荡》，勃尔俱作，众国纷然，刺怨相寻。"班固《汉书·食货志（上）》云："妇人闾巷相从夜绩。……男女有不得其所者，因相与歌咏，各言其伤。"《公羊传》宣十五年何休注云："男女有所怨恨，相从而歌，饥者歌其食，劳者歌其事。"《汉书·艺文志》云："自孝武立乐府而采歌谣，于是有代、赵之讴，秦、楚之风，皆感于哀乐，缘事而发，亦可观风俗、知厚薄云。"《文心雕龙·物色》云："岁有其物，物有其容，情以物迁，辞以情发。"《诗品序》云："若乃春风春鸟，秋月秋蝉，夏云暑雨，冬月祁寒，斯四候之感诸诗者也。嘉会寄诗以亲，离群托诗以怨。至于楚臣去境，汉妾辞宫；或骨横朔野，魂逐飞蓬；或负戈外戍，杀气雄边；塞客衣单，孀闺泪尽；或士有解佩出朝，一去忘返；女有扬蛾入宠，再盼倾国。凡斯种种，感荡心灵，非陈诗何以展其义？非长歌何以骋其情？"如此纷纭复杂、千汇万状的客观现实既然都和作为"社会关系之总和"的人发生密不可分的关系，那么处于特定环境中的人对于他感受最切、认识最深，以至"摇荡"他的"性情"，不得不"形诸歌咏"的那些事物、那种现实，用诗歌的形式反映出来，而这反映又具有客观真实性，那就不管它写的是什么题材，都具有不同程度的艺术价值。我国古代诗论家，正是从题材多样化的创作实际出发进行诗歌评论的。萧统把凡是符合"事出于沉思，义归乎翰藻"①的作品，不管写的是什么题材，都选入他的《文选》；钟嵘把"陈思赠弟""公干思友""茂先寒夕""安仁倦暑""景阳苦雨""谢客山泉"等写各种一般题材的作品，跟"仲宣《七哀》""阮藉《咏怀》""越石感乱""鲍照戍边""太冲《咏史》"、"陶公《咏贫》"等写各种重大题材的作品相提并论，称为"篇章之珠泽，文采之邓林"②。

　　肯定题材的多样性，并不等于主张题材无差别。我国古代进步的诗论家，是注意到题材的差别问题、并强调写有重大社会意义的题材的。例如白居易，就为了使诗歌发挥"补察时政"、"泄导人情"③的积极作用，宣称"惟歌生民病"④，强调写民间疾苦的题材，特别赞扬杜甫的《新安吏》《石壕吏》《潼关吏》一类的诗篇和"朱门酒肉臭，路有冻死骨"一类的诗句，而对陶渊明的"偏放于田园"和谢灵运的"多

①　《文选序》。
②　《诗品序》。
③　《白氏长庆集》卷四五《与元九书》。
④　《白氏长庆集》卷一《寄唐生》。

溺于山水"感到不满。①当然，田园、山水诗也不应该简单地否定，但这样从高标准要求，也是完全需要的。对于整个诗歌创作来说，既提倡题材的多样化，又强调写重大题材，无疑是一个应该遵循的原则。

文艺的唯一源泉是社会生活，任何题材都只能从这唯一的源泉中去汲取。我国古代进步的诗论家，是从"感物吟志"的角度，即从反映社会生活的角度肯定题材的多样性，评价反映各种题材的作品的，所以对于"事出于沉思，义归乎翰藻"的各种作品，都可以给予不同程度的肯定，但对一切脱离现实、毫无真情实感的作品，则持否定态度。例如对于用诗歌形式写"语录讲义"、"平典似《道德论》"的作品，堆砌典故，"殆同书抄"的作品，以及"嘲风雪，弄花草"，"彩丽竞繁，而兴寄都绝"的作品，许多诗论家就都进行过批判。

我国古代诗论家，对偏重某种题材而取得一定成就的诗人，固然给予应有的肯定；但对那些对社会生活有更广泛、更深入的了解，善于兼写多种题材、取得多方面成就的诗人，则给予崇高的评价。例如对杜甫，则称为"大家"、"诗圣"，对白居易，则称为"广大教化主"。宋人喻汝砺在《杜工部草堂记》里说："少陵之诗，……陈古悼今，劝直而惧佞，抑淫侈幸巧而崇节义恭俭，槁焉曾伤，愍恻当世，妇子老孺之骚离，赋敛征戍之棘数，哀怨疾痛，螫憯隐闵无聊之声，不啻迫及其身而亲遭之。其于治乱隆废，忠佞贤否，哀乐忻惨，起伏之变，衍迤纵肆，无乎不备。"②宋人胡铨在《送僧祖信诗序》里说：

---

① 《白氏长庆集》卷四五《与元九书》。
② 《成都文类》卷四二。

少陵杜甫耽作诗，不事他业，讽刺、讥议、诋诃、箴规、姗骂、比兴、赋颂、感慨、愁、恐惧、好乐、忧思、怨怼、凌遽、悲歌、喜怒、哀乐、怡愉、闲适，凡感于中，一以诗发之。仰观天宇之大，俯察品汇之盛，见日月、霜露、丰隆、列缺、屏翳、沆瀣、烟云之变灭，云岩、邃谷、悲泉、哀壑、深山、大泽、龙蛇之所宫，茂林、修竹、翠筱、碧梧、鸾鹄之所家，天地之间，诙诡谲怪，苟可以动物悟人者举萃于诗。故甫之诗，短章大篇，纤馀妍而卓荦杰，笔端若有鬼神，不可致诘。后之议者，谓书至于颜、画至于吴、诗至于甫极矣。①

明人江进之在《雪涛小书》里说：

白香山诗，……意到笔随，景到意随，世间一切，都着并包囊括入我诗内。诗之境界，到白公不知开扩多少。较诸秦皇、汉武开边启境，异事同功。名曰"广大教化主"，所自来矣。②

题材是主题的物质基础。社会生活的不同侧面所包含的社会意义是不相等的，因而题材对主题有一定的制约性。一般地说，重大题材比一般题材更能集中、强烈地体现社会的本质，更有条件表现深广的主题、反映时代跳动的脉搏。正因为这样，我们反对"题材无差别"论。但是，题材只对主

---

① 《胡澹庵先生文集》卷一三。
② 《雪涛小书》又名《亘史外编》，原署冰华生辑，有襟云阁主人重刊本。唐人张为《诗人主客图》，"以白居易为广大教化主"。

题思想有一定的制约性，而不能完全"决定"作品的优劣成败。同样的题材，不同的作者，是可以写出截然不同的作品的。正因为这样，我们也反对"题材决定"论。从血管里流出的都是血，从水管里流出的只是水。诗歌创作，是一个主观反映客观的问题，所以诗人的主观很重要。清人叶燮从"文章者，所以表天地万物之情状也"的唯物观点出发，提出文艺题材的源泉是客观现实中的"理、事、情"，而要很好地表现理、事、情，作者必须有高尚、开阔的"胸襟"，必须有卓越的"才、胆、识、力"。"以在我之四（才、胆、识、力），衡在物之三（理、事、情），合而为作者之文章，大之经纬天地，细而一动一植，咏叹讴吟，俱不能离是而为言者矣。"他在阐述文艺创作的主观条件和客观条件的时候，强调了主观条件的重要性，强调了诗人的"胸襟"是"诗之基"。下面的这一段话，讲得相当精辟：

> 诗之基，其人之胸襟是也。……千古诗人推杜甫，其诗随所遇之人、之境、之事、之物，无处不发其思君王、忧祸乱、悲时日、念朋友、吊古人、怀远道，凡欢愉、幽愁、离合、今昔之感，一一触类而起；因遇得题，因题达情，因情敷句，皆因甫有其胸襟以为基。如星宿之海，万源从出；如钻燧之火，无处不发；如肥土沃壤，时雨一过，夭矫百物，随类而兴，生意各别，而无不具足。……由是言之，有是胸襟以为基，而后可以为诗文。不然，虽日诵万言，吟千首，浮响肤辞，不从中出，如剪彩之花，根蒂既无，生意自绝，何异乎凭虚而作室也？①

----

① 叶燮《原诗》卷一。

这就是说，具备了主观条件的诗人，"因遇得题，因题达情"，即使写一般题材，都能写出好诗。相反，不具备主观条件，即使写重大题材，也写不出像样的、有生命力的东西来。

我国古代诗论中，并没有"题材"这个术语，但仔细分析起来，有许多论述都涉及题材问题。这些涉及题材问题的论述，就其精华部分而言：一、从"感物吟志"、主观反映客观的唯物观点出发，把多方面地反映现实和多方面地影响现实（文学的社会作用）联系起来，提倡诗歌题材的多样化而反对单一化；二、承认题材有差别，强调写有重大社会意义的题材，但又认为题材本身不能决定作品的成败优劣，起决定作用的是作者的主观条件。这一切，都对我们有借鉴意义。

二

题材的多样化，要求形式的多样化。现实生活是复杂的、不断发展的，反映现实生活的艺术形式也是多样的、不断发展的。我国古代进步的诗论家，既然提倡题材的多样化，那就也必然提倡形式的多样化。

鲁迅先生说过："歌、诗、词、曲，我以为原是民间物，文人取为己有……"这是符合诗歌发展的实际情况的。我国古代的优秀诗人，都是从民歌中吸取养料和形式，从而取得了卓越的艺术成就，促进了诗歌的发展的。

看看流传至今的最早民歌——《诗经》中的十五"国风"，因为那是"劳者歌其事"的，是"感于哀乐，缘事而发"的，所以决定了如下特点：用赋、比、兴方法（形象思维方法）反映现实，抒情达意；题材范围相当广阔；艺术形式相当多样、相当灵活。

就艺术形式看：一篇诗，章数多少没有限制，或两章、或三章、或四章、或五章、或六章、或七章、或八章、或九章、或十章，全视反映现实的需要而定；一章诗，句数多少也没有限制，或两句、或三句、或四句、或五句、或六句、或七句、或八句、或九句、或十句、或十一句，也服从于反映现实、抒情达意的需要；各篇诗，总的说来，以四字句为主，但通篇都是四字句的"齐言诗"并不多，多数是各句字数不等、富于变化的"杂言诗"。晋人挚虞在《文章流别论》里说：

> 古有采诗之官，王者以知得失。古之诗，有三言、四言、五言、六言、七言、八言、九言。古诗率以四言为体，而时有一句、二句杂在四言之间，后世演之，遂以为篇。古诗之三言者，"振振鹭，鹭于飞"之属是也，汉郊庙歌多用之。五言者，"谁谓雀无角，何以穿我屋"之属是也，于俳谐倡乐多用之。六言者，"我姑酌彼金罍"之属是也，乐府亦用之。七言者，"交交黄鸟止于桑"之属是也，于俳谐倡乐多用之……①

挚虞在这里所讲的"古诗"，显然指的是《诗经》，特别是采自民间的《国风》。他的这一段论述，有两点值得注意：一、从三言句到九言句，皆备于《国风》，也就是说，后来的三言诗、四言诗、五言诗、六言诗、七言诗等各种诗的形式，都萌芽于最早的民歌之中；二、《国风》率以四言为体，而时有非四言句杂在四言句之间，这说明最早的民歌，分"齐言诗"和"杂言诗"两大类，而以"杂言诗"为主。明人徐

---

① 《艺文类聚》五六。

师曾云："孔子删诗，杂取周时民俗歌谣之辞，以为十五《国风》。则是古之有诗，皆起于此，故又通谓之诗。"①

民歌有地域性，不同地域的民歌在内容和形式上都有各自的特色；民歌有时代性，各个地域的民歌在内容和形式上都跟着时代的发展而发展。《诗经》中无楚风，"风雅既亡，乃有楚狂《凤兮》、孺子《沧浪之歌》，……其辞稍变诗之本体，而以'兮'字为读，则夫楚声固已萌蘖于此矣"②。以离骚为代表的《楚辞》，就是在学习楚地民歌、从中吸取养料和形式的基础上创造出来的。两汉魏晋南北朝的乐府民歌，则是周代民歌的发展，题材范围更加广阔，形式也更加完备。明人胡应麟说：

> 余历考汉、魏、六朝、唐人诗，有三言、四言、五言、六言、七言、杂言、近体、排律、绝句，乐府皆备有之。……是乐府于诸体无不备有也。③

比起《诗经》中的十五"国风"来，两汉魏晋南北朝乐府民歌的形式，有了许多新的特点：一、在"齐言诗"中，五言诗已相当成熟，七言诗也日渐增多；二、在五言诗中，有四句一首，偶句押韵，类似五言绝句的作品，也有篇幅长短并无限制，像《饮马长城窟行》《陌上桑》《陇西行》那样的作品；三、"杂言诗"如《上邪》《战城南》《有所思》《孤儿行》《妇病行》《东门行》等等，形式更其灵活，句子长短更富于变化；四、叙事诗的比重较大，并且出现了像《孔

① 《文体明辨序说·古歌谣辞》。
② 《文体明辨序说·楚辞》。
③ 《诗薮》内编卷一。

雀东南飞》《木兰辞》那样善于展开故事冲突、表现人物性格的杰作。这一切，都为文人们的诗歌创作所借鉴、所提高，经建安而至于盛唐，诗体大备，出现了诗歌史上的高峰。明人胡震亨说：

> 诗自风、雅、颂以降，一变为《离骚》，再变为西汉五言诗，三变为歌行杂体，四变为唐之律诗。诗之至唐，体大备矣！今考唐人集，录所标体名，凡效汉、魏以下诗，声律未叶者，名"往体"。其所变诗体，则声律之叶者，不论长句、绝句，概名为"律诗"、为"近体"。而七言古诗，于"往体"外另为一目，又或名为"歌行"。举其大凡，不过此三者为之区分而已。至宋、元编录唐人总集，始于古、律二体中备析五、七等言为次；于是流委秩然，可得具论：一曰四言古诗，一曰五言古诗，一曰七言古诗，一曰长短句，一曰五言律诗，一曰五言排律，一曰七言律诗，一曰七言排律，一曰五言绝句，一曰七言绝句。外：古代有三字诗，六字诗，三、五、七言诗，一字至七字诗，骚体杂言诗。律体有五言小律，七言小律，又六言律诗及六言绝句。而诸诗内又有"诗"与"乐府"之别。"乐府"内又有"往题"、"新题"之别："往题"者，汉魏以下、陈隋以上乐府古题，唐人所拟作也；"新题"者，古乐府所无，唐人所制为乐府题者。其题，或名"歌"、亦或名"行"、或兼名"歌行"，又有曰"引"

者、曰"曲"者、曰"谣"者、曰"辞"者、曰
"篇"者，有曰"咏"者、曰"吟"者、曰"叹"
者、曰"唱"者、曰"弄"者，复有曰"思"者、
曰"怨"者、曰"悲"若"怨"者、曰"乐"者。
凡此多属之乐府；然非必尽谱之于乐。谱之乐者，
自有大乐、郊庙之乐章，梨园教坊所歌之绝句、
所变之长短填词，以及琴操、琵琶、筝笛、胡笳、
拍弹等曲，其体不一。而民间之歌谣，又不在其数。
唐诗体名，庶尽乎此矣。①

形式是为内容服务的，反映不同的题材，需要不同的
形式，有创作经验的人都懂得这一点。所以唐代诸大家，如
宋人赵孟坚所指出，都是"众体该具，弗拘一也。可古则
古，可律则律，可乐府杂言则乐府杂言，初未闻举一而废一
也"②。正因为"众体该具"，所以能够根据不同题材的特
点，选取不同形式，以发挥各种形式的特长，有效地反映千
汇万状的社会生活。就杜甫诗歌而言，长篇五古《北征》《自
京赴奉先县咏怀五百字》《壮游》等诗所写的题材，就很难
用绝句、律诗那样短小的形式来表现。反过来说，七绝《赠
李白》、五律《月夜》等诗所写的题材，也不需要采用五古、
七古之类的长篇形式。这不仅仅是容量大小的问题，还涉及
不同性能、不同风格等问题。例如《兵车行》《乾元中寓居
同谷县作歌七首》《丹青引》《茅屋为秋风所破歌》等乐府
歌行，如果改用五古形式，即使篇幅相等或更长，也无法收

---

① 《唐音癸签》卷一。原文内有小字双行注释，引用时略去。如"五言小律、
七言小律"下注云："严沧浪以唐入六句的诗合律者称'三韵律诗'，昭代王
弇州始名之为'小律'云。"
② 《彝斋文编》卷三《孙雪窗诗序》。

到同样的艺术效果。

　　由此可见，形式的多样性决定于题材的多样性。它不单纯是形式问题，而主要是从多方面有效地反映生活、影响生活的问题。就一个诗人说，能否兼工各体，是判断他是否达到"名家""大家"水平的重要标志；就一个时代说，不同题材、不同形式、不同风格的诗歌创作是否百花齐放，也是判断那个时代诗歌盛衰的重要标志。前人曾指出：我国的诗歌发展史上的两个黄金时代——建安时代和盛唐时代，都是"诗体大备"的时代。而"备诸体于建安者，陈王（曹植）也；集大成于开元者，工部（杜甫）也"。[①]到了大历时期，则如胡震亨在《唐音癸签》（卷七）里所说：

　　　　自刘（长卿）、郎（士元）、皇甫（冉），以及司空（曙）、崔（峒）、耿（湋），……专诣五言，擅场饯送，外此，无他大篇伟什岿望集中，则其所短尔。

　　"十才子"等大历诗坛的代表作家中擅长用五言律诗这样的短小形式来写"饯送"这样的狭窄题材，不正表明了这一时期诗歌创作的衰落吗？而题材的狭窄、形式的单一，从根本上说，乃是作者脱离现实、远离人民的恶果。唐人皎然已经接触到这个问题，他说：

---

① 《诗薮》内编卷二。

　　大历中,词人多在江外,皇甫冉、严维、张继素、
刘长卿、李嘉祐、朱放,窃占青山白云、春风芳
草以为己有。吾知诗道初丧,正在于此。①

　　盛唐是我国古代诗歌发展的高峰。盛唐时代的杰出诗
人,怀着"济苍生"、"安社稷"、"致君尧舜上,再使风
俗淳"的政治理想和"穷年忧黎元,叹息肠内热"的思想感
情,在向民歌和前代作家学习的基础上用形象思维的方法反
映现实,可以说创造了"一套新体诗歌"。李白的歌行,诸
如《蜀道难》《梁甫吟》《将进酒》《行路难》《梦游天姥
吟留别》等等,显然源于乐府民歌中的杂言体,但又吸取鲍
照乐府杂言诗的优点,杂用《楚辞》和古文句法,从而形成
一种比乐府民歌更自由、更解放的新诗体。中唐时期白居易
等人的"新乐府",就其"即事名篇,无复倚傍"②,不复
沿用乐府旧题这一点说,是受杜甫《兵车行》《丽人行》等
诗的影响;而就"篇无定句,句无定字,系于意,不系于文"③
这一点说,则是李白歌行体的发展。杜甫的五古,特别是其
中的鸿篇巨制,如《自京赴奉先县咏怀五百字》《北征》《述
怀》《壮游》等等,其形式当然源于汉代乐府民歌中的五言
体,但又吸取汉魏六朝以来文人们五言诗创作的丰富经验、
乃至《史记》等散文创作的优点,熔叙事、写景、抒情、议
论于一炉,海涵地负,沉郁顿挫,开有诗以来未有之奇观,
不能不说是一种新诗体。至于唐人称为"今体"(或"近体")

① 皎然:《诗式》卷四。
② 元稹《乐府古题序》云:"近代唯诗人杜甫《悲陈陶》、《哀江头》、《兵
车》、《丽人》等,凡所歌行,率皆即事名篇,无复倚傍。予少时与友人乐天、
李公垂辈谓是为当,遂不复拟赋古题。"
③ 白居易:《新乐府序》。

的那一整套"格律诗",包括五律、五绝、七律、七绝、五排、七排等等,更不用说是在"永明体"的基础上经过由初唐到盛唐杰出诗人的创造才建立起来、完备起来、成熟起来的。

我国古代诗论家提倡诗歌形式的多样化、提倡继承《风》《骚》传统、向民歌及前代诗人的优秀创作学习,从而在原有的基础上进行新的创造,这对我们很有借鉴意义。

三

我国古代文论家很重视风格的多样化。

曹丕的《典论·论文》,陆机的《文赋》,都谈到文艺作品的风格。《文心雕龙》中的《体性》篇,则是关于风格问题的专论。此后,讨论各种文体、风格的著作更多,唐人司空图的《诗品》,从历代的诗歌创作中概括出二十四种有代表性的风格,颇有影响。

刘勰在《文心雕龙·时序》中,从"歌谣文理,与世推移","文变染乎世情,兴废系乎时序"的观点出发,叙述、说明了自陶唐至南齐各个不同时代的文学具有不同的面貌和特色。例如他讲到建安文学时说:"观其时文,雅好慷慨,良由世积乱离,风衰俗怨,并志深而笔长,故梗概而多气也。"这实际上谈到了文学的时代风格。如果再溯其渊源,那么"乱世之音怨以怒""亡国之音哀以思";究其发展,那么严羽所说的"以时而论,则有建安体、黄初体、正始体……"[①]以及胡应麟所说的"风格体裁,人以代异"[②]等等,都接触到时代风格问题。

---

① 《沧浪诗话·诗体》。
② 《诗薮》内编卷二。

　　不同时代有不同的时代风格，同一时代的不同作者，又各有独特的个人风格。刘勰把文学作品的风格（他叫做"体性"）归因于作者的"情性所铄，陶染所凝"。他所谓的"情性"，指先天的"才"和"气"；他所谓的"陶染"，指后天的"学"和"习"。由于"才有庸儁，气有刚柔，学有浅深，习有雅郑"，所以不同的作者具有不同的艺术风格。他举例说明道："贾生俊发，故文洁而体清；长卿傲诞，故理侈而辞溢；子云沉寂，故志隐而味深；子政简易，故趣昭而事博；孟坚雅懿，故裁密而思靡；平子淹通，故虑周而藻密；仲宣躁锐，故颖出而才果；公干气褊，故言壮而情骇；嗣宗俶傥，故响逸而调远；叔夜儁侠，故兴高而采烈；安仁轻敏，故锋发而韵流；士衡矜重，故情繁而辞隐。"总之，"触类以推，表里必符"，"各师成心，其异如面"，因而"笔区云谲，文苑波诡"。①在这里，刘勰已经涉及艺术风格与作者的创作个性的关系问题。而且，他并没有像他的某些前辈那样把创作个性的形成单纯地归因于先天的"才、气"，还强调了后天的"学、习"，这是难能可贵的。

　　如果说刘勰所说的"情性"偏重先天的"才、气"，表现了他的局限性的话，那么到了清代的叶燮，就大大前进了一步。叶燮在《原诗》里说：

　　　　作诗有性情，必有面目。……如杜甫之诗，随举一篇与其一句，无处不可见其忧国爱君，悯时伤乱，遭颠沛而不苟，处穷约而不滥，崎岖兵戈盗贼之地，而以山川景物、友朋杯酒，抒愤陶性，此杜甫之面目也。我一读之，甫之面目，跃

────────────

① 《文心雕龙·体性》。

然于前；读其诗一日，一日与之对；读其诗终身，
日日与之对也，故可慕可乐而可敬也。

可以看出，叶燮所说的"性情"，已经包括了我们所说
的思想、感情、人格、世界观等等。他所说的"面目"，则
是作者的"性情"在作品中的表现，类似我们所说的风格。
而"作诗有性情，必有面目"，其含义略等于我们常说的"风
格即人"。

作者创作个性的不同既然决定于"性情"的千差万别，
决定于"才有庸、隽，气有刚、柔，学有浅、深，习有雅、
郑"，那么，艺术风格就必然有高下优劣之分。刘勰等古代
文论家，正是基于这样的认识，一方面提倡艺术风格的多样
化，另一方面对一些不好的风格，如"轻靡""浮艳"等等，
持批判态度。

从主要方面说："风格即人。"有什么样的人格，就有
什么样的风格。但文艺作品的风格，是从内容和形式的统一
体中表现出来的。因此，同一作者用不同的形式（体裁）表
现不同的题材，也会形成风格上的差异。风格的多样性，是
和题材、形式的多样性紧密联系的。早在晋代，陆机就已经
谈论过这个问题。他说：

体有万殊，物无一量，纷纭挥霍，形难为状。
辞程才以效伎，意司契而为匠，在有无而僶俛，
当浅深而不让。虽离方而遁圆，期穷形而尽相。
故夫夸目者尚奢，惬心者贵当，言穷者无隘，论
达者惟旷。诗缘情而绮靡，赋体物而浏亮，碑披

文以相质，诔缠绵而凄怆，铭博约而温润，箴顿
挫而清壮，颂优游以彬蔚，论精微而朗畅，奏平
彻以闲雅，说炜晔而谲诳。[①]

在这一段话中，"体有万殊"，是说文体多种多样，各
有特点；"物无一量"，是说物象千变万化，没有一定的分限。
从"辞程才以效伎"到"论达者惟旷"，是说用一定的文体
反映一定的物象，要通过作者的构思，因而作者的个性不能
不起作用，其结果是"夸目者尚奢，惬心者贵当，言穷者无
隘，论达者惟旷"，因作者个性的差异而表现为不同的风格。
而各种文体，其风格的表现又各不相同；"诗缘情而绮靡"
以下各句，便概括地说明了诗、赋、碑、诔、铭、箴、颂、
论、奏、说等各种文体在风格上的基本特征。

今人谈艺术风格，很少涉及文体。其实，文体对风格有
一定的制约性。例如古诗中的"行""歌""吟""谣""曲"
诸体，姜白石是这样说明它们的特点的：

体如行书曰"行"，放情曰"歌"，兼之曰
"歌行"，悲如蛩螀曰"吟"，通乎俚俗曰"谣"，
委曲尽情曰"曲"。[②]

从这里，不是可以清楚地看出诗体对风格的制约性吗？
胡应麟把诗的风格区分为两大类：一类"以和平、浑厚、
悲怆、婉丽为宗"，另一类"以高闲、旷逸、清远、玄妙为宗"。
他"历考前人遗集"，看出后一类风格"宜短章，不宜巨什；

---

① 陆机：《文赋》，《昭明文选》卷一七。
② 《白石诗说》。

宜古《选》，不宜歌行；宜五言律，不宜七言律"①。这看法，因为是从大量创作实践中总结出来的，所以非常中肯。

刘勰把"学"与"习"列为形成作家个人风格的必要条件，而又把这一条件与"才"、"气"统一起来，指出一切风格都是"情性"（才、气）所铄、陶染（学、习）所凝，这是很有见地的。就杜甫说，他"不薄今人爱古人"，"转益多师是汝师"，广泛地向古人和同时代人学习，因而能够"上薄《风》《骚》，下该沈、宋，言夺苏、李，气吞曹、刘，掩颜、谢之孤高，杂徐、庾之流丽，尽得古今之体势，而兼人人之所独专"②。但这一切，又都以杜甫的胸襟为之基。从广泛学习中摄取的丰富养料，通过他的胸襟，通过"致君尧舜上，再使风俗淳"的理想，通过"穷年忧黎元，叹息肠内热"的感情，在"因遇得题，因题达情，因情敷句"的时候凝成自己的独特风格。如叶燮在《原诗》中所说："杜甫之诗，包源流，综正变，自甫以前，如汉魏之浑朴古雅，六朝之藻丽秾纤、淡远韶秀，甫诗无一不备；然出于甫，皆甫之诗，无一字一句为前人之诗也。"而这，也就是杜甫所说的"后贤兼旧制，历代各清规。"③在"兼旧制"的前提下更有利于形成自己的风格，这是一个方面；"兼旧制"的目的是为自己深刻地反映现实、抒情达意服务，为自己更好地发挥独创精神服务，这是又一个重要方面。如果把继承变成抄袭、把借鉴变成模拟，那就只能产生公式化的作品。明代公安派的袁宗道说得好：

---

① 《诗薮》外编卷三。
② 元稹：《唐检校工部员外郎杜君墓系铭并序》。
③ 《四部丛刊》影宋本《分门集注杜工部诗》卷一六《偶题》。

> 爇香者，沉则沉烟、檀则檀气。何也？其性
> 异也。奏乐者，钟不借鼓响、鼓不假钟音。何也？
> 其器殊也。文章亦然。有一派学问，则酿出一种
> 意见；有一种意见，则创出一般言语。无意见则
> 虚浮；虚浮，则雷同矣。故大喜者必绝倒，大哀
> 者必号痛，大怒者必叫吼动地，发上指冠。惟戏
> 场中人，心中本无可喜事，而欲强笑；亦无可哀事，
> 而欲强哭；其势不得不假借模拟耳。①

袁宗道在这里指出作家如果有独到的见解和深切的感
受，自然就有独特的风格；反之，就只能模拟别人，写出雷
同化的作品。这是切中要害的。

一个进步作家在创作上形成独特的艺术风格，这是他的
创作趋于成熟的重要标志。

一个成熟作家的所有作品，与其他作家的作品相比较，
都有其独特的风格，这是他的艺术风格的统一性。而他的每
一篇作品，又各有特色，互不雷同，这又是他的艺术风格的
多样性。王安石曾说杜甫的逸诗，"每一篇出，……辄能辨
之"，就由于杜甫的艺术风格具有统一性。王安石又说杜甫
的诗，"有平淡简易者，有绵丽精确者，有严重威武、若三
军之帅者，有奋迅驰骤、若窀驾之马者，有淡泊闲静、若山
谷隐士者，有风流酝藉、若贵介公子者"②，这说明了杜甫
艺术风格的多样性。

我国古代文论家认为："才学兼众人之长，斯赏识忘一
己之美。"③"少陵（杜甫）于李白、元结、王、孟、高、岑，

---

① 《白苏斋类集》卷二；《论文（下）》。
② 《临川先生文集》卷八四《杜工部后集序》。
③ 《苕溪渔隐丛话》前集卷六引《遁斋闲览》。

无不推重。香山（白居易）于张籍之古淡、韩昌黎之雄奥、李义山之精丽，无不推重。"①——这种对一切好的艺术风格都加以肯定，不存门户之见的作风，受到了人们的赞扬。与此相反，则受到人们的批评。清人薛雪就尖锐地指出："从来偏嗜最为小见。如喜清幽者，则绌痛快淋漓之作为愤激，为叫嚣；喜苍劲者，必恶宛转悠扬之音为纤巧，为卑靡。殊不知天地赋物，飞潜动植，各有一性，何莫非两间生气以成此？""人之诗犹物之鸣。莺鸣于春，蛩鸣于秋。必曰莺声佳，可学，使四季万物皆作莺声；又曰蛩声佳，当学，使四季万物皆作蛩声；是因人之偏嗜，而使天地四时皆废，岂不大怪乎？"②

题材、形式、风格的多样化，是文艺园地百花齐放的表现。唐代的诗歌，可谓百花齐放。而前人称赞唐代诗歌的繁荣，就往往从题材、形式、风格的多样化方面着眼。胡应麟的如下一段话，很有代表性：

> 甚矣，诗之盛于唐也！其体则三、四、五言，六、七、杂言，乐府、歌行、近体、绝句，靡弗备矣。其格，则高、卑，远、近，浓、淡，浅、深，巨、细，精、粗，巧、拙，强、弱，靡弗具矣。其调则飘逸、浑雄、沉深、博大、绮丽、幽闲、新奇、猥琐，靡弗谐矣。③

---

① 尚熔《持稚堂文集》卷五《书典论论文后》
② 《一瓢诗话》。
③ 《诗薮》外编卷三。

当然，在我国古代文学史上，出于"偏嗜"、出于"文人相轻"、出于"门户之见"、出于某种政治目的，只肯定某种题材、某种形式、某种风格而否定其他的，也大有人在。但从主要倾向看，提倡题材、形式、风格的多样化，则是我国古代文论、特别是诗论的优良传统。而这，也正是我国古典文学、特别是古典诗歌能够取得光辉成就的原因之一。

我们的社会主义文学不同于以前任何时代的文学，这是毫无疑义的。但是，这个不同，主要表现在是否明确地、自觉地为广大人民群众服务上，而不表现在题材、形式、风格是否多样化上。我们的社会主义文学，是明确地、自觉地为广大人民群众服务的，而从事社会主义现代化建设的广大人民群众的艺术需要，又空前高涨，这就迫切地要求我们尽快肃清林彪、"四人帮"推行文化专制主义的馀毒，在坚持社会主义方向的前提下，大力发展题材、形式、风格多样化的文艺创作，以满足广大人民群众多方面的艺术需要。从这一意义上说，回顾一下我国古代文学、特别是古代诗歌发展的历史，批判地继承我国古代文论家，特别是诗论家提倡题材、形式、风格多样化的优良传统，还是很有现实意义的。

（原载《古代文学理论研究》第二辑。上海古籍出版社 1980 年版）

论绝句的起源、类型、特征和艺术鉴赏

何为绝句？始于何时？这是颇有争议然而又必须首先弄清的问题。

有一种流行的说法：先有律诗，后有绝句；绝句，乃截律诗的一半而成。我们知道，绝句有个别名，那就是"截句"，简称"截"。由此可以看出这种说法的影响之大。

律诗定型于唐代。绝句既然是截取律诗而成的，其产生时期当然不可能早于唐代。我编《历代绝句鉴赏辞典》，约请一位老专家撰写几篇六朝诗的鉴赏稿，他回信说："六朝时期，连绝句这个名称也没有，哪有绝句？还是从唐诗选起，比较稳妥。"看起来，他也是"截句"说的拥护者。

一首律诗，限定八句；五律每句五字，七律每句七字；通常首尾两联不用对仗，中间两联，则必须讲究对仗；平仄，上下两句必须相对，前后两联必须相粘（即第二句与第三句、第四句与第五句、第六句与第七句，第二字平仄必须一致；如果不一致，便是"失粘"）。按照绝句即是截句的说法，一首绝句，正好是一首律诗的一半；四句都不用对仗的，乃是截律诗前两句和后两句而成；四句全用对仗的，乃是截律诗中间四句而成；前两句不用对仗、后两句用对仗的，乃是截律诗前四句而成；前两句用对仗、后两句不用对仗的，乃是截律诗后四句而成。这样，其平仄也都是符合要求的。吴讷《文章辨体序说》引《诗法源流》云："绝句者，截句也。后两句对者是截律诗前四句，前两句对者是截后四句，皆对者是截中四句，皆不对者是截前后各两句。"便是这类说法的代表。

这种说法，貌似合理，实与绝句形成的历史不合。我国诗歌，从《诗经》《楚辞》到汉魏六朝的乐府民歌和文人创作，已为绝句的形成准备了充分条件。胡应麟《诗薮》云：

> 五七言绝句，盖五言短古、七言短歌之变也。五言短古，杂见汉魏诗中，不可胜数，唐人绝体，实所从来。七言短歌，始于《垓下》，梁陈以降，作者坌然。

徐茂山《汇纂诗法度针》云：

> 五言绝句，起自汉魏乐府，如《出塞曲》、《桃叶歌》等篇；七言，如《乌栖曲》、《挟瑟曲》等篇，皆其体也。

这一类议论，都是切合实际的。当然，更有真知灼见的，还应推清人李锳，他在《诗法易简录》里说：

> 两句为一联，四句为一绝，其来已久，非始唐人。汉无名氏《古鼪句》云："稿砧今何在？山上复有山。何当大刀头，破镜飞上天。""鼪"字，系古"绝"字，是绝句之名，已见于汉矣。宋文帝见吴迈远云："此人联绝之外，无所复有。"亦一证也。又按宋文帝第九子刘昶封义阳王，和平六年，兵败奔魏，在道慷慨为断句云："白云满障来，黄尘暗天起。关山四面绝，故乡几千

里！""断"字或系鹽字之误。是绝句之名，原
在律诗之前，何得有截律诗之说？宋人妄为诗话，
以绝句为截律诗，因有前四截、后四截、中四截、
前后四截之说，甚至并易绝句之名为截句，何其
谬也！

这里说"绝句之名，已见于汉"，乃是误解（理由见后），
但引南朝宋文帝及其子刘昶的有关资料证明绝句之名早在
律诗之前，则是确然无误的。

绝句之名，见于六朝，来自"联句"。六朝人的联句有
几个特点：一、不像柏梁台联句那样每人各作一句，也不像
后来常见的一人先做一句，接着每人各做两句，最后一人作
一句结束，而是每人做四句，可以独立成一首小诗；做诗者
不一定都在同时同地，往往由某人先做四句，寄赠他人，他
人各酬和四句，编在一起，实际上是数首各自独立的小诗被
编者缀合，其间并无有机的联系。例如《谢宣城集》卷五所
收的《阻雪连（联）句遥赠和》，从题目上便可看出，这是
以"阻雪"为题，几个朋友"遥"相"赠和"的，每个人的
四句诗，都有独立性。把这具有独立性的数首小诗联缀一起，
便叫"联句"，如果不加联缀，独立成篇，便称为"绝句""断
句"或"短句"。试阅《南史》，便可在《宋文帝诸子·晋
熙王昶传》《齐高帝诸子·武陵昭王晔传》《梁简文帝纪》
《梁元帝纪》《梁宗室·临川靖惠王宏传》中分别看到"为
断句""作短句诗""绝句五篇""制诗四绝""为诗一绝"
的记载。有人认为《南史》乃初唐李延寿所撰，不能证明南
朝已有"绝句"名称。然而徐陵（507—583）的《玉台新咏》

编于南朝梁代，卷十专收五言四句小诗，题中标出"绝句"
名称的，便有吴均《杂绝句四首》、庾信《和侃法师三绝》、
梁简文帝《绝句赐丽人》、刘孝威《和定襄侯八绝初筵》、
江伯瑶《和定襄侯八绝楚越衫》。这可能都是作者自己命题
的。更值得注意的是：徐陵把四首汉代民间歌谣编在卷十之
首，题为《古绝句四首》。李锳在《诗法易简录》里以此为
根据，断言"绝句之名已见于汉"，其错误在于忽略了那个
"古"字。汉代人怎会把同时代的诗歌称为"古"绝句呢？
合理的解释是：徐陵特意把当时流行的一种新体小诗编为一
卷，其中有些题目已标明是"绝句"，未标明的，他也认为
是"绝句"，因而把原来并没有题目、其样式很像当时"绝
句"的四首汉代民歌编在一起，加上"古绝句"的题目，列
于此卷之首，意在表明当时的"绝句"，并不是突然出现的。

绝句就字数说，有五言绝句和七言绝句。从形成过程
看，五绝早于七绝。五绝源于汉魏乐府古诗，质朴高古，崇
尚自然真趣。六朝逐渐流行，至唐代而大盛，出现了李白、
王维、崔国辅等人的大量名篇。其后则作者渐少。七绝源
于南朝乐府歌行，风格多样，崇尚情思深婉，风神摇曳。
初唐逐渐流行，至盛唐、中唐、晚唐而大盛，名家辈出，名
作如林，逐渐取代了五绝的优势。历宋、元、明、清而佳作
继出，其势未衰。就《全唐诗》存诗一卷以上的诗人之诗统
计：初唐，五绝一百七十二首，七绝七十七首；盛唐，五绝
二百七十九首，七绝四百七十二首；中唐，五绝一千零十五
首，七绝二千九百三十首；晚唐，五绝六百七十四首，七绝
三千五百九十一首。从这些统计数字，可以看出五绝和七绝
的发展趋势。

此外还有六言绝句，一般认为源于汉代谷永，曹植、陆机等亦有六言诗，至初唐诸家应制赋《回波词》，始定为四句正格。六绝易做而难工，所以作者寥寥；然而王维的《田园乐》七首、皇甫冉的《问李二司直所居云山》和王安石的《题西太一宫》二首，都精妙绝伦，至今传诵。

绝句就格律说，有古体绝句、律体绝句、拗体绝句。董文焕《声调四谱图说》云：

> 七言绝句之法，与五绝同，亦分三格：曰律、
> 曰古、曰拗。

古绝，属于古体诗的范畴；律绝，属于近体诗的范畴。从绝句演变发展的角度看，汉魏六朝时期类似《玉台新咏》所收《古绝句》那样具有自然音韵之美的四句小诗，可称古绝；在"永明体"以来诗歌律化的过程中出现的四句小诗，虽已接近后来的律绝，但还不合律绝格律，也应该称为古绝。

古绝句的特点如果只用一句话概括，那就是不受近体诗格律的束缚。当然，基本条件是必须具备的，那就是二、四两句或一、二、四句必须押韵。在押韵方面，也比律绝自由，即律绝必须押平声韵，古绝则既可押平声韵，也可押仄声韵。

这里有一点应该特别注意。不少人认为，在唐代及其以后，便是律绝的天下，不再出现古体绝句了。其实不然。在包括律诗、绝句在内的近体诗定型之后，诗人们既写近体诗，也写古体诗，出现了无数五古、七古杰作，这是谁都知道的。古体绝句这种别饶韵味的小诗，在唐代伟大诗人笔下也开放了绚丽的艺术之花。试阅各种唐诗选本，被归入绝句一类的

不少名篇，不太留意格律的读者总以为那都是律绝，其实呢，有的是古绝，有的则是拗绝。

就五绝而言，李白、王维、崔国辅，这是盛唐五绝的三鼎足。而李白的五绝，得力于六朝清商小乐府和谢朓、何逊等文人乐府，多用乐府旧题。名篇如《王昭君》《玉阶怨》《静夜思》《越女词》（五首）《自遣》等等，何一非古体绝句？《秋浦歌》中的"秋浦多白猿，超腾若飞雪。牵引条上儿，饮弄水中月"之类，也与律绝毫无共同之处。这个问题前人多已指出，如胡应麟《诗薮》云："太白五言如《静夜思》《玉阶怨》等，妙绝古今，然亦齐梁体格。"谢榛《四溟诗话》云："太白五言绝句，平韵律体兼仄韵古体，景少而情多。"这都是切中肯綮的。王维五绝，以《辋川集》二十首为代表，以淳古淡泊之音，写山林闲适之趣，清幽绝俗，色相俱泯。不言而喻，这样的诗适于用古绝；如用律绝，那种与诗的意境相和谐的淳古淡泊之音便没有了。试读这二十首小诗，绝大部分押仄声韵，不调平仄；极少数押平声韵的，如《北坨》"北坨湖水北，杂树映朱栏。逶迤南川水，明灭青林端"末句三平脚，也不能算律绝。《辋川集》以外的五绝名篇，如《杂诗》"君自故乡来，应知故乡事。来日绮窗前，寒梅着花未"；"家住孟津河，门对孟津口。常有江南船，寄书家中否"；《临高台送黎拾遗》"相送临高台，川原杳无极。日暮飞鸟还，行人去不息"；以及《崔兴宗写真咏》"画君少年时，如今君已老。今时新识人，知君旧时好"等等，也都是古体绝句。至于崔国辅的五绝，如前人所指出："自齐梁乐府中来"（乔亿《剑溪说诗》），与《子夜》、《读曲》一脉相承，多用乐府旧题写儿女情思，清新明丽，婉转动人。如《怨词》（二首）、《铜雀台》、《襄阳曲》、《魏宫词》、《长乐少年行》等名篇，大都沿用齐梁体格，属于古绝范畴。此外，不少万口传诵的唐人五绝，如柳宗元的"千山鸟飞绝"、刘长卿的"苍苍竹林寺"、韦应物的"遥知郡斋夜"、崔颢的"君家何处住"、李商隐的"向晚意不适"、贾岛的"松下问童子"、李端的"开帘见新月"等等，也都并非律体。

唐人五绝杰作之所以多用古体，主要原因在于：五绝源于乐府民歌，崇尚真情流露，自然超妙；其音韵亦以纯乎天籁为高。前人多已阐明此意，如杨寿楠《云薖诗话》云：

> 诗至五绝，纯乎天籁，寥寥二十字中，学问才力，俱无所施，而诗之真性情、真面目出矣。

李重华《贞一斋诗话》云：

> 五言绝发源《子夜歌》，别无谬巧，取其天然，二十字如弹丸脱手为妙。李白、王维、崔国辅各擅其胜，工者俱吻合乎此。

沈德潜《说诗晬语》云：

> 右丞（王维）之自然，太白（李白）之高妙，苏州（韦应物）之古淡，并入化机。而三家中，太白近乐府，右丞、苏州近古诗，又各擅胜场也。

这些评论在较大程度上概括了五言绝句的艺术特质，而多用古体之故，也灼然可见。

　　唐人七绝，也有古体，不过比起五绝来，数量要少得多。
举名家名篇为例，如高适的《营州歌》：

> 营州少年厌原野，狐裘蒙茸猎城下。
> 虏酒千杯不醉人，胡儿十岁能骑马。

　　有人会说：这是古诗，不是绝句。当然，既押仄声韵，
又全不讲究平仄和粘对，确与律体绝句迥异。然而试加吟诵，
情调韵味，都像绝句，不少选本也列入绝句。

　　如前所说，"绝句"之名，早见于六朝，然而都指的是
五言四句的小诗。称七言四句小诗为绝句，最早见于何人何
书，似乎还没有人考查过。显而易见的事实是：在唐代诗人
中，喜欢在诗题中标明"绝句"的是杜甫。就七言说，标明
"绝句"的就有十二题，而且多是组诗，一题数首或十馀首。
这许多标明"绝句"的诗，堪称律绝的并不多，有些是拗绝，
另一些则是古绝，如《三绝句》组诗的前两首：

> 前年渝州杀刺史，今年开州杀刺史。
> 群盗相随剧虎狼，食人更肯留妻子？

> 二十一家同入蜀，惟残一人出骆谷。
> 自说二女啮臂时，回首却向秦云哭。

　　就格律而言，押仄声韵，平仄不谐，与高适的《营州歌》
相类似，而题目却分明是"绝句"。

　　拗体绝句，这是律体绝句形成之后出现的。所谓"拗"，是指声调不合律。平仄不合律的诗句叫"拗句"，句与句之间排列关系不合律，即"失粘"的诗篇叫"拗体"。

　　拗体绝句，通常认为创自杜甫。董文焕《声调四谱图说》云："拗绝一种，与七律拗体同为老杜特创。"翟翚《声调谱拾遗》云："七言绝句，源流与五言相似，惟少陵所作，特多拗体。"其实，拗绝并非杜甫所首创，也非杜甫所独有。就七绝名篇而言，王昌龄的《采莲曲》（二首）《浣沙女》，王维的《送沈子福归江东》《凉州赛神》《送元二使安西》，李白的《山中答俗人》《长门怨》（二首其一）《少年行》《送贺宾客归越》《宣城见杜鹃花》《哭晁卿衡》《山中与幽人对酌》等等，都"失粘"，有的且有"拗句"。

　　当然，在近体诗形成之后，绝句无疑以律绝为主流。今人做绝句，不应该以古代原有古绝、拗绝为由，为自己压根儿还不懂格律进行辩护。然而，某些精通格律的人为了追求音节峭拔、拗折以表现特定的情趣而有意运用古体、拗体，也确实写出了别开生面的好诗，你却讥笑人家不懂格律，那便是错误的。如果认定所谓绝句仅限于律绝，选历代绝句，凡不合律绝格律的佳作必须一概摒弃，那更是有害的。

　　至于律绝，一般认为是律诗形成的唐代才有的。比较流行的"截句"说，就认为先有律诗，然后截其一半为绝句。然而事实上，早在齐梁以来诗歌律化过程中就已有完全合律的绝句出现，顺手举几个例子：

　　　心逐南云逝，形随北雁来。

　　　故乡篱下菊，今日几花开。

　　　　　　　　　　　　——江总《长安九日》

日月光天德，山河壮帝居。

太平无以报，愿上万年书。

————陈后主《入隋侍宴应诏》

杨柳青青着地垂，杨花漫漫搅天飞。

柳条折尽花飞尽，借问行人归不归？

————隋无名氏《送别》

　　至于基本上符合律绝格律的作品，在六朝乐府民歌和文人创作中更屡见不鲜。由此可见，律绝的形成早在律诗之前。

　　这里有必要谈谈律绝的格律。

　　包括律诗、律绝在内的近体诗的形成，把我国古典诗歌的发展推向新的阶段。诗，它的优势之一是具有音乐性。诗人直抒胸臆，发于自然，纯乎天籁，其作品当然也有音乐性；然而这无法保证一定能够臻于完美。因此，古代诗人无不为了强化诗歌的音乐美而艰苦摸索。晋宋以后，更重声律。及至齐梁，沈约、周颙、谢朓、王融等人做诗，讲究四声，强调"五字之中，音韵悉异；两句之内，角徵不同"（《南史·陆厥传》)，加速了诗歌律化的进程，终于形成了近体诗的完整格律，使诗人对音乐美的追求从必然王国进入自由王国。

　　律绝的格律，主要表现在如何押韵和如何协调平仄。

　　就押韵说，双句的最后一个字（韵脚）必须押平声同一韵部的韵（韵母相同）；第一句可押可不押。第一句不押韵的，如王之焕《登鹳雀楼》：

白日依山尽，黄河入海流。
欲穷千里目，更上一层楼。

第一句押韵的，如杜牧《山行》：

远上寒山石径斜，白云生处有人家。
停车坐爱枫林晚，霜叶红于二月花。

这样，同韵的韵脚作为诗句的最后一个音节在一首诗中反复出现，既加强了节奏感，又具有回环美。

就平仄说，四声中的"平声哀而安，上声厉而举，去声清而远，入声直而促"（《文镜秘府论》引初唐《文笔式》）。以平声为平，合上、去、入为仄，平仄交替，便形成抑扬顿挫，错落有致的节奏旋律。

所谓平仄交替，指平仄音步的组合。五言绝每句三个音步，七言绝每句四个音步。两个字的音步，决定平仄的主要是第二个字。

律绝的平仄律，可以概括成如下三点：

一、在本句之中，音步平仄相间；

二、在对句之间，音步平仄相对；

三、在两联之间，音步平仄相粘。

五绝和七绝，都有平起式、仄起式和首句押韵、不押韵之别，因而通常各列为四式。其实，首句押韵、不押韵，只是在首句的后两个音步上有些变化，其他各句都是不变的。

就五绝说，如果首句仄起，不押韵，其平仄格式便是：

仄仄｜平平｜仄　　平平｜仄仄｜平

平平｜平｜仄仄　　仄仄｜仄｜平平

很清楚，每句音步的平仄都是相间的；第一、第二两句音步的平仄是相对的，第三、第四两句音步的平仄也是相对的；两联之间，即第二句和第三句的头一个音步是相同的，这叫相粘。

如果首句起韵，则把后两个音步颠倒，变成"仄仄仄平平"即可，以下各句都不变。

这样，五绝仄起首句押韵与不押韵的两种格式便都清楚了。

如果首句平起，不押韵，其平仄格式便是：

平平｜平｜仄仄　仄仄｜仄｜平平

仄仄｜平平｜仄　平平｜仄仄｜平

如果首句起韵，则把后两个音节颠倒，使全句变成"平平仄仄平"，以下各句皆不变。

这样，五绝平起首句押韵与不押韵两种格式，也就清楚了。

根据"同句之中音步平仄相间"的原则，在五言律句的头上加两个字，便是七言律句。比如五言句"平平仄仄平"要变七言句，便在头上加两个仄声字，变成"仄仄平平仄仄平"，其他可以类推。因此，懂得了五绝的四种格式，也就掌握了七绝的四种格式。

从格律上说，绝句是律诗的一半。把一首绝句的格式重叠一次，便是律诗的格式。这样，四种五律格式与四种七律格式，也可一一推出，不必死记。

以上用最简单、最易理解、最易记忆的办法谈了律绝的格律，这对鉴赏绝句的音乐美是必要的。

关于绝句的特点和优点，前人论述颇多，这里只引杨寿楠《云薖诗话》中的一段话以见一斑：

> 五绝纯乎天籁，七绝可参以人工。二十八字中，要使篇无累句，句无累字，篇若贯珠，句若缀玉，意贵含蓄，词贵婉转。鸾箫凤笙，不足喻其音之和也；明珰翠羽，不足喻其色之妍也；烟绡雾縠，不足喻其质之轻也；荷露梅雪，不足喻其味之清也。有唐一代，名作如林，……此皆千古绝唱。旗亭风雪中听双鬟发声，足令人回肠荡气也。

这里讲到的含蓄、婉转、音和、色妍、味清等等，都是绝句的重要特质。绝句作为古典诗歌中最有魅力的艺术品种，其突出特点是短而精。要用寥寥二十字或二十八字做成一首好诗，说大话、发空论、炫耀才学、卖弄词藻、铺排典故，都不行；必须情感真挚，兴会淋漓，神与境会，境从句显，景溢目前，意在言外，节短而韵长，语近而情遥，神味渊永，兴象玲珑，令人一唱三叹，低回想象于无穷。唐代绝句，成就最高，流传至今的总数多达万首（见《万首唐人绝句》），其中的大量佳作，在不同程度上达到了这样迷人的艺术境界。宋代绝句，别有风韵，王安石、苏轼、黄庭坚、陆游、范成大、杨万里诸大家，各有独创性，传世之作，至今脍炙人口。辽、金、元、明，相对于唐宋时代而言，古典诗歌处于低谷，然而绝句这种小诗仍然繁花盛开。清代、近代，古典诗歌又进入新的繁荣昌盛时期，流派纷呈，争新斗奇，绝句的创作也大放异彩。

绝句这种小诗以其易读易记而韵味无穷的优点获得了永恒的艺术生命，至今仍为各种不同文化层次的人们所偏爱。

近几年来出现了古典文学、特别是古典诗歌的鉴赏热，有关书籍畅销全国，方兴未艾，表明广大读者迫切需要从祖国文艺宝库的无数珍品中发掘精神财富，吸取心灵营养。这当然是令人振奋的可喜现象。然而搞文学研究而鄙薄文学鉴赏、甚至泼冷水的人也是有的，因而有必要说几句话。

文学鉴赏在整个文学活动系统中占有极其重要的地位，不容忽视。所谓"文学活动系统"，是由生活、作家、作品、读者四个相互关联的要素构成的，作家从令他激动的社会生活中吸取素材和灵感，创造出文学作品，为人们提供了精神财富。然而不言而喻，不管这作品如何杰出，如果无人理睬，那就毫无意义。大家知道，文艺作品之所以可贵，在于它有极高的审美价值和社会作用。但这一切都不过是一种"潜能"，不可能"自动地"实现。要实现，必须通过读者的阅读、理解和鉴赏。从文学反映社会生活并反作用于社会生活的全过程来看：反映生活的过程，是通过作家的艺术创造完成的；反作用于社会生活的过程，是通过读者的艺术鉴赏完成的。文艺作品只有通过文艺鉴赏，才能使读者沉浸于美的享受中，陶冶性情，开拓视野，提高精神境界，文艺作品潜在的智育、德育、美育作用，才能得到实现和发挥。

文艺鉴赏的意义还不止如此。对于作家来说，常常从文艺鉴赏反馈的信息中领悟到更高层次的审美情趣和审美理想，从而反思自己的成败得失，把此后的创作推进到新的领域。

高水平的鉴赏必须建立在对作品本身以及作家经历、社会背景等等彻底了解的基础之上，因此，校勘、训诂、考证以及各种相关问题的研究等等都是必要的。然而归根结底，这一切，其作用都在有助于对文艺作品的鉴赏，使其潜在的社会功能得以实现，并指导创作。这是一个方面。另一个方面，对作品的理解还不等于高水平的鉴赏。文艺鉴赏乃是一种艺术的再创造，而不是对作品内容的刻板复述。文艺作品描绘的一切有其确定性的一面，这种确定性的东西愈是显而易见，读者的鉴赏就愈有一致性。正因为这样，古今中外的名作才能被不同时代、不同民族的读者共同欣赏。然而一切优秀的作品都具有含蓄美，用接受美学的术语说，就是都具有"意义不确定性和意义空白"。鉴赏家的艺术再创造，就在于从作品实际出发，凭借自己的艺术敏感和审美经验，调动有关的生活阅历和知识库存，驰骋联想和想象，细致入微地阐明作品的象征、隐喻、暗示和含而未露、蓄而待发的种种内容与含义，并补充其"空白"，突现其隐秘，甚至发掘出作者压根儿没有意识到的东西。当然，鉴赏者的这些阐明、补充和发掘，即使有一些是作者不曾意识到的，却应该是符合作品的客观意义的。在这里，应该坚决反对的是主观随意性。

　　对文艺作品能否鉴赏和鉴赏水平的高低，取决于鉴赏者的主体条件。刘勰在《文心雕龙·知音》的开头便慨叹"知音其难哉！"马克思在《1844年经济学—哲学手稿》里则说"对于不辨音律的耳朵说来，最美的音乐也毫无意义，音乐对它说来不是对象，因为我的对象只能是我的本质力量之一的确证"。因此，刘勰强调"操千曲而后晓声"，马克思指出"如果你想得到艺术的享受，你本身就必须是一个有艺术修养的人"。

　　鉴赏文学作品，当然需要懂得文艺学、语言学、心理学、哲学和文学发展史；鉴赏古典诗歌，还得通晓历史、地理、音韵、训诂、考据、书法绘画乃至宗教、民俗；而通过长期精读名作培育起来的艺术敏感和通过亲身的创作实践积累起来的心得体会，往往能在鉴赏作品时迅速透过外在形态而把握其内在意蕴，捕捉其象外之象、言外之意、弦外之音；而确切的审美判断，即寓于无穷的艺术享受之中。

　　由此可见，高层次的文学鉴赏并非一蹴可及，然而又并非高不可攀。鉴赏水平较低的读者在扩大知识领域、加强艺术修养的同时结合高质量的鉴赏文章精读名作，日积月累，就会不断提高自己的鉴赏水平。

　　（原为《历代绝句精华鉴赏辞典》序，此辞典霍松林主编并撰稿，共214万字，陕西人民出版社1999年出版）

论于右任诗的创新精神

于右任先生的成就是多方面的。清末创办《神州报》、《民呼报》和《民立报》，宣传革命思想，反对清朝专制，是我国新闻事业的先驱者之一。他又主持震旦大学、复旦大学和中国公学，在发展我国教育事业方面做出了贡献。他是长期享有世界声誉的书法家，中年以后，书名日高，几乎掩盖了他的诗名。其实，他的诗歌和他的书法可以说是"双峰并峙"。在书法史和诗歌史上，他都奠定了牢固的地位。

下面就于先生的诗谈一点感想。

1930年春，《右任诗存》刊行的时候，柳亚子题了八首七绝，对这六卷诗及其作者作了充满热情的赞扬。诗如下：

落落乾坤大布衣，伤鳞叹凤欲安归？
卅年家国兴亡恨，付与先生一卷诗。

茅店霜鸡剑影寒，几回亡命度函关！
书生已办忧天下，莫作山东剧孟看。

义师惜未下咸阳，百战无功吊国殇。
寒角悲笳穷塞主，可怜我马已玄黄。

贝加湖水碧潺湲，去国申胥往复还。
已换赤明龙汉劫，那堪回首列宁山。

虎踞龙蟠旧石城，当年失计误迁京。
不须更怨袁公路，南朔而今有战争。

苍黄阳夏筹兵日，辛苦钟山仰望时。
终遣拂衣归海上，高风峻节耐人思。

泰玄墓畔桂千丛，尚父湖边夕照红。
稍惜江南哀怨地，小戎驷铁换秦风。

廿载盟心结客场，使君风谊镇难忘。
怜余亦有穷途感，才尽江淹鬓未霜。

　　这本《右任诗存》，收 1930 年以前约三十年的作品，由王陆一笺注。柳亚子以"卅年家国兴亡恨，付与先生一卷诗"两句论定了它的时代内容和"诗史"价值。1930 年至 1964 年的作品，由刘延涛笺注，台湾出版，大陆尚少流传。我个人认为，于先生的诗歌创作，可分为四个时期。辛亥革命（1911 年）以前十多年为第一期；辛亥革命以后至 1927 年为第二期；1927 年至抗日战争胜利为第三期；抗战胜利至他 1964 年逝世为第四期。而最有价值、最能体现于先生的创新精神的诗，则主要在第一、二期。于先生中年以后，诗名逐渐被书名所掩，也不是偶然的。

　　辛亥革命以前十多年，戊戌变法失败（1898），八国联军侵入北京（1900）。一系列历史事变证明了清王朝的腐朽和资产阶级改良主义的破产。因而在人民群众反帝反封建的革命要求不断高涨的基础上，形成了资产阶级和小资产阶级革命派所领导的革命运动，其目的是推翻清王朝的封建统治，建立民主共和国。于先生乃是这一革命运动的先行者、倡导者之一。而他的诗歌创作，正是从这一革命运动中吸取力量、又反转来为它服务的。且看《杂感》的第一首和第三首：

柳下爱祖国，仲连耻帝秦。子房抱国难，椎秦气无伦。报仇侠儿志，报国烈士身。寰宇独立史，读之泪盈巾。逝者如斯夫，哀此亡国民！

伟哉汤至武，革命协天人。夷齐两饿鬼，名理认不真。只怨干戈起，不思涂炭臻。心中有商纣，目中无商民。叩马复絮絮，非孝亦非仁。纵云暴易暴，厥暴实不伦。仗义讨民贼，何愤尔力伸！吁嗟莽男子，命尽歌无因。耗矣首阳草，顽山惨不春。

第一首抒发了反对帝国主义侵略、争取祖国独立的豪情壮志，把"耻帝秦"、"抱国难"、挽救危亡、争取独立作为"爱祖国"的主要内容，给传统的爱国思想带来了新的特点。而洋溢着具有新的特点的爱国主义激情，是于先生的诗歌，特别是第一、第二两期诗歌的鲜明特点。

第一首反帝，第三首反封建。伯夷、叔齐反对武王伐纣，不食周粟，饿死于首阳山，历来受到称赞，韩愈就写过《伯夷颂》。于先生对伯夷、叔齐却不但没有颂，而且指斥他们"心中有商纣，目中无商民"。把清朝统治者斥为商纣，大声疾呼，要求伐纣救民，这是难能可贵的。在此后的诗作中，还不时出现"不为汤武非人子，付与河山是泪痕"（《出关》），"乘时我欲为汤武，一扫千年霸者风"之类的句子，表现了献身革命、威武不屈的英雄气概。

新的内容突破了旧的形式。于先生第一期的诗，在内容和形式上都富于创新精神。请看《从军乐》：

中华之魂死不死，中华之危竟至此！同胞同胞为奴何如为国殇，碧血斓斑照青史。从军乐兮从军乐，生不当兵非男子。男子堕地志四方，破坏何妨再整理。君不见白人经营中国策愈奇，前畏黄人为祸今俯视。侮国实系侮我民，伈伈伣伣胡为尔？吾人当自造前程，依赖朝廷时难俟。何况列强帝国主义相逼来，风潮汹恶廿世纪。大呼四亿六千万同胞，伐鼓拟金齐奋起！

篇无定句，句无定字，形式比较自由。全篇多用七字以上的长句，大气盘旋，热情喷涌，而以"大呼"结尾，尤足以发聋振聩。

这些诗，原收入《半哭半笑楼诗集》中，是"民国纪元十年前"即 1902 年以前的作品。这时候，资产阶级改良派"熔铸新理想以入旧风格"的"诗界革命"（实际是诗歌改良）已成过去；形式拟古、内容空虚的"同光派"诗，泛滥诗坛。于先生这些诗篇的出现，具有划时代的意义。《半哭半笑楼诗集》刚在三原刊印，就不胫而走，到处传诵，引起了清朝统治者的恐惧。1903 年，于先生正在开封应试，却遭到缇骑缉捕，变姓名逃脱，始免于难。这一事实，也足以说明于先生第一期的爱国诗章在反帝反封建的革命斗争中发挥了多么巨大的威力。

有些同志说于先生是"南社"诗人。这当然不算错。因为于先生与柳亚子等南社诗人交好，参加过南社的创作活动。但应该弄清，"南社"成立于1909年，而于先生第一期的诗，却创作于1902年以前。南社是辛亥革命时期的进步诗社，对鼓吹资产阶级民主革命，反对清朝专制统治，起过积极作用。而于先生第一期的诗歌创作，实开"南社"之先河。

于先生第二期的诗歌数量较多，内容、风格都具有多样性。最富创新精神的，则是1926年往返苏联时期的作品。于先生把这些诗编在一起，题为《变风集》，其意正在于突出其创新精神。且看《舟入黄海作歌》：

黄流打枕终日吼，起向柂楼看星斗。一发中原乱如何，再造可能得八九？神京陷后余亦迁，奔驰不用卖文钱。革命军中一战士，苍髯如戟似少年。呜呼！苍髯如戟一战士，何日完成革命史！大呼万岁定中华，全世界被压迫之人民同日起！

再看《东朝鲜湾歌》：

晨兴久读《资本论》，掩卷心神俱委顿。忽报舟入朝鲜湾，太白压海如衔恨。山难移兮海难填，行人过此哀朝鲜。遗民莫话安重根，伊藤铜像更巍然。吾闻今岁前皇死，人民野哭数十里。又闻往岁独立军，徒手奋斗存血史。世界劳民十万万，阶级相联参义战。何日推翻金纺锤，一

时俱脱铁锁链？噫吁嘻！太白之上云飞扬，太白
之下人凄怆，太白以北弱小民族矜解放，太白以
南以东以西被压迫者如怨如慕如泣如诉复如狂。
山苍苍兮海茫茫，盟山誓海兮强复强。歌声海浪
相酬答，天地为之久低昂。舟人惊怪胡为此，此
声歌声犹不止。万里转折赴疆场，我本国民革命
军中一战士。

"诗言志，歌永言。"从这两首长歌所表现的"志"看，
于先生的社会理想这时候出现了新的飞跃。作为"战士"，
他因急于实现这种理想而热血沸腾，不能自已。溢而为诗，
就像大江暴涨，一往无前，浑灏流转，气象万千。真有"大
声吹地转，高浪蹴天浮"的气概。

传统诗歌中的"歌行"这种体裁，本来比较自由，适于
表现奔放的情感和复杂的事态。于先生这时期的诗歌创作，
最善于发挥歌行体的特长，并在此基础上创新。让我们来读
《克里木宫歌》：

君何事来翻吊古，克里木宫矜一睹。置身赤
色莫斯科，结习不忘真腐腐。世人莫误悲铜驼，
请述怪异作哀歌。宫内教堂即坟墓，历代皇室铜
棺多。沙皇铸钟巨无仿，更制巨炮长盈丈。炮无
人放钟不鸣，两都红旗已飘荡。故宅既作苏维埃，
遗民复袒共产党。无产阶级革命竟成功，新旧世
界由此划为两。吾闻革命之时经剧战，宫内宫外
两阵线。列宁下令用炮轰，门内白军方自变。又

闻宫门旧有断头台，台前血渗野花开。台上杀人
城上笑，百年骈戮真堪哀，自今门外号红场，功
成之后葬国殇。列宁以下殉义者，一一分瘗傍宫
墙。宫墙兮墓道，墓道兮多少！上悬革命之红旗，
下种伤心之碧草。悠悠苍天我何人，万里西征头
白了！

再读《红场歌》：

　　中山已逝列宁死，莫斯科城我来矣！遗骸东
西并保存，紫金红场更相似。每日排队朝复暮，
争看列宁人无数。我亦鼚鼟诣红场，为全人类有
所诉。一片红场红复红，照耀世界日方中；列宁
诸烈何曾死，犹呼口号促进攻。噫吁嘻！东方羁
束难自解，吾党改组君犹待。君之主张东方之民
久已闻，君之策略东方之事莫能改。何况共同奋
斗救中国，中山遗命赫然在。转悔当年起义早，
方法不完得不保。如今愁苦呼声遍亚东，大乱方
生人将老。头白伶仃莫斯科，惭感交并责未了。
未了之责谁余助？至此翻思进一步。为全人类自
由而进征兮？解放东方之大任先无误。吊中山之
良友兮，知取则之不远。信吾党之必兴兮，夫孰
荷此而无忝？惆怅兮将别，歌声兮哽咽。酬君兮
全世界奴隶之泪，奠君兮全世界豪强之血。献君
兮全世界劳民之铁链，奏君兮全世界历史之灰屑。
君之灵兮绕世界而一视，时不久兮全设。红场歌
兮声悲切！

与此同时，还作有《布利亚特共和国立国五年纪念歌》，以"全世界无产阶级与被压迫民族联合起来，此乃马克思以及列宁革命之口号"开头，历叙布利亚特人民受压迫的历史及十月革命成功以后的幸福生活。然后描写了他所参加的各种盛大的庆祝场面和"露天大宴"。

结尾由"响彻云衢国际歌，天将明矣唱未央"转向主观抒情：

> 嗟余转折二万里，七日乌城发白矣！苍隼护巢曷不归，神龙失水犹思起。乌城西安一直线，昨梦入关督义战。尽烹走狗定中华，一行解放四万万。碧云寺上告成功，山海关前开祝宴。老来有志死疆场，竟把他乡当故乡。夜半梦回忽下泪，马角乌头困大荒。天怜辛苦天应晓，促我整顿乾坤了。赐我布蒙国内小山庄，万松深处容一老。

这些诗的创新精神首先表现在思想新、感情新。忧心四亿劳民的苦难，高呼全世界无产阶级与被压迫民族联合，追求全人类的自由解放，歌颂十月革命成功所开辟的新世界。如此光辉的新思想，如此炽烈的新感情，充溢于字里行间，怎能不令人耳目一新！其次是选材新、取境新。异域之山川云海，外国之历史风俗，红场上瞻仰列宁遗容的人流，克里姆林宫的巨钟巨炮和迎风飘荡的红旗，这一切与前述的新思想、新感情融铸而成瑰奇宏丽的新意境，令人目眩神摇，精神振奋。第三是语言新、形式新。许多新名词、新术语、新口号络绎笔端，五彩缤纷。而多音节的名词、术语和口号的大量运用，冲破了五、七言句的老框框。例如《布利亚特共和国立国五年纪念歌》的中间数句："忽然天开地辟日月光，十月革命成功兮，实现苏维埃社会主义之联邦。民无异国兮地无四方，布蒙民族从此得解放。"作者把"十月革命""苏维埃社会主义"等多音节的词汇都驱遣于笔下，自然就出现了许多长句。有些长句，又吸收了散文的造句方法，使诗句更有弹性，更富表现力。"太白以北弱小民族矜解放，太白以南以东以西被压迫者如怨如慕如泣如诉复如狂"两句，就是一个例子。当然，诗毕竟是诗，足以提高艺术表现力的散文化是需要的；有损于诗的意境美、音韵美的散文化则应该避免。比较而言，《布利亚特共和国立国五年纪念歌》的前半篇，是有过分散文化的缺点的。

我们说于先生的歌行富于创新精神，并不意味着他的近体诗毫无突破。近体诗，包括律诗和绝句，早在盛唐时代就已经定型。格律极严，必须恪守；不合格律，就不能算近体诗。因此，写近体诗而要体现创新精神，就十分困难。标榜"诗界革命"的维新派诗人是"挦扯新名词"以显示诗作之新的。但如果只着眼于语言新，那还不足以体现创新精神。创新，既要语言新，更要题材新、思想感情新。结合起来，要意境新，要唱出时代的新声。于先生的不少近体诗，特别是第一、第二时期的近体诗，是有新的意境的，是唱出了时代的新声的。

1903年，于先生被清廷追捕，奔赴上海。经南京时作《孝陵》七绝云："虎口馀生亦自矜，天留铁汉卜将兴。短衣散发三千里，亡命南来哭孝陵。"其意境之阔大，风格之豪迈，都跨越前人。而最重要的，还在于有新意。有为振兴中华而献身革命的新思想、新感情。

赴苏联途中作《舟入大彼得湾》七绝云：

　　二百馀年霸业零，天风吹尽浪花腥。
　　掬来十亿劳民泪，彼得湾中吊列宁。

　　第一句，用一个"零"字，将彼得大帝建立的"二百馀年霸业"一扫而空。第二句以"浪花"紧扣"大彼得湾"，而以"腥"字概括"二百馀年霸业"，深刻、新警，令人叹服。当然，"天风"和"腥"，都是诗的语言。不是大彼得湾的浪花真的飘满血腥，也不是真的有什么"天风"把那"浪花腥"吹尽；而是说：那"二百馀年霸业"被十月革命推翻，血腥的统治已一去不返。这层意思，不是我们猜出来的，而是作者从三、四两句中表现出来的。"彼得湾"以彼得大帝得名。彼得大帝与列宁，各代表着不同的阶级、制度和历史时代。作者构思的新颖之处，在于他把极端相反的两个人物摆在一起，创造了"彼得湾中吊列宁"的警句，于强烈对比中引导读者回顾霸权统治的历史和无产阶级革命的历史，而以"零"字"腥"字，表现对前者的态度，以劳民之泪"吊列宁"表现对后者的感情，内涵深广，耐人寻味；爱憎分明，发人深省。

　　于先生擅长七律。仅就靖国军时期的作品看，沉雄悲壮，感慨苍凉，反映了时局的危殆、人民的苦难和作者的忧愤，具有"诗史"价值。而技巧之精湛，风格之老健，炼字、锤句、谋篇之完美，也令人倾倒。总的说来，这些七律的新，表现在作者以目击者、参与者和领导者的深切感受和炽烈情感，艺术地表现了那一个时代的政治风云、军事斗争、人民命运、国家前途。分别而言，又各有新颖之处。例如《民治学校园纪事诗》二十首，用植物名六十馀，以植物学之论据，写校园中之景物，而以景寓情，因物托事，靖国军之艰难处境和作者力挽危局的苦衷，历历如见。香草美人，托物寄兴，这是《离骚》以来常用的手法；于先生的这二十首七律，则为传统的比兴手法的运用打开了新的天地。

"五四"以来的"新诗"创作有很大成绩，但还有民族化、群众化等许多问题有待解决。我国被誉为诗的国度。我国传统诗歌的民族形式，既不应该一下子全盘抛弃而代之以外来形式，也不应墨守成规，固步自封，写那种与古人的作品没有两样的"旧体诗"。要繁荣社会主义诗歌，"新诗"作者应学习传统，使自己的作品更具有中国作风、中国气派，不应割断传统，强调从外国移植。除此之外，也还可以运用传统诗歌的各种形式来反映两个文明建设，反映新的时代、新的人物，不断推陈出新。近几年，做"旧体诗"的人多了，诗社、诗刊，也不断出现。"新诗"人颇以"旧体诗泛滥"为忧。有些人压根儿不懂近体诗的格律，却把自己的作品叫"律诗"；另一些人勉强讲平仄和对仗，但为格律所束缚，写出的东西毫无诗意。这样的东西泛滥，的确不大好。但是第一，凡事总有个学习过程；第二，从晚清以迄现在，能驾驭传统诗歌的各种形式，写出优美诗篇的人，始终是有的，不应忽视这支力量，更不应歧视。值得一提的是：有不少修养很深的老诗人，写起"旧体诗"来，力求典雅、古奥，不敢创新，连新词汇都不用，也不同意别人用。针对这种现状来读于先生的诗，注意一下他在内容和形式方面的创新精神，是很有意义的。

于先生做诗力求创新，是自觉的，有理论的，早在
1902年前所作的《和朱佛光先生步施州狂客原韵》一诗里说：
"愿力推开老亚洲，梦中歌哭未曾休。……太平思想何由见，
革命才能不自囚。"一个发愿以革命手段推开"老亚洲"而
迎接"新亚洲"的人，作诗也自然主张创新。他称赞杜甫，
则着眼于"大哉诗圣，为时代开生命"；评价李白，则突出
其"三杯拔剑舞龙泉，诗家血色开生面"。关于陈子昂在初
唐诗歌发展中的历史功绩，他更讲得中肯、透辟：

> 徐庾而还至射洪，划开时代变诗风。
>
> 不为四杰承馀缛，自是初唐一大宗。
>
> ——《陈含光先生七九大庆》

这是说，陈子昂（射洪）改变了徐陵、庾信以来繁缛靡
丽的诗风，具有划时代的意义，因而超越四杰（王、杨、卢、骆）
而成初唐诗坛的大宗。《诗变》一篇，更通篇论诗，强调"变"：

> 诗体岂有常？诗变数无方。
>
> 何以明其然，时代自堂堂。

这是说，诗体没有永远不变的框框。时代在不断地发展
变化，诗，也自然跟着发展变化。不变，就脱离了时代，落
后于时代。1955年诗人节，他在台南诗人的集会上说：

> 执新诗以批评旧诗，或执旧诗以批评新诗，
>
> 此皆不知诗者也。旧诗体格之博大，在世界诗中，

实无逊色。但今日诗人之责任，则与时代而俱大。谨以拙见分陈如下：一、发扬时代的精神，二、便利大众的欣赏。盖违乎时代者必被时代摒弃，远乎大众者必被大众冷落。再进一步言之，此时代应为创造之时代。伟大的创造，必在伟大的时代产生；而伟大的时代，亦需要众多的作家以支配之，救济之、并宣扬之，所谓江山需要伟人扶也。此时之诗，非少数者悠闲之文艺，而应为大众立心立命之文艺。不管大众之需要而闭门为之，此诗便无真生命，便成废话，其结果便与大众脱离。此乃旧诗之真正厄运。

一方面，诗人的喉舌，是时代的呼声；一方面，诗人的思想，是时代的前驱。以呼声来反映时代的要求，以思想来促使时代的前进。而诗人自己，更应当是实现此一呼声与思想的斗士。

"旧体诗"要"发扬时代精神"，"违乎时代者必被时代摒弃"；"旧体诗"要"便利大众的欣赏"，"远乎大众者必被大众冷落"。这些话，应该说是讲得相当精辟的。而"旧体诗"要"发扬时代精神"，就有创新的问题；"旧体诗"要"便利大众的欣赏"，也有创新的问题。歌行之类的古风，形式比较自由，创新较易着手，而已经定型了十几个世纪的近体诗，究竟该怎么办？我去年参加过岳麓诗社和南岳诗社的讨论，大家对这个问题，都提不出什么切实可行的解决办法。不妨让我们看看于先生的意见：

我的意思，……诗应化难为易，接近大众。这个意见，朋友中间赞成的固然很多，但是持疑难态度的亦复不少。这个原因，一是结习的积重难返，一是没有具体办法。习惯是慢慢积成的，也只有慢慢地改变。我今天特向大会提出两点意见……

一、平仄——近体诗的平仄格律，完全是为了声调美。但是，现在平仄变了，如入声字，国语多数读平声了，我们还把它当仄声用。这样，我们的诗，便成目诵的声调，而不是口诵的声调了！所谓声调美，也只成为目诵的美，而不是口诵的美了。

二、韵——诗有韵，为的是读起来谐口。但是后来韵变了，古时在同韵的，读起来反而不谐；异韵的，反而相谐。如同韵的"元"、"门"，异韵的"东"、"冬"。而我们今日做诗，还要强不谐以为谐，强同以为异，这样合理吗？但是这种改变，并不自今日始。词的兴起，是一种革命，它把诗韵分的分，合的合，来了一次大的调整。元曲又是一种革命，那些作者认为词韵的调整还不够，所以《中原音韵》，连入声都没有了。……古人用自己的口语来作诗，我们用古人的口语来作诗，其难易自见。我们想要把诗化难为易，接

近大众，第一先要改用国语的平仄与韵，这是我
蓄之于心的多年愿望。我过去，话实在说得太多
了。但是，我总觉得国家今日固然不可无瑰丽的
宾馆，但更需要多兴平民的住宅！国如斯，诗亦
如斯！

　　于先生是一位博览群书，拥有六十多年诗歌创作经验的
老诗人，他探求诗歌发展的历史轨迹，总结自己的创作实践，
从诗歌与时代、诗歌与大众的血肉联系中，阐述了诗歌必
须创新的理论，并为旧体诗形式方面的革新提出了具体的设
想，很值得我们参考。

　　在台湾，于先生是经常思念大陆、思念故乡的。1957
年《题林家绰写牧羊儿自述》云：

　　　夜深重读《牧儿记》，梦绕神州泪两行。

《四十七年重九北投侨园》云：

　　　海上无风又无雨，高吟容易见神州。

1958 年《书钟槐村先生酬恩诗后》云：

　　　垂垂白发悲游子，隐隐青山见故乡。

1961 年《有梦》云：

夜夜梦中原，白首泪频滴。

最值得玩味的是 1962 年所作《梦中有作起而记之》七绝：

剪断云霾天欲晓，划开时代气方新。
昨宵梦入中原路，马首祥云照庶民。

于先生未能活到现在，回到大陆，目睹"划开时代气方新"，"马首祥云照庶民"的美好现实，他自己是十分遗憾的，我们也深感遗憾。今天，于先生的诗集和墨迹，又在大陆出版，广泛流传，于先生家乡的诗人、学者们，在这里集会，研究于先生的诗歌。于先生地下有知，也会感到欣慰吧！

（原载《人文杂志》1984 年第 5 期）

[附记]

此文撰于 1983 年秋，当时找不到好的于右任诗全集（现在也找不到）。我有一册王陆一编注的《右任诗存》，只收 1930 年以前作品，优点却很突出。王陆一（1897—1943），陕西三原人，少年考入西北大学法科，家贫不能卒业，于陕西图书馆任职。于右任先生讨伐袁世凯，在陕西组织靖国军，选拔王陆一任秘书。1922 年，又送他赴苏联留学。回国后曾任西北大学、安徽大学文学院长。1933 年以后，任国民政府监察院秘书长（于先生任院长）。1941 年特派为山西陕西监察使，卒于任所。诗词、书法、成就俱高，有《长无相忘诗词集》、《王陆一先生遗墨》。事迹见于右任撰书《王陆一墓志铭》。《右任诗存》中的不少诗、特别是靖国军时期的诗，王陆一皆有长笺，极具历史价值。尤可贵者，于先生1926年往返苏联期间所作的许多诗。尽管不敢作为正文，却于笺注中一一全文引出。要不然，这一批我认为的"解放诗"，就永远失传了。

我撰此文时，碰巧有一位朋友弄到一部于先生去世以后由他的亲密助手刘延涛编注的诗集，我借来通读。于先生往返苏联期间的诗，当然都未编入，注文中也只字未提。优点是：于先生作于台湾的诗，有若干首详注背景，甚至包括于先生的讲演。我在论文中引了于先生在台南诗人集会上所讲的两段话，实在太精辟了！但多年来接触到的台湾诗人，包括2006年12月在福建龙岩召开的海峡诗会上的许多台湾诗人，无一不谨守平水韵，于先生的苦口婆心在诗人们的创作实践中并未产生影响。近年来于先生的侄孙女于媛先编印《于右任书联集锦》，我写了序。接着她又编《于右任诗词曲全集》，仍要我写序，我便把1984年《人文杂志》发表、后来又收入《唐音阁论文集》的这篇《论于右任诗的创新精神》交给她。这部《全集》收录较"全"。但编印欠精，又未加注，于先生在台南发表的讲演看不到了。接受我的建议，从王陆一笺注的《右任诗存》中收入了于先生往返苏联时期的诗，却是值得重视的。《右任诗存》出版于上世纪30年代前期，印数不多，现在已很难见到。

2009年3月11日

研究韵文，开创一代新诗风

我国韵文源远流长，流域极广。就其主要品种而言，通常提到的是诗、词、曲、赋。其实，从文艺学的角度看，韵文中的诗、词、曲和一部分赋，都属于诗歌范畴，韵文中的其他品种，诸如时调小曲、民间歌谣、鼓词、弹词、牌子曲、快板、快书等等，只要是写得好的，也都不应该排除在诗歌之外。我国的诗歌形式（样式、体裁、品种），的确是百花齐放的。正由于品种繁多，因而适于表现各种各样的题材、抒发各种各样的情意，能够满足不同层次的读者们的审美需要。

韵文中的诗，是最早的和最基本的文学形式，也是最早的和最基本的韵文形式。司马迁在《史记·孔子世家》里说："古者诗三千馀篇。"这里的"古者"究竟"古"到什么时候，无法确定。然而《尚书·尧典》中关于"诗言志"的诗歌理论，已经相当精辟，表明赖以产生这种理论的诗歌创作已发展到不应低估的艺术水平。

我国第一部诗歌总集《诗三百》（后来称为《诗经》）和以屈原的《离骚》为代表的楚辞是我国古典诗歌的两大源头，合称"诗骚""风骚"或"骚雅"。比起《诗经》来，楚辞带有明显的散文化倾向，但从来都不否认那是诗。至于继《诗》《骚》出现的赋应不应该纳入诗歌的范围，则还是一个需要讨论的问题。刘勰在《文心雕龙·诠赋》中指出，赋本来是《诗》的"六义"之一，"古诗之流也"，"受命于诗人，拓宇于楚辞"；从宋玉的《风赋》开始，便"与诗画境"，由"六义附庸"终于"蔚为大国"，成了一种独立的文体。这些论述都是相当精辟的。汉赋里被称为"骚赋"、"抒情赋"的那许多作品，如贾谊的《鹏鸟赋》，《吊屈原赋》，董仲舒的《士不遇赋》，司马迁的《悲士不遇赋》，刘歆的《遂初赋》，扬雄的《逐贫赋》，司马相如的《长门赋》，班婕妤的《自悼赋》，张衡的《归田赋》，赵壹的《刺世嫉邪赋》，蔡邕的《述行赋》等等，都与楚辞一脉相承，是一种带有散文化倾向的诗。而从王粲的《登楼赋》到庾信的《哀江南赋》《对烛赋》和《春赋》，则又向当时已经繁荣起来的五七言诗靠拢。像《春赋》中的"宜春苑中春已归，披香殿里作春衣，新年鸟声千种啭，二月杨花满路飞"，已经和七言诗没有什么区别了。

汉魏以来形成、发展的五、七言诗（包括杂言诗，也包括古体和近体），在唐宋两代取得了辉煌的成就，元明清直到当代，也不断有佳作出现。再加上唐宋以来的词，元代以来的曲，只能说是我们诗歌的主流，不能看作诗歌的全部。这里首先应该考虑的是：在文人的诗歌创作之外，同时存在着民间歌谣、时调小曲以及各种形式的曲艺作品。《诗经》中的国风里，有不少周代民歌，这是大家公认的。汉乐府民歌和南北朝乐府民歌，也历来受到重视。可是从唐代以后，人们心目中的诗歌，似乎就只是文人们创作的诗词，顶多在论述词的起源时谈谈民间词而已。其他各种民间诗歌样式，即使有人谈论，也并不把它们纳入诗歌范围，自然也不被看作诗歌传统。这一点，我认为是应该改变的。

先说曲艺。我国幅员辽阔，在不同方言基础上发展起来的具有地方特点的曲艺形式，多种多样，名目繁多。据不完全统计，全国约有三百多个曲种（少数民族地区的曲艺尚未计算在内）。应该说，这是一批珍贵的诗歌遗产。

我国曲艺的历史，可以上溯到唐代的"变文"，变文的特点是韵散夹杂，说、唱并用（有个别例外）。用来唱的韵文部分，以七言句为主，杂以三言、五言、六言等句式，活泼流畅，如收入《敦煌变文集》的《季布骂阵词文》，是一篇一韵到底的七言叙事诗，长达三百二十韵，四千四百数十字，比我国著名长诗《孔雀东南飞》（一千七百多字）的篇幅长得多。

这种有说有唱、韵散结合的形式，在宋代及其以后，有陶真，涯词、诸宫调，弹词、鼓词等多种样式。金人董解元的《西厢记诸宫调》（长达五万字），用多种宫调的曲子联套组成，共有套曲一百九十三套，每套曲子前面只有几句说白。虽然仍属于韵散结合的形式，但散所占的字数还不到十分之一，而且删去它，并不妨碍叙事的连贯性。全书布局宏伟，结构谨严，曲文清新优美，实在是一部抒情性极其浓烈的长篇叙事诗杰作。

弹词和鼓词，多鸿篇巨制，其中不乏佳作。例如女作家陈端生所著《再生缘》弹词前十七卷，陈寅恪先生认为实质上"乃一叙事言情七言排律之长篇巨制"，可与印度、希腊及西洋史诗相提并论。他不胜感慨地说："世人往往震矜于天竺希腊及西洋史诗之名，而不知吾国亦有此体。……弹词之书，其文词之卑劣者，固不足论。若其佳者，如《再生缘》之文，则在吾国自是长篇七言排律之佳诗；在外国，亦与诸长篇史诗至少同一文体。"（以上所引，俱见上海古籍出版社《寒柳堂集·论再生缘》）

如果说在曲艺类作品中有不少值得重视的长篇叙事诗，那么在时调小曲中则有不少值得重视的短篇抒情诗。就明代而言，沈德符《顾曲杂言·时尚小令》里详述了《锁南枝》《傍妆台》《山坡羊》《泥捏人》《打枣竿》《醉太平》《闹五更》《罗江怨》《耍孩儿》《驻云飞》等许多小曲"举世传诵，沁人心腑"的情况。卓人月则说："我明诗让唐，词让宋，庶几《吴歌》《挂枝儿》《罗江怨》《打枣竿》《银绞丝》之类，为我明一绝"（陈宏绪《寒夜录》引）；连复古派的领袖李梦阳，何景明都赞不绝口，认为"情词婉曲"，其"真"的特点尤其值得"诗人墨客"们认真学习（见李开先《词谑·论时调》）。

通常与诗、词并举的曲，包括散曲和戏曲。散曲当然属于诗歌范围。隋树森所编《全元散曲》，包括作者二百馀人，小令三千八百多首，套曲四百多套。这也是一笔珍贵的诗歌遗产。明、清以来的散曲也有不少佳作。戏曲，当然是一种综合艺术，但我国戏曲作品的主要组成部分是曲（唱词），因而像王实甫的《西厢记》，汤显祖的《牡丹亭》，李玉的《清忠谱》，洪昇的《长生殿》，孔尚任的《桃花扇》等等，就其曲文而言，也可说是情韵悠扬、波澜壮阔的长篇剧诗。

长时期以来，研究中国文学的人认为中国没有史诗。后来，把《诗经》中的《生民》《公刘》《棉》《皇矣》、《大明》等篇称为周民族的史诗，但如果同"世界四大史诗"相比，当然相形见绌。不过我们向来所讲的中国诗歌，实际上只限于中国的汉族诗歌（只有《敕勒歌》等少数例外）。我国是一个多民族国家，如果开拓视野，看看少数民族的诗歌，就立刻会被广阔的天地所吸引。仅就长篇叙事诗和史诗而言，就有撒尼族的《阿诗玛》、傣族的《娥并与桑洛》、蒙古族的《嘎达梅林》、傈僳族的《逃婚调》和藏族的《格萨尔王传》等等。《格萨尔王传》这部史诗从十一世纪以来在藏族、蒙古族、土族等地区流传说唱。国内有藏文本及汉、蒙等文译本，国外有俄、德、英、法等文节译本，已产生了世界影响。"世界四大史诗"中的《伊利亚特》一万八千行，《奥德赛》一万二千行，《罗摩衍那》二万四千多行，《摩诃婆罗达》最长，共二十馀万行。而《格萨尔王传》这部藏族史诗，则长达一百五十万行，约一千二百来万字。其体制之宏大，文词之瑰丽，都令人惊叹不已。

在我们实现四化，振兴中华，建设具有中国特色的社会主义的新时代，中华诗歌也需要振兴，需要发展，需要创新。然而这种发展，这种创新，又必须在批判地继承中华诗歌传统的基础上进行。

讲继承中华诗歌传统，首先得弄清我们究竟有哪些传统。在前面，我从广义上粗略地论述了中华诗歌拥有的许多品种，意在说明形式、风格的多样性和丰富性，是我国诗歌的优良传统之一。

这一传统之所以优良，是由于它包含着许多可贵的东西。

第一，中华诗歌形式的多种多样，是随着社会、文化的发展，随着表现新内容的需要，在继承传统的基础上不断吸取新营养，从而不断创新的结果。距今三千年左右的《诗经》，以四言体为主，但又杂以三言、五言、六言、七言乃至九言的各种句式，有通篇四言的齐言诗，也有一篇之中长短句夹杂的杂言诗。这既表明《诗经》的形式并不单一，又清楚地可以看出，这里已孕育着此后产生多种多样诗体的萌芽。楚辞从内容到形式，是特定历史条件下楚地文化与中原文化交融的产儿。《诗》《骚》而后，各种新诗体不断出现。由汉魏而六朝，五言诗已十分成熟，七言诗也已形成，而在乐府民歌中，则既有五言、七言的齐言体，又有许多句式多变的杂言体。在唐朝的"今体诗"（也叫"近体诗"）定形之后，便把这些在格律方面相对自由的诗体称为古体诗和乐府诗，而把从南齐永明年间逐渐流行的杂有律句、向"今体诗"过渡的作品，称为"永明体"或"齐梁体"。

在唐朝逐渐定型的"今体诗"，形式也是多样的。就律诗说，有五言律诗、七言律诗，五言排律、七言排律，还有不很常见的五言小律、七言小律和六言律诗。就绝句说，有五言绝句、七言绝句和不很常见的六言绝句。而律诗和绝句，既可以独立成篇，又可以连缀多篇而成"连章诗"，如杜甫的《秋兴八首》，以第一首起兴，以下各首互相照应，形成有机的整体。"今体诗"的这么多形式再加上各种古体和乐府，就给诗人们以极大的选择余地，选择最适合的形式表现特定情景。因此，前人论唐诗的繁荣，就往往从形式风格的多样化方面着眼。胡应麟在《诗薮》外编卷三里便说："甚矣，诗之盛于唐也！其体，则三、四、五言，六、七、杂言，乐府、歌行、近体、绝句，靡弗备矣。"

第二，每一种新诗体的出现，只给诗歌的百花园里增光添彩，而不取代任何尚有生命力的原有诗体。相反，原有的其他诗体，也在适应反映新的社会生活、抒发新的思想感情、体现新的时代精神的要求，不断地发展和创新。在唐代，"今体诗"的各种形式开出灿烂的艺术之花，争奇斗丽；而古体和乐府诗的创作，也盛况空前。例如《春江花月夜》，原是乐府旧题，但和《乐府诗集》所录隋炀帝的那两首相比，唐人张若虚的一首分明是新的创造。李白用乐府旧题创作的许多杰作，如《蜀道难》等，其独创性更是突出。至于白居易等人的《新乐府》，更是在继承前人的基础上自觉的创新。五、七古的情况亦复如此，这只要把高、岑、李、杜、王、孟、元、白、韩、柳等人的名篇和汉魏六朝古诗相比，便一目了然了。

　　"今体诗"，特别是其中的律诗，篇有定句，句有定字，平仄、押韵，对仗，都有严格的规定，似乎一经定型，就像一个固定的模子，铸出的东西都是同一个模样，束缚作者的思想，无法发挥创造性。其实不然。第一，不同的诗人运用五律或七律这种相同的形式作诗，由于题材不同、各人的美感体验不同，以及所采取的角度、手法等等都不同，因而创造出来的作品也各有特色。同一诗人在不同情境下作诗，也完全有可能自觉地避免前后雷同。第二，一首诗虽然只有五言八句或七言八句，平仄、对仗、押韵又都有严格的要求，但句法的变化和章法的变化，则是无穷无尽的。第三，字、句的限制，格律的约束，促使诗人强化了创造意识，不得不在法度中求自由，在有限中求无限，而汉语的特点，正有利于实现这种目的。汉语同英语或其他印欧语相比，就灵活得多。既无定冠词和不定冠词的负担，也不讲时态、人称及单复数的变化，连必要的虚词甚至实词都可以省略。如果说在古体诗中由于字数句数的或多或少并无严格限制而较多运用表现语法关系的主语、宾语、动词和虚词等等，那么在"今体诗"中，这一切都可尽量删减，以至只留下表现意象的名词和名词性词组，如"鸡声茅店月，人迹板桥霜"等，其结果，更有利于获得"以少总多""词约意丰""言外见意"的艺术效果。正因为这样，即使像律诗这样格律极严的诗体，在历代杰出诗人的手里也不妨碍各自的独创性。就七律说，王维意象超远，词语华妙；杜甫纵横变化，涵盖宇宙；白居易纡徐坦易，妙合自然；其他如刘禹锡、柳宗元、杜牧之、李商隐，以及宋代的苏轼、黄庭坚、陆游，金代的元好问，直到现代的柳亚子，都各辟蹊径，各有创新，说明这种诗体具有无穷生命力。律诗如此，其他各种相对自由的诗体至今仍有生命力，更不必怀疑了。

　　第三，诗是语言艺术，各民族的语言各有特点，因而不同民族语言的诗，内容可以互译，形式则一经翻译，其民族特点便丧失殆尽。所以对诗歌来说，思想方面，表现手法方面，都可以接受外来影响，从中吸取必要的营养，而形式方面，则只能借鉴不能"移植"。中华诗歌在发展中不断创新，不断增加新诗体，而任何一种新诗体的产生，都是在特定的历史条件下广泛吸取祖国文学传统中的精华而加以新的创造的结果；即便有外来影响起作用，那也是间接的。楚辞就整体而言，是荆楚文化与中原文化交流融会的产物。就形式而言，则以楚地民歌为基础而吸收、发展了《诗经》的句式和比兴手法，又从先秦散文中提取营养，从而形成了像《离骚》那样优美、那样宏伟的长篇杂言新体诗。

　　在唐代，南北文化交流和中外文化交流对于诗歌的空前繁荣无疑有极大的积极作用，但这也是就唐诗的整体而言的，就唐代的各种诗体说，仍然主要是广泛继承祖国的文学艺术传统而推陈出新的结果。李白的《蜀道难》《梁甫吟》《将进酒》《梦游天姥吟留别》等等，显然源于乐府民歌中的杂言体，但又吸取鲍照乐府杂言诗的优点，杂用楚辞和古文句法，从而形成一种比乐府民歌更自由、更解放的新诗体。杜甫五古中的鸿篇巨制，如《自京赴奉先县咏怀五百字》《北征》《述怀》《壮游》，以及组诗《八哀》等等，当然源于乐府民歌中的五言体，但又总结了汉魏六朝以来文人们五言诗创作的丰富经验，吸取了汉赋和诸子散文、史传文学的优点，熔叙事、写景、抒情、议论于一炉，甚至用诗的形式写人物传记，开有诗以来未有之奇观。至于在"永明体"基础上经过由初唐到盛唐杰出诗人的创造而建立起来、完备起来的那一套"今体诗"。其对仗、音律，也来自对传统经验的总结和提高。单音节的汉字，都有形有音有义。就字义说，"高"与"下"，"天"与"地"，"多"与"少"，以此类推，每个字都可以找到一个乃至好几个字同它对偶。因此，对偶的句子，早在《易经》《诗经》里就屡见不鲜，到了汉赋，则讲究对偶乃是它的主要特点之一，为律诗的对仗提供了丰富的经验。就字音说，各时代、各地区，互有不同，有些地区的方音，平上去入四声各分阴阳，甚至可以多到九声、十声，这在宋词、元曲里是须要讲究的。而在律诗里，则只分平仄就可以了。四声中的平声是"平"，其他三声合称"仄"。而字音的平仄相对，又很容易和字义的对仗合拍，比如"天"是平声，"地"是仄声，"高"是平声，"下"是仄声。因此，平仄协调的句子，也是在古代诗文中就出现了。沈约等人研究四声，可能受了东汉以后"佛经翻译与梵音输入"的"刺激"（见朱光潜《诗论》），但这只是"刺激"他们有意识地研究汉语所固有的四声运用规律，并不曾"移植"来汉语所没有的新东西。从根本上说，律诗的平仄协调和对仗工丽，都是从汉语固有的特点出发，总结了前人的经验，在长期的创作实践中逐渐明确起来的。这两点，正好从听觉、视觉上为律诗增添了审美因素。

刘勰早在《文心雕龙》的《时序》篇就已经指出："歌谣文理，与世推移"，"文变染乎世情，兴废系乎时序"。时代变了，诗歌也自然得变。一部中华诗歌史，是变的历史、不断创新的历史。这也是我们的优良传统之一。"五四"运动时期出现新诗，这是符合历史发展的规律的。新诗创作已有七十年历史，形成了自己的传统。

世界诗歌史本来是以格律诗为主流的。自由诗的抬头乃是近代的事。在近代，以写自由诗出名的是《草叶集》的作者美国民主诗人惠特曼（1819—1892），他的诗反对压迫奴役，歌颂自由民主，热情奔放，确立了不受传统格律束缚的自由诗的地位。"五四"时期的狂飙突进精神，使郭沫若"火山爆发式的内发感情"从惠特曼的自由诗中找到了喷火口，写出了气势磅礴的自由诗《女神》，被认为是一部开一代诗风的杰作，在当时发生过巨大的影响，自然有其不可动摇的历史地位。然而新诗运动在其草创之初便彻底否定民族传统，用"死文学"骂倒一切而醉心于全盘西化，这当然是错误的。闻一多在《女神之地方色彩》一文中就对《女神》从形式到精神的"十分欧化"提出批评，指出应当"恢复我们对于旧文学底信仰"，"在旧的基础上建设新房屋"。到了 1956 年，郭沫若自己也声明"以前我们犯了错误，低估了优良传统"（《沫若文集》第 17 卷：《谈诗歌问题》），自由诗由于脱离民族诗歌传统而无法赢得广大读者的喜爱，于是不少诗人朝着民族化、群众化的方向努力，向民间歌谣学习，在创作实践中逐渐形成了歌谣体。李季的《王贵与李香香》，就是歌谣体的代表作。这种歌谣体的新诗自然是和中华诗歌传统衔接的，属于格律诗的范围。在自由体和歌谣体之间，还有新格律诗。以《女神》为代表的自由诗不受任何格律限制，可以尽情抒发作者的感受，但毕竟不如传统诗歌那样精炼、那样情韵悠扬、那样耐人寻味、那样音调和美、易读易记，因而不少人试图建立新的格律诗。首先作出贡献的是闻一多，他认为诗应该包含"音乐的美（音节）"，"绘画的美（辞藻）"和"建筑的美（节的匀称和句的均齐）"。"属于视觉方面的格律有节的匀称，有句的均齐。属于听觉方面的有格式，有音尺，有平仄，有韵脚。"他的第一本诗集《红烛》基本上是自由诗，到了第二本诗集《死水》（1928 年），已基本上是格律诗。和闻一多同属于"新月派"的朱湘和徐志摩，以及此后的卞之琳、冯至、臧克家等等，都在探索新格律诗方面作出了贡献。建国以后新格律诗在理论和实践方面都有很大进展，而何其芳对其特点的概括，则最简明扼要：

> 我们说的现代格律诗就只有这样一个要求：按照现代的口语写得每行的顿数有规律，每顿所占时间大致相等，而且有规律地押韵。（《关于现代格律诗》）

"五四"以来提倡新格律诗的不少人既懂得传统格律诗，更熟悉英国格律诗，乃至翻译过不少英国格律诗。他们的新的格律诗，并不像唐宋以来的律诗那样格律谨严。讲究顿数的整齐和有规律的押韵，这和传统诗歌，特别是戏曲、弹词等等有联系，而分行分节的多样化和各种表现手法，则借鉴英国格律诗。

"五四"以来的新诗，包括自由诗、歌谣体和格律诗，都创作出不少有价值的作品。但从自由诗转向格律诗的探索和歌谣体的创作，说明民族形式的问题仍有待于继续解决。而本来写新诗的人，越来越多地转向"旧体"诗的创作，更说明如何在继承传统的前提下创新的问题也亟待解决。例如闻一多，就在几经探索之后毅然宣布："索性纯粹中国式。"并且赋诗言志："六载观摩傍九夷，吟成触舌总猜疑。唐贤读破三千纸，勒马回缰作旧诗。"（《闻一多旧诗拾遗》），这是慨乎言之的。郭沫若的旧体诗创作实践和他对以前低估优良传统的反省，与闻一多的切身体验也极相似。近些年来，有人公然鄙弃一切文化传统，当然也鄙弃三千年来中华诗歌传统，宣扬纵的"断裂"而热衷于横的"移植"，硬搬西方现代派的东西，美其名曰"新诗潮"，实际上又回到了新诗运动初期"全盘西化"的老路。这些人如果在几十年之后也作出像闻一多、郭沫若那样的反省，岂不白白浪费了无数时间和精力！

"五四"时期的许多诗人都能直接阅读外国诗，因而能够如数家珍般了解外国诗的特点，这和仅仅凭借别人的翻译而"移植"外国诗的人就大不相同。鲁迅在《扁》（见《三闲集》）里说过：

中国文艺界上可怕的现象，是在尽先输入名词，而并不介绍这名词的涵义。

> 于是各各以意为之。看见作品上多讲自己，
> 便称之为表现主义；多讲别人，是写实主义：见
> 女郎小腿肚作诗，是浪漫主义；见女郎小腿肚不
> 准作诗，是古典主义；天上掉下一颗头，头上站
> 着一头牛，爱呀，海中央的青霹雳呀……是未来
> 主义……等等。

> 还要由此生出议论来，这个主义好，那个主
> 义坏……等等。

这种过去发生过的"可怕现象"如果换一幅新面目重现
于我们眼前，那仍然是"可怕"的。

"五四"以来，新诗已形成自己的传统，不承认不行，
彻底否定更不行。但反过来，认为新诗已占领整个诗坛，是
唯一的"正统"，而作"旧体诗"，只不过是遗老、"遗少"
们在那里"迷恋旧骸骨"，这也是不对的。郭沫若在《论写
旧诗词》里说：

> 单从形式上来谈诗的新旧，……是有点问题
> 的。主要还须得看内容。(《文艺报》1950年第4期)

茅盾在1980年为《柳亚子诗选》写的序中也说：

> 一九二二年或二三年……亚子先生正组织新南社，号召
> 青年写白话诗。人家以为柳先生提倡白话诗而自己所写仍是
> 旧体，未免自相矛盾，其实不然。柳先生此时的旧体诗已有

新的革命内容，所谓旧瓶装新酒，更见芳烈。而彼时以善写白话诗自诩者，其内容则仍陈旧，封建思想，买办意识，随时流露。

诗的新或旧主要决定于内容，这是毋庸争辩的。不看内容，只从形式上分新旧而不管是否为人民群众喜闻乐见，便一味地排斥"旧体诗"，已有的几种现代文学史讲到诗歌的时候都压根儿不提"旧体诗"，这是不符合"五四"以来的诗歌创作实际的。如果从实际出发看问题，则七十年来传统诗歌仍在发展和创新。近些年来，诗社、诗刊更如雨后春笋，无数革命干部、专家学者、部分青年，乃至原来不少写新诗的人都加入了传统诗歌的写作行列，这是有目共睹的。

在表现新内容的前提下，新诗和传统诗歌的创作应该百花齐放。而这，也正是我们的优良传统之一，前面已经谈过了。

讲到内容，便涉及诗人的主观条件问题。清人叶燮在《原诗》里提出诗人必须具有高尚、开阔的"胸襟"和卓越的"才、识、胆、力"，然后"因遇得题，因题达情，因情敷句"，才能写出好诗。这一点更是中华诗歌的优良传统。屈原、李白、杜甫、陆游等无数优秀诗人都对国家、人民、时代具有强烈的责任感，其诗篇里洋溢的爱国爱民，忧国忧民的激情至今仍足以震撼读者的心灵，令人感发兴起。目前，我们的方向是为人民服务，为社会主义服务，我们的诗歌创作归根结底要有益于人民，有益于社会主义。在这个根本问题上，诗人们必须有强烈的责任感。当然，诗歌为人民服务、为社会主义服务，并不是直接的，而是通过认识作用、教育作用和审美作用，潜移默化，陶冶人们的性情，美化人们的道德品质，提高人们的精神境界，从而培养社会主义新人。如果在这个统一的方向下各种诗体的创作互相竞赛，互相影响，那么传统诗歌的创新问题和新诗的民族化，群众化问题，就都会逐渐得到解决。

从目前情况看，在传统诗歌的各种样式中，一般人最喜欢写律诗，其次便是词。而各种古体诗以及曲、曲艺等等，则极少有人问津。律诗在唐代已经定型，格律极严。词，有固定的词牌词谱，句子虽长短不齐，但都是固定的节拍、平仄，都不能随意更改，其中的四声调还得讲四声，甚至要分阴阳清浊。因此，作律诗和词，"合律"是起码条件。既合律而又能不为格律所缚，抒发性情，摹写物象，纵横开阖，腾挪变化，"从心所欲不逾矩"，这是需要很下工夫的。不肯多下工夫，还未入门，随便写些不合律的东西，却冠以"七律"、"莺啼序"之类的字眼，自以为有所"突破"和"创新"，必然会败坏这些传统诗体的声誉。中华传统诗歌的各种诗体，都可以说是格律诗，但如果同"今体诗"和词相比，则各种古体诗和乐府诗，特别是其中的杂言诗，还是相对自由的。曲也有曲牌曲谱，与词类似，但可以大量加衬字，比较有弹性。至于包括弹词、鼓词等等在内的各种曲艺，篇幅长短不受限制，也容易驾驭。在前面，我之所以从广义上谈了传统诗歌的多种样式，还谈了少数民族史诗、长篇叙事诗和"五四"以来新诗中的自由诗、格律诗、歌谣体等等，其目的正在于开拓当前诗歌创作的广阔领域，从而多方面地反映新的社会生活，抒发新的思想感情，表现新的时代精神，以满足多层次的读者们的精神需要和艺术享受。而在多种诗体的创作争妍斗丽的过程中交流融会、孳乳繁衍，逐渐形成一整套吸引广大读者的新体诗歌，这是符合事物发展的规律的，因而也是完全能够实现的。

最后谈两点意见。

一、历史的发展不容割断，文化传统，诗歌传统，也很难人为地"断裂"。因此，作新诗和研究新诗的人应该研究传统诗歌，批判地继承传统诗歌。写"旧体诗"和研究古代诗歌的人也应该研究"五四"以来的新诗，特别要关心诗歌创作的现状。

二、诗歌创作和诗歌研究当然有分工，但也不应该各自独立，分疆而治。搞创作的人搞点研究，更有利于提高创作水平，搞研究的人搞点创作，也有利于提高研究质量。而研究诗歌的专家们似乎特别应该明确研究的目的。目的之一无疑是促进诗歌创作的繁荣和发展。既然如此，那么把诗歌研究和诗歌创作结合起来，从自己的研究心得和创作体验中总结出带规律性的东西，就有助于开创一代新诗风。

（原载 1985 年《中国韵文学刊》创刊号）

论中华诗词的艺术魅力和现实意义

一

中华诗歌，更早的且不去说，只从《诗经》算起，至今已有三千多年的光辉历史。在这三千多年的历史长河中，论诗人，名家辈出，灿若群星；论诗作，名篇纷呈，争奇斗丽。其中的无数优秀篇章，具有广泛而永恒的艺术魅力，历久弥新，至今脍炙人口，成为全世界人民的精神财富。

那么，中华诗歌为什么会有广泛而永恒的艺术魅力呢？

要回答这个问题，首先得探讨中华诗歌的艺术特质。早在《尚书·尧典》中，就对远古时期中华诗歌的艺术特质作出理论概括：

> 帝曰："夔！命汝典乐，教胄子。直而温，宽而栗，刚而无虐，简而无傲。诗言志，歌永言，声依永，律和声。八音克谐，无相夺伦。神人以和。"

这段话包含了许多可贵的东西。第一，"诗言志"既抓住了诗歌的本质，又涉及文艺起源问题，当人类发展到有情志需要抒发的时候，就发而为诗。而主观的情志，总是感物而动的。《公羊·宣十五年传》："男女有所怨恨，相从而歌，饥者歌其食，劳者歌其事。"《乐记》："人心之动，物使之然也。感于物而动，故形于声。"《诗·大序》进一步说："诗者，志之所之也。在心为志，发言为诗。情动于中而形于言，言之不足，故嗟叹之；嗟叹之不足，故永歌之；永歌之不足，不知手之舞之，足之蹈之也。"此后如钟嵘《诗品序》所说的"气之动物，物之感人，故摇荡性情，形诸舞咏"；《文心雕龙·物色》所说的"春秋代序，阴阳惨舒，物色之动，心亦摇焉"等等，都是对"诗言志"的继承和发展。

第二，从"歌永言"到"八音克谐，无相夺伦"，讲了诗歌的声调韵律问题。"言志"而能"声依永，律和声，八音克谐"，便有更高的艺术感染力。我国古代的诗歌是合乐的，《尧典》中的这一段话，从声调韵律方面强调了诗歌的音乐性，对后代的影响极其深远。

第三，这几句话，是舜命夔典乐，用"言志"的、与音乐结合的诗歌"教胄子"时说的。关于诗、乐所抒发的"志"，特用"直而温，宽而栗，刚而无虐，简而无傲"作了规范，其本质意义是要求"诗"所"言"的"志"应该是崇高的、优美的、善良的。用今天的话说，那"志"体现了人们的"心灵美"。

朱自清在《诗言志辨序》里曾说《尧典》中的这段话是我国历代诗歌理论和诗歌创作的"开山纲领"，说得很中肯。这里要强调指出的是：在这个"开山纲领"里，已经把中华诗歌之所以具有永恒魅力的主要艺术特质揭示出来了。

首先，中华诗歌之所以具有永恒的艺术魅力，在于早在遥远的古代就明确提出"诗言志"，而且强调所言的"志"应体现心灵美。有些理论家把我国古代的诗论区分为"言志"、"缘情"两派，自有根据；但《尧典》中的"诗言志"

与"歌永言"对偶成句,并无排斥"情"的意思。"情"与"志",本来是二而一的东西,血肉相连,很难分割。所以班固解释说:"《书》曰:'诗言志,歌永言',故哀乐之心感而歌咏之声发。"①所谓"哀乐之心感而歌咏之声发",不正指出了诗歌的抒情特质吗?《诗·大序》先说"诗者志之所之也,在心为志,发言为诗",紧接着即说"情动于中而形于言",显然也是把"志"与"情"作为二而一的东西看待的。初唐时的孔颖达综合各家之说作过更完善的解释:

> 诗者,人志之所以适也。虽有所适,犹未发口,蕴藏在心,谓之为志。发见于言,乃名为诗。言作诗者所以舒心志愤懑,而卒成于歌咏。故《虞书》谓之"诗言志"也。包管万虑,其名曰心;感物而动,乃呼为志。志之所适,外物感焉。言豫悦之志,则和乐兴而颂声作;(言)忧愁之志,则哀伤起而怨刺生。《艺文志》云:"哀乐之情感,歌咏之声发。"此之谓也。②

"诗言志"是给"诗"下的定义。"感物而动,乃呼为志"是给"志"下的定义。从"志之所适"以下几句话看,他所说的"志"也就是"豫悦"、"忧愁"之类的"情";而他所说的"外物",则是激发"豫悦"、"忧愁"之类"情"的自然景物和社会生活。既然如此,"诗言志"的"志"就不是纯主观的东西,而是"情"与"物"的结合,主观与客观的结合。诗人被令人"豫悦"的"外物"所"感",就以"豫

① 《汉书·艺文志》。
② 《毛诗正义》。

悦"的激情描绘、歌"颂"那令人"豫悦"的"外物";诗人被使人"忧愁"的"外物"所"感",就以"忧愁"的激情展现那使人"忧愁"的"外物"。这就不仅中肯地解释了"作诗所由",而且把诗歌的真实性、形象性、倾向性以及通过歌颂和怨刺改造现实的社会作用,都阐发得相当清楚了。

其次,中华诗歌之所以具有永恒的艺术魅力,还在于早在遥远的古代就明确提出了"声依永、律和声"的要求,强调了诗歌的音乐性,并且日益精密地体现于创作实践。《诗经》隔句用韵,有通篇四言的"齐言诗";也有以四言句为主,杂以二言、三言、五言、六言、七言、八言、九言等各种句式的"杂言诗",节奏鲜明,错落有致,兼有整齐美与参差美。如《秦风·蒹葭》第一章:"蒹葭苍苍,白露为霜。所谓伊人,在水一方。溯洄从之,道阻且长。溯游从之,宛在水中央。"通过舒缓的节奏和悠扬的韵律,传达了无限企慕的深情,令人心驰神往。又如《王风·黍离》第一章:"彼黍离离,彼稷之苗。行迈靡靡,中心摇摇。知我者谓我心忧,不知我者谓我何求。悠悠苍天,此何人哉!"以悲凉凄怆的音韵传达了不可明言的大悲深忧,言外有无穷之感,引人深思。章节的复叠也增强了诗歌的节奏感与音韵美,于反复吟唱中强化了诗的情韵。如《周南·芣苢》,是妇女们采集野菜时唱的歌,全篇三章十二句,中间只换了六个动词,却表现了采集量逐渐增多的喜悦。如方玉润所指出:"读者试平心静气涵咏此诗,恍听田家妇女三三五五,于平原旷野、风和日丽中群歌互答,余音袅袅,若远若近,忽断忽续,不知情之何以移而神之何以旷!"①马克思曾说希腊神话"仍然能够给我们以艺术享受,而且就某方面说还是一种规范和高不可及的

———————
① 《诗经原始》。

范本"。① 《诗经》中的优秀篇章，也是这样的。如果认为那些作品距我们太遥远，已经失去魅力，那就错了。

《楚辞》除《橘颂》、《天问》诸篇仍然以四言为基本句式而外，其他各篇，特别是屈原的长篇抒情杰作《离骚》和宋玉的"悲秋"名篇《九辩》，都在《诗经》中"杂言诗"的基础上吸收先秦散文的句法，于句型长短多变中杂以偶句，单句末尾用"兮"字表现曼声，偶句用韵，形成了错落中见整齐的节奏感和韵律美，曲尽缠绵婉转之情。如《离骚》中的这几句：

> 汩余若将不及兮，恐年岁之不吾与。朝搴阰之木兰兮，夕揽洲之宿莽。日月忽其不淹兮 春与秋其代序。惟草木之零落兮，恐美人之迟暮。不抚壮而弃秽兮，何不改乎此度？乘骐骥以驰骋兮，来吾道夫先路！

如《九辩》中的这几句：

> 悲哉，秋之为气也！萧瑟兮，草木摇落而变衰。憭慄兮，若在远行，登山临水兮，送将归。（"衰"、"归"押韵）

与《诗经》中的作品相比，一眼看出这是一种新体诗，然而同样具有永恒的艺术魅力。其魅力之所在，主要在于以情动人，而适应表达特定情志的节奏、韵律，又强化了以情动人的力度。前人评诗，习惯用"情韵""声情"之类的概

---

① 《政治经济学批判导言》。

念和标尺，表明美好而浓郁的情志与其相适应的声韵正是诗歌艺术魅力之所在。白居易对这个问题作过极精彩的阐发。

> 人之文，六经首之。就六经言，《诗》又首之。何者？圣人感人心而天下和平。感人心者，莫先乎情，莫始乎言，莫切乎声，莫深乎义。诗者，根情、苗言、华声、实义。上自圣贤，下至愚骓，微及豚鱼，幽及鬼神，群分而气同，形异而情一，未有声入而不应、情交而不感者。圣人知其然，因其言，经之以"六义"；缘其声，纬之以"五音"。音有韵，义有类。韵协则言顺，言顺则声易入；类举则情见，情见则感易交。于是乎孕大含深，贯微洞密，上下通而一气泰，忧乐合而百志熙。……①

白居易在这里特别强调的是"声""情"。这从"上自圣贤，下至愚骓，……未有声入而不应、情交而不感者"的表述中看得很清楚。但他又补入了"言"和"义"，给诗歌下了更严密的界说："诗者，根情、苗言、华声、实义。"诗歌是语言艺术，而诗歌的语言必须具有声调音韵之美，"言"与"声"是统一的。诗歌的本质，是抒情的，"情"是诗的"根"本。而"情"中必有"义"，"情"与"义"也是统一的。有人认为论诗只强调抒情便是忽视思想，这其实是一种误解，在优秀的诗篇中，情感愈炽烈，思想也愈丰满、愈深刻。例如杜荀鹤的《再经胡城县》："去岁曾经此县城，县民无口不冤声。今来县宰加朱绂，便是生灵血染成！"通篇是抒情的，

---

① 《与元九书》。

但思想又何等饱满，何等深警！我们说"诗言志"的"志"包含了"情"，也可由此得到解释。

《文心雕龙·时序》云："歌谣文理，与世推移。"南齐萧子显《自序》云："若无新变，不能代雄。"时代变了，诗歌也自然得变。一部中华诗歌发展史，是不断新变的历史。《诗经》中的"齐言诗"和"杂言诗"已孕育着此后产生多种诗体的萌芽。《楚辞》是特定历史条件下楚地文化与中原文化交融的产儿，是一种突出的新变。《诗经》《楚辞》以后，各种新诗体不断涌现，由汉魏而六朝，五言诗已相当成熟，七言诗也已形成；而在乐府民歌中，则既有通篇五言、通篇七言的"齐言体"，也有不少句式多变、错落有致的"杂言体"。唐朝是诗体大备的时代：包括五、七言律、绝、排律在内的近体诗百花齐放；五古、七古、歌行、乐府诗的创作也盛况空前，不断创新；而宋代发展到高峰的词，在中、晚唐时期也已开出灿烂的花朵。宋词、元曲与唐诗并称，但在宋、元时代，经由唐人运用、开拓的各种诗体，仍然有佳作出现。特别是宋诗，因宋代诗人在唐诗的基础上求新求变而自具特色，堪与唐诗比美。总起来说，《诗经》《楚辞》以来随着社会的发展不断求变创新、孳乳繁衍而形成的各种诗体乃至词、曲，只要是"情韵不匮""声情并茂"的佳作，都具有永恒的艺术魅力。读这些作品，仍可以获得艺术享受。

当然，中华诗歌之所以具有永恒的艺术魅力，与"声情并茂"并存的还有许多因素，诸如语言的精练、生动和富有个性，赋、比、兴和象征、拟人、烘托、暗示等手法的运用，炼字、炼句与炼意的统一，章法结构的严谨与变化，景情交融的意境创造等等，都有其重要作用，不可忽视。这里要特别强调指出的一点是：中华诗歌之所以具有永恒的艺术魅力和艺术生命力，在于历代杰出诗人在继承传统、踵事增华、追求声情之美的前提下不断创新、生生不已。"写诗"，这应该是作者本人的一种谦虚说法，正规地说，便是"作诗""吟诗""敲诗"，或从事诗歌"创作"。要完成一首诗，实际上是一种艺术创造。既是创造，其作品应是全新的，既不与前人的任何作品雷同，又不与今人的任何作品雷同。姑以唐诗为例。唐人继承汉魏六朝乐府诗的传统，创作了大量乐府诗名篇。比如张若虚的《春江花月夜》，用的是乐府《清商曲辞·吴声歌曲》旧题。郭茂倩《乐府诗集》录隋炀帝二首，诸葛颖一首，皆格局狭小，情韵之美不足。而张若虚的同题作品，却大放异彩，声情并茂，被闻一多称为"诗中的诗，顶峰上的顶峰"，因"孤篇横绝"而"竟为大家"。今天很少有人知道早在张若虚之前就出现过《春江花月夜》诗，更不考虑这原是乐府旧题，只赞叹这是张若虚的伟大创造。又如李白的《蜀道难》，也是乐府诗旧题。《乐府诗集》卷四十《相和歌辞·琴调曲》所录梁简文帝《蜀道难》，简短单薄，缺乏艺术魅力。而李白的这一首，却在乐府杂言诗的基础上杂用《楚辞》和古文句法，又频频换韵，以参差错落、穷极变化的节奏感和韵律美抒写瑰奇的想象和浪漫主义激情。如殷璠所评："奇之又奇，自骚人以还，鲜有此体调。①" 更确切地说，这是源于乐府杂言诗而又比乐府杂言诗更自由、更解放的新体诗。李白的《梁甫吟》《将进酒》《梦游天姥吟留别》等也可作如是观。唐人沿用乐府旧题而不为前人所囿，为我们创作出许多具有永恒魅力的新篇章。至于杜甫"即事名篇"的《兵车行》《三吏》《三别》等名篇和

---

① 《河岳英灵集》。

白居易等人的"新乐府"，更是在继承前贤的基础上自觉地创新，至今脍炙人口，传诵不衰。五古、七古的情况亦复如此，这只要把高、岑、王、孟、李、杜、元、白、韩、柳等人的名篇和汉魏六朝古诗相比，便一目了然。比如把杜甫的《北征》《咏怀五百字》和汉魏六朝五古相比，那完全是新诗；把白居易的《长恨歌》、《琵琶行》和前人的七古相比，也完全是新诗。

"四声"虽是南齐永明时期沈约等人提出来的，但一字一音而音有平仄，却是方块汉字固有的特点。因此，早在三千多年前的《诗经》中，不仅押韵的方式多姿多彩，而且追求声调的和谐，出现大量平仄相间的"律句"。就第一篇《关雎》看，如"参差荇菜，左右流之。窈窕淑女，寤寐求之"。如果把"窕"读为平声，则四句诗完全合律。《楚辞》也是如此，如《离骚》开头的"帝高阳之苗裔兮，朕，皇考曰伯庸"，除去领字"帝"、"朕"，衬字"之"、"曰"和尾字"兮"所剩的"高阳"、"苗裔"和"皇考"、"伯庸"，恰是平仄相间的四个节，也完全合律。到了汉魏五言诗，更往往出现律句，如曹植"从军度函谷，驱马过西京"，王粲"南登灞陵岸，回首望长安"。王赞"朔风动秋草，边马有归心"，其上句基本合律，下句完全合律。仄声（上、去、入）是抑调，平声是扬调，平仄律也就是抑扬律。汉字音分平仄的这一特点极有利于创造语言的音乐美。不用说诗，就是名家的散文名篇，也追求声调的抑扬变化，一般情况是抑扬相间，而抒发抑郁悲愤的心情，则多用抑调，表现昂扬欢快的心情，则多用扬调。古代诗人利用汉语音有平仄的特点创造声情之美，在其诗篇中出现后人所谓的"律句"，原是十分自然的。

当然，篇中虽有律句，但就全篇说，并无固定的声律要求，不存在"定型"的问题。所谓"定型"，是就近体诗说的。

律绝定型于初唐，故唐人把这一套诗体叫"近体"或"今体"，而把旧有各体叫"古体"。从"永明体"肇始，经过无数诗人的创造而建立起来、完备起来的"近体诗"，是汉语优点的充分发扬，也是诗歌传统经验的总结和提高。单音节的汉字每一个字都有形有音有义。就字音说，音分平仄，从《诗经》开始，就注意调平仄以创造抑扬抗坠的音乐美。就字义说，"天"与"地"、"高"与"下"、"多"与"少"，以此类推，每一个字都可以找到一个乃到几个字同它对偶，更妙的是其平仄也往往是相对的。因此，对偶句早在《易经》《诗经》里就屡见不鲜，到了汉赋和六朝骈文，讲究对偶乃是它们的特点之一。当然，世界各种语言都可创造对偶句，但一般只能获得对称美；而合对称美、整齐美、节奏美为一，只有方块汉字才能办到。用汉语的独特优点并吸取前人积累的丰富经验总结出平仄律和对偶律，便为近体诗的定型奠定了基础。

近体诗包括五绝、七绝、五律、七律和五、七言排律。之所以独用五言、七言，是因为五、七言诗的创作已有悠久历史，取得了丰富的成功经验。经验证明，五、七言句最适于汉语单音节、双音节的词灵活组合，也最适于体现一句之中平仄音节相间的抑扬律。而且，五、七言句既不局促，又不冗长，因字数有限而迫使作者炼字、炼句、炼意，力求做到"以少总多"、"词约意丰"。绝句定型为四句，是由于四句诗恰恰可以体现章法上的起承转合，六朝以来的四言小诗已经提供了范例。近体诗的平仄律不外三点：一、本句之中平仄音节相间，二、两句之间平仄音节相对，三、两联之间平仄音节相黏。而由四句两联组成的绝句，恰恰体现了这三条规律，从而构成了完整的声律单位。律诗每首八句，从声律上说，是两首绝句的叠合；从章法上说，每首四联，也适于体现起承转合、抑扬顿挫的变化；首尾两联对偶与否不限，中间两联必须对偶，体现了单行与对称的统一，听觉上的平仄协调与视觉上的对仗工丽强化了审美因素。排律又称长律，就声律说，乃是绝句的反复叠合。沈佺期、宋之问、李白、王维的排律，都不过十韵（两句一韵）。杜甫多排律长篇，《秋日夔府咏怀……》长达一百韵。白居易有百韵排律多篇；北宋王禹偁的《谪居感事》长达一百六十韵，是排律中规模最大的。由于除首尾两联可以不对偶而外，中间各联都必须对偶，还须讲究用典，所以写作难度既大，阅读也颇费力。即如杜甫排律长篇被誉为"雄伟神奇，阖辟驰骤如飞龙行云"（胡应麟《诗薮·内篇》卷四）者，也很少有人认真吟诵。故诗人们倘遇八句律诗难于表现的题材，一般采用古体而很少运用排律。我们今天讲近体诗，通常也指五、七言律、绝而不包括排律。五、七言律、绝充分体现了汉语独有的优势，兼备多种审美因素，是最精美的诗体。初唐以来的杰出诗人运用这一套诗体创作了无数情韵俱美的佳什。由于篇幅简短，而且篇有定句、句有定字、字有定声及对偶、黏对的规范，一读便能记诵，因而传播最广，影响极大。

二

阅读中华诗歌，有极大的现实意义。我国有"诗教"的传统，"诗"可以"教"人，是由诗的特质及其社会作用决定的。《诗·大序》说："正得失，动天地，感鬼神，莫近于诗。"孔颖达在《毛诗正义》里指出这是讲"诗之功德"的。把诗的功用称为"功德"，表现了对"诗教"的高度重视。

孔子教人，主张"兴于诗"①。包咸解释说："兴，起也，言修身当先学诗。"②孔子又对他的弟子说："小子何莫学夫诗！诗，可以兴，可以观，可以群，可以怨。迩之事父，远之事君；多识于鸟兽草木之名。"③这是早在二千五百多年以前对诗歌功用所作的相当全面的概括。

"可以观"，即可以从诗歌中"观风俗之盛衰"（郑玄注），"考见得失"（朱熹注），这指的是诗歌的认识作用。《汉书·艺文志》说："自孝武（汉武帝）立乐府而采歌谣，于是有代、赵之讴，秦、楚之风，皆感于哀乐，缘事而发，亦可以观风俗、知厚薄云。"又强调了诗歌的认识作用。白居易在《策林六十九·采诗以补察时政》里举了许多诗歌能起认识作用的实例：

> 闻《蓼萧》之诗，则知泽及四海也；闻《华黍》之咏，则知时和岁丰也；闻《北风》之言，则知威虐及人也；闻《硕鼠》之刺，则知重敛于下也；

---

① 《论语·泰伯》。
② 何晏《论语集解》引。
③ 《论语·阳货》。

闻"广袖高髻"之谣，则知风俗奢荡也；闻"谁其获者妇与姑"之言，则知征役之废业也。故国风之盛衰，由斯而见也；王政之得失，由斯而闻也；人情之哀乐，由斯而知也。

《诗经》以来的优秀诗篇一般都"感于哀乐，缘事而发"，以其浓烈的诗情和鲜明的画景反映了政教得失、人民哀乐和时代的风云变化。三千多年的中华诗歌，是三千多年的"诗史"，是中华民族的社会史、文化史和心灵史。较有系统地研读三千多年来的诗歌珍品，有助于认识中华历史、认识中华文化、认识中华民族精神，从而真正了解我们的"国情"，从事继往开来的伟大事业。

"可以兴"，指诗歌可以使读者受到启发，产生联想，从而"感发兴起"，是讲诗歌的教育作用。《诗经》以来的优秀诗篇以其情景交融、言近旨远、一唱三叹的艺术境界扣人心弦，其教育作用之强烈，尽人皆知。白居易在《读张籍古乐府》诗中列举张籍的不同诗篇所起的不同教育作用："读君《学仙诗》，可讽放佚君；读君《董公诗》，可诲贪暴臣；读君《商女诗》，可感悍妇仁；读君《勤齐诗》，可劝薄夫淳。上可裨教化，舒之济万民；下可理情性，卷之善一身"。又在《和答诗十首序》中说他赠元稹的二十章诗可以"销忧懑""张直气而扶壮心"。

中华诗歌以反映社会生活广阔，题材、风格多种多样著称。不同的诗歌有不同的教育作用。举例来说，从《诗经》中的《硕鼠》开始，历朝累代都有抨击贪官污吏，同情黎民疾苦的好诗。即如南宋时期，不仅有像陆游《农家叹》和范成大《催租行》《后催租行》那样正面抒写的佳作，而且在咏物诗、禽言诗里，也有曲折的反映。如洪咨夔的《促织》二首：

一点光分草际萤，缫车未了纬车鸣。
催科知要先期办，风露饥肠织到明。

水碧衫裙透骨鲜，飘摇机杼夜凉边。
隔林恐有人闻得，报县来拘土产钱。

这样咏促织，不单纯是角度新颖的问题，更使人感动的，还在于作者不能已于言的忧民忧国的激情。读这一类诗，不仅会在加强廉政建设、减轻农民负担方面起直接作用，而且可以培养忧国忧民、爱国爱民的美好情操，提高对国家前途、民族命运的责任感。

从屈原的伟大诗篇《离骚》开始，直到19世纪以来反帝反封建的佳作，先后出现了无数爱国诗人及其爱国诗词。陆游、文天祥等人的许多爱国诗，辛弃疾、张孝祥等人的许多爱国词，至今万口传诵，在进行爱国主义教育方面有其不可低估的重要作用。

诗歌的认识作用、教育作用必须通过审美作用才能充分实现。中华诗歌中的优秀篇章具有诸多审美因素，情景交融，声情并茂，感染力极强，能够给人以强烈的美感享受。沈德潜认为"诗之为道，可以理性情，善伦物"，乃由于诗不是抽象说教，而是"比兴互陈，反复唱叹，而中藏之欢愉惨戚，隐跃欲传"①，使人于美感享受中潜移默化，黄道周论曲的

① 《说诗晬语》卷上。

美感作用也相当中肯："论曲之妙无他，不过三字尽之，曰'能感人'而已。感人者，喜则欲歌、欲舞，悲则欲泣、欲诉，怒则欲杀、欲割，生趣勃勃，生气凛凛之谓也。"①他虽然讲的是中华诗歌中的曲，但也适用于诗、词。正因为中华诗歌具有如此强烈的感染力，足以感人肺腑，移人性情，使读者于不知不觉中受到影响和教育，所以才能发挥巨大的社会作用。

我国杰出的诗人都有崇高的审美理想，概括地说，他们的优美诗歌表现了中华民族所追求的生活本身的美以及为争取美在生活中的胜利而作的英勇斗争，也表现了中华民族所反对的一切丑恶事物以及为根除这些丑恶事物而作的英勇斗争。中华诗歌具有悠久的"美"、"刺"传统，"美"就是宏扬美好的事物，"刺"就是抨击丑恶事物，这二者是辩证统一的，同出于崇高的审美理想。敏锐而深刻的爱美感，是和对丑恶现象的强烈厌恶分不开的。诗歌中歌颂美好事物，固然是为了弘扬美，并且唤起读者的心灵美；诗歌中抨击丑恶现象，其目的也是使读者在厌恶丑恶事物的同时激起对于美好事物的热爱，以培养其爱美感和在生活实践中为扶美除丑而斗争的坚强意志。

继承中华诗歌传统，对于繁荣和发展当前的诗歌创作有重大意义。

中华诗史，是在继承中不断创新、不断孳乳繁衍的历史。到了唐宋时期，五古、七古、歌行、乐府、五绝、七绝、五律、七律及五、七言排律等各体齐言诗、杂言诗异彩纷呈；六言绝句尽管作者不多，但王维的《田园乐》七首、王安石的《题西太一宫》二首，却写得十分精彩，表明这种诗体也不容忽

① 《制曲枝语》。

视。除诗体大备而外，又增加了拥有几百个词调的词。到了元代，又增加了包括小令、套数的散曲。值得特别重视的是：每一种新诗体的出现，只给诗歌的百花园里增光添彩，而不取代任何仍有生命力的原有诗体。相反，原有的各种诗体，也在适应反映新的社会生活、抒发新的思想感情、体现新的时代精神的要求，不断发展创新。

　　试读唐宋诸家的诗集，凡有成就的作者都是诸体并用、甚至各体兼擅的。就杜甫说，当时所有的诗体他都充分运用，各有杰作，并对七律、五古、排律等多种诗体的发展、提高作出了贡献，又开"新乐府"先河。就苏轼说，不仅各体诗兼擅，各有名篇，而且是大词人，其词"一洗绮罗香泽之态，摆脱绸缪宛转之度"，为词的创作开拓新领域。杰出诗人之所以兼用各体，是因为他们明确地认识到各种诗歌体裁各有特长，也各有局限。显而易见，《北征》、《述怀》、《咏怀五百字》、《兵车行》、《丽人行》、《哀江头》、《洗兵马》、《丹青引》、《茅屋为秋风所破歌》以及《三吏》、《三别》等诗所表现的题材，不论用五绝、七绝还是用五律、七律去表现，都是无法胜任的。杜甫如果不擅长五古、七古、歌行、乐府诸体而只做近体诗，中华诗史上就不能出现那许多旷世杰作。反之亦然，《月夜》、《春望》、《春夜喜雨》、《闻官军收河南河北》、《登楼》、《诸将五首》、《秋兴八首》、《八阵图》、《江南逢李龟年》等诗所抒发的思想感情如果用各种古体去表现，也很难创造出如此完美的意境，为中华诗史增添灿烂夺目的新篇章。更细微一点，适于五绝的题材最好不用七绝去表现，馀可类推。

　　题材的广阔性、多样性要求诗歌体裁的丰富性、多样性。唐宋时期诗歌体裁的丰富、多样，是诗歌创作高度繁荣的重要标志之一。

我们今天的现实生活千汇万状，人们的精神世界丰富多彩，都非唐宋时期所能比拟，因而只有"五四"以来的新诗是不行的，仅用近体诗和词也是不够的。

我在前面之所以用较多篇幅谈论近体诗以外的多种诗体，是因为这许多诗体为我们提供了无数具有永恒魅力的杰作，吟诵那些杰作，探究那些诗体适应社会的发展不断创新、在"声情并茂"这个最根本的艺术特质上日臻完美的轨迹，便有助于我们在此基础上继续创新以体现新的时代精神，为中华诗歌开创一代新风。

有些论述"中华诗歌的继承与革新"的文章有这样的提法："中华诗词（包括曲）作为定型或基本定型的诗歌体裁形式，有着一整套严格的声韵格律规范。""诗词运用古汉语，有固定的格式、句数和严谨的格律，反映现代生活不能不具有严重的局限性。"类似的提法颇多，这显然把近体诗和词、曲以外的各体齐言诗、杂言诗排除在"中华诗词"之外了。有了这种提法，跟踪而至的便是"镣铐"、"束缚思想"、"不能容纳多音节词"、"不便反映现代生活"等等。其实，近体诗以外的各种诗体如五古、七古、乐府、歌行，从来就不存在"定则"问题，自然也没有"固定的格式"。不论是"齐言"或"杂言"，每篇句数不限；既可一韵到底，也可频频换韵，平韵、仄韵交错。如李白的《蜀道难》开头："噫吁嚱，危乎高哉！蜀道之难难于上青天。蚕丛及鱼凫，开国何茫然。尔来四万八千岁，不与秦塞通人烟。"三言、四言、五言、七言、九言句式杂用。杜甫《茅屋为秋风所破歌》结尾："安得广厦千万间，大庇天下寒士俱欢颜，风雨不动安如山！

呜乎！何时眼前突兀见此屋，吾庐独破受冻死亦足！"不但突破七言句型，而且一反偶句押韵的常规，有力地抒发了崇高理想和渴望理想实现的激情。黄遵宪《八月十五夜太平洋舟中望月作歌》中的"汪洋东海不知几万里，今夕之夕惟我与尔对饮成三人"，用九字句和十三字句。于右任作于辛亥革命十年前的《从军乐》多用长句，大气盘旋，热情喷涌。结尾"吾人当自造前程，依赖朝廷时难俟。何况列强帝国主义相逼来，风潮汹涌廿世纪。大呼四亿六千万同胞伐鼓拟金齐奋起。"末两句十一字和十六字，把"帝国主义"、"四亿六千万同胞"这样的多音节词都纳入诗句而不嫌生硬。仅举以上数例，已可看出古风中的"杂言体"弹性极大。古风中的"齐言体"如五古、七古，虽然句有定字，但字无定声，篇无定句，既可押平韵，也可押仄韵，换韵自由，韵部也比较宽，与近体诗相比，弹性也大得多。

充分发挥了汉语独特优势、集中了众多审美因素的近体诗，尽管有固定"型"，但至今仍有强大的生命力，可以充分发挥作者的创造性。试以律诗为例略作说明：第一，不同的诗人运用五律或七律这种"定型"的诗体做诗，由于选材不同，各人的美感体验不同，以及所采用的角度、手法等等都不同，因而创作出来的作品也各有特点。同一诗人在不同情境中做律诗，也完全能够自觉地避免雷同。第二，律诗尽管在格律方面"定型"，但句法、章法的变化却是无穷无尽的。第三，格律的约束促使诗人强化了创造意识，不得不在法度中求自由，在有限中求无限；而汉语的特点，正有利于实现这种目的。仅就语法而言，汉语同英语或其他印欧语相比，就灵活得多。既无定冠词和不定冠词的负担，也不讲时态、人称及单复数等的变化，连必要的虚词甚至实词都可省略。如果说在古体诗中由于字、句的或多或少并无限制而较多地运用表现语法关系的主语、动词和虚词等等，那么在近体诗中这一切都可尽量删减，以至只留下表现意象的名词和名词性词组。其结果，更有利于获得"以少总多"、"言外见意"的艺术效果。五律对句如温庭筠的"鸡声茅店月，人迹板桥霜"，七律对句如黄庭坚的"桃李春风一杯酒，江湖夜雨十年灯"和陆游的"楼船夜雪瓜洲渡，铁马秋风大散关"，都是这方面的名句。因此，就像七律这样格律极严的诗体，在历代杰出诗人的手里都能充分发挥其独创性：王维意象超远，词语华妙；杜甫纵横变化，涵盖宇宙；白居易纡徐坦易，妙合自然。其他如刘禹锡、柳宗元、杜牧、李商隐以及宋代的苏轼、黄庭坚、陆游、金代的元好问等，都各辟蹊径，各有独创。

内容决定形式，形式反作用于内容，形式与内容是统一的。任何一首有独创性的七律，其形式都是内容的具体化，内容是新的，形式也是新的。尽管它具备了七律格律的一切要素，但那格律并不是它的形式。有人把诗体称为"形式"，如说"七律这种形式"之类，与此相联系，把用传统格律诗体反映现代生活说成"旧瓶装新酒"。既然约定俗成，不妨仍可这么说；但不应因此妨碍对于"传统格律诗的继承和创新"的正确理解。像毛泽东的《长征》那样体现了创新精神的七律，从哪一方面看，都应该说是继承了优秀传统的新诗。酒是新的，瓶子也是新的。

归结起来说，中华诗歌传统中的诗体丰富多样，至今都有生命力。古风中的"杂言体"本无固定的"型"，"齐言体"

与散曲也有较大弹性；五绝、七绝、五律、七律与词，才是严格意义上的格律诗，但那"严谨的格律"并不是死硬的"旧瓶"，而是根据汉语优点和无数杰出诗人的创作经验总结出来的诸多审美因素的集中，既可保证诗作的艺术质量，又可强化诗人的创造意识，创作出声情并茂的新诗。只要我们弘扬历代诗人忧国忧民、爱国爱民的优秀传统，以高度的使命感和责任感直面现实、直面人生，从"诗教"的高度和"美"、"刺"的目的出发，充分吸取各体传统诗歌的创作经验，把握其声情并茂的艺术特质，根据不同诗体的不同性能表现相适应的生活侧面和生活激情，便可促进诗歌创作的繁荣与发展。诗歌园地里百花盛开、飘香吐艳的前景，是不难预期的。

（原刊《中华诗词》1994 年第 1 期、第 2 期）

论诗的设色

做画要讲究设色。诗画相通，做诗也有个设色问题。当然，诗的设色不同于画的设色。

大千世界，五彩缤纷。人对于色彩的感受，是一般美感中最普遍的形式。诗，作为大千世界的折光，自然要展现绚丽多彩的图景，让读者获得美感享受。苏东坡在《书摩诘蓝田烟雨图》中说："味摩诘之诗，诗中有画。"德国美学家莱辛在《拉奥孔》中也说："没有图画感会使一位最生动的诗人变成一位讲废话的人。"

大千世界，千汇万状，形形色色，诗人运用色彩，不能满足于简单地"随类赋彩，以色貌色"，而应该精心选择、着意调配，构成和谐、生动的画面，这就叫设色。唐宋以来的杰出诗人，都善于设色。比如杜甫做于成都草堂的《绝句》，大家都很熟悉。这首小诗给予读者的美感，在很大程度上来自作者的设色。第一句"两个黄鹂鸣翠柳"，用黄、翠两色。翠，是嫩绿色。说"翠柳"，意味着春天刚到人间，柳枝新抽嫩芽；那么，成双成对，在"翠柳"之间跳跃鸣叫的"黄鹂"，也是嫩黄色。嫩绿衬嫩黄，色彩既鲜明，又和谐。第二句"一行白鹭上青天"，用白、青两色，以广阔的"青天"为背景，"一行白鹭"由低而高，自由飞翔。以青衬白，色彩也鲜明而和谐。通常认为这首诗"连用黄、翠、白、青四种颜色构成一幅绚丽的图案"，其实，三、四两句也有色彩。"窗含西岭千秋雪"，"雪"不是白的吗？山岭积雪与青天相接，青、白映衬，十分悦目。"门泊东吴万里船"，那"船"不用说是"泊"在江边的，"蜀江水碧"，一江春水，当然更加碧绿可爱。

诗中还有一种颜色："青天"意味着万里无云，"翠柳"意味着初春时节，那么，暖洋洋、红艳艳的阳光，不正在普照大地吗？全诗用了多种色彩，却多而不乱。这因为具有不同色彩的景物或为近景、或为远景，或为低景、或为高景，或为大景、或为小景，或为静景、或为动景；各种景物，各种色彩，或彼此对比、或相互映衬，都统一于明朗的阳光之中，形成鲜明、和谐的色调，令人神清气爽，怡然自乐。

鲜明的色彩能够产生强烈的视觉效果。鲜明的色彩如果与富于动感的形象相结合，其视觉效果便更加突出。善于设色的诗人很懂得这个道理，因而根据创造特定意境的需要，力求使诗中的色彩鲜明活跃。"两个黄鹂鸣翠柳，一行白鹭上青天"，便具有强烈的运动感。杜甫还创造了一种独特的设色法，那是将颜色字置于句首，让读者突然看见色彩，再判断是何种物象以及如何运动。例如《放船》五律的第三联：

青惜峰峦过，黄知橘柚来。

江流迅急，船行如箭。忽然看见一片"青"色；及至意识到那是"峰峦"，正待仔细欣赏的时候，可惜它已经过去了。忽然看见万点金"黄"迎面扑来，凭借行船的经验断定那是"橘柚"，正待仔细欣赏的时候，不用说也已经退向船后了。在色彩如此鲜明、动感如此强烈的形象面前，读者的感官怎能保持沉默？

杜甫用这种独创的设色法创造出许多类似的警句，如"红入桃花嫩，青归柳叶新"；"碧知湖外草，红见海东云"；"绿垂风折笋，红绽雨肥梅"；"红浸珊瑚短，青悬薜荔长"；"翠深开断壁，红远结飞楼"；"紫收岷岭芋，白种陆池莲"；"白摧朽骨龙虎死，黑入太阴雷雨垂"等等，都由于首出色彩而继写动态，加强了视觉效果。与此相适应，句首的单音色彩字占一个音节，从而打破了五言句二二一、七言句二二二一的常规，句子挺拔拗峭，并且具有多感性，更强化了视觉效应。

　　王维则用另一种设色法突现色彩的运动感。《书事》中的"坐看苍苔色，欲上人衣来"，表现诗人"坐看"细雨中的"苍苔"，由于受到雨水的洗濯滋润，其青苍之色越来越亮，仿佛在蔓延、扩散，快要爬上他的衣服。亮度强的色彩可以使人感到向外散射，诗人抓住这一特点而加以强调，便写出了雨中苔色的运动感。《送邢桂州》中的"日落江湖白，潮来天地青"，下句以青色弥漫于整个天地之间描状潮水铺天盖地而来的气势，何等壮阔！上句则以红日西落、暮色苍茫反衬"江湖白"，从而突出了江湖的亮度，产生了强烈的视觉效应。在各种色彩中，白色亮度最高，所以光线幽暗时也能看见。韩愈《李花赠张十一署》写夜间看花"花不见桃惟见李 ……白花倒烛天夜明"；郑谷《旅寓洛南村舍》"月黑见梨花"；都抓住了白色亮度最高的特点，用以暗衬明的设色手法，写出了脍炙人口的佳句。

　　结合物象写出色彩的运动感，如王昌龄的"红旗半卷出辕门"，王维的"漠漠水田飞白鹭"，李贺的"桃花乱落如红雨"，叶绍翁的"一枝红杏出墙来"等等，佳句甚多，不胜枚举。这里再看看韩愈《雉带箭》中的名句："冲人决起百馀尺，红翎白镞随倾斜。将军仰笑军吏贺，五色离披马前堕。"——野雉被将军射中，带箭奋起，冲向高空，血红的翎毛与银白的箭镞摇晃倾斜，在将军仰天大笑与军吏的纷纷祝贺声中，五彩缤纷的野雉落于马前。真是写生妙手！把静态的色彩用精当的词语加以描状，使它栩栩欲生，乃是诗人常用的手法。例如韩愈的"山红涧碧纷烂漫"，白居易的"日出江花红胜火，春来江水绿如蓝"等等，写的都是静景，但色彩何等鲜活！

人的五种感觉——视觉、听觉、触觉、味觉和嗅觉，能够互相沟通、互相转化，这叫"通感"。色彩，诉诸人们的视觉，但似乎又有温度。看红色仿佛感到温暖，看白色仿佛感到清冷，因而有"冷色"、"暖色"之分。诗的设色，并不以产生视觉效应为满足，还要追求"通感"效应。庾信的"山花焰火燃"，庾肩吾的"复类红花热"，王维的"水上桃花红欲燃"，杜甫的"山青花欲燃"，白居易咏榴花的"风翻火焰欲烧人"，写花红像是即将燃烧、或已经燃烧起来的火焰，令人感到灼热；王维的"月色冷青松"，欧阳修的"绿叶阴阴覆砌凉"，杨万里的"乔木与修竹，无风生翠寒"，则写松青、叶绿、竹翠令人感到清凉，甚至寒冷。以上两类，都由视觉形象转化为触觉形象。王维的"空翠湿人衣"，裴迪的"山翠拂人衣"，李贺的"黑云压城城欲摧"，使读者在目睹空翠、山翠、云黑的同时产生湿感、拂感或压感，也由视觉形象转化为触觉形象。李贺的"天河夜转漂回星，银浦流云学水声"，杨万里的"剪剪轻风未是轻，犹吹花片作红声"，则既诉诸视觉，又诉诸听觉。王维的"色静深松里"亦然，这是写"青溪"的诗，"深松里"的"青溪"之"色"，当然与"深松"同样深净，这是视觉形象；而"静"，则转向听觉。宋祁的"红杏枝头春意闹"，着一"闹"字，视觉形象生动鲜活，也兼有听觉效应。李白的"一枝红艳露凝香"，杜甫的"雨里红蕖冉冉香"，晏几道的"雨红杏花香"，宋徽宗时绘画试题"踏花归去马蹄香"，使读者在目睹红艳的同时嗅到花香，由视觉通向嗅觉。韦应物的"怜君卧病思新橘，试摘犹酸亦未黄"，则令读者看到尚带绿色的新橘便感到酸味，诉诸味觉。以上各例，都是写本来诉诸视觉的各种色彩由于通感作用，转化为触觉、听觉、嗅觉、味觉形象。

当然，还有反过来的例子，即把本来用于描状视觉形象的色彩，用来描状触觉、听觉、嗅觉、味觉形象，如李世熊的"月凉梦破鸡声白"，杜甫的"闻道奔雷黑"，齐己的"野桃山杏摘香红"，严遂成的"风随柳转声皆绿"，沈德潜的"行人便觉须眉绿"等等。写色彩而追求通感效应，便能唤起读者众多的感觉系统参与审美活动，因而所获得的不是单一的美感，而是综合的美感。如读"月凉梦破鸡声白"，便同时唤起视觉、触觉和听觉：主人公远离家乡，独宿野店，久久不能入睡，望窗外月色银白，感到"凉"；入睡之后，又被"鸡声"惊破客梦；再望窗外，月色茫茫，便感到那"鸡声"与惨白的月色融合无间，也"白"得"凉"。而那位客子心绪之悲"凉"，已见于言外。如果只写"月"色之"白"而单纯诉诸视觉，怎能使审美感受的内容如此丰富和强烈？

多种色彩的配合可以创造出绚丽多姿的画面，给人以美感。但在特定情况下只用一个颜色字集中而有力地刺激读者的感官，更能调动读者的想象和联想，进行审美再创造。钱起的《省试湘灵鼓瑟》，在以惊人的想象力描绘湘灵鼓瑟的神奇力量之后，以"曲终人不见，江上数峰青"结尾，把读者从神奇的音乐境界带回恬静的青峰碧水之间，鼓瑟人虽然不复可见，而恋念之情，则与"江上数峰"的"青"色同在，悠悠无尽。柳宗元《渔翁》中的"烟销日出不见人，欸乃一声山水绿"随着渔歌的回响，突然展现辽阔的绿色世界，苏轼赞它"有奇趣"。没有这个"绿"色，"奇趣"便无由产生，所以韩愈评此句"六字寻常一字奇"。白居易的《琵琶行》，用绘声绘色的诗句从乐曲的各种变化直写到"曲终"，又用"东船西舫悄无言，惟见江心秋月白"的环境描写作侧面烘托，"江心秋月白"的幽寂、清冷境界和那个"白"字的象征意蕴，令人玩味无穷。钱起、柳宗元、白居易所用的"青"、"绿"、"白"，是对自然景物的著色。在写人事方面，也可运用类似的设色手法。杜甫《冬狩行》中的"十年厌见旌旗红"，著"红"色于"旌旗"，强烈地刺激读者的感官，联想到十年战乱和人民颠沛流离的苦况。杜荀鹤《再经胡城县》中的"今来县宰加朱绂，便是生灵血染成"，不说升官而说"加朱绂"（在唐代，"朱绂"是四、五品官的官服），并把颜色相同而性质相反的"朱绂"与"血"联系起来，用一个"染"字表明因果关系，令人怵目惊心。

色彩既有象征意蕴，又可造成感情联想。红色、深红色，被认为是积极的，令人激动的颜色，会使人们联想到火、血和战斗，青色、蓝色、绿色，则唤起对大自然的清快、凉爽的想法，适于安静、闲适的情绪；白色充盈宇宙，可在人们的情绪中引起光明、高洁、纯净、朴素、空灵、虚静等等的反应，还可唤起无穷无尽的空间感与时间感。诗从本质上说是抒发情思的。诗的设色，归根到底，服务于创造意境、抒发情思。前面所谈的许多关于设色的诗句，在整篇诗中，其设色都是为了更好地抒发情思。

从抒发情思的目的着眼，运用明快、鲜艳的色彩构成绚丽的图画，可以有效地抒发特定的情思，比如或以乐景写乐、或以乐景写哀。运用素净、疏淡、苍凉、幽暗、空灵、清雅等等的色调，同样能够抒发特定的情思。比如《诗经·秦风·蒹葭》"蒹葭苍苍，白露为霜。所谓伊人，在水一方。"色调凄清，表现了寂寥、怅惘、眷念伊人的无限深情。其他如王昌龄的"黄尘足今古，白骨乱蓬蒿"，崔灏的"黄鹤一去不返，白云千载空悠悠"，王之涣的"白日依山尽，黄河入海流"，李白的"黄云万里动风色，白波九道流雪山"，孟浩然的"绿树村边合，青山郭外斜"，杜甫的"魂来枫林青，魂返关塞黑"，刘长卿的"日暮苍山远，天寒白屋贫"，郎士元的"白草山头日初没，黄沙戍下悲歌发"，司空曙的"雨中黄叶树，灯下白头人"，顾况的"故园黄叶满青苔，梦后城头晓角哀"等等，都说明诗的意境、情思千差万别，诗的设色从属于造境、抒情，又怎能千篇一律？

诗中的颜色词有显、隐之分，如杜甫《曲江对酒》中的"桃花细逐杨花落，黄鸟时兼白鸟飞"，"黄"、"白"是显色词，"桃花"（红）、"杨花"（白）是隐色词。画中的色彩，是视而可见的。诗中的色彩，则靠语言为中介，经过想象和联想，呈现于再创造的画面。因此，诗中用显色的词，固然可以联想到相应的具体色彩；不用显色词而用隐色词，也可通过想象和联想，在脑海里浮现某种着色的图景。例如王昌龄的《采莲曲》：

荷叶罗裙一色裁，芙蓉向脸两边开。
乱入池中看不见，闻歌始觉有人来。

姑娘的罗裙，与周围的荷叶一样碧绿；姑娘的脸庞，与两边的荷花一样红艳。所以她"乱入池中"，池外人只看见满池都是荷叶荷花。直到清歌乍起，才意识到池中有一位采莲姑娘。全诗无一显色词，却描绘出一幅多么绚丽的《采莲图》。

诗的设色，隐色词起重要作用。比如李白《客中作》中的"兰陵美酒郁金香，玉碗盛来琥珀光"；"玉"是白色，"琥珀"是蜡黄色或赤褐色。以洁白的玉碗满盛琥珀色的醇香美酒，真是值得一醉！正因为前两句作了这样有力的铺垫，后两句"但使主人能醉客，不知何处是他乡"才更有韵味。如果忽略了"玉""琥珀"两个隐色的词所隐含的色彩，便辜负了作者设色的苦心。

诗中的颜色词有虚实之分。"实"色词代表事物的色彩，如"黄鸟"的"黄"，"翠柳"的"翠"。诗的设色，主要用实色词描绘出特定的画面，构成特定的色调，用以抒发特定的情思。虚色词并不代表色彩，比如"白帝城""黄牛峡"，只是两个地名，并不是说那城是白色的、那峡是黄色的。然而诗的设色，也应尽量发挥虚色词的作用，这因为运用虚色词，既可增加字面的颜色美，又可唤起对于实色的联想，从而抒发相应的情思。王维的"一从归白杜，不复到青门"；李欣的"白日登山望烽火，黄昏饮马傍交河"；高适的"青枫江上秋天远，白帝城边古木疏"；杜甫的"黄牛峡静滩声转，白马江寒树影稀"；柳淡的"三春白雪归青冢，万里黄河绕黑山"；郑谷的"雨昏青草湖边过，花落黄陵庙里啼"；唐无名氏的"青冢路边秋草合，黑山峰外阵云开"等等，或单用虚色词，或兼用虚色词与实色词，都有助于抒发特定的情思，强化了艺术感染力。其中的几组虚色地名对，设色和谐，对仗精巧，尤给人以独特的美感。"青草湖边"、"黄陵庙里"一联，由于写出了鹧鸪的神韵，其作者郑谷被称为"郑鹧鸪"。

《文心雕龙·物色》篇说："春秋代序，阴阳惨舒，物色之动，心亦摇焉。……物色相召，人谁获安！"因此，"情以物迁，辞以情发"，便有了文学创作。刘勰所说的"物色"，包括一切自然景物，当然也包括自然景物的色彩，所以还提出了"凡擒表五色，贵在时见；若青黄屡出，则繁而不珍"的设色原则。诗不仅描写自然景物，更主要的还在于反映社会生活。从前面所列举的诗句看，唐代诗人的设色，已超出了自然景物的范围。在当代社会，色彩已成为人们生活中一种不可缺少的条件，直接影响人们的情绪，直接关系到各种产品的生产。研究色彩的成因、原理、变化、特点以及与光照的关系等等，是一门复杂的学问，被称为"色彩学"。从人们的社会心理、审美趣味等方面研究"流行色"，又是一门新兴学科。中华诗歌，有讲究设色的悠久传统。从当代色彩学的高度研究诗的设色问题，对于更好地鉴赏古代诗歌，对于提高当代诗歌创作的艺术水准，都有积极意义。

诗的设色，源于现实而高于现实，反转来又通过读者的心灵而美化现实。

水碧山青白鸟飞，百花处处斗芳菲。
人间应有诗中画，彩笔还须着意挥。

（原刊《江海学刊》1993 年第 5 期）

纪念"五四"运动 振兴中华诗词

　　我们从振兴中华诗词的角度纪念"五四"运动 80 周年，有特殊意义。

　　"五四"运动提倡新文学，功绩是有目共睹的，近年出版的多种现代文学史记述了这些功绩，这里不需重复。

　　"五四运动"笼统地反对"旧文学"，说坏就一切皆坏，全盘否定，却是形而上学的。"五四"以来，新诗占正统地位，而"旧体诗"却受到歧视，得不到应有的发展，这不能不说是一种损失。

　　改革开放以来，传统诗词的创作蓬勃开展，形势喜人，但在条件、待遇等许多方面，仍不能与新诗相提并论。这，是我们应该积极争取的。

　　纪念"五四"，我们也应该从积极方面总结经验、吸取营养，有助于振兴中华诗词，繁荣诗歌创作。

　　先谈吸取营养。

　　"五四"运动反帝反封建的精神，提倡科学与民主的精神，我们应该吸取；"五四"运动"文学改良"、"文学革命"的某些提法，也应该引起当前"旧体诗"作者的注意。例如胡适在《文学改良刍议》中提出的"须言之有物"，"不模仿古人"，"不作无病之呻吟"，"务去滥调套语"（《新青年》2 卷 5 号），难道不值得我们注意吗？又如陈独秀《文学革命论》中提出的"推倒雕琢的阿谀的贵族文学，建设平易的抒情的国民文学；推倒陈腐的铺张的古典文学，建设新

鲜的立诚的写实文学；推倒迂晦的艰涩的山林文学，建设明
了的通俗的社会文学"，(《新青年》2 卷 6 号) 难道不值
得我们注意吗？

　　"五四"运动那一年，鲁迅 38 岁，郭沫若 27 岁，叶圣
陶 25 岁，沈雁冰 (茅盾) 和郁达夫 23 岁，朱自清和田汉 21 岁，
闻一多 20 岁。他们早年受传统教育，有深厚的古典文学修养，
都能作"旧体诗"。值得注意的是，他们分别以小说、戏剧、
散文、新诗的创作蜚声文坛，是新文学的泰斗；而作为新文
学的泰斗来写"旧体诗"，"体"虽"旧"而"诗"则"新"。
这几位新文学泰斗为什么能用"旧体"写出高水平的"新诗"，
是值得研究的。事实上，"五四"以后写"旧体诗"的人很
少不受"五四"新文化运动的积极影响；先写新诗、后写"旧
体诗"，或既写新诗、也写旧体的人屡见不鲜。我自己，中
学时代也写过新诗。因此，"五四"以后"旧体诗"虽然受
到压抑，未能长足发展，但"五四"以后的"旧体诗"就主
要倾向而言，是力求创新的，是体现了"五四"新文化运动
的精神的，华钟彦教授主编了一册《五四以来诗词选》，共
选 400 多人的 1100 多首诗，对"五四"以来重大的历史事件、
社会真实和人民愿望，都有真切、生动的反映，堪称"诗史"。
杨金亭同志主编的《中国抗战诗词精选》所选入的 500 多首
诗词，从各个方面反映了抗日战争的历史，讴歌了民族气节，
洋溢着爱国激情，是一部进行爱国主义教育的好教材。

　　我建议把"五四"至新中国成立以前 30 年间的旧体诗
和新中国成立到现在 50 年间的旧体诗尽可能完备地搜集起
来，按各个历时期编成两套大型丛书；在此基础上研究总结，
撰写《中国现代诗词发展史》和《中国当代诗词发展史》，

这既可弥补已经出版的各种新文学史不论述诗词创作的缺失，也可供诗词作者从中吸取经验、教训，提高创作质量。

再谈总结经验。

我国古代的杰出诗人和诗论家都认识到"诗文随世运，无日不趋新"的道理，有关论述举不胜举。"五四"运动反旧倡新，其积极意义自不待言。但所谓"新"，应该主要表现在内容方面、意境方面；而在创作实践中往往并不如此。1923 年，即"五四"运动后的第四年，早期共产党人邓中夏在《中国青年》上发表了《新诗人的棒喝》和《贡献于新诗人之前》两篇文章，一针见血地指出：

> 坐在草地做新诗的，便是混沌的欣赏自然；厮混在男女交际场中做新诗的，便是肉麻的讴歌恋爱；饱食终日坐在暖阁安乐椅上做新诗的，便是想入非非的赞美虚无。他们什么学问都不研究，唯其如此，所以他们几乎都是薄识寡学；唯其如此，所以他们的作品即使行子写得如何整齐，辞藻造得如何华美，句调遣得如何铿锵，结果是，以之遗毒社会则有余，造福社会则不足。

因此，他要求"新诗人须多做描写社会实际生活的作品"，"须多做表现民族伟大精神的作品"。而要做出这样的诗，他认为必须"投身实际活动"。他举出他"三年前"所做的《过洞庭二首》，第一首是：

莽莽洞庭湖，五日两飞渡。

雪浪拍长空，阴森疑鬼怒。

问今为何世，豺狼满道路。

禽猕歼除之，我行适我素。

他说明之所以能写出这样的"新诗"，是由于"我当时投身实际活动"。还值得一提的是：从形式上看，这分明是一首五言古诗，而他却视为真正的"新诗"，"贡献于新诗人之前"。

到了1962年，曾经以包括54篇诗作的《女神》为"五四"新诗显示了创作实绩、后来又写出上千首"旧体诗"的郭沫若在《谈诗》一文中说：

> 如果从形式上去分新旧，说毛主席的诗词是旧诗，而徐志摩、胡适的诗反而算是新诗，那只有天晓得。说戴望舒的诗是新诗，或者把十四行诗说成是新诗，也不通。因此，不能单从形式上来分新旧，而且不必分新旧，而要看它写得好不好。至于好不好，则要看是否说今天的话，内容和形式是否结合得好。有些人一写旧诗，就满纸陈腔滥调，离不开旧的思想，旧的感情。我对这些诗真看不下去。（载1962年3月15日《羊城晚报》）

"不能单从形式上分新旧"，这见解很中肯，我想大家都能接受。那么，"不必分新旧，而要看它写得好不好"的提法大家能不能接受呢？如果说"五四"时期以"新诗"与"旧诗"相区别有其必要性的话，那么现在距"五四"运动已有80年，当代人写的小说、戏剧都不叫"新小说"、"新戏剧"，在"诗"前还有什么必要冠以"新"字呢？"求变求新"是文学艺术创作的规律。叶燮在《原诗》里说："自有天地以来，古今世运气数递变迁以相禅，……宁独诗之一道，胶固而不变乎？"赵翼《论诗绝句》说："满眼生机转化钧，天工人巧日争新。预支五百年新意，到了千年又觉陈。""新诗"和"旧体诗"既然都应求变求新，那么去掉"新"、"旧"二字，统统叫做"诗"或者"诗歌"、"中华诗歌"，动用从古到今的各种有生命力的诗歌形式反映新时代，创作出各种形式、风格的"好诗"，岂不更有利于精神文明建设吗？

还有些经验或者教训值得总结。

"五四"新诗，就主要倾向而言，忽视纵向传承而偏重横向移植，缺乏为中国老百姓所喜闻乐见的中国作风和中国气派。许多新诗人后来都不同程度地意识到这一点，所以先后开展过多次关于"民族形式问题"的讨论；在创作实践上，在"自由体"之外出现的"格律体"和"歌谣体"，都表现了为解决新诗"民族化"、"群众化"而作的努力。80年来的新诗创作很有成绩，也已经形成了一个传统，积累了许多新颖的表现方法和艺术技巧，值得作"旧体诗"的人学习。当然，脱离传统而偏重于横向移植所带来的缺点，"旧体诗"中却不会出现，就这一方面而言，新、旧诗可以互补。但是，当前作"旧体诗"的人并不是都在学习传统、继承传统方面做得很好了。同时，横向移植是不对的，但广泛地吸取外国优秀诗歌的创作经验和艺术技巧，对于任何诗人都是需要的，作"旧体诗"的人也不例外。"诗圣"杜甫"转益多师是汝师"的名言，至今仍然不可忽视。

在中华诗歌发展史上出现过好多个辉煌时期。我们欣逢中华巨龙腾飞的新时代，国运兴，诗运隆，只要我们团结起来，深入现实，走向大众，转益多师，以新观念、新感情、新语言反映新现实，就能创作出无愧于新时代的佳作，再创辉煌。

（原载《中华诗词》1999 年第 3 期）

漫议边塞诗和新边塞诗

人们一提起边塞诗，便想到盛唐时代高适、岑参、王维、王昌龄、李白、李颀、王之涣等许多杰出诗人，在吟诵"叠鼓遥翻瀚海波，鸣笳乱动天山月"、"四边伐鼓雪海涌，三军大呼阴山动"、"忽如一夜春风来，千树万树梨花开"、"愿得此身长报国，何须生入玉门关"等豪壮诗句的同时受到心灵的震撼，豪情喷涌，意气风发。在万紫千红，争奇斗丽的盛唐诗苑里，边塞诗以其壮丽、雄阔、瑰奇、豪放的艺术风格和洋溢着爱国激情的阳刚之美而自成一派，与田园诗派互相辉映，蔚为奇观，大放异彩。其名篇杰句，万口传诵，经久不衰，至今仍是鼓舞人们昂扬奋进、献身边塞、报国立功的精神力量。因此，有些专家从盛唐边塞诗派的实际出发，对边塞诗作了这样的界定：在地理位置上限制在沿长城一线的边疆，主要是西北边疆；在题材上限制在写边疆战争，边地风光；在时间上限制在盛唐。如果仅就盛唐边塞诗派而言，这样的界定当然持之有故。然而如果从中华民族、中华诗歌发展的历史过程着眼，这样的界定就缺乏根据了。

如果从中华民族、中华诗歌发展的过程着眼谈边塞诗，那么第一，"边塞"的地理方位不限于西北，而是包括东西南北所有的边疆，边疆的广狭也有变化；第二，"诗"的范围也在逐渐扩展，先有边塞诗，后来又增加了边塞词、边塞曲。就边塞诗而言，由《诗经》的四言到汉魏六朝以来的五言、七言、齐言、杂言、古风、近体等各种样式，"五四"

以来又增加了新诗。我们讲"诗",有时用狭义,有时用广义,我们今天讲边塞诗,应该用广义,即边塞诗歌,包括诗词曲各体。第三,边塞诗的题材也在逐渐扩大,由写边疆战争扩展到边疆自然风光和社会生活,当然也在或迟或速地发生变化。以下就这三点作进一步论述。

我国的边塞诗起源于反映西北边境战争。中华民族发祥于祖国的大西北,而自周秦以后,中国西北方境外的游牧民族往往对中原王朝的安全构成严重威胁,这就有了表现边防战争的诗,《诗经》中的《出车》、《六月》,就是表现周王朝出兵抵御猃狁侵扰的诗,《诗经·秦风》中的《小戎》,则是表现秦兵出征西戎的诗。汉乐府有《出塞》、《入塞》、《关山月》等题,最初的歌辞虽已失传,但从题目看,无疑是写边塞的。钟嵘《诗品·序》云:"……或骨横朔野,魂逐飞蓬;或负戈外戍,杀气雄边;……凡斯种种,感荡心灵,非陈诗何以展其义?非长歌何以骋其情?"可知在梁代已积累了许多感人肺腑的边塞诗。边塞诗作为诗中的一个独特门类,当然有其产生、发展和演变的过程。大致说来,周秦汉魏,应是边塞诗的草创期;六朝至初唐,已在逐渐发展;到了盛唐时代,则繁花盛开,异彩纷呈,取得了辉煌的成就。中唐、晚唐,边患频繁,仍有李益等杰出诗人写出了边塞名篇。由于主要边患仍在西北,故中、晚唐的边塞诗仍以写西北边疆为主。有人说"边塞诗是大西北的歌,是大西北的骄傲",如果就周秦至晚唐这一历史时期而言,这种论断是大致不错的。然而也只能说大致不错,因为除大西北而外,其他边疆也有边患,也有相应的边塞诗。如张说的《巡边在河北作》、《破阵乐二首》,崔颢的《赠王古威》、《辽西作》,祖咏的《望蓟门》，李希仲的《蓟北行》等，就不是"大西北的歌"，而是幽燕之歌、辽西之歌。雍陶的《哀蜀人为南蛮俘虏五章》，描述了南诏侵蜀、掳掠蜀民的惨状。高骈的《南征叙怀》，则表现了反击南诏、收复失地的决心。这些诗，当然远远不能和高、岑、王维等歌咏西北边塞的辉煌篇章媲美，却足以说明唐代的边塞诗在地理方位上已由西北扩展到北方、东北和西南，到了明、清及近代，更扩展到东疆、南陲和东南沿海。

到了唐代，词作为新的诗歌体裁登上中华诗坛。1899年从敦煌莫高窟发现的大量唐代曲子词，便有不少可以称为边塞词。中唐戴叔伦的《调笑令·边草》和韦应物的《调笑令·胡马》，晚唐温庭筠的《蕃女怨·碛南》，五代牛峤的《定西番·紫塞》，毛文锡的《甘州遍·秋风紧》等，也是早期的边塞词。宋代从范仲淹的《渔家傲·塞下》开始，到南宋无数抗金志士以抵御侵略、收复中原为主题的大量爱国词，把边塞词的创作推向高潮，历明、清、近代而不衰。

元曲中也有写边塞的，如冯子振的《［正宫］鹦鹉曲·至上京》、鲜于必仁的《［双调］折桂令·居庸叠翠》、宋方壶的《［双调］水仙子·居庸关中秋对月》、汤式的《［双调］沉醉东风·燕山怀古》等，便是边塞曲。

边塞诗起源于反映边塞战争，逐渐发展到写边疆的各种题材。盛唐诗人咏西北边疆，尽管以"征戍"为中心，抒发从军报国、安定边疆的豪情壮志，但同时也展现了多姿多彩的边地风光、异域风情、民族歌舞和广阔的生活画卷，甚至还摄下了民族团结的珍贵镜头："花门将军善胡歌，叶河番王能汉语"（岑参《与独孤渐道别长句》），"琵琶长笛曲相和，羌儿胡雏齐唱歌，浑炙犁牛烹野驼，交河美酒金叵罗"（岑参《酒泉太守席上作》）。包括汉族和众多兄弟民族在内的中华民族，是在众多部族、众多民族的交往、交流、友好、团结的漫长历史过程中融合而成的。唐代这个"开放的时代"，史家称为"中华国史第三次大融合的时代"。以长安为中心，在服饰、饮食、宫室、乐舞、绘画、乃至语言等许多方面，"胡化"之风，盛极一时。岑参等人的边塞诗，倾注全部热情赞美自然风光，西域风情，以及民族服饰、饮食、乐舞等等，便是这种"胡化"风尚的生动表现。如果不是这样，而是以厌恶的心情渲染其荒凉、落后，那么，那些边塞诗就失去了最迷人、最动人的艺术魅力。有"胡化"，也有"汉化"，"叶河番王能汉语"，就是"汉化"的标帜。"胡化""汉化"，在中华民族的形成过程中迄未终止；在金朝统治北中国，元朝、清朝统一全中国的历史时期，更在加速度地进行。少数民族诗人纷纷登上中华诗坛，与汉族诗人同写边塞诗，便是例证之一。金人提倡汉文化，重用汉族知识分子，以元好问为代表的一大批金代诗人，主要居住、活动在祖国北方、西北和东北的边塞地区，大量诗词创作是写边塞的，从山水、民俗、战乱、古迹到民间疾苦，取材多种多样。诗如高士谈的《秋兴》、赵秉文的《饮马长城窟行》《长白山行》，周昂的《边俗》《山家》，宇文虚中的《在金日作》，赵元的《修城去》、《邻妇哭》，完颜璹（金宗室）的《城西》，李俊民的《过古塞》，元好问的《雁门道中书所见》等，词如折元礼的《望海潮·地雄河岳》，吴激的《春从天上来·会宁府遇老姬》，邓千江的《望海潮·上兰州守》等，都是边塞佳作。

应该着重指出的一点是，如果同意表现边疆所有题材的诗都算边塞诗，那么，自从中华文化、中华诗歌普及到所有边疆以来，便不仅由于征戍、游宦、贬谪、旅行等种种原因而到过边疆的诗人们才写边塞诗，边疆各民族也屡出诗人甚至大诗人，他们也写边塞诗。元、明，特别是清代，诗人辈出，足迹遍全国，边塞诗的题材也日益厂阔。略举数例，如元代著名少数民族诗人萨都剌的《上京即事五首》：

其三

牛羊散漫落日下，野草生香乳酪甜。
卷地朔风沙似雪，家家行帐下毡帘。

其四

紫塞风高弓力强，王孙走马猎沙场。
呼鹰腰箭归来晚，马上倒悬双白狼。

又如元代另一位著名少数民族诗人迪贤的《塞上曲五首》：

其二

杂沓毡车百辆多，五更冲雪渡滦河。
当辕老姬行程惯，倚岸敲冰饮橐驼。

其三

双鬟小女玉娟娟，自卷毡帘出帐前。
忽见一枝长十八，折来簪在帽檐边。

这四首七绝，以清新的笔调描绘了祖国北地风光和少数民族的多彩生活，人物栩栩欲活，和唐人的边塞征戍之作相比，应该说是新的边塞诗。又如清代著名少数民族词人纳兰性德的塞外词：

长相思

山一程，水一程，身向榆关那畔行，夜深千帐灯。

风一更，雪一更，聒碎乡心梦不成，故园无此声。

如梦令

万帐穹庐人醉，星影摇摇欲坠。归梦隔狼河，又被河声搅碎。还睡，还睡，解道醒来无味。

这两首词，是作者随侍康熙出山海关途中所作。前一首作于未出关时，写千军露宿、万帐灯火的壮观和风雪交加的旅途感受；后一首作于已出山海关过大凌河以后，在壮阔背景中抒发旅愁乡思。王国维《人间词话》云："'明月照积雪'，

'大江流日夜'，'中天悬明月'，'长河落日圆'，此中境界，可谓千古壮观。求之于词，唯纳兰性德塞上之作如《长相思》之'夜深千帐灯'、《如梦令》之'万帐穹庐人醉，星影摇摇欲坠'，差近之。"

至于崛起北地的明代前七子领袖李梦阳，清初岭南三大家屈大均、陈恭尹、梁佩兰，被赞为"香山、放翁后一人而已"的浙江海宁诗人查慎行，被称为"晚清宋诗派代表"的贵州遵义诗人郑珍，兼李白、杜甫、李贺、李商隐之长的浙江镇海诗人姚燮等等，其家乡就在边疆，从刻画家乡山水反映社会现实，其题材之广是不言而喻的。

写东南海疆的诗歌，由来已久。特别值得一提的是明代中叶反映倭寇侵扰的作品。归有光的《甲寅十月纪事二首》、《海上纪事十四首》，表现倭寇侵掠烧杀，而官吏不恤民困，征税抓丁，可与杜甫《三吏》、《三别》并存。戚继光在抗击倭寇，解除东南海患的过程中作了不少诗，如《韬钤深处》、《马上作》、《过文登营》、《望阙台》等，慷慨激昂，洋溢着爱国激情，王世贞称其"师旅之什，发扬蹈厉"，是十分中肯的。

鸦片战争以后，中国人民反帝、反封建的伟大斗争给传统的边塞诗注入新鲜血液。张维屏的《三元里》，张际亮的《定海哀》、《镇海哀》，姚燮的《速速去去五解》、《北村妇》、《山阴兵》，贝青乔的《军中杂咏诗十八首》、《咄咄吟一百二十首》，孙衣言的《哀虎门》、《哀厦门》、《哀舟山》，黄遵宪的《哀旅顺》、《哭威海》、《冯将军歌》，丘逢甲的《澳门杂诗》、《九龙有感》等无数反映沿海一带列强入侵的史诗，既控诉侵略者的暴行，又痛斥清廷腐败，庸臣误国，而对为国捐躯的将士和奋起杀敌的人民群众高唱声彻云霄的赞歌，对国土的沦丧发出悲痛的号呼，唤起同胞收复失地，誓雪国耻。每一篇诗，都形象地体现了炽烈的爱国主义激情。

边塞诗是随着时代的变化、"边塞"的变化而变化的。全国解放，新中国成立，结束了被侵略的历史，中国人民站起来了！近半个世纪以来、特别是自改革开放以来，神州大地发生了除旧布新、脱贫致富、改天换地的巨大变化，但毕竟还有内地与边疆之分，因而边塞诗的历史不但没有结束，而是新的时代、新的边疆呼唤与之相适应的新的边塞诗。

新边塞诗的创作，早在抗日战争和解放战争年代就已经开始了。毛泽东的《念奴娇·昆仑》、《清平乐·六盘山》、《沁园春·雪》等杰作，为新边塞诗的"横空出世"奏响了宏亮的序曲。

1941 年 9 月，林伯渠"约在延安耆老作延水雅集，并成立怀安诗社"，"怀安十老"等老一辈革命家写出了歌咏陕北的诗章。解放以来，支援宁夏、甘肃、内蒙、新疆及其他边疆的开拓者和当地各民族的众多诗人，创作了无数以保卫边疆、开发边疆、建设边疆为主要内容的新的边塞诗。其中有传统诗，也有新诗。闻捷的《天山牧歌》、《复仇的火焰》，贺敬之的《西去列车的窗口》，张志民的《西行剪影》，郭小川的《西出阳关》，李季的《向昆仑》、《石油诗抄》，田间的《天山诗抄》等新诗，朱德、陈毅、董必武、林伯渠、叶剑英、郭沫若、邓拓、常任侠等的传统诗，都为新边塞诗的繁荣起了催化作用。就在这种创作实践的基础上开始了理论建设，1982 年 2 月，周涛发表了《对形成"新边塞诗"

的设想》一文，同年 3 月，新疆师大中文系就"新边塞诗"问题开展学术讨论，接着，《新疆文学》、《阳关》、《诗刊》、《人民文学》、《飞天》、《延河》、《宁夏日报》等报刊相继发表了大量讨论边塞诗和新边塞诗的文章，从而促进了新边塞诗的繁荣和发展。甘肃的《甘肃诗词》、《陇风诗书画》和《飞天》以及《宁夏日报》都辟有诗词专版，新疆的《昆仑诗词》、青海的《昆仑风韵》、广东的《当代诗词》、陕西的《陕西诗词》、乃至《诗刊》的《旧体诗》专栏，都为新边塞诗献出了不少篇幅。西北各地，还出版了新边塞诗选集，如《陇上吟》、《塞上龙吟》、《夏风》、《丝路清韵》、《当代诗人咏宁夏》、《丝绸之路诗词选集》等。个人的新边塞诗也开始结集出版，如秦中吟的《朔方吟草》。特别引人瞩目的是：被誉为甘肃"都江堰"的引大入秦工程总干渠竣工通水之际，工程建设指挥部多次邀请省内外诗人考察采风，诗人们目睹奇景，急挥彩笔，谱写了雄奇壮丽的边塞建设乐章，被结集为《水龙吟》出版。宁夏贺兰山东麓一片亘古荒凉的沙漠上建立了总面积 280 公顷银川植物园，引进、栽培各种植物 1000 种左右，如今已绿树成阴，繁花盛开，呈现出一派旖旎风光。为了使自然景观富有人文内涵，更为了充分发挥诗歌的社会功能和促进新边塞诗的发展，植物园与宁夏诗词学会联合创建"沙海诗林"，已将省内外 150 人的诗词 500 馀首刻石嵌壁，工程还在扩展。这两个典型事例，生动地说明两个问题：第一，没有跨流域调水灌溉的引大人秦工程，就不会有《水龙吟》，没有变沙漠为绿洲的银川植物园的创建，又怎么会有"沙海诗林"？第二，有了引大入秦工程和银川植物园，尽管肯定会有目击者歌咏，然而那是零星的、少量的，而领导者高瞻远瞩，两个文明一起抓，或邀请省内外诗人采风，或向省内外诗人征稿，就立刻掀起新边塞诗创作的新高潮。

"作为观念形态的文艺作品，都是一定的社会生活在人类头脑中的反映的产物"。建国以来、特别是改革开放以来，边疆发生了巨大变化；边防巩固，社会安定，各民族和睦相处，团结互助，工业建设迅猛发展，工厂林立，马达轰鸣；农业建设急起直追，科技种田，兴修水利，改造荒漠，绿树掩映中的塞上新农村禾黍连云，瓜果飘香；开发地下宝藏，钢城、镍都、石油城、……频频出现；交通日益发达，陆运、空运，缩小了与国内、国外的距离，促进了经济、文化交流；商贸、旅游蓬勃开展；学术、文化、教育的普及，提高了国民的文化素质、思想境界和道德水平，而高科技的普遍应用和各类专业人才的培养、重用，更使各条战线上的建设如虎添翼；引水、绿化、环保等各项工程的进展和民族艺术的繁荣，使边疆各地各以其独特的自然风光、民族风情和音乐、舞蹈焕发奇异的魅力，美化人们的心灵；……这一切，都是几千年历史上不曾有过的，是"新"的。从自然风光、社会生活到人们的精神风貌，都是"新的"。以新头脑、新观念反映新边塞，自然就有了新边塞诗。再加上领导者的重视和提倡，新边塞诗的空前繁荣和发展，是大有希望的。

有人提出这样的疑问和回答：

当代边塞诗还能像盛唐边塞诗那样炫人眼目、动人心魄吗？——很难，恐怕不可能。

这是一位久居边塞、也写边塞诗的诗人提出来的，完全出于善意。提出之后自己分析"恐怕不可能"的各种原因，也极有见地。但这绝对不是荣古虐今，给新边塞诗泼冷水；相反，是给新边塞诗人一种棒喝和鞭策。

盛唐边塞诗之所以"那样炫人眼目，动人心魄"，其原因应从多方面探索，就其比较明显的而言：一、盛唐时代，大唐帝国空前强大，文治武功盛极一时，经济空前高涨，文化空前繁荣，但仍有边患，国威远扬而边战频繁的客观现实激发了知识分子从军报国、建功立业的壮志豪情，慷慨出塞，久参戎幕，饱览边地风光，深入边塞生活；二、这是空前开放的时代，文网甚宽，名教束缚大解，在热爱、弘扬汉文化传统的同时，对外来文化、西域文化和一切新鲜事物，热切地吸收和消化，大胆地革新和创造；三、有了前两条，再加上以诗赋取士，知识分子从童年开始即读诗、学诗、作诗，不断提高诗艺，因而从《诗经》以来积累了丰富创作成果、创作经验和艺术技巧的中华诗歌，进入了成熟和鼎盛的黄金时期，攀上了光辉的高峰。论诗人，名家辈出，灿若群星；论作品，百花盛开，飘香吐艳。而盛唐边塞诗中最辉煌的篇章，就出于扬旗出塞、安边报国的高适、岑参、王维、王昌龄等第一流名家之手。这些名家以开放的心态，开阔的胸襟，远大的目光，安边的壮志，报国的豪情，精湛的诗艺，深厚的文化素养及其对边疆文化、边地风光和一切新鲜事物的向往，在边塞诗的创作中显示了惊人的艺术才华。

前两点，当代诗人并不缺乏，或者远胜于盛唐；而第三点，却有点问题。也就是说：当代诗歌创作的总体水平与盛唐相比，究竟如何？当代边疆各民族诗人（包括边防战士）

和到边疆采风的诗人所具备的各种条件与盛唐边塞名家所具备的条件相比，究竟如何？一般地说，今人远胜于古人，但在诗歌创作、边塞诗创作这个具体问题上作一些分析比较，却有助于明确努力的方向。

"五四"以来的新诗只不过有几十年的历史；而传统诗歌则长期受到压抑，陷入低谷，直到改革开放以来才蓬勃发展，作品数量虽已多得惊人，但从总体上看，艺术质量还有待于逐步提高。

我们正处在改革开放、彻底改变落后面貌、建设现代化强国的伟大时代。这个伟大时代需要以其优秀诗篇充分体现时代精神的杰出诗人；如果还没有这样的杰出诗人，也会逐渐创造出来。这是毫无疑义的。问题在于不能等待时代来创造，而要适应时代的需要发挥主观能动性，高标准，严要求，不断加强和提高作为当代杰出诗人应有的各种修养、各种素质。

盛唐边塞诗的确是个高峰。但盛唐诗人如果不是在学习传统的基础上大胆创新，就不会出现这个高峰。当代边塞诗人也必须在认真学习传统的同时大胆创新，不仅写出新边塞的"新"，而且生动、完美地表现出不同边疆的独特的"新"，形成独特的艺术风格、艺术流派，诸如甘肃边塞诗派、青海边塞诗派、宁夏边塞诗派、新疆边塞诗派等等。这样，边塞诗史上就不仅会出现新的高峰，而且将高峰迭起，蔚为壮观。

前面已经涉及，我们的新边塞诗有其独特的优势：一、边塞"新"；二、领导重视；三、除盛唐边塞诗人所掌握的诗歌体裁而外，又增加了词、曲、自度曲和"五四"以来的新诗，更便于从不同角度、不同侧面表现多种题材；四、各个边疆都拥有众多长期生活、工作、战斗在那里的各民族诗人，各就切身体验写出了不少优秀诗篇，出版了各种新边塞诗集。明确方向，继续努力，新边塞诗的奇峰就会从新边疆的地面上喷涌而出，由低而高、高插云表。

宁夏有雄奇瑰丽的自然景观和人文景观，由于领导的提倡和宁夏诗词学会的组织，新边塞诗的创作蓬勃开展，其作品已选编了好几个专集，产生了广泛影响。1995年秋，以继承和发扬边塞诗传统、反映和讴歌新边疆为议题，在银川召开了全国第八届中华诗词研讨会，有关论文和诗词，又由宁夏诗词学会结集出版。有目共睹，宁夏诗词学会为新边塞诗的繁荣和发展做出了卓越贡献。目前，又在组织力量，编辑一部高品位的《中华当代边塞诗词精选》。秦中吟同志嘱我写序，我尽管久居长安，既未能遍历边塞，写出像样的边塞诗，又未曾与边塞诗友切磋诗艺，交换意见，要写这篇序，是比较困难的。但又感到这是一个光荣任务，因而不揣谫陋，欣然应命。任务之所以光荣，在于新边疆的各项建设在改革开放的春风中迅猛发展，迫切地要求新边塞诗迅猛发展、日趋成熟；而这部选集的出版，必将在促进新边塞诗迅猛发展、日趋成熟方面发挥积极作用。

（原载《中华当代边塞诗词精选》，宁夏人民出版社1998年出版）

论素质教育与中华诗词进校园

众所周知，世界上有不少文明古国衰落了，灭亡了，而中国这个文明古国却抗击了无数次外来侵略，至今仍巍然屹立于世界民族之林，并且焕发青春，犹如旭日东升，光芒四射。最根本的原因，就是中华民族有其坚不可摧的民族凝聚力。而这种坚不可摧的民族凝聚力主要来源于中华民族强烈的爱国主义精神。从这一意义上说，爱国主义教育的确是素质教育的灵魂，不容忽视。

进行爱国主义教育有很多渠道，但在从小学到大学到攻读硕士、博士学位的整个教育过程中注意文理渗透、加强传统文化的学习，熟读历代诗歌精品，并且学会诗词创作，应该是切实可行的重要渠道。

中华民族的强烈的爱国主义精神，是在几千年传统文化的熏陶中培育起来的。而享有世界声誉的中华诗歌，则是中华文化的精华。中华诗歌，更早的且不去说，只从《诗经》算起，至今已有三千多年的光辉历史。在这三千多年的历史长河中，论诗人则名家辈出，灿若群星，屈原、杜甫、关汉卿都被世界和平理事会推举为"世界文化名人"，蜚声四海；论诗作则名篇纷呈，争奇斗丽，其中的无数优秀篇章，具有永恒的艺术魅力，至今脍炙人口，成为中国人民乃至全世界人民的精神财富。

我国早在先秦时期就提倡"诗教"，即以诗歌为教材来教育人，《诗经》就是孔子教学生的课本。孔子教人，主张"兴于诗"（《论语·泰伯》）。包咸对"兴于诗"的解释是："兴，起也，言修身当先学诗。"（何晏《论语集解》引）作为杰出的教育家，孔子十分强调学诗的好处，他对学生们说：何莫学夫诗！诗，可以兴，可以观，可以群，可以怨。（《论语·阳货》）这种产生于2500年以前的"兴观群怨"说，至今还被诗论家所引用，认为它对诗歌的社会功用作出了相当全面的概括。"可以观"，指可以从诗歌中观察人生、观察社会，是讲诗歌的智育功用。白居易举例解释说："闻《蓼萧》之诗，则知泽及四海也；闻《华黍》之咏，则知时和岁丰也；闻《北风》之言，则知威虐及人也；闻《硕鼠》之刺，则知重敛于下也；闻'广袖高髻'之谣，则知风俗奢荡也；闻'谁其获者妇与姑'之言，则知征役之废业也。故国风之盛衰，由斯而见也；王政之得失，由斯而闻也；人情之哀乐，由斯而知也。"（《策林六十九》）的确，《诗经》以来的优秀诗篇都以其浓烈的诗情和鲜明的画景反映了社会生活、政教得失、人民哀乐和时代的风云变化。二千多年的中华诗歌，既是二千多年的"诗史"，又是中华民族的社会史、文化史和心灵史。系统地研读三千多年的诗歌精品，有助于认识中华历史，认识中华文化，认识中华民族精神，从而真正了解我们的"国情"，从事继往开来的伟大事业。

"可以兴"、"可以群"、"可以怨"，指的是诗歌的德育功用。白居易在《读张籍古乐府》中列举张籍的不同诗作所起的不同德育作用："读君《学仙诗》，可讽放佚君；读君《董公诗》，可诲贪暴臣；读君《商女诗》，可感悍妇仁；读君《齐勤诗》，可劝薄夫淳。上可裨教化，舒之济万民；下可理情性，卷之善一身。"又在《和答诗十首》中说他写赠元稹的诗可以"张正气而扶壮心"。

　　中国诗论家早就提出了"诗言志"、"诗缘情"的主张。言志，要求表现崇高的志；缘情，要求表达真挚的情。中国的方块汉字，一字一音而音有平仄，通过协调平仄可以使诗的语言具有音乐性。用具有音乐性的语言抒发崇高真挚的情志，就能创作出"声情并茂"的华章。"声情并茂"，这是中华诗歌最根本的审美因素。再加上其他许多审美因素，诸如语言的精炼、生动、形象，赋、比、兴和象征、拟人、烘托、暗示、跳跃等手法的运用，炼字、炼句与炼意的统一，对偶与散行的综错，章法结构的谨严与变化，以及情景交融的意境创造等等，就使得中华诗歌具有浓烈的艺术感染力，既有智育、德育功用，又有美育功能。而中华诗歌的智育、德育功用正由于与美育功用相结合，所以才能充分发挥，使读者于审美享受中潜移默化，陶冶性情，提高认识水平和精神境界。

　　屈原以来的历代杰出诗人，都是民族精英。经邦济世，富民强国，乃是他们的共同之志。表现于不同诗篇的不同主题，诸如忧民忧国，匡时救世，针砭时弊，关怀民瘼，抨击强暴，抵御外侮，力除腐恶，崇尚廉明，反对守旧，要求变革，追求富强康乐，向往和平幸福，乃至热爱真理，赞美正直善良的品德，歌颂祖国的名山胜水，抒发纯真的乡情亲情友情，以及公而忘私、国而忘家、捐躯报国、舍生取义等等，无不凝聚着中华民族精神、闪耀着爱国主义光芒。应该特别注意：并不是只有直接表现爱国主题的诗才能培养爱国情感，例如李白的《静夜思》"床前明月光，疑是地上霜。举头望明月，低头思故乡"，所表现的是思念故乡的深情；但当你久居异国之时读这首诗，就会立刻唤起对祖国的忆念和眷恋。又如孟郊的《游子吟》："慈母手中线，游子身上衣。临行密密缝，意恐迟迟归。谁言寸草心，报得三春晖！"赞颂了春晖般普博温暖的母爱，寄托了子女们欲报亲恩于万一的心愿，感人肺腑。读这首诗，首先可以培养热爱父母的情感；而爱亲正是爱国的基础，古代"求忠臣于孝子之门"，就是这个道理。相反，一个连抚育他的父母都不爱、不养的人，怎能指望他爱国、报国？至于直接表现忧国、报国、坚持民族气节、反抗外敌侵略、恢复失地、还我河山激情的爱国诗歌，如"岂曰无衣？与子同袍。王于兴师，修我戈矛"（《诗经·唐风·无衣》）；"带长剑兮挟秦弓，身首离兮心不惩。诚既勇兮又以武，终刚强兮不可凌"（屈原《国殇》）；"名编壮士籍，不得中顾私。捐躯赴国难，视死忽如归"（曹植《白马篇》）；"时危见臣节，世乱识忠良。捐躯报明主，身死为国殇"（鲍照《代出自蓟北门行》）；"忘身辞凤阙，报国取龙庭"（王维《赴赵郡督代州得青字》）；"骏马似风飙，鸣鞭出渭桥。弯弓辞汉月，插羽破天骄"（李白《塞下曲》）；"相看白刃血纷纷，死节从来岂顾勋"（高适《燕歌行》）；"裹疮犹出阵，饮血更登陴。忠信应难敌，坚贞谅不移"（张巡《守睢阳作》）；"天地日流血，朝廷谁请缨？济时敢爱死，寂寞壮心惊"（杜甫《岁暮》）；"报国心皎洁，念时涕汍澜"（韩愈《龊龊》）；"昔贤多使气，忧国不谋身"（刘禹锡《效阮公体》）；"伏波惟愿裹尸还，定远何须生入关。莫遣只轮归海窟，仍留一剑定天山"（李益《塞下曲》）；"弓背霞明剑照霜，秋风走马入咸阳。未收天子河湟地，不拟回头望故乡"（令狐楚《少年行》）；"愿将此身长报国，何须生入玉门关"（戴叔伦《塞上曲》）等等，可以看出从先秦到晚唐，爱国诗歌异彩纷呈，催人奋进。

北宋开国，不断遭受西夏、辽、金侵略，失地赔款，直至汴京沦陷，宋室南渡，北中国落入金人统治。南宋小朝廷以妥协投降换取苟安，终为元军所灭。因此。激昂悲壮的爱国诗歌，始终是宋代。特别是南宋诗歌的主旋律。如"神兵十万忽乘秋，西碛妖氛一夕收。……莫道无人能报国，红旗行去取凉州"（王诘《闻种谔米脂川大捷》）；"会挽雕弓如满月，西北望，射天狼"（苏轼《江城子·密州出猎》）；"生当作人杰，死亦为鬼雄。至今思项羽，不肯过江东"（李清照《夏日绝句》）；"积忧全少睡，经劫抱长饥。欲逐范仔辈，同盟起义师"（吕本中《兵乱后杂诗》）；"群盗纵横，逆胡猖獗。欲挽天河，一洗中原膏血"（张元干《石州慢·己酉秋吴兴舟中》）；"尧之都，舜之壤，禹之封。于中应有，一个半个耻臣戎"（陈亮《水调歌头·送章德茂大卿使虏》）等等，都表现了收复失地，恢复统一的渴望。至于岳飞、陆游、辛弃疾、文天祥，则都横戈跃马，亲身参与了卫国、救国的战斗，爱国激情饱和在他们的整个生命里，喷薄而出，洋溢于全部诗词。如"叹江山如故，千村寥落。何日请缨提锐旅，一鞭自指清河洛"（岳飞《满江红·登黄鹤楼有感》）；"待从头收拾旧山河，朝天阙"（岳飞《满江红·写怀》）；"呜呼楚虽三户能亡秦，岂有堂堂中国空无人"（陆游《金错刀行》）；"平生铁石心，忘家思报国"（陆游《太息》）；"死去原知万事空，但悲不见九州同。王师北定中原日，家祭无忘告乃翁"（陆游《示儿》）；"道男儿到死心如铁，看试手，补天裂"（辛弃疾《贺新郎·同父见和，再用韵答之》）；"马作的卢飞快，弓如霹雳弦惊。了却君王天下事，赢得生前身后名"（辛弃疾《破阵子·为陈同甫赋壮词以寄》）；

"人生自古谁无死，留取丹心照汗青"（文天祥《过零丁洋》）等名句和他们的许多爱国诗词，在19世纪以来反帝国主义列强侵略的伟大斗争中发挥了鼓舞士气的巨大作用。

鸦片战争以来，帝国主义列强不断侵略，使独立的中国沦为半封建半殖民地的中国，不甘屈服于帝国主义及其走狗的中国人民进行了一系列可歌可泣的反帝反封建的革命斗争。龚自珍、魏源、林则徐、张维屏、张际亮、朱琦、贝青乔、金和、黄遵宪、康有为、梁启超、谭嗣同、严复、林纾、蒋智由、丘逢甲、秋瑾等无数诗人的诗歌，抨击侵略者，痛斥投降派，讴歌抗敌英烈，呼吁救亡图存，都是进行爱国主义教育的好教材。读黄遵宪的《台湾行》、丘逢甲的"四百万人同一哭，去年今日割台湾"（《春愁》）及秋瑾的"拼将十万头颅血，须把乾坤力挽回"，犹令人感奋不已！

从童年开始长期受中华诗词熏陶的人，中华民族精神必然饱和于他的全身血液，即使久居海外，仍然心系祖国。近20年来多次回国讲学的不列颠哥伦比亚大学终身教授、加拿大皇家学院院士叶嘉莹先生的一首诗说得好："构厦多材岂待论，谁知散木有乡根。书生报国成何计？难忘诗骚李杜魂。""诗"指《诗经》，"骚"指包括《离骚》在内的《楚辞》，"李"指李白，"杜"指杜甫。"诗骚李杜魂"，就是中华民族精神的凝聚。叶教授的"乡根"之所以深深地扎入中华大地的沃壤，时时不忘"报国"，正由于"诗骚李杜魂"与她自己的心灵融合无间。由此可见，让中华诗词在素质教育中充分发挥作用，是应该提上议事日程，并付诸实践的时候了。

这一点中央领导为我们作出了表率。江泽民同志日理万机，但不仅自己挤时间阅读诗词，创作诗词，而且多次讲话，大力提倡。1995年6月下旬在吉林视察时，欣然与《吉林日报》记者谈诗。他说："唐代是诗歌创作的高峰；到晚唐，词开始兴起，宋代达到鼎盛时期。所以，我们习惯说'唐诗宋词'。我每次外出，总要带几本诗词，夜间临睡前读上几首。"（《中华诗词》总第22期《喜读江泽民总书记为〈长白山诗词选〉所作七绝二首》）。1996年12月16日，江泽民同志在第六次全国文代会、第五次作代会上的讲话中指出："文艺是民族精神的火炬，是人民奋进的号角。中华民族，是以诗经、楚辞、唐诗、宋词、元曲和明清小说为人类文明画廊增加辉煌的民族，是产生了屈原、李白、关汉卿、曹雪芹这些世界文化名人的民族……"1999年2月20日晚，江泽民同志亲临北京音乐厅，同首都一千多名观众一起欣赏了"中国唐宋名篇音乐朗诵会"的演出，在会见演创人员时指出："中国的古典诗词博大精深，有很多传世佳作，它们内涵深刻，意存高远。也包含很多哲理。学一点古典诗文，有利于陶冶情操，加强修养，丰富思想……增加民族自信心和自豪感。"（《光明日报》1999年2月21日第一版）十分清楚，总书记是从提高文化素质、思想道德素质的高度提倡阅读诗词、创作诗词的。

唐代"以诗取士"，此后的科举考试，命题作诗是重要内容之一，那时候，老师在启蒙教育后不久就教学生作诗。废科举以后，教学生作诗的传统并没有立刻终止。就是说，在漫长的历史时期，诗词是从学校走向社会的。至于学校里只讲课本上选入的一些诗词作品，却不教学生如何作，考试时也没有关于诗词的命题，因而学生们连讲过的那些诗词也不认真读，这只是近几十年来的情况。有鉴于此，有识之士乘全面实施素质教育的东风，提出了"诗词进校园"的口号，应当说。这反映了一种远见卓识。

"诗词进校园"，一是读，二是作。不作光读，收效不大。作，当然应该循序渐进。在小学低年级，应先对对子，比如老师出"绿野"（仄仄），学生们可对"蓝天"（平平）、"白云"（仄平）、"碧空"（仄平）"彤云"（平平）、"红霞"（平平）等等，然后由老师讲评，很容易提起学生的兴趣。由简单到复杂，由对一两个词到对一两个句子，到了初中、高中阶段，就可以轻易地学会作绝句、作律诗、作词、作各种古体诗了。到了大学，特别是大学文科，就可搞诗词研究、诗词朗诵、诗词创作竞赛等等，既丰富课外文化生活，又寓德育、智育于美育，从多方面收到素质教育的效果。"五四"新文化运动以前，我国历代知识分子以富民强国为本职，而以诗文为"馀事"，所以并无专业诗人。"五四"以后逐渐有了专业诗人，但最杰出的诗人如毛泽东、叶剑英、陈毅、闻一多、郭沫若等等，则并不以作诗为专业。"诗词进校园"以后各种专业的学生都学会作诗，将来在富民强国的各种工作岗位上触景抒情、感物言志，就会创作出情景交融、反映时代、体现民族精神的好诗，非脱离现实、无病呻吟的"诗人"所能望其项背。

（原载《东南大学学报（社科版）》2000 年第 3 期）

简论近体诗格律的正与变

编者按：这是一篇极有分量的精彩学术论文，凝聚了著名学者、教授、诗人、诗论家霍老松林孜孜穷年的研究成果和矻矻实践的创作心得。文章以大量名家名篇名句为例，充分论证了近体格律诗的"正体"与"变体"，持之有故，言之成理，说服力很强。此论既具理论学术价值，又具创作指导意义，极有助于今人解放思想，实事求是，增进对诗词格律的正确理解和科学运用，以提高创作质量，促进中华诗词的合理改革与振兴。文章虽长，但很好读，无论诗词家和初学者都会得到教益。故予分期转载，特向读者推荐。

内容提要：近体诗格律的"正体"是根据部分有代表性的作品概括出来的。唐代杰出诗人既创作了符合正体的辉煌篇章，也往往为了更好地表现特定情景或避免圆熟而突破正体，追求新变。清人针对这种不合"正体"的"变"提出了"拗救"说，的确有贡献；但远不足以解释所有变态。何况对于"正体"来说，"拗"而不"救"是"变"，"拗"而能"救"也是"变"。新时期以来近体诗创作十分活跃，却过分拘守格律，知正而不知变。本文的撰写意在提供借鉴，或有助于创作质量的提高。

《唐代文学研究年鉴》（霍松林主编，陕西人民出版社出版）1983年卷的"唐代文学研究笔谈"一栏中，发表过我的一篇短文，题为《"断代"的研究内容与"非断代"的研究方法》。其中说：

> "断代"的研究内容不宜用"断代"的研究方法。就研究唐诗说，不应割断它与唐以前、唐以后诗歌发展的联系，尤其不应忽视唐诗与今诗的联系。具体地说，研究唐诗的人也应该研究"五四"以来的诗歌发展史，研究新时期诗歌创作的成败得失及发展前途。

王充说过"知古不知今，谓之陆沉。"（《论衡·谢短篇》）这里的"陆沉"，指泥古而不合时宜。只研究唐诗而不同时了解并且关心当前诗歌创作的状况，其泥古而不合时宜，就很难避免。我国古代的杰出学者评论前代诗歌，都既了解当时诗歌创作的实际，又着眼于当时诗歌创作水平的提高。例如钟嵘，他在《诗品》里论述了自汉至梁一百多位诗人及其诗作的优劣，阐明了重"风力"、重自然而不轻视词采的正面主张；而对"理过其辞，淡乎寡味"的玄言诗及当时堆砌典故、片面追求声律的诗风，则给予中肯的批评，切中时弊。

改革开放以来，不仅"五四"以来的新诗创作标新领异，热闹非凡；而且被冷落多年的传统诗词也焕发出勃勃生机，诗会、诗社、诗刊、诗报有如雨后春笋，不断破土而出，遍及神州大地。近几年逐渐由社会延伸到各类学校，许多大学、中学也纷纷建诗社、出诗刊；而《青年诗词选》《大学生诗词选》《中学生诗词选》一类的出版物，也层出不穷，方兴未艾。这种十分可喜的现状，研究唐诗和历代诗歌的专家们，无疑应给予热情的关注。

从当前诗坛的实际情况看，如果说新诗创作的偏向是过分脱离传统；那么传统诗歌创作的局限，则是过分拘守格律，知正而不知变。近十多年来，传统诗、词、曲各体尽管都被运用，但比较而言，普遍运用的还是五、七言律、绝，也就是唐人所谓的"近体诗"。因此，本文以《简论近体诗格律的正与变》为题，试图为当前的近体诗创作提供借鉴。

律诗、绝句定型于初唐（当然个别合律的诗唐以前就出现了），故唐人把这一套诗体叫"近体"，而把旧有各体叫"古体"。从"永明体"肇始，经过无数诗人的创造而建立起来、完备起来的近体诗，是汉语优点的充分发扬，是诗歌传统经验的总结和提高。"四声"虽然是南齐永明时期的沈约等人提出来的，但一字一音而音有平仄，却是方块汉字固有的特点。因此，早在三千年前的《诗经》中，就往往出现声调和谐的句子，即后人所谓的"律句"。就第一篇《关雎》看，如"参差荇菜，左右流之；窈窕淑女，寤寐求之"，如果把"窕"换成平声字，则四句诗完全"合律"。《楚辞》也如此，如《离骚》开头的"帝高阳之苗裔兮，朕皇考曰伯庸"，其中的"高阳""苗裔"和"皇考""伯庸"，正好是平仄相对的四个节，也"合律"。到了汉魏五言诗，如曹植的"驱马过西京"王粲的"回首望长安"等完全合律的句子更多，无烦详举。构成律绝的要素之一，"平仄律"就这样逐渐形成了。单音节的汉字每一个字都有形有音有义。就字义说，"天"与"地"，"高"与"下"，"多"与"少"，"贫"与"富"，"红"与"绿"，"男"与"女"，以此类推，每一个字都可以找到一个乃至好多个字与它对偶，更妙的是其平仄也往往是相对的。构成律诗的另一要素"对偶律"，就这样逐渐形成了。律绝之所以或为五言，或为七言，是因为五言诗、七言诗的创作已有悠久历史，取得了丰富的成功经验。经验证明：五、七言句最适于汉语单音节、双音节的词灵活组合，也最适于体现一句之中平（扬）仄（抑）音节相间的抑扬律。而且，五、七言句既不局促，又不冗长，因字数有限而迫使作者炼字、炼句、炼意，力求做到"以少总多"，"词约意丰"。绝句定型为四句，是由于四句诗恰恰可以体现章法上的起承转合，六朝以来的四句小诗已开先河。律、绝的平仄律不外三个要点：一、本句之中平仄音节相间；二、两句（一联）之间平仄音节相对；三、两联之间平仄音节相黏。而由四句两联构成的绝句，恰恰体现了这三条规律，从而组合成完整的声律单位。律诗每首八句，从声律上说，是两首绝句的衔接，前首末句与后首起句"相黏"，从而黏合为一个完整单位；从章法上说，每首四联，也适于体现起承转合、抑扬顿挫的变化；首尾两联对偶与否不限，中间两联对偶，体现了骈散结合的优势，视觉上的对仗工丽与听觉上的平仄调谐强化了审美因素；偶句一般押平声韵（绝句有押仄韵的），首句可押可不押。总之，五、七言律、绝充分体现了汉语独有的许多优点，兼备多种审美因素，是最精美的诗体。初唐以来的杰出诗人运用这一套诗体创作了无数声情并茂的佳作，由于篇幅简短，篇有定句，句有定字，字有定声以及对偶、黏对的规范，一读便能记诵，因而流传最广，影响深远。

　　近体诗定型，人们都那么作，清代以前，未见有平仄谱之类的书流传。清初王渔洋著有《律诗定体》，分"五言仄起不入韵""五言仄起入韵""五言平起不入韵""五言平起入韵""七言平起不入韵""七言平起入韵""七言仄起不入韵""七言仄起入韵"八式，每式选一首最标准的诗，旁边用平、仄、可平可仄几种符号标明，略有文字解说。我童年学诗，家父就是选出平起、仄起、首句入韵、首句不入韵等式最标准的唐诗让我背诵以代平仄谱的。近十多年来，讲诗词格律的小册子很多，大都列出最标准的平仄谱，个别可平可仄的则用符号圈出。关于律绝，也有讲到"拗救"的，但讲得极简略，远远未能概括唐人近体诗的实际情况。由于主张舍平水韵而按普通话读音押新韵的人越来越多，所以许多诗刊、诗报的主编便不约而同地提出："押韵可以放宽，平仄必须从严。"理由是：律诗、绝句是严格的格律诗，格律（主要是平仄）必须严守。因此，品评一首律诗或绝句，不看意境如何，首先从平仄上挑毛病。某句拗一字，便说此句不合律；上句拗，下句救，就说两句都不合律。这种现状，是很不利于律绝创作健康发展的。

"文成法立"，律、绝的所谓"正体"或"定体"，是根据部分有代表性的作品概括出来的，不一定完全符合所有作品。在诗人们有了共识之后，也往往会突破这种"正体"。突破"正体"的原因不一而足，就其重要者而言，首先是为了更好地表现内容。形式是为表现内容服务的，当特定的形式不适于表现特定内容的时候，就必须突破形式，这是人所共知的规律。平仄"正体"属于形式范畴，为更好地抒情达意而突破平仄"正体"，就出现了所谓"拗"。其次，老按"正体"作诗，时间既久，就给人以"圆熟"之感，有胆识的诗人往往有意用"拗字"、作"拗句"，创造一种生新峭拔的音调，有助于表现特定的情思。宋人范晞文注意到这一点，他在《对床夜语》中曾以杜甫的诗句为例，中肯地指出："五言律诗固要帖妥，然帖妥太过，必流于衰。苟时能出奇，于第三字下一拗字，则帖妥中隐然有峻直之风。"其实，唐人为了避免"帖妥太过而流于衰"，往往不止"下一拗字"，而是一首之中拗数字、数句乃至失对失黏的情况都屡见不鲜。求变求新，也是诗歌创作的规律。杜甫曾说"遣词必中律"，"文律早周旋"，"诗律群公问"，可见他是最懂"律"的。又说他"晚节渐于诗律细"，其晚年所作七律组诗《诸将五首》、《咏怀古迹五首》，特别是《秋兴八首》，格高调谐，垂范百代，的确达到了"诗律细"的极致。但他同时又突破格律，七言拗律的创作层见叠出，千变万化，至《白帝城最高楼》而攀上了艺术创新的高峰。由此可以推想，杜甫所说的"诗律"，兼包诗歌创作的艺术规律和我们所说的"格律"，律、绝的"格律"从属于诗歌创作的艺术规律，而不是相反，应是硬道理。

所谓"拗救"，是后人根据唐诗的某些具体诗句概括出来的。王力先生在《汉语诗律学·序》中说："在没有看见董文焕的《声调四谱图说》以前，我自己就不知道律诗中有所谓拗救（更正确地说，我从前只知有'拗'而不知有'救'）。"其实，早在董文焕之前约二百年，王渔洋在《律诗定体》中于"好风天上至"句下说："如'上'字拗用平，则第三字必用仄救之。"赵执信《声调谱》和翟翚《声调谱拾遗》都主要谈古体诗声调，但也各举五律、七律、七绝的例子讲了"拗救"。董文焕的《声调四谱图说》五言古诗五卷，七言古诗五卷，五言律诗一卷，七言律诗一卷，仍以论古体诗声调为主；但五律、七律毕竟各占一卷，选诗较多，讲"拗救"也较详。王力先生在《汉语诗律学》中用二十二节论近体诗，讲"拗救"占了一节。他博取前人成果，益以自己的研究心得，对"拗救"举例既多，论述之详也超越前人。

如果说律绝的"正体"是近体诗格律的"正"，那么平仄方面的"拗"对于近体诗的平仄律来说，就是突破，就是"变"；"拗救"的提出和研究成果无疑是一种贡献，但"拗"而不"救"的情况在《全唐诗》中又随处可见，不胜枚举。"拗"而不"救"，当然是"变"；"拗"而相"救"，也同样是"变"。

如果从包罗近五万首诗的《全唐诗》中选取几十个例子说明"拗"，读者会认为那只是个别现象，不能说明问题。因此，我主要将取例的范围限于沈德潜《唐诗别裁集》中的近体诗。沈德潜是格调派的首领，如果以重格调为选诗标准之一的《唐诗别裁集》尚不能排除大量突破平仄"正体"的佳作，那就足以说明近体诗格律的"变"是一种值得注意的普遍趋向。

先谈"平平仄平仄"和"仄仄平平仄平仄"。

近体诗的句式两音为一节，句末一音为一节，双音节的第二音为节奏点，决定音节的平仄。按定式，音节的平仄是相间的，例如五言的"平平仄仄平"，七言的"仄仄平平仄仄平"。既如此，那么"平平仄平仄"，前两节都成了平节；"仄仄平平仄平仄"，二、三两节都成了平节，这当然不合律，但这种句式唐人却运用得十分广泛。1987年新疆青少年出版社出版了《丝绸之路诗词选集》，收了我的几首诗，其中一首七律的尾联本来是"莫谓西陲固贫瘠，要将人巧破天悭"，上句用了"仄仄平平仄平仄"这种句式，"固"与"天悭"
照应，两句诗表达了人定胜天的企冀；而编者认为不合律，
改得不成样子。知正而不知变，此即一例。

《唐诗别裁集》选五律四百多首，含"平平仄平仄"句
式的诗就有百余首；有许多首，一首中出现两次。而且，出
现这种句式的，几乎都是名篇。例如王勃《送杜少府之任蜀
州》中的"无为在歧路"，杨炯《从军行》中的"宁为百夫长"，
骆宾王《在狱咏蝉》中的"无人信高洁"，沈佺期《杂诗》
中的"谁能将（去声）旗鼓"，宋之问《登禅定寺阁》中的"开
襟坐霄汉"，张说《深渡驿》中的"他乡对摇落"，张九龄《望
月怀远》中的"情人怨遥夜"，王维《辋川闲居赠裴秀才迪》
中的"寒山转苍翠"、《过香积寺》中的"泉声咽危石"、
《送平淡然判官》中的"黄云断春色"、《送杨长史赴果州》
中的"褒斜不容幰"、《汉江临泛》中的"襄阳好风日"、《登
裴迪秀才小台作》中的"遥知远林际"、《观猎》中的"回
看射雕处"，孟浩然《寻天台山》中的"高高翠微里"、《过
故人庄》中的"开轩面场圃"、《宿桐庐江寄广陵旧游》中
的"还将两行泪"，李白《赠孟浩然》中的"红颜弃轩冕"、
《渡荆门送别》中的"仍怜故乡水"、《太原早秋》中的"思
归若汾水"，杜甫《房兵曹胡马诗》中的"骁腾有如此"、《画
鹰》中的"何当击凡鸟"、《春宿左省》中的"明朝有封事"、
《天末怀李白》中的"凉风起天末"、《不见》中的"匡山
读书处"、《登岳阳楼》中的"昔闻洞庭水"，刘长卿《逢
郴州使因寄郑协律》中的"相思楚天外"，钱起《送僧归日本》
中的"惟怜一灯影"，韦应物《淮上喜会梁州故人》中的"何
因不归去"，郎士元《送李将军赴邓州》中的"双旌汉飞将"，

白居易《河亭晴望》中的"明朝是重九"，温庭筠《商山早行》中的"因思杜陵梦"，马戴《落日怅望》中的"孤云与归鸟"、《楚江怀古》中的"猿啼洞庭树"，郑谷《乱后途中忆张乔》中的"伤心绕村路"，杜荀鹤《春宫怨》中的"年年越溪女"等，从初唐至晚唐，不胜例举。

　　"平平平仄仄"这种句式每首五律中只有两句，而《唐诗别裁集》入选五律两句俱拗为"平平仄平仄"者不下十首，也多是名篇。如岑参《陕州月城楼送辛判官入奏》第三句为"尊前遇风雨"，第七句为"相思灞陵月"；李白《过崔八丈水亭》第三句为"檐飞宛溪水"，第七句为"闲随白鸥去"；杜甫《春日忆李白》第三句为"清新庾开府"，第七句为"何时一尊酒"；《月夜》第三句为"遥怜小儿女"，第七句为"何时倚虚幌"等等。

　　《唐诗别裁集》入选的七律、七绝也多有"仄仄平平仄平仄"这种句式。七律如杜甫《秋兴八首》中的"西望瑶池降王母"、《咏怀古迹五首》中的"庾信平生最萧瑟"、《诸将五首》中的"多少材官守泾渭"，七绝如王维《送沈子福之江东》中的"唯有相思似春色"，王之涣《凉州词》中的"羌笛何须怨杨柳"，李白《越中怀古》中的"宫女如花满春殿"等，略举数例，以见一斑。

　　对于"拗救"，王力先生《汉语诗律学》的阐释是："诗人对于拗句，往往用'救'。拗而能'救'，就不为'病'。所谓'拗救'，就是上面该用平的地方用了仄声，所以在下面该仄的地方用平声，以为抵偿；如果上面该仄的地方用了平声，下面该平的地方也用仄声以为抵偿。拗救大约可以分为两类：1.本句自救，例如在同一个句子里，第一字该平而用仄，则第三字该仄而用平；2．对句相救，例如出句第三字该平而用仄，则对句第三字该仄而用平。"抵偿"的说法极通达，但上"拗"下"救"，出句某字"拗"对句同位置的字"救"，则不能概括所有的情况。例如前面所讲的"平平仄平仄"、"仄仄平平仄平仄"这种句式，按王渔洋、董文焕等人的解释，就是"仄平仄"原该是"平仄仄"，倒数第二字该仄而用平，便将上一个该平的字改为仄以救之，这就成了下拗上救。其他如王维《晚春》首句"二月湖水清"，孟浩然《临洞庭上张丞相》首句"八月湖水平"这样的句式，本该作"仄仄仄平平"，按董文焕的解释，第四字该平而仄，拗了，于是将第三字本该用仄者改用平声，也是下拗上救。至于对句拗救不一定都在相同位置的情况，下文将有所涉及。

五律的基本句式是：仄仄平平仄，平平仄仄平，平平平仄仄，仄仄仄平平。七律只须在上面加一个平仄相反的音节（例如在仄仄前加平平），下五字是相同的。从音律上说，律诗是两首绝句的衔接。这四种句式的后三字是："平平仄"、"仄仄平"、"平仄仄"、"仄平平"。唐人作古体诗为了避免近体诗的音调，特别注意在句尾用"平平平"、"仄仄仄"、"仄平仄"、"平仄平"。因此，一般认为律、绝句尾出现"平平平"、"仄仄仄"、"仄平仄"、"平仄平"，就是严重的失律。其实，这四种"三字尾"，仅在《唐诗别裁集》中就不少见。句尾为"仄平仄"的例子，前面已谈过不少。现在看看"仄平仄"、"平仄平"在一联诗中同时出现的情况。先谈五律，后谈七律。

王维《终南别业》中的"行到水穷处，坐看云起时"，可谓脍炙人口，但因为是名家名句，一般人就忽略了它是否合律。出句的平仄定式是"仄仄平平仄"，第一字当然可用平，但第三字该用平而用了仄声的"水"，就是"拗"；对句的平仄定式是"平平仄仄平"，现在为了"救"出句的"拗"，便把该用仄声字的第三字改用平声的"云"。于是出句句尾便为"仄平仄"，对句句尾便为"平仄平"。在"拗救"说出现以前，读者自然认为这两句都不合律。然而仅在《唐诗别裁集》入选的五律中，例子就很多，这里只举若干名句以概其余：如王维《登裴迪秀才小台作》"落日鸟边下，郊原人外闲"；孟浩然《早寒有怀》"木落雁南渡，北风江上寒"；岑参《送杜佐下第归陆浑别业》"夫子且归去，明时方爱才"；李白《金陵》"地即帝王宅，山为龙虎盘"；杜甫《天末怀李白》"鸿雁几时到，江湖秋水多"；戴叔伦《汝南逢董校书》"对酒惜余景，问程愁乱山"；张籍《夜到渔家》"行客欲投宿，主人犹未归"；温庭筠《商山早行》"槲叶落山路，枳花明驿墙"；许浑《送客归湘楚》"秋色换归鬓，曙光生别心"；赵嘏《东归道中》"风雨落花夜，山川驱马人"；杜荀鹤《春宫怨》"风暖鸟声碎，日高花影重"；韦庄《延兴门外作》"马足倦游客，鸟声欢酒家"；张嫔《登单于台》"白日地中出，黄河天上来"等。在这些拗救联中，有些对句第一字用了仄声字，如不将应为仄声的第三字改用平声字，则此句犯"孤平"。因此，对句第三字仄易平，既是句内"救"，又救了出句第三字的"拗"。

在一联诗中兼有"仄平仄"脚和"平仄平"脚的七律，《唐诗别裁集》选了晚唐诗人许浑的《咸阳城东楼》。其中的颔联"溪云初起日沉阁，山雨欲来风满楼"，就用的是这种句式。他的《登故洛阳城》颔联"水声东去市朝变，山势北来宫殿高"，《隋宫怨》尾联"草生宫阙国无主，玉树后庭花为谁"，也由于善用这种奇峭的句式表现独特的情景而引人注目，被张为收入《诗人主客图》。与许浑同时的赵嘏，也以善用这种句式而出名。他的七律《长安秋望》的颔联"残星几点雁横塞，长笛一声人倚楼"曾受到杜牧的激赏，"吟味不已，因目嘏为'赵倚楼'"。

由于许浑、赵嘏的这几联诗很出名，一般认为这种句式是他们创始的，其实盛唐时代的王维已有"雨中草色绿堪染，水上桃花红欲燃"的名句。杜甫运用这种句式尤其频繁，例如《至后》颔联"青袍白马有何意，金谷铜驼非故乡"；《所思》颈联"可怜怀抱向人尽，欲问平安无使来"；《九日》颔联"苦遭白发不相放，羞见黄花无数新"；《将赴成都草堂途中作先寄严郑公五首》之五颈联"侧身天地更怀古，回首风尘甘息机"；《十二月一日三首》之二颔联"负盐出井此溪女，打鼓发船何郡郎"；《寄常征君》颔联"楚妃堂上色殊众，海鹤阶前鸣向人"；《赤甲》颈联"荆州郑薛寄诗近，蜀客郄岑非我邻"；《江雨有怀郑典设》颈联"宠光蕙叶与多碧，点注桃花舒小红"；《滟滪》颔联"江天漠漠鸟双去，风雨时时龙一吟"；《七月一日题终明府水楼二首》之二颈联"可怜宾客尽倾盖，何处老翁来赋诗"；《简吴郎司法》颔联"古堂本买藉疏豁，借汝迁居停宴游"；《覃山人隐居》颔联"征君已去独松菊，哀壑无光留户庭"等都见于晚年作品，也许正是"诗律细"的一种体现。

在"拗救"说出现以前，这一种句式的佳联都被认为"拗"，也就是不合律。请看宋人胡仔《苕溪渔隐丛话前集》中的一段：

　　《苕溪》云："鲁直换字对句法，如'只今满坐且尊酒，后夜此堂空月明'；'清谈落笔一万字，白眼举觞三百杯'；'田中谁问不纳履，会上适来何处蝇'；'秋千门巷火新改，桑柘田园春向分'；'忽乘舟去值花雨，寄得书来应麦秋'。其法于当下平字处以仄字易之，欲其气挺然不群。前此未有人作此体，独鲁直变之。"苕溪渔隐曰："此体本出于老杜，如'宠光蕙叶与多碧，点注桃花舒小红'；'一双白鱼不受钓，三寸黄柑犹自青'；'外江三峡且相接，斗酒新诗终日疏'；'负盐出井此溪女，打鼓发船何郡郎'；'沙上草阁柳新暗，城边野池莲欲红'。似此体甚多，聊举此数联，非鲁直变之也。余尝效此体作一联云：'天连风色共高远，秋与物华俱老成。'今俗谓之拗句者是也。"

　　《苕溪》所举黄鲁直（山谷）五联，一、四、五联皆是这种句式，二、三两联对句合，出句不合。胡仔所举杜甫五联，一、三、四、五联皆合，第二联对句合，出句不合。他自己作的一联全合，但他明确地说："今俗谓之拗句者是也。"

　　江西诗派奉杜甫为"一祖"，胡仔认为山谷"此体本出于老杜"，确切无疑。山谷不仅学老杜的这种"拗句"，而且更多地学老杜的拗律。据统计，老杜七律一百五十九首，拗体二十首；山谷七律三百十一首，拗体多达一百五十三首，竟占总数之半。他这样用力于拗句拗体，是有独特的艺术理念的，那就是：在格调上力避圆熟，追求峭拔脱俗的独特风格。

五律、五绝"平平平仄仄，仄仄仄平平"和七律、七绝"仄仄平平平仄仄，平平仄仄仄平平"这种定式，如果五言出句第三字、七言出句第五字"拗"，就出现了三仄脚"仄仄仄"；如果对句同位置的字"救"，就出现了三平脚"平平平"。拗而不救，即句尾为"仄仄仄"的情况极普遍，现从《唐诗别裁集》部分名篇中举一小部分例句。五律如李隆基《送贺知章》中的"寰中得秘要"，王绩《野望》中的"东皋薄暮望"，苏味道《正月十五夜》中的"金吾不禁夜"，杜审言《和晋陵陆丞早春游望》中的"云霞出海曙"，沈佺期《送金城公主适西番应制》中的"银河属紫阁"，崔湜《折杨柳》中的"年华妾自惜"，张说《和魏仆射还乡》中的"秋风树不静"，张九龄《湖口望庐山瀑布水》中的"奔流下杂树"，崔颢《送单于裴都护赴西河》中的"单于莫近塞"，王维《送梓州李使君》中的"山中一夜雨"、《送丘为落第归江东》中的"怜君不得意"、《初出济州》中的"微官易得罪"、《使至塞上》中的"征蓬出汉塞"，孟浩然《晚春》中的"林花扫更落"、《宿桐庐江寄广陵旧游》中的"风鸣两岸叶"，常建《破山寺后禅院》中的"清晨入古寺"，贾至《南州有赠》中的"停杯试北望"，岑参《虢州送天平何丞入京市马》中的"知君市骏马"，王湾《次北固山下》中的"潮平两岸失"，李白《太原早秋》中的"霜威出塞早"、《送鞠十少府》中的"碧云敛海色"，杜甫《春宿左省》中的"星临万户动"、《捣衣》中的"亦知戍不返"、《送远》中的"亲朋尽一哭"、《野望》中的"清秋望不极"、《泊岳阳城下》

中的"图南未可料"，刘长卿《余干旅舍》中的"孤城向水闭"、《碧涧别墅喜皇甫侍御相访》中的"荒村带晚照"、《送侯侍御赴黔中充判官》中的"猿啼万里客"，钱起《送征雁》中的"秋空万里静"，韦应物《淮上喜会梁州故人》中的"浮云一别后"，李商隐《落花》中的"断肠未忍扫"，杜荀鹤《春宫怨》中的"承恩不在貌"等。五绝如卢照邻《曲池荷》中的"浮香绕曲岸"，崔颢《长干曲》中的"停舟暂借问"，王维《息夫人》中的"看花满眼泪"，李白《独坐敬亭山》中的"相看两不厌"，杜甫《归雁》中的"春来万里客"、《八阵图》中的"江流石不转"等。七律如沈佺期《古意》中的"谁为含愁独不见"，王维《和贾至舍人早朝大明宫之作》中的"朝罢须裁五色诏"，杜甫《送韩十四江东觐省》中的"此别应须各努力"、《咏怀古迹》中的"怅望千秋一洒泪"，元稹《遣悲怀》中的"今日俸钱过十万"等。七绝如张说《送梁六至洞庭山》中的"闻道神仙不可接"，张籍《秋思》中的"复恐匆匆说不尽"等。

　　比较而言，由"仄仄平平平仄仄"这种定式拗第五字而形成的三仄脚，出现的频率较小；而由"平平平仄仄"拗第三字而出现的三仄脚，则出现的频率极高，似乎唐人根本不以为病，所以一般也不"救"。这种三仄脚如果"救"，对句就出现了三平脚。出句句尾仄仄仄，对句句尾平平平，给人的感觉不是"救"好了，而是显得更"拗"了。因此，有时在一联诗中不得已用了三平脚，而出句则不用三仄脚，代之以"仄平仄"。例如王维《少年行》中的"天子临轩赐侯印，将军佩出明光宫"；杜甫《崔氏东山草堂》"爱汝玉山草堂静，高秋爽气相鲜新"等。当然，出句句尾仄仄仄、对句句尾平平平的例子还是有的，如王维《酌酒与裴迪》中的"草色全经细雨湿，花枝欲动春风寒"；李白《听蜀僧濬弹琴》中的"蜀僧抱绿绮，西下峨眉峰"；杜甫《北风》中的"十年杀气尽，六合人烟稀"，《秦州杂诗二十首》之十一中的"萧萧古塞冷，漠漠秋云低"，《题省中壁》中的"落花游丝白日静，鸣鸠乳燕青春深"，《暮归》中的"客子入门月皎皎，谁家捣练风凄凄"；韦应物《简卢陟》中的"可怜白雪曲，未遇知音人"；韩愈《城南联句》中的"琉璃剪木叶，翡翠开园英"、"遥岑出寸碧，远目增双明"等，比较罕见。

"仄仄平平仄，平平仄仄平"这种定式的变化颇多，前面讲出句句尾为"仄平仄"、对句句尾为"平仄平"时已经举例说明了一种情况，现在再谈其他变化。

出句如果拗第四字，变成"仄仄平仄仄"，对句并不在第四字救，而在第三字救，变成"平平平仄平"（句首的平当然可用仄），仍从《唐诗别裁集》中举例，如白居易《赋得古原草送别》中的"野火烧不尽，春风吹又生"，曾受到顾况的激赏，历代传诵，至今脍炙人口。其他如王维《归嵩山作》中的"流水如有意，暮禽相与还"；孟浩然《裴司士见寻》中的"落日池上酌，清风松下来"；岑参《送杜佐下第归陆浑别业》中的"正月今欲半，陆浑花未开"《陕州月城楼送辛判官入奏》中的"送客飞鸟外，城头楼最高"；柳宗元《入黄溪闻猿》中的"溪路千里曲，哀猿何处鸣"；王贞白的《秋日旅怀寄右省郑拾遗》中的"永夕愁不寐，草虫喧客庭"；齐己《秋夜听业上人弹琴》中的"万物都寂寂，堪闻弹正声"等。以上诸例中有对句第一字用仄声字的，其第三字仄易平，不仅"救"出句第四字，而且本句自"救"，否则便犯"孤平"。出句拗第四字，也有对句不救而仍用正式的，如李白《过崔八丈水亭》中的"高阁横秀气，清幽并在君"等。

五律"仄（可平）仄平平仄"这种句式中的两个平如果全拗为仄，则对句"平平仄仄平"一般要保留"仄平"脚，只改第一个仄为平以救之，与"仄仄平仄仄"的救法同。仍以见于《唐诗别裁集》者为限举部分例子，如孟浩然《与诸子登岘山》"人事有代谢，往来成古今"；岑参《初授官题高冠草堂》"三十始一命，宦情多欲阑"；杜甫《蕃剑》"致此自僻远，又非珠玉妆"，《孤雁》"孤雁不饮啄，飞鸣声念群"，《送远》"草木岁月晚，关河霜雪清"；李商隐《落花》"高阁客竟去，小园花乱飞"，《登乐游原》"向晚意不适，驱车登古原"；马戴《落日怅望》"临水不敢照，恐惊平昔颜"；于武陵《东门路》"白日若不落，红尘应更深"；周朴《董岭水》"禹力不到处，河声流向西"；许棠《野步》"闲赏步易远，野吟声自高"；崔涂《除夜有感》"渐与骨肉远，转于僮仆亲"等。也有对句不救，仍用定式的，如王维《寻天台山》"吾爱太乙子，餐霞卧赤城"；齐己《早梅》"万木冻欲折，孤根暖独回"等。

由这种五仄句（第一字可平可仄，仅第一字用平声，全句仍为三仄节）构成的一联诗，不仅本身具有波峭的音调和情致，而且往往在全首诗中发挥强化艺术表现力的作用。在贾岛的五律中，我最喜欢《忆江上吴处士》一首。可《唐诗别裁集》未选，录如下：

闽国扬帆去，蟾蜍缺复圆。

秋风吹渭水，落叶满长安。

此地际会夕，当时雷雨寒。

兰桡殊未返，消息海云端。

首联写吴处士扬帆去闽已久，次联写眼前情景，乃传诵名句，三联五仄句如奇峰突起，音响凄异，恰切地表现了饯别之夕雷雨交加、寒意袭人的情景；而"此地"回应"长安"，"际会"反跌尾联的"兰桡未返"，极具艺术魅力。

这一联句式，也有对句五字全平的，如白居易《题玉泉寺》首联"湛湛玉泉色，悠悠浮云身"。王维《终南别业》首联"中岁颇好道，晚家南山陲"，对句第一字虽仄，但此处本来可平可仄，全句仍等于五平。

最近读到一篇短文，斥责杜牧竟然写出"南朝四百八十寺"这样不合格律的句子，令人啼笑皆非。唐人五律，五仄句不少见，杜牧这个引出"多少楼台烟雨中"的名句，不就是在五仄句前加了一个平节吗？而且，对句第五字易仄为平，不正是"救"了出句的"拗"，与五仄句的"救"法相同吗？杜牧的这种句式及其"拗救"法，宋代诗人仍在运用，如黄山谷《寄黄几复》中的"持家但有四立壁，治病不蕲三折肱"；楼钥《顷游龙井》中的"水真绿净不可唾，鱼若空行无所依"；梅尧臣《东溪》中的"情虽不厌住不得，薄暮归来车马疲"；陈师道《绝句》中的"书当快意读易尽，客有可人期不来"；方岳《梦寻梅》中的"马蹄践雪六七里，山觜有梅三四花"等。

在七律中，还有出句除韵脚外六字全仄，对句七字全平的，见于崔橹《长安即事》的首联。这首诗写寒食（一百五日）将届时的物候旅情，颇别致，录如下：

> 一百五日又欲来，梨花梅花参差开。
> 行人自笑不归去，瘦马独吟真可哀。
> 杏酪渐香邻舍粥，榆烟将变旧炉灰。
> 画楼春暖清歌夜，肯信愁肠日九回？

近体诗前一联对句和后一联出句的第二字平仄相同，叫作"黏"，即把两联诗黏合起来，这是"正"；与此相反，第二字平仄相异，这是"变"，今人认为这是严重的失律，称为"失黏"。其实，唐代诗人并不认为这是什么"失"，前后两联不相黏的情况较普遍，而且多见于历代传诵的名篇。仍以《唐诗别裁集》为限，举部分例子。五律如卢照邻《春晚山庄率题》前二联"田家无四邻，独坐一园春。莺啼非远树，鱼戏不惊纶"（〇代平，●代仄）；陈子昂《晚次乐乡县》前二联"故乡杳无际，日暮且孤征。川原迷旧国，道路入边城"；张九龄《折杨柳》前二联"纤纤折杨柳，持此寄情人。一枝何足贵，怜是故园春"；王维《使至塞上》前二联"单车欲问边，属国过居延。征蓬出汉塞，归雁入胡天"等。五绝如虞世南《咏蝉》"垂緌饮清露，流响出疏桐。居高声自远，非是藉秋风"；崔国辅《魏宫词》"朝日点红妆，拟上铜雀台。画眉犹未了，魏帝使人催"；崔颢《长干曲》"君家住何处，妾住在横塘。停舟暂借问，或恐是同乡"；王维《临高台送黎拾遗》"相送临高台，川原杳无极。日暮飞鸟还，行人去不息"，《鹿柴》"空山不见人，但闻人语响。返景入深林，复照青苔上"，《辛夷坞》"木末芙蓉花，山中发红萼；涧户寂无人，纷纷开且落"，《杂咏》"君自故乡来，应知故乡事。来日绮窗前，寒梅着花未"；李白《静夜思》"床前明月光，疑是地上霜。举头望明月，低头思故乡"；韦应物《秋夜寄丘员外》"怀君属秋夜，散步咏凉天。山空松子落，幽人应未眠"；柳宗元《江雪》"千山鸟飞绝，万径人踪灭。孤舟蓑笠翁，独钓寒江雪"；贾岛《寻隐者不遇》"松下问童子，言师采药去。只在此山中，云深不知处"；王建《新嫁娘》"三日入厨下，洗手作羹汤。未谙姑食性，先遣小姑尝"等。七律如宋之问《嵩山石淙侍宴应制》前两联"离宫秘苑胜瀛洲，别有仙人洞壑幽。岩边树色含风冷，石上泉声带雨收"；王维《和太常韦主簿五郎温泉寓目》二、三联"青山尽是朱旗绕，碧涧翻从玉殿来。新丰树里行人度，小苑城边猎骑回"《和贾至舍人早朝大明宫之作》后两联"日色才临仙掌动，香烟欲傍衮龙浮。朝罢须裁五色诏，珮声归到凤池头"，《积雨辋川庄作》前两联"积雨空林烟火迟，蒸藜炊黍饷东菑。漠漠水田飞白鹭，阴阴夏木啭黄鹂"，《送方尊师归嵩山》二、三联"山压天中半天上，洞穿江底出江南。瀑布杉松常带雨，夕阳彩翠忽成岚"；高适《送前卫县李寀少府》前两联"黄鸟翩翩杨柳垂，春风送客使人悲。怨别自惊千里外，论交却忆十年时"，《夜别韦司士》二、三联"只言啼鸟堪求侣，无那春风欲送行。黄河曲里沙为岸，白马津边柳向城"；岑参《奉和杜相公发益州》二、三联"朝登剑阁云随马，夜度巴江雨洗兵。山花万朵迎征盖，川柳千条拂去旌"，《九日使君席钱卫中丞赴长水》前两联"节使横行西出师，鸣弓擐甲羽林儿。台上霜风凌草木，军中杀气傍旌旗"；李白《登金陵凤凰台》前两联"凤凰台上凤凰游，凤去台空江自流。吴宫花草埋幽径，晋代衣冠成古丘"，《别中都明府兄》前两联"吾兄诗酒继陶君，试宰中都天下闻。东楼喜奉连枝会，南陌愁为落叶分"；杜甫《城西陂泛舟》前两联"青蛾皓齿在楼船，横笛短箫悲远天。春风自信牙樯动，迟日徐看锦缆牵"，《宾至》二、三联"岂有文章惊海内，漫劳车马驻江干。竟日淹留佳客坐，百年粗粝腐儒餐"，《咏怀古迹五首》之二前两联"摇落深知宋玉悲，风流儒雅亦吾师。怅望千秋一洒泪，萧条异代不同时"；钱起《赠阙下裴舍人》前两联"二月黄鹂飞上林，春城紫禁晓阴阴。长乐钟声花外尽，龙池柳色雨中深"；韦应物《自巩洛舟行入黄河即事寄府县僚友》前两联"夹水苍山路向东，东南山豁大河通。寒树依微远天外，夕阳明灭乱流中"；皇甫曾《秋夕寄怀契上人》二、三联"真仙出世心无事，静夜名香手自焚。窗临绝涧闻流水，客至孤峰扫白云"；卢纶《夜投丰德寺谒液上人》三、四联"野鹤巢边松最老，毒龙潜处水偏清。愿得远公知姓字，焚香洗钵过浮生"；司空曙《长安晓望寄程补阙》三、四联"天净笙歌临路发，日高车马隔尘行。独有浅才甘未达，多惭名在鲁诸生"；刘禹锡《荆州道怀古》二、三联"马嘶古道行人歇，麦秀空城野雉飞。风吹落叶填空井，火入荒陵化宝衣"；罗隐《曲江春感》二、三联"高阳酒徒半凋落，终南山色空崔嵬。圣代也知无弃物，侯门未必用非才"等。七绝如张敬忠《边词》"五原春色旧来迟，二月垂杨未挂丝。即今河畔冰开日，正是长安花落时"；王维《送元二使安西》"渭城朝雨浥轻尘，客舍青青柳色新。劝君更尽一杯酒，西出阳关无故人"，《送沈子福之江东》"杨柳渡头行客稀，罟师荡桨向临圻。唯有相思似春色，江南江北送君归"；岑参《碛中作》"走马西来欲到天，辞家见月两回圆。今夜不知何处宿，平沙万里绝人烟"；贾至《西亭春望》"日长风暖柳青青，北雁归飞入窅冥。岳阳楼上闻吹笛，能使春心满洞庭"，《巴陵与李十二裴九泛洞庭》"枫岸纷纷落叶多，洞庭秋水晚来波。乘兴轻舟无近远，白云明月吊湘娥"；贺知章《回乡偶书》"离别家乡岁月多，近来人事半销磨。唯有门前镜湖水，春风不改旧时波"；李白《上皇西巡南京歌》之一"莫道君王行路难，六龙西幸万人欢。地转锦江成渭水，天回玉垒作长安"，之二"剑阁重关蜀北门，上皇归马若云屯。少帝长安开紫极，双悬日月照乾坤"；韦应物《滁州西涧》"独怜幽草涧边生，上有黄鹂深树鸣。春潮带雨晚来急，野渡无人舟自横"；皇甫冉《答张继》"怅望南徐登北固，迢遥西塞阻东关。落日临川问音信，寒潮唯带夕阳还"；李益《春夜闻笛》"寒山吹笛唤春归，迁客相逢泪满衣。洞庭一夜无穷雁，不待天明向北飞"；柳宗元《柳州二月》"宦情羁思共凄凄，春半如秋意转迷。山城过雨百花尽，榕叶满庭莺乱啼"等。在五律、七律中，还有一首诗中两处失黏的。五律如陈子昂《送别崔著作东征》：

金天方肃杀，白露始专征。
王师非乐战，之子慎佳兵。
海气侵南郡，边风扫北平。
莫卖卢龙塞，归邀麟阁名。

一、二联失黏，三、四联也失黏。七律如杜审言《春日京中有怀》：

今年游寓独游秦，愁思（去声）看春不当春。
上林苑里花徒发，细柳营前叶漫新。
公子南桥应尽兴，将军西第几留宾。
寄语洛城风日道，明年春色倍还人。

一、二联与三、四联俱失黏。又如王维《春日与裴迪过新昌里访吕逸人不遇》：

桃源一向绝风尘，柳市南头访隐沦。
到门不敢题凡鸟，看竹何须问主人。
城上青山如屋里，东家流水入西邻。
闭户著书多岁月，种松皆作老龙鳞。

一、二联失黏，三、四联失黏。又如王维《出塞》：

居延城外猎天骄，白草连天野火烧。
暮云空碛时驱马，秋日平原好射雕。
护羌校尉朝乘障，破虏将军夜度辽。
玉靶角弓珠勒马，汉家新赐霍嫖姚。

第一联与第二联失黏，第二联与第三联失黏。又如李白《别中都明府兄》：

吾兄诗酒继陶君，试宰中都天下闻。
东楼喜奉连枝会，南陌愁为落叶分。
城隅渌水明秋日，海上青山隔暮云。
取醉不辞留夜月，雁行中断惜离群。

第一联与第二联失黏，第二联与第三联失黏。

以上仅是《唐诗别裁集》近体诗中部分失黏的例子，就有这么多，而且其中多是名家的名篇，自唐代至今，多获好评，从无"失律"的讥议。当代诗坛以"失黏"为不合格律，绝不准在作品中出现，究竟有何根据呢？

在近体诗的一联中，出句和对句的第二字平仄不是相对而是相同，叫"失对"。在唐人绝句中，"失对"的情况也时有所见，失对之处，往往又是佳句所在。仍以《唐诗别裁集》为限，举例说明。例如崔颢的名作《长干曲二首》之二结尾的"同是长干人，自小不相识"失对，而这是回答前一首"停舟暂借问，或恐是同乡"的，全诗精彩，全由此出。李白作《静夜思》"举头望明月，低头思故乡"失对，然而望月思乡的无限深情，正是从"举头""低头"的神态中表现出来的，不失对，就不可能有这样千秋万代打动亿万游子心灵的佳句。杜秋娘的《金缕词》以"劝君莫惜金缕衣，劝君惜取少年时"引出"有花堪折直须折，莫待无花空折枝"的深情叮嘱，没有重复出现的"劝君"，怎能有如此浓郁的艺术效果？其他如崔国辅《魏宫词》前两句"朝日点红妆，拟上铜雀台"失对；王维《山中》后两句"山路元无雨，空翠湿人衣"失对；王建《新嫁娘》前两句"三日入厨下，洗手作羹汤"失对；王维《少年行》前两句"新丰美酒斗十千，咸阳游侠多少年"失对；李白《送孟浩然之广陵》前两句"故人西辞黄鹤楼，烟花三月下扬州"失对；《横江词》前两句"横江馆前津吏迎，向余东指海云生"失对，然而都与另两句完美结合而成独具魅力的杰作，至今传诵不衰。

"拗律"不能作为"失对"的依据。唐人正律中"失对"

者较少。《唐诗别裁集》入选的正律，找不到失对的例子；但读唐人全集，正律失对也偶有所见。仅从杜甫全集看，如《忆弟二首》之二首联"且喜河南定，不问邺城围"；《寄赠王十将军承俊》首联"将军胆气雄，臂悬两角弓"；《人日二首》之一首联"春日春盘细生菜，忽忆两京全盛时"；《愁》首联"江草日日唤愁生，春峡泠泠非世情"；《见萤火》首联"巫山秋夜萤火飞，疏帘巧入坐人衣"；《十二月一日》首联"今朝腊月春意动，云安县前江可怜"等皆失对。

"平平仄仄平"的第一字和"仄仄平平仄仄平"的第三字如果"拗"为仄，则全句除了韵脚，就只剩一个平，因而谓之"孤平"。王力先生在《汉语诗律学》中说："孤平是诗家之大忌，我们曾在一部《全唐诗》里寻觅犯孤平的诗句，结果只找到了两个例子：'醉多适不愁'（高适《淇上送书司仓》）；'百岁老翁不种田'（李颀《野老曝背》）。即使我们有所遗漏，但是，犯孤平的句子少到几乎找不着的程度，已经足以证明它是诗人们极力避忌的一种形式。"《全唐诗》中近体诗犯孤平的远远不止两处，但在总数中所占比例极小，说明唐人的确忌犯孤平。"孤平"既不可犯，就得有变通的办法，那就是"拗救"。"平平仄仄平"的第一字如果不得已拗用仄，则将第三字改平以救之；"仄仄平平仄仄平"如果第三字不得已拗为仄，则将第五字改用平以救之。这样，全句除韵脚外还有两个平，就不算"犯孤平"了。《全唐诗》中的近体诗，不难看出：完全符合"平平仄仄平"、"仄仄平平仄仄平"这种定式的诗句，其实只是一小部分，大部分则是"拗救"的变式。"平平仄仄平"的"拗救"句式是"仄平平仄平"，这是句内自救。"平平仄仄平"的出句"仄仄平平仄"如果第三字拗为仄，则须将下句第三字改为平，这样，下句就变为"平平平仄平"。如李白《秋思》"海上碧云断，单于秋色来"，杜甫《送远》"带甲满天地，胡为君远行"等，其例甚多。既如此，"平平仄仄平"这种正式就有"仄平平仄平"和"平平平仄平"两种变式，不犯孤平也没有什么困难。王力先生说他们只从《全唐诗》中找到两个"犯孤平"的句子，当然是把"拗救"的两种句式都视为不犯孤平的。

前面大致谈论了近体诗平仄律的正与变；下面再就近体诗对偶律的正变略作说明。

读《全唐诗》中的五律、七律，可以看出中间两联讲对仗的占大多数；后人据此作出"五七言律诗中间两联必须对偶"的结论，当然是不错的。但应该注意：这也是有正有变的，必要的时候可以适当灵活，不必死守。

一种变式是：首联对仗，次联散行。五律如李隆基《送贺知章》"遗荣期入道，辞老竟抽簪。岂不惜贤达？其如高尚心"；王勃《送杜少府之任蜀川》"城阙辅三秦，风烟望五津。与君离别意，同是宦游人"；卢照邻《关山月》"塞垣通碣石，虏幛抵祁连。相思在万里，明月正孤悬"；宋之问《晚泊湘江》"五岭栖迟地，三湘憔悴颜。况复秋雨霁，表里见衡山"；张说《和魏仆射还乡》"富贵还乡国，光华满旧林。秋风树不静，君子叹何深"；孟浩然《寻梅道士》"彭泽先生柳，山阴道士鹅。我来从所好，停策夏阴多"；李白《口号赠征君卢鸿》"陶令辞彭泽，梁鸿入会稽。我寻《高士传》，君与古人齐"；《送友人》"青山横北郭，白水绕东城。此地一为别，孤蓬万里征"；杜甫《一百五日夜对月》

"无家对寒食，有泪如金波。斫却月中桂，清光应更多"；高适《独孤判官部送兵》"饯君嗟远别，为客念周旋，征路今如此，前军犹渺然"；郎士元《送钱大》"暮蝉不可听（去声），落叶岂堪闻。共是悲秋客，那知此路分"；王贞白《题严陵钓台》"山色四时碧，溪光七里清。严陵爱此景，下视汉公卿"；白居易《寄题余杭郡楼兼呈裴使君》"官历二十政，宦游三十秋。江山与风月，最忆是杭州"，《别州民》"耆老遮归路，壶浆满别筵。甘棠无一树，那得泪潸然"；杜牧《长安月》"寒光垂静夜，皓彩满重城。万国尽分照，谁家无此明"等。仇兆鳌《杜诗详注》卷四于杜甫《一百五日夜对月》诗后引《梦溪笔谈》云："此诗次联不拘对偶，疑非律体；然起二句明系对举，谓之'偷春格'，如梅花偷春色而先开也。"仇氏又说："此诗一、二对起，三、四散承，用'偷春格'也，初唐人常有之。"其实初唐常有，盛唐亦多，大历以后，仍有继者。由于首联对起，次联散承，三联又对偶，易生文情跌宕之致，故用此格者多佳什。

又一种变式是隔句对，又叫扇对或扇面对，即第一句与第三句对仗、第二句与第四句对仗。早在《诗经·小雅·采薇》中已经出现的"昔我往矣，杨柳依依；今我来思，雨雪霏霏"这种隔句对，唐宋人律诗也偶然运用。如杜甫《哭台州郑司户苏少监》中的"得罪台州去，时危弃硕儒；移官蓬阁后，谷贵没潜夫"；白居易《夜闻筝中弹潇湘送神曲感旧》"缥缈巫山女，归来七八年；殷勤湘水曲，留在十三弦"；郑谷《寄裴晤员外》"昔年共照松溪影，松折碑荒僧已无；今日重思锦城事，雪消花谢梦何殊"；苏轼《用前韵再和许朝奉》"邂逅陪车马，寻芳谢朓州；凄凉望乡国，得句仲宣楼"等。这种扇对用于四联律诗，必是第一、第二两联；用于长篇排律，也可能在中间出现。

第三种变式是一首律诗对仗多于两联。前三联俱讲对仗的五律、七律极常见，不必举例。四联俱讲对仗者较少，五律、七律各举一例。五律如杜审言《除夜有怀》："故节当歌守，新年把烛迎。冬氛恋虬箭，春色候鸡鸣。兴尽闻壶覆，宵阑见斗横。还将万亿寿，更谒九重城。"七律如杜甫《登高》："风急天高猿啸哀，渚清沙白鸟飞回。无边落木萧萧下，不尽长江滚滚来。万里悲秋常作客，百年多病独登台。艰难苦恨繁霜鬓，潦倒新停浊酒杯。"

第四种变式是一首律诗中对仗少于两联，即只有颈联对仗，首联、颔联、尾联皆不对。这种变式，唐诗中数量颇多，仅杜甫秦州诗中就有《送人从军》、《秋日阮隐居致薤三十束》、《从人觅小胡孙许寄》、《雨晴》、《归雁》、《秋笛》、《蕃剑》、《天末怀李白》、《即事》、《废畦》等，只有一联对仗的五律多达十馀首。下面仅举各种唐诗选本都不能不选的几首佳作，以见运用这种变式的诗能够达到多么高的艺术水平：

宋之问《题大庾岭北驿》：

阳月雁南飞，传闻至此回。
我行殊未已，何日复归来？
江静潮初落，林昏瘴不开。
明朝望乡处，应见岭头梅。

张九龄《望月怀远》：

海上生明月，天涯共此时。
情人怨遥夜，竟夕起相思。
灭烛怜光满，披衣觉露滋。
不堪盈手赠，还寝梦佳期。

李白《塞下曲》：

五月天山雪，无花只有寒。
笛中闻折柳，春色未曾看。
晓战随金鼓，宵眠抱玉鞍。
愿将腰下箭，直为斩楼兰。

杜甫《月夜》：

今夜鄜州月，闺中只独看。
遥怜小儿女，未解忆长安。
香雾云鬟湿，清辉玉臂寒。
何时倚虚幌，双照泪痕干。

杜甫《天末怀李白》：

凉风起天末，君子意如何？
鸿雁几时到？江湖秋水多！
文章憎命达，魑魅喜人过。
应共冤魂语，投诗赠汨罗。

岑参《送杜佐下第归陆浑别业》：

> 正月今欲半，陆浑花未开。
> 出关见青草，春色正东来。
> 夫子且归去，明时方爱才。
> 还须及秋赋，莫即隐蒿莱。

崔颢《黄鹤楼》：

> 昔人已乘黄鹤去，此地空余黄鹤楼。
> 黄鹤一去不复返，白云千载空悠悠。
> 晴川历历汉阳树，芳草萋萋鹦鹉洲。
> 日暮乡关何处是？烟波江上使人愁。

杜甫《和裴迪登蜀州东亭送客逢早梅相忆见寄》：

> 东阁官梅动诗兴，还如何逊在扬州。
> 此时对雪遥相忆，送客逢春可自由？
> 幸不折来伤岁暮，若为看去乱乡愁。
> 江边一树垂垂发，朝夕催人自白头。

第五种变式是全首律诗无一联对仗，通体散行。严羽《沧浪诗话·诗体》谓"有律诗彻首尾不对者，盛唐诸公有此体"，其实盛唐以后也有。先看盛唐三首：

孟浩然《洛中送奚三还扬州》：

> 水国无边际，舟行共使风。
> 羡君从此去，朝夕见乡中。
> 予亦离家久，南归恨不同。
> 音书若有问，江上会相逢。

孟浩然《晚泊浔阳望庐山》：

> 挂席几千里，名山都未逢。
> 泊舟浔阳郭，始见香炉峰。
> 尝读《远公传》，永怀尘外踪。
> 东林精舍近，日暮但闻钟。

李白《夜泊牛渚怀古》：

> 牛渚西江夜，青天无片云。
> 登舟望秋月，空忆谢将军。
> 余亦能高咏，斯人不可闻。
> 明朝挂帆去，枫叶落纷纷。

孟浩然以"挂席几千里"开头的一首和李白以"牛渚西江夜"开头的一首，各种分体唐诗选本皆选入五律，诸家评论，备极推崇，历代传诵。下面再看一首中唐作品。

皎然《寻陆鸿渐不遇》：

> 移家虽带郭，野径入桑麻。
> 近种篱边菊，秋来未着花。
> 扣门无犬吠，欲去问西家。
> 报道山中去，归时每日斜。

这四首诗虽然"彻首尾不对"，但平仄都基本合律，所以被称为"散体律诗"。现在不妨举杜甫《白帝城最高楼》为例，看看"拗律"：

> 城尖径仄旌旆愁，独立缥缈之飞楼。
> 峡坼云霾龙虎卧，江清日抱鼋鼍游。
> 扶桑西枝对断石，弱水东影随长流。
> 杖藜叹世者谁子？泣血迸空回白头！

董文焕《声调四谱图说》卷十二录杜甫拗体七律二十七首（另有七言拗体排律一首）。仔细分析，这二十七首诗平仄俱拗，却每首中间两联讲对仗，甚工整，与散体律诗平仄合律而全无对仗者正好相反。

叶嘉莹教授认为杜甫"去蜀入夔"以后的拗律"由尝试而真正达到了一种成熟的境地，以拗折之笔，写拗涩之情，夐然有独往之致，造成了杜甫在七律一体的另一成就，而《白帝城最高楼》一首，就正可以为杜甫成熟之拗律的代表作品"。接下去，她对《白帝城最高楼》作了细致而精辟的分析，然后概括说："像这样的诗，其所把握的，乃是形式与内容相结合的一种原理原则，虽然不遵守格律的拘板的形式，却掌握了格律的精神与重点。"（《杜甫秋兴八首集说》）这是很通达的评论，值得参考。

以上从平仄、对偶两方面简略地考查了近体诗格律在唐人创作中的正与变，试图为当代诗坛的近体诗创作提供借鉴。近体诗在唐人，特别是在以王、孟、高、岑、李、杜为代表的"盛唐诸公"的创作中取得了辉煌成就，这是举世公认的。这成就的辉煌，当然主要不表现在格律方面；然而格律毕竟是近体诗的特征，脱离格律，可能写出绝妙好诗，但不是近体诗。因此，严守格律，完全按"正体"创作的好诗，五律如杜甫的《春望》《春夜喜雨》等篇，七律如杜甫的《秋兴八首》等篇，乃是"正"中之"正"的典范，为后贤所效法。大体上说自《律诗定体》一类的书广泛传播，近体诗格律始严。我的老师们和我青年时代接触过的前辈们，都是按"正体"作律诗、绝句的，我向他们学习，也是按"正体"作律诗、绝句的。当代吟坛要求"平仄必须从严"，也还是这个传统的继承。按"正体"写"正"中之"正"的近体诗，如果学养深厚、技法纯熟、有感而发，当然可以写出形式精美而意境高远的作品来。所以严格地按"正体"创作，仍应受到高度重视。这是我的第一点意见。

唐人绝句本来有古绝、律绝、拗绝三体，较有弹性。五律、七律的"律"，后人认为兼有"格律""法律"的意义，只能严守，不能违反。然而仔细审视唐人的五律、七律，特别是其中的名篇，完全符合后人"正体"的作品，所占比例实在并不大。前面谈近体诗格律的"变"，是从各个角度分别举名篇中的例子说明的，如果合起来看，"变"的程度就更大。仅从谈对仗时录出全篇的几首诗看：宋之问《题大庾岭北驿》只有一联对仗，"明朝望乡处"一句拗；杜甫《月夜》只有一联对仗，"遥怜小儿女""何时倚虚幌"两句拗；杜甫《天末怀李白》只有一联对仗，"凉风起天末"一句拗。再举李白《过崔八丈水亭》为例：

> 高阁横秀气，清幽并在君。
> 檐飞宛溪水，窗落敬亭云。
> 猿啸风中断，渔歌月里闻。
> 闲随白鸥去，沙上自为群。

"高阁横秀气"句"秀"字拗，下句未救，救了也是"变"；"檐飞宛溪水"句"水"前两个平节拗；"闲随白鸥去"句句尾"仄平仄"亦拗。

因此，就当代诗坛的近体诗创作来说，除了学养深厚、技法纯熟、有感而发、自觉自愿地严守格律而能写出好诗者外，与其受格律束缚而窘态毕露，何如适当地放宽格律而力求意境的完美。

其实，像唐诗大家写正体那样扣紧脚镣固然可以跳舞，而且跳得很精彩；但为了跳得更美、更活泼、更妙曼轻盈或更威武雄壮，不是也时常在不同程度上放松脚镣吗？这是我的第二点意见。

"入门须正"。初学作近体诗，必须经过严格的格律训练，等到能够熟练地驾驭格律，再根据创作的实际需要，为了更好地表现内容而适当地突破格律。所谓适当地突破，是指一首诗尽管有拗字、拗句、失黏等等，但应基本合律。必须像杜甫的《月夜》等名篇那样，即使有较大程度的突破，读起来仍然不失近体诗的格调和韵味。初学者如果一上来就放宽格律，便一辈子也入不了近体诗的门。这是我的第三点意见。

至于像杜甫《白帝城最高楼》那样的拗律，并不是随便写出来的。杜甫早年就开始了拗律的尝试，有《郑驸马宅宴洞中》等七律为证，但直到"晚节渐于诗律细"之后，才在夔州创作了包括《白帝城最高楼》在内的若干成熟的拗体七律，对于这些拗律，董文焕《声调四谱图说》卷十二有图有说，虽不一定符合作者的原意，但足以说明通篇的"拗"是确有讲究的。读起来仍有律诗的韵调，再加上工整的对偶，仍不失为七律。因此，我认为今人不必随意拼凑八句完全违反"正体"的诗而自称"拗律"，因为虽然经过赵执信、董文焕等人的努力探索，至今还弄不清"拗律"的"律"究竟是怎么回事。今人作诗，很喜欢自己标明七律、绝句之类的诗体，唐人并非如此。如果不标明自己所作的是"拗律"，自由抒写以求完美地表情达意，而不管作出的是什么诗体，那当然是可以的。在熟练地掌握格律的基础上借鉴唐人的种种"变"，从而适当地放宽格律，有利于当前近体诗创作质量的提高；在熟练地掌握格律的基础上借鉴唐人拗体律诗和散体律诗，力求创造完美的意境而不管写出的是什么诗体，经过长时期的探索、总结逐渐形成一种新的诗体，也不无可能。这是我的第四点意见。

（原载 2003 年第 1 期《文学遗产》，《中华诗词》2003 年 5、6 期转载）

新声韵组诗《金婚谢妻》"附注"及
与《中华诗词》主编的通信

附注：我四十年代上大学时，《中华新韵》已颁布，故作诗偶用新韵，读《唐音阁吟稿》可见。近十多年来提倡用新韵者日众，我作诗按《诗韵新编》押韵也多于往年。当然，海内外老诗人和许多有成就的中青年诗人（如《海岳风华集》诸作者）仍用平水韵，不能强求一律，我自己也并非经常用新韵。问题在于：倘押平水韵，则句中旧读入声的字自然一律按仄声处理；而既按普通话押新韵，则句中旧读入声的字便得一一按普通话读音区别对待，不能新旧夹杂。比如毛泽东诗用平水韵。所以《和柳亚子先生》七律第三句"三十一年还旧国"的平仄是协调的。假如用新韵而用普通话读音衡量此句平仄，便只有一个"旧"字是仄声，连单句的末一个字也成了平声了。因此，我体会到押新韵该用新声。只提倡用新韵，显然是不够的。这组诗用"新声新韵"只是想搞一点试验，得失如何，希望听到各方面的意见。

附：霍松林、杨金亭关于新声新韵的通信

金亭先生如晤：

赐诗极佳，谢谢。奉上近作七首，通过庆金婚追溯数十年苦难历程，而国家之巨变，人民之遭遇，亦约略可见，与假、大、空及口号式颂歌有异。就艺术表现而言，亦有意转

变诗风：(1) 用今语写今事，适当吸收尚有生命力的古人语词乃至典故，互相融合，形成一种明畅而不俚俗的语言风格，与快板，顺口溜，数来宝之类相区别。在今春纪念"五四"的座谈会上屠岸先生曾说"传统诗是文言诗"，一点不假。用今语而不丧失"文言"的韵味，是相当困难的，但仍应设法克服这个困难。(2) 试图既押新韵，又用新声。我手头有《诗韵新编》，即按此《新编》押韵；而旧读入声的字，则查《新华字典》以区分平仄。您多年来积极提倡新韵，对普通话的韵部、平仄很熟悉，请审阅我自称"新声新韵"的这几首诗有无搞错的地方。作传统诗，平水韵还不能硬性禁止。贵州的《爱晚诗词》最近一期发表文章，把我们十几个评委评出的《世纪颂》状元之作斥为不押韵，极嘲讽挖苦之能事，正暴露了作者的浅薄、偏激。那首七律只能说押平水韵，怎能说不押韵？然而作传统诗用新声新韵，肯定是正确的方向。当然，这是方向，还不是现实。要变成现实，必须做较长时期的试验、推广。我的这几首诗，就是搞试验的。您是诗词家，看看这试验如何。如果认为有成功之处，值得发表，就请写一篇短文作一点评论，以示提倡。如无必要，就算了。

现代诗词进校园的可能性很大。一旦进校园，我想老师学生都会讲普通话，干脆用新声新韵，就简单易行。但对中文系学生来说，恐怕还得懂平水韵，懂旧声旧韵，对任何想有较高成就的人来说，也是如此。要不然，就不但不能很好地读唐诗、宋词，连毛泽东的诗，也会像一些人那样读不出韵来，甚至可以说不合平仄。乞回信，顺颂千禧。

霍松林
1999 年 12 月 18 日

　　尊敬的霍老诗翁：

　　您好！请允许我代表编辑部同仁祝贺您和胡主佑教授的金婚之禧！

　　蒙赐大作《七律·金婚谢妻七首》（新声新韵）并来示，拜读再三，喜出望外。首先，大作来得恰逢其时。正在着手编辑中的千禧之年的开卷第一期《中华诗词》，能够得到您这位当代诗词大家的一组力作，以光篇幅，当然是编者的一大快事。何况，刊物得到的确是一组难得的好诗。这个组诗写的虽是夫妻之间的爱情亲情，却从这个贯穿古今诗歌的永恒主题中，开掘出了富于时代感的新意。诗人以"三杯何幸庆金婚"的规定情景为诗的切入点，面对患难扶持、共同度过了半个世纪风雨人生的爱妻，往事萦回，奔涌而来的诗思，沿着抒情主人公夫妻生命之舟所经历的几个漩流险滩，依次展开。诗笔到处，抒情寄慨，通过数十年悲欢历程的回溯，揭示出了老一辈革命知识分子历经劫难，但爱国主义、社会主义信念坚不可摧的人格力量，尤其可贵的是组诗中表现出的这种与时代同步的家国忧患之思，历史沧桑之感，所构成的思想倾向，不是议论说教式的直接倾泻，而是通过赋、比、兴化而用之营造出的意象意境中，自然而然地渗透给读者的，所谓"含不尽之意于言外，使人思而得之"，这正是大家手笔的特征所在。

　　尤其难得的是：这个组诗是《中华诗词》"新声新韵"一栏的奠基之作。当代诗词界呼唤了十多年的诗词声韵改革，目前，还是停留在《平水韵》《词林正韵》的某几个韵部合并调整后，力求韵脚与普通话韵部趋同的阶段。至于平仄声律的运用，依然以古汉语平、上、去、入旧四声为审音用韵标准。所谓严格以现代汉语阴、阳、上、去新四声为审音用韵标准的创作，还多是纸上谈兵。偶尔收到几首这方面的习作，仍多见古今声韵夹杂的现象。即使有的声韵都合格了，又往往苦于诗的意境未能过关。这样的作品发出去，只能给那些反对诗韵改革者以攻击的口实。因此，本刊拟议设立的"新声新韵"一栏，久久未能推出。目前，在编辑部讨论明年刊物栏目的出新问题时，孙轶青会长鼓励我们加大诗韵改革力度：2000 年一定要把《新声新韵》栏目推出。您的这组即将在明年第一期和读者见面的新作，做到了全新的生活题材，严格的律诗格式与现代汉语新声新韵完美和谐的统一，和用旧声韵写出的作品相比，令人读起来更流畅自如、朗朗上口，从而也就更平添了几分诗歌艺术的音乐美。这样，您的这组新声韵力作的发表，将有力地打破所谓"平水韵"是动不得的"祖宗成法"的神话，可以给改革者以鼓舞，给初学者以垂范。相信今后将有更多的新声新韵佳作问世。这对促进新声新韵的推行，对诗教传统的发扬光大，进而推动当代诗词事业的发展，功莫大焉！

　　衷心感谢您对《中华诗词》杂志的支持。

　　谢谢！

杨金亭

1999 年 12 月 26 日

（原载《中华诗词》2000 年第 1 期）

试作新声新韵律绝的体验和感想

《中华诗词》2003 年第 10 期辟"新声新韵"专栏发表了我的 28 首律绝。这批稿子是张结主编处理的，他来函指出了两处不合新声的失误，又要我写篇谈体会的稿子。我即改正失误，写信感谢，并答应写稿。年老而事冗，诗已刊出，文稿还未着笔。

今午收到中华诗词社转来的一封信，是陈明致先生用"中国工程院院士用笺"写给杨金亭、张结两位主编的。开头说："拜读《中华诗词》今年第 10 期霍松林老前辈的新声新韵诗 20 馀首，很觉兴奋。老先生作新声新韵诗有示范和带头作用，值得后辈追随。"接下去，陈先生提出："20 馀首律诗中有几首，敝人读后尚有疑点请教。这都是出在入声字改读新声后产生的。……"

陈先生太客气，他要"请教"的"疑点"，都是毫无疑义的失误；他指出的并不止一点两点，而是好几点。陈先生作为中国工程院院士而热爱中华诗词，赞许新声新韵，并不惜耗费宝贵的时间、精力，一一指出拙作的失误以便及早改正，真使我既由衷感激，又欢欣鼓舞；而谈点体会的激情也油然而生，对张结吟长的承诺也可以兑现了。

我早年喜作长篇古风，尤喜作一韵到底的长篇五古。但从平水韵的任何一部韵中选用好几十个字作韵脚，难免受局限。杜甫毕竟是"诗圣"，他的长篇五古杰作《北征》和《自京赴奉先县咏怀五百字》，竟然突破局限，邻韵通押，横贯七八个入声韵部。关于这一点，后人或未注意，或注意到而不敢步趋。我当时年轻气盛，偶然效法。在南京上大学时，业师卢前（冀野）先生主编《中央日报》文学副刊《泱泱》，常发表我的诗词和学术论文。他发表我的五古《丁亥九日于右任先生简召登紫金山天文台得六十韵》时看出了邻韵通押，便建议"干脆用《中华新韵》"，并送我一册。我原来不知有《中华新韵》，经卢先生介绍并看序言，始知早在1934年便出版过《佩文新韵》，黎锦熙撰序。1940年7月，当时的教育部国语推行委员会开第二届全体委员会，卢先生提议修订《佩文新韵》，名《中华新韵》。决议通过，"推请黎锦熙、魏建功、卢前三委员负责修订，呈部核定颁行"。修订、核定后的《中华新韵》于1941年出版。平水韵共106韵，而《中华新韵》只有18韵，韵宽字多，便于选择，因而从有了卢先生送我的《中华新韵》开始，作长篇古风便用新韵。至于作律绝也基本上用新韵，则是上世纪70年代末期的事。"文革"风暴一到西安，我第一个被抄家。由于毫无精神准备，书籍、文物、书画等所有一切都被车载而去，真成了"家徒四壁"。"四人帮"垮台，吟兴勃发而无韵书，凭记忆怕出错，于是写信请上海友人购买。谁知那时的上海书店连《诗韵集成》之类都不好找，只寄来一册在《中华新韵》基础上修订出版的《诗韵新编》。改革开放以后虽然又买了《诗韵合璧》和《佩文韵府》，但只备查考，作诗时由于喜欢韵宽，更看到了全民讲普通话的前景，所以除了特殊情况，都用新韵了。

用新韵既久，逐渐意识到仅用新韵而不用新声的矛盾。声、韵本是一致的。比如毛泽东的《和柳亚子先生》与柳亚子的原唱都用平水韵，诗中所有入声字自然都读仄声，因而

毛诗"三十一年还旧国，落花时节读华章"和柳诗"无车弹
铗怨冯骧"、"安得南征驰捷报"等句，都平仄谐调，无懈
可击。如果按普通话读音押新韵而诗中出现这样的句子，用
普通话来读，毛诗的平仄便成了"平平平平平仄平，仄平平
平平平平"，柳诗的平仄便成了"平平平平仄平平"、"平
平平平平平仄"，就不合格律，自然也失掉了应有的音乐美。
因此，我从上世纪 90 年代以来，便在用新韵的同时注意用
新声。1999 年冬，我用新声新韵写成《金婚谢妻》七律七
首及《附记》，写信寄《中华诗词》杨金亭主编请教，他回
信热情支持，并将拙诗及往返通信发表于《中华诗词》2000
年第一期。此后作律绝，便有意识地用新声韵。我几十年用
惯了平水韵，又讲不好普通话，用新韵很便当，用新声却难
度很大。题后括号中标明"新声新韵"的《金婚谢妻》七律
七首及《八十述怀》七律二十首，发表后都收到吟友们指出
新声失误的信，我都逐一修改，回信致谢。其实，写成初稿
后对其中的多数入声字都查了《新华字典》，有些入声字自
以为有把握，没有查，便往往出了问题。因入声字用错而修
改，相当费事，往往不仅改一字，而要改一句、一联甚至牵
动全局。有时反复改，仍较原作逊色；但改作不亚原作或稍
胜原作的情况还是比较多。比如这次发表的 28 首诗，其中
的《西安日报、晚报建社创刊五十二周年》的第三联，原作
"回黄转绿秦山秀，激浊扬清渭水妍"，张结主编指出"浊"
字今读平声，用错了。"泾浊渭清"与"激浊扬清"都是成语，
而泾河在西安以西的高陵即汇入渭河，所以用"激浊扬清渭
水妍"表现西安日报和晚报所发挥的积极作用是贴切的。如
今要改掉"浊"字而不失原意，真不好办。再三推敲，最后

将全联改为"芳林护养秦山秀，浊浪澄清渭水妍"。写秦山渭水的美化而语意双关，体现报纸的作用似乎更有力。当然，读者的审美趣味各不相同。"回黄转绿"与"激浊扬清"各有出处，偏爱典雅风格的读者可能左袒原作，主张自铸新词的读者也许看好改作。1998年秋在新疆作的九首律绝都用新声韵，作《石河子诗会》五律时刚看过"军垦第一犁"塑像，深受感动，因而在写出首句"地老天荒久"之后便想把"第一犁"用于次句。但一查《新华字典》，"一"字今读平声，只好另辟思路，吟成"官兵竞挽犁"，自觉更恰切，也更有动感和力度。接下去，由石河子市区大厦林立和市外绿畴弥望而想到这里原是野兽出没的大沙漠，写出"绿畴吞大漠，巨厦逐群麋"一联。一查"逐"，却今读平声，便改用"撵"，似乎比"逐"新颖些，也较生动；当然也可能有人嫌太"俗"。后四句"闹市花盈圃，平湖柳漾堤。民康风雅盛，吟帜拂虹霓"是一气呵成的，却发愁"拂"这个入声字是否今读平。一查果然，便代以"舞"，也似胜原作。

用新声韵作律绝，也有天然凑泊之乐。参加合肥诗会时游览包公祠、墓，见修缮一新，拜谒者甚众，而龙头、虎头铡刀则闲置一侧，因而口占四句：

> 重修祠墓万方崇，凛凛铡头虎问龙：
> "官是公仆民是主，伸冤何故拜包公？"

入声"仆"很关键，万一今读仄，全诗就得作废，却凑巧今读平！"铡"也今读平，很凑趣。

儋州诗会后归途谒海瑞墓，导游描述"文革"中毁祠掘墓情景，也口占四句：

逆鳞批处血斑斑，海瑞当年只罢官。

掘墓毁祠犹切齿，"文革"不愧"史无前"！

入声"革"今读平，"血"今读仄；"切"则平、仄两读，而"切齿"之"切"正好读仄声，也凑趣。

从"极左"，特别是"文革"时期活到今天的知识分子，对于"改革开放"、"科教兴国"所发挥的旋乾转坤的伟大作用，无不感受至深。而用平水韵作律诗，却不得不将"改革"改为"革新"，将"兴国"改为"兴邦"。我觉得像这样一字千金、永垂青史的提法不宜擅改，便将原用旧声的《悼念小平同志》七律八首用新声改作。"改革"、"开放"，分别置于二联诗上、下句的开头，"科教兴国"，则纳入一句诗中，始觉心安理得。类似的情况还不少。例如"开发西部"的"发"，即旧入今平。我因生长于贫穷落后的甘肃而往往受到轻视，所以"开发西部"在我心目中也是一字千金，很想完整地取以入诗。《兰州龙园落成》七律，便以"西部开发战鼓喧，金城关上建龙园"发端。仅举数例，便可看出用新声韵作律绝，也是有许多便利之处的。

胡适在《文学改良刍议》中鼓吹"废骈废律"，我则既喜骈文，更爱律诗。我在《中华诗词》创刊号（1994年第一期）发表的《论中华诗词的艺术魅力和现实意义》一文中曾说："兼备听觉上的平仄协调、视觉上的对仗工丽"等"诸多审美因素"的律诗"是最精美的诗体"。在《文学遗产》2003年第一期发表、《中华诗词》转载的《简论近体诗格律的正与变》一文的结尾也提出："杜甫的律诗名篇《春望》、《春夜喜雨》、《秋兴八首》等在格律方面是'正'中之'正'的典范，为后贤所效法……所以严格地按'正体'创作，仍应受到重视"。此文既谈"正",也谈"变",在结尾部分提出从表现内容的需要考虑,也可以借鉴唐人的"变"而"适当地放宽格律",但也必须基本合律,"读起来仍然不失近体诗的格调和韵味"。

诗,特别是律诗绝句,既是看的,更是吟的、唱的、诉诸听觉的。律绝的一整套平仄体系保证了声调轻重急徐、抑扬顿挫的音乐美。因此,作律绝不能忽视平仄格律。然而作诗还必须考虑读者——当前的读者和将来的读者。在讲普通话的人已经很多、而且越来越多的情况下仍用旧声韵,即使作出的是严格的"正体",完全符合平仄格式,而用普通话的读音吟诵,很可能在很大程度上不合格式,也就丢掉了律绝固有的音乐美。值得注意的是:当前见于诗刊的用旧声作出的律绝,大抵如此。比如《中华诗词》今年第 8 期《艺边堂诗话》第 11 则赞为"境阔情酣,如云雷奋发"的《西部开发赞歌》,如用普通话吟诵,次联"锅庄邀舞如花蝶,哈达相迎似白云"则为"平平平仄平平平,仄平平平仄平平";第七句"天高地迥凭开发"末三字则为"平平平"。平扬仄抑,第四句全是平节,第二、第四两联四句诗末字皆平,失去抑扬相间的变化,其音乐美自然削弱了。

我之所以试用新声新韵作律绝,也正是力争用普通话吟诵而不失律绝固有的音乐美。陈明致先生指出的因某些入声字弄错而导致失误的那几首诗,其音乐美无疑大受伤害。我必以此为戒,写作时一遇入声字便查《新华字典》,把用新声韵作律诗绝句的尝试坚持到底。

(原载《中华诗词》2004 年第 1 期)

关于"自作新词"的浅见

传统诗歌中的词，从内容到形式，该如何创新呢？

内容上的创新，主要在要求词的题材新、思想新、感情新，营造新意境。词作者遵循先进文化的前进方向，自觉投身改革开放和现代化建设的伟大实践，通过词的崭新意境体现时代前进的步伐，弘扬爱国爱民、自强不息、与时俱进的民族精神。

形式上的创新，应结合词的艺术特点进行探索。唐宋音乐发达，乐曲繁多。乐曲是用乐器演奏的，"有声无辞"。最早的词，是文人"逐弦管之音"，或根据乐师、伶工用音乐符号标记的音谱创作出来的。词的起源问题比较复杂，但这一点最重要，从而形成了词的若干特点：一、句子或长或短，错落有致；二、韵位灵活多变，或句句押韵，或隔句押韵，或隔若干句押韵；三、用字审音，严分平上去入，阴阳清浊；四、句法复杂，三字句有上二下一和上一下二之别，四字句有一领三和上二下二之别，五字句有上二下三和上三下二之别，六字句有上三下三，上二下四和上四下二之别……还有一字领数句者；五、中长调分段，从两段多至四段；六、适当运用对偶，有骈散结合的优点。这一切，都与"倚声"相关，唐宋词，在当时是可以歌唱的，音乐性当然很强。和同是格律诗的近体诗相比，词的出现无疑是一种进步，一种创新。

宋代以后音谱失传，明清人"取唐宋旧词，以词名相同者互校，以求其句法、字数；取句法、字数相同者互校，以求其平仄；其句法字数有异同者，则据而注为'又一体'；其平仄有异同者，则据而注为'可平可仄'"（《四库全书总目提要·钦定词谱》），这就出现了各种各样的《词谱》。明清以来，人们是按照词谱填词的。

按谱填词，其"束缚思想"不容讳言；但词这种诗体有它的优势，高明的作者正可以"因难见巧"。从明清到现当代，佳作不断出现，就足以证明词这种诗体至今仍充满活力，可以继续发展，大胆创新，用无愧于伟大时代的新作来弘扬伟大的民族精神。

按谱填词，在形式方面能不能创新？我认为用新声新韵，即按普通话读音押韵调平仄，就是一种创新。还能有什么创新，需要大家在创作实践中探索。

更大幅度的创新，我认为是摆脱词谱，自作新词。这样说，大家会惊为奇谈怪论，期期以为不可。其实，这是有先例可循的。

汉魏乐府诗，本来是入乐的，唐人李白等只继承其"感于哀乐，缘事而发"的创作精神，借用乐府旧题来写时事、抒感慨。到了杜甫，连乐府旧题也不要了，如《兵车行》《石壕吏》等，都是"即事名篇，无复依傍"。白居易、元稹等在此基础上倡导新乐府运动，形成了针砭时弊、反映现实、鼓吹革新的创作流派，影响深远。

更直接的先例是：两宋杰出词人大都精通音乐，他们一方面按已有的词谱作词，另一方面自己作词，自己度曲，这就是所谓"创调"。据统计，唐五代词调不过180左右；而清康熙时王奕清等著《钦定词谱》，收入者竟多达826调。两宋"创调"之多，于此可见。既是"创调"，自然要起个调名。有意思的是宋代词人也师法杜甫、白居易写新乐府诗"即事名篇"的办法，为他们的创调"即事名调"。史达祖咏燕的创调名为《双双燕》；姜夔写扬州的创调名为《扬州慢》，咏梅的两个创调则分别取名《暗香》、《疏影》。

由于乐谱失传，唐宋词长久以来不能歌唱。清乾隆初重现于世的姜夔十七谱和上世纪初发现的敦煌《琵琶谱》，虽经专家潜心研究，在解读方面大有进展，但尚未完满解决，所涉及的词调还不能歌唱、演奏。

两宋词人自己作词、自己度曲的那么多"创调"，虽然长久不能歌唱，但作为文学性的新体诗，却历代传诵、脍炙人口。既然如此，我们当然可以吸取前面谈到的那许多词的特点，自己作词、如果懂音乐，也可自己谱曲。

如前所说，我们仍然可以"按谱填词"，但与自由作词相比，那种句有定字，篇有定句，韵位、句法、平仄都不能变动的填词毕竟是有局限性的。我选了好几个词调写北京申奥成功，都不能畅所欲言；最后效法宋人"创调"的办法自我"创"作，结果就强一些。词如下：

声声欢·贺北京申奥成功

今夜华人不寐，家家目注荧屏。群雄申奥争逐鹿，神州问鼎敢交锋。聚焦莫斯科，投票判谁赢。万众侧耳，万籁息声。萨马兰奇忽宣布，春雷震四瀛。喜煞炎黄儿女，个个扬眉吐气，江海涌激情。跳狮子，玩龙灯。锣鼓惊霹雳，歌舞起旋风。烟花焰火照天地，狂欢到五更。　　鳌头独占非易，永难忘积贫积弱受欺凌。赖百年拼搏，三代开拓，雾散日东升。振国威，建文明。敦邦交，促和平。得道由来多助，况兼悉尼夺锦，奥旗含笑选北京。鹏抟凤翥，虎跃龙腾。奋战六年迎圣火，水更绿，山更青，巨厦摩云花满城。看我健儿显身手；五环联友谊，百技跨高峰。

元人陆友《砚北杂志》有这样的记载：姜夔访范成大于石湖，范征新声，姜作词谱曲，完成了《暗香》《疏影》。范使家妓小红学唱，音节清婉。姜辞别归吴兴，范以小红赠之。大雪中过垂虹桥。赋绝句云："自作新词韵最娇，小红低唱我吹箫。曲终过尽松陵路，回首烟波十四桥。"诗中的"自作新词"，相对于"按谱填词"而言，"韵最娇"，是说自己为自作词谱的曲调很美妙。这使我想到：我们如果不按谱填词而自己作词，就称之为"自作词"，似乎也说得通。

弄清了宋人"创调"的创作实践，便知我们"自作新词"，不过是回归传统。在前面，我把这叫"创新"，只是针对"按谱填词"说的，用不着大惊小怪。

（原载《中华诗词》2000年第一期，略有增改）

唐诗讨论会开幕词

各位代表，各位朋友！

让我们以热烈的掌声，宣布唐诗讨论会胜利开幕。

自从我们去年十月上旬发出召开唐诗讨论会的邀请书以来，有关单位的领导和名流、学者，给我们以极其热情的支持。东至黄海、东海之滨，西至新疆、青海，南至海南岛，北至齐齐哈尔，全国各省、市、自治区的各大专院校，各研究机关，各报刊、电台和出版单位的一百七十多名代表和许多列席人员，携带各有独到见解的学术论文，如期应邀赴会。在一百七十多名代表中，有许多是年逾古稀或年近古稀的著名教授，有许多是著述宏富、硕果累累的唐诗研究专家，有许多是科研、新闻、出版单位的负责同志。长安三月，百花盛开，当各位久负盛名的教授、专家、唐诗研究工作者和编辑、出版工作者不远千里而来的时候，喜雨绵绵，瑞雪纷纷，特意为贵宾们洗尘。我们陕西师大尽管限于物质条件，住宿、伙食及其他生活照顾都与各位教授、专家在国内外享有的崇高的学术威望极不相称，但我校党政领导和广大师生欢迎贵宾们的心意是十分殷切的，让我们以热烈的掌声，欢迎各位贵宾光临我校，出席、指导我们的会议。今天，雨晴雪霁，云散风和，让我们为唐诗讨论会在春阳照耀下胜利开幕而又一次热烈鼓掌。

"诗言志，歌咏言。"中华民族的"志"是崇高的，蓬勃向上的，追求光明的，百折不挠的。既然"诗言志"，那么有其志就有其诗。我们的伟大祖国，向来被人们赞誉为诗的国度。早在先秦时代，《诗经》和《楚辞》就为我国的诗歌发展奠定了优良传统。这一传统，正像滚滚长江，萦回曲折，吐纳百川，积蓄了无穷无尽的力量，终于以不可阻挡的气势，穿三峡，出荆门，到了唐代，江阔月涌，浩瀚汪洋，形成了云横九派、浪下三吴的壮观。论诗人，则名家辈出，灿若群星，论作品，则百花齐放，争奇斗丽。这一历史时期的诗歌，由于意境雄阔，情韵悠扬，具有独特的时代风貌和艺术风格，因而被称为"唐诗"或者"唐音"，不仅传诵国内，历久不衰，而且早已超越国界，成为世界文化宝库中的珍品。用马列主义的立场观点批判地继承这份珍贵的文化遗产，对于提高我们的民族自信心和民族自豪感，对于我们建设社会主义精神文明，对于我们繁荣和发展社会主义的文艺创作、特别是诗词创作，都具有不容低估的积极意义。

我们陕西师大中文系之所以召开这次唐诗讨论会，主要出于两种考虑。

第一，我们的所在地，曾经是周秦汉唐等十三个朝代建都的历史文化名城。在唐代，就是丝绸之路的起点，就是驰名世界的唐都长安。唐朝是我国封建社会经济文化繁荣的高峰，而作为京城的长安，又是经济文化的中心。唐代的著名诗人，几乎都在长安度过了一生中最重要的时期，在长安一带写下了他们的代表作。长安一带的民情风俗、山山水水、文物古迹，都是唐代无数诗人从不同角度反映过的，描写过的，吟咏过的。即如我们一出门就可以望见的大雁塔，那就是杜甫、高适、岑参等杰出诗人攀登过的慈恩寺塔，他们登塔后所写的名篇，至今脍炙人口。唐代诗人即使在离开长安以后，他们的创作也往往和在长安的政治遭遇密不可分，和对长安生活的回忆密不可分。因此，就地理条件有利这一点来说，我们陕西师大中文系理应在唐诗的教学和研究方面做出一些成绩。然而由于我们的力量不足，水平有限，主观努力不够，也由于大家都知道的一些客观原因，我们并没有做出什么成绩。今天，党的十一届三中全会的精神像春天的阳光一样照耀着我们前进的力量。我们之所以召开这次唐诗讨论会，就是为了邀请在唐诗的教学、研究方面成绩卓著的专家们做我们的老师，给我们传经送宝，从而促进我们的教学和研究工作，使我们也能够赶上奔腾前进的时代步伐，做出应有的贡献。

第二，解放以来，特别是粉碎"四人帮"以来，唐诗的研究是很有成绩的，但还没有召开过全国性的学术会议。我们陕西师大中文系之所以召开这次会议，就是为了在唐都长安为全国的唐诗研究工作者和与此有关的编辑、出版工作者提供一个进行学术交流、学术讨论的场所。现在，专家云集，群贤毕至，欢聚一堂。让我们在坚持四项基本原则的前提下各抒己见，百家争鸣，互相切磋，取长补短，既交流研究成果、总结研究经验，又讨论在唐诗发展规律和作家、作品、流派、风格等方面有争论的问题，并着重就如何扩大唐诗研究领域和如何提高唐诗研究水平问题交换意见、互相启发，以期在唐诗研究的广度和深度上都能有新的突破。还有一点，唐诗是海峡两岸的中华儿女所共有的精神财富，也是全世界进步人类所共有的精神财富。如何通过唐诗研究促进台湾归回祖国和加强国际性的学术交流，也是一个迫切的现实问题，需要讨论。

第三，促进唐诗教学和研究，首先在于提高"诗教"的质量，有助于全面地培养民族素质。这一点，大家早有共识。还有一点，目前尚未引起普遍关注，却值得大声疾呼，那就是研究唐诗、讲授唐诗，都应着眼于当代诗歌创作的状况，力求在继承唐诗传统的基础上创作出无愧于新时代的新篇章。"五四"运动以来，脱离唐诗传统的"新诗"占主导地位，而继承传统的五、七言诗则被斥为"旧体"而受到压抑，这是很不正常的，我们应该趁着改革开放的春风振兴传统诗歌，让所谓的"旧体"大放异彩。出席我们会议的许多代表都是修养有素的卓越诗人，希望就如何振兴传统诗歌发思表意见，也希望在会议期间和游览长安名胜古迹的过程中朗吟高咏，竞谱新声。

代表们！朋友们！我们的这次全国性的唐诗讨论会，解放以来是第一次，唐代以来也是第一次，因而可以毫不夸张地说，这是关于唐诗研究的空前盛会。林默涵、贺敬之等中央领导同志给我们的盛会发来了贺电，陕西省、西安市的党政领导和我们陕西师大的党政领导都给我们的盛会以极大的关怀和支持。有党的正确领导，有代表们的共同努力，我们的大会一定能够取得丰硕的成果。

正如李白的《阳春歌》所说："长安白日照春空，绿杨结烟垂袅风。"我们眼前的春光是美好的。祝愿各位代表在美好的春光中精神愉快，预祝我们的大会圆满成功！

1982 年 3 月 24 日

（原载霍松林主编《全国唐诗讨论会论文选》，陕西人民出版社 1982 年出版）

中国杜甫研究会首届学术研讨会开幕词

各位领导、各位代表、各位朋友：

中国杜甫研究会在杜甫故里河南省巩义市成立，并召开首届学术研讨会，谨表示热烈的祝贺。

杜甫于唐玄宗先天元年（712）生于河南巩县，是诞育于中原大地的伟大诗人。他成长于"奉儒守官"的家庭，"读书破万卷"，从优秀的传统文化中吸取精神营养，树立了治国泽民的宏图大愿，渴望"致君尧舜上，再使风俗淳"。当他在长安考试、求官一再碰壁之后，逐渐认识到了朝政的黑暗。而自己饥寒交迫甚至饿死孩子的困苦生活，又使他从思想感情上逐渐靠近人民。安史之乱以后，他"陷贼"，逃难，辗转陇右，漂泊西南，深入社会生活，与广大人民群众一同受难。其兼济苍生、治国平天下的夙愿与苦难现实相碰撞，发为忧国忧民的浩歌。对中华优秀文化传统的继承，对《诗经》、《楚辞》以来丰厚的诗歌遗产的广泛吸取，对国家危亡的无限忧虑，对人民苦难的深厚同情，使得杜甫的诗歌创作开辟了前所未有的广阔天地，达到了前所未有的高峰。正因为这样，杜甫赢得了"诗圣"、"情圣"的崇高称号。就承前说，如中唐诗人元稹所称赞："上薄风骚，下该沈宋，言夺苏李，气吞曹刘，掩颜谢之孤高，杂徐庾之流丽，尽得古今之体势，而兼人人之所独专。"就启后说，从中唐直到当代，凡有成就的诗人都在不同程度上从杜甫的诗歌创作中得到教益。杜甫的影响还不限于国内。就全世界范围说，杜甫也是举世公认的伟大诗人。1962 年，在杜甫诞生一千二百五十周年之际，世界和平理事会在斯德歌尔摩会上将杜甫列为世界文化名人，并决定在世界各国的首都举行纪念活动。

杜甫关心国计民生，对社会现实有深刻了解，其创作题材非常广阔。杜甫兼擅各种诗歌体裁，善于运用不同体裁的优势反映相适应的题材。从现存的一千四百多首诗歌看，题材广阔，体裁多样。每一种体裁，不论是五古、七古、乐府、歌行、五律、七律、五绝、七绝，乃至长篇排律，都有不少脍炙人口的杰作。在杜甫手里，每一种原有诗体都在表现新题材的过程中得到新的发展，新的开拓。例如他的《自京赴奉先县咏怀五百字》，是用传统的五言古诗的体裁写成的。五言古诗，是汉魏六朝以来盛行的早已成熟的诗体，在杜甫之前，已经产生了无数佳作。仅就"咏怀"之作而言，如阮籍的《咏怀》、左思的《咏史》、庾信的《咏怀》、陈子昂的《感遇》、张九龄的《感遇》之类的组诗都各有特色，万口传诵，"转益多师"的杜甫当然从汉魏六朝以来五言古诗的创作经验中吸取了营养。但把《自京赴奉先县咏怀五百字》和所有前人的五言古诗相比较，就立刻发现在体制的宏伟、章法的奇变、反映现实的广阔深刻和艺术力量的惊心动魄等许多方面，都开辟了新天地，把五言古诗的创作提高到新的水平。对于其他各体（特别是七律）的完善和拓展，亦复如此。

杜甫的诗，内容和形式是多种多样的，很难一概而论。但其万丈光芒，都迸发于爱国爱民的火一样的热情。"民为邦本，本固邦宁"，一个真正的爱国者自然真诚地爱民。杜甫"穷年忧黎元，叹息肠内热"，不仅同情人民饥苦，而且往往把人民的苦难置于自己的苦难之上。当他从长安赶到奉先县看望家小的时候，"入门闻号啕，幼子饿已卒"，邻居们都为之呜咽，他当然很痛苦。然而又"默念失业徒，因思远戍卒"，想到那些比他处境更惨的"平人"，便"忧端齐终南，澒洞不可掇"。当他从梓州回到成都草堂的时候，自己的生活略有好转，而他却想到穷人无以为生，写出了"敢为故林主，黎庶犹未康"的诗句。大家都熟悉他那首传诵不衰的《茅屋为秋风所破歌》，自己屋上的茅草为狂风卷走，"床头屋漏无干处，雨脚如麻未断绝"，结尾却说："安得广厦千万间，大庇天下寒士俱欢颜，风雨不动安如山。呜呼！何时眼前突兀见此屋，吾庐独破受冻死亦足！"正因为热爱人民，所以对一切危害人民的社会现象都不能容忍。他把一切残民以自肥的贪官污吏斥为"蟊贼"，尖锐地提出："必若救疮痍，先应去蟊贼。"[①]对于剥削、压迫人民的虐政，他揭露不遗馀力，写出了"庶官务割剥"[②]"索钱多门户"[③]"一物官尽取"[④]，"朱门酒肉臭，路有冻死骨"[⑤]"高马达官厌粱肉，此辈杼柚茅茨空"[⑥]，"乱世诛求急，黎民糠籺窄"[⑦]"况闻处处鬻男女，割慈忍爱还租庸"[⑧]，"征伐诛求寡妇哭"[⑨]"哀哀寡妇诛求尽，恸哭郊原何处村"[⑩]等无数惊心动魄的诗，而渴望"谁能叩君门，下令减征赋"[⑪]，

---

① 《送韦讽》。
② 《送韦讽》。
③ 《遣遇》。
④ 《枯棕》。
⑤ 《五百字》。
⑥ 《岁宴行》。
⑦ 《驱竖子摘苍耳》。
⑧ 《岁宴行》。
⑨ 《虎牙行》。
⑩ 《白帝》。
⑪ 《宿花石戍》。

主张"众僚宜洁白,万役但平均"①,"君臣节俭足,朝野欢呼同"②。

杜甫爱国爱民,决定了他对战争的态度。杜甫诗集中以战争为题材的诗占很大比重。天宝年间,唐王朝穷兵黩武,多次向吐蕃、南诏用兵,给人民造成沉重负担,杜甫因而警告统治者:"君已富土境,开边一何多!""苟能制侵陵,岂在多杀伤!"③在《兵车行》里,更对开边战争给人民带来的种种苦难作了集中而生动的反映。对安史之乱引起的内战,则既从爱民的角度写出了"积尸草木腥,流血川原丹"④的惨象和统治者的昏庸、残暴,又从爱国的角度渴望平定叛乱,维护国家的统一。组诗《三吏》、《三别》及《春望》、《闻官军收河南河北》等名篇,是这方面的代表作。他不仅写诗,还渴望以实际行动平息叛乱。他不怕千难万险,从沦陷于叛军之手的长安奔赴唐肃宗的"行在"凤翔。"麻鞋见天子,衣袖露两肘",企图为光复祖国效力。他时常为战乱未息而忧心如焚,"不眠忧战伐,无力正乾坤"⑤,向来忧国泪,寂寞洒衣巾"⑥,"时危思报主,衰谢不能休",②"天地日流血,朝廷谁请缨!济时敢爱死,寂寞壮心惊"⑧,乃至愿"剖血"以饲养作为"王者瑞"的凤雏,"再光中兴业,一洗苍生忧"⑨,其爱国爱民的丹忱,感人肺腑。

---

① 《送路使君》。
② 《往在》。
③ 《前出塞》。
④ 《垂老别》。
⑤ 《宿江边阁》。
⑥ 《谒先主庙》。
② 《江上》。
⑧ 《岁暮》。
⑨ 《凤凰台》。

杜甫爱国爱民、忧国忧民的激情不仅被国家大事所激发，而且被自然风光和日常生活所唤起，如《春望》的"国破山河在，城春草木深。感时花溅泪，恨别鸟惊心。……"《登楼》的"花近高楼伤客心，万方多难此登临。……北极朝廷终不改，西山寇盗莫相侵……"等等，其例举不胜举。毫不夸张地说，杜甫为祖国、为人民忧虑了一生，歌唱了一生。直到临终留给后人的最后一首诗，还为"战血流依旧，军声动至今"，自己却无力挽回危局而叹息不已。

杜甫是不朽的，杜甫的诗是不朽的。一部杜诗，可作为我们振兴中华诗词的借鉴，又可作为我们进行爱国主义教育的教材。

研究杜诗，已有悠久历史。到了宋代，已出现"千家注杜"的盛况，南宋刘辰翁曾整理、评点出《千家注杜诗全集》（成都杜甫草堂藏有明万历九年重刊本）。到了金代，元好问首倡"杜诗学"，明人李东阳简称"杜学"。明清以来，注释、评论杜诗的著作更多。解放以来，关于杜甫的研究可分为三个阶段：

一、全国解放至"文革"前夕

50年代初专家们试图以马克思主义观点研究杜甫，出版了《杜甫传》（冯至）、《杜甫研究》（萧涤非）、《杜甫诗论》（傅庚生）及苏仲翔、冯至和黄肃秋等的几种杜诗选注本，发表了一批论文，如刘大杰的《杜甫道路》等等。由于自50年代后期开展了所谓对资产阶级学术思想的批判，因而总的说来，50年代关于杜甫研究的论著不多。60年代初，由于贯彻八字方针，杜甫研究的状况略有好转。到了1962年，杜甫被世界和平理事会列为世界文化名人，决定在各国首都举行纪念活动，因而在全国掀起了杜甫研究的高潮。仅1962年这一年，全国各报刊发表的有关杜甫的各类文章，达三百多篇，涉及杜甫及其诗歌的许多方面，不乏学术水平较高的论文。特别是这年4月12日在北京举行的纪念杜甫诞生一千二百五十周年的大会上，冯至所作的题为《纪念伟大诗人杜甫》的主题报告，对杜甫及其诗歌作了精当的评价。郭沫若在开幕词中也赞扬杜甫"接近了人民"，认为"朱门酒肉臭，路有冻死骨"是"响彻千古的名句"，并说"李白和杜甫是像亲兄弟一样的好朋友，他们在中国文学史上的地位，就跟天上的双子星座一样，永远并列着发出不灭的光辉"。这和他1953年为成都杜甫草堂撰书的楹联"世上疮痍，诗中圣哲；民间疾苦，笔底波澜"的精神是一致的。

二、"文革"时期

"文革"期间，文化界一片沉寂，关于杜甫的评论却多少有点例外：一是1972年出版了郭沫若的《李白与杜甫》，以"扬李抑杜"为宗，"以阶级斗争为纲"，与前面提到的著者在50年代初和60年代初的论点形成强烈的对照。一家独鸣，无人敢提异议。二是1975年"四人帮"大搞"评法批儒"，其御用文人把杜甫定为"法家诗人"，抛出了署名梁效的《杜甫的再评论》，因而引出了一批文章，或说杜甫是法家，或说杜甫是儒家，都谈不上什么学术价值。

三、1977年至今

粉碎"四人帮"之后的前几年，多数文章批驳了"文革"中对杜甫其人其诗的种种歪曲；又由于毛泽东《给陈毅同志谈诗的一封信》发表，不少专家从形象思维的角度探讨杜诗的艺术成就。这几年，可算杜甫研究"拨乱反正"时期。紧接着，便随改革开放的春风，杜甫研究蓬勃开展。从 1982年以后，关于每年杜甫研究的概况，在我主编的《唐代文学研究年鉴》中的《杜甫研究》专栏里都有比较详细的综述，可供参考。概括地说，从 1977 年至今，是"杜诗学"的复兴和繁荣时期，百家争鸣，百花齐放，盛况空前。其主要特点是：

（一）研究领域不断扩大。对杜甫的生地、生活、游踪、交游、逝地、墓地等作了考证、考察和研究；对杜诗的承前启后、思想深度、艺术成就以及杜甫的"诗圣"地位作了深入探讨；对杜甫的各体诗包括七绝、五律、七律、排律以及写不同题材的诗如咏物诗、咏史诗、山水风景诗等作了分别论述；对杜甫的许多名篇，有今译，有鉴赏；对杜诗中的某些词语和有关的名物、制度等作了考辨；对杜甫的两川诗、夔州诗、湖湘诗分别召开会议，进行研讨。

（二）研究方法不断更新。除以杜注杜、以史证诗、诗史互证、实地考察以外，还注意到了港、台及国外研究信息，将摄影录像、现代统计概率手段及模糊论、比较研究等方法引入杜诗研究领域。

总而言之，改革开放以来的十几年，杜甫研究取得了很大成绩，论著数量极大，质量较高，研究资料日益丰富，研究领域和研究方法不断拓新，研究队伍也不断壮大，形势喜人，前景光辉灿烂。

现在，在杜甫的出生地成立中国杜甫研究会，这是杜甫研究历程的新的里程碑。我们学会的优越条件是许多学会不能比拟的。因此，我认为我们学会可以开展许多工作：

（一）成立杜甫研究基金会。

（二）广泛搜集古今中外关于杜甫诗文的各种版本、注本、译本和各种研究专著、论文以及有关杜甫的诗词、散文、书画、文物等等，建立杜甫研究资料中心。

（三）前人注杜、研杜的著作较有价值而尚未重版者，应依次整理出版，以广流传。国内和国外研究杜甫的论文数量极大，散见各处，应尽量搜集，汇编出版，并在汇编的基础上出版论文选集。

（四）开展有关杜甫的诗书画创作，精选前人和今人有关杜甫的诗书画佳作，建立杜甫碑林。

（五）出版雅俗共赏的高水平的杜甫传记、杜诗选注、杜诗鉴赏、杜诗今译等等，并运用影视手段，开展普及工作，提高广大群众的文学素养、审美能力和爱国爱民的精神境界。

（六）各有侧重地举办各种杜甫研讨会，如长安诗研讨会、秦州诗研讨会等，继续拓展杜甫研究领域和研究方法，多层次、多角度、全方位地研究杜甫其人其诗，把杜甫研究从广度、深度上推向更高水平。

（七）创办刊物，发表杜甫研究文章和有关的诗书画作品。

最后，祝愿各位领导、各位代表身体健康、精神愉快！预祝中国杜甫研究会兴旺发展，在研究杜甫、弘扬中华文化、振兴中华、振兴中华诗词方面作出日益突出的贡献！

谢谢大家。

（原载《杜甫研究论集》第一辑，河南人民出版社1996年出版）

高举邓小平理论伟大旗帜开创吟坛新局面

——在全国第十届中华诗词研讨会

开幕式上的主题发言

全国中华诗词研讨会已开过九届，每届都对中华诗词振兴起了促进作用。现在，我们在全国人民学习十五大精神的时候举行第十届研讨会，意义尤其重大。为此，谨代表中华诗词学会，为筹办这次盛会而作出卓越贡献的云南省老干部诗词协会、昆明市老干部诗词协会及组委会的全体同志致以崇高的敬意，对来自全国各地及海外的诗友们表示热烈的欢迎！

党的十五大是一次具有划时代意义的大会。大会的主题是："高举邓小平理论伟大旗帜，把建设有中国特色社会主义事业全面推向二十一世纪。"我们这次研讨会的主题，也应该是：高举邓小平理论伟大旗帜，开创吟坛新局面。

这次研讨会的原定议题是："当代中华诗词如何高扬主旋律，体现时代精神，以推动诗词的继承与革新。"这个议题，是和十五大精神一致的。江泽民同志在十五大报告中对"建设有中国特色社会主义的文化"有许多精辟论述，无疑是我们这次研讨会的指导思想。在谈到文学艺术工作时，江泽民同志更提出明确要求：

坚持为人民服务、为社会主义服务的方向，贯彻百花齐放、百家争鸣的方针，弘扬主旋律，提倡多样化，创作出更多思想性和艺术性统一的优秀作品。

　　这就是说：弘扬主旋律有一个前提，那就是坚持"二为"方向，贯彻"双百"方针。至于与"弘扬主旋律"并提的"提倡多样化"该如何理解，希望诗友们各抒己见。我个人的初步考虑是：既有"主"，便有"次"。在大力弘扬主旋律的前提下也需要弘扬从属于、服务于主旋律的其他各种旋律，这就有了多样化。这是一个方面。还有一个重要方面，那就是：光写一两种题材，光用一两种文艺体裁，光有一两种艺术风格，便不可能充分而有效地弘扬主旋律。要充分而有效地弘扬主旋律，就要提倡题材、体裁、风格的多样化。

　　关于弘扬主旋律，我们已经讲了好几年。但什么是我们这个时代的主旋律，却没有具体的解释过，顶多在"主旋律"之前加"爱国主义"而已。在这次研讨会上，我们能不能把这个问题谈得具体些。我想，党的十五大为我们实现中华民族的伟大复兴指明了方向，规划了蓝图，吹响了号角。从现在起，五千八百万共产党员和十二亿各族人民高举邓小平理论伟大旗帜，为实现中华民族的伟大复兴而艰苦奋斗，不屈不挠。这，是不是我们要弘扬的主旋律？

　　如何弘扬主旋律，这是开展吟坛新局面的关键问题。概念化的作品，内容空洞、陈旧的作品，或者思想内容虽好但缺乏艺术性的作品，都不足以承担弘扬主旋律的任务，所以江泽民同志要求"创作出更多思想性和艺术性统一的优秀作品。"那么，如何才能"创作出更多思想性和艺术性统一的优秀作品"呢？这就需要我们集思广益，从各方面展开深入的研讨。我想谈一些极不成熟的看法，希望能起到抛砖引玉的作用。

一、关于继承

诗歌是文化的重要组成部分。江泽民同志在十五大报告中指出："有中国特色社会主义的文化，……它渊源于中华民族五千年文明史"。又在第六次全国文代会、第六次作代会的讲话中指出："中华民族，是以诗经、楚辞、唐诗、宋词、元曲和明清小说为人类文明画廊增加辉煌的民族。……无比丰厚的精神遗产，与先驱们的英名连在一起的民族文化的优秀传统，特别是革命文艺传统，是中国社会主义文艺的巨大宝藏。"这些话，值得我们认真领会。我们不能从零开始开创吟坛新局面。继承无比丰富的精神遗产，继承优秀的中华诗歌传统，是个不容忽视的重要问题。我们需要讨论的，是继承什么，如何继承。

二、关于创新

学习前人的作品如果肯下工夫，那么要学得很像，并非十分困难；但要大幅度地突破前人，创作出有时代特点的好诗，却困难百倍。也就是说，继承是为了更好的创新，而要能真正的创新，则需要从多方面解决问题。

（一）深入生活问题江泽民同志指出"有中国特色社会主义的文化，……渊源于中华民族五千年文明史，又植根于有中国特色社会主义的实践，具有鲜明的时代特点。"当代诗词，作为"有中国特色社会主义的文化"的重要组织部分，也必须"植根于有中国特色社会主义的实践"，才能创新，才能"具有鲜明的时代特点"。社会生活无限广阔，诗人们不论从哪个角度、哪个层面接触生活，有所感受，有所理解，都比闭门造车要好得多。但是，用十五大精神来衡量，当代诗人的深入生活，应该有更高要求，那就是深入到亿万人民建设有中国特色社会主义事业的伟大实践中去，与建设者同呼吸，了解其建设业绩，体察其思想感情和精神风貌，感受强烈，激情洋溢，才能创作出生动而真切地表现其建设业绩和精神风貌的好诗。

投身于火热生活的建设者，当然不存在深入生活的问题。我们应该想办法把中华诗词普及到建设者中去，从亿万建设者中涌现出无数优秀诗人。但对于我们诗词队伍中的许多人来说，则确实很需要深入生活，而深入生活又有这样那样的实际困难。在这次研讨会上，是否可就如何深入生活的问题发表意见。甘肃的引大工程曾多次邀请全国著名诗人到现场采风，湖南诗词团体则组织诗人到工厂去采风，诗刊社不久前组织诗人采风团到河南济源小浪底深入生活，进行创作，都是可行的好办法。除此之外，还有什么办法，想到的都可以提。

（二）题材问题。题材来自社会生活。社会生活多种多样，诗人们的社会实践多种多样，人民群众的艺术爱好也多种多样，因而诗歌的题材也必然而且应该多种多样。题材多样是文艺繁荣的标志之一，题材单一则不利于文艺创作。迎接香港回归的时候，有许多写历史题材的诗词不是也很有艺术质量吗？但题材多样不等于题材无差别，当代诗人在深入当代生活的同时多写多种多样的新题材、特别是新的重大题材，就更有利于创新，更有利于开创吟坛新局面。

（三）思想感情问题。诗是人作的，诗人是创作主体。

题材虽重要，但决定创作成败的主要因素，还是诗人的主观条件，包括生活体验、文化素养、道德品质、思想感情、精神境界、创作功力、艺术才华等等。这里只谈思想感情。这几年，不少关心中华诗词振兴的诗友都指出当前诗词创作中的不少作品思想感情陈旧，这是事实。中华诗词要创新，要弘扬主旋律，必须认真解决这个问题。

小平同志提出的"二为"方向，指文艺为人民服务，为社会主义服务。而按照文艺的特殊规律，它的服务不是直接的，而是间接的。具体地说，人是改造现实、推进历史发展的动力，有中国特色社会主义需要人来建设，而思想性和艺术性统一的优秀作品能够使读者通过审美体验而潜移默化，起到德育、智育、美育作用，从而提高人的素质。也就是说，当代诗词是通过教育人来为人民服务，为社会主义服务的。作品的思想感情陈旧，又怎能培育社会主义新人？

江泽民同志在十五大报告中提出："有中国特色社会主义的文化，是凝聚和激励全国各族人民的重要力量，是综合国力的重要标志。"对文化的作用作如此崇高的评估，对我们是极大的鼓舞。当代诗词弘扬主旋律，就应在"凝聚和激励全国各族人民"方面发挥作用。

江泽民同志在论述"有中国特色社会主义的文化建设"时，反复强调了对于干部和群众的教育问题，下面引用几段：

我国现代化建设的进程，在很大程度上取决于国民素质的提高和人才资源的开发。

　　建设有中国特色社会主义，必须着力提高全民族的思想道德素质和科学文化素质，为经济发展和社会全面进步提供强大的精神动力和智力支持，培育适应社会主义现代化要求的一代又一代有理想、有道德、有文化、有纪律的公民。

　　要始终不渝地用邓小平理论教育干部和群众。深入持久地开展以为人民服务为核心、集体主义为原则的社会主义道德教育，加强民主法制教育和纪律教育，引导人们树立正确的世界观、人生观、价值观。大力弘扬爱国主义、集体主义、社会主义和艰苦创业精神。要提倡共产主义思想道德，同时把先进性要求和广泛性要求结合起来，鼓励一切有利于国家统一、民族团结、经济发展、社会进步的思想道德。发扬社会主义的人道精神。

这一系列论述，对于当代诗词如何弘扬主旋律，如何提高作品的思想性，无疑有极大的指导意义。当然，诗歌有其特殊的艺术规律，思想性和艺术性完美统一，才能有强烈的艺术感染力以发挥智育、德育、美育作用，对培育社会主义新人有所贡献。

（四）语言问题。诗歌是语言艺术，中华诗词要创新，语言是个大问题。不少诗友针对当代诗词中某些语言陈旧、古奥的倾向提倡用现代语言、通俗语言。这当然是正确的。但在具体实践上却有许多困难，需要深入研讨，不断探索。关于这个问题，我在全国第九届中华诗词研讨会的闭幕式上

结合毛泽东同志在《反对党八股》中关于学习语言的论述谈
过一些意见，这里不再重复。只把我感到的一些困难提出来
向诗友们请教。从《诗经》时代到鸦片战争以前，汉语的词
汇基本上是单音节和双音节的，所以构成五字句、七字句很
方便。现代汉语中的新词汇，一般都是好多个音节，只有作
歌行体诗，才能任意驱遣，作曲也可勉强运用，至于作五、
七言律、绝或词，就无法照搬。这就有个锤炼语言的问题。
事实上，唐宋诗人虽然不存在多音节词难于入诗的问题。但
他们也为了炼意而炼字、炼句，甚至千锤百炼。外国诗人也
一样，马雅可夫斯基就说过他"常常从几亿吨的语言矿藏中
提炼几个词"。从汉语词汇多音节化以来，杰出诗人怎样写
五、七言律、绝，是值得借鉴的。举例说：1927年前后，
湖南农民在马克思列宁主义的影响和中国共产党的领导下
开展了轰轰烈烈的武装革命，毛泽东在《七律·到韶山》中
只用一句诗来表现，马克思列宁主义、中国共产党、农民运
动、武装革命以及打土豪、分田地、推翻封建势力等现成的
词都没有用，而是炼字炼句，锤炼出这么一句："红旗卷起
农奴戟。"形象鲜明，蕴含丰富。还有，如果都得用现代词，
那就不该用"戟"，而要换成"枪""炮"之类。但懂诗的
人都会看出这个"戟"字用得好。

　　语言要新，这是我们的努力方向。但这个"新"，要在
创造新意境的前提下提炼语言，才能解决。晚清的"诗界革
命"是值得赞扬的，但也出现过不创造新意境、只点缀几个
新名词便以为写出了新诗的倾向，当时就受到批评。

　　除了多音节词难于人诗的困难以外，当然还有其他困
难，较突出的是新意象太少。提炼得很精彩的一个词，往往

就是一个意象。汉语经过历代杰出诗人的提炼，形成了许多意象系列，因而作诗比较容易。范仲淹写陕北的《渔家傲》是边塞词中的名篇，其中的"千嶂里，长烟落日孤城闭"，真是写荒凉景象如在目前。但"长烟""落日""孤城"，这都是前人积累的荒凉意象系列中原有的，作者只是把它们筛选出来，经过恰当的搭配，再添上一个"闭"字就行了。"闭"字当然也炼得好。我们要表现的，是前人没有见过、没有写过的新时代、新社会、新事业、新人物。像前面提到的"红旗"之类的新意象，实在太少。解决的办法，主要是通过大家努力提炼新语言，不断积累新意象。同时根据表现新内容的需要，从前人积累的意象系列中精心筛选而赋予新意。"春风""杨柳""神州""尧舜"，都是古已有之的。而毛泽东的"春风杨柳万千条，六亿神州尽舜尧"，却仍然很新颖；和全篇结合起来看，就更新颖。因为个别的词，个别的意象，只是全篇所创造的意境的组成部分。意境新，完成新意境的个别词虽然古已有之，也就有了新意。

　　当代诗词应该普及到群众中去。因而语言应该晓畅易懂，为群众所理解。但是，在语言晓畅易懂的前提下，也应该提倡语言风格的多样化。语言风格是艺术风格的重要组成部分。杰出的作家、诗人，其语言既有全民性，也有突出的个性。李白的语言风格不同于杜甫的语言风格，鲁迅的语言风格不同于茅盾的语言风格，这是显而易见的。如果写了上千首诗，但还没有形成个人风格，那恐怕还算不得好诗人。等到中华诗坛出现为数众多的各有独特风格的杰出诗人，甚至出现争奇斗丽的多种流派，那时候，中华诗词也就真的振兴了。

（五）用今韵问题。直到现在，仍有不少诗友坚持诗用平水韵、词用《词林正韵》；但主张用今韵的则越来越多。我们应该提倡用今韵，但不强求一律。传统韵与今韵并存一个时期，然后自然而然地趋于统一、都用今韵，这是符合发展规律的。现在的问题是还没有一部今韵韵书大量印行，供大家使用。中华诗词学会曾委托我编一本，我进行了一个时期，后来又放弃了。解放前出过一部《中华新韵》，那是音韵专家搞的，很不错。1965年中华书局上海编辑所编印的《诗韵新编》，基本上依照《中华新韵》，我用今韵作诗，便根据《诗韵新编》。广州已经搞到资金，准备编一部像《佩文韵府》那样规模宏大的今韵书，各个字下列许多词汇，希望能早日问世。

（六）突破格律及另创新体问题。诗的体裁应该多样化。中华诗歌体裁繁多，在发展过程中众体纷呈，百花齐放。就诗说，古体中的五古、七古、歌行、乐府等等，并无严格的格律限制，是相对自由的；绝句分古体、拗体、律体三种，古体可押平韵，可押仄韵，无固定的平仄要求，很自由，拗体也相对自由。唐人的五绝名篇，多半是古体，其次是拗体。唐人七绝名篇，则多半是律体，拗体、古体也有，但不多。因此，根据不同题材选用五古、七古、歌行及绝句中的古体进行创作，便可自由驰骋，写出题材、语言、思想感情俱新的新诗。在几次全国性的诗词大赛中越来越显示出各种古体、特别是歌行体的优势，便能说明很多问题。严格意义上的格律诗，不包括以上各体，而是近体诗和词；曲可用衬字，比较有弹性，但也属于格律诗。近体诗包括五、七言律诗（中间扩大，便是排律）和绝句中的律体、拗体，词有小令、中调、长调，共有上千个词牌，有的词牌还有好几体。就体式而言，真可谓丰富多彩。近体诗和词这些严格意义上的格律诗，唐宋以来产生过无数精品，至今还有强大的艺术生命力，毛泽东诗词便是有力的证明。我们坚持百花齐放的方针，已经熟练地驾驭诗词格律的诗友，仍可以作严格意义上的格律诗，突破与否，完全自愿。如果要放宽一点，那么用今韵，允许"失黏"，为了不以词害意，可以有"拗句"，"拗"了"救"一下更好，不"救"也无妨。律诗、绝句中本来就有"拗体"，杜甫晚年七律中的拗体尤著名。古人可以"拗"，今人更可以"拗"，关键是要写出好诗。问题是：一面呼吁突破格律，一面又指责某些好诗不合格律。《金榜集》第二名是一首失黏的七绝，我在点评中说"这是阳关体（即拗体），唐人多有"，但仍颇受非议。

至于改造格律，另创新体，当然也应该大胆探索，勇于实践。在这方面，还可借鉴外国诗歌。比如在中日文化交流活动中，由赵朴初先生首倡，参照日本俳句五、七、五句式，创作了汉俳，为中华诗词增添了一种新体。还应该借鉴"五四"以来的新诗。新诗中的歌谣体和格律体，都在新诗民族化、群众化方面作出了努力，积累了经验。

关于如何创建新体诗，毛泽东提出过设想和意见。他说："将来的趋势，很可能从民歌中吸引养料和形式，发展为一套吸引广大读者的新体诗歌。"又说："中国诗的出路，第一条民歌，第二条古典，在这个基础上产生出新诗来。"又说：新体诗要"精炼、大体整齐、押韵"。这对于新诗和传统诗词如何创建新诗体，都有参考价值。

三、关于开展诗词评论

……善意的、高水平的评论，是提高创作水平的必要条件，这是被文学发展史反复证明了的。就中华诗史看，从孔夫子到王国维，我国的诗歌理论和诗歌批评著作浩如烟海，蕴含着许多真知灼见。它们是从诗歌创作中孕育出来的，又反转来促进了诗歌的发展。因此，我们为了开创吟坛新局面，应该积极开展善意的诗歌评论。广州搞了一次全国性的"李杜杯"诗词大赛，获奖作品先在报刊发表，后来又结集出版，这当然是可以评论、也应该评论的。评论终于开展了，但不大健康。发难者统计了获奖作品歌颂与讽刺的比例，便斥责大赛违反了"时代精神的主旋律"，"使缪斯女神、李杜诗魂遭到亵渎"，反驳者也以其人之道还治其人之身，闹得很不愉快。对于这样一个涉及主旋律的大问题，如果一方善意地提出，另一方以温和的态度解释，就会从理论和实践上解决关乎诗词发展的大问题。毛泽东同志曾响亮地提出："一切危害人民群众的黑暗势力必须暴露之，一切人民群众的革命斗争必须歌颂之，这就是革命文艺家的基本任务。"江泽民同志在十五大报告中大声疾呼："反对腐败是关系党和国家生死存亡的严重斗争！"把反腐败的获奖作品不看成弘扬上旋律的佳作，而诬蔑为给社会主义抹黑的毒草，这对于中华诗词的健康发展是有害的。关于这个问题，杨金亭同志在《中华诗词》1997年第4期上发表了一篇充分说理的文章，已经明辨是非，我就不再重复。

我们开展善意的评论，形式可以多种多样，生动活泼。大而可以评论创作中的某种倾向，探讨涉及创作的某些理论问题；小而可以分析一部诗集成败得失的原因，探讨一位诗人的创作道路和艺术风格。可以"奇文共欣赏"，点评某篇佳作以供诗友们借鉴；也可以"疑义相与析"，提出某些疑难问题共同商榷。对于某一篇大致不错，但有缺点的作品，对于某一个相当生动，但有语病的句子，甚至对某一个用得不很恰当，以致影响全篇的字，都可指出问题的症结所在，提出修改意见。语言力求精炼，篇幅力求短小。可写论文，也写随笔、诗话、词话、曲话等等。这样的评论如果形成风气，那就不仅有利于提高诗词创作的整体水平，也会使诗友之间的关系通过切磋诗艺而日益密切，成为名副其实的"诗友"、"文字交"。

四、关于加强团结

泽民同志在十五大报告中强调指出："我们这次大会的任务，就是动员全党和全国各族人民团结奋斗，全面推进建设有中国特色社会主义的伟大事业。团结就是大局，团结就是力量。"中华诗坛，多年来都比较团结。……关于加强诗坛团结，我想到两点。一是加强老中青诗人之间的团结。这当然不是说老中青之间有什么隔阂，而是说应该密切交往，优势互补。一般地说：老诗人创作经验丰富，艺术功力深厚，但在创新方面也许保守些，要深入生活也有困难；中青年诗人勇于创新，有条件深入生活，但创作经验和艺术功力，也许比老诗人差。因此，老中青交朋友，便可取长补短，提高创作水平。二是加强与新诗界的团结。"五四"以来，新诗是主流，传统诗词受到排斥。自十一届三中全会以来，由于

"双百"方针的认真贯彻,新诗界与中华诗词界已日益友好,相互交流。在十五大精神鼓舞下,更应该加强团结,共创辉煌。"五四"以来的新诗已经形成了自己的传统,有其独特优势。我们应该拓宽路子,研究古典诗歌、研究民歌、研究"五四"以来的新诗,借鉴外国诗歌,总结出带规律性的东西,以探索新体诗的创建,以促进有中国特色社会主义诗歌在题材、体裁、风格、流派方面的百花齐放,从而更好地弘扬主旋律,承担起培育社会主义新人的光荣任务。

　　(原载《中华诗词》1997 年第 6 期,此据岭南诗社编印《当代诗词论文选集》)

全国第十一届中华诗词研讨会开幕词

全国第十一届中华诗词研讨会于金秋时节在新疆的新兴城市石河子隆重开幕，谨表示衷心的祝贺！各位诗友从全国各地、乃至海外赶来参加这次盛会，谨表示热烈的欢迎！

这次会议的第一议题是关于如何继承和发展边塞诗的问题

顾名思义，边塞诗指以边塞风光、边塞生活为题材的诗歌。祖国的东南西北都有边塞，也都有边塞诗。然而中华民族发祥于祖国的大西北，自周秦汉唐以来，西北边患频仍，因而从《诗经》中的《出车》、《六月》等篇开始，以表现边防战争为主要内容的边塞佳作，多取材于西北。一提到边塞诗，人们首先想到的便是盛唐诗人的名篇，而这些名篇，绝大多数是歌咏西北边塞的。诗友们来到新疆，大概会联想到盛唐杰出的诗人岑参。岑参曾在属于今新疆地区的轮台、北庭等地生活过六年时间，创作了《白雪歌送武判官归京》、《天山雪歌送萧治归京》、《火山云歌送别》、《热海行送崔侍御还京》、《玉门关盖将军歌》、《走马川行奉送封大夫出师西征》、《轮台歌奉送封大夫出师西征》等一系列边塞杰作，雄奇壮丽，气势磅礴，至今读之，仍令人豪情喷涌，意气风发。有人曾说："边塞诗是大西北的歌，是大西北的骄傲。"这当然不够确切，但就其主要方面而言，还是持之有故的。新中国成立以来，反映西北边疆的诗数量多而质量高。就新诗而言，影响较大的有闻捷的《天山牧歌》、贺敬之的《西去列车的窗口》、张志民的《西行剪影》、郭小川的《西出阳关》、田间的《天山诗抄》、李季的《向昆仑》及《石油诗抄》等等；就传统诗词而言，从毛泽东、朱德、董必武、叶剑英、陈毅等革命领袖到郭沫若、常任侠等许许多多著名诗人，都有歌唱大西北的佳作。因此，改革开放以来，对边塞诗的理论探讨和作品选编，也集中于西北地区。1982年，新疆师范大学中文系召开学术会议，就新边塞诗问题展开讨论。1984年，在兰州召开的中国唐代文学学会第二届年会以唐代边塞诗为议题，来自海内外的两百多位专家参加讨论，会后出版了《唐代边塞诗论文选粹》和《唐代边塞诗选注》。1995年，全国第八届中华诗词研讨会在银川召开，主要研究如何继承和发展边塞诗的优良传统问题，会后出版了论文集《重振边塞诗风》和《中华当代边塞诗词精选》。这一时期，西北各地先后出版的《丝绸之路诗词选集》、《陇上吟》、《塞上龙吟》、《夏风》、《丝路清韵》、《当代诗人咏宁夏》、《现代名人咏三秦》、《现代西域诗钞》、《绿洲魂》、《昆仑诗词》、《水龙吟》、《大通吟》等等，也都是当代边塞诗词选集。更值得重视的是：1949年中国人民解放军进军新疆之后，十万官兵奉命集体转业，改编为新疆生产建设兵团，肩负起"保卫边疆，建设边疆"的光荣使命，改天换地，业绩辉煌，并从建设者中涌现出无数诗人，成立了兵团诗词楹联家协会。1997年，兵团诗词楹联家协会编辑出版了《军垦颂》，入选的优秀作品，讴歌创业精神，反映边疆新貌，堪称"新边塞诗"。

正因为这样，我们在新疆举行的这次诗会上讨论边塞诗的继承和创新问题，就有许多优越条件。第一，在西北地区，多次举行了边塞诗研讨以及编辑出版的几种论文集，提出了许多问题，也解决了一些问题，为我们这次的进一步研讨提供了参照系。第二，前面提到的各种古、今边塞诗选本，为我们探讨古、今边塞诗的创作经验和艺术规律提供了方便，有助于从创作实践的总结上升到创作理论的概括，反转来指导创作实践。第三，诗友们在进入新疆之前，很可能是从岑参到林则徐等前代诗人的边塞诗中了解新疆的。到了新疆，才知道新疆已经发生了惊人的巨大变化。陈毅元帅在《访新疆》诗中说："戈壁惊开新世界。"新疆如此，其他边疆省区也无不如此。新的时代，新的边疆，呼唤与之相适应的新边塞诗。我相信，通过这一次研讨，必将掀起新边塞诗的创作高潮。

这次会议的第二个议题是当代诗词的大众化问题

在中国现代文学史上曾开展过多次文艺大众化的讨论。1930年春，在左翼作家主编的《大众文艺》《拓荒者》《艺术》等刊物上展开文艺大众化的第一次讨论，参加者有鲁迅、郭沫若、冯雪峰、冯乃超、夏衍、阳翰笙、蒋光慈、钱杏村、田汉、沈西苓、洪灵菲等等。1931年冬、1934年春夏，又展开第二、第三次讨论，瞿秋白、茅盾、鲁迅、周扬、陶行知、郑振铎、郑伯奇等许多人都发表了文章。鲁迅在《文艺的大众化》一文中说"应该多有为大众设想的作家"，又在《门外文谈》一文中从文学的产生、发展过程，考察了文学与人民群众的关系。论证了文艺大众化的必然趋势和重要意义。

文艺的大众问题，实质上是文艺为什么人的原则问题。1942年，毛泽东《在延安文艺座谈会上的讲话》中解决了文艺为什么人以及如何为等重大原则问题，从而阐明了文艺大众化的基本理论，指出了实现文艺大众化的途径。这是大家都熟悉的。

在现代文学史上，文艺大众化是针对文艺创作脱离人民大众的倾向提出来的。古代诗人不可能明确地提出"大众化"口号，但古代的不少杰出诗人，一般都同情民间疾苦，关心人生密切相关的国家大事，以诗歌创作体现人民大众的呼声，为民请命。在艺术表现上，则务求言浅意深。雅俗共赏。当前中华诗词创作百花齐放，形势喜人，但如何进一步贴近现实，走向大众，体现时代精神，仍须不断努力。在这次研讨会上，诗友们在总结当代诗词创作实践的基础上吸收30年代以来多次文艺大众化讨论的成果，借鉴古代杰出诗人贴近大众的创作经验，必能从内容和形式两方面解决当代诗词的大众化问题，创作出有时代感，有艺术魅力，为人民群众喜闻乐见的佳作，为建设精神文明做出贡献。

祝愿大会圆满成功！祝愿各位诗友精神愉快，创作丰收！

（原载《春风早度玉关外》全国第十一届中华诗词研讨会论文集，此据《中华诗词十五年年鉴》）

全国第十二届中华诗词研讨会闭幕词

各位领导，各位诗友！

这次以"让中华诗词大步走进大学校园"为主题的研讨会开得十分成功，现在即将闭幕了。在致闭幕词的时候，我首先想到的是：这次以诗词进校园为主题的研讨会来之不易！近20年来，随着改革开放的春风吹拂，"诗词热"席卷神州大地，波及世界各国，中华诗词振兴有望，形势喜人。但是，每当我们在有关会议上分析诗词创作队伍的年龄结构的时候，都深深地感到后继无人的危机，因而大声疾呼，要求在各类学校里、至少在高等院校的文科各系里教会学生作诗、填词。前几年，以中华诗词学会会长孙轶青先生为首的六位全国政协委员又联合提案，要求在各类学校里加强诗词教育，提案全文曾在《中华诗词》和其他刊物发表。然而这一切，都反响不大，令人失望。感谢杨叔子教授，他以中国科学院院士的崇高地位和杰出科学家的远见卓识，撰写、发表了兼综文理、淹贯中西的高质量论文，登高一呼，响应者风起云涌，我们才能在江汉之滨、黄鹤楼畔，举行这次由中华诗词学会和北大、清华、华中理工大学等许多名牌大学发起、并有教育部领导出席的盛会。会议的主题"让中华诗词大步走进大学校园"，也就是杨叔子院士的论文题目。我提议：让我们以热烈的掌声，向杨院士表示崇高的敬意和诚挚的谢意！

在这次会议上，围绕"诗词进校园"的主题，孙轶青会长致了综览全局的开幕词，杨叔子院士作了博大精深、新意迭出的学术报告，李锐老作了精辟、深刻的讲话，各位诗友，在小组会和大会上作了各有独到见解的发言，从而对许多问题达成了共识。就比较重要者而言：大家是从提高民族凝聚力、从而加强综合国力的高度讨论诗词进校园问题的，认为诗词进校园，是加强综合国力所必需；大家是从进行爱国主义教育、振奋民族精神的高度讨论诗词进校园问题，认为诗词进校园，是全面实施素质教育，培养高素质的建设人才所必需；大家又是从驰誉五洲、绵延数千年之久的中华诗词不致中断的高度讨论诗词进校园问题的，认为诗词进校园，是振兴中华诗词、高扬民族精神的火炬所必需。在这样一些重要问题上达成共识，充分说明我们的这次研讨会，正如孙老在开幕词中所祝愿的那样：开得很圆满，很成功！

为了使我们达成的共识能够迅速而全面的落实在实践上，刚才又宣读了一份切实可行的《倡议书》，大家以热烈的掌声表示一致通过。

尤其使我们欢欣鼓舞的是：我们的这次会议，一开始就有教育部文科处负责同志参加；在今天的闭幕式上，教育部周副部长又于百忙中赶来作了热情洋溢的报告，对我们的研讨会给予充分肯定，对我们刚才宣读的关于诗词进校园的倡议表示大力支持，使得全神贯注、倾听报告的全场代表心花怒放，不约而同地报以多次的、经久不息的掌声。我提议：让我们以又一次热烈的掌声表达对周副部长的真诚谢意，表达我们对诗词进校园的长期渴望即将变为现实的喜悦之情。

我们的伟大祖国一向被誉为"诗国"。作为"诗国"，自有学校便强调"诗教"。2500 年前的孔夫子创办大学，分设德行、言语、政事、文学四科，不同学科当然有不同的课程设置；但不论哪一科，都要"学诗"，其通用教材，就是《诗三百》（后来被尊为《诗经》）。孔子关于"兴于诗"、"小子何莫学夫诗"、"不学诗，无以言"之类的教诲，至今在读《论语》时还能引起教育家的思考。尤其值得重视的是：孔子培养人才，主张"兴于诗，立于礼，成于乐"（《论语·泰伯》）。包咸对"兴于诗"的解释是："兴，起也，言修身当先学诗。"（何晏《论语集解》引）大家知道：古代"大学"的"八目"，就是"格物、致知、诚意、正心、修身、齐家、治国、平天下"。这"八目"，杨叔子院士在他为我们所作的学术报告里讲到过。我要说的是：在"大学"的"八目"中，"修身"处于中间环节，起关键作用："身修而后家齐，家齐而后国治，国治而后天下平"。古代所谓"修身"，相当于我们今天所说的"素质培养"。孔子主张"修身当先学诗"，对我们全面实施素质教育，有不可低估的借鉴意义。我国历史上的杰出诗人、伟大诗人，都在"修身"上下过工夫，自然从幼年起就"学诗"。"学诗"是"修身"的必要条件，而"修身"的目的，则是"治国平天下"，不是作专业诗人。正因为这样，所以当他们进入仕途或争取进入仕途以实现"治国平天下"的大志宏愿而屡受挫折的时候，就能关心民瘼，洞察时弊，如鲠在喉，不得不吐，而他们又早已学会了做诗，所以便能写出震撼人心的优秀篇章，万口传诵，历久弥新。这些诗人做地方官，一般都有善政，都是好官；在朝廷里，一般都是改革派。当然，贪官、奸臣一类的败类也往往会作诗，但没有一个是杰出诗人、伟大诗人。由此可见，"诗教"的确是我们的优秀传统。正因为有这样的传统，我国才成为"诗国"，中华诗词才成为中华民族精神的火炬，照亮海内外亿万中华儿女的心灵。

校园里教诗、学诗的传统绵延了几千年。直到我在南京中央大学学习的时候，"五四"新文学运动虽然已经过去了20多年，但我们中文系仍有三门关于诗歌创作的必修课。一门是"诗选及习作"，选讲历代诗，讲了各类古体诗，便习作各类古体诗，讲了各类近体诗，便习作各类近体诗。一门是"词选及习作"，选讲历代词，讲了小令中调，便习作小令、中调，讲了长调，便习作长调。一门是"曲选及习作"，选讲历代散曲，讲了小令便习作小令，讲了套曲便习作套曲。这三门必修课共10学分，学不好当然不能毕业。中央大学是院系较全的综合大学，其他各系爱好文学的同学可以在中文系选课、听课，所以即使理工农医各系的同学，也有不少人会作诗。这几天我碰见了好几位在华中理工大学任教的老同学，都是学理工的老诗人，都参加这次研讨会。大学毕业生一般不会作诗，这是近几十年的事情。这里应该强调指出：近几十年来，小学、中学也讲诗词，大学中文系讲得更多。如果认为校园里根本没有诗词，现在才要"进"，那是不合事实的。问题在于：老师只分析诗词作品的思想性和艺术性，不讲诗词格律，不教学生作诗。也就是说：只有诗词选讲，而无诗词习作。学生不从自己习作的角度认真听讲以借鉴前人的名作，老师讲得再多再好，也起不了很大作用。

尽管我们的研讨会开得很成功，但我对高等院校能不能把教会学生作诗落到实处，仍抱怀疑态度。前天中午，杨院士到了我的房间，我便向他请教："目前学生的学习任务很重，不得学分，谁愿意花费时间学习作诗？"杨院士说："增开新课的权，教育部已经下放。我们华中理工大学就开设了诗词习作必修课，不得学分不能毕业。"我又提出："职称与工资、住房挂钩，而提升职称的条件是教学工作量和学术论著，诗词做得再好，也与提升职称无关。何况，目前高校教师一般不会作诗，不会作当然可以学，但与其花时间学作诗，又何如多写几篇论文？"杨院士说："这好办，我们已经把会作诗作为提升职称的条件。"我在由衷地赞佩杨院士的卓识和魄力的同时，想到了陆放翁《梅花绝句》的后两句："何方可化身千亿，一树梅花一放翁。"又有什么方法能使杨院士"化身千亿"，"一所高校一叔子"呢？急中生智，我忽然想起一个方法：把我们的这次研讨会搞一份《纪要》，加上周副部长在闭幕式上的《讲话》、杨院士的论文和我们的《倡议书》，再请华中理工大学搞一份开设诗词习作必修课的《经验总结》，一同上报教育部，申请批发给全国各高等院校，要求认真落实。如果我们真的上报，教育部真的批发，那么，在不太遥远的将来，不仅"一所高校一叔子"，很可能"一所高校几叔子"，中华诗词进校园的问题也就彻底解决了。

在中华诗歌发展史上曾经涌现过多次高潮。《诗经》是一个高潮；《楚辞》是一个高潮；建安时期是五言诗创作的高潮；唐代名家辈出，流派纷呈，各类古体诗和各类近体诗百花齐放，争奇斗丽，是更加辉煌的、至今令人神往的高潮；宋诗是可与唐诗比美的高潮；两宋时期，又是词的高潮；元代则是曲的高潮……我们处于真正"天涯若比邻"的信息时代，视野空前开阔；改革开放和四化建设为我们提供了千汇万状、汪洋浩瀚的题材；党的跨世纪蓝图激发了我们对壮丽前景的向往和诗化世界的热情；诗词重返校园以后既建设祖国、又讴歌祖国的新秀源源不断地为诗词创作队伍增添新生力量。可以预期，伴随中华民族的伟大复兴，必将涌现又一次诗词创作的高潮，再创辉煌！

具有里程碑意义的本世纪最后一次诗坛盛会，即将胜利闭幕。祝愿各位代表身体健康，精神愉快，一路顺风，家庭幸福。谢谢！（根据讲话录音整理，略有删节）

（原载《中华诗词学会通讯》1999 年 12 月总第 34 期，此据《中华诗词十五年年鉴》）

全国第十三届中华诗词研讨会闭幕词

在深圳南山区西丽湖举行的以"让中华诗词走进中小学校园"为主题的全国第十三届中华诗词研讨会即将圆满闭幕，让我们以热烈的掌声向为筹办这次会议付出辛勤劳动的东道主致以崇高的敬意和诚挚的谢意。

这次研讨会有海内外专家、诗人、中小学教师近 300 人参加，是继去年武汉研讨会之后的又一次盛会。中华诗词学会会长孙轶青致开幕词，中科院院士杨叔子、《中华诗词》主编刘征分别作了《力施诗教于未冠》、《试谈中小学的诗教》的主题报告，加拿大皇家学院院士叶嘉莹以生动的语言介绍了她教小孩子读诗作诗的宝贵经验。代表们在大会、小会上争先发言、气氛热烈。

开幕词、主题报告和数十位代表的发言以及汇编出版的 170 多篇论文，对大会主题作了多角度、全方位的论述，卓见迭出，精彩纷呈。概括起来，对以下几个重要问题讨论充分，基本上达成共识。

一、领导重视问题

诗词进校园，关键问题是领导重视。刘征先生追溯了"建国以来中小学文学教育大起大落的风雨历程"，引起了代表们的情感共鸣。拨乱反正、改革开放以来，诗词进校园之所以能够逐渐实现，是和领导重视分不开的，是和"科教兴国"的战略分不开的，也是和中华诗词植根于亿万中华儿女的心灵深处，具有强大的艺术生命力和智育、德育、美育功能分不开的。因此，随着改革开放的春风吹拂，诗词之芽便如雨后春笋，处处破土而出；诗词之花便在整个神州大地上吐艳飘香。十多年来，经过中华诗词学会和全国所有诗词组织的努力，经过海内外学者、诗人的呼吁，特别是江主席的号召和有关部门领导的支持，诗词进校园的主要条件逐渐具备，问题只在于如何实施。

二、诗词的教育功能问题

诗词是否需要进校园，取决于诗词有无教育功能。有人对诗词的教育功能持否定态度。代表们针锋相对，就中华诗词可能在素质教育方面发挥的强大作用发表了许多真知灼见；有不少，是就首倡诗教的孔子的论述发挥的。诗人刘征指出："孔子把诗教的功能概括为兴、观、群、怨，还有一个字，是言。这五个字讲得很好，只是适应新时代的要求，应予以新的诠释。"他作了新的诠释，很精当。不过，孔子以"小子何莫学夫诗"一句领起，在讲了"诗，可以兴，可以观，可以群，可以怨"之后，还讲了三句话："迩之事父，远之事君，多识于鸟兽草木之名。"历来的诗论家只讲"兴观群怨"，对后三句视而不见；但这三句其实也很重要。如果给予新的诠释，那么，"事父"、"事君"，讲的是诗的伦理道德教育功能，而伦理道德教育，应该是素质教育的核心；"多识于鸟兽草木之名"，讲的是诗的认识价值和智育功能，仅就孔子进行诗教的教材《诗三百》（后来尊为《诗经》）看，就涉及动物学、植物学，而且涉及天文学、地理学、历史学、民俗学等许多学科领域的知识，可以扩大读者的知识领域。

不少发言和论文阐述了诗词的美育功能。优秀的诗词作品以醉人的文采美、音乐美、意境美体现作者的审美理想和爱美激情，具有强烈的艺术感染力，从而在不知不觉中美化读者的心灵，提高读者的审美能力。诗词的智育功能和德育功能，必须通过美育功能才能充分发挥。一切公式化、概念化作品和艺术上不很成熟的作品，由于缺乏艺术感染力，不能给读者以美感，所以即使有智育德育方面的说教，也谈不到智育德育功能。

学习诗词也可以培养学生的创造能力和创新精神。

首先，诗词创作本身就是一种创造、一种创新。我上大学时曾对汪辟疆老师说："我写了几首诗，请老师批改。"汪老师批评说："诗不是写出来的，而是作出来的。随便写，怎能有好诗？"从此我不再说"写诗"，而说"作诗"。诗贵创新，试读杜甫的诗，不仅不与古人雷同，而且不与自己雷同。就是说每一首诗都有独创性，都是新的创造。其他诗词大家也是这样。因此，认真学诗、作诗，可以培养创新精神。

其次，抒情和想象，是诗词的主要特质。这二者，又是互相促进的，一方面，诗人的情感鼓舞着他的想象，比如，当他被日益高涨的四化建设热潮激起喜悦之感的时候，他的想象就会鼓翼而飞，构想出伟大祖国的壮丽前景；另一方面，诗人的想象又强化他的情感，比如当他想象出四化建设的壮丽前景的时候，就会感到更大的喜悦，以百倍热情投身于四化建设。没有炽热的情感和丰富的想象，就不可能成为伟大诗人。李白"梦游天姥"的情景全出于想象，杜甫"大庇天下寒士"的"广厦千万间"也出于想象。诗人在创作中驰骋想象，有时可以窥见宇宙奥秘。南宋词人辛弃疾"中秋饮酒将旦，用《天问》体作《木兰花慢》以送月"，开头有这样几句："可怜今夕月，向何处，去悠悠？是别有人间，那边才见，光景东头。"王国维在《人间词话》里评论说："词人想象，直悟月轮绕地之理，与科学家密合。"科学家哥白尼发明"月轮绕地之理"，初见于他在1530年完成的《天体之运行》一书，而辛弃疾则卒于1207年。这首《木兰花慢》词是他晚年所作，比哥白尼完成《天体之运行》早三个多世纪。活跃于诗词创作中的想象，心理学上称为"创造性的想象"。这种想象虽然如高尔基所说，"它特别是凭借形象的思维，是'艺术的'思维"，但"科学的"、即逻辑的思维，也需要它的帮助。列宁在着重地说想象甚至在数学这种最抽象的科学中的必要性时指出："如果没有想象的话，那么科学上的伟大发明是不可能的。"由此可见，学诗、作诗，可以提高学生的想象力，从而提高其创造能力和创新精神。

三、师资问题

诗词走进中小学校园，有效地进行素质教育，需要解决教材问题，更需要解决师资问题。对于解决师资问题，代表们提出了许多设想，诸如办培训班、讲习会等等。叶嘉莹院士在给江主席的信中提出："今年回国以后，我很愿意为幼儿园及中小学的教师做一系列的古诗教学的示范。因为我认为除了安排课程和课本以外，师资也是一项重大的问题，教学方式的得法不得法，会对教学的效果造成重大的影响。"把叶先生的示范教学录像录音，让全国幼儿园老师、中小学语文老师反复观摩，必能在解决师资问题方面发挥重大作用。

四、教学方法问题

中小学课程多，负担重，不可能也不应该为了实施诗教而增加语文课时。因此，就需要改变老师讲学生听的教学方法。叶嘉莹先生说："也许有人会以为学习古诗，是要透过讲说的，使孩子们理解了古诗的内容意义，然后才教他们诵读的。可是，幼小的孩子们怎么能完全理解古代那些人们的思想和感情呢？……有时候，孩子们是不需要理解就能学习的。"老师不讲而让学生诵读，当今国内的中小学教师、甚至大多数大学语文系教师，都会诧为奇谈怪论；但这确是我们几千年来行之有效的传统教学方法。《论文汇编》中所收的好几篇回忆童年学诗的文章，就是很好的例证。我上小学以前，家父抓住小孩子记忆力强的特点，在只认字、不讲解的情况下背诵了《四书》《诗经》《唐诗三百首》和几十篇古文，当时不懂或不大懂，后来跟着水平的提高就逐渐懂了，终生受用无穷。小时候读《诗经》特别是读《唐诗三百首》，尽管不大懂，却往往被诗的意象美和音乐美所陶醉，引发许多联想和想象，自己也学着作。古人有"诗无达诂"的说法，事实上，有些诗，专家们也难于确解。例如李商隐的《锦瑟》诗，历来众说纷纭，至今莫衷一是。梁启超就说这首诗他不大懂，但越读越感到美。这说明读好诗即使不大懂，也能获得美感，起到美育作用。

从小学一年级到高中毕业，语文课时加起来相当多，如果老师的讲解提纲挈领，指点、启发，尽可能少占课时，留出大量课时让学生熟读课文和课本以外的名篇，辅之以指导写作，是完全可以把文章写好的。可是由于老师的讲解占用了所有课时，学生们无暇熟读名篇和练习写作，文学作品的教育功能既无从发挥，写作能力也很难提高。如果中小学的诗词教学少讲、多读、多作的原则能够得到普遍认同，那么对整个中小学、乃至大学的语文教学改革，也会起到促进作用。

从小学一年级到高中三年级，诗词的教学方法当然应该相应改变。小学以教孩子们诵读和吟咏为主，必要时略作指点、讲解；到了初中，特别是高中，可在少讲、多读、多作的同时对某些重点作品作比较精细的讲解、分析，既可收举一反三之效，也能提高学生的鉴赏水平。课堂教学之外，代表们还提出建立第二课堂、校园诗社，组织诗赛，设立选修科、提高班，组织课外阅读等许多办法，这都是可以试行的。而最根本的问题，则是教师善于启发、诱导，通过优秀作品的吟诵和适当指点，引起学生的兴趣。学生对学诗词有了浓厚兴趣，那就"乐此不疲"，"欲罢不能"，一切有关活动都会自愿、主动地去搞；相反，如果引不起学生的兴趣，那么，一切由教师组织的诗词活动，就都成了学生的沉重负担。

五、是否教学生作诗的问题

中小学的诗词教学，主要是通过诵读、吟咏发挥诗词的教育功能，从而培养素质，这是代表们的共识。而在诵读、吟咏的基础上教学生作诗，也是许多代表的主张。孙轶青会长在开幕词中明确提出"应在小学高年级和中学生中指导习作"，并且热情洋溢地展望未来："到了21世纪中叶，代代青少年中会涌现出亿万个诗词爱好者，会拥有数以千万计的具有较高水平的诗人、词家。"孙老的展望并非空想，宣奉华代表就以丰富的例证说明"自古诗才出少年"。青少年最真诚、最敏感、最热情，最有雄心壮志，因而最适于作诗，唐宋诗词名家，大都是在青少年时代就有佳作问世。因此，教中小学生作诗，起步宜早不宜晚。先学五绝，不必严守平仄。五绝中本来就有"古绝"一种，可押平韵，也可押仄韵，不大讲平仄。唐人五绝名篇，多是古体。教孩子们做这种相对自由的四句 20 字小诗，不会造成畏难情绪。进一步，可作短篇古风，五古、七古、歌行，也是相对自由的。等到有一定基础，再教他们掌握格律，作近体诗。现在的中小学生都讲普通话，如果不要求用平水韵，不死记入声字，干脆按普通话的读音押韵、调平仄，那么近体诗的格律也不难掌握。

我们的这次研讨会开得十分圆满，十分成功。有领导的重视，有各方面的支持，有我们大家的集思广益、众志成城，我们有理由相信：诗词进校园，必能在全面实施素质教育方面起到积极作用，培养出一代又一代高素质人才，把我们的祖国建设得更加富强、更加文明、更加美好；而中华诗词后继无人的问题，也必将得到彻底解决，孙轶青会长热情洋溢的展望，必将在不太遥远的将来变成活生生的现实。

祝愿各位代表和各位不远千里万里飘洋过海赶来参加会议的朋友一路顺风，家庭幸福，万事如意！

（载《中华诗词十五年年鉴》）

全国第十四届中华诗词研讨会闭幕词（摘要）

在合肥举行的这次研讨会，开得十分成功！概括起来，有三大特点：

第一，这次会议有一个很有意义的主题，就是研讨"五四"以来的名家诗词。大家知道，五四以来，我们的国家经历了抗日战争、解放战争、全国解放、"文化大革命"、粉碎"四人帮"、改革开放、四化建设、港澳回归等一系列历史巨变和重大事件，风雷激荡，震撼人心。而这些震撼人心的历史巨变和重大事件，都在诗词创作中得到了充分、深刻、生动的艺术表现。实事求是地说："五四"以来，中华诗词传统不但没有中断，而且继往开来，推陈出新，涌现了不少光芒四射、前无古人的杰作。可是，"五四"以来的诗词却被认为是已经被打倒了的"旧体"而不被重视。从王瑶 50 年代出版的新文学史，到近年来出版的这样那样的现代文学史、当代文学史，其中根本没有论及"五四"以来诗词的只言片语。十多年来，中华诗词学会和各地方诗词组织都在为振兴中华诗词、提高创作质量而努力，但"五四"以来的诗词创作如果一直不被社会特别是文艺界、学术界所承认，那我们的努力又从何着手呢？从这种实际情况看，这次研讨会的主题是有重大的现实意义的。

在开幕式上，中华诗词学会孙轶青会长的开幕词，对这次会议主题的意义作了扼要、透辟的论述；李锐老的讲话，对现当代一位重要诗人聂绀弩的诗，作出了崇高的评价；杨叔子院士《让中华诗词大步走向千家万户》的报告，可说是对中华诗词学会《21世纪初期中华诗词发展纲要》的一个很有力的配合和发挥。

第二，这次会议陆续收到论文近200篇。经过筛选，会前已作为《中华诗词》增刊散发到代表们手中的《论文集》，共收论文63篇，大都有见解，有深度，学术质量颇高。五四以来的诗词，一向被轻视、被否定，而我们却一次性推出颇有学术质量的论文63篇，这不是很大的收获吗？全部论文，可以区分为两大类，第一类属于宏观研究，对五四以来的诗词发展历程及其受新文化运动影响和所体现的爱国精神等等作了系统论述，大致上勾勒出"五四"以来诗词发展的轮廓。第二类是作家作品研究，40多篇论文对30多位诗人的创作作了多角度的论述。"五四"以来的名家数以百计，这里涉及的只是其中的一小部分，却已经看出了"五四"以来的诗词创作取得了辉煌成就，是一个无法否认的巨大、有力的客观存在。毛泽东诗词当然早有定评；其他如唐玉虬、钱仲联等名家的大量抗战诗，激昂慷慨，气壮山河，是历史上任何抗击外来侵略的名篇佳作（包括陆游的代表作）都是无法比拟的；又如聂绀弩等人的"文革"诗，也和所反映的"文革"一样"史无前例"。诗如此，词亦如此。试把夏承焘、沈祖棻的代表作与宋词名家的代表作相比较，便不难作出公允的结论。仅仅看看这几十篇论文所展示的"五四"以来的诗词创作实绩，此前种种否定性的论调便不攻自破。

这次盛会的第三个特点，是真正贯彻了"双百"方针。不论从论文看，还是从发言看，都各抒己见，畅所欲言，互相争论，心平气和。比如对聂绀弩的诗，袁第锐先生的论文认为那是"当今之离骚，诗家之楷模"，"具有温柔敦厚，哀而不伤的传统风格", 不是"异端", 不是"变体", 更不是什么"打油诗"; 李锐老在开幕式上的讲话中表示赞同。而钱理群先生的论文则认为: ……"在我们这个充满了矛盾的、处于历史转型期的时代里, 打油诗体是可能具有更大的发展前景的。"可以看出: 钱理群所说的"打油诗"是褒义而非贬义。……改革开放以来, 在学术问题和文艺问题的研讨中扣帽子、抓辫子、打棍子的恶劣现象没有了, 这当然是求之不得的大好事; 但不同意见的认真争论也很少见, 并不利于学术和文艺的健康发展。而我们的这次研讨会, 包括论文和发言, 都有不少不同意见的交锋, 这是值得肯定和发扬的。

下面提几点建议:

一、这次会议的主题是研讨五四以来的名家诗词, 如果连名家都还没有研究, 遑论其他。先从研究名家入手, 这是当务之急; 但从长远看, 我们还应从"非名家"中挖掘出名家来。有许多诗人, 特别是边远、偏僻地方的一些诗人成就很高, 但其知名度只限于狭小范围。比如安徽歙县的许承尧, 写了许多好诗, 造诣极高, 受到大师们的称赞, 却由于他主要在甘肃一带做"小官", 晚年回到老家大约就退隐了, 因此不为人注意。时至今日, 诗坛知道他的姓名的, 恐怕人数也极有限, 仅此一例, 可概其余。最好动员各省、市、自治区的诗词组织做一些调查工作, 列出名单, 逐一研究。

二、这次研讨会的论文集中, 有研究晚年流寓台湾的于右任的论文两篇, 论述香港饶宗颐诗词的序文一篇, 有研究香港诗人刘伯端的论文两篇。这是很好的, 表明我们的视野开阔。我由此想到, 港澳台及海外华人中的杰出诗人, 也应纳入我们的研究范围。

三、这次研讨会的论文和发言，集中在诗和词而无暇顾及曲。事实上，五四以来的散曲创作也是值得注意的。卒于抗战期间的吴梅是公认的曲学大师，他不仅自己作曲，而且在著名学府讲授曲学数十年，门弟子甚众。因此，从事散曲创作者薪尽火传，大有人在。吴梅的高足之一孙雨亭，在抗战时期创作的散曲《巴山樵唱》曾轰动一时，确实写得好，可以说超过了元人散曲的水平。因此，我们还应该重视"五四"以来散曲的研究。

四、研究"五四"以来的诗、词、曲，是一个浩大工程。我们这次研讨会，只是一个良好的开端，还应继续研讨下去。我们能不能拟订一个长远计划，每次研讨会，只研讨一个阶段或一个群体，比如抗战诗、"文革"诗、"南社"诗，等等。

五、为了让人们了解"五四"以来诗词曲创作的辉煌成就，更为了我们继承传统、提高创作水平，应该组织专家，编选一套少而精的诗选、词选、曲选。入选的必须是精品，每本书不超过五百首，肯定会像《唐诗三百首》那样受到欢迎。至于现、当代诗词曲史那样的书，当然可以马上写，而且已经有人写，写出来便有开创意义。但等到我们分期分段研究，有了大量高水平论文之后，再组织人力编写，就容易得多，而且更能保证质量。还有，如果我们每年一次研讨会除了还有其他重要主题而外，一般都以研讨五四以来的诗词为主题。每次编一本收入近百篇论文的论文集，10 年后，成绩就相当可观了。

（原载《中华诗词》2001 年第 4 期）

全国第十五届中华诗词研讨会闭幕词

全国第十五届中华诗词研讨会经过四天的大会发言、小组讨论和参观游览，现在即将圆满闭幕。让我们以热烈的掌声，向为筹办这次盛会做出卓越奉献的儋州市领导同志和所有工作人员致以诚挚的谢意！

这次研讨会开得圆满成功，表现在以下几个方面：

（一）在开幕式上，孙轶青会长致开幕词，对这次会议的主题作了明确的界定和充分的阐述，并着重指出了研讨的重点，对开好会议起了重要作用。李锐老为我们作了生动、精辟的讲话，新见迭出，胜义纷呈，引起阵阵掌声。其中关于反左和拥护"三个代表"的意见，不论对我们开好这次会议还是从事所有工作，都有指导意义。梁东副会长所作的主题发言对田园诗、山水诗、旅游诗以及新田园诗、新山水诗的创作等问题畅抒己见，对大会发言和小组讨论深有启发。儋州市委张书记在致词中向代表们介绍了儋州的悠久历史和大发展中的现状，介绍了号称"诗乡歌海"的儋州近年来的诗歌创作盛况，希望代表们竞挥彩笔，描绘儋州。代表们并没有辜负张书记的希望，这几天都在交流佳作。我建议由儋州的诗友编一册《当代诗人咏儋州》，这对提高儋州的知名度会起到积极作用。

（二）这次盛会，有来自全国各地的180多位代表参加，事前提交论文103篇，经过周笃文、杨金亭、梁东、王澍等诸位诗人、专家评审，精选出50多篇，已编辑成书。所有论文都是按会议主题撰写的，可分为三大部分：一、田园诗、山水诗评论；二、旅游与诗词文化评论；三、苏东坡海南诗评论。由于绝大多数代表都撰写了论文，所以大会发言和小组讨论都水平颇高。

（三）参观游览与会议主题紧密结合。热带植物园的异树奇花，松涛水库的水光山色，固然有助于山水诗、旅游诗的创作；而东坡书院等处，更引发代表们对苏轼的崇敬之情。

（四）这次会议涉及的问题比较多，经过充分研讨，都在不同程度上开拓思路，提高了认识水平。

田园诗是我国诗歌园地里的奇葩。西洋文学中的田园诗（Pastoral）以歌唱宁静悠闲的田园生活为特色，因而人们一谈到悠闲宁静、无忧无虑的生活，就喜欢加上"田园诗般的"形容词。我国的田园诗则自有特点：陶渊明的《归园田居五首》、《癸卯岁始春怀古田舍二首》等篇，着重表现田园生活的淳朴、宁静和闲适，用以对照官场的虚伪、污浊和倾轧，从而抒发"久在樊笼里，复得返自然"的喜悦，这当然与西洋田园诗有相通之处。陶渊明的《庚戌岁九月中于西田获早稻》《丙辰岁八月中于下潠田舍获》等诗，写"躬耕""力作"，表现"田家岂不苦"的切身体验，这与西洋田园诗完全相反。陶渊明以后的田园诗，如王维、孟浩然等的若干名篇偏于写"田家乐"，白居易、聂夷中、杜荀鹤、梅尧臣、陆游等的若干名篇偏于写"田家苦"，范成大的大型组诗《四时田园杂兴》和《腊月村田乐府》，则"田家乐"与"田家苦"并写，包罗万象。因此，阅读我国历代田园诗，在获得艺术享受的同时还能扩大认识农村、体验农村的时空领域，有助于直面现实，开辟未来。

改革开放以来，我国农村面貌日新月异，新田园诗的创作也随之蓬勃开展，方兴未艾。通过这次会议的研讨和总结，必能从体现时代精神的高度，把新田园诗的创作推向新的境界、新的高峰。

现在所说的"旅游"，是与"度假"、"休闲"，乃至"高消费"相联系的，这完全是新概念。尽管如此，我们写旅游诗，仍不妨从古人的旅行诗、游览诗以及写名胜古迹、旅行见闻的所有诗（包括山水诗、田园诗、社会诗）中吸取营养，开拓创新；不必急于下定义，更不必被什么定义所束缚。

这次会议的主题，本来包括东坡儋州诗研讨。代表们参观东坡遗迹之后，对东坡的怀念景仰之情，益发不能自已。"乌台诗案"之后，东坡不断遭到政敌的打击迫害，一贬再贬，绍圣四年（1907）七月，又由惠州远贬儋州。初抵儋州之时，州守张中留住州衙，还修理驿舍准备让东坡居住。政敌章惇派人察访，逐出东坡；张中则因此贬到雷州，死于贬所。连朝散大夫直秘阁权知广南西路都钤辖程节、户部员外郎谭掞、提点湖南路刑狱梁子美等，也以"不觉察"罪，受到降职处分。东坡被逐出官舍之后，在《新居》诗里说："旧居无一席，逐客犹遭屏。结茅得兹地，翳翳村巷永。"这大概就是在儋州人帮助下修成的桄榔庵。在流放儋州的三年里，东坡不仅生活艰苦，而且继续遭受政治迫害，真可谓九死一生！但他以坚强的意志和不屈不挠的精神，坚持把中原的先进文化和先进农业生产技术传授给儋州人民，使得儋州在他离开不久出了历史上第一位进士。此后人文蔚起，英才辈出，成为琼州文化经济最发达的地区。缅怀东坡，我们能不加强社会责任感和历史使命感，为实现中华民族的伟大复兴做出应有的奉献吗？

我们的会议即将闭幕，祝愿各位代表一路平安，家庭幸福！

（原载《中华诗词学会通讯》2002年1月总第41期）

陆游国际学术研讨会开幕词

陆游（1125—1210）是在中华诗歌发展史上占有重要地位的杰出诗人。他生当南宋前期，北中国的广大人民呻吟于女真族统治者的铁蹄之下，腐朽庸懦的南宋王朝不惜压榨民脂民膏，以割地纳款大量输送银、绢的屈辱条件，换取偏安局面。陆游面对深重的民族苦难，热血沸腾，渴望奔赴前线，"上马击狂胡，下马草军书"，为收复中原奉献一切。但由于投降派当政，却不仅长期得不到重用，而且遭受打击。直到48岁的时候，主战派将领王炎任四川宣抚使，驻守南郑，任他为干办公事兼检法官，这才有了一展抱负的机会。南郑是当时西北国防前线，宣抚使是负责前敌工作的最高指挥官，干办公事是衙门的负责人员，检法官是执法者，乾道八年（1172）三月，陆游到达南郑，看到平川沃野，麦陇青青，桑林郁郁，民气恢张，爱国豪情与恢复宏愿激荡奔腾，挥笔写出了《山南行》《南郑马上作》等诗。数月之内他频繁地往返于南郑和前线之间，准备收复关中，作为恢复中原的根据地。"会看金鼓从天下，却取关中作本根"，表现了他的战略思想和作战目标。他曾趁大雪之夜跨马冲过渭水，掠过敌人阵地。还曾参加过大散关的遭遇战，然而，到了这年十月，在投降派控制之下，形势逆转，宣抚使王炎被调回临安，陆游亦被迫离开南郑国防前线，于十一月二日自南郑启程，回到成都。

陆游在《感旧》诗注中说他在南郑作诗"百余篇"，乘船时落入水中，幸而还保存三十首，编为《东楼集》。陆游南郑时期的从军生活，虽然未能实现收复关中，恢复中原的理想，然而这仍是他一生中最快意的一段时期。此后数十年经常怀念这一段生活，形诸吟咏。现存南郑时期所作及后来的追忆之作，共计词22首、诗约300首，有不少是陆游爱国诗词中的杰作。值得着重提出的是：南郑军旅生活，使陆游诗风发生了根本性的转变，出现了惊人的飞跃。他在20年后所作的《九月一日夜读诗稿有感走笔作歌》一诗中说"我昔学诗未有得，残余未免从人乞。力孱气馁心自知，妄取虚名有惭色"。就是说，他早年学诗，只是模仿别人的作品，乞讨别人的残汤剩饭，所以写出的东西"力孱气弱"，没有充沛的内容，以此窃取虚名，深感惭愧。接着写道：

> 四十从戎驻南郑，酣宴军中夜连日。
> 打球筑场一千步，阅马列厩三万匹。
> 华灯纵情声满楼，宝钗艳舞光照席。
> 琵琶弦急冰雹乱，羯鼓手匀风雨疾。
> 诗家三昧忽见前，屈贾在眼元历历。
> 天机云锦用在我，剪裁妙处非刀尺。
> 世间才杰固不乏，秋毫未合天地隔。
> 放翁老死何足论，《广陵散》绝还堪惜。

就是说，他直到四十多岁在南郑从军，亲身经历了富有浪漫主义激情的军旅生活，从现实斗争、时代风云中吸取了诗词创作的灵感和素材，才使他真正懂得了"诗家三昧"——作诗的决窍，并希望把这诀窍传给后人。别像《广陵散》那样失传。在《示子聿》中，他又把在南郑时期领悟到的作诗诀窍告诉儿子："汝若欲学诗，工夫在诗外。"诗外功夫，包含甚广，最重要的是，诗人必须具有和人民同呼吸、共命运的历史责任感，投身于时代洪流，获得丰富的社会阅历和生活体验，感而赋诗，自然妙境天成。

由此可见，陆游之所以能成为伟大的爱国诗人，为我们留下许多光辉的诗篇，南郑的军旅生活是起了决定性作用的。我们在南郑举行陆游学术研讨会，探究陆游所领悟到的"诗家三昧"，对于振兴中华、振兴中华诗词，具有不可低估的深远意义。

"五四"运动以来，传统诗词被目为"旧体"而受到不应有的排斥。改革开放以来始有转机，诗会、诗社、诗刊，有如雨后春笋；关于如何振兴中华诗词的讨论，也广泛开展。中华诗词学会与汉中地区行政公署、中共南郑县委及县人民政府联合举办陆游国际学术研讨会，其目的在于总结陆游诗词创作的经验，促进当前诗词创作的蓬勃发展。去年，中华诗词学会得到南郑县及其他单位的赞助，举办了规模空前的"南郑杯"诗词大赛。这次大赛所起的轰动效应和编入《金榜集》的获奖作品所达到的艺术水平，也表明了传统诗词仍有深广的群众基础和强大的艺术生命力。"国运兴、诗运隆"，诗词创作与改革开放同步，从沸腾的生活源泉中汲取营养，在创造性地继承传统的基础上大胆创新，必将迎来中华诗史上的又一个黄金时期。

（原载《汉中文化报》1993 年 10 月 30 日第 3 版）

《金榜集》前言

源远流长，光芒四射，近数十年却陷入低谷的中华诗史，由于1992年诗词大赛所取得的辉煌成果而顿现振兴之势，揭开了崭新的一页。

这次大赛，是由中华诗词学会与新华社、中央电视台、经济日报、光明日报、中国青年报、陕西南郑县、广东清远市等二十多个单位联合举办的。6月29日，在人民大会堂举行开赛式，同时于各大报刊登出征稿启事，提出：大赛的宗旨是弘扬中华文化，繁荣诗词创作，培养人才，选拔佳作；要求以表现时代风采、河山胜概、爱国精神为主，凡内容健康、符合格律、声情俱美之作，均可参赛，诗词曲不限；不收参赛费，大赛组委、评委及中华诗词学会常务理事概不参赛。由于宗旨正大，要求明确，作风廉洁，又值改革开放的大潮流光溢彩，经济腾飞，形势喜人，因而消息传出，五洲响应，举凡中华文化辐射之处，无不卷起诗潮词浪。在短短两个月内，两万多封函件，十万多篇作品，从四面八方纷至沓来。参赛者遍及国内三十一个省、市、自治区，台、港、澳地区；以及美、日、德、意、新加坡、马来西亚等十六个国家，年龄最小的十三岁，最大的九十七岁，包括教师、学生、干部、工人、农民、将士、科技专家、个体户、企业家、海外华侨、国际友人。国内外许多名家，先后发来贺电、贺信。九五高龄的周谷城会长题辞："温柔敦厚，古之诗教。举行竞赛，奖励深造。"九三高龄的陈立夫先生两次为大赛赠诗，并说要以中华诗词"促进台峡两岸的统一"。很多海外华侨、华人纷纷投稿参赛，有的热情称赞"中华诗词是联结华夏民族的心桥"，"是不死的神蛇"，"是正在腾飞的巨龙"，"将与华夏河山同其永久"。其反响之强烈，爱国热情之高昂，令人感奋不已。

评选分初评、终评两步。初评在北京进行，由在京评委和临时聘请的专家通力合作，历时一个月，筛选出两千多件出线作品，交大赛办公室密封、编号。

终评工作，于10月下旬在广东省清远市进行。由组委会常务副主任孙轶青主持，来自全国各地的十七位评委参加。先开全体评委会议，经过充分讨论，统一认识，明确评选标准，然后分四个小组评选，渴望选出无愧于伟大时代的佳作。

第一阶段的任务是：每组评阅五百余件诗卷，每位评委打分，选出积分较高的前五十多件作为入等作品，四组共选出二百多件。

第二阶段，由四个组的评委轮流评审二百多件作品，每位评委每阅完一件作品，都在所附签名单上签名，而把分数打在另一张入等作品编号表上。每位评委独立打分，避免彼此参看，互相影响。最后统计总分，排列次序。

对于按总分排入第一、二等的十三篇作品，又在全体评委会上逐篇讨论，前后对比，调整了少数作品的名次。比如《出塞行》与《八声甘州》，前者总分略高。大家认为，既是"诗词大赛"，一等三篇中有一篇词比较好，而这篇《八声甘州》从序和词看，真切地表现了爱国华侨渴望中华振兴的拳拳赤子之心，有普遍意义和积极影响，故定为一等，而定《出塞行》为二等之首。对这十三篇作品的讨论异常细致，比如《挽彭德怀元帅》，或提出二、三句失黏，或以"阳关体"辩解，最后达成共识：这种拗体七绝唐代名家多有，不独王维《送元二使安西》为然，不应以不合律苛求。然对"晚节月同孤"，则公认欠妥。但又认为此诗主题重大，起句概括性强，三、四句尤深警，故仍按总分排次列入一等。对于所有入选作品，评委们都反复推敲，一丝不苟，提出过不少修改意见。但我们的原则是不改一字，按原作评选。

我国素有诗国之誉，举办诗赛，古已有之。收入《四库全书》的《月泉吟社诗》为我们留下古代诗赛的完备资料。此书首载征稿启事，包括书写要求，交稿时地，诗题解释，评诗原则等等；次列六十人之诗，每首前有评语；次为摘句、赏格、送赏信及诸人复信。这次诗赛由南宋遗民、月泉吟社社长吴渭主持，以《春日田园杂兴》为题，限五七言律体，共收到二千七百三十五份诗卷。聘请方凤、谢翱、吴思齐诸名家评选，张榜公布名次。每人首列化名，其下注明所属诗社、籍贯及姓名字号，如"第一名罗公福"，下注"杭清吟社三山连文凤伯正号应山"。看来诗卷是密封的，化名相当于我们的编号。王渔洋《池北偶谈》认为入选诗"清新尖刻，别是一家"，而次第不当，故又重新排列，如把第一名降为二十一名、把第十三名升为第二名之类，变动极大。诗评家指出王氏所排名次也并不确当。把数十首、百余首在艺术上都达到完美境界的诗要一一区分高下、列出次第而得到公认，其难度之大，凡是懂诗的人都能理解。吴渭主持的诗赛，参赛者同作一题，同用律体，衡量标尺较易掌握，尚且如此。我们的诗赛题目自选，诗词曲各体不限，尽管诗卷密封，评委们秉持公心，反复衡量，而所列名次未必能得到所有作者、读者的认同，也是意料之中的事。较有把握的是：名次或前或后，一任当代和后代的王渔洋们调整，但选出的确是参赛诗中的佳作，虽然某些篇章不无尚可推敲之处，但从总体看，确有不少突出的优点和特点。

阅读这一百数十首入选作品，首先感受到的是改革开放的大潮扑面而来，经济繁荣，全民奋进，新事物层出不穷，给人以巨大的鼓舞力量。

1992 年初春，邓小平南方谈话有如时雨沛降，使改革开放的大潮频添万丈波澜。神州大地，勃发无限生机，处处欣欣向荣。这在入选的四首作品中得到了生动的反映。李儒美在赞颂"当代经纶仰北斗，中兴事业寄南巡"之后，讴歌了随之出现的大好形势，"九州生气山河动，十亿宏图日月新。"何泽翰既强调南方谈话"一言兴邦"、"发聩振聋"的巨大作用，又概括其"事非师古唯求是，法贵随时岂有常"的精神实质，尤有深远意义。侨居美国的李伏波老先生闻讯喜赋七律，以"南巡忽报落狂飙，十八滩头又一篙"发端，以"欲卷诗书归去也，神州今日涌春涛"结尾，心潮澎湃，热情喷涌，表达了爱国华侨的共同感受。王巨农的五律，则借"观北海九龙壁"抒写之。前两联概括了中华巨龙"久蛰"、"思高举"，"鳞爪"曾"露"而"终乏水云"的漫长历史，为第三联蓄势。第三联以"天鼓挝南国，春旗荡邓林"写南方谈话，奇峰突起，气象万千。尾联以"者番堪破壁，昂首上千寻"展望巨龙腾飞的壮丽前景，兴会淋漓。全诗举重若轻，浑化无迹，取冠多士，当无异议。

更多的诗词反映了向现代化迈进的过程中涌现的新人、

新事、新观念、新气象。史鹏的《参观塘沽万吨巨轮集装箱码头感赋》，首联因见"钢箱垒若墙"而讴歌"物阜年丰"，继赞集装箱之美，写铁塔舒臂、船船货满、巨轮列队远航。而以"红旗招展去，辉耀太平洋"收束，展现了中华民族走向世界的雄姿。陈永恒的《蝶恋花》写架线工"踏上青峦"，则"脚底朝阳吐"；"杆立山头"，则"恰似擎天柱"；"转动银盘"，则"银线"飞起，"穿云"远去。结尾由神采转向心态："暮入山村回首顾，群星闪烁荧屏舞。"往日穷困荒凉的"山村"，夜幕降临，一片漆黑。如今则家家收看电视，处处电灯辉煌。这一"顾"中出现的神奇画面，怎能不使架线工豪情满怀？吴鼎文《鹧鸪天》所写的是一位"村姑"，但已看不出她有什么"村"气。从她的束装打扮，不难想见今日的农村已日趋城市化。更妙的是通过她"偎女伴，语缠绵"，将读者的视野从农村引向特区："伊人"来信，说他"已把'嘉陵'换'本田'"，原因是"公司"又"分红利"。则公司之兴旺发达、特区之日新月异，都见于言外。魏福平的《计算机》"风骚独领真尤物，软硬兼施的可儿，漫道机心生器械，敢将电脑共思维"，属对工巧；谢堂的《八声甘州·赋电子计算机》"献尽囊中智，为我攻关"，"不用眉头频皱，但灵机一动，便上尖端"，构思新奇。这种全新的"咏物"诗词，标志着电子计算机在我国科技、文教、国防、工农业生产等许多领域已得到日益广泛的应用，发挥着日益巨大的作用。其他如杨孔皆的《鸡司令》、黄席群的《兰州绿化赞歌》、陶俊新的《锁阳台·新制玉潭春茶》、高述曾的《沁园春·亚运会颂》、孙临清的《阜新大清沟水库即事》、汪民全的《望海潮·北海深水港遐思》、陈仁德的《八声甘州·

一九九一年抗洪》、陈剑恪的《蜡染时装表演》、谢孝宠的
《水调歌头·观九二中国常州时装名模表演》、吕树坤的《南
乡子·赴延边夜宿朝鲜族农家》、陈绛型的《江城子·金秋
农村见闻》、吴占图的《清平乐·同步卫星》、邓志龙的《踏
莎行·今日湖乡》、杨叔成的《上海南浦大桥观光》、姜宝
林的《农科乐园漫笔》、陈卓华的《沁园春·津市港风光》、
楚风的《乡村》、孙仲琦的《踏莎行·参观深圳》、佚名的
《喜澳星发射成功》等等，都从不同角度表现了时代风采，
令人耳目一新。

写景之作也新意盎然。熊东遨写洞庭湖广"纳细流"，"水
云奔涌"，而以"尤喜国门开禁例，五洋通达任行舟"收尾。
刘梦芙咏庐山五老峰，历写景随时变，如今则"幽岩绿润瑶
池雨，芳林烂漫琪花吐，丽景迎来四海宾，风里飘飘羽衣舞"。
顾兆勋的《水调歌头·登金陵饭店旋宫》，则通过"远眺""下
视""微转"，展现了南京新貌。读这一类作品，可从描绘
的景物中感受到改革开放的春风。

溯历史、忆伤痕、刺时弊的作品也引人注目。陈耀祥的
《虎门怀林则徐》缅怀林则徐"禁毒""攘夷"的伟烈，以"追
思往事情难已，似听当年激战声"结尾，发人深省。王翼奇
的《杭州马坡巷龚自珍故居》，则对支持林则徐禁烟、并在
诗界和思想界开一代风气的龚自珍的悲凉身世寄予同情，引
人深思。金英生的《马江海战一百周年》，追写福建海军中
的部分官兵在清廷引狼入室，让外国舰队进入马尾军港击沉
中国战舰的情况下进行的一次反侵略战斗。"横眉轻寇敌，
喋血壮山河。舰冒兼天焰，雷掀万顷波"，写得有声有色。
梁自然的《翠亨行》在描绘了孙中山先生故里风光之后抒发

了继往开来的壮志："拓荒怀往哲，踵武赖群英。慷慨奔前路，长歌续远征。"入选诗词中的好几首溯历史、怀往哲之作，都能给人同样的思想启迪和精神鼓舞。

苏仲湘的《华夏行》从"猿人坐啸燕山月"直写到"三中全会举明灯""改革开放春潮涌"，可算华夏历史画卷的缩影。中间突出地写了列强侵略、神州再造、十年浩劫。张榕的七绝以《游颐和园》命题，却未单纯留连风景，而由湖光山色引发"遐思"，发出诘问："未知黄海沉师日，可是颐园祝寿时？"清廷腐败，列强蚕食鲸吞，给中华民族造成的苦难，使每一位有血气的炎黄子孙难以忘怀。正因为这样，许多参赛者选取与改变这种命运有关的重大题材而加以提炼，吟成各有特色的佳什。童家贤的《贺新郎·南湖船》、吴军的《八声甘州·碾庄战地怀陈总》、吴方的《光辉历程》、杨启宇的《挽彭德怀元帅》等都是这方面的例子。至于从"反右"以来，特别是"文革"中造成的"伤痕"，则是改变民族命运过程中付出的一种特殊代价。好了伤疤忘了痛，无助于吸取教训。何况入选的这一类作品，都是以讴歌拨乱反正、改革开放的热诚抚摸伤痕的，周毓峰的《出塞行》、熊鉴的《玉楼春·平反》、张毓昆的《感事》、邵庆春的《南吕一枝花·祭田汉》、雷德荣的《悼念红学家吴世昌先生》，无一例外。至于意境、风格，则各显个性。熊鉴的词以高度凝练、意在言外见长。邵庆春的套曲酣畅、泼辣，不失元人散曲本色。《出塞行》则继承叙事诗传统，通过男女主人公的悲欢离合反映了四十余年的历史变迁。情节曲折，人物栩栩欲活，作者所写的也许是真人真事，却有高度典型性，同时代的许多知识分子都可从中看到自己的投影。男主人公在治沙造林、忽成"右派""发配极边""几番濒死"之际，"尚有丹忱一片存"，"等把沙滩变绿洲"；在又遭浩劫，林毁妻亡之后，犹"无怨""无悔"，一遇云收雾散，"政策英明"，立刻"奋起牛棚"，"力挽前功追岁月"。在这种崇高的精神境界里，不也闪耀着同时代知识分子优秀品质的光芒吗？

敢于直面现实，形诸吟咏，体现明鲜的倾向性，这是我国古代诗歌的优良传统。《诗大序》把这种倾向性概括为"美"（赞美）和"刺"（讥刺）。入选作品中的大多数属于"美"的范畴，"刺"时弊之作极少，却更值得重视。周心培的《朝天子·迎检查》以"检查、视察，官儿小，架势大"开头，然后写四处张罗，竭力款待，供"官儿"大吃大喝，才可能得到好评，弄块"花牌"。这样一"刺"，对大刹吃喝风也许有些好处。华钦进的《官家"便饭"》所写的是同类题材，但内容不同。一是档次更高：论吃，则"桌上菜名巧，吃遍海陆空"；论喝，则"可乐冲啤酒，汾酒对参茸"；吃喝之后，还有鲜果、名烟，女郎伴舞。二是前者只请"官儿"，后者"主人沾客福，一客九主东"，"吃完记笔账，反正吃阿公"。真把"累禁吃喝风"而"下级装耳聋"的原因揭露无遗。周绍麟的《感时》"建功何必到边庭，弦管强如军号声。一曲恋歌钱十万，英雄谁敢比歌星"，蕴含深广，耐人寻味。

祖国统一富强，乃是所有炎黄子孙的共同心愿。出于海峡两岸参赛者之手的许多诗词，如李庆苏的《临江仙·赠群姐》、王玉祥的《赠台湾友人》、钟佑杰的《念奴娇·中秋简留台故旧》、钱植莲的《次台北张白翎韵》、秦贯如的《欢迎延普表弟自台归来》、俞菲的《沁园春·海峡两岸黔人书画联展》等都表达了这种心愿。李庆苏词中的"千里归来寻旧雨，向阳街里人家。一庭柑橘正扬花。端详皆泪眼，执手忆年华"；王玉祥诗中的"春深怕读登楼赋，阿里山高不见家"；钟佑杰词中的"海峡两岸波轻，乡思难遣，竞把归舟发。骨肉从无难解怨，况是情浓于血"都写得真情流露，感人心脾。

入选作品还写到其他多种题材，不乏隽句佳章，限于篇幅，不一一列举了。

归结起来，有如下几点值得强调：

一、这次大赛具有十分广泛的群众性，参赛者遍及各地，多在基层，抚时感事，情动于中而形于言，故题材百花齐放，而以当代题材为主，有一些还涉及重大题材，因而能够生动地表现新时期的社会风貌。当然，改革开放进程中的重大题材多种多样，倘有更多的作品作更充分的反映，便能在更深更广的程度上体现时代精神。

二、参赛者以振兴中华的高度使命感写诗，因而不论是咏史、怀古、写景、咏物、甚至感慨身世，其情感、观念都是新的，充溢着时代感。大量反映社会生活的作品，更从建设两个文明的高度着眼，"美"其所当"美"，"刺"其所当"刺"，足以感发人心，移风易俗。略显不足的是刺讥时弊之作少了些，涉及面也不够广。

三、参赛者根据题材、主题的特点，选用适于表现的体裁。诗则五七言古风、五七言律绝，词则小令、中调、长调，曲则小令、套数，众体咸备。正因为动用了千百年来形成的各种诗歌体裁，故能得心应手地表现大千世界的千姿百态。比如《迎检查》，如果用律、绝或词来表现，就很难收到泼辣嘲讽的效果；而用散曲《朝天子》，则恰到好处。《祭田汉》也同样发挥了套曲的特长。入选作品中只有几篇散曲，都相当精彩。散曲允许多加衬字，要求本色当行，适于大量运用口语，弹性较大，表现力很强，应提倡多作。

四、入选的诗词曲大都在继承传统的基础上力求创新。题材新、主题新、感情新、语言新。部分作品，构思、属对、谋篇乃至表现手法，也很新颖，这在"点评"中将扼要评析。显而易见的特点是：不用僻典，不用生僻词语，不以艰深文浅易。风格多样，而清新畅达，雅俗共赏，则是共同点。有些篇章，还达到了含蓄、雄浑、超妙的境界。"次韵"律、绝，在互相酬唱的场合也得写，有时还能写出好诗。但入选的《长寿歌》乃长篇歌行，却"用白居易《长恨歌》原韵"，并不是我们要提倡的。这篇长歌中有些句子套用原句，如"荔枝如面柳如眉，国破如何不泪垂"之类，自然是迁就韵脚所致。不过从整篇看，毕竟是写今事、抒今情，而且大体流畅，显示了作者的功力，故积分较高，名次较前。总之，入选的诗词曲既用传统体裁，符合格律，又都是今人写的今诗、今词、今曲，而不是假古董。

这次大赛是群众性活动，老一辈诗人，知名度较高的诗人，都热情祝贺，大力协助，而参赛者不多。为了比较全面地展示当代诗词创作的实力，特邀名家赐稿，编在入选作品之后。

　　"五四"以来，传统诗歌被目为"旧体"而受到不应有的排斥，日趋消沉；近数年始有转机，诗会、诗社、诗刊，有如雨后春笋。这次大赛所起的轰动效应和入选作品所达到的艺术水平表明传统诗歌仍有深广的群众基础和强大的生命力。"国运兴，文运隆"。诗歌创作与改革开放同步，从沸腾生活中汲取源泉，在继承传统的基础上大胆创新，必将迎来中华诗史上的又一次高潮。

　　（原载《金榜集》，学苑出版社 1993 年出版）

《鹿鸣集》前言

由中华诗词学会，中共鹿城区委、区政府，中共温州市委宣传部，温州诗词学会联合举办的"鹿鸣杯"全国诗词大赛得到国内外诗词界的热烈响应，有大陆所有省、市和港、澳、台地区及日、美、法、意、西班牙、新加坡、菲律宾、马来西亚等国的九千一百五十一位作者参赛，共收到三万零一百一十八首诗、词、曲作品，继前两次大赛之后，又一次掀起了群众性诗词曲创作的新高潮。

这次大赛的突出特点是弘扬中华诗词的爱国主义传统。从获奖作品看，题材广阔，体裁、风格多样，主题、意境各具特色，有如百花竞艳、百鸟争鸣。然而每一篇作品，又都震响着海内外炎黄子孙"爱我中华"的心声。

爱我中华，便不能容忍我们的伟大祖国被侵略、被践踏、被奴役，不应忘记鸦片战争以来帝国主义列强的侵华史和无数爱国志士前仆后继、浴血杀敌、直至赢得彻底胜利的伟大斗争。七古《万人坑白骨吟》借白骨的控诉，声讨了日寇虐待、屠杀八万数千名华工的滔天罪行。结尾昭告国人："世世不可忘国耻，人人不可无国魂！"七绝二首《南京大屠杀五十七周年祭》以"尸骸山积钟山小"概括了大屠杀之惨绝人寰，从而向国人提出警告，"鬼魂卅万声犹厉：'国恨弥天不许忘！'"一借白骨之言，一托鬼魂之语，沉痛、激切，警钟长鸣，足以激发全国人民的爱国壮志，安不忘危，奋发图强。七律《中日马关条约百周年感赋》以"片纸百年民有恨，一人万寿国无疆"的鲜明对比！对清朝政府违反民意签订《马关条约》进行鞭挞。结句"好从青史悟兴亡"引人深思：

帝国主义侵略之所以能够得逞，是和清廷的腐败分不开的。中日甲午战争，中国人民和爱国官军曾英勇奋战，终因清廷腐败而惨遭失败，割地赔款。《马关条约》签订的第二年，在赔偿日本军费二万万两白银的同时，澎湖列岛、辽东半岛、台湾全岛及所有附属岛屿，已全部割给日本，神州地图已大变颜色，爱国诗人丘逢甲在《春愁》中痛呼："四百万人同一哭，去年今日割台湾！"另一位爱国诗人谭嗣同在《有感一章》中悲歌："四万万人齐下泪，天涯何处是神州！""四百万人"，是当时台湾的总人口；"四万万人"，是当时中国的总人口。"同一哭"，"齐下泪"，既表现了全国人民对丧权辱国的痛心，也表现了收复失地的决心。如今，我们的祖国空前强大，但腐败足以亡国，历史的教训仍应汲取。台湾诗人周冠华的五律《秋瑾女侠》，歌颂了近代史上著名的女革命家秋瑾的爱国丹忱。七律《缅怀东北抗联烈士》，讴歌了杨靖宇等东北抗日联军领袖及其战友们的艰苦抗战和壮烈牺牲。先烈们抛头颅、洒热血，都为的是洗雪国耻，再造神州。《沁园春·抗日战争胜利五十周年感赋》和《念奴娇·纪念抗日战争胜利五十周年》，在追忆中华儿女怒对侵略、奋起抗日、终于赢得胜利的同时展望未来："今喜明时，难忘痛史，两岸情皆切。子孙万代，金瓯尤望无缺。"

更多的诗篇直面现实，直面人生，从各不相同的角度切入，反映了复杂而广阔的现实生活，不同程度上体现了时代的脉搏、人民的心声。从本质上说，这许多作品同样弘扬了中华诗词的爱国主义传统。

七律《开元颂》热情地赞颂了给中华大地带来蓬勃生机和浓郁春意的改革开放。首句"不用纠缠社与资"破空而来，震聋发聩。这是巨人的声音，真正爱国者的声音。这声音如春雷乍响，随之而来的便是思想解放的春天，万卉争荣的春天，百业兴旺的春天。试把连养鸡下蛋、养猪积肥吃肉都作为"资本主义尾巴"统统割掉时的社会景象与当前的社会景象作对比，便不难理解这句话已经发挥和继续发挥的旋乾转坤的伟大作用。那么，这句诗是否概念化？回答是否定的。"不用纠缠社与资"——斩钉截铁，闻其声如见其人，怎能说它概念化？紧接着的"天惊石破发雄词"，是作者对"雄词"及"发雄词"者的由衷赞颂，不用说"天惊石破"形象鲜明，连赞颂者诚于中而形于外的神情语调，也跃然纸上。

我国最早的诗歌总集《诗经》分《风》、《雅》、《颂》三类，这说明颂美之诗由来已久。孔子认为"诗可以怨"，孔安国解释说："怨，刺上政也。"这说明怨刺之诗也由来已久。汉儒解释《诗经》便分为"美"、"刺"两类。郑玄《诗谱序》云："论功颂德，所以将顺其美；刺过讥失，所以匡救其恶。"这讲得极透辟：颂美丰功、美德和一切美好事物，意在诱导、扶持，使之愈来愈美；怨刺各种过失和一切丑恶的事物，意在匡正、挽救，使之变丑为美，改恶从善。美与刺。出于同一目的，可谓殊途同归。诗人如果对国家的前途有深挚的责任感，那他必然要直面现实，干预生活，美其所当美，刺其所当刺。《开元颂》、《缅怀东北抗联烈士》、《三峡颂》、《武侯吟》、《悼念张鸣岐》、《读彭德怀自述》、《贺新郎·郎姐别来久》、《轮台白雪歌》、《秋瑾女侠》、《彭大将军祭》、《赠农村外侄》、《海礁赞》、《农民技校》、《重读张志新烈士事迹有感》、《铁锄头赞》等，都属于颂美之作。读者不难看出，在获奖作品中，颂美之诗占有绝大部分。

这些作品美其所当美，洋溢着爱国主义激情，足以感发读者，扬善扶美，发潜德之幽光，张中华之正气。

相对来说，刺其所当刺的作品为数不多，因而弥足珍贵。散曲［南吕］《一枝花·贫》就当前勃兴起来的暴发户进行艺术概括，创造了颇具典型性的人物形象，其主要特征是：物质上极富有，精神上极贫穷。就文化素养说，"不晓得三江两广"，"难分清汉晋隋唐"，"更不知五千年岁月文明状"；就人生追求说，"为了钱，伪真善恶，正邪美丑，是非功过，全粘作一锅浆"，"连有个受苦的娘亲也早忘"。这当然是"刺"，而刺的目的，无非是唤醒人们（包括本人）采取措施，使这些人精神上也富有起来。要不然，这种人愈多，国家的前途，民族的命运，将愈不堪设想。七绝《过秦淮河》后两句"凄清惟有河中月，曾是伤心照六朝"，在艺术构思方面可能受李白"只今惟有西江月，曾照吴王宫里人"和刘禹锡"淮水东边旧时月，夜深还过女墙来"的启发，作者大概也联想到杜牧的《泊秦淮》。然而这两句是由眼前"吧馆灯红酒客豪，画船舞乱曲声娇"的景象所引发的深沉慨叹，现实感与历史感融合无间，在借古讽今，警世砭俗方面迸发的艺术震撼力远胜前作。七古《潇湘卖花女》将无限同情倾注于失学、流浪、"任人肆意践踏"的祖国"鲜花朵"，而对造成这种不合理现象的诸多社会根源，则给予无情的揭露和抨击，呼唤人们"救救孩子！"

"美"和"刺"，在爱国诗人的思想上是相互联系的。一首诗即使全篇都在"刺"，那也是从正面理想出发，为维护值得"美"的事物而鞭笞应该"刺"的事物，乃为美而刺，并非为刺而刺。在更多的情况下，一首诗往往美、刺并用。

五古《啄木鸟赞》赞啄木鸟除害护林，当然是"美诗"。但"株病何其多，虫害何其酷"一段，却令人联想起现实生活中的腐败现象，其意在"刺"，当然，从遮天盖地的关系网中抓几个贪污犯，比啄木鸟抓几条小虫难得多。而且，即使现实生活中已经出现了这样可喜的事实，而要探微穷秘，如实反映，其难度也很大。作者说他用寓言诗形式赞啄木鸟，是有意"取巧"，没想到竟获一等奖！其言坦率可爱，其意悚惧可悲。七古《彭大将军祭》用大量篇幅赞颂彭大将军的丰功伟绩，而"开国元勋遭践踏"以下，则痛刺"四凶"。《金缕曲·重谒刘少奇同志故居》有美有刺，亦与此相类。七律《悼念张鸣岐》歌颂在抗洪抢险中壮烈牺牲的锦州市委张书记，然而一方面是群众自发设祭，另一方面则是"有人偏举幸灾杯"，美刺并用，极大地扩展了反映现实的广度与深度。

现实生活广阔、复杂而千变万化，诗人们的现实感受和心灵世界亦复如此。因此，并非所有的诗作都需要用美、刺两种倾向来区分。七律《席间遇当年红卫兵》当然不能说无美无刺，但不用美、刺的概念来评说，则其意境更浑涵。《金缕曲·胸有千千结》格调高雅，声情激越。冯唐易老，壮志难酬，愤愤不平之意，惘惘不甘之情，洋溢于墨楮，属于"可以怨"的范畴。但要确指它"刺"什么，其意便浅。《鹧鸪天·酒醉缘何酒又醒》缠绵悱恻，犹是唐宋诗词中"闺怨"遗风。哀而不伤，怨而不怒，不好说有什么"刺"。

对于祖国的深厚感情，是从传统文化的薰陶和骨肉之爱、友朋之爱、乡土之爱等等的浸润、延展中培育起来的。自度曲《游子归》抒发了海外游子思念亲人、思念故乡的深情；《鹧鸪天·清明挽爱女王楚楚烈士》表现了一位慈母对年仅九岁而为抢救落水儿童毅然献出宝贵生命的女儿的深挚的爱，字字血泪，感人肺腑。宣扬家人骨肉之爱，在抓纲上线的年代里曾被扣上"鼓吹资产阶级人性论"的帽子大张挞伐，令人啼笑皆非。古人还懂得"求忠臣于孝子之门"，一个人如果连骨肉之爱这样崇高的人性都泯灭了，不爱父母，不爱妻子儿女，不爱父母生我育我的家乡，怎能期望他爱国、爱民？《身世歌》是意大利华侨陈玉华女士自述身世的长篇七古。前半篇从"一身妻母两相兼"而难为无米之炊写到远走异国，抒抛夫别子之痛，诉久别思家之苦，恻恻动人。后半篇由骨肉之情扩展到祖国之爱："节己助人岂自哀，报国恨无不匮财。千金万贯非虚掷，解囊多为育英才。"祖露了一位爱国侨胞的赤子之心。而"闲行细探阴阴巷，多少贫家犹待扶。日日应邀作上宾，满席海味并山珍。饥寒能有几漂母，富贵何多好客人"一段，则以敏锐的目光瞄准现实中的脓疮投以匕首。"刺"之猛，乃由于爱之深。

七古《九马画山》将眼前景、民谣与同游者的指点、辨认结合起来，夹写夹议，杂以想像，辅以虚构，继之以借题发挥，诙诡恣肆，非老手莫办。然而多数评委未给高分，绝非偶然。句句押平韵，一韵到底，始子《柏梁》，然篇幅颇短。韩愈喜效此体，其《陆浑山火》长达六十余句，尽管赵执信在《声调谱》里赞其"古诗平韵句法尽于此矣"，但实际上很难有太多变化。就每句后三字说，只能有平平平、平仄平、仄仄平、仄平平四种形式；如果避免律句，就只能有前两种形式。就押韵说，六十多个同韵韵脚读起来有如用同样的力度、以同样的间歇敲击同一块铁板，当当当当，连响六十余声，多么单调、沉闷！《九马画山》句句押平韵，一韵到底，多达五十余句，实堪与《陆浑山火》争奇斗巧，当然可能受到韩派诗人的赏识，却很难赢得大多数人的掌声。

这次大赛评出这么多优秀作品，充分证明中华诗词依然具有强大的艺术生命力，可以反映新现实，体现新观念，抒发新感情，唱出时代的最强音。这次大赛的获奖者多数是中青年，还有一位十五岁的中学生，充分说明中华诗词后继有人，前途远大。《身世歌》的作者原来只有初小文化底子。她在艰辛创业的同时坚持自学，便能写出这样动人的好诗，说明中华诗词并非高不可攀，而是便于写景、叙事、咏物、言志、抒情的好形式。

元稹《乐府古题序》云："自《风》、《雅》至于乐流，莫非讽兴当时之事，以贻后代之人。"这概括得很准确。既然"讽兴当时之事"，那么和前人的作品相比，便是题材新。而"讽兴当时之事"的当时人自有当代意识，与前人相比，其观念新、感情新。新题材，新观念，新感情要求与之相适应的新的语言形式，因而从数千年的中华诗史看，尽管有时出现拟古、复古之风，但求变求新，毕竟是主流。如叶燮在《原诗·内篇》中所说："盖自有天地以来，古今世运气数，递变迁以相禅。古云：'天道十年而一变。'此理也，亦势也，无事无物不然，宁独诗之一道，胶固而不变乎？""诗圣"杜甫为例：他继承汉乐府"感于哀乐、缘事而发"的传统，直陈时事，即事名篇，创作了《三吏》、《三别》、《三叹》、《兵车行》、《丽人行》、《哀江头》、《悲陈陶》等前无古人的新诗，连语言也是新的。如元稹所赞美："怜渠（爱他）直道当时语，不着心源傍古人。"（《酬李甫见赠》）当然，所谓语言新，绝不应该作片面理解。古汉语中大量尚有生命力的语言应充分吸取，外来语亦可入诗，用典在有助于提高艺术表现力的情况下也不应盲目排斥；然而更多地从现代汉语中提炼诗的语言用以反映新现实，抒发新感情，使广大读者易懂易记，从而万口传诵以发挥其最大的社会效应，却应该是我们的努力方向。

有人认为传统诗词是旧形式（至今仍称为"旧体诗"），作诗填词，只适于用古汉语，如果用现代汉语，必然粗俗无韵味。这次大赛的许多获奖作品反驳了这种论断。略举数例，如《三峡颂》中的"巨轮万吨溯江上，雾城可闻汽笛声"，《农民技校》中的"阿娇卖菜归来晚，一嘴馒头进课堂"等，都直用今语而诗意盎然。

这次大赛和前两次大赛一样十分成功，赛出了水平，评出了优秀作品。这些作品的结集、出版，必将为进一步促进中华诗词创作的普及和提高起到积极作用。

温州市和鹿城区的党政领导"物质精神两手抓"，在人力、物力两方面为这次大赛的成功提供了保证，其功绩将载入中华诗史。谨以小诗三首结束这篇序言，并向温州的同志们致敬：

一

灵运而还又四灵，温州从古以诗名。
鹿鸣杯举嘉宾集，十万华章起正声。

二

匡时淑世吐珠玑，爱国深情化彩霓。
拔萃端须量玉尺，点头何用看朱衣！

三

诗家何处着先鞭？时代精神妙语传。
致富须求真善美，更挥健笔拓新天。

（原载《鹿鸣集》，中州古籍出版社 1994 年出版）

《回归颂》前言

1987 年的端阳节，海内外近五百位诗人词家云集北京，成立了中华诗词学会，这是中华诗史上的空前盛举，与会者无不欢欣鼓舞。我个人，作为这个学会的发起人和筹备委员之一，更狂欢不可名状，接连写了两首贺诗，七律的尾联是：

盛会燕京划时代，中华诗教焕新光。

五古的结尾是：

诗国起雄风，大纛已高揭。祝贺献俚曲，纪
程树丰碣。

　　从十年来诗词创作日益繁荣的走向看，中华诗词学会的成立确有"划时代"、"里程碑"的历史意义。

　　诗词创作日益繁荣，首先由于改革开放的春风吹拂，但学会所做的许多工作，诸如创办《中华诗词》期刊、举办历届诗词大赛和中华诗词研讨会等，也起了不应低估的推动作用。

　　我们举办诗词大赛有明确的目的：一、把中华诗词普及到群众中去，扩大创作队伍，提高创作水平，引起全社会对中华诗词的普遍重视；二、评选出一批优秀作品，结集出版，促进社会主义精神文明建设；三、通过评选，体现正确的导向，有助于中华诗词创作的日益繁荣和健康发展。一句话，为了振兴中华诗词。还有，我们不收参赛费，诗卷密封，评委们力求按照"法眼、公心、铁面、热怀"的要求评诗、打分，也是有意识地倡导一种严肃、端正的赛风，抵制歪风邪气。

　　我在《金榜集·序》中说过："源远流长、光芒四射、近数十年却陷入低谷的中华诗史，由于 1992 年诗词大赛所取得的辉煌成果而顿现振兴之势。"这是符合实际的。那次大赛，参赛者遍及国内三十一个省、市、自治区，台、港、澳地区，以及美、日、德、意、新加坡、马来西亚等十六个国家，包括教师、学生、干部、工人、农民、军人、科技专家、个体户、企业家、海外华侨和国际友人，举凡中华文化辐射之处，无不卷起诗潮词浪。其动员之众、波及面之广，都是空前的。此后的几次大赛亦复如此。特别是近期为迎接香港回归而举办的"回归颂"中华诗词大赛，参赛者遍及大陆各省市区和港澳台地区，还有日、美等十七个国家的华裔诗人，共二万四千馀名。参赛作品，约等于《全唐诗》的总

数。这几次大赛，充分说明曾经被贬为"旧体"而被放逐的
中华传统诗词已引起人们的普遍重视，恢复了昔日的光荣，
并且大踏步地重返中华艺苑，更创辉煌。

每次大赛，评委们从数万首作品中披沙拣金，力图体现
一种正确的导向，那就是坚持"二为"方向和"双百"方针，
适应时代，深入生活，走向大众。题材新，观念新，感情新，
意境新，格调新，语言新，句法新，为"旧体"注入新鲜血
液，使之生机勃勃，在给读者以审美享受的同时陶冶性情，
美化心灵，提高文化素质和精神境界，有助于促进社会主义
精神文明。

就题材说，我们从社会生活的多样性出发，提倡题材的
多样化。历史题材及其他有意义的题材都需要写，但我们考
虑到诗歌创作脱离现实的倾向，有针对性地强调贴近现实，
提倡现实题材的多样化。试翻阅《金榜集》等历次诗词大赛
获将作品的结集，便会感受到改革开放的大潮扑面而来，经
济繁荣，全民奋进，各条战线，各个领域，新事物层出不穷，
给人以巨大的鼓舞力量。当然，诗是人作的，一首诗能否作
好，决定于作者的精神境界和艺术素养，更直接地决定于作
者对他所写的题材有无真情实感和深刻理解。因此，我们并
不想重蹈"题材决定论"的覆辙。但题材毕竟是一个重要因
素，因而我们也反对"题材无意义论"和"题材无差别论"。
总之，从诗坛现状着眼，我们希望多写新题材，希望写重大
题材与题材的多样化相结合。

我们提倡题材多样化，也提倡体裁多样化。中华传统诗
歌，众体咸备，诗体异常丰富。但在 80 年代初期中华诗词
开始复苏的时候，多数诗人除了写词，便是写律诗、绝句，

很少写各体古风和曲。传统诗歌中的古风、近体、词、曲及其各自所包含的多种体裁，各有独特的艺术性能，适于表现各不相同的题材，不能互相代替。我们如果只动用其中的少数诗体，就难免与题材多样化发生矛盾，不足以充分反映汪洋浩瀚、千汇万状的现实生活。因此，诗体的多样化与题材的多样化同样关系到中华诗歌的繁荣与健康发展。经过一个时期的倡导，到了1992年的大赛，已出现了诗、词、曲各体百花齐放的盛况。当然，各体的数量和艺术质量并不平衡，我们在终评时经过认真讨论，在坚持艺术水准的前提下结合题材、体裁的多样化作了适当的微调。前四名既有律、绝、词，又有长篇古风。曲的名次较后，但小令《迎检查》和套曲《祭田汉》也写得泼辣奔放，发挥了曲的特长。

从几次大赛看，近十年来，诗词创作队伍迅速扩大，多数参赛者来自基层，抚时感事，情动于中而形于言，故题材多样而以当代题材为主，还有不少涉及重大题材，因而能够生动地表现新时期的社会风貌，体现时代精神。诗、词、曲各体的创作水平也不断提高，各体古风由于在格律方面相对自由，弹性强，容量大，可供纵横驰骋，淋漓挥洒，因而在参赛作品中显示了独特的优势。

"回归颂"大赛的参赛者都写香港回归，难免雷同。终评是在首先坚持意境高、格调新的同时还特别注意角度新。入选的作品，特别是一、二等作品，尽管题材相同，而体裁多样、角度各异，各有特色。展现鸦片战争以来的历史画卷，各体古风独擅其长，但律、绝、词、曲也能从新颖的角度切入，发挥辞约义丰、言近旨远的艺术性能。例如七律《喜迎香港回归，有感于统一大业》：

漫说英伦日不西，城头终降百年旗。
前仇到此应全泯，积弱何时可尽医？
两制风开红紫蕊，一言冰释弟兄疑。
澳台放眼情无限，共插茱萸信有期！

　　首句突如其来，以"漫说"领起，通过自"日不落"至"日已西"，涵盖广阔时空，展示了殖民主义必归没落的历史趋向。次句紧承首句，点香港回归，而"降"前用"终"、"旗"前用"百年"，既概括百年国耻，又体现了中华民族反侵略斗争之艰苦与香港回归之不易。三句写英旗既降，则前仇应泯。"应"字极活，妙在向英人传递讯息：倘继续与我友好，则我自应不计前仇，面向未来。反是，则前仇固在，咎不在我。四句就势宕起，异样警悚。当年惨遭瓜分豆剖，实由我国积贫积弱所致。今幸珠还耻雪，而积弱犹未尽医，岂可高枕无忧！用"何时"强化反诘、感叹语气，其所体现的致富图强的紧迫感如火燃烧，动人心魄。颈联大笔振起，功归"两制"。"风开红紫蕊"以喻繁荣昌盛。"两制"既能促进繁荣昌盛，则弟兄之疑虑尽释，香港回归之意已包含其中。尾联展望统一大业，香港回归，澳门踵至，台胞岂能长久观望乎？承"弟兄"反用王维"遍插茱萸少一人"诗意，极浑成，极贴切，而切盼骨肉团聚之深情，感人肺腑。

　　像香港回归这样有历史意义的重大题材，用寥寥二十个字的五绝表现，能否胜任愉快？回答是肯定的。请看《回归口号》：

九七珠还日，百年耻雪时。
老夫今有幸，不写示儿诗！

　　先用"九七珠还"、"百年耻雪"高度概括，留出后两句抒写此"日"、此"时"的心灵感受。仅用十个字抒写感受，也很难。作者抚今追昔，融历史感与现实感于一炉，好句联翩，妙传心声。爱国诗人陆游一生为收复失地、誓雪国耻而奔走号呼，却因投降派作祟，壮志难酬，临终因"不见九州同"而悲愤填膺，作《示儿》诗嘱其"王师北定中原日，家祭无忘告乃翁"，爱国赤忱，千载如见。此诗作者自称"老夫"，老年及见"珠还"、"耻雪"，故以不需写《示儿》诗为"有幸"，其讴歌"两制"、讴歌现实之意溢于言表。以自己"不写示儿诗"为"有幸"，则以陆游写《示儿》诗为"不幸"。如果他直至临终仍未盼到"珠还"、"耻雪"，那就一如陆游之"不幸"，需写《示儿》诗了。其一生盼望收复失地之意，也溢于言表。四句小诗写得风神摇曳，兴会淋漓，弦外有音，言外见意，充分发挥了绝句的特长。评委们把它从无数千百言的洋洋大篇中选拔出来，名列前茅，也应该说是有眼力、有魄力的。

　　这首五绝出于老手，前一首七律，则出于新秀。新老蝉联，显示了中华诗词的光辉前景。

　　诗是语言艺术。题材新，观念新，感情新，意境新，便要求语言新。当然，对"语言新"不能作绝对化的理解。语言不属于上层建筑，它不会突变，而是相当缓慢的渐变，主要是随着社会的前进增加新词汇和新句法。先秦时代距我们很遥远了，但读《诗经》和诸子散文、历史散文，就能看出其中的绝大部分词汇和句法，至今仍然在为我们服务，而且很有表现力。毛泽东在《反对党八股》中号召"下苦功"学习语言。一是学习人民的语言，因为"人民的语汇是很丰富的，生动活泼的，表现实际生活的"。二是学习古人的语言，"由于我们没有努力学习语言，古人语言中的许多还有生气的东西我们就没有充分的合理的利用"。"在古人的语言中还有生气的东西是很多的，我们的许多古典现实主义的作家都是善于使用语言的巨匠。我们应该从他们的作品中吸收有生命的语言和运用语言的方法，把一切有用的东西继承下来。"三是学习外国的语言。"我们不是硬搬或滥用外国语言，是要吸收外国语言中的好东西，于我们适用的东西。"我觉得，这些意见，对于我们如何丰富诗的语言来说，是十分重要的。作诗，顾名思义，当然是一种艺术创造，要创造完美的意境。用陈词滥调固然无助于创造意境，照搬新名词、新术语、新口号，也很难获得新意境。关键是要在炼意的前提下炼词、炼句，提炼诗的语言。以《金榜集》中的作品为例，榜首《壬申春日观北海九龙壁有作》的第三联，所有词汇都古已有之，但千锤百炼而成"天鼓挝南国，春旗荡邓林"，用以表现小平同志南方谈话以及由此激发的春风荡漾景象，便令人耳目一新，这可算"语言新"。又如获三等奖的《参观塘沽万吨巨轮集装箱码头感赋》：

物阜年丰象，钢箱垒若墙。
输它零化整，便汝卸和装。
铁塔舒猿臂，楼船列雁行。
红旗招展去，辉耀太平洋。

这首诗可谓题材、意境、语言俱新。其语言新，当然与运用新词汇有关，但归根结底，还在于炼词、炼句、炼意。

例如第二联，词也古已有之，但炼为警句，用以赞美集装箱，何等准确，何等新颖！

从多次诗词大赛看，创作队伍不断扩大，新秀不断涌现，不少人已善于运用多种诗体多方面、多角度地表现现实生活，讴歌真善美，鞭笞假丑恶，体现时代精神和爱国主义主旋律，题材新、观念新、感情新、语言新的作品一次比一次多，一次比一次好。这就是近十年来中华诗词创作的审美走向。国运隆，诗运通，沿着这个走向奋勇迈进，中华诗词的振兴将不是一句空话。

"十年辛苦不寻常"，当我们庆贺中华诗词学会成立十周年的时候，欣喜地看到"诗国"已"起雄风"。继之而来的，将是春色满园，百花竞艳。

（原载《回归颂》，学苑出版社 1998 年出版）

《世纪颂》前言

　　一九九九年是一个异彩纷呈的年份。追忆建国五十年来的辉煌，迎接澳门回归的喜悦，目睹党的跨世纪蓝图而激发的对于历史巨变的回顾和对于壮丽前景的憧憬，使每一个华夏儿女心潮澎湃、诗情喷涌。为此，我们决定举办"世纪颂"中华诗词大赛。大赛自一九九八年十二月二十四日在京举行隆重的仪式宣布开赛以来，得到了海内外各界人士、各地诗词团体及广大中华诗词爱好者的热烈响应。至截稿日止，参赛者近一万五千人，遍及国内三十一个省、市、自治区和台、港、澳地区，以及美、英、法、日、比利时、西班牙、荷兰等十多个国家。参赛作品三万六千馀首，题材多样，古风、律绝、词曲众体咸备。或讴歌建国勋业，或赞颂改革开放，或再现世纪风云、弘扬民族正气，或欢庆港澳回归、展望祖国统一，或歌颂英烈以励士气，或鞭挞腐败以正党风，或为致富图强谱写新声，或为抗洪抢险高唱赞歌。总之，参赛者俯仰今昔，感事抒情，举凡近百年来一切与国计民生有关的题材，尽入吟咏，美不胜收。

　　根据开评前制定的"评选标准"，初评共选出三千三百八十五首，复评共选出九百五十首。自一九九年五月三十一日至六月八日，来自全国各地的十五位评委在首都进行终评。评委们夜以继日，秉持公心，就糊名的九百五十份诗卷逐一评审，按百分制背对背打分；然后按总分高低排出次序。

港澳回归，是本世纪激动亿万炎黄子孙心灵的大喜事，写这一题材的参赛作品为数甚多。许多人写同一题材，难免出现雷同化的倾向。而经过多次筛选进入一、二、三等的作品，则从不同角度切入，各有独特的意境。如《赠杜岚女士——在澳门升起第一面五星红旗的人》，就是构思新颖、蕴含深广的佳作。杜岚女士于一九一四年出生于陕西省米脂县，自幼受进步思想影响，中学时代即参加"反帝大同盟"。一九三四年被捕，押送南京宪兵司令部。获释后赴上海参加由"七君子"领导的抗日救亡运动，奔走呼号，险遭不测，乃潜入香港新闻学院，与难友黄健结婚。次年赴澳门执教濠江中学，一九四七年接任校长。自执教濠中以来，一方面为祖国培育英才，一方面发动群众，支援抗日战争及解放战争。当渴望已久的中华人民共和国成立之时，即在濠江中学升起了第一面五星红旗。这首七律，首联写杜岚女士"红颜报国""树蕙滋兰"的爱国行动和精神境界，领起全篇。次联用流水对，紧承首联，写杜岚女士于"海甸尚遵胡正朔"之时毅然在"濠江先竖汉旌旗"。对仗精工典雅，气势流走跳脱，而渴望澳门回归之激情喷薄而出，洋溢于字里行间。三联用工对，出句承"滋兰"写献身教育，对句承"报国"写心系例国。以"游子丹心七月葵"对"教坛白发千茎雪"，极新颖，极贴切。而"游子丹心"如七月之葵花向阳开放，仍归结于盼望澳门珠还，故尾联水到渠成，以"终见荷花红映日，……"收束全篇。杜岚的名字在澳门家喻户晓。她曾任中华教育会理事长，广东省政协委员、人民代表，一九八五年荣获教育劳绩勋章，其先进事迹屡见于《澳门日报》、《人民日报》海外版及《中华英才》。这首七律通过赞颂杜岚女士的育才业绩和报国赤忱欢庆澳门回归，章法谨严而转折灵活，高度概括而形象生动，取冠多士，既当之无愧，又有特殊意义。

《迎澳门回归》七律，纵向展现澳门从被占到回归的漫长历史，容易流于平铺直叙。作者的高明之处在于：既用"几代遗民北望痴，中原不见动王师"高度概括，又从"千双虎眼盯屠鹿"到"万里狼烟醒睡狮"，大幅度跳跃而迅速转入"初闻""又唱"；"荷花喜共荆花发"的动人情景，已闪耀于我们眼前。八句诗容量甚大而形象鲜明，格律谐调而腾挪飞动，堪称佳作。

古风《双璧回归颂》以"上古补天以石女娲氏"作陪衬，突出"今日南疆返璧凭两制"然后以"刚柔相济庆双归，鼙鼓不惊夸独异"承上启下，起势警挺。《金缕曲·香港回归，光腾青史，缅怀邓公小平伟绩感赋》，上片讴歌小平"扶大业"、"舒浩劫"的伟绩；下片赞颂小平"重整山河"、"定收港九"的丰功，而以"湔国耻，公不朽"煞尾。饮水思源，意蕴深广。《颂澳门回归》五律第一首"风来说惶恐，雨过叹零丁"一联颇佳，第二首"三通开胜局，两制运良机；葡蔓随风落，星旗映日辉"两联亦好。

一九九八年洪涝肆虐，溢岸溃堤，险象环生。百万军民与恶风巨浪作殊死搏斗所体现的抗洪精神，已化为建设物质文明和精神文明的巨大动力，光照史册。终评从大量抗洪作品中选出几首，各有优点。《长江抗洪曲》是长篇七言古风，每四句换韵，惊天动地的抗洪场景亦随之转换，从而形成了屠鲸斩鲛的快速节奏和排山倒海的雄伟气势。诗中既有"军民血肉筑长城""英雄挽臂迎涛立"的宏观描绘，也有"将军两鬓凝霜雪""身先士卒战洪魔"的特写镜头，而以"江总亲临第一线，叱咤风云挟雷电""总理朱公督阵来，海啸山呼战鼓催"的传神之笔掀起高潮，展现了震古铄今的历史画卷，谱写了感天动地的时代浩歌。

长篇古风《李向群之歌》写李向群于"洪峰频至"、"树倒房摧"的险恶环境中带病抢险，并以"谁是英雄谁好汉，抗洪现场比比看"、"管涌就像是弹簧，你若强来它不强"的豪迈语言鼓舞士气。当由"拔针头"、"急归队"、"潜江底"、"排险情"、"筑人墙"写到"天旋地转又晕倒，口吐鲜血染碧草；千呼万唤已不闻，药石空施全无效"之时，总以为这首诗即将收尾，不料李向群的老父已出现在抗洪前线：

> 夜雨滂沱风呼啸，长空响彻进军号。
> 点名呼唤李向群，老父挺胸抢答"到"！
> 儿子英雄父自豪，心潮更比恶浪高。
> 竟与官兵同战斗，气壮山河遏狂飙。
> "父承子业完遗志，儿子走了有老子！"
> 将儿军服身上穿，冲锋陷阵忘生死。
> 白发人送黑发人，悲痛化作力千钧。
> 前仆后继皆壮举，义薄云天撼昆仑。……

紧接着"风悲雨泣追悼会"、"万人空巷送英灵"的悲壮场景，掀起了又一次高潮。高潮初落，即响起了回肠荡气的尾声：

其实英雄并未走，当代楷模万代久。请看荆
江大堤固若山，人说向群在驻守；请看海南椰树
振雄风，那是向群在抖擞；漓江岸上演兵场，向
群正在操练忙；奇峰镇中阅览室，向群奋笔写华
章。……

全篇通过人物的行动、语言、心态和环境烘托，描绘英
雄、讴歌英雄、语言通俗活泼，形象鲜明生动，激情洋溢，
高潮迭起，震撼人心。

缅怀英烈之作都意蕴隽永，引人深思。《金缕曲·彭德
怀诞辰百年祭》以"天意高难测"发端，中间历叙彭总的"万
字诤言"和赫赫战功，而以"千古庐山真面在，任乱云飞度
终消歇。青史恨，后人说"收尾，悲壮苍凉，催人泪下。《沁
园春·百年恩来》中的"对浦江延水，追怀遗响；蜀山钟阜，
铭记丰功。来似莲清，去如梅隐，梦向西花厅畔逢"诸句，
触景生情，托物寄兴，令人低回想象于无穷。七律《登天子
山仰贺龙铜像》中的"拔地诸峰千笏立，擎天一柱万夫雄；
居高能识峥嵘势，近日偏多料峭风"两联，人与山兼写，比
与兴并用，既雄奇壮阔，又含蓄蕴藉。写学者、诗人闻一多
为反内战、争民主而英勇献身的《至公堂浩歌》，换韵换意，
纵横驰骋，充分发挥了长篇歌行的优势。《读近代史有感》
以"岂无人杰制豺狼"发端，引起悬念。继之以"禁毒雷霆
震八方"，林则徐的英姿已跃然纸上。次联"强寇入侵原可御，
长城自毁剧堪伤"对仗工稳而跌宕生姿。其惨痛教训与深沉
感慨，即从跌宕生姿的语气中表露无遗。三联"雄狮昏睡牙
何在"承上，"骏马骁腾鬣始扬"启下，于今昔对比中见哲理。

尾联"港澳回归春似海"承"骏马"句写今，妙在接下去不复写今，而回顾前五句总结历史教训，写出了"冰霜往事莫遗忘"的结句，真可谓警钟长鸣，发人深省。

开国以来，特别是近二十年来，改天换地，脱贫致富，祖国面貌日新月异，真如南曲《红豆词》所写："忘不了三中全会拨航船，赞不已南方谈话开生面；谱不尽的新篇，数不清的巨变。"在终评入选的作品中，就有不少从不同角度、不同方面反映这种巨变的新篇。《木兰花慢·合江亭远眺》展现的画面是："参差千万户，街远近，路横斜。看车水马龙，人声鼎沸，笑语喧哗。云遮。江波浩渺，更轻舟逐浪浪飞花。堤畔芙蓉斗艳，崇楼深院人家。"七绝《不见炊烟》构思新巧："平端画板"描写农村晚景，却因"不见炊烟"而感到惊愕——难道像旧社会那样村民逃亡殆尽了吗？仔细观察，断定并非如此，于是写出了这样的警句："顿悟农家煤气灶，从兹不复起炊烟。"一九七八年底，安徽凤阳县小岗村二十户农民冒险签订契约，分田到户，次年粮食产量由三万多斤猛增至十二万多斤，揭开了农村改革的序幕。《西江月·赞小岗精神》第一首"夜静惟闻心跳，灯昏仅见人名。鲜红手印血凝成，岂惧杀头监禁？死也不当饿鬼，终于打破坚冰。雷惊蛰土致丰登，父老含哺相庆。"生动地再现了惊心动魄的历史镜头。第二首"包产终成定制，当年火种星星。小岗经验至堪珍，可证邓公宏论。海外蛙鸣雀噪：谁来养活龙人？廿年科技促农兴，早已粮充仓廪。"准确地反映了小岗经验的推广和高科技的普遍应用，改变了贫穷落后的农村旧貌。组词《蝶恋花·农村科技大集散记》则分写日中为市，科技图书琳琅满目，农民纷纷购买；专家下乡，科技咨询；为农民传经解惑；

散发传单，教农民辨认种子、化肥的优劣真伪；……四首词写人写景，语言明丽，意象鲜活，使我们于柳暗花明、欢声笑语中看见了科技兴农的新气象。

新建成的虎门大桥是世界第六大桥，我国第一大桥。七古《虎门大桥万人行》先写"欢心举足上桥头，清风送我云间走；伸手重霄揾彩霞，张唇碧落衔星斗。桥外连峰绿万重，桥上旌旗十里红；岭表山河添秀色，大桥长助虎门雄"，然后回思"国弱君昏"、外敌入侵的往事，于今昔对比中讴歌了"改革春风"。《重访白石渡》的作者，曾经是在广阔天地里接受贫下中农再教育的"知青"。三十三年以后，他重访当年插队的白石渡，正被眼前出现的"长桥飞架""层楼耸翠"迷失道路的时候，幸好碰上老房东把他迎进别墅般的庭院，在雕梁画壁的楼房里把酒畅叙。于是巧妙地引出了大伯、大娘，通过他们自叙切身经历，展现了三中全会前后的两种世界。"自从打破旧框框，拔掉贫根种富树"；"不是开放筹策好，那得今日幸福来"；这是曾经被"兴无灭资割尾巴"弄得"蔬菜红薯难果腹"的老房东的心声，也是由于"延长承包心有谱"而"适应市场闯新路"的亿万农民的心声。

《末代农奴歌》的构思谋篇与《重访白石渡》类似，而取材造境却别有新创。且看开头："喜马拉雅山上月，光临山麓藏民宅。嫦娥含笑窥新房，青稞酒香酥奶热。汉藏同胞聚一堂，亲亲热热话家常。主人百岁诞生日，扎西得勒祝吉祥。末代农奴阿玛爷，满头银发白如雪。二十世纪同龄人，畅饮三杯话不绝。"寥寥数十字，既介绍主人，又烘托环境，更通过祝寿的场景表现了汉藏亲如一家。而这一切，又都闪耀着浓郁的地域色彩。这位百岁老寿星三杯下肚，便情不自禁地畅话今昔。昔，前五十年，他当农奴："日夜干活累断腰，主人把我当牲口。无房无地无牦牛，无产无权无自由。""爷爷不服农奴主，活活打死喂狼虎。阿爸反抗领主头，挖眼割舌埋荒土。……"今，后五十年，他作主人："出地狱，进天堂。一锄埋葬农奴制，双手捧起红太阳""老汉越活越舒畅，一代更比一代强。农奴儿子当乡长，孙子考上大学堂。……"不是由作者宣讲，而是由百岁农奴用切合身份的语言自叙经历，因而对农奴制的控诉和对民族自治、民族团结以及五十年来建设成就的讴歌，都真切生动，充满激情。

　　从先秦以来，我国的先进知识分子都忧国忧民，具有深沉的忧患意识；历代杰出的爱国诗人尤其如此。在当前，诗人们的忧患意识集中表现为对腐败现象的焦虑和鞭笞。终评入选作品，有许多是写其他题材的，但中间往往有反腐内容。例如《临江仙·纪念三中全会二十年》上片歌颂，下片却由"鱼龙混杂"渴望"澄清终有日，照水已燃犀。"五绝《庆祝建国五十周年》则安不忘危，在"共祝知天寿，频传动地歌"之后倾吐了人民大众的共同心愿："小民情切切，期捣蛀虫窝！"七绝《春日偶成》就"春日"落墨，先以"万里神州锦绣堆"展现无边春色。按照老一套的艺术构思，接下去该写春如何醉人了，但深沉的忧患意识却使作者打破常规，写了这么一句："无边春色历寒来。""春色"既来之不易，就应该加倍爱护而不应该恣意摧残，因而自然而然将笔锋指向腐败："朱门宴舞须三省，莫把江山付酒杯！"

　　《老骥行》以"老骥"为抒情主人公，倾吐它在直踏江汉、长驱海陬、东援朝鲜、百战立功之后流落民间的悲哀及对腐败现象的愤慨。"奋蹄欲踏绮罗场，腾骧却感身无力。"

于是幻想"千军万马英灵作"，"净扫滔滔污与浊"。

诗歌创作不同于科学论著，借幻想写真实，往往更见沉痛。其实，当前既有日益滋长的腐败现象，也有反腐败的千军万马。党中央按照十五大精神和江总书记关于反腐败斗争的多次讲话，正加大力度，标本兼治，推动反腐败斗争的深入开展。七律《反贪倡廉》，便赞颂了朱镕基总理反腐的决心和魄力。全诗如下："忧愤元元涕泗沱，横流物欲染山河。一团腐气凭谁扫，两袖清风有口歌。自古廉臣都恨少，于今墨吏却嫌多。朱公手执龙泉剑，饕餮无门作怪魔。"

描绘祖国壮丽河山的诗词也颇有佳作。《水龙吟》出自空军飞行员的手笔，写"黄昏飞越十八陵"时的所见所感。"翻身北去，日轮居左，月轮居右。……放眼世间无物，小尘寰、地衣微皱。"奇情壮采，读之令人神思飞越。《大峡谷之歌》取材于科考通讯，历写西藏大峡谷的壮观奇景，引人入胜。其他如《湘西索溪峪》《六盘水万亩竹林行》等，皆自运炉锤，各见匠心。其他作品涉及多种题材，限于篇幅，不能一一介绍，这里只谈两篇。《水调歌头·环卫女工》于日常生活中发现、并且讴歌了平凡之美："星月常相伴，无暇赏清光。晓风着意梳掠，淡淡女儿妆。……扫残叶，除败絮，迎朝阳。无求无悔，心如冰雪洁无双。"寥寥数语，把"环卫女工"披星戴月、涤垢除秽的淡素身影和不计名利、唯求奉献的美好心灵和盘托出。其言外之意，也引人深思。七律《寄台湾同胞》情深意切，艺术表现也相当完美，中间两联尤精彩。全诗如下：

最怜咫尺苦思亲，翘首常望隔岸云。

山水有情连海峡，弟兄何日聚天伦？

宜从大局谋长策，莫让前嫌误后人。

港澳回归君未返，团圆相约百花春。

　　从复评选出的九百五十份诗卷看，在不同程度上各有优点，但不足之处也应该提出。

　　"世纪颂"诗词大赛并未要求参赛的每一篇作品都颂一个世纪，这在征稿启事中说得很清楚。

　　然而历叙本世纪大事、甚至从炎黄二帝开始直写到现在的，却屡见不鲜；有的还以"世纪颂"为标题。题目太大太泛，在写法上又未能突出重点、虚实相生、情景交融，就难免流于平冗和概念化。这一类作品，大都在终评时落选了。当然，一首小诗也可以咏千百年历史，这在前人的"咏史诗"中不乏例证；但那是"咏"不是"叙"。前面提到的《读近代史有感》，时间跨度就不算小，却写得很成功，主要原因在于作者不是叙"近代史"，而是抒"读近代史"的"感"，很好地运用了"咏史"的手法。

　　进入一、二、三等的作品有一些是通体完美的；另一些虽然也是美玉，却不无微瑕：或琢句未工，或押韵欠稳，或词不达意，或结构松散，或前后重复，或对句合掌，甚至同一韵脚一再出现。从作品的整体水平看，作者有能力改好，却没有认真修改。一气呵成的佳作可能有；但就一般情况而言，拿出来的作品像是一气呵成的，实际上却是反复推敲、多次锤炼的结果。正所谓"吟安一个字，拈断数茎须"、"看似寻常最奇崛，成如容易却艰辛"。

应该郑重声明的是：入选作品中的瑕疵，评委们都看到了。但为了评分公正和其他因素，我们定了一条大家共同遵守的纪律：原则上"不改"。收入获奖诗集的，也都是参赛作品的原貌。

"五四"新文学运动以来，传统诗词被划入"旧文学"的范畴，作者甚少，也很难发表。新中国成立以后，小学、中学都讲一些诗词，大学中文系讲得更多，但都只讲思想性和艺术性，不教学生如何作。事实上，教师中的绝大多数，连自己也作不出合律的诗词来。随着改革开放的春风吹拂，诗词复苏，诗会、诗刊、诗报以及个人的诗词集越出越多，形势喜人。从中华诗词学会主办的多次诗词大赛看：创作队伍不断扩大，创作水平不断提高。更令人振奋的是：江总书记不但自己作诗填词，而且多次讲话，大力提倡；教育部和不少名牌大学的领导，从"素质教育"的高度提出了"诗词进校园"的课题，正采取措施，逐步落实。从小学到大学，学生们不仅读诗词，而且作诗词，大家焦心的中华吟坛"后继无人"的问题，也就切切实实地圆满解决了。

世纪之交举办的"世纪颂"诗词大赛，既回顾了中华民族百年来的抗争史和发展史，又检阅了近二十年来中华诗词创作普遍开展所取得的成绩。后顾前瞻，我们可以豪情满怀地说：在我们迎来新世纪的同时，也必将迎来中华诗词创作百花盛放、争妍斗丽的春天。

（原载《回归颂》，天马图书有限公司一九九九年出版）

《长岭集》前言

源远流长的中华传统诗词在"五四"以后由于受到不应有的排斥而一度陷入低谷。改革开放，大地春回，十多年来，全国兴起了诗词热，诗会、诗社、诗刊、诗报有如雨后春笋，诗词创作队伍迅速扩大，诗词创作水平迅速提高，中华诗词顿现振兴之势，令人欢欣鼓舞。陕西是周秦汉唐的京都所在地，从《诗经》中的《秦风》、《豳风》及周代开国史诗《緜》、《皇矣》、《生民》、《公刘》等以来，在这里创作出无数优秀诗篇。唐诗是世界文学宝库中的珍品，而三秦大地，则是唐诗故乡。因此，在十多年来的全国诗词大发展中。我们陕西理应处于领先地位，但毋庸讳言，其实际情况却是落后于许多兄弟省市，使有识之士忧心如焚。为了改变这种状况，我们在诗人徐山林省长的大力支持下创办了《陕西诗词》，又与长岭（集团）股份有限公司董事长联系，由长岭（集团）股份有限公司出资，由省诗词学会组织，主办"长岭杯诗词大奖赛"。

目前，这样那样的"大奖赛"很多，目的不同，方法各异。我们办这次大奖赛，其目的在于尽可能扩大影响，争取各界人士的广泛重视、积极参加和大力支持，从而齐心协力，振兴陕西诗词。为此，我们邀请省社科联、省老龄委、省作协、陕西日报、西安晚报、省电台、省工人报、科技报、老年报、三秦都市报、西北信息报、陕西信息报、企业周报等作为协办单位，组成"长岭杯诗词大奖赛"组织委员会。

1995年8月18日召开"长岭杯诗词大奖赛新闻发布会"，会后十报一台发布了消息，提出凡属反映现实生活、抒发爱国情怀、体现时代精神、符合格律要求的诗词曲作品，均可参赛。为了进行更广泛、更深入的发动，我们还向全省各地县诗词组织、各县宣传部和文化局、在陕大中型企业、在外省工作的陕西籍诗友以及在陕西工作过的外省诗友发函，邀请他们参赛并组织征稿，还登门拜访了二十多位在文教界有影响的教授、专家，请他们以参赛的实际行动倡导风雅。通过一系列活动，很快掀起了诗词创作的热潮，每天收稿二三十件。至10月底截稿，共收到一千三百六十九位参赛者的作品二千五百九十六首。

这次大赛，参赛面极广，东起潼关，西到宝鸡，南至汉中，北抵榆林，全省十个地区都有诗友参赛，一百零六个县有九十一个县的诗友投稿；在甘肃、河南、湖南、湖北、北京、广西、云南等地工作的陕西籍诗友和在陕西工作过的外省诗友，也纷纷应邀寄来了他们的作品。地无分东西南北，人无分男女老幼，抒情挥健笔，投稿参诗赛，在陕西诗歌发展史上，真可谓盛况空前。

评选分三步进行。

第一步初评。从11月1日开始，对由专人登记、隐去作者姓名的二千多份诗稿采取淘汰法，不合格律者不选，诗味不浓者不选，语病较多者不选，用了二十二天时间，选出四百零四首入围作品。

第二步复评。将入围作品打印分发评委，评委使用代号，就题材、意境、情感、韵味、语言等五个方面区分高低，背靠背打分。然后由专人统计，按得分多少，将七十分以上的一百六十四首作品排出次序，交付终评。

第三步终评。12月23至25日在胜利饭店召开全体评委会议，经过反复研究，纵横比较，既坚持政治标准，又坚持艺术标准，既重视题材的多样化，又重视体裁、风格的多样化，议出一、二、三等作品的初步排列意见，然后按照九十分以上为一等、八十至八十九分为二等、七十至七十九分为三等的原则，全体评委以无记名方式打分投票，投出一等奖三首、二等奖五首、三等奖十首。又按复评得分顺序，由高到低，逐首评比，反复权衡，确定佳作奖五十首。最后拆开弥封，登记获奖者的姓名。陕西省公证处派人监督了评选的全过程，保证了评选的严肃性和公正性。

一、二、三等奖和佳作奖共六十八名，未免有遗珠之憾，因而扩大范围，对某些有社会影响的参赛者、外省的陕西籍参赛者、在陕西工作过的参赛者，以及年龄最大（九十二岁）、最小（十一岁）的参赛者的优秀作品，定为特别奖，共十六名；其他优秀作品，则定为纪念奖，共二百一十六名。这样做，对团结广大诗友，鼓舞创作热情，将会起到积极作用。

近些年来，社会上的不正之风也刮入诗词园圃，借编诗词选、诗词家辞典和办诗词大赛牟利的事时有所闻。令有志于振兴中华诗词的人为之痛心疾首。我们办这次诗词大赛的目的是振兴陕西诗词，因而力求赛风正。诗词学会正副会长、秘书长等主要成员不参赛，组委会正副主任等主要成员不参赛，评委会全体成员不参赛；不收分文参赛费，不增加参赛者任何经济负担；在评选过程中严格保密，没有任何营私舞弊的现象发生，对一、二、三等奖和佳作奖只评诗，不问人。这样做，既为了真正选出好诗，也希望能对有损于诗词事业的歪风邪气起到矫正作用。

获一、二、三等奖的作品，并不是每一首都在艺术表现上完美无缺，但都有共同优点，那就是有强烈的现实感和时代精神，高扬爱国主义主旋律。《河山悲壮烈》为勇斗歹徒以保卫国家财产而献出年轻生命的李凤莲谱写了一曲英雄颂歌，弘扬了民族正气。《怀总理，代十五周年祭》缅怀革命前辈的丰功伟绩以激励后人，继往开来。《永遇乐·瀛湖颂》、《洞仙歌·泛舟长江》、《满庭芳·丁卯岁孟夏游西安鲸鱼沟》、《望海潮·古城西安》、《天汉田园春》、《黑河引水歌》、《念奴娇·向晚登骊山望关中大地》、《佛子岭水库》等诗词，通过描绘祖国的壮丽河山、美好田园和文化名城，讴歌了改革开放的新气象和社会主义建设的新风貌。《水龙吟·为抗日战争胜利五十周年而作》、《中秋节忆延安"抗大"》则从不同角度呼唤同胞毋忘国耻而发扬反侵略传统，富民强国。《贺我国一箭多星发射成功》以王母惊疑"大圣破天门"而为之"欲断魂"，突出一箭多星的威力，寓意深而构思巧。《中秋望月》次联从《诗经·小雅·棠棣》"兄弟既翕（和合），和乐且湛"与曹植《七步诗》化出，上句抚今追昔，下句展望未来；三联以"补天"、"填海"表现两岸统一的决心，意境雄阔；尾联"待到金瓯完整日，相逢同贺月重圆"与起联隔海望月照应。中间两联对仗甚工而转折灵动，运用熟典，既明白易懂，又提高了艺术表现力。通篇起承转合丝丝入扣，章法井然，而盼望台湾回归祖国的激情溢于言表，当出老手手笔。《感事》《阙题》，是两首针砭时弊的讽刺诗，足以振聋发聩，"不掠浮财归地府，怎将冥币贿阎罗"一联尤警竦，如果"即事名篇"，拟一个显豁的题目而不用"阙题"，就更引人注目。《平韵满江红·

月夜飞行》写奇景，抒豪情，展现了一位年轻飞行员捍卫祖国领空的精神境界。《行香子·结伴黄昏后》上片写青春相恋，恋得纯真；下片写老年相爱，爱得高雅。与经济大潮中出现的五花八门的男女关系相比，这实在是一种美好的爱情和婚姻，值得赞颂。

从屈原、杜甫以来，我国的杰出诗人无一不对国家、民族、乃至全人类的前途、命运有强烈的责任感。这种责任感愈强烈，就愈能写出有深度的诗。这是中华诗歌的优秀传统。从上述获奖作品看，生活、工作在有周秦汉唐深厚文化积淀的三秦大地上的诗人们，是继承并发扬了这一优秀传统的。沿着这条路子前进，继续关注现实，不断提高文化素养，在认真研习历代名作、借鉴前人创作经验和艺术技巧的前提下勇于创新，力求题材新、观念新、感情新、语言新、意境新，坚定不移，坚持不懈，则唐诗的故乡必将百卉争荣、千花竞艳，为中华诗苑增添无边春色。相反，如果抛弃中华诗歌的优秀传统，不关注社会人生，不加强文化素养，不刻苦磨炼诗艺，或在拜金主义的冲击下随波逐流，略能饾饤成篇即用以沽名捞钱，或向内心退隐，淡化现实，淡化主题，淡化政治，淡化思想，乃至照猫画虎，模仿西方自白派、垮派、语言诗派的皮毛，肯定开辟不出阳光灿烂的新天地。

前述的获奖诗有两首应该略作说明。《河山悲壮烈》除首联和尾联外，中间全用对偶句，也大体合平仄，如果不是押入声韵而是押平声韵，就算是长篇排律。《天汉田园春》，则是一首完全合格的排律。获一、二等奖的只有八首诗，而排律、准排律就有两首，这可能引起误会，好像评委们在提倡作排律。这里郑重声明：这绝对不具有导向性，而是在入

围的作品中，按五条标准（题材是否有现实意义、意境是否
高雅、情感是否浓烈、韵味是否隽永、语言是否生动）来衡量、
评比，这两首诗得分最高或较高。诗歌体裁亦应百花齐放，
排律当然可以作。但如果写长篇，则中间对偶句络绎而来，
倘在内容上不力求叙述、描写、抒情、议论的转换、综错；
在句法上不力求千姿百态　以避免雷同，并尽可能运以单行
之气；在章法上不力求开合转折、腾挪跌宕、浑灏流转，而
又脉络贯通；那便难免流于堆砌、板滞、平衍或单调。《河
山悲壮烈》题材极好，以作者的功力，如果用不讲对偶的古
风来表现，那么不仅某些不甚圆融明畅的诗句可以避免，而
且有可能写得更加气势磅礴，生动感人。《天汉田园春》写
汉中田园风光之美，题材亦佳，语言清新，对仗工稳，句法
亦有变化。但除结尾和中间个别诗句外，绝大多数是"景联"，
虽写景颇生动，而连篇累牍以对偶句铺写景物，便嫌堆砌、
单调而无虚实相生之妙。作八句律诗，中间两联一般也有"景
联""情联"之分，讲究情、景、虚、实的配合和开阖、抑扬、
顿挫、跌宕等等的变化，更何况作排律？

　　在二千五百九十六首参赛作品中，绝大多数是由于不合
格律，缺乏诗味而被淘汰的。问题的解决，我们今后将通过
函授、改稿、吟唱、开研讨会、作学术报告等多种渠道与全
省诗友和广大的诗词爱好者切磋诗艺，共同提高。如果能得
到有志于促进精神文明建设的企业家的慷慨资助，我们将在
适当时机举办第二次、第三次、第四次乃至更多次诗词大赛。
我们相信：参赛人数，将一次比一次多；参赛作品，将一次
比一次好。物质文明建设与精神文明建设是互相促进的，必
须两手抓。而言志抒情的诗歌对两个文明建设所能起的促进

作用是无法估量的。倘若经过大家的长期努力，三秦大地的城市个个是诗城，三秦大地的乡村处处是诗乡，人人作诗唱诗，讴歌真善美，抨击假丑恶，则经济文化的繁荣昌盛和世道人心的淳厚优美，必将超周秦而迈汉唐，开万世新风。

（原载《长岭集》，陕西人民出版社 1996 年出版）

词苑春浓绽异葩

——喜读《〈全宋词〉评注》

宋词，这是与唐诗并提比美的艺术瑰宝，因而自宋代以来，不断有人汇编汇刻。唐圭璋先生求全求精，从 1931 年开始，穷七年之力，编就《全宋词》总集，由商务印书馆铅排，于 1940 年在抗日烽火中的长沙出版。时局艰危，疏失难免。唐先生念兹在兹，十余年后又与中华书局合作，对长沙版《全宋词》进行了长时间大规模的加工，于 1965 年出第一版。嘉惠艺林，功德无量。

改革开放以来，百废俱兴，千帆并举。中华诗词亦由复苏走向繁荣，创作队伍日益壮大，研究水准日益提升，在重编本《全宋词》的基础上精益求精，编撰《全宋词评注》，已成为广大群众的迫切需要。治宋词多年，著述宏富的周笃文先生与著名词学家马兴荣教授应运而出，勇挑重担，在国家教委的支持下组织海内专家共襄盛举，几经寒暑而大功告成，可喜可贺。

我与笃文先生交厚，有幸了解《〈全宋词〉评注》的编撰概况，更有幸先睹初稿，认为此书优点颇多：其一，对重编本《全宋词》所收词作，又用善本校核，力求精当。其二，重编本《全宋词》共收一千三百三十多位词人的词作一万九千九百多首，残篇五百三十多首，堪称洋洋大观。此书又在"全"字上下工夫，从《四库全书》、《永乐大典》（残卷）、《广群芳谱》、《诗渊》以及大量笔记、谱录、医书、方志等文献中网罗散失，补收佚词逾二百首，百尺竿头，更进一步。其三，对历代词评进行了广泛搜辑和全面梳理，筛选具有文艺批评和鉴赏价值者列于相关词下，力求有益读者而又节省篇幅。例如苏轼《永遇乐·明月如霜》，曾敏行《独醒杂志》卷三、先著《词洁》、徐釚《词苑丛谈》卷三、刘体仁《七颂堂词绎》、唐圭璋《唐宋词简释》等都有评论，而此书只选胡仔、张炎、邓廷桢、郑文焯四家评语，求精而不炫博，难能可贵。其四，对词作中的难字难词以及人物、典故、史实、典章制度等俱加注释，论据恰切，语言简明，为读者扫除了文字障碍。例如柳永《一寸金》词中的"梦应三刀"，意为应了三刀之梦，但"梦三刀"何意，却颇难索解。注释者根据《晋书·王濬传》梦三刀为任益州刺史之兆，证以词中"锦里"等地名及全篇词意，注为"指出任益州刺史"，便令人涣然冰释。其五，作品系年及包括词人时代、姓氏、行实及文学成就在内的作者简介，都博采已有的研究成果，力求准确。

唐圭璋先生以一人之力，惨淡经营，编就《全宋词》，又编就《全金元词》。《全宋词评注》则由笃文先生任主编，集全国专家之力，为《全宋词》在教学、科研、鉴赏和创作借鉴等方面发挥更大作用，做出了杰出贡献。唐先生有知，必当颔首致谢。那么，《全金元词》的注释和集评，也该提上日程了。词学家其有意乎？出版家其有意乎？

2009 年元旦写于陕西师大专家 3 楼

《二十世纪中华词选》序

刘君梦芙纂《二十世纪中华词选》，驰书索序。时座上客满，余以此喜讯相告，一客发问曰："本世纪新诗独领风骚，词属'旧诗'，已无前途，究有多少名家名篇可供'精选'者乎？"

此问涉及词之发展历史与近百年词在中华词史上之地位，确宜开展讨论，达成共识。

词为中华诗歌之独特品种，兴于唐，流衍于五代而大盛于两宋。宋词与唐诗并称，其艺术生命之辉煌，从可知矣。元曲大放异彩而词渐衰，至明季而衰极，陈子龙始力振之，至朱、陈出而词派以成。朱彝尊为浙派开山，编《词综》，尊姜张，欲以清空醇雅之词一洗纤靡淫哇之陋，一时风靡，以至"家白石而户玉田"。浙词以圆转浏亮取胜，其失在于或厚重不足，或意旨枯寂。陈维崧为阳羡派宗师，尊苏辛，尚雄豪，取材广博。其忧黎元、刺虐政之作，堪与少陵"三吏"、"三别"比美。言情则歌哭忽生，叙事则本末皆见，具龙跳虎卧之奇，得歌行顿挫之致，允为清初大手笔。为词援笔立就，往往一日得数十首、一韵至十余阕，故或失诸率易，或奔腾倾泻而少含蓄。陈、朱两派牢笼词坛百余年而流弊益甚，张惠言起而矫之，倡"意内言外"、"比兴寄托"之说以救叫嚣饾饤之失。发"缘情造端"、"感物而发"之义以攻无病呻吟之习，力主词非"小道"而与《风》、《骚》同科。周济发明张氏之旨而推尊词体，谓"诗有史，词亦有史"，词人"感慨所寄",须关治乱盛衰,"或绸缪未雨,或太息厝薪,或已溺己饥,或独清独醒,随其人之性情学问境地,莫不有由衷之言。见事多,识理透,可为后人论世之资"。其"词非寄托不入,专寄托不出"、"万感横集"、"触类多通"之论,亦深中肯綮。常州词派遂大纛高扬,领袖词坛矣。鸦片战后,外侮频仍,变故迭起,常州派关注现实、振衰救弊之词论影响日巨,感事抒情,名家辈出,至清末而词道"中兴光大"(叶恭绰《全清词钞序》),被誉为中华词史之"一大后劲"、"一大结穴"(叶恭绰《全清词钞后记》)。

元、明词衰,历浙派、阳羡派、常州派之振兴,至清末而词体益尊,词道"中兴光大"。而"清末四大词人"王鹏运、郑文焯、朱孝臧、况周颐,或卒于本世纪初,或卒于本世纪二三十年代;与朱孝臧(1857—1931)等同时、稍后及五十年代尚从事创作之词人如沈曾植、文廷式、夏孙桐、张尔田、陈洵、夏敬观、王国维、邵瑞彭、吴梅、吕碧城以及黄人、汪兆镛、俞陛云、赵熙、桂念祖、金天翮、梁启超、秋瑾、于右任、黄侃、乔大壮、陈匪石、汪东、叶恭绰、柳亚子、顾随、张伯驹诸家,皆卓尔不群,各有千秋。然则,词道之"中兴光大"时期实包括本世纪前期。实证俱在,又何疑焉!

尤可注意者:上述诸词家多为博学鸿儒,主讲南北大庠,门弟子遍天下;王国维之《人间词话》、吴梅之《词学通论》以及王鹏运之《四印斋所刻词》、朱孝臧之《彊村丛书》、况周颐之《蕙风词话》、陈匪石之《宋词举》等沾溉词林,厥功殊伟;而抗日救亡、神州解放、四害为虐、拨乱反正、开放改革、港澳回归等旷古未有之历史巨变,尤足以感荡心灵,溢为伟词。故自本世纪前期至中后期,词人竞起,文采斐然而自具面目者亦指不胜屈。其尤著者如刘永济、夏承焘、詹安泰、龙榆生、缪钺、丁宁、钱仲联、沈祖棻、饶宗颐诸家，皆以倚声名海内，隽句佳章，播在人口。其影响之广且巨，自唐宋以来未之有也。

回顾近百年词，重传承，拓新境，绘时代之风云，写民族之抗争，歌四化之伟业，颂中华之振兴，其因革演进，实与社会之发展同步。谓为中华诗史之壮丽续篇，孰曰非宜？

本世纪词人众，词作多，开放以来见于各类出版物者尤难以数计，故"精选"殊不易为，却势在必行。梦芙幼承家学，既工倚声，复精品鉴。尝有慨于近百年诗词尚无学者专力研究，乃广泛搜集资料，通读大型选集数十种、重要专集数百种，工楷选录，积百数十万言，近百年海内外名家之佳什囊括无遗。在此基础上深入钻研，撰写《冷翠轩词话》及《二十世纪名家词述评》，已在《词学》、《中国韵文学刊》、《中华诗词》、《中国诗学》、《华学》、《中国诗歌研究》、《钱钟书研究集刊》等重要期刊发表名家诗词专论数十篇，颇获好评。今复以如此深厚之学养选百年词，则所选必精无疑矣。梦芙函告，此书选词以"格高、情真、语美、律严"为准则，入选者以名家为主，中青年确有成就者亦适当吸收。每家词前附小传，词后附集评，以为知人品词之助。诚如是，则此书之问世，堪为本世纪词高树丰碑，种种荣古虐今之议论，庶可一扫而空矣，岂不快哉！是为序。

一九九九年八月八日写于陕西师大文研所
原载黄山书社《二十世纪中华词选》（上）

《海岳风华集》序

诗友毛谷风君寄示《海岳风华集》抄本，嘱为喤引。展卷诵读，隽句佳章，流光溢彩，无不兼取古人之长而自运机杼，时出新意，固可传世而行远也。及观目录、小传，惊喜入选者皆当代中青年杰出诗人：以地域言，遍及大陆，远至海外；以性别言，女作者多达六人，异军特起；以年龄言，自二十许至五十馀，雁序蝉联，自成梯队。"五四"以来，传统诗词备受贬抑，有心人每叹诗道中绝，不可复振。而近十馀年间，老诗人壮心未已，摧雅扬风；中青年诗人俊才辈出，舒葩振藻。乃知诗为天地之英华，天旋地转，万古不息，诗亦生生已，吐艳飘香，岂有中绝之理乎？

诗以抒情为特质。情不孤生，缘境而生。境随时变而情亦变、诗亦变。时代前进，社会发展，新事物层出不穷，人之智慧、情思亦日新月异，与时俱进？故其为诗，《风》、《骚》尚矣，然不能沿袭而不变。倘太白摹拟《楚辞》而少陵仿效《三百篇》，岂复有"诗仙""诗圣"之杰作传诵至今、脍炙人口乎？历代优秀诗人，皆师古而不泥古，踵事增华，推陈出新。经汉魏六朝之开拓、积累，至唐诗而盛况空前。而唐诗之所以盛，更在因中有革，承中有创，名家竞起，各辟户牖，近体渐趋完善，古体日益扩展，众体咸备，斗丽争奇；而词亦抽枝发蕾，鲜花初放。援古证今，则知于继承中不断创新，实为诗歌发展之规律，不可违背者也。

继承、创新，前者为基础，后者为目的。对初学者而言，

自宜先打基础。犹忆去冬于广东清远列席全国中青年诗人盛
会，与会者逾百人，而《海岳风华集》主编毛谷风、熊盛元
与入选作者刘梦芙、熊东遨、段晓华、周燕婷、卢为峰诸君
皆在座，促余发言。因见年轻者甚众，故粗陈三义：一曰应
先作古体，渐及近体，古近各体兼擅，始能表现各种情境；
二曰能入能出，先入历代名家堂奥，含英咀华，尽取其法度、
韵调及遣词、锤字、宅句、安章与夫言情、写景、叙事之经
验、技巧，为我所用，然后出其樊篱，于反映新时代、抒发
新感情之创作实践中求变求新；三曰提高文化素养，深入现
实生活，识解高，感受深，既有助于"入"以领会名作意境，
更有利于"出"以描状新人新事。谷风、盛元、梦芙诸君深
韪余言，而讥为保守者亦大有人在。当前诗词热方兴未艾，
令人欢欣鼓舞。然未谙格律，不辨平仄，而昌言诗体革新者
有之矣；穷心力于律绝，斗小技于咏物，而不知传统诗歌中
尚有各体古风可供纵横驰骋以反映时代风云者有之矣；不博
古通今，不关心国计民瘼，略能钉饾成篇而沾沾以诗家自衒
者有之矣。上述浅见，岂无的放矢也哉！今读《海岳风华集》，
诗词俱美，古近兼工，皆能入能出而有益于匡时淑世之作也，
故乐而为之序。

1995 年 11 月

《中国诗论史》序

改革开放之初，各高等学校文科都开设了中国古代文论方面的课程；但由于历史的原因，学生阅读古文的能力比较差，师资力量也显得薄弱。因此，早在 20 世纪 80 年代初，我们便联合了 17 所高校的古文论教师编写出《中国古代文论名篇详注》和《中国近代文论名篇详注》两部教材，在几经讨论修改后先自行印刷，供编写单位试用。在经过申请被列入国家教委 1985—1990 年高校文科教材编选计划以后，又进行了认真的加工，分别由上海古籍出版社、贵州人民出版社于 1986 年出版。

这两部教材出版之后，曾在编写中起过重要作用的漆绪邦、梅运生、张连第三位教授和我商量，打算在整理我国古文论遗产方面继续努力，撰写一部上起先秦、下迄晚清的《中国诗论史》，仍推我任主编。经过申请，这一课题被列入国家教委"八五"重点科研资助项目，使我们深受鼓舞。

我们如此选题，出于两种考虑。第一，如果撰写中国文学理论批评史，则涉及面太广，我们很难胜任；这类著作已经很多，我们也很难有新的开拓。第二，当时尚无全面系统的中国诗论史著作，而这样的著作涉及面相对集中，有利于以简御繁，触类旁通。

中国是诗的国度，诗歌是中国最早的也是最基本的文学样式。作为最基本的文学样式，不仅产生了脍炙人口的唐诗、宋词、元曲，而且被其他各种文学艺术样式所利用。例如以元人杂剧和明清传奇为主的戏剧，除了比重极小的宾白，便是曲——唱词，所以一般不叫戏剧而叫戏曲，《西厢记》、《牡丹亭》、《桃花扇》等戏曲的唱词之美是无与伦比的。章回小说的回目是诗，中间有诗，《红楼梦》中的诗词曲是红学研究的重要内容之一。国画一般有题诗，画好、诗好、字好，被赞为"三绝"。各种形式的讲唱文学，其唱的部分当然是诗。至于音乐，其歌词便是诗：我国诗歌最初多数是入乐的，因而音乐性特强，是我国诗歌的突出特点之一。

我国诗歌被我国其他各种文学艺术所利用，这只是一个方面，更重要的方面是：诗情、诗意、诗美，是我国一切文学艺术的本质和灵魂，甚至是数千年中华灿烂文化的本质和灵魂。中华民族从《诗经》《楚辞》以来创造了无数辉煌瑰丽的文学艺术珍品，为世界文化的发展作出了不可磨灭的贡献。而那无数文学艺术珍品，其中的诗歌当然是诗情、诗意、诗美的集中体现；其中的散文、戏剧、小说、音乐、绘画等等，也无不洋溢着诗情、诗意、诗美。苏轼称赞王维"画中有诗"，鲁迅推崇司马迁的《史记》是"无韵之《离骚》"，类似的评论很多，无烦辞费。

正因为中国诗歌与其他中国文学艺术有如此密切的联系，所以中国诗论中的物感、神思、风骨、情采、兴寄、兴象、意象、情境、意境、气韵、滋味、兴趣、性灵、情景、神韵，以及味外之旨、韵外之致、言外之意、象外之象等许多概念、范畴和术语，或适用于其他文学艺术，或与其他文学艺术理论相通。这一切，也正是中华文化民族特色的突出体现。

基于上述种种考虑，我们决定撰写一部体现中国特色的《中国诗论史》，为增强当前诗歌创作的民族特色服务，为建设具有中国特色的当代文艺学服务。

在撰写《中国诗论史》的准备阶段，我们对历代诗词曲论专著进行逐一研究。凡重要者介绍其作者、时代和版本情况，概述其主要的理论内容，评价其在中国诗论史上的地位；凡理论价值不高者则列入"存目"，只作简介。全书分诗论、词论、曲论三类，各按成书先后编排，包含诗论专著302 种，词论专著104 种，曲论专著31 种，总计437 种。取名《中国历代诗词曲论专著提要》，由北京师范学院出版社于1991 年出版。

《中国古代文论名篇详注》、《中国近代文论名篇详注》和《中国历代诗词曲论专著提要》出版后都受到同行专家的好评，说明《中国诗论史》的撰写是有基础的；但头绪颇繁，问题甚多，时间跨度极大，在具体撰写过程中仍需进行更广泛、更深入的研究，才能不断克服困难，蹒跚前进。几位执笔者都是所在高校的教学科研骨干，有的还兼有校、系行政职务，在做好岗位工作的同时夜以继日，坚持不懈，经历十多年的艰辛劳动，全书始得脱稿。限于我们的学养和胆识，这部书稿自难尽如人意，连我们自己也深以未能达到预期的学术水平而深感愧疚；但撰写态度的确是认真的，是付出了不少心血的。

漆绪邦教授所撰写的长篇《后记》，既对近几十年中国文学通史和文论通史的传统写法所导致的弊病有所补救，又对本书撰写的分工和其他有关问题一一说明，这里无须重复。

全书约150 万字，终于要和广大读者见面，听取宝贵的意见了！谨向热心学术事业的黄山书社同志致以由衷的谢忱。

（《中国诗论史》上、中、下三册，霍松林主编，黄山书社2007 年出版）

《〈万首唐人绝句〉校注集评》序

　　六朝人喜作五言四句的小诗，如果将数人所作联缀成篇，便称"联句"，如果自作四句，独立成篇，便称"绝句"或"断句"。试阅《南史》，便可在《宋文帝诸子·晋熙王昶传》、《齐高帝诸子·武陵昭王晔传》、《梁简文帝纪》、《梁元帝纪》、《梁宗室·临川靖惠王宏传》中分别看到"为断句"、"作短句诗"、"绝句五篇"、"制诗四绝"、"为诗一绝"的记载。有人认为《南史》乃唐人李延寿所撰，不能证明南朝已经有"绝句"名称。然而徐陵（567—583）的《玉台新咏》编于南朝梁代，卷十专收五言四句小诗，其中吴均《杂绝句四首》、庾信《和侃法师三绝》等都是作者自己命名的。卷首的《古绝句四首》，当是汉、魏之际的民间歌谣，原来没有题目，徐陵认为类似当时的"绝句"，便称为"古绝句"，编在专收五言四句诗的卷十之首，意在表明当时的"绝句"并非突然出现的。由此可见，绝句之名，南朝已经流行。徐师曾《文体明辨》认为"唐初稳顺声势，定为绝句"，这是不够确切的。

　　绝句就字数说，有五绝、六绝、七绝三种。六绝唐代才有，易作而难工，所以作者寥寥；然而王维的《田园乐》七首、皇甫冉的《问李二司直所居云山》和宋人王安石的《题西太一宫》二首，却精妙绝伦。

　　绝句就格律说，有古绝、拗绝、律绝三类；董文焕《声调四谱图说》云："七言绝句之法，与五绝同，亦分三格，曰律曰古曰拗。"古绝源于古代民间歌谣，五言如《玉台新咏》

所收《古绝句四首》之类，七言如北朝民歌《捉搦歌》、《隔谷歌》之类。古绝不限于唐代以前的作品，唐人绝句虽以律绝为主流，但不协律的古绝数量并不少（五言古绝尤多），而且多是名篇。随便举例，五言如王维《鸟鸣涧》、《华子冈》、《鹿柴》、《竹里馆》，崔国辅《怨词》、《古意》，李白《玉阶怨》、《王昭君》、《怨情》、《越女词》，柳宗元《江雪》等；七言如王维《少年行》，李白《横江词》、《山中问答》等，都是古绝的嗣响；至于拗绝，则和七律拗体一样，乃是为了追求音节峭拔、拗折以表现特定的情趣，有意失黏、有意创造不合律体的拗句，但在全诗中，一般仍有律句。这种拗绝句，杜甫最多，如《江畔独步寻花七绝句》、《夔州歌十绝句》等。其后如刘禹锡《竹枝词》之类的名作，也属于拗绝的范畴。

　　至于律绝，按说是律诗形成以后才有的。徐师曾在《文体明辨序说》里就提出这样的看法："绝之为言，截也。即律诗而截之也。故凡后两句对者，是截前四句；前两句对者，是截后四句；全篇皆对者，是截中四句；皆不对者，是截首尾四句。故唐人绝句皆称律诗，观李汉编《昌黎集》，绝句皆入律诗，盖可见矣。"这里有两点不够确切：第一，唐人绝句，特别是五绝，有很多名篇都是古绝，不能说"唐人绝句皆称律诗"；第二，如果从律绝的格律看，这种"即律诗而截之"的说法是颇近情理的。然而从律绝的发展过程看，律绝却不始于律诗形成的唐代。不妨举几个例子：

　　　　心逐南云逝，形随北雁来。
　　　　故乡篱下菊，今日几花开？

　　　　　　　　　　　——江总《长安九日》

　　　　日月光天德，山河壮帝居。
　　　　太平无以报，愿上万年书。

　　　　　　　　　　——陈后主《入隋侍宴应诏》

　　　　杨柳青青着地垂，杨花漫漫搅天飞。
　　　　柳条折尽花飞尽，借问行人归不归？

　　　　　　　　　　　——隋无名氏《送别》

　　这些诗，完全符合律绝格律。至于基本上符合律绝格律的作品，在六朝乐府民歌和文人的诗作中，更屡见不鲜。这样的现象是不难解释的，唐人所谓的"今体诗"或"近体诗"，包括律诗和绝句，并不是在唐王朝建立之后突然涌现的，而是从晋宋以来、特别是从"永明体"以来，经过漫长的创作实践，逐渐形成的。在形成过程中，绝句先于律诗，而不是先有律诗，然后"截"律诗为律绝。

　　唐诗是我国诗歌乃至全人类诗歌发展的高峰，这是举世公认的。唐人绝句是整个唐诗宝库中最绚丽夺目的珍品，这也是举世公认的。下面选引几条有关资料，余尝品唐人之诗、乐府本效古体而意反近，绝句本自近体而意实远。欲求《风》《雅》之仿佛者，莫如绝句，唐人之偏长独至，而后人力追莫嗣者也。

——杨慎《升庵全集》卷二《唐绝增奇序》

考之开元、天宝已来，宫掖所传，梨园弟子所歌，旗亭所唱，边将所进，率多当时名士所为绝句尔。故王之涣"黄河远上"、王昌龄"昭阳日影"之句，至今艳称之，而右丞"渭城朝雨"，流传尤众，好事者至谱为《阳关三叠》。他如刘禹锡、张祜诸篇，尤难指数。由是言之，唐三百年以绝句擅场，即唐三百年之乐府也。

——王士禛《唐人万首绝句选序》

诗至唐人七言绝句，尽善尽美，自帝王、公卿、名流、方外，以及妇人女子，佳作累累。取而讽之，往往令人情移，回环含咀，不能自已。此真《风》《骚》之遗响也。

——宋荦《漫堂说诗》

五绝纯乎天籁，七绝可参以人工。二十八字中，要使篇无累句，句无累字，篇若贯珠，句若缀玉，意贵含蓄，词贵婉转。鸾箫凤笙，不足喻其音之和也；明珰翠羽，不足喻其色之妍也，烟

绡雾縠，不足喻其质之轻也，荷露梅雪，不足喻
其味之清也。有唐一代，名作如林，……此皆千
古绝唱。旗亭风雪中听双鬟发声，足令人回肠荡
气也。

——杨寿楠《云荳诗话》

绝句的突出特点是篇幅极短。要用寥寥二十字或二十八
字作成一首好诗，说大话、发空论、炫耀才学、卖弄词藻、
铺排典故，都不行；必须情感真挚，兴会淋漓，神与境会，
境从句显，景溢目前，意在言外，节短而韵长，语近而情遥，
神味渊永，兴象玲珑，令人一唱三叹，低回想象于无穷。唐
人绝句中的无数佳作，在不同程度上都达到了这样迷人的艺
术境界，因而从当时到现代，从国内到国外，一直赢得广大
群众的喜爱，传诵不衰，脍炙人口。

唐人选唐诗，包含绝句。五代人选唐诗，已有专选绝句
的，如《名贤绝句诗》（见胡震亨《唐音癸签》卷三一《集
录（二）》）。宋人洪迈所编《万首唐人绝句》，乃是迄今
为止规模最大的绝句总集。尽管为了凑足"万首"之数，琐
屑摭拾，未能精审，然而如此汪洋浩瀚的唐人绝句赖有此书
汇集，得免散失，其功实不可没。

洪迈的《万人唐人绝句》刊行不久，陈振孙即在《直斋
书录解题》里指出其中不少谬误。到明代万历年间，赵宧光、
黄习远有鉴于此，进行了一次相当认真的整理。赵宧光在
《〈万首唐人绝句〉刊定题词》里说：

　　……洪公旋录旋奏，略无诠次，代不摄人，
人不领什。或一章数见者有之，或彼作误此者有
之，或律去首尾者有之，或析古一解者有之。至
若人采七八而遗二三，或全未收录而家并遗。若
此诖误，莫可胜纪。

　　黄习远在《重刻〈万首唐人绝句〉跋》里还指出了"王
建之宫词，以三家互入"之类的缺失。针对这些谬误和缺失，
他们"芟去其谬且复者共二百一十九首，补入四唐名公共
一百一人，遗诗共六百五十九首，总得一万四百七十七首。
诗以人汇，人以代次，厘为四十卷"。然后又花了三年时间，
于万历丁未（1607）刻成。

　　洪迈于南宋淳熙年间因于暇日"教稚儿诵唐人绝句"，
陆续抄录唐人绝句五千四百篇，后来了解到皇帝（宋孝宗）
正在"使人集录唐诗"，便献上他的抄录本，立刻得到奖励。
于是继续抄录，凑足万首。1955 年文学古籍刊行社影印的
明嘉靖本《万首唐人绝句》，大约是个仿宋本，包括七言绝
七十五卷，五言绝二十五卷，六言绝一卷，合一百一卷，其
前为目录。仅从目录看，已感到十分混乱。诗人未按时代先
后排列，一位诗人，往往分见数卷。而赵宧光本"诗以人汇，
人以代次"，大致按初唐、盛唐、中唐、晚唐排列，眉目就
清楚得多。"一章数见"、"彼作误此"、"律去首尾"，
以及漏收失收之类的疵谬，也纠正了不少。总的来说，赵宧
光本比洪本有许多优点。1983 年书目文献出版社据赵本用
简体字横排出版，是适合广大读者需要的。

　　然而赵宧光本仍然存在不少问题：前后互见的诗仍然不少；有不少诗题，或省或并；作者时代先后的排列，亦嫌凌乱。如七绝部分，列杜荀鹤（846—904）于第三十卷"晚唐三"，而列杜牧（803—858）于第三十二卷"晚唐五"；取律诗四句作绝句的例子，也屡见不鲜。至于误收先唐诗及五代、北宋诗的现象，更严重存在。例如洪迈将南朝梁诗人何逊（字仲言）写成何仲言，收其诗十四首入五言绝句，《直斋书录解题》已斥其谬，而赵本仍承其谬，编何仲言诗十四首于第九卷中。洪氏未收何象诗，赵本第一卷增收了署名"何象"的《赋得御制句公"朔野阵云飞"》，这是错误的，其根据可能是北宋阮阅所编的《诗话总龟》。《诗话总龟》卷四引《古今诗话》云：

　　　　唐太宗征辽，师还，途中御制诗有"銮舆临紫塞，朔野阵云飞"之句。遂宁令何象进《銮舆临紫塞赋》、《朔野阵云飞诗》，召对嘉赏，授赞善大夫。诗有"塞日穿痕断，边鸿背影飞。缥渺浮黄屋，阴沉护御衣"之句。

　　赵本所增收者，从作者署名到诗句文字，皆与此全同。但阮阅所引的这段文字有两个问题：一、"唐太宗"应为宋太宗，"唐"字大约是衍文，二、"何象"应为何蒙，"象"字可能因形似致误。《宋诗纪事》卷一据宋人江少虞《皇朝类苑》收宋太宗"銮舆"两句诗，卷三据宋释文莹《玉壶野史》收何蒙"塞日"四句诗。按何蒙字叔昭，洪州人，少精《春秋左氏传》，南唐后主时举进士不第。入宋，授洛州推官。

《宋史》卷二七七有传。传中说：

> 太平兴国五年，调遂宁令，时太宗亲征契丹，
> 还，作诗以献。召见赏叹，授右赞善大夫。

　　结合这些材料看，《诗话总龟》所记的事实本来是不错的，只是由于衍了一个"唐"字，误了一个"象"字，赵宧光未深考，便以何象为唐太宗时人，排于来济之后，收了何蒙献给宋太宗的那四句五言诗。

　　考虑到赵宧光本存在的许多疵谬需要纠正，也考虑到一般读者阅读这些作品需要注释、需要看到前人的评语，我们以业余时间，完成了这部《〈万首唐人绝句〉校注集评》。

　　感谢王丽娜同志，她帮助我们从北京图书馆复制了赵宧光、黄习远的万历刊本（简称"赵本"）。在校勘方面，我们即以赵本作底本，校以《文苑英华》、洪迈《万首唐人绝句》嘉靖本（文学古籍，刊行社影印）、《全唐诗》和各家唐人别集、各种唐诗选本，改正了明显的错字。对于有价值的异文，在注释中注出，不作详细校记，以省篇幅。底本中与常见本殊异、而与嘉靖本相同、其义可通的字，为了保持原书特点，一律不改。如李白《黄鹤楼送孟浩然之广陵》第三句，一般版本均作"孤帆远影碧空尽"，而赵本，嘉靖本都作"孤帆远影碧山尽"，"山"字便不改。细读全诗，"碧空"与第四句中的"天际"似嫌重复，而"碧山"却无懈可击。关于诗题，与常见本不同者颇多。有一些，是赵、黄省并的，而为数更多的，则与嘉靖本一致，疑洪迈别有所据。即如李白的《黄鹤楼送孟浩然之广陵》，赵本、嘉靖本俱作《送孟

君之广陵》。因此，凡诗题与常见本有别者亦注而不改，以存原貌。各家专集，因版本不同而诗题也往往有差异。即如李白的《黄鹤楼送孟浩然之广陵》，咸淳本无"黄鹤楼"三字，敦煌残卷"之广陵"作"下惟扬"。故注诗题时，一般以《全唐诗》为准。

作者介绍，包括生卒年、籍贯、简况、别集名，事迹见两唐书的卷数，作品在《全唐诗》的卷数诸项。第十卷以后的作者如已见于前十卷，则注明作者介绍已见某卷。

注释力求简明扼要。首次出现的典故引原文，引文过长者节录，重复出现时简述大意，或注明见某卷某诗注，屡见者只说"注见前"。本事力求引原始出处。所有引文，皆引自原书，标明卷数或篇名，删节处加省略号。难句加以串讲。间引他人句法、意境相似的诗句，以资比较。

集评选引诗话、笔记、历代诗歌选本以及各家别集注本中有关的评论。评语过长者在不影响原意的前提下作适当删节，不加省略号。集评略依时代先后排列，评论家以已故者为限。各家绝句总评，附于七绝最后一首之后。

书后附录部分，包括洪迈《万首唐人绝句诗序》、《重华宫投进札子》、《谢表》；赵宦光《〈万首唐人绝句〉刊定题词》，黄习远《重刻〈万首唐人绝句〉跋》，赵本所附《唐风四始考》、《唐绝发凡》、《集评引用书目》、《作者索引》。

还有些工作需要做。赵本"芟去其谬且复者共二百一十九首"。"复者"自然应该芟，"谬者""谬"在何处，则宜考究。倘若实出唐人之手，芟掉未免可惜。所以这里还有一个甄别收录的问题。赵本"补入四唐名公一百一人，遗诗共六百五十九首"，尽管有误收的，如前面提到的

"何象"及诗，然而贡献确实不小。但黄习远在《跋》文结尾已明白提出："耳目之外，秘篇所载，尚冀后之君子佐其不逮焉。"补遗工作，实不可少。然而我们目前实无暇及此，甄录与补遗，只好留待将来了。

　　还有一个问题应该一提。谢榛《四溟诗话》云："洪容斋所选唐人绝句，不择美恶，但凑数尔。间多仙鬼之作，出于偏稗小说，尤不可取。"这代表了一种相当普遍的意见。赵本中，这类作品更有增加，书目文献出版社排印本的《前言》里因而说："为保持版本原貌，原本所收的神仙鬼怪之诗，以及文艺虚构人物之诗，不予删除。"言外之意是：如果不是为了保持版本原貌，那些作品本来是应该删除的。对于这个问题，杨慎的意见很值得重视，他说：

　　　　诗盛于唐，其作者往往托于传奇小说、神仙幽怪以传于后，而其诗大有绝妙古今、一字千金者。试举一二："卜得上船日，秋来风浪多。巴陵一夜雨，肠断木兰歌。"又："雨滴空阶晓，无心换夕香。井梧花尽落，一半在银床。"又："日日闻箫处，高楼当月中。梨花寒食夜，深闭翠微宫。"又："命笑无人笑，含娇何处娇。徘徊花上月，空度可怜宵。"

　　　　　　　　　　　　　——《升庵诗话》

　　这见解十分通达。所有那些诗歌，当然不是神仙鬼怪作的，也不是文艺作品中的虚构人物作的，而是诗人作的。如果那诗人确是唐人，那诗篇确是绝句，以求"全"为目标的《万首唐人绝句》里无疑应该收。《全唐诗》里，不是也收了这一类作品吗？

这部书稿是我们在忙于岗位工作的同时抽时间完成的，兼之出自众手，水平不尽平衡，错误在所难免。殷切地期望读者和专家们不吝赐教。

（霍松林主编《〈万首唐人绝句〉校注集评》精装三巨册，270万字，山西人民出版社1991年出版）

《历代好诗诠评》序

中华素有"诗国"的美誉。中华诗歌，更早的且不去说，只从《诗经》算起，至今已有三千多年的光辉历史。在这三千多年的历史长河中，论诗人则名家辈出、灿若群星；论诗作则名篇纷呈，争奇斗丽。其中的无数优秀篇章，具有永恒的艺术魅力，至今脍炙人口，成为中国人民、乃至全世界人民的精神财富。

中国诗论家早就提出了"诗言志"、"诗缘情"的主张。"言志"，要求表现崇高的志；"缘情"，要求抒发真挚的情。中国的方块汉字，一字一音而音有平仄，通过协调平仄可以使诗的语言具有独特的音乐美。用具有音乐美的语言抒写崇高真挚的情志，便能创作出"声情并茂"的诗章。"声情并茂"，这是中华诗歌最根本的审美因素。再加上其他审美因素，诸如语言的精炼、生动、形象，赋、比、兴和象征、拟人、烘托、暗示、跳跃等手法的运用，炼字、炼句与炼意的统一，对偶与散行的综错，章法结构的谨严与变化，以及情景交融、象外有象的意境创造等等，就使得中华诗歌具有极高的审美价值和强烈的艺术感染力，既有德育、智育功用，又有美育功用，使读者于审美愉悦中陶冶性情，潜移默化，提高认识水平和精神境界。

屈原以来的历代杰出诗人都是民族精英。经邦济世，富民强国，乃是他们的共同职志。因而表现于不同诗篇的不同主题，诸如忧民忧国、匡时淑世、针砭时弊、关怀民瘼、抨击强暴、抵御外侮、力除腐恶、崇尚廉明、反对守旧、要求变革、追求富强康乐、向往和平幸福、赞颂美好的山光水色民风、抒发纯真的乡情亲情友情，以及公而忘私、国而忘家、捐躯报国、舍生取义等等，无不凝聚着中华民族精神，闪耀着爱国主义光芒。三千多年的中华诗歌，既是三千多年的中华"诗史"，又是中华民族的社会史、文化史、心灵史。从童年开始长期受中华诗歌熏陶的人，中华民族精神必然饱和于他的全身血液，不论在什么时候、什么地方、什么情况下都关心国家的前途和民族的命运，以高度的责任感和使命感保卫祖国、建设祖国、报效祖国。近二十年来多次回国讲学的不列颠哥伦比亚大学终身教授叶嘉莹先生的一首诗说得好："构厦多材岂待论，谁知散木有乡根。书生报国成何计，难忘诗骚李杜魂。"在这里，她以《诗经》、《离骚》、李白、杜甫代表中华优秀诗篇和历代杰出诗人。"诗骚李杜魂"，就是几千年的中华诗歌所体现的民族精神和爱国情感。叶嘉莹教授的"乡根"之所以深深地扎进中华大地的沃壤，虽然久居海外，仍然时时不忘"报国"，正由于"诗骚李杜魂"与她的心灵融合无间。这充分说明：对于学习任何专业、从事任何工作的中国人来说，都有必要读一些中华诗歌。

中华诗歌浩如烟海，怎能遍读？这就需要适于今人阅读的选本。我这个选本选诗的标准是：好！白居易《读李杜诗集，因题卷后》的最后两句是：

天意君须会：人间要好诗！

的确，"人间要好诗！"我从这个"要"字着眼，力图选出时代需要的、有高度审美价值的好诗，使读者于艺术享受中美化心灵，提高人文素质，从而振奋民族精神、培养爱国情操，弘扬民族正气，为实现中华民族的伟大复兴而奉献聪明才智。

有些好诗明白如话，人人都觉得好。但如果进一步追问为什么好，好在何处，就不一定都能回答。如果这首好诗还有深层意蕴或象外之象、言外之意，那就更需要诠释、品评。另一些好诗，或有文字障碍，或有特定的社会背景，或与作者的特殊经历和创作心态有关，或有意义空白，或正话反说、反话正说，言在此而意在彼，如果没有准确的诠释和精当的品评，那就很难充分领会它的好处。而只有充分领悟作品的好处，才能获得美感，吸取精神营养。因此，我对所选的好诗根据自己的体会作了必要的诠评，希望对读者有所助益。

这部书稿，是多年来结合教学、科研陆续写出的，最近才按时代编辑，作了一次总加工。粗略统计，超过百万字，出版社建议"好中选好"，出漂亮的精装本。我觉得这是个好主意，便忍痛割爱，删去近三十位诗人，抽掉百多篇作品。正像从五光十色、琳琅满目的好货中选货一样，挑来选去，直弄得眼花缭乱，也许反而把"好中之好"抛弃了。

特别应该一提的是：中国社会科学出版社社长总编张树相同志既甘冒赔钱的风险为我出书，责任编辑郭媛同志，又在大热天加班加点，在审稿、校订、编排等方面付出了辛勤劳动，力求把这部书出快、出好。为此，谨向他们致以崇高的敬意和诚挚的谢意。

（霍松林《历代好诗诠评》，精装，一巨册，中国社会科学出版社 2000 年出版）

后 记

2008 年 12 月 20 日，在全国政协金厅会议室举行的"中华诗词终身成就奖"颁奖仪式上，有关领导宣读了给我的《颁奖词》，结尾说："为表彰他在诗词创作和理论建设上的杰出成就，经中华诗词学会第二届五次常务理事会研究决定，授予'中华诗词终身成就奖'。"这是对我的奖励，更是对我的鞭策。

我的岗位工作是教学，主要精力都用于为国育才；但在敬业爱岗的同时，又一直热爱中华诗词。改革开放以来，"诗词热"遍全国，我也追随全国诗友之后，吟诗撰文，力图为振兴中华诗词效力。但说我"在诗词创作和理论建设上"有"杰出成就"，却实在受之有愧。就"理论建设"而言，只不过写了一些东西，谈了一些看法而已。受《颁奖词》的鞭策和鼓舞，我想从有关论著中选若干篇编印一个小册子，以便听取广大读者的意见，继续提高。领奖之后与周笃文先生聊天，顺便谈了这种想法，竟得到他的赞许，并愿纳入《中华诗词文库》出版，真是喜出望外。

这个集子编入改革开放以来发表的 35 篇文章，虽然涉及理论，但自愧浅薄，因而不叫诗词理论集，而叫《诗国漫步》。中华"诗国"，壮丽无比。一息尚存，"漫步"不已。倘有所见，还会写出来抛砖引玉。

书稿编就，打电话请笃文教授赐序，承蒙俯允，谨致以诚挚的谢意。

2009 年 3 月 10 日写于唐音阁

〖附记〗

这次组织出版"中华诗词存稿"，将原本"中华诗词存稿"出版过的霍松林著《霍松林诗词集》和诗国漫步》二种合为《霍松林诗词诗论集》（前书为"诗词作品卷"，后书为"诗词诗论卷"），并对其加以编辑修改工作。特此说明。

中国书籍出版社编辑部

2019 年 12 月于北京

〖中华诗词存稿·名家专辑〗
中华诗词学会 编

霍松林诗词诗论集

诗词作品卷

霍松林 著

中国书籍出版社
China Book Press

图书在版编目（CIP）数据

霍松林诗词诗论集 / 霍松林著 . —— 北京：中国书
籍出版社 , 2019.12
（中华诗词存稿）
ISBN 978-7-5068-7740-4

Ⅰ . ①霍… Ⅱ . ①霍… Ⅲ . ①诗词—作品集—中国—
当代 Ⅳ . ① I227

中国版本图书馆 CIP 数据核字 (2019) 第 291592 号

霍松林诗词诗论集 · 诗词作品卷

霍松林 著

责任编辑	王星舒
责任印制	孙马飞　马　芝
封面设计	采薇阁
出版发行	中国书籍出版社
地　　址	北京市丰台区三路居路 97 号（邮编：100073）
电　　话	(010) 52257143（总编室）　(010) 52257140（发行部）
电子邮箱	eo@chinabp.com.cn
经　　销	全国新华书店
印　　刷	北京虎彩文化传播有限公司
开　　本	710 毫米 × 1000 毫米 1/16
字　　数	430 千字
印　　张	40.5
版　　次	2020 年 5 月第 1 版　2020 年 5 月第 1 次印刷
书　　号	ISBN 978-7-5068-7740-4
定　　价	698.00 元（全 2 册）

作者简介

　　霍松林（1921—2017）甘肃天水人，南京中央大学中文系毕业，著名文艺理论家、中国古典文学研究专家、诗人、书法家。曾任陕西师范大学文学院名誉院长、终身教授、博士研究生导师，香港学术评审局专家顾问、中华诗词学会名誉会长、中国古代文学理论学会荣誉会长等。曾任国务院学位委员会学科评议委员、全国哲学社会科学"七五"规划委员会委员、中国杜甫研究会会长、中国唐代文学学会副会长兼秘书长、陕西省政协常委、日本明治大学客座教授等。著有《文艺学概论》、《文艺散论》、《诗的形象及其他》、《唐宋诗文鉴赏举隅》、《历代好诗诠评》、《唐音阁文集》（含《论文集》、《鉴赏集》、《随笔集》等五种）、《霍松林诗词集》等35种，主编《中国诗论史》、《〈万首唐人绝句〉校注集评》等40多种。1989年被评为全国教育系统劳动模范，享受国务院特殊津贴。1995年被中国作家协会列名于"抗战时期老作家"名单，颁赠"以笔为枪，投身抗战"的红铜质奖牌。2002年被评为"陕西风云人物"，2008年被授予"中华诗词终身成就奖"和"改革开放30年陕西高等教育突出贡献奖"。改革开放初期，曾参加全国第四次文代会、第四次作代表。

总　序

　　我们这个诗歌大国有一个很好的传统，历来注重"采诗"、搜集整理诗歌材料。作为唯一的全国性诗词组织的中华诗词学会，自1987年5月成立以来，就十分重视这项工作。学会每年的学术研讨会和历届"华夏诗词奖"，都出版论文集和获奖作品集。纪念学会成立二十年、三十年时，还专门编辑出版了《大事记》《论文选集》《诗词选集》。《中华诗词》创刊以来，每年都制作年度合订本。2007年5月，在北京天识东方文化艺术传播有限公司的资助下，以近代以来诗词创作、诗词理论、诗词运动重要文献汇编，当代名家个人作品专集等为主要内容，出版了《中华诗词文库》。经过十来年的编辑整理，已经出了近百卷。这些诗集、文集的出版，记录了近百年来尤其是改革开放四十多年来，中华诗词从起步、复苏走向复兴的砥砺前行的历程，为近、当代诗歌史的撰写准备了丰富的资料。

　　党的十八大以来，中华民族优秀传统文化重新受到应有的重视。习近平总书记《念奴娇·追思焦裕禄》词和《军民情》七律的相继发表，引领中华大地诗潮滚滚而来。《中共中央关于繁荣发展社会主义文艺的意见》和中办、国办《关于实施中华优秀传统文化传承发展工程的意见》，都明确提出"加强对中华诗词、音乐舞蹈、书法绘画、曲艺杂技和历史文化纪录片、动画片、出版物等的扶持。"国家教育部组织制定由中华诗词学会起草的新中国语言体系中的新韵书《中华通韵》已经通过国家语言文字工作委员会语言文字规范标准审定委员会审定，即将颁布全国试行。这些都使我们真切地感受到，中华诗词的春天真的到来了。诗人们乘着骀荡春风，正以高昂的激情，书写着中华民族伟大复兴的新时代、新史诗，国家富强、民族振兴、人民幸福的中国梦；正以与人民同呼吸、共命运的诗人之心，对人民的欢乐、人民的忧患、人民的情怀给以诗意的表达；正以"美"或"刺"的诗人之笔，对市场经济大潮中人民对幸福生活的期待，对美好未来的希望，对假丑恶的深恶痛绝，或给以方向，或给以赞美，或给以鞭挞。正如习近平总书记所指出的："好的文艺作品就应该像蓝天上的阳光、春季里的清风一样，能够启迪思想、温润心灵、陶冶人生，能够扫除颓废萎靡之风。"

当前，传统诗词创作者和诗词爱好者队伍发展迅速，已超过三百万。每天创作的诗词作品超过唐诗、宋词、元曲的总和。诗词评论研究队伍也成长很快，诗词评论、诗词学、诗词创作理论研究成果丰硕。如何从浩如烟海的诗词作品中"淘"出优秀作品，并使之存下来、传下去，如何使诗词研究理论成果"面世"并发挥应有的指导作用，确实是摆在我们面前的无可回避的一个重要课题。中华诗词学会是一个没有国家编制，没有国家拨款的社会团体，事业的运转主要靠社会赞助和会员费支撑。俊识（北京）文化传媒有限公司总经理吕梁松、北京采薇阁总经理王强，两位一直是对中华传统文化情有独钟的热心人，慷慨解囊，愿意同中华诗词学会一起，搜集整理编辑推出《中华诗词存稿》这套书，共同为中华诗词文化的继承和发展，做成这件十分有意义的事情。

　　《中华诗词存稿》主要搜集整理出版三部分内容的资料：一是当代诗词名家的个人作品集；二是当代诗词评论家、诗词学者的学术著作集；三是当代诗词作品、诗词理论学术成果阶段性、专题性、地域性的集成类作品集。诗词作品强调精品意识，沙里淘金，把"有筋骨、有道德、有温度"的优秀诗词作品搜集起来。诗词评论、研究类资料强调理论性和创新性，应具有鲜明的个性特点，具有创建性的见解。集成类的资料应有一定的史料保存价值。总之，做成一套具有当代价值和历史意义的好书。在此，我们编委会人员，向提供资料、筛选编辑、版面设计、校对勘误，包括所有为这套资料付出辛勤劳动的同志们，表示真诚的谢意！

郑欣淼

二〇一九年七月于北京

序 一

秦陇之间，仰禀东井，是为艮乡。天水、平凉、庆阳诸郡，嶓冢之山，神禹导漾所自；麦积、崆峒、仙人崖，雄奇峭异，与岱、嵩埒。士生厥壤，俊伟倜傥，秀茂挺逸。然僻处窎远，不事表襮，与中原及兑方声气睽阻。而当朱明之世，李梦阳以雄杰之才，主盟坛坫；清之仲世，诗人吴镇即为小仓所心折。至于叔季，尚有以诗歌高视一方，如任其昌、任承允诸家；而孤芳只以自赏，音响寥寂，采风者憾焉。迨轮轨棧通，自西徂东，行卷缥囊，一邮传可负之而趋。怀才之伦，遄穷亥步，负笈于吴楚之间者有之矣，吾友霍君松林其人也。

松林之为人，能文、能书、能倚声、能研说部、能雕文心，而尤长于诗。继其昌先生再传衣钵，实大声宏。自其少年攻读于中央大学时，胡小石、柳翼谋、卢冀野、罗根泽诸先生各以一专雄长槃敦，松林俱承其教而受其益。而于诗尤得精髓于汪方湖，于词则传法乳于陈匪石。师弟镞砺，恬吟密咏，情深而文明，志和而音雅，乃若不类秦陇间魁垒尚气之士所为者。余尝叹百年以来，禹域吟坛，大都不越闽赣二宗之樊，力薪咳唾与之相肖。金陵一隅，尤为赣派诗流所萃。松林独取其长而不为所囿，忧时感事，巨构长篇，层见叠出，含咀昌黎以入少陵，此其所以为豪杰之士也。

至松林为词，出入清真、白石间，昳丽多姿，一扫犷悍之习，一如其诗之卓绝。抑久习吴风，与结为构，乃能柔其拗怒而稍殊其陇右之音也欤！仍岁以来，松林都讲长安大庠。长安，固李唐诗人掉鞅之地也；至宋而少衰。终南、太华之气，郁久而后泄，松林乃及其时而出焉。其诗之雄伟壮阔，自辟户牖，启来轸以新途，将毋收功实者，终在于西北乎！吾于松林觇之矣。

余识松林也晚。比岁文会频参，探讨之时遂多，于松林之人之诗之词，乃深有所解会。今松林以其唐音阁诗词稿相示，诏为引喤。余挟其全帙，泛舟于五湖烟水之间，倚棹朗吟，秋菊春兰，对之隐若一敌国①矣。

戊辰孟春八十叟钱仲联序于吴趋

【注】

①"隐若一敌国"，见《后汉书》卷四八《吴汉传》。李贤注："隐，威重之貌，言其威重若敌国。"

序 二

　　一九八九年冬，霍松林教授以《唐音阁吟稿》相贻。唐音阁者，千帆为松林所题之斋名，以示松林诗之蕲向也。松林游嵩山少林寺有"巨钟重铸振唐音"之句，尤昭昭然自明本志矣。松林之标举唐音，在《吟稿》中累累申其旨趣："须抒虎虎英雄气，要鼓泱泱大国风"，此松林所以颂唐音也；"论文今始窥三昧，管晏经纶稷契心"，此松林所以尊李杜也；"翡翠兰苕虽可爱，还需碧海掣鲸人"，此松林之审美观，亦其诗境也；"立志仍须追稷契，传薪岂必效黄陈"，此松林对诗歌发展史之卓识也。举此数端，可以概见唐音阁诗学之指归矣。

　　近百年来，中华诗坛为闽赣二宗所风靡。松林游金陵久；金陵者，赣宗诗风之所萃也。而松林之诗，雄奇骏发，能出闽赣窠臼外。无盘空硬语，无绉幽凿险语。"传薪岂必效黄陈"。盖灼然见苦吟之无益，且与时代精神不侔也。松林之诗，劲健而充实，坦荡而不矜持，大气磅礴而控纵自如，情与景融而理趣盎然，善出新意，自成一家，韩昌黎所谓能自树立、不因循者。

　　松林之词，大声镗鞳，小声铿鍧，富豪情奇气，而以疏宕出之。调高而思深，言近而旨远，有一唱三叹之音矣。陈廷焯论近代词人："豪放则嫌其粗，婉约则病其纤。"松林之词，不莽不纤，自饶逸致，赋手文心，为倚声家开一境，亦如其诗之能自树立、不因循者。

　　一九四八年，予长重庆南林学院。越一年，辞归成都。一九四九年秋，松林与陈匪石先生继主南林讲席，未获一面也。一九八七年中华诗词学会于北京成立时始晤松林，握手欣愉，叹相见之晚也。读《唐音阁吟稿》，见松林之游踪多与予同，松林之交友多与予同。旧游历历，如温昔梦，不谓已如隔世事也。松林壮心未已，犹欲为中华诗歌开创新风。矍铄哉！是翁也。吾将十驾以相从矣。

　　　　　　　　　庚午孟春七十八叟刘君惠序于成都

序 三

　　庚午仲春，卧疴小斋，适同门友霍松林以所撰《唐音阁吟稿》见寄。余虽数读松林诗，而今乃见其全，颇恨夙昔相知之未尽，因作笺称之。君复书以为溢美，且戏曰："吾固乐闻。屈子不云乎：高余冠之岌岌兮，亦余心之所善也。诚如是，子盍为我序之？"余大笑，因忆数十年前，彭泽汪方湖先生以诗律教授南雍，及门者以千百数。松林与余实从之游，虽年次有后先，而刻意竞病，盖未始有别。先生深通流略之学，转以其法治诗，故于历祀作家，莫不尚论其流派，剖析其同异，而于文心之曲折、风格之迁变，尤三致意焉。诸生既信受师说，粗解吟咏，每出其稿以求诲迪。先生则博隆雅教，总领众流，各依其才性之所宜，授以则效前贤之道，初不欲其类已。故门下诸子渊源虽一，致力乃殊其方，宋雅唐风，皆斐然卓然有以自树立。松林之为诗，兼备古今之体，才雄而格峻，绪密而思清，至其得意处，即事长吟，发扬蹈厉，殆不暇斤斤于一字一句之工拙。或者遂以为与先师异趣，不知此正其善体先生之意，善承先生之教也。余以心脏病废学有年，何敢妄论松林之诗，今独取其不学即所以学先师之微旨，发明数语，庶几世之读君诗者，亦知方湖家法固如是云。

　　　　　　庚午年四月初吉，学弟程千帆谨序

序 四

盖闻成纪桥山，人文肇始；关中岐下，王气所钟。唯其郅治之隆，丕显弦歌之盛。康衢击壤之谣，七月凿冰之什，载在简编，播之笙诗，尚已！汉唐而下，代有闻人。若夫长庚入梦，解贺监之金龟；西江溮肠，助王生之妙墨。莱公勋业，动杏花斜日之思；二曲清操，懔麦秀黍离之痛。信乎地灵人杰，蔚关陇之雄风；玉振金声，见炎黄之正道。振古如兹，于今维炽。

松林教授先生，嫖姚华胄，词赋名家；承显学于南雍，张高标于北地。中丁浩劫，弥坚松柏之操；晚际明时，丕展鲲鹏之志。膺博导之冰衔，擅人师之重望。汪洋千顷，黄叔度之风仪；奖掖多方，郭林宗之藻鉴。化行多士，悬绛帐于名都；业有专精，炳青箱之世泽。芸香溢于鸿案，溏南征述作之勤；超宗殊有凤毛，海外续弦歌之雅。

而先生琴书之暇，寄意微吟，岁月如流，遂成巨帙。综观全集，信无愧于青春作赋，早著锋芒；白首行吟，更征识力。卢沟战火之歌，沪渎壮士之颂；极执殳报国之忱；显投笔从戎之志。金陵城之血债，实深九世之仇；花园口之横流，岂只千村之哭。凡此虽云少作，已兆雄才。

已而负笈秦州，搦笺吟社。既请益于乡贤，复扬葩于风铎。吟怀弥健，好句疑仙。若夫踵寒山拾得之风，别寄情于禅趣；介坡老放翁之寿，更尚友于古贤。诵葩什而兴怀，俯玉泉而忆旧，井然章法，显见师承。譬诸美玉精金，或有俟乎大匠；然而裁云剪月，殆无愧于良工。

　　及其恣书剑之清游，得江山之力助。翔步上庠，希踪达道。承诗法于方湖而不囿于江西之垒；求倚声于匪石而取径于北宋之清。每每一篇出手，享誉青溪；百尺竿头，蜚声白下。紫金山登高之什，得昌黎之奥衍而兼其清新；玉烛新思归之吟，有耆卿之明快而益以厚重。游仙十首，取冬郎之绮丽而出诸真挚之情；海桑长诗，类元白之铺陈而参以排奡之势。信所谓多师为师、不似而似者也。

　　迨乎晚岁，蔗境弥甘，豪情不减。虽则黄杨厄闰，曾经世味之千尝；然而赤手骑鲸，聿证诗家之三昧。诸如嬴政孱王，才人临宇，见史笔之森严；鸾凰枳棘，奴仆旌旄，浇书生之块垒。石林记景光之妙，茂陵知感慨之深。赴泰书感之什，于淡远处见深沉；寄李记趣之篇，于诙谐中寓奇崛。是皆以赤子之心，运白描之笔，状难言之景，写不尽之情。唐音之旨，胥在是已！司空表圣有言："情之所至，妙不自寻，遇之自天，泠然希音。"先生诗作，所好者道，进乎技矣。

　　应求湖湘末学，坎壈余生。结习难忘，时亲楮墨。喜读新篇，敢矜同调。用遵雅嘱，遥献芜辞。是为序。

　　　　丁丑仲夏宁乡潘成应求谨识于纽约寓所，时年八十有三

序 五

余与松林尊兄缔交有年矣，虽天各一方，然燕京粤桂川汉盛会，亦常把晤言欢。而最令人萦怀者：盖往年应广东中华诗词学会之约，作深圳、清远、惠州、罗浮之游，时余携新加坡国立大学校外系诗班诸生暨新声诗社弟子多人同行。珠海途中，女弟子姚少华因慕霍翁道德文章，娓娓清谈请益。而兄窥知其意，乃嘱其携来妙句索对，姚女往返传笺，虽一时游戏文字，而益增友谊。今姚女辞世数载，而兄与我健在，宁无感焉！一九九六年马来西亚怡保山城诗社拟主办第六届全球汉诗研讨大会，呈余核准，乃由星马寄发请柬，名家云集；松林兄固一代宗师，且与余交厚，料其必天马行空，欣然莅会。然会期已届，未闻好音。会后忽接华函，始知请柬误投他处，被扣多日。余深感不安，因请兄来星讲学畅叙，而兄复有东瀛之游，未能应邀，相聚复何日也！

今岁初秋，闻大著《唐音阁诗词集》增订重版，为之大喜。"唐音阁"斋名，乃程千帆先生题赠霍兄者，盖以其盛唐音韵词章之美复见于今日也。《唐音阁诗词初集》，仲联、千帆、迩冬、渊雷诸名公皆倾心赞誉，余昔曾获赠一册，读之亦豁然开朗，爱不忍释。盖霍兄为人方正，固恂恂儒者，初不知其笔下风云、胸中丘壑，若此其雄奇壮阔、幽邃秀逸也！况交游既广、阅历亦丰，赤子之心更跃然纸上。其诗其词，不特声情并茂，抑且熔铸万象、牢笼百态，诚少陵之诗史、时代之强音也。

　　吾中华屡受列强侵略，执柄者又多祸国殃民，每一忆及，悲愤不已。今者贤能主政，大展鸿图，上下协力，百废俱兴。香港回归，澳门踵至，国家民族，已跻身于世界富强之林。洵宜抒健笔，谱华章，鼓浩然之正气，振大汉之天声；中华诗词，必将随中华民族之振兴而再创辉煌。霍兄其勉乎哉！是为序。

戊寅中秋张济川序于新加坡全球汉诗总会

目　　录

长沙、衡阳开会讲学期间，便中游南岳，访澧县，不觉已岁暮矣。乘特快列车返陕，车中过元旦。

附录一　赋

附录二　楹联

师友题咏

招松林小酌

成惕轩

小园风雨盼君来，笑口尊前月几开。

近局莫辞鸡黍约，妙年谁识马班才？

钓鳌碧海今何世，市骏黄金旧有台。

拔剑未须歌抑塞，良辰一醉付深杯。

（一九四六年秋南京）

【注】

惕轩教授时任《今代诗坛》主编。

喜读松林诗

陈颂洛

西球何必逊东琳，太学诸生孰善吟？

二十解为韩杜体，美才今见霍松林。

（一九四七年秋南京）

满庭芳

怀松林羊城

陈匪石

　　笼柳堤烟，过墙淮月，寄情今古悠悠。径开三益，松菊几番秋。琴趣无弦有会，新声播、山晚青留。烟波外、连绵不断，天北是神州。　　云浮。游子意，秦关万里，终日凝眸。溯书光藜杖，机影灯篝。无羔春晖寸草，归期阻、清渭东流。桄榔下、鹩枝偶托，重赋仲宣楼。

（一九四九年秋重庆）

【原注】

　　"君曾手录拙搞，所造亦日进千里，故以山村、蜕岩为比。"按宋末词人仇远号山村，著有《金渊集》六卷、《无弦琴谱》二卷。其门人张翥字仲举，学者称蜕岩先生，著有《蜕岩集》五卷、《蜕岩词》二卷。其著名词篇《多丽》，以"晚山青"开头。

题松林仁弟花溪吟稿

陈匪石

天水儒家承世业，方湖诗教有传人。
为云我竟逢东野，寂寞溪头点勘春。

（一九四九年冬）

同刘持生访霍松林西安讲舍

彭　铎

鸡黍成前约①，吟朋得近招。
依然曲江路，高树自亭苕。
坐胜公荣饮，谈深主客嘲。
诗坛今选将，应拜汉嫖姚。

（一九六四年夏）

【原注】
①元遗山句。

题松林老兄《唐音阁诗抄》

陈迩冬

一阁连天水，唐音继汉讴。

南东多绮丽，西北自高遒。

盟会执牛耳，群贤仰马头。

归来霍去病，不愧冠军侯。

（一九八二年春）

题松林诗老《唐音阁吟稿》二首

苏渊雷

（一）

文病江南弱，才真北地雄。

诗骚千载后，吾子启新风。

远涉奚囊富，偕游我愿同。

何当书万本，不胫走寰中。

（二）

在昔金陵盛，南雍讲席通。

胡卢腾雅谑，酬唱诱深衷。

论道于髯美，填词仲子工。

平生知遇感，此意足磨砻。

（一九八二年春）

题《唐音阁吟稿》寄松林兄

朱金城

白下诗风天水传，雄才崛起霍家川。

唐音千首初吟罢，如睹香山长庆编。

（一九八二年春）

读《松林词》怀松林教授

羊春秋

珠玉随风散九州，新词一卷胜封侯。

已惊腕底波澜阔，更喜胸中岩壑幽。

贾祸每因诗作祟，感时常借酒浇愁。

羊城别后君知否？赢得相思两鬓秋。

（一九八二年春）

读霍公游赤壁登泰山诸作感赋

林从龙

拍岸惊涛万古雄，词林又谱大江东。
秋霜莫更侵斑鬓，重领风骚仗此翁。

岱岳参天气象雄，沧溟无际水云浑。
江山正待纵横笔，莫道桑榆是晚晴。

（一九八一年秋）

读《松林诗词》三首

庄　严

（一）

诗家几个割江山？已近深秋觅句难。
莫向西风怨萧瑟，排云一鹤唱秦关。

（二）

惯将桃李向阳栽，更筑诗坛渭水隈。
巨刃金针皆在手，羡公分得少陵才。

（三）

披溯源流注释多，度人何止数恒河？
唐音复振兴华夏，直上昆仑写战歌。

（一九八二年秋）

读《唐音阁诗词集》

姚奠中

秦陇青云士，文章一世雄。
盈门桃李艳，高唱振唐风。

（一九八八年秋）

集杜赠松林教授

成应求（纽约）

道为诗书重，如公复几人。
声华当健笔，文雅见天伦。
破的由来事，行高不污尘。
平生树桃李，直取性情真。

（一九九七年秋）

读《唐音阁吟稿》呈霍老

棚桥篁峰（日本）

语妙情真意境雄，五洲硕彦仰词宗。
京都讲学传诗教，桃李常怀化育功。

（一九九七年秋）

读《唐音阁诗词集》怀松林教授

张济川（新加坡）

太乙干云引领望，骊龙何处莽苍苍。
厘经久佩颜师古，绛帐尤钦马季常。
璀灿流金知毓秀，甘香喷玉见琼浆。
地灵人杰今犹昔，一卷诗成大纛扬。

（一九九七年秋）

霍松林教授蜚声台岛喜遇于昆明赋此赠之

陈子波（台湾）

大名早已噪瀛东，文采翩翩众所崇。
著述等身资世用，昆明何幸得逢公。

（一九九七年秋）

《唐音阁诗词集》再版奉题　二首

袁第锐

（一）

巴渝曾见学而优，每向吟坛识唱酬。
驰骋中原探碧海，文宗今日仰秦州。

（二）

神州寂寞莫邪沉，风雨如磐暗士林。
晓起独看华岳秀，唐音阁里听唐音。

（一九九七年秋）

谢松林教授惠《唐音阁吟稿》

童明伦

鸿藻文章惊海外，鳣堂夫子誉关西。
士衡赴洛奇才显，长吉谒韩令望齐。
历劫毁珠三昧集，披遗合璧十签题。
新声镗鞳蒙嘉赐，雄笔横空气吐霓。

（一九九八年冬）

读《唐音阁吟稿》寄松林教授

王　澍

陇鹤排云上碧霄，鸣声嘹亮动人豪。
攘夷旧作成诗史，爱国新吟续楚骚。
青女见欺松益茂，红兵任劫稿犹饶。
与公一事差堪拟，学圃髫年技未抛。

（一九九八年冬）

【原注】

人豪，指于右任、张溥泉、贾景德、汪方湖诸公。

读霍松林教授《唐音阁吟稿》二首

贺　苏

（一）

唐诗音乐美，时代最强音。
天水唐音阁，高吟傲古今。

（二）

诗国起雄风，呼风赖霍公。
追求新意境，开路一诗雄。

（一九九八年冬）

读松林学长《唐音阁吟稿》

吴柏森

海内文章伯，幽情满素襟。
功名垂绛帐，声价重儒林。
朗抱云间月，清才爨下琴。
风骚沦落后，洗耳听唐音。

（一九九八年冬）

怀松林学长

谭雪纯

曾记金陵负笈游，莘莘学子数君优。
唐音阁上呈丰采，国务院中展壮猷。
雁邑谈诗石鼓畔^①，衡峰题字"御书楼"^②。
何时策杖秦川道，瞻仰长安一豁眸。

（一九九八年冬）

【原注】

①一九八四年松林与柳倩、李国瑜等著名诗人应湖南诗词协
会之邀，来湘讲学，复应南岳诗社之请，至衡阳市作学术报告，
会址在衡阳邮电大礼堂，距石鼓书院不远。

②松林教授到南岳时，应南岳管理局之请，为南岳大庙御书
楼题额，至今"御书楼"三字，犹高悬楼上，赫然夺目。

读《唐音阁吟稿》赠霍老

鞠国栋

高咏唐音阁，常怀长者风。
吟旗招展处，醉菊喜逢公。
岁月匆匆去，交情日日浓。
挥毫洒珠玉，宏著九州雄。

（一九九九年春）

题松林教授《唐音阁诗词集》

陈雪轩

一自琴余爨，风骚久寂寥。
长安雕翮健，天水马蹄骄。
一阁饶唐韵，千秋接舜韶。
承传兴堕绪，谁不仰风标！

（一九九九年春）

松林师无孟嘉之嗜而诗追盛唐，为今世吟坛之斗山。丁丑仲夏，叩谒于长安唐音阁，蒙以诗集见赐，喜为之赋

钟振振

李白斗酒诗百篇，先生不饮诗亦仙。
诗才高下未易论，即此已占一着先。
椽笔每曾干气象，驭风抟海回星躔。
新编读罢《唐音阁》，旧辞不复慕昔贤。
吁嗟乎，"江山代有才人出，各领风骚五百年"，
旨哉瓯北真名言！

（一九九八年夏）

长歌敬题霍师松林《唐音阁吟稿》

刘梦芙

陇南古郡诞菁英，少年麟角何峥嵘！

抗倭热血化诗赋，深宵起舞闻鸡鸣。

南雍负笈春衫薄，一堂济济弦歌乐。

冠裳毕集紫金巅，共讶新星升灼烁。

堂堂国士钦髯翁，忘年交契为云龙。

图南乍展银燕翼，珠玑咳唾吟天风。

红旗耀日人间换，黉宫革旧群科建。

指路高擎马列灯，丹忱宜为工农献。

洪炉锻玉无休息，狂燃劫火弥空赤。

虎豹张牙据道衢，鸾凰铩羽栖荆棘。

朔雪悲风独牧羊，谁悯灵均须发苍？

龙泉未闳光芒紫，松柏犹存气节刚。

忧危共下人天泪，雷霆一怒诛邪祟。

十载终欣恶梦醒，着鞭重奋长征骥。

上庠振铎迎良师，九畹芬芳甘雨滋。

三都价重雕龙笔，四海声扬吐凤辞。

风骚伫待扶轮手，坛坫同心推祭酒。

国运兴时诗运兴，名山事业千秋久。

榴园春色喜鲜妍，长忆中州翰墨缘。

河滨嘉会聆高咏，振鬣鱼龙跃巨渊。

频开大赛尊盟主，法眼衡诗明若炬。

骊颔灵珠许我探，恩深知遇铭心腑。

抠衣合执门生礼，忝列宫墙外桃李。

锡我瑶章勖壮图，开疆诗国毋停趾。

高楼西北望岩峣，如公不愧诗中豪。

汉唐气象焕新貌，风云吟啸超前朝。

我诵公诗畅胸臆，酌以大白醋醇醪。

通途已辟启来轸，骅骝驰骋鸣萧萧。

太华眉间耀晴翠，黄河腕底掀惊涛。

从公更欲翔八极，培风九万鹏逍遥。

（一九九九年春）

敬题松林夫子《唐音阁诗词集》

毛谷风

雁塔题诗处，春来柳色深。

晓窗迎海日，高阁振唐音。

世纪风云幻，山川雨雪侵。

毫端驱万象，取次入长吟。

（一九九九年春）

读《唐音阁诗词》呈霍老

熊东遨

云帆济沧海，斯世更何人？
韵继三唐胜，风开一代新。
不矜红日近，长与白鸥亲。
安得摈尘俗，从公钓碧鳞。

（一九九九年春）

寄松林兄

蔡厚示

松林吾好友，廿载意相倾。
文论开风气，辞章见道行。
诗坛推祭酒，学府颂耆英。
祝罢乔松寿，扬旌更远征。

（一九九九年秋）

怀松林教授　二首

赵玉林

（一）

历雪经霜意坦然，珠玑无数落山川。
唐音一卷堪名世，拔剑悲歌在少年。

（二）

高会频年遍九州，芒鞋踏破万山秋。
骚坛峻望推盟主，一帜前擎汇众流。

（一九九九年秋）

怀念松林兄　二首

李汝伦

（一）

识韩端在渭城南，高阁凌霄傲蔚蓝。
大振唐音诗统立，精研汉学骊珠探。
同寻洛水惊鸿影，已沐春风出岫岚。
姚黄魏紫双行令，兄也师焉酒战酣。

（二）

忆上层台楚望空，金陵吊古竞霜锋。
摛词共羡于髯美，命意还推霍子雄。
堪笑群儿诬国士，终闻当路起文宗。
巍然西北高楼有，四海英才拜马融。

（一九九九年冬）

奉怀松林教授

宋谋玚

葱茏佳气古皇州，坐拥皋比集胜流。
文字渊源穷考较，江山文藻任搜求。
千秋河岳英灵在，重译衣冠过往稠。
菊艳东篱秋正好，几时杖履得从游。

（一九九九年冬）

寄松林教授

杨金亭

慷慨唐音起陇东，救亡歌哭战刀红。
劫波未老诗人笔，更领风骚唱大同。

（二〇〇〇年春）

读《唐音阁诗词》 二首

熊盛元

（一）

火烬薪传道岂孤，泱泱活水溯方湖。
诗吟岸柳三冬尽，笔挟春雷万象苏。
海晏何期经浩劫，时衰端赖有醇儒。
亲持玉尺衡高下，不许人间紫夺朱。

（二）

鸳鸯绣罢授金针，露浥莘莘学子衿。
百劫仍衔精卫石，一生长续广陵琴。
星光垂处天将曙，诗教敷时陆岂沉？
意自恢宏身自健，摩云阁绕盛唐音。

（二〇〇〇年春）

读《唐音阁诗词》

苏仲湘

忆靖边嚣树汉旌，诗坛大纛递昆曾。
春风广厦繁桃李，文阵龙旗总甲兵。
道润三秦施法雨，光徕四海振唐声。
彩云西北凝天水，恰护儒林鹤寿星。

（二〇〇〇年春）

读《唐音阁诗词》寄霍老

欧阳鹤

骚坛风雨赖扶持，树蕙滋兰一代师。
阁诵唐音扬古调，情萦时运唱新词。
育英绛帐公犹健，立雪程门我恨迟。
齿德俱尊桃李盛，神州祝嘏竞飞诗。

（二〇〇〇年春）

奉怀松林教授

王春霖

振臂骚坛唱大风，唐音阁上响黄钟。
中华诗赛尊三序①，吟苑旗擎峙一峰。
曾慨世途多坎坷，相期黎庶少贫穷。
兴观群怨宏诗教，还待期颐不老翁。

（二〇〇〇年春）

【原注】

①中华诗词学会主办的历次诗赛霍老皆任评委会主任，并为获奖诗集写序，尤以《金榜集》《回归颂》《世纪颂》三序最脍炙人口。

寄霍老

袁本良

名重骚坛与杏坛，先生学养自无前。
旗亭画壁三千首，绛帐传经六十年。
形象思维惊卓论，诗文鉴赏赞名篇。
南山正是秋光好，日照松林霞满天。

（二〇〇〇年春）

读《唐音阁诗词》 二首

张 树 刚

（一）

诗国双峰四海钦，梦苕而外有唐音①。
劫中几许忧民泪，化作灵均泽畔吟。

（二）

笔挟风霜六十春，求新图变未因循。
吟坛待扫颓靡气，碧海还期掣巨鳞。

（二○○○年春）

【原注】

①当代诗坛，唐音阁与梦苕庵双峰并峙。梦苕庵为钱钟联先生斋号。

寄松林诗老

吴绍烈

诗帜满神州，先生居上游。
育才跨域外，德业共春秋。

（二〇〇〇年春）

寄松林教授

王百谷

一任青毡破，劳劳得此翁。
文章传海外，学派奠关中。
问字三千众，论交一代雄。
嗟嗟予草野，长揖拜高风。

（二〇〇〇年春）

金缕曲

王亚平

一寸心如铁。记当年、黄流乱注，地维将绝。小试锋芒腾五彩，腕底惊湍碧血。听万里、旌旗猎猎。堪笑大和魂不保，竟一朝枯萎飘残叶。诗百首，补天裂[①]。

神州高挂团圆月。叹宝刀、雄心未改，鬓先飞雪。欲以鸿篇凌万代，对酒高歌击节。看起舞、中流鼓楫。万丈龙光冲牛斗，向长天吞吐皆虹霓。诗亦史，浪千叠。

（二〇〇〇年春）

【原注】

①先生少作抗日诗词百首，慷慨激昂，雄伟悲壮，久为诗坛所传诵，诚一代诗史。

卢沟桥战歌

　　侵华日寇愈骄矜，救亡大计误和亲。东北已陷热河失，倭骑三面围平津。燕台西南三十里，宛平城外起妖氛。卢沟桥上石狮子，饱阅兴亡又惊心。"七七"深宵巨炮吼，永定河畔贪狼奔。攻城夺桥势何猛，欲将城桥一口吞。阴谋控制平汉路，南北从此断车轮。伟哉我守军，爱国不顾身。寸步不让寸土争，直冲弹雨摧枪林。守桥健儿力战死，守城壮士分兵出西门。挥刀横扫犬羊群，左砍右杀血染襟。以一当十十当百，有我无敌志凌云。征尘暗，晓月昏。屡仆屡起战方殷。天已亮，炮声喑。城未毁，桥尚存。守军有多少？区区只一营。竟使强虏心胆裂，一夕丢尽大和魂。朝阳仍照汉乾坤，谁谓堂堂华夏真无人！

（一九三七年七月）

哀平津，哭佟赵二将军①

失桥夺桥战正酣，撤军军令重如山。

妄说和平未绝望，欲将仁义化凶顽。

元戎已订约，将士仍喋血。

敌酋暗指挥，贼兵大集结。

一夜鼙鼓渔阳震，虏骑长驱风雷迅。

疲兵再战勇绝伦，十荡十决挥白刃。

滚滚贼头落如驶，纷纷贼众来不止。

孤军力尽可奈何，白虹贯日将军死！

将军战死举国哭，平津沦陷何时复？

玉池金水汙虾腥，琼殿瑶宫变贼窟！

将军者谁赵与佟，名悬日月警愚蒙。

呜呼，安得军民四亿尽学将军勇，一举歼敌清亚东！

（一九三七年七月）

【注】

①佟赵二将军，指二十九军副军长佟麟阁和师长赵登禹。

闻平型关大捷，喜赋

　　平津既陷寇氛张，欲使中国三月亡。速战速决纵侵略，虏骑所至烧杀奸淫抢掠何疯狂！夺我南口复夺张家口，长城防线大半落敌手。板垣率兵掠晋北，千村万落无鸡狗。直闯横冲扑太原，中途入我伏击圈。平型关上军号响，健儿突起搏魍魉。机关枪扫炸弹飞，杀声震天地摇晃。人仰车翻敌阵乱，我军乃作白刃战。追奔逐北若迅风，刀起刀落如闪电。一举歼敌过一千，捷报传来万众欢。转败为胜时已到，地无南北人无老幼奋起杀敌还我好河山！

（一九三七年九月）

八百壮士颂

　　"中国不会亡"，歌声传四方。八百壮士守沪渎，七层楼上布严防①。倭贼冲锋怒潮涌，壮士杀贼如杀羊。倭贼轰楼开万炮，壮士凭窗发神枪。倭贼凌空掷巨弹，壮士穿云射天狼。倭贼围困断给养，市民隔岸投干粮②。倭贼纵火火焰张，壮士举旗旗飘扬③。激战四昼夜，愈战愈坚强。热血洒尽不投降，以身许国何慨慷④！堂堂壮士，壮士堂堂。四夷望汝正冠裳，中华赖汝扬国光。士气为之振，民气为之张。"八百壮士作榜样"，一曲颂歌传四方。颂歌传四方："中国不会亡"⑤。

（一九三七年十二月）

【注】

　　①日寇自"八·一三"进犯上海，我军顽强抵抗，激战近三月。为了掩护大部队撤退，谢晋元将军率领四百十一名官兵进驻苏州河北岸的一幢七层大楼，布防坚守。上海市民不知实际人数，呼为"八百壮士"。

　　②大楼对岸就是公共租界，谢晋元将军呼吁接济粮食，住在租界的上海人民便隔岸投掷面包、罐头。

　　③上海市商会为了表达市民们的敬意，派出一位女童子军从一家杂货店后壁潜入大楼，献上一面国旗。

　　④壮士们初入大楼布防，公共租界的记者闻讯采访，谢晋元坚决表示："以身许国是我军人的天职。"

　　⑤正当壮士们与敌激战之时，租界里的上海人民已经谱出歌颂壮士的歌曲，很快在全市的大街小巷里传唱，不久传遍四方："中国不会亡，中国不会亡，你看那民族英雄谢团长！……宁愿死，

不退让，宁愿死，不投降！……同胞们起来，同胞们起来，快快赶上战场，拿八百壮士作榜样。"

移　竹

曾无千章万章松，摩空挐日判鸿蒙。安得千竿万竿竹，拂云浮天接地轴。我家门迎渭川开，畴昔千亩安在哉①？化龙之笋没榛莽，栖凤之条埋苍苔。哪有劲簳射豺狼，更无长枝扫旗枪。愁雾漫漫塞四极，碧血浩浩染八荒。我今移得两瘦根，霜枝欹斜护儿孙。星寒月苦凄迷夜，为报平安到柴门②。

（一九三八年三月）

【注】
①旧有"渭川千亩竹"之说。
②《酉阳杂俎》有"竹报平安"故事。

惊闻南京沦陷，日寇屠城 二首

（一）

虎踞龙盘地^①，仓皇竟撤兵。
元戎方媚敌，狂寇已屠城。
血染长江赤，尸填南埭平^②。
此仇如不报，公理更难明！

（二）

嘉定三回戮^③，扬州十日屠^④。
暴行污汗简，公论谴狂胡。
忍见人文薮，又成地狱图！
死伤盈百万，挥泪望南都。

（一九三八年四月）

【注】

①诸葛亮论金陵形势，有"钟山龙盘，石城虎踞"语。

②南埭（dài）：即南京鸡鸣埭。埭，水坝、水闸。李商隐《咏史》云："北湖南埭水漫漫"，北湖，南埭连用，统指玄武湖。

③顺治二年（1645）清军南下江南，在嘉定（今属上海市）进行三次大屠杀，史称"嘉定三屠"。

④顺治二年清军南下，明将史可法坚守扬州，城破后清兵进行十日大屠杀，惨绝人寰，史称"扬州十日"，详见王秀楚《扬州十日记》。

喜闻台儿庄大捷

　　大明湖畔角声死，千佛山上佛亦耻。"长腿将军"丢济南①，望风逃窜急如驶。倭贼乘虚南下夺徐州，烧杀掳掠鬼神愁。岂料未到徐州先遇阻，中华健儿誓死守国土。倭酋咆哮驱三军，天上地下齐动武。台儿庄上阵云黄，贼机结队如飞蝗。台儿庄前尘土扬，百门贼炮巨口张。更驰坦克作掩护，贼众狼奔豕突冲进庄。守庄将士目炯炯，满腔热血怒潮涌。再接再厉胆更豪，屡仆屡起气愈勇。白日巷战短兵接，黑夜奇袭捣贼穴。粮将尽兮弹将绝，伤亡过半不退却。觥觥李将军②，指挥何英明！十万火急调援兵，违令者斩不留情。守军忽闻友军到，震天吹响冲锋号。内外夹击山海摇，蠢尔倭贼何处逃？弃甲遗尸抛辎重，嚣张气焰一时消。举国闻捷齐欢忭，海外纷纷来贺电③。稍洗南京屠城冤，喜作台庄歼敌赞。

（一九三八年四月）

【注】

　　① 1937 年冬，日军攻济南，国民党第三集团军司令兼山东省主席韩复榘不战而逃，被讥为"长腿将军"。

　　②指第五战区司令长官李宗仁。

　　③台儿庄大捷，海外华侨和国际友人纷纷来电祝贺。

夏日喜雨

陇山重叠大麦黄，收谷争如布谷忙。
万户欢腾一夜雨，叱牛牵马趁朝阳。

（一九三八年六月）

惊闻花园口决堤

闻道花园口，决堤雪浪高。
千秋夸沃野，一夜卷狂涛。
日寇宁能拒？吾民底处逃？
田园尽沉没，无地艺良苗！

（一九三八年七月）

哀溺民

田园起大波，丘陇翻巨浪。

汪洋混穹窿，势压洪河壮。

荒鸡饿树巅，瘦犬溺深巷。

鼋鼍喜出没，蛟螭森相向。

天意果何居，小民固无状！

可怜四壁屋，乃作千年圹！

江山信清美，干戈争揖让。

一死等长眠①，无因观霸王②。

（一九三八年八月）

【注】

①等，等同、等于。

②霸，古代指以暴力取得、并统治天下；王（wàng 旺），古代指以仁义取得、并统治天下。

偕同学跑警报

警报何凄厉！千家尽熄灯。

防空无好洞，作伴有良朋。

避地寻幽谷，藏身觅古藤。

饿鸮声渐远，归路日东升。

（一九三九年一月）

自霍家川赴天水县城

望日月在寅，村子适城市。九天散罗绮，百川披朱紫。行行履危岩，阳和忽僵死。积雪莽牢落，皓皓自太始。惊风驱彤云，偃压山欲驶。毒雾复东来，苍然迷遄迤。雾既瞀我目，风又聋我耳。蹒跚起复蹔，铿若刀在砥。前途正险艰，我征殊未止。拔山非项羽，御风岂列子！聊歌行路难，飞沙击堕齿。

（一九三九年三月）

旅 夜

因触忤天水中学训导主任，被开除学籍。辗转赴兰，止于通渭，旅舍客满，遂露宿车上。虫声凄厉，月色迷离，久不成寐，因成一绝。

无端辜负早秋天，饮露餐风车上眠。
蟋蟀声声惊旅梦，星光如雾月如烟。

（一九四一年八月）

拟寒山拾得 三首

（一）

李四失一物，张三乃得之。盈虚适相抵，此物终在兹。何况张三帽，李四戴多时。虽曰非神交，亦云有恩私。得既无足喜，失亦安用思？患失复患得，嗟尔世俗儿。

（二）

当仁谁肯让，庸才比皋夔。张三夸其能，李四耀其威。赵跛周麻子，牛皮复善吹。纷纷扰扰间，愚者究阿谁？达矣庄生言，彼此各是非。是非失其偶，混沌亦佳哉！

（三）

麟角峥嵘露，碰壁烂其首。龟头索缩藏，乃享千年寿。所以旷达人，混迹在屠狗。知雄常守雌，忧愤复何有！自古怀珠士，蹭蹬徒奔走。飞腾富贵场，几见才八斗？

（一九四一年十月）

春末咏怀

迅雷裂云峰，熏风动岩岫。
绿满夏日肥，红销春容瘦。
万物易柔烈，阴阳变节侯。
我亦换刚肠，壮志溢肤腠。
虎跃决世网，龙骧观宇宙。
男儿尚勇毅，安用眉头皱！

（一九四二年四月）

苦 旱

　　吾乡渭河流过，原可引水灌田，奈无有力者倡之，受制于天，良可慨也。

　　吃饭穿衣总靠天，天公亦自擅威权。
　　火云六月无甘雨，枯叶纷纷落旱田。

（一九四二年六月）

久旱喜雨

　　骄阳灼万卉，四野遍伤痕。
　　老圃肌将烂，小农发已髡。
　　云头出河汉，雨脚下昆仑。
　　蛙鼓催檐马，欢声闹远村。

（一九四二年七月）

痴 儿

　　痴儿读损遗编字，窗外东风苦笑人。
　　谁信春衣洁如许，出门仍自染流尘。

（一九四三年四月）

题《吊古战场文》

佳文莫强分今古，大地由来一战场。

遐叔精思谁能及，曛皮汙纸亦荒唐①。

（一九四三年四月）

【注】

①新、旧《唐书·李华传》载：李华字遐叔，自认文章胜过萧颖士，想试试萧的看法，便闭门精思，写成《吊古战场文》，然后醮汙成古书的样子，夹杂在佛书中间。萧颖士来翻佛书，发现此稿，细读一遍，连声说好。李华问，"当代作家谁能赶上？"萧答："你就可以赶上。"

大同银行储蓄部开幕征诗，因赋

玄黄龙斗久，四海愁困穷。

开源废节流，厄漏五湖空。

矧乃当今战，经济第一功。

贫富关成败，荣枯判污隆。

日阀弄戎马，凶焰摩苍穹。

消耗才几载，倾国已疲癃。

煌煌炎黄胄，握算风云从。

储财裕国帑，蓄锐剪敌锋。

银行光国史，世界歌大同。

（一九四三年十月）

偶　成

亭亭竹菊两三栽，竹自无言菊自开。
岂爱荒村甘寂寞，高标从古远尘埃。

（一九四三年十月）

麦积山道中

幽径纵横压古藤，行经烟霭亦无僧。
前山隐隐闻清磬，知在云峰第几层？

（一九四四年五月）

仙人岩道中

山径纡回傍水行，山围水绕彩云生。
欲将花草志归路，琪草瑶花不识名。

（一九四五年五月）

石 门

隐隐双峰接帝阍，无云犹自气氤氲。
山花绚烂中秋夜，便有金波涌石门。

（一九四五年五月）

浴佛前一日晨偕强华宝琴由街子口出发，午后登麦积山。遍游诸佛窟。日暮始下山，诗以纪之，得六十四韵

东出街子口，两山若为门。
行行入门里，绿草铺如茵。

野花媚幽独，山鸟间关鸣。
牧童逐群戏，农夫歌耦耕。

曲径转更幽，双眸豁又新。
绕足千溪水，入眼万壑云。

好山争秀异，奇峰竞峥嵘。
不辨仙源路，何处问迷津？

停杖正踌躇，忽闻清磬音。
前山如麦积，积麦知几层①？

夙昔劳梦想，今兹奋登临。
石栈凝瑞霭，铁锁湿翠云。

猿猱犹绝迹，鹰隼亦惊魂。
探幽心不馁，履险气益增。
攀登万仞梯，问讯六朝僧。
石窟敞蜂窝，金相耀鱼鳞。

面壁坐欲化，拈花笑可闻。
慈航渡隐隐，爱水波粼粼。

智灯明不夜，慧眼睡犹醒。
北朝精绘塑，此中留菁英。

沧桑几变化，光彩尚飞腾。
不思良工苦，匠心费经营；

浪传天界物，呵护赖吉神。
残碣嵌绝壁，摩娑字转明。

杜甫山寺诗②，庾信佛龛铭③。
照耀足今古，清风资朗吟。

白日灿衣袂，男女来纷纭。
香花结贝叶，宝烛动梵声。

如何云雾窟，犹多世俗民？
佳节值浴佛，灵湫期洗心。

禅光昭觉路，法雨滋善根。
欲证罗汉果，来种菩提因。
徙倚立多时，山风吹我襟。
飘飘若霞举，抖落万斛尘。

俗怀于焉淡，凡虑为之清。
浑欲空色相，真疑无我人。

频穿深深洞，屡过巍巍厅。
耸身牛耳堂④，俨如立玉京。

下见九霄翼，俯闻三界经。
檐前低落日，户外小乾坤。

仙山不易得，如斯更可珍。
那能拾瑶草，放旷终此生？

许由耕箕山，严光钓富春。
高节傲王侯，脱略谁能驯？

生逢圣明世，岂为避帝秦？
仁智乐山水，动静足天真。

及遭丧乱际，至道悲陆沉。
大厦势将倒，一木宁可擎！

种桃武陵叟，采芝商山翁。
洁身逃泥滓，浩然歌隐沦。
举目观斯世，三岛纵长鲸。
毒舌卷钜野，妖氛动昆仑。

拳岑涂血肉，勺水潜酸辛。
纵有高蹈志，奈无乐土存！

兹山冷西鄙，幸免污臊腥。
山水钟灵秀，岩壑养风翎。

倘有垂钓者，俊彦与结邻。
回首画卦台⑤，极目清渭滨。

俯仰难忘世，低徊愧多情。
良时苦易逝，桑榆隐日轮。

明霞西天散，新月东岭升。
松涛涨林莽，浮光耀星辰。

阴森难久留，搔首别山灵。
芳草迷归路，幽香不忍行。

（一九四五年五月）

【注】
①麦积山，以山形如农家积麦得名。《秦州地记》云："麦

积山者，北跨清渭，南渐两当，五百里冈峦，麦积处其中。崛起一石块，高万寻，望之团团，如民间积麦之状，故有此名。其青云之半，峭壁之间，镌山成佛，万龛千室，虽自人力，疑其鬼功。"

②杜甫《山寺》诗，系写麦积山瑞应寺者。诗云："野寺残僧少，山园细路高。麝香眠石竹，鹦鹉啄金桃。乱水通人过，悬崖置屋牢。上方重阁晚，百里见秋毫。"

③据《秦州地记》，庾信《秦州天水郡麦积崖佛龛铭并序》原"刊于岩中"，今遍觅未得，故就《庾子山集》卷十二录全文如下："麦积崖者，乃陇底之名山，河西之灵岳。高峰寻云，深谷无量。方之鹫岛，迹遁三禅；譬彼鹤鸣，虚飞六甲。鸟道乍穷，羊肠或断。云如鹏翼，忽已垂天；树若桂华，翻能拂日。是以飞锡遥来，度杯远至，疏山凿洞，郁为净土。拜灯王于石室，乃假驭风；礼花首于山龛，方资控鹤。大都督李允信者，籍于宿植，深悟法门，乃于壁之南崖，梯云凿道，奉为亡父造七佛龛。似刻浮檀，如攻水玉。从容满月，照耀青莲。影现须弥，香闻忉利。如斯尘野，还开说法之堂；犹彼香山，更对安居之佛。昔者如来造福，有报恩之经，菩萨去家，有思亲之供。敢缘斯义，乃作铭曰：镇地郁盘，基乾峻极。石关十上，铜梁九息。百仞崖横，千寻松直。阴兔假道，阳乌回翼。载樵疏山，穿龛架岭。纷纷星汉，回旋光景。壁累经文，龛重佛影。雕轮月殿，刻镜花堂。横镌石壁，暗凿山梁。雷乘法鼓，树积天香。嗽泉珉谷，吹尘石床。集灵真馆，藏仙册府。芝洞秋房，檀林春乳。冰谷银砂，山楼石柱。异岭共云，同峰别雨。冀城馀俗，河西旧风。水声幽咽，山势崆峒。法云常住，慧日无穷。方域芥尽，不变天宫。"

④牛耳堂，乃麦积石窟中最高一石窟，窟前"悬崖置屋"，凭栏俯视山底，目为之眩。

⑤画卦台，在天水城北三十余里卦台山上，渭河从山脚流过。相传伏羲画八卦于此，为秦州八景之一。

洛阳、长沙先后陷落，感赋

湖湘添贼垒，伊洛遍狼烽。
南犯贪无已，西侵欲岂穷？
秦兵须秣马，陇士要弯弓。
莫恃函关险，丸泥那可封①？

（一九四四年七月）

【注】

①东汉初，隗嚣据天水自立，他的将领王元对他说："今天水完富，士马最强，元请以一丸泥为大王东封函谷关。"事见《后汉书·隗嚣传》。丸泥封关：意谓函谷关十分险要，只用极少数兵力，就可防守，东方之敌，无法西进。

读《诗三百》 十六首

1942 年春至 1944 年冬作于天水，共 50 馀首，存十六首。

读《邶风·谷风》

游泳就其浅，方舟就其深。
黾勉求有无，匍匐救凡民。
生育兹安乐，恐鞠夙苦辛。
葑菲薄下体，洸溃违德音。
恋恋行复息，迟迟息还行。
行行又回首，回首思难任。

象床临绮户，鸳帏透朱榱。
今欢同昔爱，新婚换旧人。
我梁能毋逝？我笱能毋更？
我躬尚不阅，我后复何云！
哀哀人间事，悠悠世上情。
三复风人诗，泪下沾衣襟。

读《黍离》

文武赫斯怒，整旅遏不恭。
骏声弥诸夏，西顾宅镐丰。
麂鹿伏灵囿，鼍鼓动辟雍。
诒谋燕孙子，穆穆四方同。
汤池千寻固，金城万雉雄。
板荡歌未已，促促堕犬戎。
茂草鞠周道，丛稷满故宫。
哀哀黍离诗，千载冠王风。

读《君子于役》

鸡栖于埘久，落日满柴门。
樵牧来曲径，羊牛下远村。
人物各有适，君子无归辰。
徙倚徒尔思，饥渴共谁论。
暮色从西来，苍然迷四邻。
晚风摇短木，恐是别离人。

读《伐檀》

积辐为巨轮，集栋结高阁。
栋牢阁常稳，辐坚轮不弱。
国者民之会，官者民之卓。
官民交相利，孜孜各有作。
民饥官亦饥，官乐民弗乐。
汲汲谋其政，所以贵天爵。
斯义如皎日，嗟嗟堕溟漠。
素餐尸高位，国运委飘篷。
不猎拥悬貆，不稼取丰获。
遂令诗人诗，迄今振木铎。

读《硕鼠》

敲剥没泰华，掘穿漏江河。
屋倾千疮溃，地颓万窟罗。
乾坤失乐土，陇亩坏佳禾。
不见猫威振，徒闻硕鼠歌。

读《无衣》

不戢兵犹火，师至生荆棘。
战苦阵云深，昏黑连太极。
流矢挟风雨，飞弹动霹雳。
争地亦有限，杀人在瞬息。
由来百战卒，望风且逃匿。
谁忍捐室家，白骨暴绝域。
乃读无衣诗，士卒何勠力。
修我戈与矛，驰驱剪公敌。
岂非同敌忾，忠愤填胸臆！
残贼弄戎马，懦夫或颤栗。
仁者作其勇，一举奏勋绩。
直壮曲为老，千载铸铁律。

读《简兮》

天下久疮痍，公庭犹万舞。
俣俣谁家子，执辔力如虎。
矫首眷西方，吁嗟此神武！

读《六月》

周厉昔肆暴，虐政播野燎。

鸿雁何嗷嗷，劳人亦草草。

物腐而虫生，外寇乘剽狡。

蛮荆仇大国，猃狁侵方镐。

矫矫宣王作，祖业耿再造。

任贤扬仁风，烟尘乃如扫。

吉甫固铮铮，方叔亦佼佼。

后世宁无匹，所忧终潦倒！

遂令神州民，千载苦戎扰。

掩卷长太息，怒焉心如捣。

读《沔水》

沔流朝大海，飞隼栖高岗。

翳谁无父母，能毋念故乡？

不迹势方燔，祸机起萧墙。

铜驼卧荆棘，铁马饱豺狼。

今日烽火窟，昔年锦绣场。

归欤复安归，悲愤心飞扬。

弭乱果何人，讹言亦孔将。

浮云难蔽日，圣德倘汪洋？

读《节南山》

西周曩云季，师尹擅势权。
岩岩南山石，赫赫北辰天。
四方皆尔维，百姓亦尔瞻。
不平乃谓何，羽翼似蝉联。
群小争趋竞，纷若蝇附膻。
王盍惩其心，驱恶猛扬鞭。
乃复怨其正，前愆未肯捐。
国危似垒卵，民困如倒悬。
沉吟家父诵，忧愤掩遗编。

读《正月》

正月履繁霜，君子忧坚冰。
茕独既云殆，仳薪方比邻。
讹言殊未已，而王尚莫惩。
雌雄谁能知，予圣各自矜。
虺蜴塞其谷，阴雨暗其陵。
载车而弃辅，险绝安可登！
茫茫天地间，孰与指迷津？

读《巷伯》

君子仕乱世，惴惴如夜行。
自审虽非盗，何免犬吠声！
所贵知远引，匿迹待天明。
不见周孟子，遭噬成寺人？

读《小雅·谷风》

谷风颓周道，习习今尚仍。
鲁叟不可作，薄俗孰与敦！
禽兽难共居，生人重序伦。
浩荡六合间，岂无圣与仁？
还向幽谷里，嘤嘤听鸟鸣。

读《大东》

织女不报章，牵牛岂服箱！
南箕翕其舌，安可用簸扬？
北斗揭其柄，孰能挹酒浆？
雍雍西人子，粲粲耀衣裳。
鞙鞙佩我璲，曾不以其长。
草草哀劳人，契契适何方。
杼柚既已空，葛屦履严霜。
周道虽如砥，眷顾泪浪浪。
钱谷不患寡，劳役不患频。

读《北山》

颁课倘公允，四海颂升平。
不见幽王时，悍然背天经，
使民畸以虐，遇士僻而矜。
燕燕耽逸乐，劳劳茹苦辛。
如何有轩轾？同是王之臣。
立国若置器，不平势自倾。
矧乃国中士，役役互争衡！

读《白驹》

三复白驹诗，浩然思古人。
我道既不用，还我物外身。
故人伤我去，恋恋不胜情。
絷我征途驹，食彼场上茵。
今夕虽已永，明朝那可仍！
遁思谁能弭，超然按辔行。
其人诚如玉，空谷音尚闻。
遥见驱征马，蹴踏出岫云。

放翁生日被酒作①

辛风批破屋，欲捉入隙月。

而吾手挽之，酒酣怪事发。

飘然自轻举，乃与放翁接。

挟我坐苍虬，双胁插劲翮。

星斗入怀袖，风雷生喉舌。

移步千万里，乾坤一茅宅。

竭来扶桑侧，妖氛撼危堞。

豺虎噬黔黎，积尸抵天阙。

因缘攀其巅，双鬟通请谒。

行行及帝里，神官森两列。

帝曰咨尔游，忠愤塞肝膈。

御侮致升平，尔其秉节钺。

游再拜曰俞，兹惟臣是责。

衔命趋疆场，万骑拥马鬣。

先声夺胡虏，降幡一夜白。

元恶磔诸市，从者还其役。

铸甲作农器，百谷没牛脊。

诣阙告成功，治理析毫忽。

畜麟兽不狨，蓄凤鸟不鹬②。

善政待其人，嘉猷昭在昔。

初度方鼎来，天帝为前席。

谓言究始终，千祀犹旦夕。

卿云飞雅奏，仙女来绰约。

拜贺舞鸾龙，欢声天地彻。

翁顾余而喜，归耕申前说。

咒杖跨其背，授我以诗诀。

源汲大海涵，根蟠厚地裂。

下袭黄泉幽，上穷苍冥赜。

复诵文章篇，及其示子通^③。

元音归正始，淳风动寥廓。

我方听耸默，失足千仞跌。

哇然惊坐起，寒日射窗格。

（一九四四年十一月）

【注】

①爱国诗人陆游生于宋徽宗宣和七年十月十七日（1125 年 11 月 13 日）。

②《礼记·礼运》："凤以为畜，故鸟不獝。麟以为畜，故兽不狘。"大意是：凤凰是鸟类中最杰出的，众鸟都佩服它。所以只要重视凤凰，一旦凤凰归属于你，众鸟也就跟来了。不獝（xù），不会受惊飞走。麒麟是兽类中最杰出的，众兽都佩服它。所以只要重视麒麟，一旦麒麟归属于你，众兽也就跟来了。不狘（xuè），不会受惊逃走。比喻执政者应引用贤人。

③《文章》及《示子通》，皆陆游论诗诗，强调作诗主要应有"诗外"功夫。

象棋研究社征诗，写寄三绝

日丽金沟好剧棋，玄黄胜负有谁知？

差将一子难饶借，翻怪康猧放手迟。

却闻日下传新势，漫向窗前复旧图。

制胜还期争一着，须知国手未全无。

所志休言只此枰，由来妙算契神明。

看君射马擒元恶①，始信年时枉用兵。

（一九四四年十一月）

【注】

①杜甫《前出塞九首》第六首："挽弓当挽强，用箭当用长。射人先射马，擒贼先擒王。杀人亦有限，立国自有疆。苟能制侵凌，岂在多杀伤？"

怀　友

微雨欲红桃，和风已绿柳。

自与故人别，白衣忽苍狗。

常恐病离忧，相见成老丑。

况复终日间，案牍劳尔手。

入门复出门。出门将安走？

新月隐天末，遥望徒搔首。

徘徊入我室。欲醉无斗酒。

聊学白傅诗，千里寄元九①。

（一九四五年四月）

【注】

①白居易曾任太子少傅，故称白傅。元稹排行第九，故称元九。元白友善，白居易寄元稹表达怀念之情的诗很多。

寄友诗三十韵

余在国立五中高中部学习三年，与好友许强华同住天水城北玉泉观无量殿。毕业后各谋生路，晤面为难，因作忆旧诗三十韵以寄。

度陇春风拂渭城，玉泉桃李共争荣。
新花灼灼千株紫，嫩叶蓁蓁万树青。

青紫迷离泛彩霞，认取翠柏笼檐牙。
无量朝日无量月，写将花鸟满窗纱。

窗内狼藉书满床，手倦抛书笑语忙。
肯邀皓月呼兄弟，曾对奇花倾壶觞。

一觞一咏效兰亭，会意欣然俱忘形。
对床谈诗明月夜，联袂踏青艳阳晨。

晨光如赭遍山阿，柳阴深处莺抛梭。
琅琅解诵拜伦诗，烦君殷勤教诲多。

多恨垂杨斗舞腰，散漫杨花落满郊。
开卷为怜春事了，凭几因憎夏日骄。

骄日炎炎欲烁金，缓步城南觅绿阴。
闲倚小亭翻青史，香满荷塘风满林。

林际忽丹几树枫，白云出塞雁横空。
穿扉远澄秋水碧，入户遥抹晚霞红。

红叶妖艳白露初，苍烟空漾翠雨馀。
新学商量鸡声远，旧句推敲月影虚。

虚室日射寒枝影，玉阶风传败叶声。
才辞兰菊订后约，便寻梅竹缔前盟。

盟主阿松自逸群，岂与凡卉斗芳芬？
傲岸既卧商山雪，孤高还拂华岳云。

云去云来乐性天，无量殿里共悠然。
陈雷情投胶漆固，山阮神交金石坚。

共砚同窗岁几周，无边乐事水东流。
离绪杂逐雪絮舞，别恨纷随梦魂游。

游侣星散何处寻，拂檐犹记柏森森。
千重殷忧百浔水，一怀积懔万里岑。

岑寂荒村啼夜乌，独对残灯忆旧庐。
空对桃红与柳绿，妆点楼阁入画图。

（一九四五年四月）

寒夜怀人

皓皓天上月，皎皎意中人。
寂寂身伴影，冷冷足前冰。
徘徊蹊路侧，忧思结我心。
忆昔三五夜，山月透窗棂。
携手出门去，共引月为朋。
银光漾四野，灯火散满城，
浩歌相酬答，此乐乐无伦。
一样团圞月，应照双影同。
自与君别后，怕见山月明。

（一九四五年一月）

游佛公峤，呈同游诸友

夙已爱山水，今尤厌尘嚣。春色万里来陇上，
山花映水泛雪涛。胡为逐名利，奔走入市朝？虚
掷二月已三月，三月忽复一半抛。夭桃开老胭脂
腮，嫩柳舞困金缕腰。丁陈二君有好怀①，携杖
沽酒来相邀："环城名山孰第一？耤河萦绕佛公

峤。况遇好风日，游兴应转豪。负此暮春者，山灵或见嘲。"我乃欣然试春服，携徒挈友出西郊②。西郊有水流潺湲，西郊有山耸嶕峣。蓦地奇峰入眼底，陡然翠障插云霄。四周之山咸俯首，俨同羽客礼仙曹。急换谢公屐，速赴鹿门招。攀藤附葛问鸟道，抚松援竹寻凤巢。泠然御长风，手足更勇骁。下临地何低，仰面天犹高。奇花招展开锦帐，异卉纷披散碧绡。转眼花花皆仙子，掉头树树尽琼瑶。或寻吴刚折月桂，或倚王母醉仙桃。已觉斧柯烂，忽见落日遥。童子鸣归号，帽挥更旗摇。尘心缕缕起，灵境步步消。不见仙姬浮天凝秋波，但闻耤河帖地响春潮。神州自有佳山水，多少高人老渔樵。只今猿鹤落浩劫，水涯山陬森兵刀。匡庐面目昨已非，西子颜色今更凋。剩水残山总伤神，何当弯弓射天骄！莫负男儿好身手，收复大任在吾曹。遍扫狼烟洗疮痍，尽辟荆榛播良苗。大起高楼压废墟，广织锦绣铺荒郊。彼时再践远游约，五湖五岳任逍遥。伯夷何必歌采薇，屈原空自著离骚。

（一九四五年四月）

【注】

①丁陈，丁恩培，陈启基。

②携徒，农历三月十五日带领玉泉小学学生春游，时与丁陈二君同在该校任教。

风起云涌，电闪雷鸣，而雨泽不至

风伯驱云阵，阴阴掩碧穹。

电鞭抽百嶂，雷鼓震千峰。

尘压山村暗，雾迷野树浓。

苍生待霖雨，天上斗群龙！

（一九四五年五月）

送丁恩培入蜀参加高考

兰渝之车轻且坚，掣雷驰电去如烟。少陵目极秦树直①，太白心惊蜀道难。蜀道难，君莫怕。相如子云今已矣②，谁复与子争王霸。王与霸，谁复争，五月南风动离襟。忆昔共话前程夜，只今空馀惜别情。惜别情，古亦有，谅无似我愁八斗。送君一去渭城空，欲坦心胸向谁某？

（一九四五年六月）

【注】
①杜甫诗："两行秦树直，万点蜀山尖。"
②司马相如、扬雄（字子云），都是西汉著名文学家，蜀郡成都人。

通渭旅夜

　　七月赴兰州参加高考，夜宿通渭。因忆一九四一年秋露宿于此，不胜感喟，追和前诗，吟成四句，以志鸿爪。

　　　旧地重来一怅然，几番客里宿风烟。
　　　劳人哪有邯郸梦，茅店鸡声月满天。

　　　　　　　　　　　　　　　　（一九四五年七月）

欣闻日寇投降

　　八月十日午后七时许，余与无怠、无逸、强华等在兰州逆旅闲谈，而窗外砰砰之声愈响愈烈。初疑变作，侦之始知日寇投降，鸣炮所以志庆也。因同游街头，狂欢不可名状。作长歌记之。

　　　霹雳复轰轰，前音乱后音。初如长江毁堤闸，滚浪翻波迷九津。继若大漠起风暴，飞沙走石动八垠。仿佛七月初七夜，依稀八月十三晨。人扰攘，马纷纭，铿尔刀枪撞击频。渐响渐近渐分明，细辨始知非日军。蜂拥工农商学兵，男女老幼笑欣欣。争说日寇树白旗，争掷鞭炮入青云。乍见此景信复疑，细思此事假还真。一自妖氛来东海，神州万里任鲸吞。明眸皓齿委荒郊，青燐白骨伴空村。黄裔赫斯怒，睡狮忽迅奔。父训其子兄勖弟，妻嘱其夫爷告孙。临行洒泪苦叮咛，毋宁死敌不苟存。尺城必守寸土争，百战威焰薄海澨。遂使虎狼之敌成羔羊，神社之神已不神。欢声那可倭皇闻，闻之何异敲丧钟。遥知今夜卢沟月，清光应比三岛明。

（一九四五年八月）

自兰州返天水，车攀山道，颠簸有如摇篮，昏昏入睡，觉时已抵华家岭矣。荞麦开花。遍野飘香，口占一绝

茫茫征路未能穷，百里崎岖一梦中。
晓日惺忪明睡眼，荞花香里满山红。

（一九四五年八月）

荡寇书感 二首

（一）

三岛肆长鲸，奔腾混八瀛。
神州持正义，天下结同盟。
东海一朝靖，黄河万里清。
建功岂徒武，殷鉴在秦赢。

（二）

炎日落天外，凉风浴九州。

烟笼千岭树，月满万家楼。

制梃能摧锐，投鞭岂断流？

民心即天意，妙悟静中求。

（一九四五年八月）

月夜怀友

优游越万里，吟啸逾三年。

孰谓人分散，不同月共圆？

一心忘尔我，两地隔秦燕。

访戴无舟楫，悠悠望渭川。

（一九四五年八月）

读《十八家诗钞》，因怀强华

日夜苦相思，相思安所之。

感君高士义，贻我古人诗。

皓月明东岭，清光照北池。

狂歌谁与和，掩卷立多时。

（一九四五年九月）

过留坝

古城留坝画图间，半绕清渠半倚山。
青鸟出林翻翠翼，白鸥临岸照芳颜。
门通险径人烟少，屋傍危桥生计艰。
辟谷仙方何处觅，辞家采药几时还？

（一九四五年十月）

过马道

绿柳丹枫翠浪间，鸥闲鹭静鸟绵蛮。
渔人收网愁云散，柔橹轻歌下碧湾。

（一九四五年十月）

山村小景

茅舍竹篱三两家，小桥流水映桑麻。
炊烟散尽人方到，牛背锄犁带月华。

（一九四五年十月）

望剑阁七十二峰

昔曾刻舟求，今看倚天剑。

大地为洪炉，寒暑经百炼。

不作匣里吟，时飞空中电。

岂为一人敌？欲报九州怨。

崚嶒七二峰，奇正酣野战。

鹰隼不敢窥，豺狼亦远窜。

安得欧冶子，铸汝遍海甸？

（一九四五年十月）

借宿重庆大学三层楼教室，阴雨连绵，凭栏有感

宿雨天涯恨不胜，重楼聊借曲栏凭。

乡关北望情何限，蜀水巴山雾几层！

（一九四五年十月）

重阳自函谷场访友归，山巅小憩，适成登高之举

黄云割尽水泱泱，细雨斜风送晚凉。

十里烟峦临绝顶，伶俜客里过重阳。

（一九四五年十月）

舟为浪欺，险象环生，口占一绝

破浪初行逆水舟，犯风触礁去何求。
每临险境休回首，万叶轻舟逐下流。

（一九四五年十月）

中央大学柏溪宿舍，以竹竿稻草为主要建筑材料，共四座，每座容三四百人，其少陵所谓"广厦"者非欤？戏为一律

突然见此屋，矗立蜀江隈。
烽火燃不到，烟尘锁又开。
宏嵌百页户，大庇万国才。
秋雨秋风夜，鼾声起众雷。

（一九四五年十月）

题新购伦敦版拜伦全集

　　往在天水玉泉观，读拜伦哀希腊、赞大海诸诗，爱其宏丽，欲购其集不可得。今获全豹，珍若拱璧，即题其首。

朗日翻云海，春华正堪怜。
竭来雪梨里，徙倚烟杨间。
金石鸣肺腑，狂歌大海篇。
逸情来绝岛，高韵入遥天。
年光催霜露，既往难再攀。
几许迷离梦，迢递到玉泉。
点点蜀山秀，涓涓蜀水妍。
山石列几案，水竹弄琴弦。
永怀拜伦诗，相对每悄然。
一朝获全集，倾囊价十千。
和璧苟可得，岂惜十城连。
咀华振丽藻，含英吐芳兰。
得鱼忘筌蹄，落日看归船。

（一九四五年十一月）

梦中得"已挟泰山超北海，还携明月跨南箕"之句，足成一律

梦魂扶我欲安之，地远情多不自知。
已挟泰山超北海，还携明月跨南箕。
此怀浩渺须谁尽，彼美娇娆倘可期。
惆怅人天无觅处，却抛心力夜敲诗。

（一九四五年十一月）

遣怀 四首

（一）

我生信懒拙，简慢畏驰驱。
几年琢瑕尤，终然仍故吾。
夏与蚊蚋伍，冬还厌鼠鼯。
衣物啮为穴，血肉供所需。
犹复砺其齿，往往坏吾书。
岂无捕捉力，因循不尔除。
有人盗乾坤，是亦尔之徒。
天地诚高厚，杞忧一何愚！

（二）

晨兴离学舍，田野且闲行。
蚕豆已扬花，麦苗绿成茵。
蹒跚者谁子？乞食过北邻。
力农岂不好，艰难剩一身。
萧疏溪边竹，绵蛮谷里莺。
犹见有巢居，而无羲皇人！

（三）

驾言游东岭，登高望四荒。
归路长漫漫，逝水浩汤汤。
白云西北驰，飘渺去何乡？
今夜云息处，或是渭之阳。
渭川清且涟，蜿蜒抱我庄。
槐柳荫柴门，兰蕙上高堂。
高堂双亲老，萧萧两鬓霜。
而我缺温清，远游来殊方。
养志嗟何时，陟岵徒彷徨！

（四）

连山若合围，长林摇旌旆。

寂寂鸟不闻，风雨正如晦。

徘徊将何适，度此日如岁。

忽枉故人书，喜极还拭泪。

上言处穷荒，无人同气味。

旧游各一方，黾勉思余最。

下言冬意穷，江山行如绘。

寒梅已吐花，行吟诗成未？

诗成复何益，悲此人褰隘。

何当刷劲翮，一举冲天外？

（一九四六年二月）

端节忆旧

明霞初染晓晴天，昨夜人传烂锦笺。

节序频移愁似海，良辰应放酒如泉。

怜才昔有凌云客，拯溺今无上濑船。

南郭清游已陈迹，异乡风物为谁妍？

（一九四六年六月）

晨出阻雾

晨曦失形影，瘴雾掩东西。
吠吠谁家犬，潺潺何处溪。
更无天在上，最怕路临歧。
不识青云客，登阶孰指迷？

（一九四六年七月）

月夜偕友人游城南公园，得夜字 三首

（一）

火云东南收，赤日西北下。
清风消炎热，良夜美无价。
逍遥出城来，万树拥高榭。
一水涨前溪，灿烂银光射。
陈子喜欲狂，脱屣竟先跨。
余亦随其后，足踏月影破。
丁君声嗷嘈，惊呼水没胯。
蹒跚各登岸，相顾有馀讶。

（二）

腌既未终没，讶亦成虚讶。
行行兴转赊，坎壈一笑罢。
患来乃共忧，喜至还相贺。
盈盈一水滨，亭亭几茅舍。
有茗绿如菘，有酒甘如蔗。
天上月八分，樽前人三个。
一饮长河干，一唱群山和。
非如广文寒，未似渊明饿。
不乐复何如，流光谁能借？

（三）

流光借未能，天籁清午夜。
振衣入深林，月华漏微罅。
竹响犬来迎，荷动蛙出迓。
飘摇柳高垂，扶疏花低亚。
寂寂倚层楼，悠悠观大化。
城中百万人，百万酣高卧。
吾欲骋逸足，何人与并驾？
长歌归去来，数绕蔷薇架。

（一九四六年七月）

应强华之邀，自天水赴郑州，汽车抛锚于娘娘坝，望月抒怀

皓月明东岭，旅人出户看。

透松金破碎，映水玉团圞。

俯仰怜孤影，吟哦忆比肩。

一自悲折柳，于今几度圆？

（一九四六年七月）

乘慢车过关中

百感中来不可宣，凭窗日夜望秦川。

五陵佳气诚何似？三辅繁华已渺然。

零落秦宫馀断瓦，萧疏灞柳剩孤蝉。

怀人吊古瞻前路，海日初明远树边。

（一九四六年七月）

自陕州乘慢车，晚抵硖石驿遇雨，
驿无旅馆，乃于车上枯坐达旦

车头如老牛，蹒跚复号叫。

巳时发陕州，张茅酉始到。

已叹行路难，况复伤流潦。

晚抵硖石驿，玄夜设天罩。

牛困不肯行，雨狂风更暴。

盈车千万人，千万声嗷噪。

何处觅床褥，无地设锅灶。

因省长者食，徒增小儿尿。

甲倾压乙股，丙欹碰丁帽。

一语不相能，四处飞讥诮。

空闻南北音，不辨东西貌。

侵凌起争端，攫夺酿祸酵。

力服借军旅，言折赖老耄。

未下蕃君榻，难寻抟翁觉。

众相此间多，枯坐裁诗料。

（一九四六年七月）

次日晨雨止而车不能行，乘客乃冲泥至观音堂，扶老携幼，想见乱离时光景

嚣声息复作，雨止天渐晓。
车胃饿火苗，洛阳何能到？
归心啮万人，双足溅泥沼。
迤逦壮扶弱，蹭蹬弟援嫂。
咿咿儿索乳，嘤嘤女呼抱。
山泥沾于胶，山石滑似藻。
泥沾鞋已脱，石滑身屡倒。
纨袴谁家郎，扬鞭驰腰裹。
堕地声砰訇，面溃目几眇。
垂天云墨墨，匝地雾浩浩。
萧条荒山中，寂寞绝飞鸟。
我生巨乱时，栖身桃源表。
何尝见流离，几曾识饿殍。
于此见飘零，忧心惄如捣。

（一九四六年七月）

二十日抵郑州，而强华已于三日前赴沪矣

行路难如此，乃上万里途。

熙熙人亦众，寂寂影自孤。

驰驱无日夜，今始至君庐。

离怀浩如海，倾吐在斯须。

造物量何隘，蓄意乖尔吾。

吾来尔已去，去去向三吴。

徘徊梁下榻，怅望屋上乌。

相思寄何许，临风一长吁。

（一九四六年七月）

谒子产祠

子产有祠堂，寂寞飞埃外。

虫蚀高栋折，蛛翳疏棂晦。

凄凉劫火馀，何人起废秽！

夫子当国时，宽猛交相济。

忠俭从而与，泰侈因之毙。

弗许以政学，所以锡伦类。

操刀且未能，使割岂不害！

蕞尔一郑相，遽令晋垣坏。

岂惟饰虚辞，抑亦昭实惠。

无齿身何焚，有德国安败。

嘉言裕后昆，善政淑当代。

再拜沐清风，千载想遗爱。

（一九四六年七月）

七月三十一日晨八时离郑，车行特慢，下午四时始抵荆隆宫，闻前路有阻，止焉

车迟心愈远，天阔野初平。

吾友何时见，艰难复此行。

无人平险阻，何计破愁城。

怅望烟霞里，如弓月又生。

（一九四六年七月）

开封旅夜暴雨

颓云压屋屋欲坠，崩雷碾城城欲碎。

骤雨泼地地为渠，吁嗟微禹吾其鱼！

斯须风起云根灭，青天皎皎挂新月。

振衣纳履踏长街，溢浍盈沟水已竭。

呜呼溢浍盈沟水已竭！

（一九四六年八月）

八月初抵南京，入中央大学

六代繁华梦，八年沦陷悲。
劫收忙大吏，供给苦遗黎。
南雍复开讲，多士又盈墀。
致富图强路，抠衣问导师。

（一九四六年八月）

接家书，后附家君《课孙夜读感怀林儿游学》诗云："白露为霜射户明，书声夜籁吼秋声。诗人吟作苦寒月，游子衾单系我情。"敬和元韵 四首

（一）

长江滚滚到天明，入耳常疑渭水声。
客里思亲频有梦，庭帏夜冷不胜情。

（二）

北雁南来月正明，遥传慈父唤几声。
旧衾儿已添新絮，为慰高堂念子情。

（三）

谕子课孙夜继明，天涯万里共书声。
他年问礼趋庭日，呼侄同申反哺情。

（四）

鹑衣破屋雪霜明，几处流民呵冻声。
广厦长裘儿有愿①，本仁陈义治人情②。

（一九四六年十一月）

【注】

①杜甫《茅屋为秋风所破歌》。"安得广厦千万间，大庇天下寒士俱欢颜，风雨不动安如山。"白居易《新制布裘》，"安得万里裘，盖裹周四垠；稳暖皆如我，天下无寒人。"

②《礼记·礼运》，"故圣王修义之柄、礼之序，以治人情。故人情者，圣王之田也。修礼以耕之，陈义以种之，讲学以耨之，本仁以聚之，播乐以安之。"

题灵谷寺塔前与友人合影

兹塔突兀何雄哉！高标疑从天上来。

九层直出苍烟外，足底惊风起迅雷。

瞥眼乍觉乾坤小，远浦遥岑带飞鸟。

胭脂井畔暮云深，洪武陵前翁仲老。

钟山如虎踞石城，大江犹嘶万马声。

苁茏佳气吞落日，角鼓喧阗何处营？

万里极目一回首，天际白衣变苍狗。

乌啼鹊噪催归人，"铭鼎垂勋"①知谁某？

人海相逢知音寡，同游况是同心者！

摄取山光留寸楮，落叶萧萧满四野。

（一九四六年十一月）

【注】

①塔前巨鼎镌此四字。

别强华

许子与余共松窗，玉泉雪月夜联床。

三年形亲情愈密，久拟春光共绿杨①。

偶寻名山到麦积，峭壁幽壑森开张。

奇峰突起插天外，琼花湿雨落山阳。

四月仙风冷佛骨，六代寒云栖画廊。

残僧犹能说杜老，石竹丛前见麝香。

陇月团圞如有意，便欲西枝结草堂。

茶茗来往自风流，饥冻逼人那可当！

为求衣食向人间，怜君随我出秦关。

寸步蹉跌簧门扃，利嘴金距难追攀。

我留君去寄外家，离恨牢愁百不堪。

太学富儿酣高宴，碣来阔步骄且闲。

乾坤无私昭大德，于彼何厚此何悭！

折简和泪几相呼，篱下踟蹰非所甘。

蜀山万点尖如削，只割愁肠不破颜。

去春复有渭城别，山花满眼杜鹃血。

寻君直过紫金山，灼肤不道三伏热。

兀坐苦读声破屋，昼饱蚊蚋夜蛇蝎。

相持不辨昔时容，犹期来日慰饥渴。

谁料渥洼汗血驹，名场复叹霜蹄蹶。

俗子嘲弄母促归，索居终日书咄咄。

别来两处共秋风，凋尽碧梧瘦尽松。

天长翼短鸿飞苦，月寒星冻叫云中。

一朝惠书书千字，字字撮述相思事。

斗柄插寅一岁更，下榻待我除日至。

君家雄宅压东里，五亩庭园足桐梓，

胡马踏毁东西厢，独留高楼连天起。

推窗静赏三日雪，时闻戚友祝年喜。

割鲜截脂且为乐，玉斝金罍酬知己。

恃醉博塞不成卢，我输十千君倍蓰。

兴来策蹇出长街，碧沙岗外雪皑皑。

赌酒高歌颇恣横，八荒云物开壮怀。

时光于人何怨讟，别时苦迟见时促。

元日欢醉到人日，同游更秉元夜烛。

元夜完月欲西沉，掷炮飞球乐未足。

恋君当归不忍言，但吟别诗望鸿鹄。

"子其行矣"君启齿，君言激切震我耳：

"理纷起废子有责，我亦下帷穷书史；

会待新日照神州，同访名山跨骡骍"。

北风烈烈雪飘飘，散乱离愁满兰沚。

驱车回首不见君，万里征途从此始。

（一九四七年一月）

【注】

①白居易《欲与元八卜邻，先有是赠》："绿杨宜作两家春。"

泊马当对岸

长风鼓浪连天起，浪花直扑船窗里。

船身奋进几多时，才过小孤三十里。

系缆抛锚对马当，酒帘斜飘村酒香。

沽酒持杯呼杯语："君不见天寒日暮云翻雨！"

（一九四七年二月）

发马当

马当连日浪如雪，客心欲逐大江发。
半夜急风震天来，阴云吹尽见残月。
东舟爆竹响舟头，西船香花祝未歇。
东舟雀跃呼顺风，西船逆风行不得。
浮生无地息征棹，去来顺逆那可料？
江湖风浪几时休，斫樯裂帆行直道？

（一九四七年二月）

登鸡鸣寺豁蒙楼品茗

振衣直上豁蒙楼，手拍栏杆望五洲①。
乔木厌言兵后事，春波初泛雨馀舟。
谁家玉树翻新调，别院残僧欲白头。
尘劫几经何必问，龙芽遮莫负金瓯。

（一九四七年二月）

【注】
①玄武湖有樱洲、菱洲等五洲，今称五洲公园。

遣怀 四首

(一)

春风昨夜来，吹我楼前柳。
柳色上高楼，令我频搔首。
萧条书斋中，寂寞黄昏后，
柳梢悬孤月，已复窥窗牖。
之子阻重深，烟月暗林薮。
何以永今宵，有口惟饮酒。
笙歌沸凤城，灯烛乱星斗。
岂无新相识？要非平生友。

(二)

我家千株树，半我儿时栽。
前年辞家日，复种两株槐。
春色入凤城，园林郁佳哉！
我怀翻不乐，时登望乡台。
家传种树书，于今种者谁？
龙钟念老父，踯躅荒山隈。
旧木已臃肿，新枝不中规。
客游不归去，彷徨欲何为？

（三）

人生家居好，胡为弃山林？

恶木求大匠，驰驱遂至今。

尝慕彭泽令，数咏贫士吟。

乃遇彭泽师①，得契窅寐钦。

独开诗世界，百炼道精金。

溯源穷汶阜，蕴真见天心。

能留春风住，莫畏夏日侵。

容我持杯器，一窥江海深。

（四）

苦寒念春风，炎暑思秋雨。

及乎春秋来，已又逼寒暑。

生涯间悲欢，日月互吞吐。

夫我岂独然，浩浩同千古。

永怀尘嚣外，桃花灿乐土。

黄发与垂髫，怡然相笑语。

未尝识魏晋，复何论节序。

高风如可揖，愿言接俦侣。

（一九四七年三月）

【注】

①指汪辟疆先生（江西彭泽人）。

月　夜

天夭溪畔桃，霭霭桃间雾。

旧花随风落，新葩灿复吐。

明月入溪中，反照溪前树。

树边看花人，心随流水去。

（一九四七年三月）

贫　农

三之日于耜，四之日举趾。

民以食为天，岂为田畯喜？

南亩老此生，此生南亩死。

生死一贫农，不挂富农齿。

我贫地瘦瘠，彼富地肥美。

烈日龟我田，彼田车汲水。

我日一食蔬，彼食日甘旨。

况彼马与牛，胜我妻我子。

祷神神怜我，一雨油相似。

彼种一朝毕，我种何时已！

彼智笑我愚，愚诚我之耻。

为学岂不然，我亦贫农耳！

（一九四七年五月）

二友诗柬无怠天水、强华郑州

独我何踟蹰？天高地亦厚；
独我何寂寥？虱此人文薮。
昼眠看浮云，夜起步星斗。
梦阻千重山，愁摇万丝柳。
忆自垂髫年，游学辞南亩。
至今逾十载，知心得二友。
王子何英特，挺生名家后，
傲兀难众偕，落落独余偶。
家有留月楼，花影移窗牖。
邀我居其间，书声巨雷吼。
继乃识许君，与俗殊禀受。
譬夫玉井莲，洒然出尘垢。
共砚三载余，形若并生藕。
春夜觅子猷，花间泛美酒。
佐饮有佳肴，王子谋诸妇。
上下极千年，纵横遍九有。
击掊到西欧，吹求及孔某。
沫溅风雨来，词驱龙蛇走。
皓月落金樽，奋吻吞八九。
更残兴未阑，浩歌还击缶。
陵谷有变迁，此乐宁可朽！
功名尔何物。鞭人如刍狗。
同车去兰州，七月岁在酉。
一战各天涯，参商亦已久。

王子近失恃，往往断粮糗。

许君亦索居，相依惟老母。

时世论人才，荣枯判妍丑。

所贵能自拔，幸勿丧我守。

风霜验松柏，琢磨出琼玖。

乾坤将再造，万牛倘回首？

（一九四七年八月）

丁亥九日于右任先生简召登紫金山天文台，得六十韵

钟阜压江溽，势与泰华埒。

陡起插天关，穴此日与月。

烟岚相濒洞，云霞忽变灭。

积想通山灵，约我黄花节。

驱车何太驶，倏入虚皇阙。

枫柟吟断涧，松栝啸深樾。

石廪与天厨，神物司扃鐍。

百怪眩左右，一道通箭筈。

着我天吴宫，侍坐文章伯。

堂堂三原公，勋名光史册。

馀事擅书法，挥毫当座客。

龙蛇入金石，鳞甲动碑碣。

诗亦如其书，威棱不可遏。

掣鲸碧海中，浩气驾虹霓。

沁水今礼部，量才衡玉尺。

平生诗万首，传诵累重译。

沧州领史局，雅有征南癖。

陈范羞前辈，班马实联璧。

三老气精爽，同据主人席①。

以次置几椅，嘉宾森成列。

商翁头已童，冒先鬓如雪。

方湖吾本师，眉宇何朗彻。

王陈称沆瀣，词坛两健鹘。

卢师忽落帽，喧笑声稠叠②。

济济七十人，鲰生亦忝窃。

篱畔开高宴，肴饵纷陈设。

活脔庖丁解，霜脍昆吾切。

风伯拭杯器。日车送曲蘖。

酒酣斥八极，顾盼小吴越。

万山斗姿媚，殊态争趋谒。

或驰而甲胄，或拱而袍笏。

或腰大羽箭，控鞍而振策。

或手旌与旗，夹道而引喝。

如狮或奔腾，如虎或咆勃。

或如鹏摩空，或如鹰奋翻。

或宛若鸥鹭，或翩若蜻蛚。

或虫而蠕蠕，或马而骦骦。

或鲸而谈舑，或鳄而饕餮。

百谷栖平野，田田若补缀。

此乃民之天，尔曹慎勿夺。

大江泻千里，势欲吞溟渤。

一气苍茫中，冯夷之所宅。

蛎奴亲珠母，虾姑混鱼妾。

硙磕打石城，沧桑几代阅。

碎云泻日影，一望摇金碧。

绿泛子胥涛，朱化湘娥血。

造物闷灵异，不与世俗接。

当其遇合时，玄机偶一泄。

在昔天宝间，艺苑郁蓬勃。

众贤登雁塔，俯仰宇宙阔。

追琢鬼神愁，乃启委宛穴。

大句照千古，灵变犹恍惚。

奈何朝政昏，巨乱起胡羯。

河岳遍腥膻，黎庶尽流血。

李杜诸诗人，忧时徒哽咽。

何如金风凉，盛会夸今日。

登高豁远眸，述志舒健笔。

同室忌阋墙，兆民贵团结。

致富追西欧，图强继先烈。

奚用观天文，岂徒理秋袯？

（一九四七年十二月）

【注】

①三原、沁水、沧州，分别指于右任、贾景德、张继三先生，为此次盛会东道主。

②商翁、冒先、方湖、王、陈、卢，分别指商衍鎏、冒鹤亭、汪辟疆、王新令、陈颂洛、卢冀野诸先生。

雪夜醉歌

岁聿其暮寒飕飗，端居何以解客愁。

笔挟风云斡造化，酒兵十万助戈矛。

蓼龙为马行太空，天阶踏碎飞琳球。

广厦区区羞杜二，弹指即现百琼楼。

无肉瘦人坡有说^①，更须入海掣潜虬。

倚栏大嚼三万六千日，人间富贵等浮沤。

（一九四七年十二月）

【注】

①苏东坡诗："无竹令人俗，无肉令人瘦。"

雪后同易森荣登北极阁

不惜埋蛮触，何辞战齿牙。

却来崇阁望，天地净无哗。

云自今朝散，树从昨夜花。

同君留指爪，险韵斗尖叉。

（一九四七年十二月）

守岁同强华，时自沪来京，共度春节

急景催人又岁除，休翻尔雅注虫鱼。

云连雁塞迷归路，雪暗江城似故居。

赌酒为欢良不恶，闻鸡起舞欲何如？

几年肝胆分胡越，此夜能同亦起予。

（一九四八年二月）

上元前二日青溪诗社雅集，分韵得牵字

野鹤孤云不受牵，青溪今夜会群贤。

试灯花市人如海，敲韵高楼月满川。

便有和风翻麦浪，从知春水洗烽烟。

清樽正要当窗饮，坐待霞明万里天。

（一九四八年二月）

思亲二十韵

人生居家好，胡为浪出山。

读书亦何用，煮字宁可餐？

夜夜梦高堂，白发垂两肩。

积雪迷天地，倚门眼欲穿。

惊呼未出口，忽隔万里天。

感叹还坐起，揽衣涕汍澜。

趋庭思往日，明珠掌上圆。

七岁卒四书，五经十二全。

闲来骑竹马，登高放纸鸢。

此外百无事，惟望过新年。

新年有何乐？其乐不可言。

拉母索新衣，看爷写春联。

年集购所爱①，盈筐发笑颜。

守岁常不睡，张灯满屋檐。

爆竹随意放，声破远村寒。

腾欢累半月，如今剧可怜！

亲老家日落，一钱贷人难。

犹自念痴儿，何以度年关！

年关今已度，乡思日转添。

愁看邻家子，各自媚膝前。

归计倘能售，贵命宁弃捐。

石田亦堪种，衣彩为亲欢。

（一九四八年二月）

【注】

①乡俗称年终集市为"年集"，即买卖"年货"（新年所用货物）
的集市。

送强华回沪

岁暮能来慰我思，相携匝月又春时。
惟耽浊酒同君醉，未说归期各自知。
世路而今纷虎豹，男儿于此斗腰肢。
扬鞭欲去还须去，莫放离愁乱柳丝。

（一九四八年二月）

观　棋

一局相持殊未阑，孤灯照影夜漫漫。
斧柯烂尽浑闲事，春雨飘萧入指寒。

（一九四八年三月）

永　夜

板荡中原事可哀，峥嵘岁月暗相催。
有心汲古怜修绠，无地埋忧托酒杯。
三辅惊传其火炽，尺书难盼鲤鱼回。
橐弓卧鼓知何日，永夜寒声拍枕来。

（一九四八年四月）

清　明

几年不到槐湾路，有梦犹能识旧踪。
一气苍茫通紫极，众山合沓护文峰[①]，
难忘上冢儿时事，永忆吟风月下松。
麦饭倘容来日荐，待回天地赋归农[②]。

（一九四八年四月）

【注】

①槐树湾乃吾家祖茔所在，儿时上冢（扫墓），每闻吾父指某峰云："此文笔峰也！"又指某峰云："此笔架山也！"

②李商隐《安定城楼》："永忆江湖归白发，欲回天地入扁舟。"王安石极叹赏。

北湖禊饮，分韵得彼字

钟山天外来，下饮睛湖水。
诗翁若有竞，流觞饫众美。
宇宙开奇观，龙蛇奋笔底。
岂惟袯不祥，乃能燮政理。
哲人塞两间，所以异蝼蚁。
吾道宁有穷，大德生不已。
坠韵振兰亭，闻者当兴起。
胜事踵他年，视今犹视彼。

（一九四八年四月）

雷震停电，烧烛听雨，有忆往事

未得长檠弃短檠，残书照眼电光明。

却因触彼雷霆怒，正尔撩人古寺情。

影瓦龙髯窥点易，声窗凤尾伴吹笙。

可堪此夜还听雨，直北关山角鼓鸣。

（一九四八年四月）

花朝社集秦淮停艇听笛水榭

春风应已到天涯，休上高楼苦忆家。

未信中原添战垒，行看南亩艺桑麻。

良辰入手须行乐，大木逢春自著花。

旧是承平觞咏地，不妨醉墨任笼纱。

（一九四八年四月）

读杜诗题后

许身欲使世风淳，要路如天未易登。

奏赋明光空自尔，致君尧舜亦何曾！

隋珠纵有投蛙用，干将真无补衮能。

诗圣大名垂日月，至今谁以省郎称？

（一九四八年四月）

邓宝珊将军莅宁，畅谈竟日，写上 四首

（一）

莽荡乾坤入望赊，中原落日隐悲笳。
疾风我忆王元伯，远略谁如邓仲华。
百战威名昭汗简，几年旗纛绊盐车。
南来北往非无意，故国兵戈信有涯。

（二）

廿载闻名入耳雷，长城今喜见崔嵬。
论兵妙变孙吴法，经世权衡管乐才。
阅武千军临大漠，观风万户乐春台。
榆林众志浑如铁，岂惧狂飙卷地来。

（三）

忍履繁霜话土崩，谁除虐政解悬民。
轲言犹在毋驱爵，吴事堪师便指囷。
病药相攻须固本，存亡未定判持钧。
时危莫负回澜手，砥柱真宜借寇恂。

（四）

云连西极动乡愁，欲买归帆怨石尤。

已见鼓鼙惊蓟北，肯容烽燧祸秦州？

将军自有回天力，故老争传射虎侯。

惟愿折冲能息战，不须惆怅仲宣楼。

（一九四八年五月）

陪邓宝珊、汪辟疆、王新令诸先生游灵谷寺，示骎程

挠之不浊激仍清，大度汪汪似海溟。

失喜今朝随杖履，得闻高论化顽冥。

风云万里从龙虎，草木三春染战腥。

如此江山需我辈，可能终岁抱残经？

（一九四八年五月）

寄侄

梦里吾携汝，亭亭及我肩。

新书添几本，大字写连篇。

荷耒牵黄犊，随爷种石田①。

男儿多变化，不见已三年！

（一九四八年六月）

【注】

①吾家有石滩地十馀亩，吾幼年常随父提竹筐捡石子。今大石子已捡光，可种棉花。

沪上谒墨巢翁①

吾师每为说先生②，有梦连宵落沪滨。

得与斯文天亦幸，维扬我武笔如神。

涮肠不吝西江水，出语能回太古春。

板荡乾坤当此日，却怜何地老麒麟！

（一九四八年六月）

【注】

①李宣龚（1876—1952），字拔可，号墨巢，闽派著名诗人，有《硕果亭诗》、《墨巢词》等行世。

②指汪辟疆先生。

无 端

无端一病复谁知，不合风凄月冷时；
怯剪残灯歌庾赋，惯来荒径验陶诗。
凌寒独秀人应妒，入梦犹馨我欲私。
天亦有情矜傲骨，故教霜霰试幽姿。

（一九四八年十月）

闻 鸡

无端掩卷复挑灯，啼杀荒鸡夜未明。
风雨迷天人好睡，干卿底事放恶声①？

（一九四八年十月）

【注】

①《诗·郑风·风雨》："风雨如晦，鸡鸣不已。"毛传："《风雨》，思君子也。乱世则思君子，不改其度焉。"《晋书·祖逖传》：祖逖与刘琨"同被共寝。中夜闻荒鸡鸣，蹴琨觉曰：'此非恶声也！'因起舞。"

戊子九日于右任先生简召小仓山登高

今来登高小仓山，绝胜去年锺山顶。

小仓未必压锺山，却见锺山如趋尹。

环而拱者百万家，南冶西盍列仓廪。

远水遥岑势逶迤，若欲有言来上请。

譬如北辰居其所，不以形貌辨差等，

坐阅兴亡变陵谷，郁郁连林自清挺。

天为胜会勒轻阴，山亦迎客凝妆靓。

夹道黄花映竹篱，挂枝红叶摇疏影。

三原沁水人中杰，从游贤士车连轸。

国事靡盬日万几，即得暂暇犹好整。

茱萸消灾信荒唐，清字题糕应警省。

藐兹吾体塞两间，俯仰宜为天地准。

正有奇策振乾纲，岂独大句奋唇吻。

忆昨曾共逐虾夷，笑彼元恶如朝菌。

不见神社久不神，易以国殇名彪炳①。

凛然是气所磅礴，宁容狐鼠同斯境。

往者如此来可知，杞人莫浪忧肝肾。

相约待谱大同曲，更作随园文字饮②。

（一九四八年十月）

【注】

①南京沦陷期间，日寇予小仓山建"神社"，抗战胜利后改建抗日阵亡将士纪念堂。

②小仓山有清代著名诗人袁枚随园遗址。

奉次辟疆师灵谷寺茗坐韵，并呈 证刚、颂洛、新令诸先生

曾亲谈麈及春浓，醉倚禅关百丈松。
王粲未能传枕秘，班超先已为官佣①。
案头积牍常遮眼，天际层云欲荡胸。
绕郭青山应有主，何当携酒侍吟筇。

（一九四八年十月）

【注】
①时在考试院兼差。

送新令前辈赴甘青宁监察使任

曩以螳臂摩俗垒，狂生之名溢乡里。三人成
虎古犹然，惟公信目不信耳。得随杖履及三载，
大度潭潭谁能揣。奇辞连犿未易穷，许涤心脾倾
艺海。博以众流约以经，不惮往复究端委。似我
疏顽尚可绳，推以为政政其理！比闻持节向西鄙，
咸为乡邦得人喜。子告其父弟告兄，倏忽传布遍
遐迩。如渴待饮饥待食，万人空巷跂而俟。公其
速试囊中方，振衰起废日可指。昆仑秀而峙，黄
河清且沘。公也游息啸傲于其间，原野浮绿禾垂
紫。呜呼，何时真见河清野绿禾垂紫，我亦归田
事耘籽！

（一九四八年十一月）

至 日

"至日常为客，穷愁泥杀人①。"

今朝吟此语，老杜是前身。

雨急收烽燧，阳回待好春。

男儿家四海，莫自望西秦。

（一九四八年十二月）

【注】

①杜甫诗句。

腊 八

家中已啜腊八粥，客里难消岁暮寒。

思儿举箸浑忘食，念母停杯却倚栏。

经霜始忆春晖暖，无路休言大地宽。

鹍鹏变化谁能料，有翼终期万里抟。

（一九四九年一月）

食 脍

食脍由来不厌精，难谋一饱抵河清。

旁观莫笑贪馋甚，欲养胸中十万兵。

（一九四九年一月）

访东坡遗迹不得

戢戢杉松甚处求，清风明月自千秋。
我来不见苏夫子，"空作三吴浪漫游"①。

（一九四九年一月）

【注】
①东坡《游常州僧舍诗》云："稚杉戢戢三千本，且作凌云合抱看。"又云："空作三吴浪漫游。"

牛塘桥杂诗三首绝句

湾环流水绕柴门。三五人家各自村。
鸡犬相闻千万里，斜阳无语恋寒原。

叶尽柔桑树始闲，春风欲动尚沉眠。
浣纱何事溪边女，却理倾筐似去年！

村儿叠鼓报新年，灯火疏疏出暮烟。
可有闲人闲似我，桥头独立数归船！

（一九四九年一月）

喜持生至

月落空梁久费思，玉关消息故迟迟。

蓦然回首惊疑梦，忽漫逢君喜可知。

桃李后时仍拚醉，江湖夜雨好谈诗。

何妨暂置人间事，共勺西江有导师①。

（一九四九年四月）

【注】

①指汪辟疆先生。

随于右任先生自沪飞穗，机中作

海运风旋事亦奇，图南何处是天池！

投怀星斗撩新梦，入望云山惹故悲。

有限乾坤仍逐鹿，无边烽火正燃萁！

凌霄欲洒银河水，遍洗疮痍待曙曦。

（一九四九年五月）

荔枝湾吃荔枝同冯国璘

秦淮玄武两兼之[①]，清晓同来吃荔枝。
万树殷红妃子笑[②]，广州风物耐人思。

（一九四九年六月）

【注】

①广州荔枝湾，入口处似秦淮河，摇舟许久，豁然开朗，又似玄武湖。

②妃子笑，一种荔枝的名称。大约从杜牧诗句"一骑红尘妃子笑，无人知是荔枝来"化出。

星期日陪于右任先生园中消暑

雨露难均造化私，何年始见太平时？
满腔愤世忧民意，闲坐榕阴说杜诗[①]。

（一九四九年七月）

【注】

①时久旱苦热，先生从天时谈起，转向人事，屡引杜诗而加以解释发挥。计所引杜诗有《北征》"雨露之所濡，甘苦齐结实"、《写怀》"无贵贱不悲，无富贫亦足"等等，其解释发挥之言，皆不同流俗，发人深省。

次韵奉酬匪石师见赠 二首

（一）

有意随夫子，麻鞋万里来。
已知新弈局，休问旧楼台。
孤抱向谁尽，蓬门为我开。
灯前听夜雨，一笑散千哀。

（二）

天地悲歌里，光阴诗卷中。
重开樽酒绿，又见醉颜红。
吾道犹薪火[①]，浮生亦驱蛩[②]。
绛帷还自下，秋树起西风。

（一九四九年八月）

【注】

①《庄子·养生主》："指穷于为薪，火传也，不知其尽也。"意谓柴虽烧尽，火种仍在传播，比喻道术学业之师弟相传，连绵不绝。

②驱（ju巨）蛩，兽名。韩愈《醉留东野》诗："愿得始终如驱蛩。"以两种互相帮助始能生存的兽比喻朋友互相爱护。

附 匪石师原诗《重晤霍松林》二首

(一)

执手兼悲喜，飘然万里来。
饯春江令宅，访古越王台。
远梦啼难唤，层阴郁不开。
西征新赋稿，多少断鸿哀！

(二)

我亦飘零久，颓颜隐雾中。
断肠春草碧，顾影夕阳红。
秋老怀霜隼，宵长感砌蛩。
浊醪温别绪，何地醉东风？

寄山中故人

路难何况出无车，且袖乾坤入敝庐。
瓮牖当空吞日月，蜗涎着地篆虫鱼。
微躯岂系千秋史？壮志犹消一卷书。
渺渺予怀寄天末，归耕何日偶长沮①？

(一九四九年九月)

【注】
①《论语·微子》)："长沮、桀溺，耦而耕。"

渝州火，和匪石师

此间不是蛟龙窟，何事犹烦日夜熏？

万点流星奔紫极，一轮落日隐红云。

已无额烂将谁救，尚有薪移莫浪云。

世事离奇难自料，吾曹宁敢诩多闻！

（一九四九年九月）

附 匪石师原作

那信昆冈玉石焚，终宵狂焰竟天熏。

文明原不占风火，身世无端念水云。

谁假炎威成赫赫，可堪诗谶偶云云。

江流东汇经行地，灰烬形骸怆见闻。

孔 某

孔某何尝愿执鞭，从吾所好亦非难[①]。

心危未必天方蹶，意远才知地自宽。

客去孤轩归一统，吟成七字有馀欢。

世间多少荣枯事，付与闲人冷眼看。

【注】

①《论语·述而》："富贵如可求，虽执鞭之士，吾亦为之。如不可求，从吾所好。"

将赴南林学院

又见蓬蒿作栋梁，忍随燕雀处华堂。
休将腐鼠来相吓，自有高梧待凤凰。

（一九四九年九月）

雨　夜

井梧战风雨，天地入秋声。
忽似秦关夜，而闻塞马鸣。
病魔欺久客，经卷守孤檠。
忍负浮槎意，黄河未肯清！

（一九四九年九月）

倒和原韵酬惕轩

杜老足无袜，尼山席不温。
一身阨陈蔡，数口滞夔门。
儒道千秋在，诗名万古存。
吾曹行乐耳，得酒且开樽。

附 惕轩兄原作

国蹙怀安骋，时危道岂尊！
横流今日最，硕果几人存？
问礼谁求野，哦诗自闭门。
何当浣尘垢，一试圣泉温！

南泉六咏

花 溪

青摇一线天，绿堕万峰影。
悔不及花时，呼朋荡烟艇。

仙女洞

仙人何处去？一洞窈然深。
古木生远籁，如闻环珮音。

虎啸口

长啸生风处，峡口奔流急。
却笑山下人，谈虎毛发立。

温 泉

清浊非我意，寒暖亦天功，
众生本无垢，试问玉局翁。

建文峰

诸峰侍其侧，一峰插天起。
持语白帽人，万乘应敝屣。

飞 泉

匹练破空下，夜来新雨足。
珍重在山意，溪流深几曲！

（一九四九年九月）

拟游仙诗十首

江上遥峰故故青，钱郎从此识湘灵。
几生修到神仙福，一鼓云和仔细听。

即托微波亦是媒，神光离合漫疑猜。
区区一篇洛神赋，却费陈王八斗才。

半瓯何幸饮琼浆，一往情深不可忘。
倘许蓝桥桥畔住，便持玉杵捣玄霜。

分明昨夜共辰星，一日三秋信有征。
传语早回鸾凤驾，相迎欲跨九天鹏。

不惜吹箫作凤鸣，木桃聊以报瑶琼。
还将一枕游仙梦，未卜他生卜此生。

炼成奇石补情天，小别娲皇几万年。
昨夜拏舟溪上过，一轮明月证前缘。

天风吹上五云车，一洞深深锁绛霞。
恐有樵人入仙境，门前休种碧桃花。

谁道银河待鹊填，有仙合是自由仙。
玉皇巧会天孙意，不向牛郎要聘钱。

偶然游戏到人间，常恐流尘污素颜。
何日骑鲸入瀛海，与君同住小蓬山。

读遍瑶函万卷馀，绮思丽藻入元虚。
织成云锦三千匹，待写人间未见书。

（一九四九年十月）

游虎啸口同主佑

挂席君自三峡来，飞瀑惊湍战风雷。我亦驱车过剑阁，云里危峰扑人落。年少那知蜀道难，与君几度上青天。寻常山水蚁垤蹄涔耳，更欲东越大海西跨昆仑巅。安能局促守一廛！天公相慰意何厚，办此奇观付吾手。溅沫跳珠起白烟，九派喧豗争一口。双崖雾合昼冥冥，万马齐喑兽王吼。堕涧奔流去不还。何当随汝出深山。涓滴岂是无情物，化作时雨洗尘寰。

（一九四九年十月）

南泉杂诗　十四首

（一）

无毡不厌广文贫，有客相寻寂寞滨。
自赏孤芳谢时辈，肯留青眼向畸人。

（二）

几年辜负好河山，独抱遗经独闭关。
即此与君偿游债，夕阳西下不须还。

（三）

听惯梧桐滴雨声，人间好梦正沉沉。
清辉有意私吾辈，夜半云开月满林。

（四）

图画天然那可题，清光写影入花溪。
几人不负迢迢夜？缓步高歌月渐西。

（五）

栏外花溪自在流，四围山色一亭收。
偶来小坐堪入画，谁是传神顾虎头？

（六）

岂爱崎岖路不平？此怀难与世人明。
山寒木瘦寂寥甚，冲雨来听虎啸声。

（七）

雾鬓梳成天外绿，黛眉描就画中鬐。
不辞日暮倚修竹，且为青山做主人。

（八）

偶然吐气出长虹，一望云山几万重。
更欲立身向高处，振衣直上建文峰。

（九）

未肯常闲射雕手，不妨偶写换鹅经。
悠悠此意何人会？入户遥山数点青。

（十）

藏山信有千秋业，下酒宁无万卷书？
记取一年将尽日，与君邂逅醉蓬庐。

（十一）

长镵托身恐未能，独留诗句到今称。
天寒日暮深山里，愁杀当年杜少陵。

（十二）

恸哭真怜阮籍愚，男儿不信有穷途。
攀藤直到无人处，一抹烟林好画图。

（十三）

香飘桂子我来思，照眼寒梅又几枝。
除却闲游无一事，偶经川上立移时。

（十四）

一溪春水涨新晴，不尽烟波万里情。
何日能回天地了？扁舟颇忆玉溪生。

（一九四九年八月至一九五〇年二月）

夜读集放翁诗句

屠龙工巧竟何成？残火昏灯伴五更。
一枕凄凉眠不得，奏书无路请长缨！

（一九四九年十月）

寄怀冯仲翔先生

坐领风骚最上游，几番翘首望兰州。
诗名远迈王仁裕，学派遥传张介侯。
叔世人才凭启迪，乡邦丈献赖搜求。
追陪杖履知何日，万里烽烟一夜收？

（一九四九年十月）

冯先生为余乡前辈，早年毕业于清华国学研究院，颇受梁启超、王国维诸名家器重，著述宏富。时任兰州大学中文系主任，约余任教，因兵戈阻绝，未能成行。

解放次日自南温泉至重庆市

休向胡僧问劫灰，江山再造我重来。

一轮旭日烧空赤，万里沉阴彻地开。

腰鼓声声催腊尽，秧歌队队报春回。

蹉跎忍负莳花手，艳李秾桃着意栽。

（一九四九年十一月）

南泉书怀示主佑 五首

（一）

凤泊鸾飘未肯驯，花溪邂逅亦前因。

一窗灯火能消夜，万卷诗书岂误身！

浩气由来塞天地，高标那许混风尘？

林泉小住原非隐，尺蠖逢时亦自伸。

（二）

几年残贼肆淫威，莽荡神州待解围。

行见生民离浩劫，还从建设挽危机。

豪情欲蹴刘琨舞，枵腹休言曼倩饥。

大任天将降吾辈，不须相对泣牛衣。

(三)

黟川墨与端溪砚，壮志华年两见磨。
岂有长绳系日月？空将大笔泻江河。
千村健妇朝于耜，百队强兵夜枕戈。
辟地开天宁袖手，试濡血汗谱铙歌。

(四)

蛟烂龙僵百怪颠，蓬莱浅尽见桑田。
乾坤不负英雄手，群众能操造化权。
历史已开新世纪，天津将转旧星躔。
太平有象君须记，处处楼台奏管弦。

(五)

休向渔人更问津，已无汉魏已无秦。
无边春色来千里，大好云山付万民。
便铸精钢作机器，即栽香稻辟荆榛。
烽烟定逐残冬尽，一入新年事事新。

瓶中梅竹，主佑嘱赋

一瓶绿水养幽姿，竹瘦梅寒各自奇。
肯与高人共遥夜，孤灯写影上窗帷。

（一九四九年十二月）

读主佑《慰母篇》

读君慰母篇，令我心悲酸。

吁嗟天下母，鞠育同艰难。

生女原无罪，世俗重生男。

重男却生女，母女受人嫌。

男女果何异？但看愚与贤。

君贤知自励。十载勤磨研。

大庠求深造，徒步入蜀川。

养志常在念，慰母愿何坚！

我母如君母，慈爱出天然。

贫家养骄子，万苦一身担。

我亦思慰母，鼓翼效鹏抟。

蹉跎成底事？徒令母心悬。

神州今解放，万事开新端。

所学如有用，跃马竞扬鞭。

阿母均健在，驰书劝加餐。

待筑三间屋，菽水共承欢。

（一九四九年十二月）

附 主佑原作

　　山以愚公移，海以精卫填；
　　独有母女情，不绝如连环。
　　方儿未生时，吾家丁口单；
　　知母望子切。悲喜心久悬。
　　望子偏得女，难夺造化权。
　　既生望儿长，鞠育废宵眠；
　　既长望儿学，教诲废晨餐。
　　一自就外傅，不得依膝前；
　　倚门复倚闾，老泪何曾干！
　　玄黄龙战野，沧桑几变迁；
　　父兮忽见背，忧患一身兼。
　　念我已长大，不纾母艰难；
　　念我已学成，不救母饥寒。
　　茫茫者大地！悠悠者苍天！
　　此恨何时已，思之催心肝。
　　思之重思之，化悲忽成喜。
　　收泪入墨池，濡笔伸素纸。
　　一写我哀肠，驰书慰母氏。
　　窃念女儿身，何异奇男子。
　　况得霍家郎，其人固卓尔。
　　弱龄弄柔翰，诗名噪遐迩。
　　神州庆止戈，百废方待理。
　　先鞭岂让人，鹏程从此始。
　　迎养待来日，朝夕奉甘旨。

甘旨暂时缺，知母不儿嗔。

十载干戈后，母兮惯食贫。

独念最娇女，万里隔音尘。

天寒岁云暮，思儿恐伤神。

数言重慰母，且收泪纵横。

古亦有母女，古亦有离情。

儿心常随母，形远心则亲。

况今交通便，四海即四邻。

有日云天外，轧轧响机声。

送儿落母前，母见必大惊。

一笑寿吾母，母寿千万春。

归计不售，口占一绝

行既未能住亦佳，直须拭眼待花开。

江山何处非吾土，休赋登楼枉费才。

（一九四九年二月）

穆济波教授嘱题《海桑集》

蜀中山水天下清，中有彦者穆先生。转战名场四十载，健笔所至无坚城。昨宵示我海桑集[①]，别有奇文血写成。展卷三复长太息，何物柔情苦缚人！垂老犹思少年日，豪风逸气干星辰。吹箫偶逢秦弄玉，异体共命结同盟[②]。提壶烂醉太华月，刺船坐领西湖春。遨游南北三万里，如风从虎影随形。人心反复谁能料，前夕之炭今晨冰。蹀躞御沟叹流水，东流到海无回声[③]。遽怜扶床小儿女，索母号呼动四邻[④]。向之所欢皆陈迹，凄凉翠被泣馀馨。鸾胶幸补情天缺，重鼓琴瑟慰伶俜[⑤]。无端寇氛掩尧甸，众雏适为二竖婴。救死扶伤原非易，何况道阻不易行。彩云忽散琉璃碎，邓攸无后天不仁[⑥]。芒鞋辗转回乡国，百感茫茫丛一身。孤负高堂含饴望，每欲趋庭先泪零。爰有江生脱虎口，蹑屩襆被来峨岷。父仇岂容共覆载，誓将东下椎狂秦。彼独此孤各抱恨，遇合谁言倾盖新[⑦]。陶家亦有无母儿，亡者有嘱宜拊循[⑧]。喜于路穷车绝处，豁然又见百花明。已拼埙篪协商徵[⑨]，真成蜾蠃负螟蛉[⑩]。类我类我诚佳士，何异天上石麒麟。吾闻人体塞天地，不独子子而亲亲。久矣时衰大义晦，今乃见之能无惊！推心置腹非难事，金石之开以精诚。奈何世人不解此，骨肉之间森刀兵。杀劫相寻无穷已，干戈直欲尽生灵。安得穆翁千万亿，宏开四海为家庭。男女长幼皆相爱，天伦之乐乐无伦。未免多情吾亦尔，几年奔走困风尘。有家欲归归未得，有亲欲养养未能。

登楼望损伤高目，渝州春老雨冥冥。

（一九四九年四月）

【注】

①《海桑集》，专收穆先生与秦氏结婚及婚变以后有关诗文。

②穆先生早年与秦德君女士相爱结婚。

③汉乐府《白头吟》"蹀躞御沟上，沟水东西流"，上句写婚变后徘徊彷徨情景，下句喻爱情破裂，各自东西。穆先生系创造社初期重要成员，其妻秦德君因而与当时著名作家多有交往，后随茅盾东渡日本，与穆先生离异。

④秦氏所生一儿一女都留给穆先生。

⑤穆先生悲愤交加，因而生病住院。后与照料他的护士结婚。

⑥抗日战争开始，穆先生携眷回川，秦氏所生一子一女病死途中。续弦护士不育，遂有伯道无儿之嗟。

⑦江生乃抗战孤儿，穆翁抚为己子。

⑧穆翁又收养陶氏孤儿为己子。

⑨埙（xūn）篪（chí）：两种古代乐器。《诗·大雅·板》："如埙如篪"毛传："言相和也。"通常喻兄弟和谐相处。商、徵（zhǐ），我国古代五声中的两声，声音和谐。

⑩《诗·小雅·小宛》："螟蛉有子，蜾蠃负之。"蜾蠃常捕螟蛉喂它的幼虫，古人误认为蜾蠃养螟蛉为子，因称养子为螟蛉或螟蛉子。

离渝前夕呈匪石师，次送别原韵

治学遵师法，为文拟化工。

明朝归塞北，何日返江东？

火炽薪犹在，时移道岂穷！

趋庭须学礼，莫虑太匆匆①。

（一九五〇年五月）

【注】

①当时应兰州大学中文系主任冯国瑞教授之约，与主佑离渝赴兰谋事。匪石师赠诗，嘱路过天水时回老家拜见父母，多留些天，莫匆匆离去，故尾联以"莫虑"为解。至天水后，因长子有光将出世，未赴兰，在天水师范任教半年，次年年初即赴西北大学任教。

附 匪石师《送霍松林赴皋兰》

吾党二三子①，文章汝最工。随缘萍聚散。

惜别水西东。音许千江嗣②，途非阮籍穷。门闾

延伫久，经过莫匆匆③！

【注】

①松林注：吾党二三子，我们的学生们。《论语·公冶长》："子在陈，曰：'归与！归与！吾党之小子狂简，斐然成章，不知所以裁之'。"《论语·述而》："子曰：'二三子以我为隐乎？吾无隐乎尔。吾无行而不与二三子者，是丘也。'"

②松林注：邓千江，金代临洮（今属甘肃）人，生卒年不详。元人陶宗仪《南村辍耕录》云："金人大曲，如吴彦高《春草碧》、蔡伯坚《石州慢》、邓千江《望海潮》，可与苏子瞻《百字令》、

辛幼安《摸鱼儿》相颉颃。"明人杨慎《词品》云："金人乐府，称邓千江《望海潮》为第一。"因邓是甘肃人，与余同乡，故匪石师连类而及，勉励我在词的创作方面上追邓千江。

③匪石师自注："松林籍天水，父母均老健。"

济波先生以诗饯行，次韵酬谢，兼示主佑。济波先生，主佑之师也

万斛舟扬百丈帆，他年国史待书衔。
横磨大剑驱狂虏，力毙长鲸染战衫。
好建殊勋光日月，肯将奇质混尘凡？
相期无负知音者，去去休辞玉手掺！

（一九五〇年五月）

附 济波先生原作《送松林主佑赴兰州》

一江春水送归帆，两岸青山列辔衔。
湘芷澧兰饶秀色，秦关汉阙点征衫。
长安日近庸非远，短后衣裁迥不凡。
好去西征传露布，何须女手惜掺掺。

别南温泉

欲去频添惜别情，林泉无分寄劳生。

大鹏尚有扶摇路，野鸟休呼缓缓行。

（一九五〇年五月）

庚寅年癸未月庚辰日寅时得子

己丑孟冬，余与主佑结婚于重庆迤南之小温泉，时同任教于南林学院中文系，住小泉行馆。婚后即孕，预名小泉，志地也。已而学院停办，生徒星散。门兰当除，盘蓿既竭。奔走衣食，遂无宁日。今夏附舟出峡，由汉口北上至郑州，转陇海路西归。露宿风餐，间关万里，极人世之苦。今者鹏翼犹垂，鹨枝安在，而小泉呱呱堕地矣！深宵不寐，记之以诗。

即是明珠亦暗投，年来苦为稻粱忧。

龙争虎斗真三国，凤泊鸾飘欲九州。

初惧啼声惊里巷，旋疑骨相类王侯。

黎民愿作升平犬，敢望生儿似仲谋？

（一九五〇年八月）

汪剑平先生以《书怀》诗见赠，次韵奉酬　二首

（一）

留身劫罅俟河清，无意时名却有名。
许自书怀知阮籍，未须品藻待钟嵘。
何人能解纵横略，是处犹推月旦评。
往日铜驼今在否？可堪衰泪洒荒荆！

（二）

相从几日古城阴，一往深情似海深。
敢说文章通性命，肯怜尘垢满衣襟。
颓风浩浩谁能挽，坠绪茫茫讵可寻！
大瓠呺然宁自举，休讥惠子有蓬心。

（一九五〇年八月）

附 剑平先生原作《书怀赠松林》　二首

（一）

湘帘冰簟夜凄清，散乱心情不可名。
旧梦如烟难捉搦，新诗入手见峥嵘。
横身桑海求宁处，末世文章少定评。
失喜佳人逢岁晏，跫然乌履莅柴荆。

（二）

古槐新柳不成阴，失悔年时计未深。

病肺何由能止酒，逢人多事枉推襟。

沉沉天醉真难问。渺渺遐踪已莫寻。

试讯空山归棹日，有无风雨稻粱心①？

【注】

①剑平先生久以诗文书法名世，余在天水上中学时，狂傲未尝趋谒。顷以诗稿为赘，谈论甚欢，知余夫妇生计维艰，即嘱专区教育局长李般木安排工作，俱在天水师范学校任教。古道热肠，殊堪感佩。

城南行饭同主佑

城南行饭好，携手与君同。

万柳连天碧，馀霞入水红。

偶闲心岂懒？多病气犹雄。

试上山头立，披襟待晚风。

（一九五〇年十月）

初登大雁塔

童年读唐诗，神驰慈恩寺。
高标跨苍穹，题咏留佳制①。
今始到长安，此塔仍耸峙。
奋足凌绝顶，三秦入俯视。
终南青无极，洪河远奔逝。
纵横十二街，矮屋若鳞次。
汉殿委荒烟，唐宫何处是？
缅怀古西都，繁华留文字！
堪叹天宝末，君荒臣骄恣。
高岑与老杜，登临陨涕泗。
达夫思报国，末宦嗟壅滞。
嘉州悟净理，挂冠欲逃世。
伟哉杜少陵，忧时情如炽。
痛惜瑶池饮，呼唤贞观治。
大笔气淋漓，才思何雄鸷！
独力难回天，皇州践胡骊。
我来正芳春，江山初易帜。
铁道驰飚轮，绿野见良耜。
建设待英才，大庠招多士。
作育献绵力，凭高抒素志②。

（一九五一年三月）

【注】

①唐代著名诗人多有登大雁塔诗，以杜甫、高适、岑参所作最有名。

②当时应侯外庐校长之聘，在西北大学师范学院中文系任教。

过张茅

　　铁轮如掣电，驰过张茅站。站上高楼红旗飘，站外平畴绿涛泛。忽忆少年游学赴南京，车如老牛行复停。到此一停一日夜，四野寥落无居民。饥不得食，渴不得饮。车内拥挤难容足，车外蚊虹奋毒吻。时当溽暑热难熬，昏昏欲睡何处寝？况闻前有危桥常覆车，多少乘客肝脑涂涧阿！民贼只顾吸民膏，建国方略付逝波。一自神州解放民昭苏，淋漓彩笔绘蓝图。荒山弹指翻麦浪，废墟转瞬变钢都。高山低头水让路，鸟道羊肠化坦途。思潮正汹涌，震耳汽笛鸣。推窗一望工厂如棋布，列车已到洛阳城。

（一九五六年六月）

过曲阜

儿时读论语，迷信孔圣人。
思欲沾化雨，梦到洙泗滨。
今来洙泗境，无复昔日梦。
神州尽舜尧，圣人即群众。

（一九五六年六月）

大港晚眺

万片银帆队队排，晚霞倒影泛琼瑰。
船船捕得鱼儿满，高唱渔歌入港来。

（一九五六年六月）

自上海回西安车中作

入夏连月无好雨，昔年定是千里赤。祷神祈
雨神不灵，农家愁租愁赋愁衣食。今乘火车驰过
南北数十县，却见硕果累累瓜满蔓。玉米绿阴森，
棉田碧潋滟。高粱泛红霞，中稻摇金练。炎炎烈
日失淫威，川原如绣闪光艳。今昔迥异岂无因，
神州今日属人民。民力无穷党领导，再造乾坤气
象新。试看赤旗飘处山河变，凿井累亿渠累万。
引河上高原，蓄水溢深堰。抗旱大军不知疲，日
夜争与天作战。岂仅夺棉粮，也要好风光。水边
处处漾垂杨，鹅鸭游戏水中央。凉风有意添诗兴，
阵阵吹送芰荷香。

（一九五六年七月）

黄海即兴

万里蓝天四面垂，琼田无际浪花开。
少陵诗内无斯境，未掣鲸鱼入海来。

（一九五六年六月）

回乡偶书 三首

（一）

声声跃进火浇油，上任新官办法稠。
鸟道也须车子化，窗框门板一时休。

（二）

钢帅威风孰可当，高炉日夜吐霞光。
刀勺锅铲都熔铸，敞开肚子上食堂。

（三）

报产八千未表扬，公粮交够剩空仓。
引洮欲上高山顶，干劲冲天饿断肠。

（一九六〇年一月）

四月下旬连得喜雨

办粮声里雨潺潺，春满山河笑语喧。

人听指挥齐尽力，天遵号令亦支援。

青连塞北麦云涌，绿遍江南稻浪翻。

已卜丰收仍奋战，方针调整纪新元[①]。

（一九六二年五月）

【注】

①当时贯彻"八字方针"，稍宽松。

赴骊山道中　三首

（一）

轻车飞过曲江隈，绿树红楼扑面来。

未到骊山心已醉，郊原处处画图开。

（二）

多谢东风管物华，灞桥柳色绿无涯。

长条拂地谁攀折，祖国而今是一家。

（三）

恍疑碧海泛霞光，弥望榴林出道旁。
硕果满枝红欲透，依依垂首恋朝阳。

（一九六二年七月）

骊山杂咏 七首

（一）

入门便觉百花香，姹紫嫣红绕画廊。
见说廊西休息好，飞霜殿敞水风凉①。

（二）

凫雁鱼龙逐玉荷，几人曾此沐"恩波"？
今来池畔游人众，浴罢莲汤笑语多②。

（三）

偶来亭上倚游筇，猛忆张杨不世功。
联肩并马驱狂寇，中华正气贯长虹③。

（四）

登山不畏路崎岖，才到高峰景便殊。
一览秦川如锦绣，何须神往范宽图④！

（五）

笑脸曾闻摧戏垒⑤，舞腰谁信破潼关⑥。
不知祸水流何处，烽火台前望庆山⑦。

（六）

骊山处处任君游，水木清华殿阁幽。
非复皇家行乐地，缭墙塌尽不须修⑧。

（七）

斗鸡故址牛羊众⑨，校猎遗场禾黍稠⑩。
渭水亦知人世换，只流欢笑不流愁⑪。

（一九六二年七月）

【注】

①唐华清宫飞霜殿在正门东，明皇寝殿也，今重建，颇壮丽。南对九龙池，水风习习，凉爽宜人。

②宋敏求《长安志》卷十五："御汤九龙殿亦名莲花汤。"注引《明皇杂录》云："玄宗幸华清宫，新广汤池，制作宏丽。安禄山于范阳以白玉石为鱼龙凫雁，仍以石梁及石莲花以献，雕镌巧妙，殆非人工。上大悦，命陈于汤中。"郑嵎《津阳门诗》：

"刻成玉莲喷香液，漱回烟浪深逶迤。犀屏象荐杂罗列，锦凫绣雁相追随。"今于其故址开九龙池，略具昔时规模。

③西安事变后，于骊山半腰蒋介石被捉处建亭，榜曰"正气"；解放后改题"捉蒋"。上山游人，多于此小憩。

④北宋大画家范宽（陕西华原人）有《秦川图》，麻九畴题诗云："山水人传范家笔，画史推尊为第一。竭来因看《秦川图》，天下丹青能事毕。"惜此图已失传。

⑤戏垒又名幽王垒，在骊山下戏水上。《史记》谓褒氏不好笑，幽王举烽燧，诸侯以为有寇，褒氏乃大笑。其后犬戎攻幽王，幽王举烽火征兵而兵莫至，遂被杀。潘岳《西征赋》："履犬戎之侵地，疾幽王之诡惑。举伪烽以沮众。淫褒婺而纵慝。军败戏水之上，身死骊山之北。"

⑥仆散汝弼《风流子·题温泉》："羯鼓数声，打开蜀道；霓裳一曲，舞破潼关。"

⑦庆山，在临潼县东南三十五里。《谭宾录》云：新丰县因风雷有山涌出，高二百尺。荆州人俞文俊诣阙上书曰："臣闻天气不和而寒暑并，人气不和而疣赘生，地气不和而堆阜出。今陛下以女主处阳位，反易刚柔，故地气隔塞而山变为灾。陛下谓之庆山，臣以为非庆也。"疏奏，天后（武则天）大怒，放之于岭外。

⑧杜牧《华清宫三十韵》云："绣岭明珠殿，层峦下缭墙"，缭墙，围墙也。

⑨唐明皇好斗鸡，于华清宫东北隅观风台之南建斗鸡殿。遗址今为公社饲养室。

⑩郑嵎《津阳门诗》："五王扈驾夹城路，传声校猎渭水湄。羽林六军各出射，笼山络野张置维。……人烦马殆禽兽尽，百里腥腥禾黍稀。"

⑪移剌林《骊山诗》："苍苔径滑明珠殿，落叶林荒羯鼓楼。渭水都来细如线，若为流得许多愁！"

题蔡鹤汀兄弟夫妇画展 四首

（一）

闽海曾闻比二阎，长安今更羡灵鹣①。
各师造化出新意，画稿纵横满绣笺。

（二）

宗风远绍蔡天涯②，点染浓鲜世艳夸。
几树夭桃红欲滴，翩翩凤子饮流霞。

（三）

一门风雅古来难，竞艳百花蔚壮观③。
墨舞笔飞春意动，巨屏开处万人欢。

（四）

翠楼碧野大旗红，祖国山河日改容。
竞写春光无限好，冲霄干劲学工农④。

（一九六四年一月）

【注】
①蔡氏兄弟早年创荻芦庵画社于福州，后各偕其妻来西安。
二阎，即初唐大画家阎立德、阎立本兄弟。
②蔡远字天涯，清初闽中画家。

③鹤汀、丽庄合作《竞艳》巨幅，鹤洲、金秀合作《百花》巨幅。

④鹤汀夫妇有小印一方，镌"学工农"三字。

题孙雨延先生《壶春乐府》 四首

（一）

风雨如磐昼晦冥。攫人豺虎出郊坰。

当年我亦巴山客，一卷樵歌不忍听①。

（二）

豪门九酝溢金罍，万户贫民化劫灰。

莫怪鸣声忒凄咽，江山如此鹤归来②！

（三）

五花爨弄又翻新，谁说天朝迹已陈？

写就中华流血史，红旗一夜遍江滨③。

（四）

朝阳温煦惠风和，春意无边雨露多。

老树犹然花烂漫，新松不长欲如何④？

（一九六四年二月）

【注】

①散曲《巴山樵唱》集，乃抗日战争期间流亡重庆时所作。

②散曲《辽鹤哀音》集，乃抗战胜利回上海后所作。

③戏曲《太平三曩》集，写太平天国历史。

④散曲《老树新花》集，乃解放后所作。

雨廷先生出谜语"帽子"，余打"戴高乐"，因题一绝

怵目黄绢幼妇辞，个中深意又谁知？

高低大小关忧乐，误尽平生是帽儿！

（一九六四年五月）

胜利七场政委王无逸老友寄示新疆生产建设兵团左齐政委《读胜利七场生产捷报》七律，因次原韵祝贺

十万旌旗出玉关，乾坤再造气无前。

金牛铁马惊荒野，麦海棉山庆有年。

绿树成林扶巨厦，清渠作网溉良田。

南泥传统花争发，胜利赢来岂偶然？

（一九六四年七月）

延安革命纪念馆内有战马遗体，
意态如生，感而有作

不负平生愿，驰驱百战场。

皮毛宁异众？肝胆不寻常。

未敢惜筋力，常思斗虎狼。

临风犹侧耳，待命欲腾骧。

（一九六四年七月）

附 裴慎和诗

陶醉青骢咏，神驰展览场。

千山无所阻，百战是其常。

载日亲麟凤，追风敌虎狼。

好诗与骏马，一样似龙骧。

同彭铎、持生谒杜祠，次彭兄韵

少陵文采炳於菟，同访城南旦至晡。

此日声名传四海，当年奔走露双趺。

乐郊时送民歌好，艺苑谁言哲匠徂？

深入工农诗境阔，骊珠莫叹失东隅。

（一九六四年七月）

附 彭铎兄原作

坡陀一径领於菟①，来憩空阶日未晡。

尘暗诗龛馀蠹简，藓侵碑字隐龟趺。

天旋几见星辰近，树老从知岁月徂。

试觅牛头瞻象设，颓檐依旧傍庭隅。

【注】

①松林幼子有亮行恒在前。

别邓宝珊先生

暑假，邓先生哲嗣成城来访，见余哮喘病发，困顿不堪，返兰后因言及。邓先生即电邀余至邓家花园疗养，食宿医药，备极关照。不久，病稍愈，每日谈诗论学，兼及时事。离兰前夕，先生偶谓杜甫七律中有四联皆讲对仗者，如《登高》；五律四联皆对者似少见。余因作此诗留别，先生喜曰："此四联皆对，而尾联用流水对，故不板耳。"

河声清北户，山色绿南楹。

园果秋初熟，庭花晚更馨。

谈诗倾白堕，说剑望青冥。

屡月亲人杰，终生想地灵。

（一九六五年七月）

"文革"中潜登大雁塔 二首

（一）

打砸狂飙势日增，凌霄雁塔尚崚嶒。

幽囚未觉精神减，放眼须攀最上层。

（二）

盘空磴道出尘嚣，四望三秦万卉凋。

奋臂倘能回斗柄，洪河清渭起春潮。

放逐偶吟 四首

六六年五月，余因十年前在《新建设》发表论述形象思维文章而被揪出批判。八月被抄家。此后层层加码，关牛棚、监督劳改、上斗争会、拼刺刀、坐喷气式……险象环生，惊心动魄，何暇吟诗！自六九年冬至七〇年夏，被放逐于永寿上营，妻子相随。虽历尽艰危，然比之前数年，则略可喘息。偶吟诗以记所遭，录存四首。

（一）

一息犹存虎口馀，破窑权寄野人居。

翻天覆地吾兹惧，淑世匡时愿岂虚？

休恨无门可罗雀，也知有釜亦生鱼。

携家放逐宁关命，佳气曾传夜满闾！

（二）

奴仆旌旄又一时，不须出处费然疑。

已无枳棘栖鸾凤，尚有生灵餍虎罴。

南郭子綦将丧我，东方曼倩欲忘饥。

凭窗尽日嗒焉坐，却为看云每拄颐。

（三）

庑下相依事事非，更怜无复董生帏。

顽蝇尽日纷成阵，黠鼠深宵屡合围。

不战何能驱逆类，图存未肯树降旗。

防身莫叹无馀物，残卷犹堪奋一挥。

（四）

劳心劳力费商量，辟谷休言旧有方。

斯世宁容嵇散懒①，何人更许接舆狂？

著书壮岁谗犹烈，学圃耆年技未荒。

窗畔拟开三亩地，倘能种菜老山乡！

（一九七〇年七月）

【注】

　①嵇康官至中散大夫，世称嵇中散，简称嵇散。清钮琇《〈觚剩〉序》云："嵇散挥弦，《广陵》之音欲绝。"

劳改偶吟 二首

　　夏日自上营转至泾阳，先后在王桥、船头农场劳改达三年之久，中间一度牧羊，因病羊为野狼咬伤而遭重罚。吟诗只打腹稿，能记得全篇者，不过数首而已。

（一）

横风吹雨打牛棚，黑地昏天岁几更！
毒蝎螫人书屡废，贪狼呼类梦频惊。
久闻大汉尊侯览，休叹长沙屈贾生。
剩有孤灯须护惜，清光照夜盼鸡鸣。

（二）

泾河曲似九回肠，河畔伶俜牧羝羊。
戴帽难禁风雨恶，挥鞭敢斗虎狼狂？
雪中抖擞松含翠，狱底沉埋剑有光①。
不信人妖竟颠倒，乾坤正气自堂堂。

（一九七〇年十二月）

【注】
　　①《晋书·张华传》：晋初，牛斗之间，常有紫气照射。雷焕告诉张华：宝剑之精，上彻于天。张华命雷焕寻觅，结果于丰城牢狱地下掘出宝剑一双，一名龙泉，一名太阿。

乾陵二首

（一）

砍李摘瓜周代唐，奶头双耸墓深藏。
乾陵那有乾纲在？惟见游人说女皇。

（二）

昭陵高耸九峻阳，遥望乾陵气郁苍。
当日才人临玉宇，不知功过怎评量？

（一九七一年九月）

望昭陵，时在泾阳农场劳改

一统中华四百州，烟尘扫尽放骅骝。
兴邦端赖人为镜，固本深知水覆舟。
首倡六诗鸣盛世，兼综三教展鸿猷。
大唐气象今何在？欲访昭陵泪已流。

（一九七〇年十二月）

狗年（庚戌）除夕

牛棚除夜拨寒灰，五十年华唤不回。

囊内钱空辞狗去，肠中脂尽盼猪来。

恶攻罪大犹添谤，劳改期长未换胎。

明日饿羊何处放？谁施春雨润枯荄！

（一九七一年一月）

寄明儿　二首

有明于1970年秋赴紫阳修襄渝铁路，年不满十六。两年多来，打猪草、开电锯，打风枪、长途搬运，经受住了无数严峻考验，曾六次获连部嘉奖，加入共青团。然仍因家庭问题而受歧视，常惴惴不安，恐犯错误。因寄此诗以勉之，言不尽意。

（一）

雪暴风狂忆上营，窑中灯火倍温馨。

候门喜我还家早①，阅课夸儿用力勤。

虎卧龙跳临晋帖，蟹行觖语学英文。

裁诗问字无休歇，谈笑浑忘夜已深。

（二）

洪炉三线炼纯钢，慷慨驱车赴紫阳。

鬓岁离家怜稚弱，经年苦战喜坚强。

心向北京开电锯，胸怀世界握风枪。

出身难选路能选，换骨脱胎看导航！

（一九七二年十一月）

【注】

①余每日天亮出门劳改，黄昏回窑，明儿已等在门口，高兴地说："今天回来得还早！"

寄光、辉两儿 二首

有光、有辉于 1970 年自宝鸡转至天水老家插队。1971、1972 两年，先后被推荐上大学。有辉上甘肃师大中文系，有光上兰州大学地质系。

（一）

潇湘秦陇各西东①，雪里寒梅几度红。

八里村边望明月②，五峰山外盼归鸿③。

老牛舔犊情如海，乳虎登山气似虹。

四野坚冰双手茧，战天斗地建新功。

（二）

争夸"琥珀放红光④，人换灵魂地换装。"

数载辛劳终结果，两枝丹桂竞飘香。

文心穷究知规律，地质精研发蕴藏。

更炼铁肩挑重担，莫将华胄愧炎黄。

（一九七二年十一月）

【注】

① 1968 年冬，有光、有辉在宝鸡插队，备受歧视。有辉因于 1970 年春转至天水老家；同年夏，有光亦转去。1969 年冬余被放逐永寿上营后，有明、有亮随行，余妻主佑曾回湖南澧县娘家数月。

②陕西师大在八里村附近。1970 年夏，有明、有亮回校上附中，主佑时往照料。

③上营南对五峰山。

④老家琥珀乡，"文革"中改名红光公社。

悼念周恩来总理 二首

（一）

妖雾迷灵曜，哀音泣电波。

兆民垂热泪，四海咽悲歌。

竟毁擎天柱，谁挥返日戈？

短狐犹射影，伟绩岂能磨？

（二）

心血都抛尽，遗言撒骨灰。

人间挥泪雨，天际响惊雷。

大海消冰窟，高山化雪堆。

阳和回禹甸，会见百花开。

（一九七六年一月）

寄秋岩苏州，求画梅①

经霜历雪更精神，无意争春只报春。

羡煞秋翁梅格好，还期写赠陇头人。

（一九七七年二月）

【注】

①此诗寄出一周，即收到梅花立幅，题字数行云："松林同志由西安赐诗索画梅，遵嘱写此幅，并步韵以题云：'雪后梅花倍有神，严冬度过又新春。今年更比往年艳，盛放欢迎大治人。'兴犹未尽，加题：'西北念年犹未识，几枝疏影结神交。赐诗并惠宣城素，涂幅赠君慰寂寥。'"

丁巳元旦试笔

此心常似艳阳红，浮想联翩兴不穷。
赞枣讥桃宁有罪，驱蚊伏虎竟无功①！
覆盆撞碎头虽白，插架焚残腹未空。
形象思维终解放②，吟鞭欣指万花丛。

（一九七七年二月）

【注】

① 20 世纪 60 年代初，我在《光明日报·东风》发表过《枣树的赞歌》、《谈蚊》、《谈虎》等杂文，又由少年儿童出版社出版过一本《打虎的故事》，"四害"为虐之时，都被打成"毒草"。

② 1966 年 4 月，"四人帮"把形象思维论打成"反马克思主义的认识论体系"，多次点我的名，我因而被揪斗，长期遭受迫害，株连全家。毛泽东给陈毅谈诗的信发表，形象思维已得到解放，我也必将得到解放。

春节回天水，与恩培、尚如夜话，兼怀无怠、无逸兰州

回首同窗几少年，劫馀重见各华颠。
围炉话尽苦寒夜，开户迎来初霁天。
未有微功伤往日，犹存壮志写新篇。
冰消花放前程好，衰病仍须共着鞭。

（一九七七年二月）

清明书感 二首

(一)

"文革"无前例，玄黄战未休。
横眉排逆浪，俯首护清流。
磊落人民爱，光明鬼蜮愁。
徒劳织贝锦，处处起歌讴。

(二)

民心不可侮，"四五"谱新章。
终扫妖氛净，空馀镜殿凉。
乾坤初转正，葵藿自倾阳。
四化宏图展，甘棠百世芳。

(一九七七年四月)

题蔡鹤汀《梅谱》

鹤汀吾友，艺坛飞将。
运书入画，笔法独创。
隶朴篆古，草狂行畅。
心师造化，手摄万象。
虎吼狮腾，鸟鸣花放。
山水雄奇，人物豪壮。
写照传神，惟意所向。

每忆昔年，黑云压顶。

雪深三尺，冰封万井。

百花绝迹，众鸟灭影。

狂风怒号，兆民悲哽。

鹤汀挥毫，冲寒破冷。

树长须臾，花开俄顷。

影漾西湖，香飘五岭。

乃有鬼蜮，心怀鬼胎。

诬曰"黑画"，竟毁奇材。

彩笔可夺，壮志难埋。

不见冰山，已化飞埃。

山花烂漫，大地春回。

驱冬迎春，视此寒梅。

春深如海，魂兮归来。

（一九七八年四月）

郭克画枇杷、梅花两幅见寄，各题一绝

狼奔豕突几摧残，垂老欣逢大治年。
露叶风枝无限意，争将硕果献尧天。

挥毫落纸起东风，老树新花烂漫红。
华岳犹存岁寒友，岂能无意写虬龙？

（一九七九年三月）

水天同教授离京回兰州讲学，途经西安，冒雨来访，茗话移时，口占一律送行

秋雨连朝独闭庵，款扉来共陕茶甘。
探奇偶涉清宫秘，话旧欣闻海外谈。
老去还乡传绝学，晚来留眼看晴岚。
相期更有名山业，时盼音书过陇南。

（一九七九年三月）

挽郑伯奇

紫阁之东绣岭西，一峰突起见雄奇①。
匡时远访维新国，振艺高悬创造旗②。
祸国群妖成粪土，催花春雨落珠玑。
馀生待读河清颂，彩笔忽抛泪满衣。

（一九七九年三月）

【注】

①郑伯奇，长安人。终南山紫阁峰在长安西，骊山东西绣岭在长安东。

②郑伯奇于1917年留学日本，1921年参加创造社，为该社主要成员。

滇游杂咏 十二首

（一）

万里云涛吼巨鲸，抟风俄顷到昆明。
温汤一洗十年垢①，新地新天赏嫩晴。

【注】

①3月21日自陕飞滇，参加古代文学理论研讨会，住昆明温泉宾馆，得浴"天下第一汤"。

（二）

相逢樽酒话曾经，杜圣韩豪各瘦生。
换骨脱胎馀一息①，诗家三昧要重评。

【注】

①"脱胎换骨"乃江西诗派诗法，原有推陈出新之意；至末流则"剽窃"、"挦剥"，致使前辈诗人"衣服败敝"，"气息奄奄"。此处双时事。

（三）

潭中岂有黑龙眠①？梅老杉衰不计年。
宋柏依然舒健笔，白衣苍狗写南天。

【注】

①游黑龙潭。潭上古寺中有唐梅、宋柏、元杉及明代山茶，号称"四绝"。宋柏笔立千尺，黛色参天，虽经千年风雨，仍健旺异常。

（四）

烧残红烛夜未阑^①，死水终然卷巨澜。

宁舍头颅要民主，丰碑留与后人看。

【注】

①谒闻一多墓，读碑文。《红烛》《死水》，皆闻先生诗集。

（五）

高楼万栋拂晴岚，底事夷平心始甘？

除却乌云遮望眼，太阳从古照滇南^①。

【注】

①游昆明市，听群众谈"四人帮"毁文化宫辟"红太阳广场"的"革命行动"。

（六）

休觅昆明劫后灰，大观须上好楼台^①。

奔来眼底嗟何物，黄竹歌曾动地哀！

【注】

①髫年读梁章钜《楹联丛话》，见"海内第一长联"，口诵神驰，作诗有云："万顷碧波来眼底，何时得上大观楼。"今登此楼远眺，所见乃与长联所云迥异；因问游人，方知围湖造田始末，不胜怅惘。

（七）

悲剧根源异古今，古今悲剧总伤心。

几番欲唤阿诗玛，却自吞声看石林。

游石林，联想阿诗玛传说结局及《阿诗玛》长诗、电影遭遇，感慨系之。

（八）

龙门奇险接天门①，况有狰狞虎豹蹲！

今日天门亦开放，试裁云锦访天孙。

【注】

①游西山，登龙门。贾勇直上，遂至通天阁。

（九）

伏枥频年老不鸣，过都越国忆秦坑①。

而今所向皆空阔，金马何妨万里行。

【注】

①登通天阁纵目，雾敛云消，阳光普照，碧鸡引颈，金马奋鬣。诵孙髯翁"东骧神骏"，"喜茫茫空阔无边"之句，为之神旺。

（十）

美人一睡几千春①，辜负滇池照影明。

梳洗何当临晓镜，中华儿女正长征。

【注】

①睡美人山倒映滇池之中，春风吹拂，倩影摇漾，栩栩欲活。

（十一）

南疆万里画图开①，驱虎方消养虎灾。

白鹤碧鸡都起舞，健儿高唱凯歌回。

【注】

①惩越奏凯，水歌山舞，南疆父老，箪食壶浆，以迎健儿归来。碧鸡、白鹤，皆山名，一在滇池之西，一在滇池之南，即孙髯翁所谓"西翥灵仪"，"南翔缟素"者也。

（十二）

新苗老树竞开花①，万紫千红胜彩霞。

雪虐霜欺成昨梦，春城春色美无涯。

（一九七九年三月）

【注】

①昆明四季如春，素有"春城"之目；然偶遇霜雪，则春色骤减。古代文学理论讨论会召开及学会成立之时，严冬过尽，春意盎然，老树飘香，新苗吐艳，真个繁花似锦！

石林行

四月二日，中国古代文学理论讨论会结束，云南大学派专车送代表游大小石林，流连两日。钱仲联、程千帆、周振甫、王达津、顾学颉、马茂元诸先生皆有诗。余试作长歌以抒怀抱。其中问答辩难之辞，皆出想象，非纪实也。

盛会昆明兴未穷，神往石林少长同。东道主人亦好事，专车远送情何隆！相随步入石林丛，百态千姿玉玲珑。古藤垂枝发冷艳，时有幽鸟鸣苍松。左穿右绕忽迷路，细听涧水流淙淙。寻声攀援得曲径，拾级直欲扪苍穹。望峰亭上倚阑望①，赞叹之声震耳聋。"人间安得此奇境？"驰骋想象劳诗翁：或云"李白斗酒难浇块垒平，一吐变作千奇峰"；或云"范宽胸中多丘壑，挥毫落纸忽然飞向南陬养潜龙"。"李、范之前久已有石林，此说虽美吾不从。想是当年鲧治水，鸠集天下石族来堵壅。壅川之祸有似防民口，羽山一殛化黄熊。大禹聪明知水性，疏江导河弭巨洪。此辈流散徒作梗，挥鞭驱赶聚滇中。不见石林深处犹有石监狱②，狱中永囚石族之元凶。"辩口未合遭反问："大禹岂有此神通？颂扬周孔且获罪，况乃'禹是一条虫'！我闻两亿八千万年以前海水涌，海底凸起露龙宫，瑶阙玉殿遽崩坼，琼花琪树失葱茏，有生之物亦化石，遂留石林万顷青濛濛。"同游闻此俱解颐，东指西点认遗踪：孰为云师孰风伯；孰为雷公孰雨工；鬼母兴妖献狐媚，夜叉丑态难形容；一峰之顶如花萎，应是当年御苑之芙蓉；彩凤高翔忽堕地，虽展双翅难腾空；长剑插天忽断折③，虾兵蟹将怎称雄？曼衍鱼龙演百戏，涛喧浪吼何汹汹！海桑巨变谁能料，人间正道愁天公。回想往日关牛棚，钳舌垂首腰似弓；岂意终能笑开口，八方冠盖此相逢。揽胜小试谈天技；论文初奏雕龙功。莫叹明朝便分手，前程万里朝阳红。

（一九七九年四月）

【注】

①大石林一高峰之顶建"望峰亭"，登亭四望，石林全景，尽收眼底。

②小石林中有"石监狱"。

③石林中有"莲花峰"、"凤凰展翅峰"、"剑峰"诸名胜，皆以形似得名。

昆明遇南雍同学

共听巴山夜雨声，同窗三载又南京。
重逢莫话沧桑事，且看昆明花满城。

（一九七九年四月）

成都谒武侯祠

劫后重寻蜀相祠，纶巾羽扇更生姿①。

治戎治国存公论，为法为儒岂自知！

后汉倾颓徒叹息②，益州疲敝赖扶持。

森森古柏添新绿，春雨春风又一时。

（一九七九年四月）

【注】

①"四人帮"封诸葛亮为法家人物，故武侯祠非惟未遭破坏，反而修缮粉刷，焕然一新。

②诸葛亮《出师表》云："亲贤臣，远小人，此先汉所以兴隆也；亲小人，远贤臣，此后汉所以倾颓也。先帝在时，每与臣论此事，未尝不叹息痛恨于桓灵也。"

游草堂口占

"锦江春色来天地，玉垒浮云变古今。"

重访草堂凭水槛，少陵佳句一长吟！

（一九七九年四月）

赠日本京都学术代表团 三首

（一）

文化交流继盛唐，一衣带水一舸航。
慈恩塔畔同酬唱，友好新歌播五洋。

（二）

树有深根水有源，京都风貌似长安。
莫愁日近长安远，回首长安在日边。

（三）

"邃密群科济世穷"，当年总理掉头东。
而今四化催征马，要跨蓬莱第一峰。

（一九七九年四月）

怀江南友人

江花如火水如蓝，画意诗情老更酣。
日暮碧云生远树，却从渭北望江南。

（一九七九年五月）

参加中国文学艺术工作者第四次代表大会感赋

文艺精兵意气豪，"争鸣""齐放"振风骚。

春浓赤县香花艳，日丽红旗斗志高。

已挽狂澜驱虎豹，争歌四化掣鲸鳌。

人寰正要新诗史，万国衣冠看彩毫。

（一九七九年十二月）

自蜗居搬入教授楼最高层。地接
杏园，雁塔、终南皆在眼底，喜赋

豪气徒招十载因，暮年着我最高楼。

目迎红日檐前过，手拨乌云槛外收。

雁塔题诗怀俊彦，南山献寿傲王侯。

童心不老春常在，休叹蹉跎志未酬。

（一九八〇年六月）

全国红学会在哈尔滨友谊宫召开，口占一绝

名言伟论古无俦，友谊宫高集胜流。

快事平生夸第一，松花江畔话红楼。

（一九八〇年七月）

同舒芜、周绍良乘群众游艇夜泛松花江

万顷烟波好放船，松花江水远连天。
变穷苍狗浮云敛，散尽红霞落照圆。
士女歌呼消假日，媪翁指点话当年。
且看皓月清光满，莫倚危栏叹逝川。

（一九八〇年七月）

东湖即兴

几年空说东湖好，今日扁舟得自由①。
仙侣已随黄鹤去，诗人肯为白云留？
沁脾山色明如洗，泼眼波光翠欲流。
楚国殊姿亦堪恋，不寻西子到杭州。

（一九八〇年九月）

【注】
①住地原为禁区。

赤壁留题

髫年早读坡仙赋，垂老欣为赤壁游。
东去大江风浪静，只流欢笑不流愁。

（一九八〇年九月）

十八院校合编古文论教材审稿会 在重庆召开，公推余任主编，因赋小 诗赠与会诸同志

绿树繁花映，红岩一帜飘。

良朋来四海，盛会喜今朝。

文论追曹丕[①]，诗评逮慰高[②]。

众流融汇处，浩荡看江潮。

（一九八一年五月）

【注】

①《中国古代文论名篇详注》选曹丕《典论·论文》。

②《中国近代文论名篇详注》选柳亚子《胡寄尘诗序》，亚子原名慰高。

与主佑及中大校友陈君同游沙坪 坝，遂至松林坡 三首

（一）

茅棚板屋杂烟尘，犹记摩肩赶考晨。

四望凌云开广厦，弦歌羡汝后来人。

(二)

松林坡上浴松风，石磴摊书夕照红。
三十六年弹指过，老松凋剩见新松。

(三)

归车绕道绿阴浓，一瞥依稀旧市容。
曾卖苏诗交学费，沙坪书店认遗踪。

（一九八一年五月）

于济南参加全国第二次《红楼梦》
学术讨论会，会间游泰山，欣赋两绝

红楼缥缈与天齐，珠箔银屏入梦迷。
历历谁知梦中事，来寻东鲁孔梅溪。

评红登岱力虽孱，重累惊心未肯还①。
历尽艰危凌绝顶，果然一览小群山。

（一九八一年八月）

【注】
　①东汉马第伯《封禅仪记》写登泰山情状有云："后人见前人履底，前人见后人顶，如画重累人矣。"唐时升《游泰山记》中的"为十八盘，若阶而升天，……前行者当后人之顶上，后行者在前人之踵下。惴惴不暇四顾"；袁中道《登泰岱》中的"前人踏皂帽，后侣戴青鞋"；都是对"重累"的具体描绘。

访全椒吴敬梓故居 二首

（一）

图貌传神更写心，一编开处见儒林。
分明点破文人厄，谁识先生托意深！

（二）

画意诗情两浩茫，低徊文木旧山房。
才高莫写移家赋，四化花开处处香。

（一九八一年九月）

题醉翁亭

六一风神想象中，满亭泉韵满林枫。
我来陶醉非关酒，滁水滁山秋意浓。

（一九八一年九月）

题宝宋斋，中有苏东坡书《醉翁亭记》刻石

滁州从古擅风骚，欧记苏书两凤毛。
口诵手摩忘宠辱，满山红叶晚萧萧。

（一九八一年九月）

黄山三题

自黄山大门至桃源宾馆

出云入雾低复高，东转西旋过险桥。
车似老牛鸣又喘，桃源盼到已深宵。

桃源亭纵目

竹翠枫红槲叶黄，奇松异柏郁苍苍。
峰峰都似仙娥美，况复秋来锦绣妆！
忽然雾縠掩林涛，云海茫茫雪浪高。
多少仙娥海中浴，黛眉微露更含娇。

游前山至慈光阁，游后山至入胜亭

入胜亭前几淹留，慈光阁上纵双眸。
何当直上光明顶，七十二峰一望收。

访母校南京中央大学旧址

早岁弦歌地，情亲土亦馨。
徘徊晒布厂，眷恋曝书亭①。
北极阁仍在，南雍门未扃②。
六朝松更茂③，新叶又青青。

（一九八一年九月）

【注】
①业师汪辟疆先生住晒布厂五号，余与同学常至书房求教。师偶发问："晒布厂可有的对否？"余曰："可对以曝书亭。"师甚喜。此后，余等遂借曝书亭称汪师书斋。
②中央大学向称南雍，犹北京大学之称北雍也，在北极阁下。
③六朝松，在原中央大学校园内，今尚健旺。

首届《水浒》学术讨论会在武昌召开，应邀参加，喜赋五绝

侵凌割剥恨难消，除暴终然涌怒潮。
谁继史迁挥彩笔，千年埋没几英豪！

赖有人民说宋江，勾栏瓦舍细评量。
攻城略县均贫富，月黑风高上太行。

踵事增华画卷开，义旗飘处起风雷。
一编水浒传千古，忍屈施罗旷代才！

李评金批别愚贤，简本繁文辨后先。
远韵深情须品味，梁山曾否反皇权？

楚天明丽雁南翔，四海名流聚此堂。
共赏奇文解疑义，出门一笑看长江。

（一九八一年十一月）

东湖长天楼屈原研究座谈会口占

橘林掩映切云冠，秋菊芳馨又可餐。
二次沉渊终出水①，楚骚光焰照长天。

（一九八一年十一月）

【注】

①长天楼侧为屈原纪念馆。馆前屈原造像，"文革"中被造反派打倒，抛入东湖，故武汉一带，有"屈原二次投水"之说。

首届唐诗讨论会在西安召开，海内学人，纷纷应邀，喜赋拙诗相迓

终南突兀接天阍，唐代文明举世尊。
学海珠玑光简册，诗坛星月耀乾坤。
新春好景繁花簇，四化前程万马奔。
盛会长安振骚雅，云开仙掌捧朝暾。

（一九八二年三月）

张慕槎远寄新作《雁荡吟》，读后书怀

霞翁妙笔记游踪①，壮岁神驰百二峰。
此日听君吟雁荡，何时拄杖访浙东？
龙湫雪瀑清尘梦，仙岫云涛洗俗容。
更欲振衣天柱顶，同看碧海万芙蓉。

（一九八二年三月）

【注】
①指《徐霞客游记》关于雁荡山的描述。

唐诗讨论会杂咏，录呈与会诸公，兼以送别八首

（一）

李杜遗踪信可寻，胜流云集曲江浔。
论文今始窥三昧，管晏经纶稷契心①。

（二）

登临高唱入云霄，岑杜而还久寂寥。
塔顶新吟晴翠句②，连山天际涌波涛。

（三）

绣岭东西花欲燃，绿杨晴袅万丝烟。
温泉尽付游人浴，遗事休提天宝年。

（四）

嬴政雄图并八荒，畏儒如虎亦孱王。
神州此日夸多士，奋智输能日月光。

（五）

坑儒千古祸无穷，坑俑翻垂不朽功。
想见挥师壹华夏，弯弓列阵起雄风。

（六）

荒祠寂历鸟声哀，遗像凭谁洗劫灰？
万里桥西花似海③，诗魂宁返杜陵来！

（七）

嗣响唐音我未能，多君大笔赐嘉名④。
渭城欢聚才旬日，忍唱阳关第四声！

（八）

中华诗教赖吾侪，万里黄河竞上游。

惜别休折灞桥柳，明年高会在兰州。

（一九八二年三月）

【注】

①李白《代寿山答孟少府移文书》："申管晏之谈，谋帝王之术，奋其智能，愿为辅弼，使寰区大定，海县清一。"杜甫《自京赴奉先县咏怀五百字》："许身一何愚，窃比稷与契。"

②程千帆先生《唐诗讨论会杂题》有"拾级便应登雁塔，终南晴翠扑眉来"之句。

③成都杜甫草堂在万里桥之西，杜甫《狂夫》诗云。"万里桥西一草堂，百花潭水即沧浪。"

④唐诗讨论会期间，程千帆先生为余书"唐音阁"斋榜。

成都杜甫研究学会第二届年会在浣花草堂召开，因事不克赴约，写寄三绝以代发言

几番春雨涨花溪，溪上繁花泛彩霓。

闻说草堂花径扫，神驰万里到桥西。

茅飞屋漏布衾单，大庇曾忧天下寒。

广厦宏开迟日丽，扬风搉雅万人欢。

森罗万象一时新，胸有阳春笔有神。
翡翠兰苕虽可爱，还需碧海掣鲸人。

（一九八二年三月）

赠丘良任先生

同门遇丘子，劫后兴犹豪。
照影芹溪净①，论心雁塔高②。
芳辰足时雨，艺海涌春涛。
老手仍堪用，相期掣巨鳌。

（一九八二年三月）

【注】
　①八一年秋赴滁县参加吴敬梓纪念会，于会上遇丘老，同游琅琊山，醉翁亭。芹溪，滁县水名，欧阳修有《芹溪记》。
　②唐诗讨论会期间，与丘老同登雁塔。

谒杜公祠次苏仲翔先生韵

　偕唐代文学学会诸公谒杜祠，各以野花奉荐。苏仲翔（渊雷）先生献酒毕，举杯笑谓余曰："饮此可多作好诗！"遂分饮。归途，苏作七律索和，因次原韵奉酬，时尚带醉意也。

十载京华未见春，城南谁与结芳邻！
独留诗卷腾光焰，共爇心香慰苦辛。

立志仍须追稷契，传薪岂必效黄陈。
村醪荐罢还分饮，倘有高歌献兆民！

（一九八二年四月）

附 仲翔先生原作

杜公祠接草堂春，况与牛头山寺邻。
今日肃临同展谒，一杯薄酿慰酸辛。
山花权作心香爇，粱粝聊充供设陈。
愿乞凌云分健笔，好凭歌哭起生民。

李国瑜教授抄示近作，备言与少年时代同学郭君阔别五十馀年，重逢把酒，旋复惜别，颇有老杜赠卫八处士诗情韵，漫题两绝，聊以志感

乡音在口鬓成丝，忽漫相逢共把卮。
五十馀年陵谷变，还将乐事忆儿时！

新诗读罢酒频倾，犹记当年说斗争。
上线抓纲今已矣，人间毕竟有温情。

（一九八二年四月）

参加教育部《中国历代著名文学家评传》教材审稿会，与季镇淮、王达津、周振甫、吴调公、乔象钟、陈贻欣、曹道衡、侯敏泽、牟世金诸同志在颐和园后之中央党校共同审稿，偶吟两绝

昆明湖畔共衡文，天际奇峰变夏云。
时有清风消暑热，诸贤争运郢人斤。

文苑宏扬百代豪，岂徒借鉴振风骚？
此中亦有心灵美，摄取精华育俊髦。

（一九八二年七月）

赠于植元教授

八二年夏赴棒捶岛参加红学讨论会，大连师专副校长于植元兄专车迎接，设宴洗尘，并以英和诗题扇相赠，因缀俚句奉酬。老于以擅长书法流誉海外，新从日本讲学归来，而所居不过斗室，且在五层危楼之顶，故首联及之。

醉墨淋漓带晓霞，层楼高处着方家。
龙翔虎卧谁能识，铁画银钩世所夸。
倾盖昔曾登岱岳，举觞今更话灵槎。
吾侪面目诚难掩，纵有阴风挟暗沙。

辽宁省第四次红学讨论会于棒棰岛举行，应邀参加，海滨即目，吟成四绝。

浮沉俯仰任逍遥，波面风来暑意消。
队队鸳鸯谁复打，惟馀一棒海边飘。

中华儿女尽欢颜，海碧天青任往还。
梦里都无绛珠草，世间宁有大荒山！

曾自大荒山里回，千红万艳总同悲。
红楼一梦原非梦，阅古知今好教材。

探微索隐各成军，艺术精研吐异芬。
红学更开新领域，辽东诸子著雄文。

（一九八二年七月）

棒棰岛宾馆楼顶闲眺

岛上雄楼压翠峦，偶来楼顶独凭栏。
宏开眼界天犹小，顿豁胸怀海自宽。
健羽联翩迎晓日，轻帆络绎逐晴澜。
会心不数濠梁乐，鲲化龙潜一例看。

（一九八二年七月）

洛阳杂咏 八首

（一）

占尽春光带露开，牡丹端合洛阳栽①。

洛阳别有迷人处，不是花时我亦来。

【注】

①近闻洛阳牡丹盛开之时，万人空巷，车马若狂，一如唐代长安情景。我来已近中秋，早过花时矣。

（二）

王风何处觅东周①？洛水新波送旧愁。

万栋雄楼平地起，黍离弥望庆丰收。

【注】

①《王风》乃《诗经》十五国风之一，东周诗歌。东周建都洛邑，故址在今洛阳附近。《黍离》为《王风》中的一篇，传为周大夫哀周室倾颓而作。今来洛阳，但见一片兴旺景象，令人欢欣鼓舞。

（三）

日月当空迹已陈①，丰碑无字怎传神？

偶嫌脂粉污颜色，石窟依稀见金轮。

【注】

①游龙门奉先寺。相传此寺乃武则天捐脂粉费修成，寺中造像，酷肖则天。武氏掌权后号金轮圣神皇帝，造曌（音如照）字

为自己命名，取"日月当空"之意。临终命于乾陵立无字碑，待后人论定。

（四）

声声饥冻只心酸，万丈长裘制作难。
唤起香山歌四化①，好将锦绣盖河山。

【注】

①谒白居易墓。白居易早年作讽喻诗，以"惟歌生民病"为旨归。晚居洛阳，与香山僧人如满结香火社，自称香山居士，思想渐趋消极；但仍存兼济之志，其《新制绫袄成，感而有咏》诗有云："百姓多寒无可救，一身独暖亦何情！心中为念农桑苦，耳里如闻饥冻声。争（怎）得大裘长万丈，与君都盖洛阳城！"这与前此所作《醉后狂言赠萧殷二协律》的末段一脉相承，"我有大裘君未见，宽广和暖如阳春。此裘非缯亦非纩，裁以法度絮以仁。刀尺钝拙制未毕，出亦不独裹一身。果令在郡得五考，与君展覆杭州人。"

（五）

开凿龙门八节滩，挽舟犹自畏风湍。
诗灵今日应含笑，无复人间行路难。

龙门潭之南，原有八节滩、九峭石，船筏难行。舟人推挽，饥冻之声，闻于终夜。白居易因捐资开凿，有《开龙门八节滩诗二首并序》记其事。

（六）

英雄割据总堪哀，大好头颅亦贱哉！
祖国山河须一统，关林古柏待君来。

游关林，有怀台湾亲友。关林古柏森森，殿宇巍峨，相传曹氏葬关羽头颅于此。

（七）

白马寺前双白马，争骑猛士照新妆。
英姿不减当年勇，万里驮经到洛阳。

白马寺门外，左右两马，乃宋代石雕。相向而立，坚毅沉雄，令人想见一千九百多年以前驮经东来时气象，实为珍贵文物。惜至今略无保护措施，不徒一任风雨剥蚀，而且游人争骑，摄影留念，鞍鞯雕文，已磨损殆尽矣！

（八）

新开大道直如弦，灿烂前程竞着鞭。
更点明灯千万盏，须防歧路误青年。

河南省社会科学院及中州书画社等单位筹办之《歧路灯》讨论会于洛阳宾馆召开，应邀与会，颇受教益。

（一九八二年九月）

同主佑游嵩山少林寺

嵩高胜迹梦中寻①，此日相携访少林。
关过辘辕佳气合②，峰连御寨碧云深③。
白衣殿古观拳谱④，甘露台平见佛心⑤。
四海名山推第一⑥，巨钟重铸振唐音⑦。

（一九八二年九月）

【注】

①《诗·大雅·嵩高》："嵩高维岳，峻极于天。"故中岳嵩山亦称嵩高。

②辘辕关在少林寺北，为登封八景之一。刘蚌《辘辕关》诗有云："陡仄辘辕道，翠屏列上巅。高峰常碍日，密树不开天。"足以道其仿佛。

③少室山有三十六峰，蒙青耸翠，秀美绝伦。其主峰名御寨山，海拔一千五百一十二米，为嵩岳最高峰。少林寺，即在山北五乳峰下。

④殿内供奉白衣菩萨铜像，故名白衣殿。殿壁绘少林拳谱，故亦称拳谱殿。游人蚁聚，观摩少林拳法。

⑤寺西土台高耸，古柏参天。相传少林寺创始者印度高僧跋跎在此译经，天降甘露，因名甘露台。

⑥寺内有米芾所书《第一山》碑。

⑦据《少林寺志》记载：寺内原有巨钟高悬，重一万一千斤。

少林寺立雪亭书感

菩提达摩方面壁①，神光侍立雪没膝②。

伊川先生偶瞑坐，龟山侍立寒雪堕③。

由来重道便尊师，中州故事令人思。

四凶已灭四化始，立雪亭上立多时。

（一九八二年九月）

【注】

①达摩于少林寺面壁九年，首传禅宗，为禅宗初祖。今寺内有面壁石，初祖庵北有面壁洞。

②神光，荥阳虎牢人，入少林寺投达摩为师。适逢降雪，达摩面壁不语，神光侍立，雪没双膝，犹不肯去。达摩见状，收为弟子，改名慧可，传以衣钵，为禅宗二祖。此后连续单传，直至六祖。

③《宋史》卷四二八《杨时传》载：杨时潜心经史，中进士第，年已四十，犹赴洛阳拜程颐为师。"颐偶瞑坐，时与游酢不去。颐既觉，见门外雪深一尺矣。"程颐，学者称伊川先生。杨时，学者称龟山先生。

题嵩阳书院

峻极青峰下①，二程设讲堂②。

儒林传洛派，书院颂嵩阳。

历史翻新页，文明忆旧邦。

根深枝叶茂，周柏尚苍苍③。

（一九八二年九月）

【注】

①嵩阳书院，位于嵩山之阳，峻极峰下。是我国古代四大书院之一。北魏太和八年（四八四）在此地建嵩阳寺，宋至道三年（九九七）改为太室书院，景祐二年（一〇三五）重修，更名嵩阳书院。

②北宋理学大师程颐、程颢曾在此聚生徒数百人讲学，其门人多有政绩。二程是洛阳人，其学称洛派。

③嵩阳书院有汉武帝游嵩山时封为"将军"的古柏两株，据专家考证，已三千馀岁，犹生机盎然。

与河南师大华钟彦教授主持郑州大学研究生答辩毕，同车至开封。华老约中文系数老师作陪，盛馔相款，并亲作导游，游览市容及名胜古迹

郑邑抡材毕，梁园访旧来。

徜徉相国寺，俯仰禹王台。

铁塔凌霄汉，龙亭辟草莱。

古城看新貌，广厦万间开。

中州黉宇峻，弦诵起风雷。

名噪中文系，士夸铁塔牌①。

红羊留数老②，绛帐育英才。

莫畏高峰险，人梯接九陔。

（一九八二年九月）

【注】

①河南师大及其前身中州大学、河南大学毕业生遍布河南各地，人称"铁塔牌"，因校址在铁塔之侧也。

②华老及任访秋、高文等著名老教授，皆在河南师大中文系任教。

题汤阴岳飞纪念馆

河溃山崩地欲沉，大鹏高举出汤阴。
乾坤整顿终生志，日月光辉百战心。
武略文才陷冤狱，忠肝义胆付瑶琴。
擎天一岳谁能撼，爱国英风万古钦。

（一九八二年十月）

升杰来信言家乡近况，喜赋两绝

寂寞千年金凤凰①，而今展翅待飞翔。
好凭百万愚公力，换得全身锦绣妆。

莺啼燕语报春忙，梦里迷离觅故乡。
谁说陇南山水恶，新山新水看新阳。

（一九八三年四月）

【注】

①新阳川渭水流其东，凤山峙其南。关于此山命名由来，民间有"金凤凰"传说，十分优美。

题茹桂《书法十讲》

苍茫一画辟鸿蒙，伟矣笔参造化功。
岳峙川流心摄象，鹏抟虎跃腕生风。
艺舟赖此传双楫，草圣从渠越九宫。
四化新铺天样纸，且看墨海舞蛟龙。

（一九八三年二月）

酬王达津师寄诗见怀

出海云霞若可扪，几回翘首望津门。
穷年讲学心常热，终夜笺书席未温。
信有文思浮渤澥，能无诗兴咏昆仑？
西来东去非难事，桃李春风酒一樽。

（一九八三年二月）

附 达津师原作

迢递西飞一纸书，起居可有不时无？
料知华发贪黄卷，那管青阳逼岁除。
门对终南诗兴远，步登雁塔郁怀舒。
文章每发凌云气，定是江山入画图。

酬日本文化研究所所长大井清教授

亲书禧字意绵绵，一纸瑶笺万里传。
念我凭栏望朝日，劳君隔海贺新年。
曲江柳浪无穷碧，三岛樱花别样鲜。
同咏春光曾有约，何时并辔舞吟鞭！

（一九八三年二月）

自西安赴广州参加中国古代文学理论学会第三次年会，三日抵达，适遇大雨

夕发秦川大麦黄，夜经洛浦稻花香。
平畴弥望辞新郑，大厦连云过武昌。
作赋长沙颂橘柚，洗尘粤海看桄榔。
神州处处风光好，万里驱车乐未央。

（一九八三年六月）

中国古代文学理论学会在广州珠岛宾馆召开，喜赋七律三首

（一）

东湖初到雨翻盆，盛会开时见晓暾。
放眼中西拓文境，骋怀今古觅诗魂。
宗经尚许参三传，谈艺宁容定一尊！
继往开来创新局，喜看百派下昆仑。

（二）

武昌文会继昆明，岚影湖光俱有情。
盛事须吟千字律，群贤又集五羊城。
雕龙绝艺超刘子，夺席雄谈压戴生。
窗外无边木棉树，清风时送海涛声。

（三）

休将小技薄雕虫，文艺从来有异功。
哺育新人供美馔，勃兴华夏振洪钟。
须抒虎虎英雄气，要鼓泱泱大国风。
二百方针速芳讯，群莺飞啭万花红。

（一九八三年六月）

寄李汝伦 三首

　　羊城文论会期间，与王达津师共约李汝伦于东湖相会，久待未至。后闻患软腭癌，深以为忧。顷接来书，言就医于梁任公后裔，已获痊愈，喜赋小诗三首。

（一）

曲江酬唱未能忘，荔枝红时访五羊。
十里荷香悭一面，东湖无际水云凉。

（二）

回春幸试越人方，一纸书来喜欲狂。
读画论文坚后约，明年万里上敦煌[①]。

（三）

欲将风雅继三唐，当代诗词赖表扬[②]。
坐拥花城花似海，百花齐放吐芬芳。

（一九八三年七月）

【注】
①唐代文学学会第二届年会预定于 1984 年夏在兰州、敦煌召开，约汝伦参加。
②汝伦主编《当代诗词》

酬三馀轩主人

　　林从龙兄惠寄陈葆经先生《三馀轩吟稿丛集》铅印本，内有见赠诗云："见山诗好久相闻，片羽《昆仑》足证君。自有丘迟传韵在，时期晤对老人文。"盖读《昆仑诗刊》所载拙作《见山楼诗钞》及老友丘良任先生传钞《唐诗讨论会杂咏》之后所作也。次韵奉酬。

　　气求声应久知闻，读罢新诗似见君。
　　万里河清人自寿，更挥健笔著雄文。

（一九八三年八月）

祝骊山学会成立，并贺《骊山古迹名胜志》出版

　　连天烽火葬幽王，匝地兵戈送始皇。
　　春满新丰鸡犬乐，月明绣岭管弦忙。
　　几番桑海留文物，一卷图经展画廊。
　　揽胜休徒赞秦俑，神州万里正龙骧。

（一九八三年八月）

青海文学学会成立，会长聂文郁
教授驰书索诗，赋此祝贺。并题文集

骨肉相亲汉藏回，金山玉树雪崔嵬①。
昔闻青海出龙马②，今见高原育俊才。
经济源多宝争聚，文明花艳会初开。
鸿篇结集流传远，珍重昆仑顶上来。

（一九八三年十月）

【注】
①金山玉树，指阿尔金山及玉树藏族自治州。
②《北史·吐谷浑传》："青海周回千馀里，内有小山。每冬冰合后，以良牝马置此，来春收之，所生得驹，号为龙种。"

车中杂咏 五首

（一）

灞桥犹见柳疏疏，华岳莲峰望已无①。
夜半朦胧闻报站，列车摇梦过东都。

（二）

歌声破梦日临窗，闻说车行到许昌。
忽遇学人谈学会，三分天下又奔忙②。

（三）

茅店鸡声驻马听，今来广厦郁峥嵘。
猛忆当年临别语，晓风残月不胜情③。

（四）

鄂豫相联耸峻峰，云中谁养大鸡公④？
天昏月暗茫茫夜，引吭高歌日渐红。

（五）

昔人一去不回头，黄鹤重来又有楼⑤。
两岸龟蛇齐踊跃，虹桥飞跨大江流。

（一九八三年十二月）

【注】

①与内子应邀赴长沙参加岳麓诗词讨论会，下午五时许自西安发车，至华阴，华岳三峰已隐没于夜幕中矣。

②与武汉师院李悔吾兄偶遇于软卧车厢，言赴成都开《三国演义》学会筹备会始归。问筹备情况如何，蒙告知：以魏（河南）、蜀（四川）、吴（江苏）三方为主，邀北京及其他方面参加，他自己，则代表荆州方面。会长、秘书长等人选，已达成协议，定于1984年四月在洛阳开会，正式成立学会，并观赏牡丹。

③1946年腊月底，友人许强华邀予赴郑州过年，狂欢二十馀日。饯别之夜，偶吟柳永词云："今宵酒醒何处？"强华谑曰："驻马店晓风残月！"经驻马店时，闻茅店鸡声，因下车徘徊，果然晓风残月，不胜凄凉。

④鸡公山以形似公鸡得名。当地人称公鸡为鸡公。
⑤黄鹤楼正重建，将竣工，规模宏丽。

参加岳麓诗社雅集，喜赋一律

诸峰叠秀瞰清湘，万木经秋更郁苍。
高建诗坛张赤帜，宏开吟馆待华章。
江山壮丽供描绘，人物风流任品量。
盛会长沙昭史册，勃兴骚雅迈三唐。

（一九八三年十二月）

附 内子胡主佑诗

卅五年前歌哭地，重来无处不关情。
湘江浪阔千帆举，岳麓云开百鸟鸣。
劫火连天萦旧梦①，雄楼弥望换新城。
长征亦有扬鞭意，不独吟诗颂晚晴。

【注】
①指 1938 年 11 月 12 日长沙大火。

岳麓诗社讨论中华诗歌继承发展问题，因献长歌

衡岳苍翠摩天阙，洞庭浩淼日出没。湘水澄碧道林秀①，地灵自古萃人杰。此日岳麓开盛会，诗坛百丈树丰碣。挥毫欲写中兴颂，缅怀今古心潮热。三闾大夫楚同姓，洞明治乱娴辞令。竭忠尽智窜沅湘，呵壁问天天方梦。多少骚人步后尘，吊屈伤时同一恸。贾谊谪长沙，赋鹏抒悲愤。杜老滞长沙，吟诗叹朱凤②。济民活国志未酬，徒留诗赋争传诵。历代王朝尚专制，惊世才华难为用。周秦汉唐逮清亡，久矣吾民苦虐政。内忧外患狼引虎，列强炮舰蹂吾土。鸡鸣未已夜难明，马列旌旗忽飘舞。湘江评论唤云雷，海燕迎接暴风雨。寒秋独立橘子洲，粪土当年万户侯。北战南征逐腐恶，人民从此主沉浮。四凶作乱已覆灭，天马翻天堕荒丘。十亿神州奔四化，扬帆破浪纵飞舟。千载难逢形势好，江山如画日杲杲。添彩增光需健笔，两鬓虽霜不伏老。中华由来号诗国，李杜苏辛诚佼佼。都将爱国忧民心，化作匡时淑世稿。文艺矿藏在生活，胸有洪炉炼瑰宝。优秀传统要发扬，泥古诗风须清扫。历史日夜转飙轮，时代精神旷古新。论诗岂下前贤拜，宜有新诗胜古人。屈子乡国逢初冬，水态山容春意浓。胜友如云发高论，继往开来气似虹。建设文明振诗教，伫看泱泱大国风。

（一九八三年十二月）

【注】

①《方舆胜览》：自湘西古渡登岸，夹径乔松，泉涧盘绕，诸峰叠秀，下瞰湘江。岳麓寺在山上百馀级，道林寺在其下。杜甫《岳麓山道林二寺行》云："玉泉之南麓山殊，道林林壑争盘纡。"

②杜甫大历四年留滞潭州（今长沙），作《北风》诗云："北风破南极，朱凤日威垂。"又作《朱凤行》云："君不见潇湘之山衡山高，山巅朱凤声嗷嗷。侧身长顾求其曹，翅垂口噤心劳劳。下悯百鸟在罗网，黄雀最小犹难逃。愿分竹实及蝼蚁，尽使鸱鸮相怒号。"

随诗社诸公渡湘江，游岳麓山，遂至岳麓书院小憩。诸公多吟诗作书，因题一律以纪之

层林尽染山如绣，倩影初惊照碧湘。
胜境优游夸四绝①，群贤吟咏继三唐。
南轩讲学儒风远②，北海题碑书道昌③。
蔚起人文创新局，宏开广厦浴金阳④。

（一九八三年十二月）

【注】

①岳麓山有"四绝堂"，在道林寺侧。

②岳麓书院，北宋开宝九年潭州守朱洞建，乾道元年，张栻（南轩）主教事；三年，朱熹讲学其中。绍兴五年，朱熹为湖南安抚，兴学岳麓，四方来学者至几千人。张南轩有记。

③李邕（北海）《岳麓山寺碑》，在岳麓书院右，世称"三绝碑"。

④岳麓书院，今为湖南大学一部分。

酬庄严教授见赠 二首

（一）

盛会长沙辱赠诗，琼瑶欲报费沉思。
排云高唱吾何敢，惭愧黄绢幼妇辞。

（二）

弹丸脱手水溶盐，堪羡吟须总未拈。
霭霭春云任舒卷，诸天妙相现庄严。

（一九八三年十二月）

酬田翠竹先生见赠

南社凋零馀晚翠，三湘明丽谱新声。
诗心已许搴兰芷，老鹤明年更远征。

（一九八三年十二月）

附 翠竹先生赠诗

一鹤飘然任往还，看云看水又看山。
遗踪屈贾犹能觅，定有诗心撷芷兰。

南岳杂咏 六首

半山亭

拔地九千丈，南岳入青冥。
须凌绝顶望，且憩半山亭。

铁佛寺

佛言不坏身，铁铸亦多事。
红兵打复砸，无佛空有寺。

石廪峰

我佛石作廪，可要广积粮？
福田不自种，荒草怨斜阳。

入南天门望祝融

南天门上立，风云动脚底。
祝融犹争高，奇峰插天起。

登祝融阻雪

冰雪封道路，祝融不可攀。
奈何司火者，无计驱严寒！

磨境台宾馆过夜

小住磨镜台，平生享奇福。
松涛碧入户，梅蕊香彻骨。

（一九八四年一月）

酬南岳诗社社长羊春秋教授见赠

曾闻悬赏购头颅，游击当年敌万夫。
赤帜终飘三户楚，青灯更读五车书。
蛇神牛鬼荒唐梦，国富民殷锦绣图。
结社联吟南岳顶，不须前后论王卢。

（一九八四年一月）

题衡阳回雁峰 四首

(一)

南方瘴雨北冰霜，往日北荒南亦荒。
北雁秋来春便返，避寒何必过衡阳。

(二)

峰头广厦长廊护，峰下红楼绿树围。
北雁惊呼风物美，只须长住不须回。

(三)

衡阳南去冬尤暖，水秀山明胜昔年。
闽粤黔滇须遍访，海南岛上过春天。

(四)

四化红花塞上开，神州处处响春雷。
家乡更比江南好，回雁蜂头北雁回。

(一九八四年一月)

船山书院留题

少年喜读通鉴论，斧钺华衮堂堂阵。
中年喜读正蒙注，一气弥纶万象铸。

垂老有幸游衡阳，船山书院久徜徉。
关学馀绪千秋在，手迹犹存翰墨香。

（一九八四年一月）

过宁乡花明楼

浮云苍狗变阴晴，车过宁乡百感生。
劫后何人寻故宅，花明楼下看花明？

（一九八四年一月）

过益阳怀亡友胡念贻

同学南雍夜对床，熟闻乡里话桃江。
西风吹泪桃江过，邻笛凄迷暮雨凉。

（一九八四年一月）

陪内子至澧县访旧居

岳麓谈诗笑语哗："回门女婿过长沙！"
怜君卅载悲风木，白首同来访故家。

兰芷飘香澧水环，胡家楼子倚青山。
儿时乐事休追忆，陵变谷移五十年！

（一九八四年一月）

长沙、衡阳开会讲学期间，便中游南岳，访澧县，不觉已岁暮矣。乘特快列车返陕，车中过元旦。口占一绝。以抒豪情

放眼神州万里天，奇峰无限待登攀。
才辞南岳奔西岳，高速迎来八四年。

（一九八四年一月）

题《黄河诗词》

嵩岳参天翠霭浮，八方文物萃中州。
新诗一卷闲披览，浩荡黄河掌上流。

（一九八四年一月）

郑州市黄河游览区抒怀

雨霁风恬旭日红，振衣直上五龙峰。

波光溢岸河声壮，岚翠浮空岳势雄。

休叹鸿沟分汉土①，欣闻台岛颂尧封。

春随杖履开图画，揽胜寻幽兴未穷。

（一九八四年一月）

【注】

①鸿沟，即楚汉相争划界处，今与五龙峰等同为游览区内风景区。

登郑州二七烈士纪念塔

绿林如海飚红旌，四望中原眼倍明。

琪树三花添岳秀①，荣光五色庆河清②。

蝗汤水旱诸灾去，科技工农百废兴。

一语欣然慰先烈，前程似锦正长征。

【注】

①《齐民要术》引《嵩山记》："嵩山寺中忽有思维树，即贝多也，一年三花。"初唐李适《饯唐永昌赴任东郡》诗云："因声寄意三花树，少室岩前几过香。"

②《尚书中侯》云："帝尧即政，荣光出河。"河，即黄河，荣光，五色瑞气也。

附 内子题黄河游览区诗

银翼飙轮日夜喧，八方冠盖聚中原。
寄怀太室丹霞艳，放眼黄河锦浪翻。
岳寺龙峰堪啸咏，鸿沟驼岭任盘桓[①]。
和风丽日新天地，始见人间有乐园。

【注】
①岳山寺、五龙峰、鸿沟、驼岭，为黄河游览区四大风景区。

寄叶嘉莹教授

白下悲摇落，登高忆旧词[①]。
漫嗟如隔世，终喜遇明时。
四海飘蓬久，三春会面迟。
曲江风日丽，题咏待新诗。

（一九八四年四月）

【注】
① 1948 年秋，嘉莹先生与余同在南京。重九登高，卢冀野师作套曲，余二人各有和章，同在《泱泱》发表，其后卢师俱刻入《饮虹乐府》。

黄河摇篮曲

黄河之水来天上，九曲风涛天下壮。

炎黄于此肇文明，源远流长世无两。

为利为灾万斯年，吾民起夺造化权。

尽除水灾兴水利，摇篮旧曲换新篇。

（一九八四年四月）

别张挥之教授

　　甲子暮春，全国高校古籍整理研究所所长会议在杭州西子宾馆召开，与张挥之兄同住，听雨谈诗，乐不可言。挥之善书，求之者众。散会之夕，彻夜挥毫，凌晨犹写一律相赠，并作跋云："不知此等劣书，能为誊清大稿否？"因口占小诗，既以惜别，又坚其约。

窗外垂杨识张绪，案前草圣见张芝。

我诗君写闲来读，便忆西湖听雨时。

（一九八四年四月）

浙游杂咏　九首

　　古籍所长会议结束之前，教育部邀约部分专家赴宁波参观天一阁，便道游阿育王寺、禹王陵、鉴湖及鲁迅故居，漫吟数绝。

（一）

暂辞西子立湖头，西子殷勤劝我留。
微雨润花千树艳，轻风梳柳万丝柔。

（二）

游兴浓如带雨桃，轻车快似出云雕。
凭窗正望六和塔，已过钱塘十里桥。

（三）

西兴四望雨丝繁，车过萧山日又暄。
油菜花开麦抽穗，金黄碧绿绣平原。

（四）

卅载收藏化劫灰，白头万里访书来。
匆匆一瞥《琼台志》，百柜千箱锁未开①。

（五）

阁名天一意殊深，避火欲藏希世珍。
百宋千元何处去，空馀池水碧粼粼②。

（六）

地下钟鸣事渺茫，太康名刹郿山阳。
劫波历尽吾犹健，渡甬来朝阿育王③。

（七）

百草园中百草丰，咸亨酒店酒香浓。
翻身乙己知多少，饱喝花雕吊迅翁。

（八）

贺监风流何处寻，鉴湖烟柳变鸣禽。
于髯大笔传秋瑾，女侠英名照古今④。

（九）

混流洪水祸无穷，万古难忘疏导功。
大禹陵前舒望眼，江河淮汉总朝东。

（一九八四年四月）

【注】

①至天一阁，主人只拿出《琼台志》等三四种明刻本令轮流观看，不准手摸，自不得翻阅，殊令人失望。书柜书箱颇多，皆上锁，求藏书目录一阅，亦未获允。

②阁名取"天一生水"之义。阁前凿池蓄水，用以防火。主人介绍：此阁未遭火灾，原藏宋、元刻本，多陆续为人偷去。

③阿育王寺在宁波市东鄞山之阳，有舍利殿、大雄宝殿等建筑，景色清幽，为中国佛教名寺。相传西晋太康二年，沙门慧达于此闻地下钟声，因知阿育王拟造八万四千塔中之一塔，应在此处，遂建精舍。

④秋瑾烈士碑文，为于右任所书。

贺洛阳大学学报创刊

溪绯左紫胜姚黄①，独占春风洛水阳。
国色休夸牡丹艳，学刊花放四时香。

（一九八四年六月）

【注】

①溪绯、左紫、姚黄，皆洛阳牡丹品种，见欧阳修《洛阳牡丹记》。

题雁北师专学刊

　　1984 年七月下旬，全国师专元明清文学教学科研学术讨论会由雁北师专主办，在大同召开，余与内子应邀参加，赋一律纪其事，并题会议专刊。

阴山遥望郁葱茏，北渡桑乾访大同。
四野能源赞煤海，千年边患息狼烽。
论文况有登临乐，造士还求化育功。
教学科研开异境，更攀恒岳最高峰。

（一九八四年七月）

游云岗石窟

访古云岗去，专车似燕轻。
蜂房千户敞，佛窟一灯明。
听法从顽石，随缘乐此生。
如来同摄影，掌上莫留行。

（一九八四年七月）

游悬空寺

　　同姚奠中、宋谋瑒诸教授游恒山悬空寺，寺有送子观音及药王等塑像。三教殿中老子居左，须眉雪白；孔子居右，须眉乌墨；释迦牟尼居中，无须，戏为打油诗。

　　　　　楼殿耀苍冥，悬空垂典型。
　　　　　兼容儒释道，结合老中青。
　　　　　送子皆麟种，求医得鹤龄。
　　　　　高峰藏妙境，切莫畏攀登。

　　　　　　　　　　　　　　（一九八四年七月）

登应县木塔

　　塔建于辽代，八角九层，其时代之早与结构之精巧、高大、宏丽，均居世界木塔第一。因采取保护措施，游人不得攀登。我等被特许，登至第四级，群燕环飞，已在其下矣。

　　　　　檐牙高耸啄苍冥，九级才登第四层。
　　　　　槛外回翔群燕乐，天边挺秀数峰青。
　　　　　汴京杰构宁专美①，紫塞良工敢竞能。
　　　　　传统何须限辽宋，神州文化总堪矜。

　　　　　　　　　　　　　　（一九八四年七月）

【注】
①指开封铁塔。

游五台

与内子承雁北师专领导同志专车护送至台怀镇，小住两日，遍游菩萨顶、显通寺、塔院寺、碧山寺、南山寺、龙泉寺诸胜境。台怀，谓在东台、南台、西台、北台、中台等"五台"怀抱中也。

滴翠萦青卉木稠，千岩竞秀万壑幽。

时闻古刹传钟韵，偶见遥峰露佛头。

三辅连年困烦暑，五台仲夏浴凉秋。

相携信步菩萨顶，不羡人间万户侯。

（一九八四年七月）

重游兰州　二首

（一）

皋兰山下看奔涛，年少鏖兵忆嫖姚①。

旧地重游陵谷改，和风已动画图娇。

虹桥压浪黄河静，绿树连云白塔高。

丝路缤纷花雨密，交流文化起新潮。

（二）

金城何用锁重关②，开放宏图纳九寰。

学海冥搜千佛洞，文坛高筑五泉山。

速传信息通欧美，广建功勋待马班。

莫道西陲固贫瘠，要将人巧破天悭。

（一九八四年八月）

【注】

① 1941 年秋曾至兰州，欲投笔抗日。

②金城关，汉置。在兰州黄河北岸白塔山下，极险要，为丝绸之路咽喉。

宁卧庄消夏

昔日泥窝子，今时宁卧庄。

红楼连柳径，曲槛绕荷塘。

入圃繁花艳，窥园硕果香。

招邀谢贤主①，小住纳新凉。

（一九八四年八月）

【注】

①谓杨植霖同志。

自敦煌乘汽车至古阳关。缅想丝绸之路，口占八句

万里丝绸路，长安接大秦。
风驼输锦绣，天马送奇珍。
经济鲜花盛，文明硕果新。
汉唐留伟业，崛起看今人。

登嘉峪关城楼

长城东起老龙头，万里蜿蜒至此留。
高建雄关司锁钥，重围峻堡控咽喉。
雕盘大漠烽烟靖，雪化祁连黍稷稠。
开放河山无限好，敌楼极顶纵双眸。

游敦煌千佛洞

莫高胜境久倾心，垂老来寻稀世珍。
万壁图形俱入妙，千尊造像总传神。
伤心耻问藏经洞，警众仍防盗宝人。
四海遗书应遍览，敦煌学派冠群伦。

古阳关

西游兴未阑，拄杖访阳关。
残垒烽烟靖，新村鸡犬喧。
犹馀沙漠漠，切盼水涓涓。
会见丝绸路，连林绿到天。

赠蔡厚示教授

毕门皆好友，蔡子更心倾。
永忆滇池会，毋忘瀚海行。
谈禅入佛窟，炼句过油城。
更有明年约，棹歌九曲清。

赠兰州裴慎医师

开缄章句美，入户芝芩香。
爱国还医国，诗囊伴药囊。
虫沙同历劫，葵藿自倾阳。
馀热犹堪献，休嗟鬓有霜。

（一九八四年八月）

祝中国韵文学会成立

风骚流誉遍寰瀛，况有雄才赋两京。

远韵深情须继美，重光汉业振天声。

（一九八四年十一月）

登长沙天心阁

杰阁凌空起，送目偶登临。

湘水清波漾，麓山绿树深。

风和惬人意，日朗见天心。

屈子重来日，新歌换旧吟。

（一九八四年十一月）

偕中国韵文学会诸公登岳阳楼

喜共无双士，来登第一楼。

馀寒随雾散，初日际天浮。

碑献中兴颂，帆扬四化舟。

凭栏何限意，放眼看潮流。

（一九八四年十一月）

金坛段玉裁纪念馆落成

铁骨支贫砚种忙①，乾嘉巨擘起长塘。
东原绝学堪绳继②，叔重遗编赖发扬③。
花采千红勤酿蜜，书经九译远流芳④。
金坛建馆非无意，风范宜师段茂堂。

（一九八五年一月）

【注】
①段氏幼年即受"不耕砚田无乐事，不撑铁骨莫支贫"家教。
②段氏早年师事戴东原。
③《说文解字注》是段氏力作。
④段氏著作早译为日文。

寄题许慎纪念馆

河南郾城重修许慎陵，新建许慎纪念馆，并于今年四月举办许慎国际学术讨论会。来函索诗，写寄七律一首。

泱泱汝水溉桑麻，百劫犹存祭酒家。
造字曾惊天雨粟，说文还羡笔生花。
弘开智力须坟籍，遍访灵源赖斗槎。
济济群贤光汉学，许祠高耸灿朝霞。

（一九八五年四月）

友人嘱题狱中诗草

诗以写情境，未可拘一格。
雕琢丧天真，效颦失本色。
卢子情何深，境遇尤奇特。
缧绁非其罪，忧国肝肠热。
长夜频书空，追录成兹册。
读之起共鸣，我亦牢中客。
四凶已伏诛，四化谁能遏？
春风绿禹甸，百卉发红萼。
妖氛无留影，海天共澄澈。
勿忆楚囚泣，且效铅刀割。
馀事倘耽吟，振兴作喉舌。
豪情遍八极，奋飞刷劲翮。

（一九八五年四月）

赠马生宏毅

援朝子投笔，吾作送行诗。

子少吾方壮，敢效弄潮儿。

悠悠卅六载，艰危各自知。

大难幸不死，垂老遇明时。

儿女皆成长，鹏翼刷天池。

吾辈有馀力，亦可奋驱驰。

羲里春光好，亲友系我思。

何当共樽酒，分韵抒吟髭。

（一九八五年四月）

题重修黄鹤楼

乌云拨尽起层楼，黄鹤归来赞不休。

笛里新声梅未落①，眼前佳景画难侔②。

帆扬江汉雄三镇，桥跨龟蛇通五洲。

望远凭高无限意，春潮澎湃接天流。

（一九八五年四月）

【注】

①翻李白"黄鹤楼中吹玉笛，江城五月落梅花"。

②翻"眼前有景道不得，崔颢题诗在上头"。

题彭鹤濂红茶山房煮茗图，次原韵 二首

（一）

炎威曾逼万千家，铄石流金日未斜。
独有清风生两腋，松阴自煮玉川茶。

（二）

日汲源头活水清，烹诗心意烹茶情。
诗心更比茶情酽。写向遥天颂晚晴。

（一九八五年四月）

兰州晚报创刊五周年

换羽移宫格调新，五年夜夜启朱唇。
浩歌簸荡黄河水，浇灌皋兰万象春。

（一九八五年四月）

采石太白楼诗词学会成立感赋

谪仙虽谪终是仙，锦衣笑傲王侯前。

沉香亭畔百花鲜，一枝红艳动吟笺。

愿为辅弼清海县，已有乐章奏御筵。

出游况有五花马，曲江两岸春风颠。

饭颗独怜杜甫瘦，万卷读破更辛酸。

岂意文章同憎命，行路亦如上天难。

世人欲杀魑魅喜，天上沦谪人间复播迁。

风急滩险猿啼苦，夜郎西望迷瘴烟。

冤魂频入少陵梦，同行携手复何年！

采石矶边庆生还，江心捞月月在天。

诗卷飘零人何在？千秋怅望意茫然。

欣闻群彦结诗社，太白楼高摩星躔。

楼上联吟吾有梦，斗酒未尽诗百篇。

举头望明月，登月有飞船。

瞑目想蜀道，飙轮飞跨峨嵋巅。

创作自由新天地，穷幽探胜各争先。

敢向班门弄大斧，新秀岂宜逊前贤？

（一九八五年五月）

全国外语院系汉语教学研讨会在西安召开，应邀出席开幕式，赋诗祝贺

终南晴翠扑眉梢，一雨长安暑气消。
冠盖云屯逢盛会，讦谟泉涌促新潮。
精研文史胸怀广，淹贯中西眼界高。
开放宏图通九译，神明华胄亦天骄。

（一九八五年五月）

林则徐二百周年诞辰，有感于戍新疆事，偶吟八句

远戍犹能立异功，天留荒野试英雄。
桑麻人颂林公井，耕战家操后羿弓。
获罪仍谋驱海寇，筹边还为扫狼烽。
盱衡世界存华夏，立马昆仑第一峰。

（一九八五年六月）

第三届《水浒》讨论会在秦皇岛召开

英雄无地避权奸，专制淫威记昔年。
造反投降谁有理？秦皇岛上说梁山。

（一九八五年八月）

山海关抒怀

　　1985 年 8 月秦皇岛讲学期间，偕主佑游山海关。登城楼，漫步长城顶上。望内外东西，想今来古往，激情喷涌，因吟小诗。

天围碧海海连山，万里长城第一关。
徒令防胡祸黔首，漫将失险罪红颜。
欢腾内外车同轨，捷报东西国去奸。
千雉拂云烽燧靖，永留奇迹壮人寰。

（一九八五年八月）

得端砚

何处求佳砚，端溪割紫云。
石交同冷暖，身世不缁磷。
书画宁泥古？诗文待创新。
精研忘岁月，落笔自超群。

（一九八五年八月）

酬日本坂田教授 五首

(一)

水击风抟跨海来①，玩珠峰下讲筵开。

宏观博取通今古，六代江山出异才。

【注】

①坂田君游学南京，从孙望教授治中国古典文学，造诣颇深。

(二)

金陵游罢又西驰，把酒曲江花满枝。

疑义奇文同赏析，未开风气敢为师？

　　癸亥七月，君自南京执贽礼及程千帆教授介绍信来访，备言
专程投师之意。定庵诗云："但开风气不为师。"予未能开风气，
更何敢为师？

(三)

弦诵南雍我亦曾，至今犹梦草玄亭。

君来共话南雍事，师友凋零感不胜！

君询南雍诸老遗事，因详言之，以见师友渊源。

（四）

一去蓬莱路渺漫，几番相望隔风烟。

书来恰值中秋夜，东海西天月共圆。

乙丑中秋得君书，备述怀念之情。

（五）

寄我新诗韵味浓，宏文卓见论词宗。

先师泉下宜心许，海运重开吾道东。

君寄新著《谈词续语》，遍论吴瞿安、汪旭初、陈匪石、乔大壮诸先生词。诸先生皆曾以词学教授南雍者也。其论匪石师部分，引拙文数百字，益动怀旧之情。

（一九八五年九月）

赠书画家周君　四首

（一）

荐函读罢笑颜开，喜见乡邦出俊才。

嗜印工书尤擅画，冰天弹指现红梅。

六五年春，君持新作雪里红梅图等及王新令先生荐书来访。书中言其工书、善画、兼长篆刻，实家乡新秀，嘱予于西安艺术界觅一适当工作，以利发展。

（二）

花明柳暗艳阳天，来访长安正少年。
一代名流夸绝艺，汝南月旦岂虚传？

予携君走访美协主席石鲁。石鲁细看作品，连声称赞："字、画、印都好，印更好！"并愿调君来美协工作，不料石鲁因故罹祸，自顾不暇，此事遂寝。

（三）

脱身虎口觅侯芭，绕树巡檐泣冻鸦。
火暖情温肴馔美，难忘岁暮宿君家。

"文革"中予陷文字狱，株连全家。六九年冬脱身回天水，欲觅往日门人为子女谋生路而苦于无从探问，已绝望矣。深夜至君家投宿，周老伯一见大喜，让出住房，生炉火，备肴馔，并言知门人马宏毅、刘肯嘉住处。次日，宏毅、肯嘉分购酒肴，于宏毅处设宴为予压惊，方入席而周老伯至，笑谓："你们准备了山珍海味，我做好了浆水面。我看霍老师吃我的浆水面，还是吃你们的山珍海味？"我只好说："吃浆水面！"既至，则盛宴相款，且邀郑旭东先生作陪。时周、郑亦属牛鬼蛇神，忧心忡忡，然皆强为笑语，百端解慰，予意稍舒。

（四）

曲江重见话前游，物换星移二十秋。
驰誉寰瀛亦堪慰，休嗟伯乐弃骅骝！

今秋君赴郑州参加国际书法展览，领奖归，途经西安，特来相访，为予作画。自言尚在天水雕漆厂当技工，忆及二十年前王

翁推荐与石鲁赞许，不胜感叹。王、石墓木已拱，然世界甚大，
伯乐代有，书法于国际展览中获奖，既足以慰王、石于地下，亦
堪自慰也。

（一九八五年九月）

陕西人民出版社成立三十五周年

雄关百二古皇州，一换新天释众囚。
更有群贤图改革，宁无谠论助潮流。
艺文拔萃鲜花艳，科技撷英硕果稠。
三十五年劳绩著，还期开拓建鸿猷。

（一九八五年九月）

读《于右任诗集》 十首

（一）

启蛰春雷动八埏，诗坛哭笑记当年。
一编四海流传遍，不恨无人作郑笺。

　　于先生以天下兴亡为己任，不屑以诗人自限，故早年有"转战身轻意正酣，无端失足堕骚坛"之叹。然正因其以天下国家为己任，故发而为诗，大声鞺鞳，振聋发聩，启迪民智之功，自不可没。其少作《半哭半笑楼诗集》早佚，王陆一选入《右任诗存》者，不过其中一部分。

（二）

椎秦助纣细评量，痛斥夷齐颂子房。
石破天惊呼革命，划开时代谱新章。

　　王陆一《右任诗存笺》以《杂感》组诗弁首，此乃于先生少作，写于1896年前后，在南社成立（1909）前十多年。诗中斥助纣而颂椎秦，高呼革命，力倡民主，以"心中有商纣，目中无商民"之铁谶翻数千年赞颂夷齐之成案。思想新，格调新，实开诗坛一代新风。

（三）

唤起同胞勿自囚，欧风美雨看潮流。
图强要辟新天地，众手推开老亚洲。

辛亥革命前诸什，内恫专制淫威，外怵列强相逼，呼唤同胞再造神州，自辟乐土，激情喷涌，高唱入云。或谓于先生"少作最堪珍"，信然。

（四）

天灾人祸困三秦，靖国谁援子弟兵。

寄兴无端吟草木，情深意婉迈葩经。

于先生领导靖国军，处境艰危，其诗风亦一变而为沉郁顿挫、悲壮苍凉。《民治学校园纪事》七律二十首，则另辟蹊径，用草木花卉之名六十馀，以植物学之论据，写校园中之景物，而以景寓情，因物托事，设喻新奇，寄兴遥深，为《诗三百》比兴手法之运用开疆拓土，真杰作也。

（五）

真理寻求马克思，西征万里赴俄时。

红场赤帜乌城会，竞入髯翁解放诗。

于先生于1926年往返苏联期间所作诗，如《东朝鲜湾歌》《红场颂》《克里木宫歌》等。以新观念表现新事物，驱遣新词汇，诗句有长达十七字者，堪称"解放诗"。

（六）

壮士争操逐寇戈，岂容胡马遍山河？

苏辛效命酸甜助，铁板铜琶唱战歌。

八年抗战，于先生每以"执戈无我"、"不为名将"为恨。其鼓舞士气之作，多用词曲，以其适于制谱传唱也。词宗苏、辛，曲效酸、甜，豪放俊爽，明畅如话。《黄钟·人月圆》曲云："苏辛为友，李杜为师。"《馀事》诗云："风云祈卫霍，鼓吹唤酸甜。"皆足以明其志。元曲著名作家贯云石号酸斋、徐再思号甜斋，并称"酸甜"，后人合辑其曲，名《酸甜乐府》。

（七）

告庙锺山祈宪章，满腔宏愿付东洋。

不堪太武山头立，雨湿神州望故乡。

于先生预见日寇将败，豪情满怀，作《满江红》词，有"看马前开遍自由花，天散香"，"待短时告庙紫金山，祈宪章"之句。曾几何时，希望化为泡影！去台后多思念大陆、缅怀往事之作。《望雨》诗云："更来太武山头望，雨湿神州见故乡。"其情其境，亦可悲矣！

（八）

鸡犬相闻人未回，每闻鸡唱便兴哀。

应知故国甘棠在，树树繁花已盛开。

于先生去台后所作，如《鸡鸣曲》《基隆道中》等，屡引台湾民歌"福州鸡鸣，基隆可听"以抒怀抱。望云树，思故乡，恋家乡，念亲友，一往情深，催人泪下。骨肉亲朋，相隔一水，鸡犬之声相闻而老死不相往来，岂人情之常乎？

（九）

髫年我亦牧羊儿，常记金陵夜话时。

馀事诗豪兼草圣，读翁遗集愧深知。

予肄业南京中央大学期间，因汪辟疆、卢冀野诸业师之介，得识于先生。每于日夕趋谒，倘座无他客，则论学谈艺，恒至夜深。因谈及《牧羊儿自述》，于先生问予童年情况，予答以"我也放过羊！"于先生喜曰："出身清贫，洞察间阎疾苦，往往能立大志，成大业。"予以诗法书法为问，则曰："有志者应以造福人类为己任，诗文书法，皆馀事耳。然馀事亦须卓然自立，学古人而不为古人所限。"呜呼，不见芝眉，已三十七年矣！予先生墓木已拱，予则徒增马齿，百无一成！读遗集，想教言，何胜惭恧。

<h2 style="text-align:center">（十）</h2>

终喜神州殛四凶，风和日丽万花红。
台湾亲友归宜早，一统金瓯祭右翁。

（一九八五年九月）

<h1 style="text-align:center">楼观台杂咏 五首</h1>

<h2 style="text-align:center">（一）</h2>

函关来紫气，秦岭散丹霞。
老子传经处，碧桃树树花。

　　楼观台本周康王太史尹喜宅。喜见紫气东来，因迎老子至此，著《道德经》五千言。

（二）

尹喜楼仍在，青牛去不还。

流沙万里外，争读五千言。

老子著《道德经》后西去流沙，不知所终。近来西方世界极重老子，研究其学说者甚众。

（三）

周秦留古迹，欧美亦知名。

不见闻仙里，游人多外宾。

周穆王谓尹喜得道，因于其故宅建祠修观。秦汉以来，屡有兴修，以居道士，其所在地曾称闻仙里。

（四）

古碣多残毁，仙家有废兴。

新碑已林立，楼观焕青春。

苏轼《楼观》诗云："门前古碣卧斜阳，阅世如流事可伤。"此后屡立屡毁，而以"文革"中破坏最烈，今于此建新碑林。

（五）

暴政生民怨，求仙笑始皇。

富强兼善美，处处是仙乡。

秦始皇好神仙，求长生，于尹喜楼南立老君庙祈福，晋惠帝扩建，莳木万株，连亘七里，给供洒扫三百户。

寄李易

岁云暮矣风酿雪，唐音高阁冻欲裂。
瑟缩墙角盼暖气，抚摸管道冰已结。
忽传李易寄书至，字字如火光烨烨。
初读血液渐流通，再读思想亦活跃。
喜君妙选唐贤诗，各派各家多系列。
名篇鉴赏流传远，佳什翻译又盈箧①。
劳改归来才几年，编著屡补艺坛缺。
况复吟哦不绝口，硬语盘空耐咀嚼。
飞将谪仙长爪郎，射虎骑鲸呕心血。
君有异才堪继武，摘帽端宜露头角。
忽忆同上岳阳楼，洞庭之野仍张乐②。
风激浪涌八万顷，陵变谷移三千劫。
白银盘子如许大，青螺飘渺谁能撷③？
下楼扬帆真豪举，水态山容恣戏谑。
主人好客设盛宴，巴陵美酒信芳冽。
饮似长鲸惊四座，瓮尽罍空意未惬。
李白复活万灵喜，只有君山怕划却④。
宴罢纷纷爬车去，车行百里忽停脚。
逐车查点——"丢李易！"回车遍觅音尘绝。
有人入厕忽狂笑，众往观之亦大噱。
白眼四顾君嗔怪："入我裈中何太亵！
我方静卧汝且去，明朝有酒再来接。"
此景历历犹在目，屈指已是经年别。
君妇有酒我亦有⑤，共酌其奈隔山岳！
推窗东望疑见君，天际云开吐明月。

（一九八五年十二月）

【注】

①君编《唐诗鉴赏集》早出版,《唐诗今译》已结稿。

②《庄子·天运篇》;北门城问黄帝曰:"帝张咸池之乐于洞庭之野。"

③刘禹锡《望洞庭》诗云:"遥望洞庭山水翠,白银盘里一青螺。"

④李白《陪侍郎叔游洞庭醉后三首》其三云:"划却君山好,平铺湘水流。巴陵无限酒,醉杀洞庭秋。"

⑤苏轼《后赤壁赋》:"妇曰:'我有斗酒,藏之久矣,以待子不时之需。'"

赴泰车中书感 五首

浩劫中备受摧残,双目生障,视力渐减,今已濒于失明。1986 年元月九日,由老妻照料,赴泰安就医。车轮滚滚,中心摇摇,粗理思绪,得诗五章。每章皆有"眼"、"目",诗为此作也。

(一)

儿时在农村,顽皮不殊众。捕雀上高枝,逐兔入深洞。打仗领一军,陷阵杀声动;徒手擒敌酋,受伤不呼痛。惟惮塾师严,每苦日课重,背书始许玩,过目强成诵。谬得神童名,未顶一钱用。束书矜妙悟,时贤争赞颂;"死记"与"硬背",久矣受嘲弄!

（二）

青年怀远志，力学不知疲。醉心文史哲，亦爱理工医。英文啃名著，几何解难题。书法夙所好，临池追献羲。报刊辟专栏，人称写作迷。维时遭国难，战火起东夷。学府屡播迁，学子苦流离。栖身谢寺庙，果腹赖粥齑。继晷短檠灯，伴读五更鸡。双目常红肿，双手未停披。师友虽夸奖，乡党竟相讥："某某上学时，年级比汝低。数年当乡长，豪强谁敢欺？大院起高楼，全家着鲜衣。沾亲与带故，一一得提携。汝意果何在，苦读无了期？"斯言诚俗鄙，未便反唇稽。读书为救国？河山遍疮痍！读书为济民？闾阎啼寒饥！反躬每自问，深夜独嘘唏。

（三）

将近而立年，祖国庆解放。人民掌政权，万事翻新样。建设展宏图，气与山河壮。自愧脑筋旧，脚步跟不上。刻苦学马列，当仁岂相让！发展探规律，历史辨真象。心胸既开阔，热情亦高涨。科研闯难关，教学打硬仗。读书廿馀载，南北久飘荡。壮志何时酬，抚膺徒惆怅。何幸遇休明，努力知方向。前途愈灿烂，两眼更明亮。日夜须兼程，乘风破巨浪。

（四）

　　左倾煽毒雾，忧患迫中年。无端遭批判，典型号白专。"文革"更上线，罪恶竟滔天！假如爱双目，入夜即高眠。不读亦不写，日日逞巧言。准当革命派，劫舍又夺权！不然靠边站，饱食日三餐。逍遥十馀载，体胖心亦闲。何至关牛棚，妻子俱株连。抄家更放逐，牧羝老荒山！

（五）

　　历史宁倒退？"四五"响惊雷。浩劫存硕果，拨乱显神威。三中开盛会，百怪化寒灰。改革除积弊，开放破重围。举国奔四化，英雄竞夺魁。奈何当此日，双目失光辉！报国心如火，展翅难奋飞。欣闻医国手，悬壶泰山隈；拨雾有神术，金针盼一挥。去日冬将尽，扑面雪霏霏；归时春风动，庶可赏芳菲！

（一九八六年一月）

双目复明，登岱放歌

　　元月十日抵泰安，住陆军八十八医院。院领导极重视，从济南军区总部请来著名眼科专家宋振英主任会诊。并通过双人双目显微镜指导高如尧医师做摘除白内障手术。手术极成功。半月后验光，视力已基本恢复，遂动登岱之兴。真喜出望外矣！

泰山脚下兼旬住，却恨无由识泰山。
仰望几番迷浊雾，高攀何处越重关？
医师济困明双目，妻子扶危上极巅。
待看神州花满地，笑迎东海日升天。

（一九八六年一月）

出院回校，视力日增，喜赋

　　二月六日回校。路遇熟人，已能呼名问好；不似往日以不理人招怨。盆兰破蕊，已能赏其幽姿；不似往日雾里看花。教学，科研活动，自可重新开展矣。

即逢佳士未垂青，白眼睃人百怨生。
赖有神针除障翳，顿教前景放光明。
滋兰树蕙贪花好，点《易》笺《诗》爱晚晴。
更拟远游开视野，搜奇览胜谱新声。

（一九八六年二月）

武鸣伊岭岩杂咏 九首

（一）

争传地下有蓬瀛，揽胜端宜访武鸣。

特遣双狮迎远客，壮乡儿女自多情。

第一景区名"欢乐的壮乡"，有"双狮迎客"、"壮家妇女"
等景。

（二）

喜看丰收几代人，芸花香里乐天伦。

游廊曲折通何处？行到仙源更问津。

第二景区有"芸花怒放"、"三代人喜看丰收"等景。游廊曲折，
五彩缤纷。

（三）

玉殿辉煌自启扉，座中王母是耶非？

游人亦赴瑶池会，不食蟠桃那肯归？

第三景区名"瑶池盛会"，殿宇宏开，群仙毕集。

（四）

忽从天上落人间，回望琼楼别众仙。

金凤相邀红水引，前行更有一重天。

第四景区名"红水河畔"，直下三十多米，仰望如云中仙境，

下视如世外桃源。金凤相迎，翩翩起舞。

（五）

三姐歌声飞海滨，海滨满眼尽奇珍。

更闻宝库藏深海，探宝还须入海人。

第五景区名"海滨公园"，有"刘三姐对歌"、"海底宝库"等景。

（六）

山乡新貌喜人心，瓜满阳坡果满林。

更有神医延鹤寿，灵芝采罢采人参。

第六景区名"山乡新貌"，有"瓜果丰收"、"神医采药"等景。

（七）

对峙奇峰列翠屏，崚嶒怪石画难成。

雌鸡俊美真良种，肉嫩汤鲜未忍烹。

第七景区名"江山多娇"，奇峰怪石，美不胜收。又有"良种母鸡"等景。

（八）

北国风光雪未消，竹林深处戏熊猫。

碧空忽见繁花坠，天女翩然下九霄。

第八景区名"天女散花"，有"北国风光"、"竹林熊猫"等景。

（九）

人间仙境诚堪恋，苦炼丹砂亦太痴。

鸡犬飞腾却回首，满山红豆寄相思。

伊岭岩前孤峰突起，有仙山院旧址。红豆满山，相思可托。

（一九八六年三月）

高元白教授出示于右任翁祭其先
德高又宜先生文，题七绝七首

（一）

清酌时蔬祭故人，于翁健笔写真淳。

分明一纸先贤传，亮节高风百代新。

（二）

味经书院育英髦，宏道匡时跨海涛。

《秦陇》《夏声》张正义，推翻帝制鼓新潮。

（三）

武昌首义万人欢，继起西都战鼓喧。

参赞戎机终奏凯，神州从此纪新元。

（四）

薄宦关中有政声，观风化俗见经纶。
神奸祸国羞为伍，大隐燕京二十春。

（五）

梁州终老寇氛张，重光华夏盼诸郎。
从古仁人宜有后，芝兰玉树一时芳。

（六）

硕德如君不憖遗，于翁深为陕人悲。
汉唐馀烈飘零甚，正待英才振国威。

（七）

不见于翁四十年，银髯梦里尚飘然。
遗文读罢兴百感，应建殊功慰昔贤。

（一九八六年四月）

丙寅春暮，全国唐代文学学会第三次讨论会于洛阳召开，恰逢牡丹花会，喜赋

溢彩飘香百万家，清清洛水映朝霞。

喜随四海风流士，来赏中州富贵花。

抑白岂宜轻玉版？崇红宁独贵硃砂^①？

和风甘雨春无价，斗丽争新尽足夸。

（一九八六年四月）

【注】

①玉版、硃砂，皆牡丹名。讨论会上，颇有全盘贬抑白居易其人其诗者，亦有全盘崇扬元稹其人其诗者。

黄河游览区杂咏 二首

河清轩

开轩竞撰河清颂，出户同观麦秀图。

一例东风吹禹甸，中州好景似三吴。

披襟亭

送爽几曾分贵贱，披襟何用辨雌雄。

"快哉"声里游人众，小立亭前赞好风。

（一九八六年四月）

题罗国士神农架山水长卷

神农架，神农架！洪荒之世出神农，岂曾于此习耕稼？神农一去不复回，留此奇观壮华夏。危峰拔地摩月窟，怪石凌空穿云罅。天风乍吼翠涛涌，雷雨初收彩虹挂。雾起云飞山隐形，海浪翻腾鱼龙怕。雾敛云散海失踪，千岩竞秀花争姹。挐云拂日松成林，神农往日憩林下。每当松际吐明月，犹有仙人来夜话。百兽率舞百鸟鸣，云中之君亦命驾。山深林密与世隔，几人知有神农架？偶传架上野人游，此语一出惊欧亚。渐有勇者窥奥秘，啧啧始羡乾坤大。频年梦游身未到，一朝喜见罗君画。画境更比梦境奇，连日披览不能罢。罗君真国士，妙笔参造化。且持此画赋远游，海外宁无知音迓？有欲买者慎勿卖，此乃瑰宝难论价。

（一九八六年四月）

赠程莘农教授

　　一九八六年五月下旬至六月初在京参加国务院学位委员会学科评审组会议，与程莘农教授同住京西宾馆三三二室。程系中医名家，兼擅书画，尝授予针灸秘诀，临别又书大寿字为予祝嘏，盛情可感，口占一律相赠。

京华邂逅亦夙因，旬日联床笑语亲。
医冠中西教博士，学兼书画羡通人。
肯挥大笔祝双寿，更授金针济万民。
别后相思倘相访，夕阳明处是三秦。

（一九八六年六月）

祝河南黄河诗社成立

　　黄河纳百川，浩瀚谁与敌？后浪推前浪，万古流不息。中州涨春潮，改革风雨急。龙马负新图，文明今胜昔。奔走聚诗人，长鲸快一吸。结社名黄河，黄河泻诗笔。杜老与莎翁，闻风各效力。我虽隔函关，亦盼沾馀沥。芜辞遥祝贺：诗国辟疆埸①。

（一九八六年六月）

【注】
①疆埸（yì 易），疆界，边境。

茂陵怀古

旌旗十万映朝霞，大汉天声震海涯。

煊赫武功青史著，风流文采艺林夸①。

已知治国须多士，何用求仙罢百家？

王母不来银阙远，茂陵松桧绕啼鸦。

（一九八六年七月）

【注】

①鲁迅《汉文学史纲要》："武帝有雄才大略，……又早慕词赋，喜《楚辞》，尝使淮南王安为《离骚》作传。其所自造，如《秋风辞》、《悼李夫人赋》等，亦入文家堂奥。复立乐府，集赵代秦楚之讴，以李延年为协律都尉，多举司马相如等数十人作诗颂。"又云："武帝词华，实为独绝。……自作《秋风辞》，缠绵流丽，虽词人不能过也。"

霍去病墓

频仍外患乱如麻，奋起嫖姚奠众哗①。

孙子多谋宁拟古，匈奴未灭不为家②。

历摧战垒通西域，遍扫狼烟靖朔沙③。

冢象祁连功盖世④，陵园香溢四时花。

（一九八六年七月）

【注】

①《史记·卫将军骠骑列传》：霍去病年十八，为嫖姚校尉，以军功封冠军侯，不久，又为骠骑将军。

②《史记·卫将军骠骑列传》："骠骑将军为人少言不泄，有气敢任。天子尝欲教之孙吴兵法，对曰；'顾方略何如耳，不至学古兵法。'天子为治第，令骠骑视之，对曰：'匈奴未灭，无以家为也。'由此上益爱重之。"

③上句指去病开河西、通西域的战功，下句指去病出代郡、右北平千馀里，击败北方匈奴主力的战功。

④去病大破匈奴于祁连山，他死后，武帝"为冢象祁连山"（把他的坟筑得像祁连山那样），并在墓前置各种大型圆雕石刻，以表彰这次战功。

李夫人墓前书感

倾国倾城绝世姿，沉沦微贱惜良时。
倘非一曲佳人颂，安得平阳贵主知？
专宠何曾干大政，临终惟愿护连枝。
病容不使君王见，凄绝遗言莫浪嗤。

（一九八六年七月）

教师节书怀

坑馀逢盛世，劫后庆佳辰。
绛帐弦歌美①，杏坛雨露新②。
树人师乃贵，强国教堪珍。
桃李芳菲遍，神州处处春。

（一九八六年九月）

【注】

①东汉大儒马融设绛帐授生徒，后因以绛帐指讲座。古代学校里用弦乐器配合唱诗，故后人用弦歌指读书。

②孔子讲学于杏坛，故后人以杏坛指学校。

贺阎明教授新居落成

指书指画擅风流，片羽珍传重亚欧①。

祖德清芬宜有继，孙枝挺秀自无俦。

长鲸破浪游三岛②，健隼凌霄斗九秋。

待得河清人更寿，晴阳满目焕新楼。

（一九八九年九月）

【注】

①阎甘园先生以擅长指书、指画名扬海外，有书画集传世。阎明教授是其长孙。

②阎明教授抗战前留学日本明治大学。

祝日中友好唐诗协会机关杂志《一衣带水》创刊

扬帆破浪往来频，仙岛神州若比邻。

空海西航窥秘府①，鉴真东渡指迷津②。

晁王结友词峰竣③，皮载分襟气味亲④。

文化交流衣带水，唐诗高唱有传人⑤。

（一九八六年十月）

【注】

①空海（774～835），日本真言宗祖师，法号遍照金刚。于唐德宗贞元二十一年（805）随日本遣唐使来长安，受法于青龙寺高僧慧果。唐宪宗元和元年（806）回国时携去大量珍贵典籍，在中日文化交流史上起过重大作用。他为日本人民学习汉诗汉语而编著的《文镜秘府论》，讲述六朝至唐初关于诗歌体制，声韵、对偶等方面的理论，至今仍有参考价值。空海回国前，马总，胡伯崇、朱千乘、朱少端、昙靖、鸿渐、郑壬等都作诗送他。他在中国作的诗，尚有《别青龙寺义操阿阇梨》等传世。

②鉴真于唐玄宗天宝十二年（753）以六十六岁高龄第六次东渡，始达日本，传布律宗，介绍中国的建筑、雕塑、医药等知识，对中日文化交流作出了重要贡献。日人元开，石上宅嗣，刷雄等，都为他写过颂诗和悼词。

③晁衡（701—770），日本人，原名阿陪仲麻吕。到唐后改名晁衡，字仲满。他于唐玄宗开元五年（717）随第九次遣唐使来唐留学，在长安太学受业，后任官职。与王维、李白、储光羲等大诗人互相酬唱，交情甚深。日本天皇诏书中称赞他"身涉鲸波，业成麟角，词峰耸峻，学海扬漪。"现存王维、李白、储光羲、赵晔、包佶等送他的诗和他怀念本国的几首诗，在中日文化交流史上占有光辉篇章。

④圆载于唐文宗开成三年（838）与圆仁等随日本第十六次遣唐使入唐求法，学天台宗。归国时携带大量儒书释典，可惜死于归途。他辞唐将行，大诗人皮日休、陆龟蒙等作诗送行，依依不忍分手。皮日休《重送圆载上人归日本》七律以"乘桴直欲伴师游"收尾，表现了深厚的友谊。

⑤中日相隔，不过"一衣带水"。两国人民通过"一衣带水"交流文化，已形成悠久传统。被誉为世界文学高峰的唐诗"是中国文化的根本，也是受其影响而产生的日本文化的中心"（《成立日中友好唐诗协会宗旨书》）。而晁衡、鉴真、空海、圆载等

人为中日文化交流所作的卓越贡献，又都在唐诗中得到了生动的反映。《一衣带水》杂志的创刊，必将使这一优良的传统发扬光大。《日中友好唐诗协会宗旨书》所说的"重新认识唐诗和唐诗的韵律，并将他传给一衣带水的两国子孙"，从而"推动友好车轮的向前"，是符合两国人民的愿望的。

湖北安陆李白纪念馆落成

　　白兆山下配鸾凰，选幽开田有馀粮。芳草飞萝娱心目，闲卧云窗傲羲皇。一朝大笑出门去，猿愁鹤怨山荒凉。身骑天马随玉辇，紫绶相趋神飞扬。岂料青蝇乱白黑，铩羽辞京徒彷徨。大定寰区馀梦想，醉墨淋漓入华章。碧海风高雪浪涌，青霄日丽彩云翔。当时已羡诗无敌，后代仍惊光焰长。至今佳句在人口，五洲传诵声琅琅。故乡江油建新祠，应知安州亦故乡。桃花岩畔觅逸迹，诛茅拓土百亩强。水榭游亭弹指现，堂室宏敞连长廊。风骨凛然见遗像，河岳英灵想盛唐。许身稷契忧黎庶，追踪管晏清海疆。相顾飘蓬仍共勉，兴酣落笔接混茫。双子星座同炳耀，李杜优劣漫雌黄。时代强音典型在，蚓鸣蝉噪非新腔。喜见安陆太白馆，辉映成都浣花庄。

（一九八七年一月）

南雍老同学易森荣来访，话旧终宵，吟一律送行

负笈南雍结好朋，推窗共看蒋山青。

朝吟诗和尖叉韵，夜话床连上下层。

雨后分飞双翮健，劫馀重见二毛生。

成行儿女多英俊，莫叹沧桑惜晚晴。

（一九八七年二月）

附 易森荣《西安访霍松林老友》

霍子吾师友，文坛负盛名。

放言惊四座，纵笔振天声。

牛槛十年苦，鸡窗数载亲。

长安深夜话，肝胆照平生。

贺《人文杂志》创刊三十周年

一刊风行遍五洋，人文蔚起拓新疆。

扬清激浊分泾渭，继往开来迈汉唐。

四化腾飞鹏鼓翼，万民团结日增光。

欣逢盛世庆而立，更放奇葩吐异香。

（一九八七年四月）

贺中华诗词学会成立

　　巍巍我中华，万代创鸿业。山川毓灵秀，人物信奇杰。言志复缘情，情芳志更洁。风骚动讴吟，嗣响无时歇。唐诗尤辉煌，宋词亦卓越。流播通九译，佳什万国悦。传统贵发扬，精蕴待剔抉。诗圣尊少陵，"窃比稷与契"。词豪推稼轩，誓补金瓯缺。"功夫在诗外"，放翁传真诀。号呼关大计，岂徒弄风月？神州正腾飞，历史换新页。举国奔四化，前景何炜烨！京华开盛会，恰值诗人节。爱国追屈子，群贤齐踊跃。振兴擂战鼓，改革吹号角。开放抒衷情，统一沥心血。既育文明花，复除腐败叶。褒善荣华衮，诛恶严斧钺。不入象牙塔，争赴最前列。词源泻三江，笔阵摇五岳。五色绚华章，八音协雅乐。诗国起雄风，大纛已高揭。祝贺献俚曲，纪程树丰碣。

（一九八七年四月）

与日本第一次日中友好汉诗访华团联欢，口占两绝

　　东瀛俊彦访唐京，千卷唐诗结友情。
　　李杜高岑须继武，鸿篇脱手万人惊。
　　叠唱联吟抒壮怀，长安春暖万花开。
　　盛唐气象今重见，不负良朋跨海来。

（一九八七年四月）

天水市国画在西安展出，观后抒怀

笔歌墨舞意飞扬，画里依稀见故乡。
争羡陇南山水好，春风一夜换新装。

（一九八七年四月）

美籍甘肃人袁士容女士归国祭扫黄陵，与余相遇桥山，畅叙乡谊

跨海归来花正繁，桥山顶上祭轩辕。
长怀壮志追前烈，更吐深衷话故园。
胜迹犹存伏羲里，春波初涨渭河源。
乡情醇厚乡音好，共约明年访陇原。

（一九八七年四月）

丁卯端阳节在京成立中华诗词学会，国内外与会者近五百人，即席吟成一律，未能记盛况于万一也

榴花吐艳粽飘香，四海名流聚一堂。
颂橘佩兰怀屈子，扬骚摧雅过端阳。
抒情惟愿人心美，言志还期世运昌。
盛会燕京划时代，中华诗教焕新光。

（一九八七年五月）

题华锺彦教授《五四以来诗词选》

"五四"惊雷动万方，冲云破雾巨龙骧。
已除专制开新宇，更建文明育众芳。
伟业讴歌天远大，豪情抒写海汪洋。
华翁妙选存诗史，河岳英灵迈盛唐。

（一九八七年六月）

新常德颂

往日凄凉地①，今朝换旧容。

楚天摩巨厦，沅水跨长虹。

绣夺花光艳，酒添春意浓②。

刘郎倘重到，何处觅遗踪。

（一九八七年七月）

【注】

①刘禹锡从永贞元年（805）被贬出京，先任朗州司马，后任夔州刺史，故有"巴山楚水凄凉地，二十三年弃置身"之句。朗州，即今常德地。

②常德所产湘绣及德山大曲极有名。

游桃花源 二首

（一）

当年野洞忆藏身，洞里终难避暴秦①。

料得陶公驰想象，亦知无地问迷津。

（二）

无君无税有田园②，果大鱼肥稻浪翻。

我是秦人秦已灭，也思移住武陵源。

（一九八七年七月）

【注】

①"四害"为虐之时，予与妻子被放逐，住永寿窑洞数月，仍时时被揪斗。

②陶潜《桃花源》诗："春蚕收长丝，秋熟靡王税。"

附 内子诗

鬌年负笈避秦燔，每见桃花想故园。

今日还乡访灵境，始知真有武陵源。

索溪峪夜起

悠悠梦里一声鸡，醒后时闻幽鸟啼。

出户看山山尚睡，朦胧残月照清溪。

（一九八七年七月）

索溪峪观奇峰

五岳归来兴愈浓，索溪游罢豁心胸。

初羡南天擎一柱，擎天更有万奇峰。

（一九八七年七月）

游十里画廊

溪绕峰围步步殊，画廊十里屡惊呼：
谁将原始天然美，幻作索溪万景图。

（一九八七年七月）

游黄龙洞

一洞幽深孰问津，流泉十里弄瑶琴。
此间果有真龙住，久旱何不降甘霖？

（一九八七年七月）

赞民兵发现黄龙洞

谁知此地可藏龙，洞口白云万古封。
不去持枪吓黎庶，敢来探险是英雄。

（一九八七年七月）

宝峰湖放歌

古往今来人人都说西湖好，欲看西湖只能跋涉万里到杭州。湘西去杭更辽远，欲餐秀色叹无由。历史已趋现代化，吾民争赴新潮流。改天换地非难事，巧夺造化迈前修。竟将西湖移向青山顶，更移四海奇峰妆点湖四周。我游索溪峪，好景不胜收。已探黄龙洞，复过白鹭洲。更欲拾级凌绝顶，宝峰湖上纵吟眸。游侣相扶将，初如上层楼。继惊山从人面起，前人脚踩后人头。汗若急雨，喘似吴牛。头晕腿酸惧失坠，幽壑岂宜伴老虬？投书正思效韩愈，忽闻耳畔欢声稠。放眼一看真奇绝，无数宝峰争与万顷宝湖结好逑。峰峦湖光各献媚，湖抱峰影似含羞。湖光明净谁忍唾，峰影倩丽孰与俦！清风飘拂烟鬟动，碧波摇漾翠黛浮。自幸几生修得到，携友挈妇弄轻舟。骄阳落峰后，炎威亦暂休。松涛送清籁，好鸟鸣啁啾。旅游胜地如此美，赞颂能不放歌喉！况闻不独自然风光甲天下，更泻万丈飞瀑发电利遐陬。无烟有烟皆工厂，欲探宝者请向此间求。

（一九八七年七月）

游常德德山枉水

德山尝居有德者，枉水尝沉冤枉人。冤未洗雪德未报，山水却以人出名。我游德山渡枉水，水澄明兮山秀美。山巅新起七级塔，旧塔"文革"被摧毁。"四凶"落网才十年，百乱已拨百废理。但愿而今而后有山皆有德，水不流枉流欢喜。

（一九八七年七月）

曹菁先生临别赠诗，情意至殷，次韵奉酬，亦"海内存知己"之意也

莫叹相见晚，莫嗟相离速。
暂聚神已合，远别情更笃。
君才追子建，命骚若奴仆。
新诗时见惠，亦足慰幽独。

（一九八七年七月）

附 曹菁先生原作

相见一何晚，相离一何速！
趋庭席未温，侍坐情已笃。
沅水月依依，秦关尘仆仆。
无言久把袂，天地悠悠独。

应明治大学客座教授之聘，自上海飞抵东京

徜徉天外览寰球，鲲化鹏抟汗漫游。
眼底云涛方变灭，已随海客到瀛洲。

（一九八七年九月）

赠日本明治大学

巨厦连云作大猷，骏河台畔万花稠。
维新伟业光三岛，明治高风动五洲[①]。
广育英才扶正义，宏扬文化壮清流。
我来喜唱摇篮曲，从古蓬莱重自由[②]。

（一九八七年九月）

【注】
①明治大学创办于明治维新之时，至今已有 105 年校史。
②明治大学校歌有"自由摇篮"语。

参观静嘉堂文库 二首

（一）

曾上宁波天乙阁，又登蓬岛静嘉堂。

何当赁屋经年住，遍读奇书十万箱。

（二）

珍藏一夜付东流，太息江南皕宋楼^①。

库主连声夸"国宝"^②，几番回首望神州。

（一九八七年九月）

【注】

①陆心源字刚甫，号存斋，浙江归安人，光绪间官至福建盐运使。筑"皕宋楼"藏宋元旧刊、"十万卷楼"藏明及明后秘刻、"守先阁"藏寻常刊本。一时名噪江南，为清末四大藏书家之一。心源卒后，其子树藩耽于逸乐，以十万金售日本静嘉堂文库。

②静嘉堂文库长米山寅太郎导余观看库藏宋元珍本，被赞为"国宝"者，皆陆氏"皕宋楼"旧物。

赠东洋文库

陆厨邺架放奇光，凤轴鸾笺吐异香。

楼接青霄书汇海，库名不愧唤东洋。

（一九八七年九月）

奈良中秋夜望月

蓬莱岛上中秋月，此月当年照鉴真①。
发愿传衣东渡海，倚栏无奈又思亲。

（一九八七年九月）

【注】
①鉴真 (688—763)，唐代僧人，于第六次渡海成功，在奈良
建唐招提寺，为日本律宗初祖。

东 京

辽阔蓝天衬白云，纵横坦道净无尘。
扶桑信是秋光好，却厌鸦群乱鸽群①。

（一九八七年九月）

【注】
①东京除白鸽乌鸦外无他鸟。鸦群过处，"哇哇"之声不绝。

亚细亚文化会馆楼顶观东京夜景

雄楼栉比无馀隙，高下参差接远空。
亿万银灯汇银海，海中处处闪霓虹。

（一九八七年九月）

赠岩崎富久男教授 四首

(一)

万象纷纭万籁鸣，游踪半月遍东京。
风驰电掣不迷路，多赖岩崎管送迎。

(二)

殷勤邀我访横滨，慰我乡思见性真。
凭栏饱吃中华饭，中华街上看华人。

(三)

共作镰仓半日游，看山看海看浮鸥。
露天大佛同留影，坐阅兴亡知几秋！

(四)

精研华夏救亡歌，每过皇宫议论多。
肯把裕仁呼战犯，从知正义满山河。

（一九八七年十月）

西岗晴彦教授邀往信州大学讲学，盛设家宴相款，又陪游著名风景区上高地，临别依依，写赠四绝。

华灯灿烂开华宴，锦馔琳琅出锦心。
论史谈诗同一醉，难忘松本遇知音。

相邀讲学远驰车，陪我游山兴转赊。
西袋池前同照影，霜林红胜杜鹃花。

美酒盈樽追北海，奇书满染羡西岗，
以书下酒浑忘饿，举案齐眉有孟光。

博览和文住松本，精研汉籍客长安。
日中友好传佳话，仙岛神州任往还。

（一九八七年十月）

赠信州大学英语教授桥本功

异书精读蟹行文，豪迈诙谐更出群。
为我驱车三百里，雪山脚下看红云。

（一九八七年十月）

名古屋日本中国学会遇门人马歌东

异国相逢兴转豪，长安往事话滔滔。
五洲硕彦他山助，学海飞舟掣巨鳌。

（一九八七年十月）

离日飞沪，恰遇重阳，机中口占
一绝，落帽龙山旧典，不复可用也

瀛洲争赏菊花黄，把酒持螯忆故乡。
归路登高万馀米，闲看云海过重阳。

（一九八七年十月）

题张謇《送王生新令毕业归天水》诗卷①

往日秦州见此卷，学行窃欲追乡贤。此卷今
自皋兰至，回首前尘五十年。五十年前吾方少，
鹏抟宁辞斥鴳笑。环顾何人似我狂，无怠无逸乃
同调②。邀我留月楼上住，楼外幽花映芳树。下
帷相期效董生，忍令韶华等闲度！盱衡今古拓心
胸，月旦妄及新令翁。为我开箧出此卷，墨光熠
耀惊双瞳。笔阵纵横迈张索，长风鼓浪走蛟龙。
句律森严逼韩杜，思溢渤澥语盘空。卷首标题见
原委，王生毕业归天水。丙寅饯送作长歌，张謇

署名压卷尾。赞扬勖勉复惜别，情意殷殷言娓娓。
十七负笈列门墙，五载磨研得精髓。攀窥历代诸
儒贤，英气超绝萃众美。授琴操缦声泠然，正直
无阿视朱弦。文法书法复指示，欲得鱼兔需蹄筌。
炯炯风义摩云汉，长吟思绪如涌泉。南通状元人
中杰，图强致富肝肠热。顺应潮流迈巨步，大办
教育兴实业。作育英才重陇士，教泽西被仇池穴。
取则不远须精进，共参文战各得俊。远赴金陵入
上庠，鸿儒硕彦日亲近。尤幸王翁居左邻，奔走
门下多雄骏③。数年私淑忽亲炙，每有疑难辄请问。
因诵濠南送行诗，畅谈不觉更漏尽。师承郑重说
从头，倾筐倒庋传心印。从游三载乐无涯，一时
酬唱尽名家。锺阜登高笔干象④，秦淮修禊诗笼
纱⑤。沧桑几变如隔世，白门衰柳暮云遮。三原
沁水久凋谢，王翁墓木啼寒鸦。浩劫十年文物尽，
诗卷存亡每叹嗟。四凶既殛群妖逝，拨乱举国批
凡是。四化花开遍神州，建设文明重德智。无怠
无逸寄书来，鹊噪簷前报喜事。故物赫然入眼帘，
诸家题咏亦编次。摩挲终夜不成眠，起视鸿雁书
人字。嘱我作跋情倍亲，勉缀芜词酬故人。箕裘
克绍君无忝，薪火能传我未贫。家珍护持原非易，
流传应作千年计。乡邦文献归乡邦，乡人观览知
奋励。何时修复留月楼，楼前仍种花木稠。上楼
与君重展卷，浩歌无尽水长流。

（一九八七年十月）

【注】

①新令先生于一九二六年毕业于通州师范本科，校长张謇题诗送行。新令先生精裱为长卷，陈衍、冒广生、高一涵等名家题咏。录张謇诗于后："王生天水之少年，十七南学裹粮两月道路经六千。比于王伯舆，跋远而志坚。五载不归去，朱丹肆磨研。独爱文学探陈编，攀窥汉魏唐宋诸儒贤。吐弃世俗里儿语，侏僺兜昧尤弗专。不知所造浅深与高下，英气超绝尘垢缠。岁时休暇窃娱乐，从人更受丝桐传。出视所蓄命操缦，欲其正直如朱弦。为语文法及书法，略指途径犹蹄筌。生家故有秦渭田，有父有母俱华颠。学成合借受经养，思归动引义以宣。河洛甲兵，秦陇烽烟。行不由陕，其必由川。川中四将兵满前，忧非五盘岭栈三峡船。闻生戒路心凛然，天下蜩螗羹沸煎。读书奉亲命苟全，奚世不谐无违天。生为奏一曲，吾为歌一篇。炯炯风义江云骞，行矣无慕何蕃欧阳詹。"

②无怠，新令先生之侄；无逸，新令先生之子。二人皆余中学同学好友。无怠毕业于西北农学院，现为牧草专家、总畜牧师。无逸毕业于上海法学院，现为甘肃省人事局长。

③余就学南京中央大学期间，与新令先生毗邻，时时趋访。新令先生以擅长诗文书法为于右任先生所器重，南都名流，多有交往，亦多绍介与余结忘年交。

④1947年重阳节，于右任、贾景德两先生邀当时著名诗人于紫金山天文台登高赋诗，与会者七十馀人，余最年轻，作五古六十馀韵，载《中央日报》。

⑤余与新令先生同参加青溪诗社，数度修禊于秦淮河上。

题红楼梦人物馆

游人瞻妙相，如进大观园。
悼玉频挥泪，悲金欲破天。
婚姻今自主，男女已平权。
休做红楼梦，长征竞着鞭。

（一九八八年一月）

上海植物园盆景

曲枝老干似虬龙，结果开花紫间红。
异态奇姿盆景好，争夸人巧济天工。

（一九八八年一月）

挽刘锐教授

同门劫后各参商，每到春申辄举觞。
解字精思通贾许，哦诗逸韵接苏黄。
方欣冬尽迁乔木，正盼书来话别肠。
乍见讣文难忍泪，还期好女继中郎。

（一九八八年三月）

于右任书法流派展览

推翻专制破群蒙，馀事犹参造化功。
豪迈情思惊虎豹，神奇符号走蛟龙。
千秋书史开新派，一代骚坛唱大风。
春满乡邦桃李放，争挥健笔颂髯翁。

（一九八八年四月）

台湾作家王拓自美归国祭扫黄陵，邵燕祥赠以七律。毕朔望约余同和

云天望断费沉吟，南燕常牵万里心。
一峡何堪分汉土，三生难改是乡音。
归来喜醉黄柑酒，别去愁弹绿绮琴。
重挽龙髯留后约，桥山回首柏森森。

（一九八八年四月）

贺陕西省诗词学会暨长安诗社成立

春满关中万卉繁，群贤云集古长安。
重光汉业心潮热，大振唐音视野宽。
华岳莲开添壮丽，黄河浪涌助波澜。
新人歌唱新时代，应有新诗胜杜韩。

（一九八八年四月）

读《晚霁楼诗》寄永慎

老杜行吟地，髫年烂漫游。

萍踪遍尧甸，梓里忆秦州。

树绿南山寺，花明晚霁楼。

何时共酬唱，尊酒慰离忧。

（一九八八年五月）

搬家三首

（一）

硬把搬家叫转移，心存馀悸笑孙犁①。

当年小将都成熟，放抢谁扛造反旗？

（二）

抬柜搬床半月忙，图书万卷待装箱。

高楼绝顶难常住，怕处尖端惹祸殃。

（三）

冬如冰库冻生梨，夏似铜锅煮嫩鸡。

元龙豪气都消尽②，层次而今不厌低。

（一九八八年七月）

【注】

①孙犁不久前于《光明日报·东风》发表以搬家为内容的散文，题为《转移》，极言不得不转移的种种原因，读之毛骨悚然。

②1980年搬家，有"豪气徒招十载囚，暮年着我最高楼"之句，以陈元龙自嘲。

题仇池诗草

陇右夸名胜，仇池万古传。

云间飞峭壁，天外现平田。

游目清泉涌，息心俗虑蠲。

从来歌福地，此卷萃名篇。

（一九八八年七月）

有亮一珠新婚

鸾窗鸳帐掩红纱，乐奏合欢酒泛霞。

吉日得珠真有亮，良宵梦笔自生花。

三儿一女婚姻美，学海书山道路赊。

愿了向平①犹有愿，雕龙绣虎各成家。

（一九八八年八月）

【注】

①儿女婚事已毕，谓"向平愿了"，见《后汉书·逸民传》

游晋祠①

悬瓮高峰泻碧流。晋阳风物最宜秋。
桐封儿戏凭君说②，难老泉边半日游③。

周柏凌空尚郁苍，人间几度换沧桑。
亭台楼殿知多少，喜见儿孙作栋梁。

朱甍碧瓦荫高槐，作戏逢场万众来。
巨盗神奸难遁影，纷纭仍上水晶台④。

稻翻金浪水萦纡，千古犹留智伯渠⑤。
休叹头颅充"饮器"，且来渠上看游鱼。

（一九八八年九月）

【注】

①晋祠，在今太原市西南约五十里悬瓮山下晋水发源处。周初，成王封弟叔虞于唐，叔虞之子燮父迁晋水旁，更国号为晋。晋祠，即唐叔虞祠，有周柏、唐槐、智伯渠等古迹。圣母殿有宋代的仕女塑像数十座，极精美。

②《史记·晋世家》载：成王与叔虞戏，削桐（古音与"唐"同）叶为珪（守邑的符信）给叔虞曰："以此封若（你）。"史佚请择日立叔虞，成王曰："吾与之戏耳。"史佚曰："天子无戏言。……"遂封叔虞于唐。柳宗元有《桐叶封弟辩》。

③难老泉为晋祠三绝之一，是晋水的主要源头。泉上有八角亭，始建于北齐天保年间（550—559），名难老亭。

④台系明代建筑，具有楼、台、殿、阁四种建筑风格：台的后面上部是重檐歇山顶，像楼；下部却是宽阔的宫殿式；前面上

部是单檐卷棚顶,像阁;下部却是个戏台。此台供祀神演戏用,上覆唐槐,旁临清泉,取"清水名镜,不可以逃形"(《汉书·韩安国传》)之意,名"水晶台"。是说这个台子像水晶,上得台来,奸佞邪恶不管如何伪装,一照便现原形。

⑤晋国自周定王十六年(前591)设"六卿"以后,政权下移,赵、智、韩、魏、范、中行"六卿专政"。春秋后期,智伯吞并了范氏和中行氏,又胁迫韩、魏两家攻赵,决汾晋二水灌晋阳城。赵襄子联合韩、魏,反攻获胜,杀智伯,漆其头为"饮器"(盛酒用)。后人因名智伯灌晋阳城所开渠道为"智伯渠",现在是晋水的一道干渠,纵贯晋祠公园,蜿蜒向东,溉田千亩。

长安诗词学会成立放歌

水漾傍,山屏障。太华终南气势雄,洪河泾渭波涛壮。钟灵毓秀出诗人,三秦处处歌声放。远源直溯《诗三百》,《豳风》《秦风》光万丈。大汉声威震四海,《西都》一赋传千载。况有《上林》与《甘泉》,《羽猎》《长杨》耀文彩①。吁嗟三国逮六朝,分疆裂土森戈矛。风土各殊民情异,南诗绮丽北雄豪。三唐复归大一统,国强民富慑天骄。南北融会结硕果,中外交流涌巨潮。春满西京百花艳,衣冠云集曲江畔。诗圣诗仙与诗佛,各舒彩笔干霄汉。当时岂仅唱旗亭,四裔普播腾光焰。至今万口赞唐诗,巨帙犹存九百卷。历史频换风俗图,赫赫唐都变古都。积年锁国忽开放,海客络绎夹道呼。休徒炫耀兵马俑,休徒艳羡子母蚨②。发扬传统拓新宇,世界文明探骊珠。

振兴诗教复谁赖，李杜王白典型在。群贤结社古长安，放眼神州气豪迈。改革热浪已奔腾，四化宏图正描绘。诗境浩茫纳五洲，诗情潆濴容九派。时代风云越汉唐，应有鸿篇凌百代。

（一九八八年十月）

【注】

①班固《西都赋》、司马相如《上林赋》、扬雄《甘泉赋》《羽猎赋》和《长杨赋》，皆描写长安及其附近地区。

②青蚨，虫名。昔人谓以其子母各若干置瓮中，埋墙下，三日后开瓮，以子母血各涂八十一钱，则子母相从。入市买物，用子留母，或用母留子，其钱自还，因称钱为青蚨。见《淮南子·万毕术》"青蚨还钱"注。

题江海沧《法门寺印谱》

忆昔夜诵昌黎诗，雪拥蓝关马行迟。朝奏夕贬缘底事，逆鳞浪批逞雄辞。当时年少识未广，废书忽作非非想。华夏果有真佛骨，祈福我亦驱车往。中年劳改胎欲脱，只拜领袖忌言佛。打翻批臭犹紧跟，颂法詈孔拒杨墨。垂老如入山阴道，万壑千岩春意闹。经济搞活富双倒，文化寻根崇三教。圣冢应运自开启，宝函八重护罗绮。四枚手指现函中，嗟尔何年离佛体！记载历历稽内典，释迦涅槃火光闪。宏扬释教阿育王，远送舍利来吾陕。法门建寺修琳宫，宝塔高耸摩苍穹。佛骨所在佛亦在，参谒车马塞扶风。迎入大内复送还，布施珍宝积如山。地宫一闭千馀载，谁知此中别有天？一朝开放惊欧亚，堪与秦俑争高下。地下文物固足夸，回顾地上能不结舌瞠目盼四化？江郎印谱谱法门，芥子须弥微意存。引喤我亦抒积愫，雨夜鸣钟唤晓暾。

（一九八八年十一月）

祭黄帝陵

赫赫元祖，继武羲农；奋起神州，斩棘披荆。

躬率貔貅，抵御侵凌；诸侯宾服，百姓康宁。

大展鸿猷，乃肇文明；功高万代，泽被后昆。

绵绵瓜瓞，咸秉懿行；建功立业，虎跃龙腾。

光辉历史，越五千春；吸引弥巨，凝聚日增。

子子孙孙，继继绳绳。世居本土，永播清芬，

流寓海外，亦皆寻根。时逢盛世，节届清明；

瞻仰桥山，霞蔚云蒸。心香亿万，恭献黄陵。

缅怀往烈，誓振天声；共兴华夏，壮志凌云。

邃密群科，勇攀高峰；开发智力，选贤任能。

四化建设，百废俱兴；四美教育，蔚成新风。

改革奏捷，除旧布新；开放收效，取精用宏。

严密法制，正气愈伸；发扬民主，众志成城。

艰苦创业，克俭克勤；文化昌盛，经济繁荣。

一国两制，五洲共钦；祖国一统，华胄同心。

昆仑毓秀，黄河澄清；美好现实，锦绣前程。
人歌乐土，史著丰功。敬告我祖，以慰威灵。

（一九八七年四月）

祭伏羲庙

煌煌华夏，地灵人杰；自强不息，乃创鸿业。
慎终追远，缅怀太古；曰有伏羲，世称人祖。
生于成纪，史有明文；乘时崛起，清渭之滨。
观法于地，观象于天；始画八卦，文字起源。
民处草昧，茹毛饮血；始作网罟，以渔以猎。
历史发展，有此阶段；如草方萌，如夜初旦。
继此而往，代有贤能；耕耘教化，日进文明。
四害既除，日月重光；绳其祖武，民气恢张。
深化改革，坚持开放；奋发图强，前途无量。
顾我西部，开发甚早。先哲遗泽，润及枯槁。
丝绸之路，横跨亚欧；汉唐文化，光耀寰球。
宋元以来，渐趋落后；人谋不臧，地利如旧。
今逢盛世，中华振兴；同奔四化，岂甘后人？
卦台效灵，麦积挺秀；羲皇故里，车马辐辏。
陇右贤达，海外赤子；齐心协力，繁荣桑梓。
人文蔚起，经济腾飞；工歌农舞，水美田肥。
敬告太昊，用表决心；超唐迈汉，共建奇勋。

（一九八八年六月）

贺陕西省楹联学会成立

八法创艺术，六书凝智慧。

汉字传万祀，形完音义备。

一字一音节，音节殊抗坠。

一字一词性，词性异种类。

譬如地配天，又如兄偕妹。

凤翥媲鸾翔，桃红映柳翠。

联想摛翰藻，音义自成对。

经史乃散文，俪语亦不废。

骈文与律诗，属对尤精粹。

孟昶书桃符，新年祝祥瑞。

附庸蔚大国，楹联诚可贵。

金铿碧玉敲，璧合明珠缀。

辞约情意丰，醇美五洲最。

龙蛇舞健笔，书艺更相配。

雄迈兼俊逸，端严含妩媚。

历代出名家，杰作耐寻味。

吁嗟罹浩劫，四凶肆狂悖。

"扫荡"妖呼风，"打砸"鬼携魅。

焚书又坑儒，昏昏天沉醉。

大革文化命，神州沦草昧。

"四五"响惊雷，亿民热血沸。

元恶终见殛，群妖亦伏罪。

共建两文明，大声震聋聩。

晴阳丽五岳，和风绿万卉。

传统正发扬，新潮竞融汇。

政途辟荆榛，艺苑滋兰蕙。

三秦古皇州，人文久荟萃。

冠盖集长安，楹联立学会。

继往抒壮怀，开来竖高旆。

勋业规汉唐，清浊辨泾渭。

扬善展鸿猷，驱恶除废秽。

"四化"赞奇功，"两制"歌嘉惠。

胜迹细品题，江山增彩绘。

高手推髯翁，接武期吾辈。

早梅欲绽葩，皓雪兆丰岁。

愿各抒红笺，豪情吐滂沛。

万户换新符，春色溢关内。

（一九八八年十二月）

登南城门楼，观西安书法艺术馆所藏珍品

迢递南城顶，琳琅艺术宫。

千箱藏篆隶，四壁走蛟龙。

书法三秦盛，文明万国崇。

登临开眼界，应振汉唐风。

（一九八九年三月）

寄李殷木乌鲁木齐（三首）

（一）

轮虱谈诗意气投，劳君推毂赋东游。
城南万柳飘零尽，地覆天翻四十秋。

（二）

西出阳关更向西，冰河铁马战云迷。
解鞍洗砚瑶池上，犹有豪情化彩霓。

（三）

垂老情怀忆故丘，何年重聚古秦州？
还期远寄诗书画，三绝真堪豁两眸。

（一九八九年三月）

1950 年夏与殷木初遇于汪剑平先生轮虱室中，遂为余夫妇安排工作；余得东游，实促成之。

游大雁塔^① 四首

（一）

争拜慈恩古佛慈，五洲车马日奔驰。
仿唐宫殿连云起，可似开元全盛时？

（二）

开放潮催改革潮，长安新貌画难描。
雄楼巨厦摩银汉，揽胜休夸雁塔高。

（三）

挖洞当年未积粮，嗷嗷万口怨春荒。
而今饭馆连宾馆，地下天宫乐未央。

（四）

雁塔南通古杏园，杏摧园废变农田。
新栽异卉三千种，争媚游人互斗妍。

（一九八九年四月）

【注】

①雁塔东侧，唐华宾馆、唐歌舞餐厅及唐代艺术博物馆将竣工。雁塔西侧，"深挖洞，广积粮"时所挖深洞经整修，辟为地下宫，游人极众。植物园万木争荣，千花竞艳，士女络绎。

参加郑州黄河游览区诗会，观牡丹园，登大禹岭，赋呈与会诸友

大河南岸聚诗人，满眼芳菲惜暮春。
柳絮风轻舒燕翼，桃花浪阔闪鱼鳞。
彩毫竞绘姚黄艳，隽句谁传夏禹神？
遥望巨龙腾地起，浮天云气正纷纶①！

（一九八九年四月）

【注】

①黄河自郑州以下至开封一带，高出地面十余米，远望如巨龙腾空。万一决堤，后果何堪设想？大禹疏导之功，其可忘乎！

赠黄河诗社诗人泡沫塑料厂厂长田君

诗界谁先富？斯人我最钦。
"革新"挥健笔，"搞活"唱强音。
有料皆堪塑，无田不献金。
穷愁归一扫，虎啸代蛩吟。

（一九八九年四月）

答厚示见责

武夷屡负清游约^①，玉女凝眸有怨声。
击棹赓歌期异日，丹山碧水证前盟。

（一九八九年四月）

【注】
①武夷诸峰以玉女峰为最美。

蔡厚示兄屡邀参加武夷诗会，余皆欣然应诺，且吟"更有明年约，棹歌九曲清"之句纪其事，然届时皆因故未成行。蔡兄来书见责，因缀四句以解之，兼呈八闽诗友，其待我于丹山碧水之间乎！

示天翔小孙孙

天翔生交大，常来师大玩。
三岁讲故事，情节能编圆。
四岁背唐诗，知有李谪仙。
身体月月长，智慧日日添。
如今上小学，学习心更专。
再过八九岁，翩翩美少年。
高考必夺冠，科技善攻坚。
每逢寒暑假，骑车来请安。
奶奶好高兴，爷爷好喜欢。
作诗祝天翔，腾翔万里天。

（一九八九年四月）

终南印社成立三十周年

周鼎煌煌文字古，杰作何人镌石鼓！
先秦两汉留文物，玺印琳琅遍中土。
篆刻远源出雍州，万派分流吸法乳。
名家崛起皖闽浙，艺苑寂寥叹三辅。
浩劫已过万类苏，忽见长安铁笔舞。
宏开印社侔西泠，终南爽气日吞吐。
奏技活参十三法，取则博搜百二谱。
溯源穷流拓新疆，甘于方寸寄灵府。
燮理阴阳宰相贤，分割朱白将军武。
十年辛苦不寻常，积石成山宁无补？
不效时流向钱看，献身艺术轻阿堵。
秦山渭水见风格，雄浑豪放含媚妩。
老去我欲制闲章，投笔操刀请入伍。

（一九八九年四月）

自西安赴广西，车过中州作

连天麦浪绿无涯，车过中原兴转赊。
夏意初浓桃李嫁，村村开遍泡桐花。

（一九八九年四月）

陕西省考古研究所成立三十周年

卅年奔走破尘埋，文化寻根亦壮哉！
磨石蓝田人迹现，刻辞岐下曙光来。
九州一统秦兵出，万国同欢汉殿开。
鉴古知今前路远，振兴华夏赖雄才。

（一九八九年五月）

午日 二首

（一）

爱国常怀真屈子，驱邪难觅老雄黄。
采来艾叶门前挂，惟愿蚊蝇莫肆狂。

（二）

彩丝缠臂葛衣凉，角黍堆盘粽叶香。
老去年光如急溜，且沽浊酒过端阳。

（一九八九年六月）

无怠嘱题怀飞楼山水画辑 二首

（一）

啸傲林泉晚照明，一丘一壑也关情。
眼前多少佳山水，都自兰翁笔下生。

（二）

秋波远映天边树，晓日遥明海上山。
有限丹青无限意，怀飞楼上望台湾。

（一九八九年六月）

题《雁塔区民间文学集成》

雁塔俯唐京，凤原临汉城。
闾阎饶气象，人物富才情。
传说赖搜辑，歌谣待品评。
民间文学盛，吸取育文明。

（一九八九年七月）

晴野假玉泉观创办天水诗书画院

玉泉观上多情月，照我弦歌岁几周？
犹忆松窗温旧梦，忽传柏院起新楼。
文风大振诗书画，教泽宏施亚美欧。
便拟还乡挥健笔，光辉历史写秦州。

（一九八九年八月）

游药王山抒怀 三首

（一）

参禅悟道杳难攀，伏虎降龙力更孱。
惟愿尽除天下病，暮年犹上药王山。

（二）

耀州瓷与华原磬，更有孙公晒药场。
来此休徒吊陈迹，几多传统待弘扬。

（三）

大唐医重孙思邈，北魏碑夸姚伯多。
万国游人频展谒，从知四海不扬波。

（一九八九年九月）

《陕西师大学报》创刊三十周年

雄楼栉比万花繁，雁塔凌霄瞰校园。
桃李发荣歌化雨，梗楠擢秀颂朝暄。
鸿文穷究天人秘，伟论深探治乱源。
学报风行三十载，开疆拓土纪新元。

（一九九〇年二月）

题《兰州古今诗词选》

东西万里丝绸路，雄镇皋兰控五凉。
欧亚通商曾结果，汉唐创业尚流芳。
阋墙苦斗馀残梦，绕郭荒山换盛妆。
一卷诗词传往烈，更挥彩笔谱新章。

（一九九〇年二月）

超然兄来函索题《阅读与写作》，因忆旧游，写寄一律

水秀山明花满城，去年四月到南宁。
参天树见英雄美，倾盖人逢汉僮亲。
话别邕江萦宿恋，书来雁塔寄深情。
愿将读写传三昧，学海扬帆万里程。

（一九九〇年二月）

首届海峡两岸元曲研讨会在石家庄召开 四首

（一）

珠玉随风散九天，美人含笑立花间。
西厢记与离魂记，语丽情芳万口传。

（二）

雪飞六月窦娥冤，雁唳三更汉帝寒。
谁道曲高终和寡，至今演唱遍梨园。

（三）

酸甜异味各名家，兰谷才高百代夸。
吟到梧桐秋夜雨，不知何处望蒹葭？

（四）

诗词流韵遍遐荒，元曲精微待发扬。
两岸学人齐努力，中华文化放光芒。

（一九九〇年二月）

　　第一首咏王实甫、郑德辉。《涵虚子论曲》谓"王实甫如花间美人"，其代表作为《西厢记》；"郑德辉如九天珠玉"，其代表作为《倩女离魂》。

第二首咏关汉卿、马致远。汉卿《感天动地窦娥冤》，致远《破幽梦孤雁汉宫秋》，至今以各种改编本演唱不衰。

第三首咏贯云石、徐再思、白朴。云石号酸斋、再思号甜斋，其散曲合刻本名《酸甜乐府》。白朴号兰谷，《唐明皇秋夜梧桐雨》是其代表作。

元曲研究，尚落后于唐诗宋词。

读国磷兄台北书，枨触往事，吟成九绝句，却寄

送暖春风放早梅，故人隔海寄书来。
休嫌纸短意难尽，声气能通亦快哉！

每思故里话秦州，夜雨巴山几唱酬。
屡变沧桑人亦老，嘉陵江水尚东流！

同学南雍正少年，秦淮烟月后湖船。
老来可有金陵梦？欲觅游踪已杳然！

满地残红惜暮春，连江风雨送飙轮。
髯翁殊遇宁轻负，与子相随到沪滨。

乡关北望断知闻，午夜南飞百虑纷。
烽火连天家万里，五羊城上看余曛。

抟风破雾到渝州，往事难忘己丑秋。
旧地重游情景异，思归同赋仲宣楼。

中秋送我赴南泉，贺我新婚寄锦笺。
正拟同舟归故里，忽成隔海望遥天！

多君海澨伴髯翁，书道传薪一代雄。
见说髯翁常念我，扪心愁对夕阳红。
四十馀年事万端，难凭尺素说悲欢。
惟期老去皆安健，放眼家山共倚栏。

（一九九〇年二月）

应顾问之聘，赴凤翔参加苏轼研讨会，畅游东湖，主事者索诗刻石，因题四绝

初试锋芒判凤翔，匡时淑世岂无方？
果然刑赏存忠厚，不独诗文擅胜场。

新荷出水柳藏乌，轻棹探幽忆大苏。
遗泽至今犹润物，连云麦浪接东湖。

桐花照影竹摇飔，喜雨亭连饮凤池。
文采政声何处觅，游人争拜长公祠。

曾厌水浑山不青，诗人心意岂难明？
何年放眼凌虚望，千里秦川胜锦城！

（一九九〇年八月）

宋仁宗嘉祐二年（1057），苏轼试礼部，以《刑赏忠厚论》受知欧阳修，中进士。六年（1061）十二月起，任凤翔佥书判官三年，多有政绩；又作诗文百馀篇，《喜雨亭记》《真兴寺阁诗》等皆传诵不衰。

苏轼任职不久，即扩展古饮凤池，植柳种竹栽荷。以在郡城之东，故名东湖。今经疏浚，湖面益广，天旱则引湖水以溉田。

新修苏文忠公祠颇壮丽。其东侧重建喜雨亭，南临东湖，即古饮凤池也。苏轼《东湖》诗自夸蜀江绿如蓝，而谓凤翔一带则"有山秃如赭，有水浊如泔"，独东湖清澳宜人。凌虚台在喜雨亭北，苏轼有记。

游钓鱼台

垂钓磻溪两鬓霜，一朝何幸遇文王！
兴周灭纣非吾事，溽暑来乘半日凉。

（一九九〇年八月）

周公庙

梦寐难寻尼父忧，我来亲入庙堂游。
遗容越世须眉古，老树摩云桧柏稠。
青史犹传周礼乐，黎民久厌纣春秋。
倚栏莫更思兴废，注目清泉自在流。

（一九九〇年八月）

《论语·述而》记孔子语云："甚矣吾衰也，久矣吾不复梦见周公"。孔子名丘字仲尼，后人尊称"尼父"。庙内有润德泉，史称"世乱则竭，时平则流"。导游冯君证以事实云：十年浩劫，此泉枯竭；改革开放以来，则日夜喷涌，清冽异常。

门人邓小军、尚永亮、程瑞钊俱获博士学位，设宴谢师。口占四句以赠

斯文重振迈前修，哲士宁忘黎庶忧？
九曲黄河通大海，瀛寰放眼看潮流。

（一九九〇年八月）

附 邓小军《庚午夏毕业长安呈别松林师》

渝州讲学得瞻依，叹是生公说法时。
诗史重溟亦传习，文心百世可宗师。
高情夫子深期我，大愿斯文共振之。
一曲骊歌何限意，青青灞柳万千枝。

庚午深秋，中国唐代文学学会于南京双门楼宾馆召开国际学术研讨会，四海名流云集，盛况空前，喜赋一律

栖霞红透秣陵秋，虎踞龙蟠夜雾收。
六代玄风凭想象，三唐文苑任优游。
中华典籍越重泽，四海贤豪会一楼。
万派交融前景阔，倚栏遥看大江流。

（一九九〇年十月）

偕唐代文学国际学术研讨会诸公游扬州，登平山堂

当年酬唱几人英，六一风神四座倾。
胜事宁随前哲尽？远山仍与此堂平。
绿杨城外枫林艳，红药桥边秋水清。
欲约群贤留半宿，共看淮月二分明。

（一九九〇年十月）

平山堂，欧阳修知扬州时所建，每与群贤酬唱其中。因远山与此堂平，故名。"绿杨城郭是扬州"，"天下三分明月夜，二分无赖是扬州"，"念桥边红药，年年知为谁生"，皆前人咏扬州名句。

南京会后，与学会其他领导人陪同台湾学者杨承祖、罗联添、汪中、罗宗涛、吴宏一、李丰楙诸教授及日本学者兴膳宏、筧文生、筧久美子、横山弘、西村富美子诸教授赴浙东临海市考察郑虔史迹，途经绍兴，畅游兰亭。主人索书，因题一绝

茂林修竹亦欣然，又见兰亭会众贤。
异域同声发高咏，风流岂让永和年？

（一九九〇年十月）

临海展郑虔墓

五洲硕彦拜孤坟，远谪翻垂不世勋。
忧国竟遭廊庙弃，化民终见蕙兰芬。
一杯难觅苏司业，三绝宜追郑广文。
莫叹才名误豪俊，甘棠犹护海隅云。

（一九九〇年十月）

题郑虔纪念馆

严谴人犹惜郑虔，台州远望海连天。

著书难展澄清志，造士潜行教化权。

已见奇才继三绝，更开华馆会群贤。

八仙岩畔花如绣，桃李逢春自斗妍。

（一九九〇年十月）

郑虔著述宏富，据《新唐书·艺文志》及《封氏闻见记》等记载，有《天宝军防录》《会粹》《胡本草》等，惜皆失传。贬台州司户参军后，教育虽非本职，却"选民间子弟教之"，"由是家敦礼让，户尽诗书，理学名臣，代不乏人"，至今文风颇盛。

登赤城

赤似丹砂耸若城，山巅一塔势峥嵘。

振衣直上塔头立，待看红霞颂晚晴。

（一九九〇年十月）

入天台

青黛峰峦罨画溪，烟霞深处午鸡啼。

红尘历遍千般路，便入天台亦不迷。

（一九九〇年十月）

登天台望远

天台四万八千丈，梦里频游结古欢。
此日登临舒望眼，浙东无数六朝山。

（一九九〇年十月）

游天台至方广寺茗坐

松竹不惧寒，泼眼万壑绿。
杂以数株枫，点点燃红烛。
小憩方广寺，幽景看不足。
山鸟时一鸣，泉韵传深谷。
老衲出款客，水甘茶更馥。
顿觉尘嚣远，精爽若新沐。
倘借一禅室，容我啜僧粥，
成佛纵未能，亦可忘荣辱。

（一九九〇年十月）

隋梅宾馆过夜，馆在隋代古刹国清寺前，寺内有隋梅

隋刹香飘隋代梅，隋梅宾馆傍天台。
溪声子夜入残梦，疑是天台风雨来。

（一九九〇年十月）

观石梁飞瀑

挥别方广寺，揽胜穿林薮。天际无片云，乍闻巨雷吼。双涧若银龙，奔驰争一口。石梁忽飞来，势欲压龙首。双龙奋进不踌躇，破关直如摧朽株。冲出石梁无前路，一跌散作万斛珠。悬崖百丈寒光闪，水晶帘垂耀人眼。奇景如此天下稀，近观远望浑忘返。白练飞，银河落，前人妙喻诚活脱。我来恰是午晴时，品量所见亦相若。惟恨游山只半日，未看朝夕风雪阴雨变化多。明霞散绮，皓月扬波。狂风咆哮，大雪滂沱。更待山中连夜雨，千溪百涧汇江河。倘于此际望飞瀑，不知殊姿异彩又如何？

（一九九〇年十月）

辛未人日国璘自台北来电话贺年，畅谈良久

万里呼名如晤面，欣逢人日贺羊年。
扑檐喜气随春至，溢户欢声隔海传。
一样须眉添福寿，两家骨肉庆团圆。
同心莫叹分襟久，霞蔚云蒸共一天。

（一九九一年二月）

偕王维学会诸公游辋川 二首

(一)

喜遇蓝田烟雨时，万峰隐隐现殊姿。
栗林深处黄鹂啭，劝觅王维画里诗。

(二)

新波渺渺漾欹湖，北坨南川换钓徒。
旧物幸留文杏在，凭君重绘辋川图。

（一九九一年四月）

经女娲庙至水陆庵观泥塑

女娲遗庙剩颓垣，礼佛争趋水陆庵。
妙相都如众生相，捏泥绝技是谁传①？

（一九九一年四月）

【注】
①古代神话谓女娲氏抟土为人，故云。

辛未孟夏，《当代诗词》创刊十周年及广东诗词学会成立三周年纪念大会于广州珠岛宾馆召开，应邀参加，并在开幕式发言。会后撮发言之意为五言古体，得四十五韵，呈与会诸公

岭南开诗派，远溯张曲江。

治世称贤宰，馀事擅诗章。

遭贬更忧国，感遇吐光芒。

风骚发精蕴，元音启盛唐。

韩公与苏子，流放来斯乡。

隽句在人口，馀韵播遐荒。

沾溉逮明清，名家竞翱翔。

邝陈屈梁黎①，冯黎宋李张②。

匡时陈利病，愤世歌兴亡。

沉雄间清丽，高格擅胜场。

欧风忽东渐，炮舰越重洋。

国门失锁钥，沦丧忧家邦。

维新图自救，奋起康与梁。

诗界呼革命，四海搜新腔。

伟哉黄公度，实绩尤辉煌。

睁眼看世界，救国拟药方。

拯溺批专制，御侮斥列强。

激昂抒民愤，慷慨颂国殇。

彪炳新诗史，振聩发群盲。

近代论诗艺，粤海自堂堂。

奈何一曲士，传统弃秕糠！

一例呼"旧体"，挞伐何轻狂！

神州脱浩劫，开放国运昌。

万众吐心声，诗词破严防。

发表需园地，一刊创五羊。

淘沙慎选择，佳什渐琳琅。

扶正献颂歌，刺邪掷金枪。

善政结硕果，善士流芬芳；

楷则端风尚，一一赖表彰。

官倒助私倒，枉法启贪赃；

任尔逞百巧，一一揭伪装。

写景蕴灵秀，抒情见温良。

题材搜万汇，风格显众长。

意境臻完美，声韵协宫商。

传诵遍遐迩，精神添食粮。

创刊庆十载，诗友来八方。

珠岛风物丽，红蕖蘸水香。

荔枝伴芒果，翡翠戏桄榔。

林海泛彩霞，花开火凤凰。

于此开盛会，高论摩穹苍。

争夸趋向正，传统宜发扬。

借鉴岭南派，淑世热衷肠。

激情注笔端，落纸腾精光。

与时同步履，诗国拓新疆。

绍唐复迈宋，前途未可量。

（一九九一年五月）

【注】

①由明入清，邝露、陈恭尹、屈大均、梁佩兰、黎遂球诸家先后继起。屈、梁、陈并称岭南三大家。

②乾嘉之间，冯敏昌、黎简、宋湘、李黼平、张维屏诸家，皆岭南重要诗人。

清远市领导及诗社负责人盛情款待，驱车游览，欣然命笔以抒观感

畅游清远市，四野见良苗。
坦道初争阔，雄楼正比高。
乡村办企业，领导倡诗骚。
万里扬帆急，北江起大潮。

（一九九一年五月）

题峡山飞来寺①

双峰对起破穹苍，万木森森佛寺藏。
底事飞来不飞去，却教东土慕西方？

（一九九一年五月）

【注】

①峡山在清远县东，两山对峙，一江中流，《茅君传》称为第十九福地。山有飞来寺，亦名峡山寺，苏轼贬惠州时来游憩，有诗。

游飞霞山，宿飞霞洞宾馆

万松绿到洞门前，鸟唱蝉吟总自然。
翠嶂青溪无污染，我如久住亦成仙。

（一九九一年五月）

晨起登松峰极顶，小立移时

披霞直上最高峰，水绕山环指顾中。
绿鬓朱颜山下望，惊疑云际出仙翁。

（一九九一年五月）

别霞山

山中七日抵千年，一日盘桓亦夙缘。
多谢山灵犹惜别，松峰飞绿送归船。

（一九九一年五月）

翠亨村谒中山先生故居　二首①

（一）

大同遗教少年魂，弹指光阴五十春。
雨过天晴风日丽，白头来访翠亨村。

（二）

自建层楼近海疆，登楼一望海汪洋。
楼前手种参天树，树树花开火凤凰。

（一九九一年五月）

【注】

①故居乃中山先生 1892 年亲自设计建造，其主体是一座融合中西建筑特点的两层楼房，为砖木结构。

珠海市

十载荒沙变异珍，蜃楼海市竟成真！
腾飞欲雪鲸吞耻，放眼时时见澳门。

（一九九一年五月）

蛇口市 二首

（一）

十年已创新天地，蛇口繁荣举国夸。
举国争先学蛇口，终教欧美羡中华。

（二）

伶仃洋①里千帆过，号炮台前②百废兴。
英烈③神游观四化，扶摇直上赞飞鹏。

（一九九一年五月）

【注】
①文天祥"零丁洋里叹零丁"及陆秀夫负帝昺投海处，皆在此。
②林则徐于此发号炮指挥虎门炮台炮击入侵英舰，其号炮与炮台均保存完整。新竖林则徐持望远镜铜像，极庄严雄伟，同游诗友于像前摄影留念。
③英烈：指文天祥、陆秀夫、林则徐。

听介绍深圳创业史

欲致全民富，敢为天下先。
试将新面貌，对比十年前^①。

（一九九一年五月）

【注】

①同游中多有十年前曾来此地者，咸谓当时极荒凉贫困。视今日繁荣豪富，真不可思议也。

游深圳"锦绣中华"

休疑禹鼎铸神州，浓缩翻惊胜迹稠。
孔庙西连秦俑馆，黄陵南对岳阳楼。
昆明西子湖争胜，大理慈恩塔比优。
锦绣中华无限好，更添锦绣待重游。

（一九九一年五月）

游惠州西湖怀东坡

山色迎人秀可餐，湖光泼眼绿如蓝。
荔枝红透杨梅熟，远谪真宜住岭南。

（一九九一年五月）

吊朝云 二首

（一）

同甘共苦更分忧，直自杭州到惠州。

应恨无缘赴儋耳，风波无际海天秋。

（二）

惯随迁客送韶华，二十三年处处家。

纵悟人生如露电①，忍看孤月挂天涯②。

（一九九一年五月）

【注】

①东坡《悼朝云》诗序云："朝云病逝于惠州，葬之栖禅寺东松林中。……盖尝从泗上比丘尼义冲学佛，亦略闻大义。且死，诵《金刚经》四句偈而绝。"四句偈，即"如梦幻泡影，如露亦如电"等。东坡于墓前建"六如亭"。

②东坡《丙子重九》诗有云："此会我虽健，狂风卷朝霞。使我如霜月，孤光挂天涯。""狂风卷朝霞"句，指朝云病逝。朝云姓王字子霞，钱塘人，随东坡二十三年，《东坡集》有墓志。

游罗浮山 二首

（一）

云海迷茫渡众仙，海中时露几烟鬟①。
此行岂为求灵药，来看华南第一山②。

（二）

葛叟成仙去不还③，药池丹灶委荒烟④。
我来饱吃酥醪菜⑤，闲看游人种福田。

（一九九一年五月）

【注】

①《罗浮山志》云：“晨起，见烟云在山下，众山露峰尖，如在大海中。云气往来，山若移动，天下奇观也。”余晨起观之，信然。

②罗浮山属博罗县，为我国十大名山之一，素称岭南第一山。

③东晋葛洪在罗浮山冲虚观炼丹修道九年，世传服自炼九转金丹仙逝。

④罗浮山有葛洪炼丹灶与洗药池。

⑤山中产酥醪菜，清甜可口。

罗浮山会仙桥口占

早岁凌云志气高，中年苦盼出牛牢。
老来惟乞人间寿，怕会神仙过险桥。

（一九九一年五月）

甄瑞麟教授嘱题诗集

髯翁卓见选菁英①，百二关河出瑞麟。
游学西欧开慧眼，育材华夏献丹诚。
高歌四化波澜阔，大颂中兴气势雄。
八十腾飞犹未老，新诗一卷记鹏程。

（一九九一年六月）

【注】
①髯翁：指于右任。

中华书局创立八十周年

麟吐凤衔汗万牛，中华载籍耀寰球。
三台四部归笺释，皕宋千元助校雠。
广点智灯驱暗夜，博施德雨壮清流。
文明共建前程远，更庆飞驰跨紫骝。

（一九九二年二月）

赠空军后勤某部

凌霄万里放歌喉，改革新潮一望收。

才见江村争办厂，旋知朔野又输油。

双眸闪电观千变，大翼穿云护九州。

为有后勤劳绩著，喜看飞将展鸿猷。

（一九九二年三月）

主持雁塔题诗盛会

劫波阅尽傲穹苍，结伴登临趁艳阳。

四海游人夸盛世，十朝帝里耀新装。

铁轮银翼连欧美，巨厦雄楼压汉唐。

储杜高岑题咏在，挥毫更写大文章。

（一九九二年四月）

登陈子昂读书台

危言谠论起风雷，高振唐音旷代才。

改革花开千载后，万人争上读书台。

（一九九二年四月）

《西北师大学报》创刊五十周年

洪河故萦回，群山亦环护。

雄镇壮山河，星罗百万户。

大庠育师资，声名噪西部。

智力重开发，学报久流布。

忆昔创刊时，日寇方跋扈。

掠夺尽锱铢，杀戮到童竖。

救亡有何术，办刊急先务。

科技探尖端，学术扬国故。

歼敌吹号角，文艺亦兼顾。

师范乃专业，训练尤有素。

神州庆光复，再造施甘露。

艰难渡劫波，四化扫迷雾。

举国尽腾飞，三陇争速度。

皋兰焕丰姿，红楼映绿树。

黉宇沐春阳，弦诵无朝暮。

俊髦观念新，积学致民富。

鸿文汇此刊，开卷入宝库。

传统更弘扬，历程宜追溯。

煌煌五十年，迈进同国步。

开放展鸿图，博采资妙悟。

重译越亚欧，光耀丝绸路。

（一九九二年五月）

题《方君纪游诗画集》

踏遍东南十五州，云涛海浪豁双眸。
盈箱画稿诚堪羡，况有新诗纪壮游。

（一九九二年五月）

赠某书家

刚健见骨气，婀娜蕴情意。
毋徒耗精神，形体求怪异。

（一九九二年六月）

阳台种花

迷茫暗夜鬼喧哗，盼到天明鬓已华。
怕雾愁阴无好计，檐前遍种太阳花。

（一九九二年七月）

老年节感怀

插菊盈头莫笑狂，老年节喜遇重阳。
登高敢望摩云汉？行远犹思越海洋。
种橘经霜终结果，滋兰历劫又飘香。
壮心未已身常健，待看神州入小康。

（一九九二年十月）

壬申深秋于广东清远主持首届中华诗词大赛终评，吟成七绝六首

（一）

喜把燕台作奖台，扬风扢雅动春雷。
电波一夜传遐迩，十万华章四海来。

（二）

弥封回避见公心，免费却酬亦可钦。
要为神州扬正气，人寰处处播唐音。

（三）

十年劫后荡群魔，四化花开硕果多。
大震天声光汉业，好将彩笔绘山河。

（四）

清远重来菊已黄，铨楼宏敞浴金阳。

北江如镜明双眼，玉尺无私仔细量。

（五）

赛诗谁唱最强音？破壁情牵四海心。

昂首腾飞千万里，自应天际作甘霖。

（六）

高歌低咏泪纵横，诗史应推出塞行。

争论终须置前列，岂宜痛定忘伤痕！

（一九九二年十月）

　　大赛于 1992 年 6 月 29 日召开新闻发布会，定期截稿，参赛诗约十万首。《壬申春日观九龙壁有作》夺魁。《出塞行》写一代知识分子苦难历程，涵盖几十年历史，长歌当哭，感人至深。或视为"伤痕文学"，恐名列前茅可能犯"政治错误"。但经过讨论，仍按积分名列第四。

题 画

雪裹终南泾渭冻，九衢无尘四壁静。
百幅名画放光芒，取影摄神开快镜。
长安艺苑众英髦，观摩初罢竞挥毫。
玉兰破蕊黄鹂叫，春风驰荡驱寒潮。
雄鸡高唱夜雾散，牡丹浥露更娇艳。
原头红透山丹丹，鱼跃雀飞何欢忭！
呼吸之间换韶华，茨姑金菊各放花。
红梅飘香竹摇影，碧石掩映灿朝霞。
四季风光一纸收，况复题咏尽名流。
韵事争传壬申岁，笔情墨趣傲王侯。

（一九九二年十二月）

长延堡村首届书画展

乡村书画入城市，此是神州第几家？
两个文明齐绽蕊，城乡处处竞繁华。

（一九九二年十二月）

偶 成

情芳志洁心胸广，言志抒情尽好诗。
扬善扶贫除腐恶，堂堂华夏吼雄狮。

（一九九三年一月）

纽约四海诗社社长李骏发先生惠寄该社名誉社长聘书，即赠一律

全球环顾救诗亡，结社联吟雅道昌。
已见华章来四海，还期逸韵迈三唐。
开疆敢效哥伦布，泥古宁师李梦阳？
意境兼融真善美，风骚传统焕新光。

（一九九三年三月）

忆麦积一首题《石窟艺术》

叠嶂层林掩映中，一峰突起翠摩空。
已留麦积苏民困，更蹑霞梯役化工。
千窟宏开雕塑馆，万人争入艺文宫。
胜游奇绝频追忆，西望遥天绚彩虹。

（一九九在三年四月）

题《论诗之设色》后

水碧山青白鸟飞，百花处处斗芳菲。
人间应有诗中画，彩笔还须着意挥。

（一九九三年四月）

韩马二君邀游渼陂

久羡少陵诗句奇，每读辄思游渼陂。紫阁峰
阴劳梦想，梦中屡见碧琉璃。鄠西佳士韩与马，
热爱乡邦倡风雅。编成历代咏渼诗，邀我评析泛
玉罍。轻车电驶出西郊，入眼春色尽妖娆。麦陇
浮绿铺绣毯，油菜花放涌金潮。老妻正赞田园美，
忽惊波光漾湖水。便持短棹纵扁舟，万顷澄澜一
望收。蓝天倒影白云净，楼影参差花影稠。浮萍
嫩绿芦芽短，鹅鸭群游莺百啭。村姑临岸照新妆，
陂鱼欢跃锦鳞闪。水天无际画图开，浩歌一曲抒
壮怀。遥想岑参携杜甫，渼陂荡桨散千哀。蓝田
险关浮水面，云际古寺扑船来。骊龙吐珠湘妃舞，
巨鳌掀浪鲸鼓鳃。竟将陂水比渤澥，夸张想象骋
雄才。浑忘残杯与冷炙，垂翅京华百事乖。顾我
历劫逢盛世，河山明丽无纤埃。歌咏渼陂唯写实，
实境已似入蓬莱。杜陵野老如见此，岂用虚拟浪
铺排！马君为我画远景："拓湖下见南山影。文
物古迹尽修复，楼馆亭台起俄顷。佳卉名花遍湖
周，湖中更添荷万柄。万国衣冠俱神驰，结队来
游不须请。无烟工厂乐融融，三秦胜境名彪炳。

汉唐文化正弘扬，开放更须凌绝顶。彼时接翁翁
勿却，即兴吟诗摇画艇。"

（一九九三年五月）

长安农民艺术节

城市文明盛，乡村艺术高。
汉唐歌舞地，开放起新潮。

（一九九三年六月）

谒司马迁墓

梁山挺秀大河奔，携杖来寻太史坟。
刑酷千秋怨蚕室，文雄四海仰龙门。
图强伟业尊先哲，致富名言启后昆。
放眼当年耕牧地，高楼处处建新村。

（一九九三年七月）

题中学生刊物《七彩虹》

刊小偏能立大功，怡情益智拓心胸。
少年前景知何似，万里蓝天七彩虹。

（一九九三年七月）

题舒心斋

钟楼影院前，高斋集众贤。
张口唯谈艺，舒心岂为钱？
吟诗声破屋，作画笔掀天。
书法开新派，三绝颂长安。

（一九九三年八月）

天水海外联谊会成立

麦积山高渭水清，羲皇裔胄振天声。
人文蔚起开新宇，经济腾飞更远征。
敢望繁花都结果，须知众志可成城。
谊联海外乡情厚，共建秦州献至诚。

（一九九三年八月）

赠麦积山风景名胜管理局

山青水秀胜江东，窟刹园林更出群。
赢得秦州风景美，还须人巧济天工。

（一九九三年八月）

于右任翁为麦积山撰书"艺并莫高窟，文传庾子山"联刻石立碑，余作碑记，并主持揭碑典礼

艺并莫高评论精，髯翁俪语本天成。
已知庾信铭文美，更羡秦州绘塑精。
大字龙腾光慧日，丰碑螭动耀青冥。
维摩天女都含笑，麦积声名四海倾。

（一九九三年八月）

偕故里诸友游南郭寺

重来老杜行吟处，物换星移四十秋。
匝地秦坑灰已冷，擎天汉柏叶新抽。
幸留数老谈今昔，喜与群贤竞唱酬。
下望秦城非旧貌，连山络谷起高楼。

（一九九三年八月）

南郑陆游纪念馆落成，余有幸参加剪彩揭像仪式，喜赋

诗情将略两无伦，四十从戎天汉滨。
挟电奔雷歌出塞，横戈跃马誓亡秦。
难酬壮志终生恨，待绘宏图万里春。
今日南湖拜遗像，骚坛谁唱最强音？

（一九九三年十月）

南郑跃居全国百富县前列，向百强县进军，而门人高君任县委书记，负领导重责，因赠小诗

从古兴邦先富民，脱贫致富建奇勋。
力争县列百强首，毋负官居七品尊。
汉水轻舟通四海，放翁豪句振斯文。
他年我再来南郑，定见风光更喜人。

（一九九三年十月）

重游汉中

炎汉发祥地，维新起大潮。

雄楼连市镇，工厂遍村郊。

路坦车流急，田肥稻浪高。

鹏程初展翼，万里莫辞遥。

（一九九三年十月）

登汉中拜将坛

烹狗藏弓古已然，猎人馀技汉王传。

世间毕竟存公道，浩劫犹留拜将坛。

（一九九三年十月）

城固张骞纪念馆

花木葱茏楼殿新，酬他一使重千军。

若非重辟丝绸路，谁念张骞不世勋。

（一九九三年十月）

《书法教育报》创刊

六书造文字，八法创艺术。
实用兼审美，神气贯骨肉。
骨健血肉活，神完精气足。
顾盼乃生情，飒爽若新沐。
刚健含婀娜，韶秀寓清淑。
浑厚异墨猪，雄强非武卒。
或翩若惊鸿，或猛若霜鹘。
虎啸助龙骧，风浪起尺幅。
变化固在我，成家非一蹴。
入门切须正，一笔不可忽。
功到自然成，循序毋求速。
文字本工具，诗文载以出。
书写传情意，字随情起伏。
情变字亦变，万变宜可读。
东涂复西抹，信手画符箓。
自炫艺术美，谁能识面目。
觥觥李教授，书道久精熟。
办报传法乳，风行越四渎。
寄语学书者，照夜有明烛。
拾级攀高峰，放眼视正鹄。
买椟要得珠，求鱼勿缘木。
新秀争脱颖，艺苑花芬馥。
芜辞聊祝贺，玉斝泛醽醁。

（一九九三年十二月）

题陕西师大畅志园

日丽风和气象新，群芳各自显丰神。
栽培莫叹园丁苦，试赏千红万紫春。

（一九九四年三月）

又题校园

园小风光好，游人任品题。
花繁硕果艳，其下自成蹊。

（一九九四年三月）

题《西安事变灞桥风雪图》

兵谏雄师过灞桥，联骖御侮展龙韬。
承前启后兴华夏，一统河山无限娇。

（一九九四年三月）

题萧君《花鸟写意册》

我传花鸟神，花鸟传我意。

笔墨乃媒介，安敢作儿戏。

萧君论画理，数语穷妙谛。

观其画花鸟，理论见实际。

孔雀秀彻骨，清韵掩绮丽。

引颈雀欲衔，秋实香满蒂。

凌寒梅自发，岂畏群芳忌！

双莺正鸣春，情笃如伉俪。

松鹤寿者相，静穆远势利。

花鸟各殊态，万态含灵气。

似与不似间，物我相默契。

意象美无伦，独创新天地。

乃知作画难，摹仿非长技。

师心师自然，二者交相济。

形貌不可忽，内蕴第一义。

画品见人品，毋徒夸技艺。

（一九九四年三月）

题区丽庄女士画狮虎

狮慑熊罴虎扬威，神州浩气起风雷。
兴邦欲展凌云志，只绘雄图不画眉。

（一九九四年三月）

题区丽庄女士画白猫孔雀

雪姑花畔浴金阳，画品如人丽亦庄。
孔雀开屏非媚俗，腾光溢彩焕文章。

（一九九四年三月）

题淄博市赵执信纪念馆

鄙薄香山厌少陵，独标"神韵"建门庭。
谈龙别有真龙在，未肯随人拜阮亭。
益都山水任优游，断送功名始自由。
能识古风声调美，长留一谱助吟讴。

（一九九四年三月）

次子有明应日本国立信州大学教授之聘东渡讲学，儿媳同往任教，喜赋七绝四首

万里鹏程比翼翔，樱花时节到东洋。
红云绛雪春如海，莫恋蓬莱忘故乡。
黉宫高敞万花稠，水秀山明古信州。
曾是而翁授经处，博施化雨建新猷。
一衣带水往来频，仙岛神州自古亲。
两汉三唐遗韵在，交流文化育新人。
宜师往圣惜分阴，淹贯中西汇古今。
雁塔凌霄舒望眼，望儿岁岁报佳音。

（一九九四年四月）

西铭画春华秋硕图见赠，诗以致谢

客来每怪香满堂，复惊奇观现粉墙。
牡丹迎风泛紫艳，葡萄带露凝清光。
一枝寒梅初绽蕊，胆瓶斜插傲雪霜。
初疑造物作实验，春华秋实共温凉。
细看非真亦非幻，西铭画笔破天荒。
装池惠我悬座右，葡萄常鲜花常芳。
祝我此心常灵眼常亮，赏花观果寿而康。

（一九九四年六月）

题《献给孩子》丛书

春种夏耘勤灌园，秋来硕果献黎元。
流光似水休虚度，祖国前途看少年。

（一九九四年十月）

武陵诗社建社十周年喜赋

结社扬旗仅十霜，武陵高咏动遐荒。
屈骚宋赋波澜阔，沅芷澧兰情韵芳。
十里诗墙腾异彩，千秋艺苑拓新疆。
振兴华夏昌文运，更掣长鲸入海洋。

（一九九四年十月）

中国杜甫研究会成立大会在巩义市举行，赋呈与会诸公 二首

（一）

莽荡黄河广溉田，巍峨嵩岳上擎天。
山川浩气钟诗圣，禹稷仁风启后贤。
目悸诛求朝忍泪，心惊烽火夜难眠。
长歌短咏腾光焰，爱国华章万代传。

（二）

劫灰扫尽育春芽，开放潮翻五色霞。

经济腾飞鹏展翼，人文蔚起锦添花。

倡廉反腐风宜正，致富图强路岂赊？

济济群贤兴杜学，宁无高咏壮中华！

（一九九四年十一月）

一九九四年十一月二十四日至二十七日在京参加 国家文科基础学科人才培养和科学研究基地评审会，我系幸得入选，喜赋小诗 六首

（一）

广育英才未敢忘，岂容西部久荒凉。

为谋发展求基地，破雾冲寒过太行①。

（二）

京华重到喜盈怀，旧友新知次第来。

百校文科评甲乙，竟随强将夺金牌。

（三）

扶重保强观念新②，图强争重费经营③。
得来基地原非易，慎勿虚抛百万金④。

（四）

育人先育品行高，金浪商潮不动摇。
继往开来肩重任，勿谋私利损风标。

（五）

教学先教好学风，精研博览跨高峰。
披荆勇辟新天地，致用须求济世功。

（六）

品学应知相辅成，熏陶涵养重力行⑤。
昔贤时彦典型在，富国丰民献至诚⑥。

（一九九四年十一月）

【注】

①乘 26 次车绕道山西。

②国家教委确定评选原则为"扶重保强，合理布局"。

③国家教委通知文、史、哲三系有一个博士点或五个硕士点以上者始可申报。从申报材料看，委属院校 15 个中文系中有 7 个博士点者两系，6 个博士点者一系，4 个博士点者一系，2 至 3

个博士点者8系，我系只有一个博士点，处于明显劣势。图强争重，须费大力气急起直追；不然，则强者更强，弱者更弱，优胜劣汰，乃客观规律，不容逃避也。

④评为基地者国家教委每年拨20万元，连拨5年，共百万元。

⑤品与学相辅相成，古人谓"学问变化气质"，又谓"学问深时意气平"，如学习中华传统文化，并非单纯学知识，而应在传统优秀文化的熏陶中培养爱国爱民，匡时淑世，为万世开太平的高尚品格，身体力行，见诸行动。寓德育于智育，在课堂教学中贯彻思想品德教育，刻不容缓。

⑥《国语·晋语》："义以生利，利以丰民。"

赴广州主持"李杜杯"诗词大赛终评

放眼羊城景若何？摩天巨厦壮星河。
三江舶满新潮阔，万树花繁好雨多。
应献华章扶众美，更挥健笔荡群魔。
从来国运通文运，吟纛高扬起浩歌。

（一九九四年十二月）

贺梦芙仁弟"李杜杯"大赛夺魁，并题诗集

沉酣李杜杯中酒，拓展心胸热肺肠。

敢掣长鲸踏飞浪，肯随枯叶泣寒螀？

农村商化新时代，都市金迷旧战场。

自铸雄词抒百感，宁无杰构慰诗王？

（一九九四年十二月）

诗王，对杜甫的美称，见唐人冯贽《云仙杂记》卷一。结句照应首句，诗王兼包李杜。

从化温泉次厚示韵 二首

（一）

高树浮红耀眼，群山飞翠沾衣。

腊鼓频催岁暮，依然绿涨幽溪。

（二）

入壑红花引路，出门翠蔓牵衣。

多谢山灵厚爱，留人更绕青溪。

（一九九五年一月）

乙亥元旦。西安子女有光、有辉、有亮三家络绎而至，有明一家亦从日本信州大学赶来相聚

换罢桃符酒满觥，儿孙罗拜贺新正。
全家饱吃团年饭，九衢微闻放炮声①。
休忆余生衔虎口，欣瞻健翼越鹏程。
南山入户青无极，万里蓝天晚照明。

（一九九五年一月）

【注】

①今年禁放鞭炮，虽有犯禁者，却不似往年喧闹令人烦躁惊恐也。

有明春节前夕归来度假，团聚匝月，又东飞讲学。适遇瑞雪普降，凭几望窗外琼花缤纷，吟成八句

骨肉团圆笑口开，思亲万里赋归来。
偕游岸柳舒青眼，合唱溪梅晕素腮。
故园韶光宜热恋，友邦兰蕙待新栽。
联翩又鼓冲天翼，冒雪排云亦壮哉！

（一九九五年二月）

棚桥篁峰五十次访华纪念

一衣带水自潆洄，跨水来游五十回。
黩武疮深宜永鉴，睦邻花好要勤栽。
春明禹甸千山绿，日丽瀛洲万卉肥。
喜见棚桥连两岸，相亲相助莫相违。

（一九九五年五月）

主持"鹿鸣杯"全国诗词大赛终评 三首

（一）

灵运而还又四灵，温州从古以诗名。
鹿鸣杯举嘉宾集，十万华章起正声。

（二）

匡时淑世吐珠玑，爱国情深化彩霓。
拔萃端须量玉尺，点头何用看朱衣。

（三）

诗家何处着先鞭？时代精神妙语传。
致富须求真善美，倡廉反腐拓新天。

（一九九五年六月）

游江心屿

大谢题诗处，扬帆乘兴寻。
碧波摇塔影，孤屿耸江心。
趋静红尘远，迎凉绿树深。
永嘉留胜迹，山水助清吟。

（一九九五年六月）

登池上楼

池塘春草生无极，园柳鸣禽变未休。
始识谢公诗句好，日新月异看温州。

（一九九五年六月）

雁荡纪游 五首

（一）

拔地奇峰各有情，一峰才过数峰迎。
欲挥彩笔传神韵，异态殊姿画不成。

(二)

鹰击鹤唳马突围，龙怒狮吼虎扬威。
此间亦有听诗叟^①，谁唱新诗响巨雷。

(三)

天然大美显精灵，元气淋漓各赋形。
岂待剪裁夸妙手，插天却有剪刀峰。

(四)

夜月朦胧景象新，双峰拥抱恋情深。
围观体认何真切，游人原是过来人。

(五)

携友评诗偶得闲，同来雁荡看灵岩。
何年更伴南飞雁，重访东南第一山。

（一九九五年六月）

【注】

①听诗叟，岩名。王思任《雁荡行》："过听诗叟岩，一人属耳于垣，似闻'大江流日夜'者。"

大龙湫观瀑与诗友合影 二首

（一）

游人仰面忽惊呼，翠嶂连云与众殊。

云里银涛千丈落，飞烟散雾溅明珠。

（二）

洗头涤面祛烦忧，仰望青天泻玉流。

喜与吟朋留此影，俊游常忆大龙湫。

（一九九五年六月）

大龙湫乃我国著名瀑布，从连云嶂绝顶凌空泻下。

赠记者刘荣庆

劫后神州致富饶，官场忽涌拜金潮。

须张正气消民怨，更扫歪风靖国妖。

岂有廉泉容腐恶？应无健隼畏鸱枭。

休嗟四化前程远，破浪扬帆赖俊髦。

（一九九五年七月）

赠兰州书法家

草圣张芝起五凉，临池池水尚生香。

乡人继起开新派，喜见书坛万马骧。

（一九九五年八月）

护城河滨品茗垂钓

品罢名茶把钓竿，一湾碧水映蓝天。

上钩还让脱钩去，鱼自逍遥我自闲。

（一九九五年八月）

附 主佑诗

护城河水碧粼粼，欲钓鱼儿一两斤。
忽忆少年怀壮志，扬帆东海掣长鲸。

题《中华诗词学会人名辞典》

开放中华致富强，劫灰荡尽焕新光。
心潮正逐春潮涨，文运初随国运昌。
花圃群芳争绚丽，诗坛众彦创辉煌。
题名远胜《英灵集》，一代雄风继盛唐。

（一九九五年九月）

【注】

盛唐人殷潘选同时代二十四人诗编为《河岳英灵集》，有小传、
评语。

北京遇天水老乡，各赠小诗

赠张钜、范梓

城南绿柳漾晴丝，常记晨操带队时。
四十五年弹指过，夫妇同来看老师。

张、范皆余1950年任天水师范学校语文教员时所教学生。
当时余代妻子胡主佑当班主任，每日黎明带领学生跑步至城南公

园早操，情景犹历历在目，曾几何时，师生俱已两鬓斑白矣。张钜曾戴"右派"帽子，现为国家一级演员，在电视剧《三国演义》中饰张松极传神。

赠漆永新

画卦台高渭水清，故乡常在梦魂中。

相逢何故亲如许？同是羲皇故里人。

永新上石佛小学时为老友刘尚如学生，其后学理科而酷爱文学，现任冶金部信息中心主任，业余创作散文，极优美。

赠毛选选

久寓京华毛选选，乡情墨趣结奇缘。

少陵陇右诗章好，颜楷书成四海传。

选选任北空机要处副处长，擅长书法，以颜体楷书书写杜甫秦州诗，余为作长序。

（一九九五年九月）

题胡迎建《江西诗话》　三首

（一）

师韩祖杜拓新疆，双井神功接混茫。

诗派汪洋传近代，洪峰迭起看西江。

(二)

从师白下问骊珠，亲授江西宗派图。
上溯黄韩追杜老，脱胎换骨忆方湖。

(三)

开放中华万象新，胸罗万象笔如神。
扬帆岂限西江水，入海尤能掣巨鳞。

（一九九五年十月）

题马兰鼎为余画牡丹

皓首穷经求富贵，不知富贵落谁家。
谢君下笔春风起，寒舍忽开富贵花。

（一九九五年十月）

应澳门中国语文学会与澳门中华诗词学会联合邀请，偕内子南游讲学，冯刚毅先生以华章相迓，口占八句奉和，兼呈澳门诗友

图南万里豁双眸，好友相邀意气投。
横跨彩虹观镜海①，笑迎红日上琼楼。
人文蔚起诗风盛，经济腾飞商战优。
愿与群贤挥健笔，金瓯一统颂神州。

（一九九六年一月）

【注】
①镜海长虹为澳门八景之一，长虹，指海上拱桥。

初抵澳门，欲谒梁披云词丈而先承过访

神驰镜海仰名家，笔舞龙蛇口吐霞。
新建诗坛鸣盛世，曾挥铁腕救中华。
南游忽枉高轩过，伟论频闻暮鼓挝。
同忆髯翁思化雨①，相期老树绚新花。

（一九九六年一月）

【注】
①披云先生与余先后受知于于右任先生。

登松山灯塔迎澳门回归

长鲸簸浪破天关，痛史重翻血未干。

频引夷船来镜海，尚留灯塔压松山。

回归顿见风光好，开放方欣宇宙宽。

从此中葡隆友谊，新荷吐艳庆安澜。

（一九九六年一月）

游澳门路环岛

冬季寻春景，驱车入彩霞。

绿飞幽径竹，红炫茂林花。

狎海抟银浪，看云卧黑沙①。

路环诚足恋，何计可安家？

（一九九六年一月）

【注】
①海滨细沙黝黑，以此闻名。

附 主佑诗

高树繁花耀眼明，朝阳红艳海风轻。
银波金浪连天远，垂老犹思万里征。

题《书乡》杂志

水美田肥鱼米乡，书乡何处拓封疆？
品高学富诗文美，挥洒方能迈二王。

（一九九六年二月）

乙亥除夕

深盆大碗并杯盘，济济融融笑语喧。
喜报儿曹连八发，捷传孙辈中三元。
酒酣我忘牛棚苦，肉饱妻夸蔗境甜。
守岁欲留猪永住，不迎硕鼠到门前。

（一九九六年二月）

《中国书法》杂志李廷华君奉派
自京来作专题采访，畅谈与于右任先
生交往及于先生草书，并示《廷华吟
草》，赠两绝句

趑然来访雪晴初，同话髯翁论草书。
善解横渠"立心"语，曲江柳眼为君舒。
乱头粗服已超群，淡抹浓妆更动人。
情美还求声韵美，骚坛行见起新军。

（一九九六年二月）

重游桃花源 二首

（一）

开放河山日改容，仙源重到兴无穷。
喜看万树参天绿，想象桃花十里红。

（二）

楼台重建倚青霄，景点新添无限娇。
堪叹碑联多讹误，焚坑遗患几时消？

（一九九六年五月）

游石门夹山寺，观闯王陵、地道及纪念馆 五首

（一）

九宫代毙走湘西，重整乾坤志未移。
史料班班文物众，夹山禅隐不须疑。

（二）

联明旧部裹创伤，力战犹思复汉疆。
古寺何人传"诏""敕"，和尚原是奉天王。

（三）

均田有愿未能偿，却伴青灯二十霜。
卷土重来馀梦想，夹山风雨夜苍茫。

（四）

不堪回首望天涯，曾取燕京作帝家。
尚有馀情消未得，天寒日暮咏梅花。

（五）

闯遍神州夺政权，昙花一现散如烟。
昭昭青史留龟鉴，曾祭甲申三百年！

（一九九六年五月）

自常德乘轮船至岳阳

岸柳相迎列两行，夫妻同住二人舱。
比他老杜孤舟快，马达声中到岳阳。

（一九九六年五月）

重游君山

君山顶上沏银芽，吊罢湘灵日已斜。
散乱诗情收不住，碧波浩渺极天涯。

（一九九六年五月）

重上岳阳楼 二首

(一)

气蒸波撼几千秋，无数骚人上此楼。

吊古伤今成底事？徒留佳句至今讴。

(二)

湖上难寻老杜舟，低吟范记上层楼。

先忧后乐人何在？极目苍波起暮愁。

（一九九六年五月）

赠陕报老记者吉虹

无冕人犹贵，因君奉献多。

一腔兴国愿，千首育才歌①。

紧迫情如火，辛劳鬓已皤。

三秦新雨足，虹彩耀山河。

（一九九六年七月）

【注】

①吉虹热心教育事业，撰优秀教师特写多篇，编为《育才之歌》出版。

题福建侨乡安溪县凤山公园

安溪秀丽凤山奇，花绣名园柳拂堤。
闻说侨乡风物好，几时来听晓莺啼。

（一九九六年七月）

自西安飞重庆机中作 二首

（一）

远空落日滚金丸，脚底银涛卷巨澜。
地上愁阴复愁雨，我于云外看蓝天。

（二）

银翼低翔现渝州，高下霓灯万点稠。
是我当年歌哭地，喜从天际望新楼。

（一九九六年八月）

参加第九届中华诗词研讨会 四首

（一）

诗会重开老友多，扬风倡雅费研摩。
前贤各创当时体，莫误今朝叹逝波。

（二）

时代精神妙语传，清奇奥衍各争妍。
春浓赤县群花放，燕舞莺飞共一天。

（三）

民间曲调逞千姿，唐宋歌行万马驰。
融会中华自由体，善陈时事创新诗。

（四）

名家锤炼逾千年，音韵和谐对偶妍。
自铸新辞创新意，试拈律绝谱雄篇。

（一九九六年八月）

重庆朝天门码头候船闲望 二首

（一）

荡桨花溪花欲燃，小泉行馆住经年。
难寻热恋新婚处，雾掩林遮一怅然。

（二）

朝天门外发船迟，凝望江干系我思。
疑是当年弹子市，夫妻落难住多时。

（一九九六年八月）

朝天门发船

二水相交款款流，殷勤为我送行舟。
因思挈妇离重庆，摧鬓凋颜五十秋。

（一九九六年八月）

巫山神女

江心日夜起波澜，玉立凝眸不计年。
过尽千帆皆不是，可怜高处不胜寒。

（一九九六年八月）

【注】
后两句借用前人词句。

秭归谒屈原祠

遣兴时高咏，离骚每独吟。
结茅怜子美，佩剑慕灵均。
海阔忧民意，火燃爱国心。
像前争摄影，谁与赋招魂！

（一九九六年八月）

【注】
《遣兴》三题十二首，乃杜甫秦州诗。

偕第九届中华诗词研讨会诸公游宜昌三游洞

元白中唐杰，欧苏北宋贤。

一朝游此洞，百世咏遗篇。

坝耸^①江涛靖，景添人语喧。

吾曹瞻拜罢，诗界辟新天。

（一九九六年八月）

【注】

①坝，指葛洲坝。

告别老三峡

少年夫妇俱好奇，追踪李杜下巴蜀^①。扁舟一叶入夔门，险滩恶礁任相扑。拼将生命付艄公，雾嶂云峰悦心目。赤甲白盐频招手，黄牛迎送情何笃。风急浪大辄靠岸，夜宿山家无灯烛。怜他终岁辛劳犹啼饥，未忍分食野蔬果吾腹。山花一束吊屈原，生民多艰吏仍酷。何幸垂老逢盛世，戡天制水变陵谷。闻道三峡亦将辞人世，乃来告别醑醹碌。三斗坪边筑高坝，钢筋插透蛟龙窟。工程浩大惊世界，鸟散猿逃虎豹伏。移民耗资难计数，弃掷老屋迁新屋。奈何歪风钻百孔，反腐倡廉非一蹴。时见翁媪来诉苦，诉苦之言难尽述。发财者笑，受害者哭。惟独巫山神女不哭亦不笑，伫待碧波万顷来濯足。拦洪弭水患，发电利百族。

切盼高峡平潮东吐朝阳西吞月，万艘巨轮竞高速。
先民曾赞"微禹吾其鱼"，过门不入导四渎。今
人智力超古贤，一堵尤能造万福。顾我独抱杞人
忧，敬拈一瓣心香向天祝：祝愿不遭大地震，祝
愿仇敌导弹不吾毒；亿万斯年大江两岸物阜民康
山水绿，蜀楚鄂赣皖吴良田弥望五谷熟。

（一九九六年八月）

【注】

①余夫妇于 1950 年 5 月自重庆乘木船出三峡。

天水影印《二妙轩帖》，并摹刻
于南郭寺碑林，喜题

山阴王字美，陇右杜诗雄。
二妙传羲里，群贤赞宋公①。
访碑南郭寺，揽胜隗嚣宫。
喜作秦州颂，冲霄舞巨龙。

（一九九六年八月）

【注】

①清初诗人宋琬官秦州，集二王法书摹刻杜甫陇右诗，后人
称为《二妙轩碑》。碑早毁，今幸存拓本。

题《中华当代女子诗词三百首》

参政持家各冒尖，诗坛亦顶半边天。
中华男女平权久，济世经邦竞着鞭。

（一九九六年九月）

诗词吟诵家陈炳铮为余少作《青玉案》谱曲，口占一绝致谢

炳然炼就铁铮铮，吟诵频传爱国情。
为我谱成《青玉案》，中原梦断雨溟溟①。

（一九九六年九月）

【注】

①《青玉案》拙词 1947 年作于南京，时中原战火又起，故有"中原万里来时路，更策马，何年去！野火连宵鸿不度，月明池馆，绿深门户，有梦无寻处"等句。

天水杂咏 七首

南山古柏

少陵题咏处，千载几桑沧。
老树犹浮绿，空庭夏亦凉。

杜甫《秦州杂诗》"山头南郭寺，水号北流泉，老树空庭得，清渠一邑传。"此"老树"后称"南山古柏"，为"秦州八景"之一。

画卦台

一画开天处，毗连大地湾。
羲皇如在目，渭水尚潺湲。

麦积石窟雕塑艺术

妙相无比伦，慈秀复英伟。
谁是模特儿？秦州人自美。

天水关

出师酬素愿，一统汉山河。
虽得姜维助，其如阿斗何？

玉泉观

救国求真理，玉泉育众才。

书声随逝水，香客拜神来。

抗战期间，国立五中假玉泉观办学八年，为国育才2000馀人，余当时住无量殿。

东柯草堂遗址

先哲怀诗圣，东柯建草堂。

空闻振骚雅，遗址尚荒凉。

秦 亭

嬴秦发祥地，人犹骂祖龙。

焚坑诚酷虐，一统利无穷。

（一九九六年十月）

应邀赴京都参加日中友好汉诗协会创立十周年盛典，赠理事长棚桥篁峰

一衣带水碧盈盈，千首诗传两岸情。
大吕黄钟歌友谊，铜琶铁板唱和平。
神州斗韵来东土，仙岛联吟迓汉朋。
十载扶轮风雅盛，更迎新纪创新声。

（一九九六年十一月）

参加墨水篁峰吟咏会创立二十周年盛典，赠棚桥篁峰会长

访华足迹遍神州，风雅弘扬第一流。
仁爱胸怀师李杜，治平理想慕伊周。
吟诗自创棚桥派，结社交欢墨水俦。
邀我远来襄盛举，日中友好共歌讴。

（一九九六年十一月）

棚桥、小吉陪游岚山、妙心寺、
二条城、清水寺，口占七绝 五首

（一）

京都迎我祝皇天，磨洗晴空格外蓝。
更把层林着意染，红黄碧绿绣岚山。

（二）

信步同游意适然，京都犹似古长安。
瓦房小巷通郊外，渡月桥边看桂川。

（三）

花园街畔妙心寺，东土禅宗大本山。
我慕儒家思济世，偶临禅境亦参禅。

（四）

德川幕府尚留名，功过千秋有定评。
庭院幽深花木好，得闲来访二条城。

（五）

摩天佛阁三重赤，映日枫林万树丹。
已有良缘酬地主，更添智慧饮山泉。

（一九九六年十一月）

清水寺三重阁为赤红色，鲜艳夺目；地主神社之地主神专管
人间姻缘，男女青年祈祷者甚众。寺内清泉，饮之可添智慧。

诗会、吟会盛典结束，棚桥自驾
新车邀余游览京都北山诸胜，小吉随
行翻译，极一时之乐，口占七绝 六首

（一）

诗坛盛典树新猷，绮丽北山结伴游。
画意诗情浓似酒，谈诗论画赏金秋。

（二）

轻车驶驶复停停，景点繁多数不清。
人在画中还入画，时闻突按快门声。

（三）

池前红叶耀晨曦，池后青山换锦衣。

迎我题诗夸美景，石人拱手鸟咿咿。

广泽池前有石人拱手含笑，余与小吉并立其侧，棚桥摄影。

（四）

镜湖金阁浴金阳，松翠枫红槲叶黄。

风景亦如人艳秀，共留倩影傲群芳。

（五）

历阶直上小仓山，避暑离宫天已寒。

共享野餐尝美酒，满山红叶照朱颜。

小仓山清凉寺原为嵯峨天皇避暑离宫。

（六）

三人各掷两弹丸，振臂高峰笑语欢。

贫病忧烦与灾祸，一齐抛向保津川。

（一九九六年十一月）

留别棚桥 二首

(一)

大雅同追杜少陵，日中友好结诗盟。
京都朗咏留佳话，艺苑千秋记姓名。

(二)

缓步轻车互唱酬，岚山风物正宜秋。
一衣带水频来往，惟愿年年续胜游。

（一九九六年十一月）

怀小吉 四首

(一)

高座讲台说汉诗，京都群彦静听时。
赖君翻译传神韵，赢得东瀛赞大师。

(二)

送我上车心始安，手提行李觅三番①。
匆匆话别车开动，多送一程到米原。

【注】

①余赴松本，电车票为三番 B 座。

（三）

君赴香江我信浓^①，只缘送我误行程。

不知一路平安否，心焦日夜望碧穹。

【注】

①长野县古称信州，亦称信浓。香江，指香港。

（四）

识高学富性情真，秀靥明眸更慧心。

为汝成功频祝愿，年年盼汝报佳音。

（一九九六年十一月）

重访信州大学 四首

（一）

信州讲学九年前，故地重游鬓已斑。

幸有佳儿承父业，滋兰树蕙写新篇。

（二）

扶桑俊彦大庠师，聚会听余讲汉诗。

每遇探微阐奥处，解颐何异鼎来时。

　　西汉匡衡善说诗。《西京杂记》卷二云："衡能说诗，时人为之语曰：'无说诗，匡鼎来；匡说诗，解人颐。'"解人颐，使人发出会心的微笑。颐，面颊也。

（三）

信大校歌"春寂寥"，倩余书写树高标。

围观教授齐拍手，窗外枫红似火烧。

（四）

人文学部盛筵开，父子相偕入座来。

老友新知频祝酒，睦邻桃李要勤栽。

（一九九六年十一月）

有明寓庐家宴 二首

(一)

平和庄里小红楼，室雅厅宽环境幽。
户外青山时送爽，书城坐拥傲王侯。

(二)

陕菜秦椒饺子香，喜开家宴话家常。
频频祝我无疆寿，学海汪洋要导航。

离松本回国，小辉送上电车，有明同乘电车送余至名古屋机场

佳儿佳媳送翁行，雾散云收雨乍晴。
骨肉情深天意顺，前程万里放光明。

第三届国际赋学会于一九九六年十二月下旬在台北召开，邀余夫妇参加，已交论文并办完手续，因须在香港中转、换证，恐年老不堪劳累。遂不果行。吟成十绝，寄台湾亲友

赋学衰微待振兴，曾编辞典助传承①。
欣闻研讨群贤集，夫妇承邀感盛情。

台岛亲朋故旧多，知余赴会喜如何！
电函来往商行止，日月潭边好放歌。

夫妻结伴欲登程，妻妹妻兄扫径迎。
已备专车游环岛，更邀亲旧叙离情。

羊城白下几相从，隔海犹劳问吉凶。
欲洒一腔知己泪，玉山极顶拜髯翁②。

同乡同学久分襟，滞留海澨长儿孙。
最怜侠骨埋荒草，待抚遗孤吊国璘③。

相迎倒屣忆白门，今代诗坛许异军。
难觅成公谈往事，待沽浊酒醑孤坟④。

分手渝州岁月多，春风词笔近如何？
鹤翁遗稿谁编印⑤，愧煞门人鬓已皤。

宝岛学人交契深⑥，长安寒舍屡光临。

今番会后须回访，阿里山前赋早春。

神驰日夜盼行期，盼到行期却起疑。

中转香江无接应，暮年颠簸岂相宜？

亲朋失望我失欢，隔海缘何便隔天。

待到三通通两岸，直飞弹指到台湾⑦。

（一九九六年十二月）

【注】

①拙编《辞赋大辞典》1996年5月江苏古籍出版社出版。

②台湾最高峰玉山极顶有于右任翁铜像。

③余同乡、同学居台者甚众；同乡而兼同学者亦逾十人，冯国璘兄即其中之一。国璘文采风流，任侠仗义。随右任翁多年，任主任秘书。与余交情至深，前年病重时特来西安叙旧，回台后即溘然长逝矣。

④1946至1949年初，成惕轩先生主编《今代诗坛》，发表拙作最多，谬承奖掖，许为"异军突起"，遂成忘年交。成公博学宏才，诗词骈文，皆卓然大家。尝许为拙集作序，而当拙集《唐音阁吟稿》寄至台北时，公已辞世半年矣。

⑤姚蒸民兄与余同学词于陈匪石先生，而陈老师遗著《倦鹤诗文》《倦鹤乐府》皆未梓行，赴台后拟相商编印。

⑥台湾杨承祖、罗联添、汪中等十馀位著名教授或在学术会议上相识，或来寒舍小叙，极交好。

⑦大会主办者简宗梧教授复电："顷奉电传，十分失望。赋学会由于您们不能前来将失色不少。近来有多人垂询先生行程，他们知您们不来，也必十分失望。"

迎牛年

做牛到老不知疲，况遇牛年万事宜。

食好不愁人挤奶，路平何惧轭磨皮。

耕田切盼新苗壮，砺角仍防恶犬欺。

绕膝儿孙齐祝愿：发光献热逾期颐。

（一九九七年二月）

悼念小平同志八首选六（新声韵）

（一）

惊见长空陨大星，缅怀伟绩忆生平。

髫年跨海开新路，壮岁驱倭斩巨鲸。

天堑扬帆蒋巢覆，雪山跃马藏胞迎。

至今朝野歌刘邓，百战功高有定评。

（二）

创业艰难奠始基，措施唯务利群黎。

理财兼采中西计，建党高扬马列旗。

济困扶危心已瘁，纠偏反左路无迷。

长城自坏谁能料，炮打何年释众疑？

（三）

一张引爆万千张，赤县心惊红海洋。
冤狱株连除善类，群妖蚁聚毁新邦。
临危忽举擎天手，救苦频施渡海航。
整顿乾坤初奏凯，中伤其奈四人帮！

（四）

改革频献济时方，开放花繁四季香。
外访南巡兴汉业，三通两制复尧疆。
争迎港澳珠还浦，谁信台澎子背娘？
已著奇勋光汗简，岂徒不做李鸿章！

（五）

御侮威名四海扬，经邦远略破天荒。
清除迷雾开航道，尽扫乌云放日光。
写就中华新历史，作成世界大文章。
抡材稳步交班后，犹赴华南验小康。

（六）

惊心噩耗震乾坤，永恸神州失伟人。
举世英髦齐悼念，寰球江海亦悲呻。
骨灰雨洒春潮涌，理论旗悬北斗尊。
莫负蓝图勤设计，继承遗志慰忠魂。

（一九九七年一月）

迎香港回归　二首

（一）

痛史重翻遍血痕，东南巨港恨鲸吞。
蛮烟集散①江涛怒，华胄虔刘②海日昏。
五世遗黎兴大业，千年祖国焕青春。
东风浩荡归期近，骨肉深情待细论。

（二）

致富图强赞大猷，瓜分宁忍更增羞！
阋墙应识三通好，联手争夸两制优。
日丽香江迎赤帜，珠还禹甸固金瓯。
荆花含笑春常在，共建文明献五洲。

（一九九七年七月）

【注】

①林则徐《高阳台·和懈筠前辈》："蕃航别有蛮烟。"蛮烟，指鸦片烟。香港被占后曾为鸦片集散地。

②归有光《论御倭书》："虔刘我人民。"虔刘，掠夺、杀戮也。

俊卿画竹百幅以迎香港回归

善写香江竹，千竿拂碧霄。

贞心傲寒雪，劲节战狂飙。

终见严冬去，欣瞻赤帜飘。

临风频起舞，争迓凤还巢。

（一九九七年七月）

赴广州主持"回归颂"诗词大赛终评

五洲华胄颂回归，十万瑶章十万碑。

迎澳迎台还作颂，神州一统响春雷。

（一九九七年九月）

女杰唐群英赞

衡山突兀摩云汉，湘水蜿蜒绕芳甸。山雄水秀巧结合，挺生女杰垂典范。不爱弓鞋爱自由，此生岂作家中囚？毅然撕却裹脚布，高视阔步追潮流。内反专制争民主，外御列强保吾土。相约秋瑾赴东瀛，岂徒习文更讲武！同盟会上识孙黄，义旗共举救危亡。独乘长风破巨浪，受命回乡建武装。武昌起义风雷迅，推翻帝制时已近。赴沪组织女英豪，救护后援担大任。复率女队夺南京，冲锋陷阵急如风。双枪神射寒敌胆，女将威名震亚东。献身革命奠新国，巾帼英雄爱巾帼。办报办学倡女权，妇女解放振木铎。工诗善词馀事耳，久有文名播遐迩。文武兼济乃全才，驰骋六合跨骥骍。噫吁兮！妇女惨遭奴役蹂躏几千年，谁敢奋起推倒封建政权、族权、神权、夫权四座山？鸦片战败内忧外患接踵至，蛾眉队里乃出英杰救民救国着先鞭。早与鉴湖女侠结战友。复与庆龄、香凝奔走国是肩并肩。身教言教更兼发起女子参政会，有如春雷起蛰春阳照大千。名列近百年来中华八大女杰真无愧，君不见今日神州六亿妇女已顶半边天！

（一九九七年十月）

访于右任先生故里　二首

（一）

嵯峨山下有高门，李靖家乡育伟人。
爱国赤忱燃笔底，诗豪草圣冠群伦。

（二）

隔海年年望故乡，故乡今已换新妆。
乡人纪念开宏馆，蔚起人文慰国殇。

（一九九七年十月）

题匡一点兄《中华当代绝句精选》

五绝二十字，易作最难工。
节短情韵长，辞约意味丰。
圆转珠走盘，明丽荷倚风。
唐人擅此体，王李冠群雄。
七绝稍宽裕，摇曳见风神。
音调贵婉转，语言要清新。
情遥味渊永，读之如饮醇。
历代多高手，白也独轶伦。
时变诗亦变，新创看时贤。
改革硕果艳，开放万花妍。

商潮正澎湃，鱼龙各争先。
美刺挥健笔，佳构何联翩。
匡子同门友，诗学久精专。
绝句操选政，一编待新镌。
出以建文明，崇朝四海传。
俚辞遥祝贺，把酒期来年。

（一九九七年十月）

汤峪宾馆新浴赠同游

太白山前绿树深，俗尘一洗畅心神。
民胞物与吾曹事，关学源头水尚温。

（一九九七年十月）

昆明杂咏　五首

登龙门

照影滇池晓镜开，春城无限好楼台。
劫灰扫尽吾犹健，又上龙门高处来。

游石林望阿诗玛

翘首亭亭立石林，栉风沐雨望何人？
靓男争看阿诗玛，谁识苍茫万古心？

谒聂耳墓

拚将血肉筑长城，杀敌犹闻怒吼声。
每唱国歌思聂耳，堂堂华夏正龙腾。

游民族村

骈居百族一村宁，相助相亲乐太平。
海客来游齐赞颂："中华原是大家庭！"

中华诗词研讨会

吟坛高举邓公旗，求变求新各指迷。
创作源泉如大海，还须入海掣鲸鲵。

（一九九七年十月）

观黄果树瀑布，祝诗会成功

拔地苍崖冷翠微，巨流直泻响惊雷。

诗心更比飞涛壮，会见群贤竞夺魁。

（一九九七年十月）

《江海学刊》创刊四十周年

江海名刊好，风行四十秋。

江长融九派，海大汇群流。

蔚起人文盛，腾飞经济优。

智灯如皎日，光焰照神州。

（一九九七年十一月）

贺广东中华诗词学会成立十周年　二首

（一）

鼓荡诗坛革命风，岭南诸子辟鸿蒙。

仙根凌厉声情壮，公度瑰奇意境雄。

况有康梁挥大纛，更联麦邓战群龙。

创新竞效哥伦布，时彦无忘导路功。

（二）

粤海春潮接五洋，妖云扫尽日重光。
货轮密集财源广，诗会频开雅道昌。
继武前贤舒健笔，取材新世谱华章。
岭梅盛放群花放，华夏文明吐异香。

（一九九八年二月）

丘逢甲（字仙根）、黄遵宪（字公度）、康有为、梁启超、麦梦华、邓方皆为清季岭南诗派重要诗人，以"诗界革命"相号召，以发现新大陆之哥伦布自命，对中华诗词发展卓有贡献，丘、黄尤为近代诗坛大家，影响深远。开放以来，广东为中华诗词复兴基地，良有以也。

于右任纪念馆落成

草圣诗豪两绝伦，于公此处有高门。
承前启后开宏馆，会见三原起凤麟。

（一九九八年四月）

"于公"句，用"于公高门"典．指于右任先生旧宅。

赠陕西青年篆刻家郑朝阳

刻石镌金夜复晨，秦山渭水见精神。
兼综浙皖开新派，始信关中出印人。

（一九九八年四月）

自名古屋飞西安，凭窗望云

仰望天在上，俯视天在下；上天碧无极，下天云走马。白马成群忽分散，散作梨花千万片。随风簸扬渐膨胀，弥天涌起千叠浪。浪静波平云失踪，却于天际幻奇峰；下天峰接上天云，上天日照下天红。两重天间行万里，闲看浮云变未已。银翼渐低云渐高，眼底泾渭涌新潮。出机仰首唯见一重天，艳阳普照古长安。

（一九九八年四月）

题包君书法《菜根谭百题》

浓髯初掩少年狂，名利双忘书味长。
玉馔金肴休染指，寒窗闲品菜根香。

（一九九八年四月）

清明祭帝喾陵

洽川胜境久闻名，百劫犹存帝喾陵。
祖德弘扬拓新宇，中华文化播寰瀛。

（一九九八年四月）

题邓剑老友《邀学管窥》

剑气冲霄夜有光，敢将邪正辨毫芒。
兼综史哲融生化，通解千金济世方。

（一九九八年四月）

赠鞠国栋老友

弱龄求解放，壮岁补新天。
百炼酬秦火，八叉贵蜀笺。
扬风年鉴著，挖雅韵书传。
晚景犹堪醉，吟边菊正妍。

（一九九八年六月）

老鞠早岁革命，"文革"挨整，改革开放以来颇为振兴中华
诗词尽力，主编《中华诗词年鉴》，著有《诗词曲韵手册》。

题《生命系列摄影集》

　　生命千万亿，种子随运落。运好勿骄傲，运坏须拼搏。爆发千钧力，绝境求开拓。破石裂壁抗风暴，扎根展叶花灼灼。郑君文华，慧眼堪夸。不摄公园树，不摄温室花。独于千难万险处，摄来异卉与奇葩。观者感发宜奋起，切莫徒怨运蹇时乖蹉跎叹日斜。

（一九九八年七月）

赞新疆生产建设兵团

　　旌旗十万扫烽烟，老幼同歌解放天。
　　更展宏图兴大业，尽开荒野变良田。
　　商城工厂霓灯闪，麦海棉山锦浪翻。
　　朗咏豪吟抒壮志，文明双建谱雄篇。

（一九九八年八月）

石河子诗会

地老天荒久，官兵竞挽犁。

绿畴吞大漠，巨厦撵群麋。

闹市花盈圃，晴湖柳漾堤。

民康风雅盛，吟帜舞虹霓。

（一九九八年八月）

天山雪莲

万丈雪岩无寸土，天惊石破迸新芽。

穆王远访西王母，忽绽中原未见花。

（一九九八年八月）

游天池

髫龄偶诵穆王传，西望瑶池五十年。

今驾飞车游瀚海，始偿夙愿上天山。

波澄万顷晴尤绿，雪耀三峰夏亦寒。

喜见琪花迎远客，从知王母尚红颜。

（一九九八年八月）

游吐鲁番葡萄沟

翠藤覆架蔽骄阳，串串葡萄阵阵香。
架下行吟忘远近，绿渠十里送清凉。

（一九九八年八月）

吐鲁番白杨

扎根沙漠战狂飙，列队田边护嫩苗。
生在中华最低处，凌云直干竞争高。

（一九九八年八月）

交河故城

交河曾是古王都，流水环城柳万株。
废垒残垣凭吊久，骄阳如火烘头颅。

（一九九八年八月）

车师前国王治交河城，河水交流绕城下，故号交河。唐贞观时于此置交河县。详见《汉书·西域传》及《元和郡县志》。

访亚洲地理中心

亚洲新测定，此地是中心。
人少牛羊众，田肥草木深。
预知楼碍日，会见土生金。
想象新都市，豪情吐朗吟。

（一九九八年八月）

登乌鲁木齐红山眺远楼

眺远上高楼，风光四望收。
长街商贸盛，绿野稻粱稠。
雄镇联蒙藏，通途贯亚欧。
腾飞鹏展翼，西部壮神州。

（一九九八年八月）

彭德怀将军百周年诞辰献诗 五首

（一）

起义平江上井冈，长征万里救危亡。
八年血战驱倭寇，彭总威名四海扬。

（二）

战火延烧近国门，岂容狂虏肆鲸吞？
亲提义旅安东亚，抗美援朝举世尊。

（三）

除暴安民意气豪，关山万里战旗飘。
西陲解放功勋著，葱岭摩天华岳高。

（四）

悬崖勒马独高呼，举国疯狂跃进初。
一夕冤沉三字狱，千秋人颂万言书。

（五）

岳降湘潭庆百年，神州开放换新天。
巍峨铜像传宏愿：共建文明待后贤。

（一九九八年八月）

题傅嘉仪《髯翁名号印谱》

髯翁人中龙，变化谁能料。

诗文务趋新，愈变愈精妙。

书法亦如此，存神竟遗貌。

名号变尤多，一一见襟抱。

傅君知其然，镌刻发幽奥。

磊落七十方，朱白闪光耀。

见印想其人，晴空日朗照。

恍惚紫金山，与翁接言笑。

（一九九八年十月）

题董丁诚乡友①《故园情思》

长安文教界，董子久扬名。

犹忆童年乐，难忘耤水清。

深宵舒彩笔，百纸寄乡情。

一卷风行处，陇原千里青。

（一九九八年十月）

【注】

①老董天水人，笔名千里青。西北大学教授兼党委书记，散文家。

怀姚奠中教授

仲淹遗泽在^①，奇士出河汾。
学入余杭室^②，文空冀北群。
诗风追八代，笔阵扫千军。
永忆同游乐，何时酒共醺？

（一九九八年十一月）

【注】
①王通字仲淹，隋末讲学于河汾。
②姚先生曾师事余杭章太炎。

十一届三中全会二十周年感赋 二首

（一）

豕突狼奔万卉凋，哀鸿遍野正嗷嗷。
三中盛会春雷震，万里神州毒雾消。
辩论准绳明治乱，推翻冤案别人妖。
裕民富国兴科教，处处弦歌育俊髦。

（二）

改革开放涌春潮，经济繁荣文化高。

大野有田皆献宝，雄楼无处不凌霄。

香江已庆珠还浦，镜海赓歌凤返巢。

廿载腾飞超百代，南针指引邓旗飘。

（一九九八年十二月）

己卯元旦试笔 二首

（一）

虎年华夏虎扬威，斗垮洪峰几万回。

虎旅勋劳何处见，长江两岸稻粱肥。

（二）

虎勇犹存兔瑞来，屠苏畅饮告群孩：

"欣逢镜海珠还日，邀我南游咏壮怀。"

（一九九九年一月）

赠西安自动化健康检查中心

兴善街东雁塔西，雄楼突起与云齐。
新型体检功勋著，除病常飘寿世旗。

（一九九九年二月）

贺甘肃诗词学会换届

陇上春风暖，民康雅道宏。
古风追赵壹，近体溯阴铿①。
新秀方舒锦，名家继主盟。
驱邪扶正气，吟帜更高擎。

（一九九九年二月）

【注】

①赵壹，东汉西县（今甘肃天水）人，其《刺世疾邪赋》后附诗两首，为早期五言诗中之佳作。阴铿，南北朝时武威（今属甘肃）人，其诗声律谐调，开唐人律诗先河。

示天航小孙孙

天航才一岁，脸似苹果圆。

奶奶教汉字，读写心已专。

如今七岁半，好学不贪玩。

暑期随爸妈，爬上泰山巅。

向往高科技，一例敢登攀。

攀到最高处，晴空万里蓝。

东西任驰骋，天航要航天。

（一九九九年三月）

谢长安画家张君以八松图祝寿

东来紫气满关中，黄河泾渭走蛟龙。

沃野平畴八百里，群山环抱竞峥嵘。

太白积雪映白日，华岳叠翠摩苍穹。

百镇千村相拱卫，城阙壮丽楼殿雄。

周秦汉唐文物盛，十代名都万国崇。

钟灵毓秀出英杰，学林艺苑百花红。

长安画派重独创，领异标新声誉隆。

异军突起张剑石，大愿欲继南北宗。

登山临水观万象，九州处处遍游踪。

取势摄神传情韵，写生写意巧相融。

元气淋漓气魄大，长卷每出惊凡庸：

黄山云海收腕底，波翻浪涌何汹汹；

细雨霏霏烟霭霭，活现江南春意浓；

樵者负薪桥上过，山深林密水淙淙；

突出终南阴岭秀，林表雾色浮遥空。

尤爱劲松挺高节，兴酣振笔夺神功。

为我祝嘏意何厚，虬龙夭矫化八松。

根干历劫更健旺，枝叶经雪愈葱茏。

翠盖笼烟迎五凤，香果披甲御百虫。

南山常在松不老，待看人寰乐大同。

（一九九九年四月）

题南郭寺艺文录

美哉南郭寺，胜迹冠秦州。

诗客留高咏，骚人记俊游。

名篇多散佚，乡彦苦搜求。

一卷艺文录，明珠耀陇头。

（一九九九年四月）

赠钟明善教授

元常遗泽在，继武拓新疆。

英才凭作育，书道赖弘扬。

墨妙人尤好，文雄名自彰。

老师今老矣，看汝播芬芳。

（一九九九年四月）

题王治邦阿房宫长卷

壮丽秦宫一炬焚，入关项羽蠢无伦。

王君不负丹青手，重建阿房献世人。

（一九九九年四月）

题《当代大学生诗选》

束缚情思岂是真？吟坛后继有新人。

一编入手群花放，试赏千红万紫春。

（一九九九年六月）

题茹桂画梅

诗情奇峭亦汪洋，草势奔腾更老苍。

草势诗情巧融汇，画梅别显一家长。

裂肤堕指北风吹，百卉凋零众鸟哀。

忽见虬枝红几点，冰天雪地绽寒梅。

霜欺雪压更昂扬，老干青枝吐异香。

哲士风神高士骨，中华文化赖弘扬。

新纪将临万象新，抒情写意现梅林。

繁如艳李红如火，热烈欢迎第一春。

（一九九九年十一月）

金婚谢妻七首选五（新声韵）

（一）

合并图书便缔姻①，不贪财势爱知音。

鸾迁凤徙终离蜀，虎斗龙争不帝秦。

百炼漫言成铁汉，三杯何幸庆金婚。

百灵呵护频频谢，患难扶持更谢君。

【注】

① 1949年冬余与主佑同在重庆南林学院中文系任教时结婚。

(二)

滩险风狂浪打头[①]，竟将微命付扁舟。

三朝未过黄牛庙，半月方登鹦鹉洲。

愧我临危忽病喘，怜君有喜却分忧。

肩扛手抱搬行李，挤进车厢赴郑州。

【注】

①自重庆乘木船出三峡，风急浪大，惊险万状。余忽发哮喘，行动维艰。主佑怀孕已六月，至汉口后既搬行李，又扶余上岸登车。

(三)

火车拥挤汽车颠，扪腹时时唤小泉[①]。

终喜全生归故邑，却愁失业愧新天。

客堂宽敞茅房锁，老友真诚主妇嫌。

产后怜君犹忍饿，屠门肉好叹无缘。

【注】

①主佑于小温泉怀孕，故名所怀之儿为小泉。每于剧烈拥挤颠簸之后，扪腹呼唤小泉，看他有无活动。

(四)

灾害连年害万民，吾家口众更艰辛。

微掺杂面蒸糠饼，略放精盐煮菜根。

减膳惟求儿女饱，勤耘切盼蕙兰芬。

肝伤胃溃犹劳动，闯过难关独赖君。

（五）

我是吴晗汝沫沙①，虽无邓拓亦三家。

文坛竟敢开黑店，诗海居然纵恶鲨。

经典抄残天暗淡，刺刀拼罢眼昏花。

押回牛圈驱归寓，莫对娇儿泪似麻！

【注】

①60年代初《陕西日报》为我辟《诗海一瓢》专栏，颇有影响。"文革"初作为"西安的三家村"遭批斗。

（六）

《红旗》上线罪滔天①，狠触灵魂更不堪。

停俸抄家余四壁，牧羊涤厕近十年。

闺中幸有英雄在，浪里方知砥柱坚。

分谤挨批教子女，补衣挑菜抗饥寒。

【注】

①《试论形象思维》发表于《新建设》1956年第2期，1966年《红旗》第5期点名批判，无限上纲，我即被"揪出"批斗、抄家、劳改。

（七）

拨乱平妖万象新，蒙冤"牛鬼"也翻身。

相夫教子功尤巨，著论吟诗世亦钦。

窃喜儿曹争鼓翼，还期孙辈早成人。

好将余热殷勤献，莫负尧天雨露深。

（一九九九年十一月）

题《诗咏阴平》

古道阴平鸟度难，诗人吟咏有遗篇。

如今争献开发颂，车绕新楼货满船。

（一九九九年十二月）

读《龙吟曲——引大入秦工程纪实》

名"川"却无水，久旱困"秦王"。

赤日焚枯草，黄沙掩饿羊。

银河忽泻地，稻浪已翻江。

新谱龙吟曲，丰功播五洋。

（一九九九年十二月）

题王广香花鸟画

写生写意更传神，百鸟千花报好春。
祝愿广香香愈广，五洲画苑任飞奔。

（一九九九年十二月）

游开封清明上河园

汴京胜迹久成尘，妙手谁将画变真！
殿后楼前陈百戏，清明又见上河人。

（一九九九年十二月）

题《勾漏诗词》

弹琴炼汞尚流芳，勾漏山川吐异光。
四化新铺天样纸，新声新韵谱新章。

（一九九九年十二月）

题匡一点《当代律髓》

三宗一祖倡方回，求变求新更夺魁。
堪羡江西匡一点，新编律髓继瀛奎。

（一九九九年十二月）

鸡 铭

十二生肖，各有异能。牛耕马驮，虎跃龙腾。鸡虽体弱，品德超群。不贪美味，只吃害虫。不慕华居，随处栖身。遇敌敢斗何其勇，遇食相呼何其仁！雌者下蛋，无日或停；屁股银行，济困救穷。雄者知时，引吭司晨；风雨如磐鸣不已，云际唤出朝阳红。老霍属鸡，为鸡作铭。祝鸡入小康，祝鸡享太平；更祝勿被牛刀割，常为神州报好春。

（一九九九年十二月）

天水文物书画腊八联展

文物收藏证古今，寄情书画亦超尘。
万人空巷观联展，腊八寒梅已报春。

（一九九九年十二月）

寄家乡亲友

蟠龙山下霍家庄，开放花繁处处香。
渭水溉田衣食足，还须科技富吾乡。

（一九九九年十二月）

长安画派创始四十周年

云腾石耸壮长安，四十年来画派传。
继起群贤挥彩笔，五洲艺苑拓新天。

（二〇〇〇年一月）

题北大荒书法长廊

绿畴无际米粮仓，旧貌难寻北大荒。
林海深藏书法海，丰碑十万耸长廊。

（二〇〇〇年二月）

挽赵朴老

法门领袖圣门旗，济世康民力已疲。
诗好曾吟除四害，曲工犹记哭三尼①。
商潮暴涌谁登岸，人欲横流孰指迷？
"慈忍"②凄然留两字，每观绝笔泪沾衣。

（二〇〇〇年五月）

【注】
①《哭三尼》为赵老散曲名篇。
②"日中书法大展"顷在西安开幕，大堂展出赵老"慈忍"一幅，已收入《日中书法展》，余获赠一册。

赞西部山川秀美工程

唐宫汉殿掩黄埃，植被摧残万事乖。
生态岂容长破坏？家园真要巧安排。
嘉禾遍野夺高产，绿树连云献异材。
山秀河清财路广，南飞孔雀又归来。

（二〇〇〇年五月）

陕西师大学报创刊四十周年

我校办学报，弹指四十年。"文革"历劫难，"开放"花渐繁。觥觥校领导，创新思路宽。科研带教学，教学促科研。筹资悬重奖，英才竞冒尖。学科拓新域，阵地占前沿。成果相继出，群星灿满天。学报诸编者，业务各精专。公心出慧眼，拔萃汇期刊。风行驰美誉，明珠耀杏坛。神州跨世纪，西部正腾骞，我校与学报，机遇喜空前。拼搏夺分秒，名牌四海传。

（二〇〇〇年五月）

题《当代中学生诗词选》

图强华夏迎新纪，报国英才出少年。
已有诗词惊艺苑，定攀科技占峰巅。

（二〇〇〇年五月）

题兰州《西部开发》报

开发西部创辉煌，万众腾欢万马骧。
一纸风行传喜报，穷山恶水变苏杭。

（二〇〇〇年八月）

赠林家英教授

复旦高才八闽英，甘于陇上献青春。
传薪广育千秋士，著论长燃五夜灯。
劫后方欣前景好，镜中休叹二毛生。
秦州访古豪情在，更谱华章继少陵。

（二〇〇〇年八月）

八十述怀二十首（新声韵）

（一）

童心未改不知愁，况遇晴阳照九州。
招手笑迎新世纪，引吭欣献好歌讴。
填平苦海甜方美，拔尽穷根富始优。
回顾航程瞻远景，布帆无恙水东流。

（二）

呱呱坠地秀才家，清渭迎门枣径斜。
无乳未殇慈母爱，见书即喜众人夸。
吟诗始解寻诗味，种豆方知赏豆花。
读史常思开眼界，龙山极顶望天涯。

（三）

翻山越岭赴新阳，自做羹汤自背粮。
夜诵三冬心更暖，日餐两顿味尤香。
作文特异多传写，考课全优屡表扬。
高小三年成绩好，神童美誉慰爹娘。

（四）

卢沟怒炮扫妖氛，负米求师更恪勤。

邃密群科谋济世，磨砻四体欲从军。

河山百战诗修史，敌寇全歼血写文。

"以笔为枪"诚有愧①，奖牌垂老竟酬勋！

【注】

①在县城上省立天水中学初中、国立第五中学高中之时，正值全民抗日，屡欲投笔从戎而终未如愿。在学好正课及课外博览群籍之余，常以抗日为主题，撰写杂文、新诗及旧体诗词于后方各报刊发表。《陇南日报》辟有专栏，又曾主编《风铎》文艺副刊。1995年纪念抗战胜利50周年，中国作家协会特列名于"抗战时期老作家"名单中，颁赠"以笔为枪，投身抗战"奖牌。

（五）

龙蟠虎踞会群贤，白下游学正少年①。

六代诗文延寿史，后湖烟柳莫愁船。

国师讲舍传精义，时彦吟坛结胜缘。

钟阜长歌干气象，尚留佳话至今传。

【注】

①上南京中央大学时屡预吟坛盛会。丁亥重阳，于右任先生柬召登紫金山天文台，与会者70馀人，余年最少，作五古六十韵，颇受商衍鎏、冒鹤亭、刘成禺、陈仁先、李宣龚诸前辈赞许。

（六）

抟风破雾到渝州，主讲南泉乐事稠。
济老情诗同品鉴，鹤翁乐府屡赓酬①。
论文正喜交良友，鼓瑟旋知是好逑。
永忆结姻游赏地，数峰江上几回眸！

【注】

①业师陈匪石先生号倦鹤，时任重庆南林学院中文系主任，约我任教。同系教授穆济波先生为创造社初期重要成员，其妻秦德君与当时名作家多有接触，竟随茅盾东渡。穆先生辑与秦氏恋爱、结婚及婚变后诸诗为《海桑集》，嘱余题诗。

（七）

浪高滩险惧翻船，遥望庭帏眼欲穿。
腰鼓声中归故里①，秧歌队里舞新天。
分班授课秦风暖，携手承欢陇月圆。
更喜生儿如虎健，匡时淑世盼他年。

【注】
①返里看望双亲，同在天水任教。

（八）

半载秦州广艺禾，长安设帐又弦歌①。
新知博采开新课，旧史精研改旧科。
讲义交流评语好，论文发表赞声多。
夫妻共鼓冲天劲，育士兴邦颂共和。

【注】

① 1951 年初应西北大学侯外庐校长之聘，同赴西安任该校师范学院语文系讲师。

（九）

钢花稻浪竞妖娆，放眼神州意气豪。
薪水虽微儿女小，课程愈重热情高。
京华盛会频参与，寰海名流亦见邀。
岂料初鸣便贻祸，孤松何计御狂飙！

（十）

乍震雷霆殛巨奸，牛棚闻讯舞翩跹。
三中幕启春潮涌，四化花开旭日妍。
屡赴神京振文艺，重开绛帐育英贤。
打翻十载终爬起，又见鹏飞万里天。

（十一）

枉掷华年可奈何，人间应有鲁阳戈。
紫毫练字盈千本，朱墨笺书越五车。
雪夜摘文鸡报晓，花朝缀韵鸟赓歌。
雄心跃动伤痕退，欲上高山览大河。

（十二）

研讨唐诗集胜流^①，曲江日丽万花稠。

忧民李杜心胸广，济世韩刘思虑周。

联袂关中创学会，扬旗国际著宏猷。

筹资改稿编刊物，《年鉴》风行五大洲。

【注】

① 1982 年 4 月初在我校主持全国唐诗研讨会，由我主编出版了论文集。同年 5 月上旬，全国唐代文学学会在西安成立，我被推选为第一届副会长。此后连任第二至第五届副会长兼秘书长，筹办、主持历届全国、国际学术研讨会，主编会刊《唐代文学研究年鉴》。

（十三）

科教兴国战略高，攻读学位竞前茅。

叨陪硕彦评博导，忝列宗师育俊髦。

敢诩荫门桃李艳？还期构厦栋梁饶。

人才自古关成败，身教言传岂畏劳？

1985 年起任国务院学位委员会学科评议组成员，数次进京评审全国高校及科研单位博士生导师及博士授权点。自 1979 年至今，本人作为硕士、博士生导师培养的数十名研究生皆卓有成就，颇受好评。

（十四）

银翼穿云掠太阳，腾飞两度到扶桑。

东京讲赋夸炎汉，松本谈诗赞盛唐。

访古初游清水寺，观书三上静嘉堂。

一衣带水常来往，珍重邻邦是友邦！

（十五）

少小耽吟述壮怀，却留诗案继乌台。

欣逢盛世昌文运，喜见骚坛出俊才。

大赛十年频奖励，华章四海竞飞来。

愧无玉尺量多士，赖有良朋共鉴裁。

中华诗词学会于1987年端午节在北京成立，我以筹备委员资格参加，被选为副会长。此后由中华诗词学会等单位联合举办的历次诗词大赛，我都被推举任评委会主任。乌台为御史台的别称。苏轼作诗讥议朝政，被人弹劾，下御史台问罪，时称"乌台诗案"。

（十六）

童年习字父为师，洗砚门前柳映池。

壮岁犹思追索靖，浩劫哪许继张芝[①]！

岂知地覆天翻后，又展龙翔虎卧姿。

室亮桌宽情绪好，笔飞墨舞颂明时。

【注】

①张芝，东汉书法家，甘肃酒泉人，善草书，被称为"草圣"。索靖，西晋书法家，甘肃敦煌人，书法继承张芝而有创新。

（十七）

杜甫诗传济世心，百回吟诵百回亲。

河南嗣响追遗韵，陇右扬芬访旧闻。

往圣精神多取法，时贤德慧更超群。

承前启后开新宇，应有鸿篇胜古人。

中国杜甫研究会于 1994 年秋在杜甫故里巩义市成立，我被选为会长，主持首届学术研讨会。1996 年在甘肃天水市召开第二届会议，研讨杜甫陇右诗、考察杜甫遗迹遗闻。其后又在襄樊、济南召开杜甫学术研讨会。

（十八）

未酬壮志鬓先斑，已届姜公钓渭年。
四海奇书思遍览，千秋疑案待重勘。
高歌盛世情犹热，广育英才志愈坚。
惟愿遐龄身尚健，更结硕果献尧天。

（二〇〇〇年九月）

全国第十三届中华诗词研讨会在
深圳西丽湖宾馆召开，口占两绝

华夏诗词正振兴，五洲吟友会鹏城。
滨湖日丽群花艳，深树风和众鸟鸣。

盛会华南继武昌，英才培养系存亡。
校园从此兴诗教，蔚起人文致富强。

（二〇〇〇年九月）

武昌会议，讨论诗词进大学校园问题，深圳会议，讨论诗词进中小学校园问题。

荔园小住

西丽湖波映画栏，琼楼暂寓似登仙。
一朝移向荔园住，天外方知更有天。

（二〇〇〇年九月）

赠汝伦

高树红花照眼明，风骚坐领五羊城。
通衢一任商潮涌，心自康宁气自清。

（二〇〇〇年九月）

赠度先，时任广东省安全厅长

腹有诗书笔有神，岭南安定见经纶。
城郊富丽千家乐，村镇繁荣四季春。

（二〇〇〇年十月）

世纪之交杜甫国际学术研讨会在
济南舜耕山庄举行，欣赋两绝

诗教衰微哲士忧，少陵学会创中州。
几番研讨发精蕴①，万古江河浩荡流。

又见群贤四海来，山庄明丽讲筵开。
济南自古多名士，倡雅宁无济世才②。

（二〇〇〇年十月）

【注】

①已在巩义市、天水市、襄樊市开过三次研讨会。
②我因年老辞去会长职务，推选山东大学张忠纲教授接任。

赞舜耕山庄①

山庄广厦耀霓灯，宾至如归忆舜耕。
水木清华鱼鸟乐，阜财解愠颂南风。

（二〇〇〇年十月）

【注】

①《史记·五帝本纪》云："舜耕历山。"山庄在历山脚下，故名"舜耕"。《孔子家语·辩乐解》云："昔者，舜弹五弦之琴，造《南风》之诗，其诗曰：'南风之薰兮，可以解吾民之愠兮！南风之时兮，可以阜吾民之财兮！'"

十年前游泉城，泉水已枯竭，今见绿化奏效，喜赋两绝

"户户垂杨"渐不青，"家家泉水"已无声。
图强致富前途好，绿化山川第一程。

喜见还林耸翠屏，历山飞雨润泉城。
绿杨掩映红楼起，万顷湖波漾大明。

（二〇〇〇年十月）

趵突泉瞻李清照遗像

趵突清泉蘸绿杨，易安遗像浴秋光。
依稀北宋承平日，采菊归来满袖香。

国亡家破费沉吟，婉约新词百代珍。
"九万里风鹏正举"，更留豪句压苏辛。

礼教森严更乱离，词宗漱玉羡雄奇。
女权高涨"强人"众，会见吟坛舞大旗。

（二〇〇〇年十月）

大明湖谒稼轩祠

突围缚叛渡长江，欲统王师复旧疆。
怒斥投降呼战斗，雄词万古放光芒。

（二〇〇〇年十月）

登泰山

岱宗突起斗牛间，继武拾遗上极巅。
诗史高峰谁跨越？写真求变拓新天。

（二〇〇〇年十月）

杜甫《望岳》诗只说"会当凌绝顶"，晚年作于夔州的《又上后园山脚》补写道："昔我游山东，忆戏东岳阳。穷秋立日观，矫首望八荒。"说明他曾爬上泰山顶上的日观峰。

游曲阜

苍松郁郁柏森森，洙泗浟浟教泽深。
曲阜重来兴百感，兴观群怨起诗魂。

（二〇〇〇年九月）

谢杜甫研究会诸公设宴祝寿

四凶留命沐晨曦，钓渭年华力未疲。
路远徒嗟增马齿，山高犹愿奋牛蹄。
欲师杜甫吟三吏，敢效梁鸿赋五噫？
珍重群公祝嵩寿，青灯不负五更鸡。

（二〇〇〇年九月）

洛阳文会期间赴铁门镇观千唐志

久慕千唐志，无缘到此斋。
欣逢金谷会，始向铁门来。
辨字惊书艺，析文叹史才。
留连日将暮，临去屡徘徊。

（二〇〇〇年十月）

题王澍王屋山房诗文集

沁水何清丽，王屋更郁苍。
山河犹表里，猿鹤几沧桑！
文羡波澜阔，诗钦韵味长。
知君炳灵秀，百炼吐光芒。

（二〇〇〇年十月）

题《三秦楷模》

彩笔传神展画廊，楷模创业战旗扬。
群英竞起学先进，荒漠秃山换盛装。

（二〇〇〇年十月）

秀荣以岁寒三友图祝寿，题小诗致谢

老梅吐艳竹飞翠，誓与苍松斗岁寒。
彩笔初挥冰已化，迎来春色遍人寰。

（二〇〇一年一月）

新世纪新春颂

新千年，新世纪。神州万里庆新春，无边喜气盈天地。遥想百年前，政腐民凋敝。列强争瓜分，巢覆雏亦毙。辛亥革命初成功，推翻帝制申民意。卢沟怒炮扫妖氛，浴血御侮夺胜利。协力铲除三座山，全民解放齐奋励。致富敢为天下先，改革开放虎添翼。渔村弹指变名都，高速发展无前例。东西南北效特区，国际交流破封闭。雄楼栉比稻粱肥，城乡面貌月月异，一国两制迎回归，紫荆红莲竞艳丽。顾后喜无极，瞻前豪情溢。狮醒龙腾旭日红，继往开来人十亿。

新千年，新世纪，庆新春，念兄弟。焰火联
海峡，骨肉心连系。切盼一统固金瓯，港澳珠还
台澎继。并肩同建好家园，四化前程骋骐骥。育
才高素质，创业高科技。航线绕全球，坦道通四裔。
弘扬传统融众长，蔚起人文振经济。物阜民康戒
骄奢，倡廉频注防腐剂。山青水绿春常在，果硕
花繁香四季。国力日盛国威扬，维护和平持正义。
龙门鲤跃，桥山雨霁。中华民族大复兴，清明共
上黄陵祭。树丰碑，摩天际。

（二〇〇一年一月）

游王顺山悟真寺①

昔梦悟真寺，今游王顺山。
丛林护瑶殿，叠嶂拄青天。
种玉蓝田在，开宗净土传。
沧桑留胜迹，题咏继唐贤。

（二〇〇一年二月）

【注】

①蓝田悟真寺为佛教净土宗祖庭，白居易等唐代诗人多有题
咏。王顺山兼有黄山之秀和华山之险，今辟为国家级森林公园。

蓝田猿人

茫茫一百万年前，谁辟洪荒混沌天？
崛起猿人磨石斧，曙光一线现蓝田。

（二〇〇一年二月）

武夷山柳永研讨会　二首

（一）

抒情写景逞千姿，突破花间创慢词。
继起群贤拓新境，宋人乐府比唐诗。

（二）

铁板红牙各擅场，女声何必逊男腔。
应从词史观全局，勿借坡仙压柳郎。

（二〇〇一年四月）

柳永纪念堂 三首

（一）

悲歌煮海悯盐丁，小试牛刀有政声。
底事秦楼消永日，忍将低唱换浮名？

（二）

敢于词史辟新天，长调铺排意境宽。
恨别悲秋怨行役，动人情景扣心弦。

（三）

奇峰六六竞春妆，故里新修纪念堂。
谱曲填词歌盛世，丹山碧水焕文章。

（二○○一年四月）

桃源洞

武夷亦有桃源洞，欲访居人畏路难。
苛政消亡何用避，人间处处是桃源。

（二○○一年四月）

武夷精舍　二首

（一）

欲将无限天然美，化作胸中万古奇。
遍览云峰三十六，还来精舍吊朱熹。

（二）

兼融佛道解儒经，理学千秋集大成。
九曲溪边弦诵处，源头活水尚能清？

（二〇〇一年四月）

大王峰

擎天一柱大王峰，玉女簪花久目成。
无奈中间横铁嶂，溪流九曲不胜情。

（二〇〇一年四月）

玉女峰

清潭浴罢尚留香，明镜台高耀晓妆。
万劫难消情与爱，凝眸日日送斜阳。

（二〇〇一年四月）

九曲清溪

丹嶂苍崖映碧溪，竹林飞翠湿人衣。
漂流想见朱夫子，九曲高歌化彩霓。

（二〇〇一年四月）

一线天

入洞争观一线天，少男少女赞新鲜。
仰头我独嫌光暗，忽忆牛棚住九年。

（二〇〇一年四月）

北如赠武夷新茶① 二首

（一）

九寨悬岩六树高，乌龙极品大红袍。
我随游侣昂头望，只盼风吹一叶飘。

【注】
①武夷九寨窠悬岩有六株茶树，已生长 340 多年，枝叶繁荣。嫩叶呈紫色，名大红袍，为乌龙茶极品。

（二）

妙手通天意气豪，居然赠我大红袍！
归来每饮辄昂首：九寨悬岩六树高。

（二〇〇一年四月）

汉城遗址

闽人文化溯先秦，发掘王城见异珍。
惊眼清澄宫井在，日星摇漾两千春。

（二〇〇一年四月）

厦大校园瞻仰陈嘉庚塑像

群楼面海倚青山，广育英才八十年。
大礼堂前拜遗像，毁家办学颂先贤。

（二〇〇一年四月）

鼓浪屿观郑成功练兵处

浩茫碧海映苍穹，百练精兵气似虹。
战舰长驱收宝岛，令人长忆郑成功。

（二〇〇一年四月）

拔荆丽珠邀住寓楼畅谈

凛然正气压群哗，历尽艰危蔗境佳。
学府育才双国士，吟坛夺锦两词家。
青山入户听敲韵，好鸟归林劝煮茶。
琴瑟和鸣春永驻，檐前手种四时花。

（二〇〇一年四月）

延平颂

——为纪念郑成功收复台湾340周年作

台湾接大陆，隔水闻鸡鸣①。

闾阎皆华胄，日月共尧封。

明季国积弱，荷夷纵长鲸。

宝岛竟沦陷，愁雾暗南溟②。

誓复吾疆土，郑帅练精兵。

出师鼓浪屿，万橹压洪峰。

长驱雷电迅，号令海天惊。

登陆禾寮港，歼寇赤嵌城。

打援缚困兽，缴械扫狼烽。

遗民庆光复，壶浆夹道迎。

屯田习耕战，物阜四方宁。

两岸频来往，亲友诉衷情③。

沧桑数百载，人寰尚竞争。

一国容两制，华夏正龙腾。

鸿业宜共创，大厦宁独擎！

一统山河壮，怀古颂延平。

（二〇〇一年四月）

【注】

①台湾民谚："福州鸡鸣，基隆可听。"

②明天启四年（1624）荷兰殖民者侵占台湾。

③明永历十五年（1661）郑成功率兵数万自厦门渡海，经澎湖于禾寮港（在今台南境）登陆，围攻荷兰总督所在地赤嵌城（即

今台南市西郊安平古堡），击溃从巴达维亚派来的援军，激战 8
个月，于清康熙元年（1662）二月一日收复台湾全境，实行屯田，
发展生产。

游集美赞陈嘉庚

村童好斗无文化，发愿经商办学堂。
校舍巍峨花似锦，树人树木创辉煌。

（二○○一年四月）

明锵设宴接风，杭州名流毕集，口占纪盛

涌金门外最高楼，满座春风集胜流。
万顷湖光明几案，四围山影落觥筹。
友情浓郁频斟酒，诗兴高扬薄打油。
放眼全球振风雅，掣鲸碧海纵飞舟。

（二○○一年四月）

明锵邀住西湖别墅，畅话今昔

少有雄图决胜筹，遭逢偏与志为仇。
铁窗七载常遮眼，右帽廿年犹恋头！
四害忽除交好运，三光普照展鸿猷。
宏开别墅迎诗友，觞咏西湖傲五侯。

（二〇〇一年四月）

人间天堂

波光岚影映红楼，开放湖山任旅游。
游侣争夸西子美，天堂依旧在杭州。

（二〇〇一年四月）

双堤怀古①

东坡施政继乐天，宋雅唐风万口传。
缓步双堤舒望眼，能无高咏迈前贤？

（二〇〇一年四月）

【注】
①双堤，指白堤、苏堤。

冒雨游西湖

细雨多情为洗尘，雨中西子更迷人。
蒙蒙远岫眉凝黛，渺渺平湖縠泛纹。
万柳浮烟翻翠浪，三潭腾雾跃金鳞。
匆匆领略朦胧美，明丽风神付梦魂。

（二〇〇一年四月）

岳飞墓

凤阙难容二圣回，狱成三字剧堪哀。
坟前纵有奸臣跪，十二金牌何处来？

（二〇〇一年四月）

龙井饮新茶

游湖日将午，渴欲饮新茶。
舟系苏堤柳，门敲陆羽家。
虎泉松下水，龙井雨前芽。
三碗诗情涌，何须手八叉？

（二〇〇一年四月）

游灵隐寺

飞来峰下寺，灵隐盛名扬。

海日明瑶殿，湖光耀画廊。

经风塔犹耸，历雪松更苍。

谁悟拈花笑？焚香拜佛忙。

（二〇〇一年四月）

浙江省诗词学会慈溪诗会开幕

浙江从古盛人文，"龚派"新诗起异军①。

开放中华除积弊，兴邦争唱最强音。

（二〇〇一年四月）

【注】

①龚自珍（1792—1841），清代思想家、文学家，杭州人，其诗求新图变，瑰丽奇肆，风靡一时，有"龚派"之称。

达蓬山巅望海

山花吐艳松浮翠，徐福辞家久未来。

童女童男何处去？达蓬峰顶望蓬莱。

（二〇〇一年四月）

慈溪怀古 三首

(一)

客星犯座便还乡，钓水耕山乐未央。
立懦廉贪垂典范，高风千古颂严光①。

【注】

①范仲淹《严先生祠堂记》称严光"使贪夫廉，懦夫立，是大有功于名教也。"

(二)

品学诗文见性灵，《庙堂》笔法继山阴。
慈溪雅集名贤众，"五绝"宜追虞永兴①。

【注】

①虞世南为贞观名臣，封永兴县子，世称虞永兴。唐太宗"尝称世南有五绝：一曰德行，二曰忠直，三曰博学，四曰文辞，五曰书翰"，见《旧唐书》卷七二本传。其书法亲承智永指授，取法二王，为初唐四大家之一。其正书碑刻以《孔子庙堂碑》为代表，余幼年曾临习。

(三)

猖狂海盗肆鲸吞，半壁东南叹陆沉。
电扫雷轰除外患，抗倭常忆戚家军。

(二〇〇一年四月)

金轮集团

户户洋楼接厂房，此间原是小村庄。
村民创业雄欧亚，科技金轮赶太阳。

（二〇〇一年四月）

文昌阁①

香樟夹径护芳踪，皓月窥窗想玉容。
秋水无言美人去，暮年流寓羡归鸿。

（二〇〇一年四月）

【注】
　　①文昌阁建于潭墩山顶，为溪口十景之一。1925年蒋介石改
建为中西合璧的两层楼房，宋美龄曾居住避暑。

丰镐房①

潭墩山畔剡溪旁，人去空留丰镐房。
锦绣神州需一统，思乡何故不还乡？

保护功归解放军，维修未改旧伤痕。
游观万众如潮涌，忙煞门前售票人。

（二〇〇一年四月）

【注】

①丰镐房为蒋氏故居。溪口解放前夕，毛泽东电令指挥官"在占领奉化时要告诫部队，不要破坏蒋介石住宅、祠堂及其他建筑物"，故保护完好。1939年冬日机轰炸溪口，蒋氏原配毛福梅于丰镐房遇难，蒋经国誓报母仇，手书"以血洗血"四字刻石立碑。1981年国家拨款修缮，唯日寇炸毁窗户保持原状。

张学良将军第一幽禁地①

少帅幽囚屋，装修一望新。
案头留笔砚，窗外换乾坤。
榴火红迎日，松涛绿到门。
游人说"兵谏"，救国建奇勋。

（二〇〇一年四月）

【注】

①张学良于禁室欣闻"七·七"抗战开始，写信给蒋介石"请缨杀敌"，蒋却要他"好好读书"。当时写作所用的笔砚尚留案头。

雪窦寺将军楠①

古刹徘徊志未销，请缨无路种楠苗。
将军九死双楠活，拂日凌云岁岁高。

（二〇〇一年四月）

【注】

①张学良禁室与雪窦寺毗连，尝在寺内徘徊，手种楠树幼苗，今已高达十馀米，人称"将军楠"。

商量岗①

三仙建寺费商量，寺已灰飞剩此岗。
独立岗头望仙境，千峰隐现雾茫茫。

（二〇〇一年四月）

【注】

①商量岗以传说三仙商量建寺得名，登岗四望，千山万壑隐现于云海之中，如临仙境，为溪口避暑胜地。

千丈岩瀑布①

是谁天外挥长剑，削出浙东千丈岩？
巨瀑轰雷云际落，忽翻雪浪现奇观。

（二〇〇一年四月）

【注】

①千丈岩峭壁如削，中部巨石突出，落瀑撞击，散若飞雪。宋真宗题名"浙东瀑布"。

妙高台①

振衣直上妙高台，四面青山送爽来。
俯瞰晴湖摇日影，不知人世几兴衰。

（二○○一年四月）

【注】

①妙高台三面峭壁，下临平湖，地势险峻，风景秀丽。清初于台上建栖云庵。1927年蒋介石下野回乡，拆除栖云庵建中西合璧别墅，自题"妙高台"堂额。此后每次回乡，必来此小住。解放后多次维修，房内陈设、用具等保存如故，供游人参观。

合肥"五四"以来名家诗词研讨会杂咏

诗亡词绝是耶非？四海吟旌聚合肥。
近百年来佳作众，探微抉奥起风雷。

"五四"惊雷震九州，南湖破雾纵飞舟。
群英力辟新天地，诗史长河涌巨流。

全民奋起救危亡，血战八年复汉疆。
气壮山河诗万首，人寰传诵戒贪狼。

三山推倒辟蒿莱，中国人民站起来！
建设新铺天样纸，笔歌墨舞画图开。

劫火延烧竟十年！殃民祸国史无前。
牛棚偷蘸忧天泪，警世奇诗万代传。

乍震春雷殛四凶，改革开放奏奇功。
高歌猛进诗潮涌，锦绣河山日更红。

一统神州更富强，诗迎港澳吐光芒。
研朱待舞如椽笔，宝岛归来谱乐章。

人文蔚起迎新纪，经济腾飞跨小康。
应有鸿篇迈唐宋，讴歌盛世创辉煌。

（二〇〇一年五月）

李鸿章故居

入门穿院上崇阶，来访华居日未斜。
宰相合肥天下瘦，休惊"一府半条街"。

务洋尚武练淮军，百计经营未建勋。
辱国丧权宁本愿，马关签约又何心？

（二〇〇一年五月）

包公祠、墓

重修祠墓万方崇，凛凛铡头虎问龙：
"官是公仆民是主，伸冤何故拜包公？"

祠有廉泉万口传，治贪灵药岂其然？
心源纯净无私欲，纵饮贪泉亦自廉①。

（二〇〇一年五月）

【注】

①广州石门有贪泉，误饮者必贪。清官吴隐之赴广州刺使任经此，故饮之，作《酌贪泉》诗，而为官愈廉。见《晋书》卷九一《吴隐之传》。铡、仆旧入今平，作平声用。

翠华山度假偕主佑有亮一农天航

双松迎远客，避暑翠华山。
林海绿涛涌，云峰素练悬。
千壑惊异态，万石叹奇观。
荡桨天池上，晴空月正圆。

（二〇〇一年七月）

游新郑古枣园①

老干新枝蔚壮观，飞红漾绿耀蓝天。
树王赐食还童枣，再献青春二十年。

（二〇〇一年七月）

【注】

①古枣园有树龄 500 年以上者 580 株，其中明代一株，已逾六百寒暑，依然叶茂果繁，被尊为"枣树王"，导游摘枣数枚见赐，谓食之可返老还童。

谒欧阳修墓

文并昌黎赋更佳，诗清词丽亦名家。
陵园重建尊传统，艺苑春浓放百花。

（二〇〇一年七月）

始祖山谒黄帝庙

携友同登始祖山，宏基初创颂轩辕。
刳舟辟道开新宇，除暴安良任大贤。
德教风行百蛮化，文明雨洒众芳妍。
承前启后兴华夏，霞蔚云蒸一统天。

（二〇〇一年七月）

赠秦淮诗社

巨厦雄楼竞比高，长江又架紫金桥。
秦淮结社诗情涌，应有鸿篇压六朝。

（二〇〇一年八月）

游无锡吴文化公园

建馆开园萃凤麟，无锡有宝胜黄金①。
花繁叶茂吴文化，吐艳飘香四季春。

（二〇〇一年八月）

【注】

①锡，旧入今平，作平声用。"无""有"对照，言没有"锡"，却有"宝"。

游华西村（六首）

（一）

摩云金塔表华西，纵览新村上电梯。
工厂书场歌舞院，高楼棋布颭红旗。

（二）

争优竞美压群芳，科技高新管理强。
百业拔尖名产众，法兰面料渡重洋。

（三）

争夸世界第一村①，旅贸工商并冠群。
先富还须求共富，思源兴教育新人。

【注】
①一，旧入今平，作平声用。

（四）

家家别墅起洋房，四季花飘满院香。
海客来游开眼界，始知华夏有天堂。

（五）

村官谁似吴仁宝，廉政懂行树典型。
但愿化身千百万，辟新天地练精兵。

（六）

女纺男耕纳税难，农家冻馁几千年。
华西指引金光道，会见千村变乐园。

（二〇〇一年八月）

华西村盛宴相款，邀住金塔十一层 二首

（一）

空赞河豚味最鲜^①，贪吃怕咽笑坡仙。

华西盛宴食八尾，谁谓今儒逊古贤！

【注】

①北宋诗人苏东坡等多有赞河豚诗，因其味美而有剧毒，故品尝而已，不敢多吃。华西河豚已去毒，席间各分一小碗。"吃""食""八"三字，旧入今平，作平声用。

（二）

寒儒陋室惯栖身，偶宿华居感慨深。

一夜房钱一万五，舌耕砚种半年薪。

【注】

一、舌二字，旧入今平，作平声用。

（二〇〇一年八月）

赠南京金箔集团江总裁

千锤万打闪光芒，名品行销遍五洋。

发愿装成金世界，羡君真个"创辉煌"！

（二〇〇一年八月）

儋州诗会①

艰危未改济时心，最爱东坡儋耳吟。
此日蓝洋开盛会①，兴邦争唱最强音。

（二〇〇一年十月）

【注】
①全国第十五届中华诗词研讨会在儋州蓝洋温泉召开。

东坡桄榔庵 二首

（一）

桄榔深处结茅庵，乐与诸黎互往还。
九死依然宣教化，文明火播海南天。

（二）

椰茂楼高稻浪翻，诗山歌海颂尧天。
儋人试用"东坡话"①，细述新风慰贬官。

（二〇〇一年十月）

【注】
①儋州尚有"东坡话"流传。

东坡书院

载酒名堂未建堂，噬人鹰犬伺南荒。
东坡永在章惇朽，书院千秋育栋梁。

（二〇〇一年十月）

偕儋州诗会诸友游三亚

鹿回头处绚朝霞，处处游人笑语哗。
已见商潮红海角，更掀诗浪绿天涯。

（二〇〇一年十月）

海瑞墓

逆鳞批处血斑斑，海瑞当年只罢官。
掘墓毁祠犹切齿，"文革"不愧"史无前"①！

（二〇〇一年十月）

【注】
①革，旧入今平，作平声用。

海南大学赠周伟民唐玲玲伉俪

万间广厦起南溟，化雨春风育众英。
比翼齐飞双教授，弦歌常伴海涛声。

（二〇〇一年十月）

香积寺

王维题咏处，古寺尚依然。
殿倚三明树，池开七宝莲。
红尘千劫换，净土一灯燃。
塔际晨钟响，霞明万里天。

（二〇〇一年十一月）

"桥山杯"诗词大赛征稿，海内外炎黄子孙争寄华章。喜赋

桥山柏翠大河清，开放神州万里晴。
十亿昂头创宏业，五洲联手谱新声。
图强致富国威震，倡雅扬骚士气升。
继武前修迎盛世，复兴华夏播文明。

（二〇〇二年一月）

读李锐《庐山会议纪实》

为民请命为国忧，敢顶台风抗逆流。
牢底坐穿头尚在，天留此老写春秋。

（二○○二年二月）

易森荣学长八十荣庆

游学南雍负令名，奇书遍览酒频倾。
忧时夜上鸡鸣寺，吊古秋登虎踞城。
屡遇艰危育贞士，尽搜兴废谱新声。
桃芳李艳孙枝秀，待庆期颐颂晚晴。

（二○○二年三月）

题益阳老干诗协《金秋吟》诗刊

晚晴光景胜春朝，结社益阳逸兴高。
吟到金秋诗意涌，一刊传播振风骚。

（二○○二年三月）

长相思 五首

(一)

三月桃吐花，美人何处家？
相思随柳絮，飘荡遍天涯。

(二)

六月荷送香，哲人纳晚凉①。
相思随急雨，一夜满池塘。

【注】
①哲，旧入今平，作平声用。

(三)

九月菊花开，诗人安在哉？
相思随紫燕，飞上凤凰台。

(四)

腊月梅傲寒，高人欲觅难。
相思随暮雪，飘洒遍深山。

（五）

爱海无边际，相思跨古今。
年年种红豆，遥寄有情人。

（二〇〇二年三月）

题《黄海诗潮》

喜迎黄海涌诗潮，万橹争先掣巨鳌。
新韵新声新意境，讴歌盛世振风骚。

（二〇〇二年四月）

题韩城司马迁图书馆

万卷书发智慧光，晴窗披览浴春阳。
鱼龙变化兴西部，蔚起人文太史乡。

（二〇〇二年四月）

中央大学百年校庆

弦歌萦绕六朝松，化雨频沾鲤变龙。

硕彦传薪瞻北斗，群科拔萃颂南雍。

文追史汉争匡世，学贯中西各建功。

造士兴邦与时进，百年校庆蔚新风。

（二〇〇二年四月）

题《盛世盛典诗联大观》

浩荡东风万象春，梦中盛世已成真。

颂歌十亿舒豪气，精选华章献兆民。

（二〇〇二年四月）

山西赵鼎新诗友忽患肺病，诗以慰之，兼题诗集

每展来书惊墨妙，忽开选集叹诗工。

斯人谁信有斯疾，此世哪能无此雄！

难老泉声清四野，后凋松籁韵长空。

倚楼望月横羌笛，吹绿关山几万重。

（二〇〇二年四月）

赠《苦太阳》作者庞瑞林

禁区谁闯夹边沟，饿鬼冤魂帽压头。
终见庞君挥史笔，饱含热泪写春秋。

（二〇〇二年四月）

题尽心《中国当代青年诗词选粹》

绮想缤纷绚彩霞，青春岂独貌如花！
前程展望激情涌，谱就新声播海涯。

（二〇〇二年五月）

南宁诗书画联展

三绝讴歌世纪新，邕江风暖艺林春。
琳琅满目诗书画，羡煞当年郑广文。

（二〇〇二年五月）

龙泉山庄小住

远游千里到龙泉，浴罢温汤倦欲眠。
我不寻诗诗恋我，万山飞翠染吟笺。

（二〇〇二年五月）

赤壁杂咏（五首）

（一）

挥师百万下江东，一统神州指顾中。
吐哺归心垂典范，《短歌》慷慨颂周公①。

【注】
①曹操《短歌行》："周公吐哺，天下归心。"

（二）

十万楼船竟化烟，三分天下又争权。
河山百战生灵尽，将相勋名代代传。

（三）

争王竞霸几千秋，终见人民享自由。
开放风吹江水绿，蒲圻如画万人游。

(四)

水泥万袋塑周郎，俯瞰三国古战场。
一样东风羞纵火，却铺锦绣遍江乡。

(五)

万国游侣赞名城，处处欢歌笑语声。
寄语核王休动武，须知人类要和平。

（二〇〇二年五月）

题李子逸纪念集

三辅称人杰，名传靖国军。
匡时舒韬略，审计著精勤。
诗好髯翁和，德高茹老亲。
象贤儿女众，四海播清芬。

（二〇〇二年六月）

鸿章嘱题《华岳远眺集》 三首

(一)

劫灰洗尽涌春澜，远眺高攀华岳巅。
耀眼神州铺锦绣，豪吟朗咏壮诗坛。

(二)

《写在前边》斥四凶，惩前警世震洪钟。
捉妖处处悬秦镜，五岳擎天旭日红。

(三)

国富民康蔗境甘，晚晴光景漫休闲。
中华崛起诗材广，更谱新声播管弦。

(二〇〇二年六月)

袁第锐先生八十荣庆

寄陇安能不思蜀，缘何押返又归来？
中枢拨乱昌文运，西部扬骚待俊才。
结社金城群彦集，滋兰丝路万花开。
耽吟忘却蟠溪钓，四海云雷费剪裁。

(二〇〇二年六月)

赵仲才先生八十荣庆

衡阳硕彦肯西游，设帐长安乐事稠。
绣虎金针传淑士，雕龙玉版献清流。
立身岂效陈惊座？觅句堪师赵倚楼。
试看南山松不老，清风朗月自千秋。

（二〇〇二年七月）

题戴盟先生诗集

钱塘流万古，开放起新潮。
经济繁花盛，文明硕果饶。
举旗联俊彦，结社振风骚。
酬唱诗千首，刊行夺锦袍。

（二〇〇二年七月）

天水李广墓扩建飞将公园

乡人慕飞将，护墓建公园。
杰阁初迎日，乔松欲挂天。
公侯何足羡，桃李不须言。
百战摧强虏，英名万古传。

（二〇〇二年七月）

兰州龙园落成

西部开发战鼓喧①，金城关上建龙园。

寻根入殿心潮涌，揽胜登楼眼界宽。

白塔巍峨迎旭日，黄河萦绕庆安澜。

还林已绿丝绸路，更绘新图耀九寰。

（二〇〇二年七月）

【注】

①发，旧入今平，作平声用。

题《中华诗词》

华夏文明盛，诗词耀日星。

弘扬主旋律，吟唱起雄风。

（二〇〇二年七月）

江城绘群驴图见赠，报以三绝

摄将造化入心源，堪羡江城画路宽。

腕底春风随意起，惊呼万象出毫端。

写照传神见性灵，娇娃曼舞马嘶风。

百驴百态追黄胄，画派长安享盛名。

赠我群驴任我挑，江城知我爱逍遥。

长安雪霁寒梅绽，驴背吟诗过灞桥。

（二〇〇二年七月）

西安日报社建社五十周年

煌煌一社建西安，两报风行五十年。

四海云雷收纸上，九州风雨现毫端。

芳林护养秦山秀，浊浪澄清渭水妍。

更鼓新潮导先路，开发西部辟新天。

（二〇〇二年七月）

丹凤县为商山四皓建碑林喜赋

才避秦坑胆尚寒，又逢汉溺命何艰！

为儒有愿须行道，济世无缘便入山。

丹水清心轻富贵，紫芝充腹鄙贪婪。

园林掩映碑高耸，四皓遗风百代传。

（二〇〇二年七月）

挽匡一点学兄

同学南雍忆往年，方湖门下屡留连。
力追老杜师双井，诗派江西一脉传。

方回律髓苦寻根，选政频操席未温。
沙海金多君竟去，忍挥老泪哭同门。

（二〇〇二年八月）

赠留兰阁主梁玉芳

玉溪漱玉是津梁，骈散诗词各擅场。
逸韵高情何处寄，留兰阁上赏幽芳。

（二〇〇二年九月）

贺钱仲联先生九五荣寿

"露似真珠月似弓"①，文星耀彩降吴中。

兼综儒释开新路，坐领风骚振大镛。

钜著频刊笔仍健，英才广育兴方浓。

吟坛学苑常垂范，桃李芬芳日更红。

（二○○二年十月）

【注】

①白居易诗："可怜九月初三夜，露似真珠月似弓。"九月初三夜，正钱老出生时也。

清明恭谒黄帝陵

桥山柏翠鼎湖清，共献心香拜祖陵。
功继三皇开草昧，泽流四海创文明。
国基丕建千秋固，道统弘扬百利兴。
华胄龙翔新世纪，图强致富振天声。

（二〇〇三年四月）

西安钟楼

喜见西安换盛装，钟楼高耸市中央。
朝阳破雾明金顶，新月飞光照画梁。
四海嘉宾争揽胜，千秋伟业正流芳。
凭栏望远心潮涌，秀美山川迈盛唐。

（二〇〇三年四月）

游兰州碑林

红楼掩映绿林深，携友来游曙色新。
西部书家碑汇海，中华草圣像连云。
巍峨白塔归平视，浩荡黄河入朗吟。
似此奇观谁创建？退休流老尚垂勋。

（二〇〇三年五月）

游兰州五泉山公园

重到金城兴更酣，扶筇直上五泉山。

悬空素练飞甘露，浴日清流漾碧澜。

瑶殿巍峨云变幻，芳林苍翠鸟绵蛮。

短兵鏖战功勋著，应有丰碑竖乐园①。

（二〇〇三年五月）

【注】

①史载霍去病通西域，"合短兵鏖皋兰下"。又载：霍去病鏖战皋兰山麓，士卒疲渴，乃以鞭击地，即涌出五眼泉水，后人因称此山为五泉山，今五泉公园无纪念霍去病建筑，饮水而不思源，不无遗憾，故尾联提及。

登三台阁

绿涛摇漾遍山松，拔地擎天气象雄。

稳驾轻车盘鸟道，频移健步上仙宫。

池开玉镜时留影，云绕雕栏欲荡胸。

久坐敲诗无好句，三台阁外晚霞红。

（二〇〇三年五月）

《继续教育学报》创刊百期

施教创新型，百期刊愈精。
弘扬三代表，建设两文明。
四海犹争霸，中华正振兴。
更须与时进，高效育群英。

（二〇〇三年六月）

题徐义生诗画集

周情汉韵铸童年，莽旷高原浩荡天。
敢驾扁舟游艺海，更攀危径上书山。
胸舒锦绣诗中史，腕起烟云画外禅。
三绝遗风谁复振，还期鼓翼迈时贤。

（二〇〇三年六月）

题《诗圣吟风颂》

诗圣传诗史，悲歌悯众生。
海深忧世意，火炽济时情。
启后开新路，承前集大成。
时贤争继武，华夏正龙腾。

（二〇〇三年八月）

咏画梅

谁破坚冰扫冻云，人间何处觅梅魂？
挥毫忽见和风起，香吐神州万里春。

（二〇〇三年十一月）

题乡友随笔集

深沉观世态，平淡度人生。
一画开天处，山川见性灵。

（二〇〇三年十二月）

癸未除夕

寒梅几树送幽香，酌酒聊酬一岁忙。
怒斥萨斯归地府，笑迎神五下天阍。
不求不忮心常泰，惟俭惟勤体尚强。
坐待金猴临玉宇，助他举棒扫贪狼。

（二〇〇四年二月）

读《涉江集》兼贺沈祖棻研究会成立

师友赓歌骋绮思，金陵快意几多时！

馀年尽写伤心史，薄海争传悯乱词。

龙汉劫消人遽逝，瑶光运转士交驰。

涉江精蕴群研讨，艺苑花繁柳万丝。

（二〇〇四年三月）

题《清源集》

水自源头清似酒，诗从心底美如虹。

旧游时忆浙东景，隽句长吟意万重。

（二〇〇四年三月）

读林岫自书诗词

展卷长吟月转廊，浮生弹指几沧桑！

镜湖着意钟灵秀，林海何心厄栋梁？

学邃才高鸿著富，词工墨妙盛名扬。

登高尚有奇峰待，十丈莲开万古香①。

（二〇〇四年三月）

【注】

①西岳有莲花峰。韩愈《古意》诗云："华岳峰头玉井莲，开花十丈藕如船。"

游白水谒仓颉庙、墓

史官庙貌尚如生，想见轩辕任俊英。
欲代结绳观鸟迹，终凭造字启鹏程。
大开草昧神龙舞，丕创文明旭日升。
仓墓黄陵浮瑞霭，参天古柏万年青。

（二〇〇四年三月）

游孟州谒韩愈祠

起衰八代冠中唐，遗像雍容沐艳阳。
丕振儒风期爱众，独崇师道盼兴邦。
诗开异境山奇险，文涌狂潮海浩茫。
力去陈言务新创，艺林千载颂津梁。

（二〇〇四年三月）

酬黄君寄赠书刊

革文而后幸崇文，百鸟千花各占春。
每捧童心求赤子，忽开老眼遇黄君。
诗吟兰蕙茶初酽，笔舞鹓鸾酒半醺。
更创丛刊扶大雅，艺坛行见起新军。

（二〇〇四年三月）

咸阳怀古三首

（一）

电扫雷轰毕六王，秦都壮丽世无双。
倘除暴政行仁政，一统山河百代昌。

（二）

深憾阿房一炬焚，幸留秦墓出秦军。
秦人更创新奇迹，秀美山川起凤麟。

（三）

自炫功高号始皇，焚坑遗臭亦孱王。
神州开放尊才智，虎跃龙腾致富强。

（二〇〇四年三月）

老过邯郸

富贵荣华四十秋，卢生枕上足风流。
沧桑阅尽吾耄矣，不梦封侯梦自由。

（二〇〇四年三月）

题《中国名胜诗词辞典》

锦绣河山胜迹稠，名贤题咏耀千秋。
一编读罢春光好，万种豪情赋壮游。

（二〇〇四年三月）

生良老弟乔迁

已攻博士更攀登，直上高楼十六层。
读罢南华休梦蝶，终南睛翠扑窗棂。

（二〇〇四年三月）

绍良老弟乔迁

窗明几净沐晨曦，九级楼居莫厌低。
博览中西三万卷，书山绝顶揽虹霓。

（二〇〇四年三月）

李浩老弟乔迁

高楼放眼雨初晴，千里秦川万古情。
汉赋唐诗遗韵在，更挥彩笔绘文明。

（二〇〇四年三月）

题南京陇上柳山水画集

当年陇上柳青青，摇落江南岁几更。

终见秦坑芳草绿，复闻吴苑晓莺鸣。

怡情山水毫端现，过眼烟云纸上生。

画里诗传无限意，故乡遥望夕阳明。

（二〇〇四年三月）

丁芒老友八十寿庆

玄武湖光漾柳堤，戎衣脱去树吟旗。

雕龙绣虎传三昧，茹古涵今擅两栖。

振笔急书新燕舞，纵情高唱晓莺啼。

八十荣寿休言老，秀美山川待品题。

（二〇〇四年三月）

赠罗金保画师

春风腕底泛香波，魏紫姚黄竞袅娜。

富贵难求钱可买，红包争献牡丹罗。

（二〇〇四年三月）

甲申上巳雅集兰亭 二首

（一）

卓绝兰亭会，风流想晋人。
骋怀天愈朗，游目鸟犹亲。
一序传神韵，联吟见笑嚬。
孤高尘不染，千载仰松筠。

（二）

兰亭今日会，岂让永和年。
修竹迎丹凤，芳林护碧天。
流觞仍曲水，列坐亦高贤。
墨妙诗尤好，崇朝四海传。

（二〇〇四年四月）

题《中国西部诗歌选》

西部山川腾异彩，中华文化焕新光。
春潮澎湃心灵美，致富图强跨小康。

（二〇〇四年四月）

题邢德朝诗集《年轮》

几经雨润几霜侵，直干擎天叶染云。
莫问扎根深几许，年轮无限见诗心。

（二〇〇四年四月）

孙老板果园吃樱桃

芳香远胜歌星口，鲜艳尤超影后唇。
好看中吃树难种，尝新应谢灌园人。

（二〇〇四年五月）

题孟醒《在兹堂吟稿》

上庠递讲忆当年，三辅风云几变迁。
一自文旌移笛浦，每于渭北望江南。
深析外史儒林赞，巧绘心声艺苑传。
吾道在兹仁者寿，朗吟无负晚晴天。

（二〇〇四年六月）

王权逝世一百周年感赋

风雨飘摇忆晚清，哲人奋起伏羌城。

为官只顾苏民困，讲学真能育国英。

抒愤高吟曾警众，图强卓论尚骇鲸。

家乡喜设百年祭，华夏腾飞万里晴。

（二〇〇四年七月）

小平百年诞辰献诗

驱倭覆蒋虎威扬，拨乱除妖剑有芒。

"凡是"枷开苏万卉，"特区"灯亮照八方①。

功高两制珠还浦，泽溥全民富济强。

岳降百年天地改，五洲惊看巨龙翔。

（二〇〇四年七月）

【注】

① "八"，旧入今平，作平声用。

汪祚民博士论文《〈诗经〉的文学阐释》审毕喜赋

郑笺而后说纷纭，谁悟真情最感人。

汪子独拈诗本性，披沙拣金著宏文。

（二〇〇四年七月）

题《当代诗人咏中州》

岳秀河清草木欣，游人纵览动高吟。
择优拔萃三千首，彩绘中州万象春。

（二〇〇四年八月）

右任翁《望大陆》发表四十周年

推翻专制救危亡，草圣诗豪振大邦。
绝笔血凝分裂泪，中华一统慰国殇。

（二〇〇四年八月）

中秋飞温州为"诗之岛"揭幕

心系诗之岛，鹏抟揭幕来。
东瓯吟旆聚，孤屿讲筵开。
致富传模式，崇文育俊才。
讴歌新世界，大谢羡吾侪。

（二〇〇四年九月）

书条幅赠张桂生老友

共振风骚共运筹，十年三度到温州。
蓝图已绘东风起，诗馆摩天我再游。

（二〇〇四年九月）

西安电视台西部学子频道

西部开发擂战鼓^①，中华崛起献嘉猷。
万千学子雄图展，赖有荧屏报五洲。

（二〇〇四年九月）

【注】
①发，旧入今平，作平声用。

题《湘君选集》

高歌入藏献青春，碧海难量爱国心。
晚卸戎装挥彩笔，诗文两卷壮三秦。

（二〇〇四年九月）

华山放歌　二首

（一）

三峰挺秀壮关西，览胜惜无万仞梯^①。

遍履悬崖经万险，始凌绝顶赏千奇。

唐松汉柏连天碧，玉观琳宫与日齐^②。

欲采岩花簪两鬓，不知足已跨虹霓。

【注】

①"惜"字旧入今平，作平声用。

②"玉观琳宫"，指华山之云台观、白帝宫、金天宫、镇岳宫、翠云宫及亭台楼阁祠庙等许多建筑。

（二）

万顷松涛泼眼凉，仙人掌上捧朝阳^①。

天池雁落重霄迥^②，玉井莲开四季香^③。

已讶呼吸通帝座^④，岂无咳唾化琼浆？

题诗更有奇峰待，试倩苍龙负锦囊^⑤。

【注】

①仙掌，亦称仙人掌，在朝阳峰北侧。

②落雁峰有仰天池。

③玉女峰西有玉井，传说井中生千叶白莲；然韩愈《古意》"华岳峰头玉井莲，花开十丈藕如船"等句，注家或以为咏莲花峰。

④"吸"字旧入今平，作平声用。

⑤华山苍龙岭作苍龙飞腾状。

（二〇〇四年十月）

题《百年情景诗词》

纽约诗词学会会长梅振才先生远寄新著《百年情景诗词》索题，全书精选作者一百五十，人各一题，一题一画，小传、简注卓有史识，喜吟八句。

秋宵朗月照庭墀，跨海鸿来酒满卮。
入手瑶编钦妙选，绕梁逸韵动遐思。
百年情景诗中见，两戒山河画外知。
治乱安危传信史，堂堂华夏吼雄狮。

（二〇〇四年十月）

赠韩莉画师

胸罗万象腕生风，博览群书养性灵。
遗貌传神开异境，五洲艺苑闪新星。

（二〇〇四年十一月）

大雁塔北广场杂咏十首

(一)

雁塔昂头喜欲狂，长安日夜换新装。
黄昏北瞰惊疑梦，七宝楼台落帝乡。

(二)

万串银珠挟火龙，变形换彩上星空。
钧天乐奏鸾鹤舞，仙女拈花下九重。

(三)

千寻飞瀑泻琼浆，光带流金万米长。
雁塔凌霄复临水，自惊身影两辉煌。

(四)

贞观开元盛世传，万国车马赴长安①。
浮雕活现唐神韵，世界名都不夜天。

【注】
①"贞观"之"观"读"贯"，见《资治通鉴》卷192"贞观元年"下胡三省注。"国"字旧入今平，作平声用。

（五）

欲画真龙要点睛，大唐人物塑精英。

慈恩永忆唐三藏，四海沙门拜祖庭。

（六）

诗人选塑仙佛圣，亦塑茶神与药王^①。

领异争奇兴百业，大唐文化放光芒。

【注】

①"仙佛圣"，指李白、王维、杜甫。陆羽著《茶经》，精茶道。被尊为"茶神"，见《新唐书·陆羽传》。今人或称陆羽为"茶圣"，似无据。"佛"字旧入今平，作平声用。

（七）

东西万里响驼铃，丝路浮雕寓意新。

国际交流开眼界，岂独珍宝聚唐京^①！

【注】

①"独"字旧入今平，作平声用。

（八）

万佛双塔耀明灯，八柱高擎文化城。

富庶还需真善美，精神境界要提升。

（九）

博采群贤变二王，楷书雄健草书狂。

浮雕地景开生面，心画千秋颂大唐①。

【注】

①"心画"指字，这里指书法。扬雄《法言·问神》："言，心声也；书，心画也。"

（十）

水木清华楼殿新，繁花似锦草如茵。

人文荟萃园林美，益智怡神乐万民。

（二〇〇四年十二月）

鸡年元旦放歌

水绿山青明月夜，花香鸟语艳阳天。

无穷创造无穷乐，美妙神奇不羡仙。

（二〇〇五年二月）

鸡年咏鸡 九首

（一）

鸡叫三更到五更，风凄露冷雾濛濛。
誓将黑暗驱除尽，不见光明不肯停。

（二）

尾巴割尽断钱途，灭资兴无样样无。
屁股银行终漏网，母鸡风采胜仙姝。

（三）

山呼万岁太阳红，百卉焦枯似火烘。
自放光芒何待唤，休将祸首怨鸡公。

（四）

幼伴鸡声夜诵忙。中年劳改拜文盲。
老来犹有刘琨愿，其奈闻鸡鬓已霜！

（五）

叫得东方现曙光，村村户户喜洋洋。
兴农已靠高科技，不似浮夸饿死娘。

（六）

唤起朝阳照大千，犹多黑影互勾连。
官贪吏腐何时了？镇日喔喔欲问天。

（七）

长安米贱正伤农，枵腹司晨不怠工。
觅食何尝贪美味，只求吃尽害人虫。

（八）

蛋既生鸡又佐庖，母鸡窝里建功劳。
下蛋高呼"个个大"，也知炒作赶新潮。

（九）

我是鸡人偏爱鸡①，五德兼备凤来仪②。
金鸡报晓鸡年到，福寿康宁万事宜。

（二○○五年二月）

【注】
① 这里的"鸡人"并非唐代宫中的报晓者，而是指属鸡的人。
② 鸡有文、武、勇、仁、信五德，被誉为德禽，见《韩诗外传》卷二。

秦腔正宗李正敏纪念馆落成

正宗推正敏，德艺冠群芳。
博取吾家美，兼融各派长。
育材垂范式，创业放光芒。
纪念开宏馆，崛起看秦腔。

（二〇〇五年三月）

香港梁通先生推崇黄遵宪，喜赠

鲸吞虎攫尚优容，铁板铜琶孰振聋？
政体维新挥巨蠹，诗坛革命建殊勋。
盱衡异域兴邦史，作育中华济世雄。
黄学弘扬关大计，高歌青眼望梁君。

（二〇〇五年四月）

入芙蓉园登紫云楼参加唐文化论坛　三首

（一）

楼殿巍峨唐气象，园林壮丽汉风神。
回黄转绿新天地，锦绣神州乐万民。

（二）

振衣直上紫云楼，渭水秦山一望收。
汉韵唐风开万象，振兴华夏展新猷。

（三）

盛唐文化萃唐京，国际交流播四瀛。
海阔山高天远大，自强不息放光明。

（二〇〇五年六月）

杏园分韵得四支 二首

（一）

百鸟争鸣喜可知，群贤分韵赋新诗。
回眸忽作开元梦，御苑花繁柳万丝。

（二）

赐宴杏园花满枝，题名雁塔傲群儿。
春风得意须回首，谁是骚坛百世师？

（二〇〇五年六月）

畅游芙蓉园观《梦回大唐》电影 三首

（一）

芙蓉世界遍仙姝。杨柳楼台入画图。
谁谓秦川风土恶，曲江丽景胜西湖。

（二）

天际紫云浮瑞蔼，江头绿水泛新波。
骄阳似火凉风起，来赏晴湖万柄荷。

（三）

创造敢为天下先，芙蓉出水柳含烟。
梦回盛世开元日，玉殿琼楼在眼前。

（二〇〇五年六月）

曲江流饮赋诗

曲江流饮继三唐①，南苑芙蓉正吐香。
四海骚人挥彩笔，三秦艺苑诵瑶章。
勃兴经济民初富，蔚起人文国始强。
娱乐深含敦品意，中华诗教焕新光。

（二〇〇五年六月）

【注】

①"曲江流饮"为"长安八景"之一，自唐代至明清，长安文人流饮曲江相沿不衰，故建议以后改"曲水流觞"为"曲江流饮"以彰显本地风光，不必借重兰亭也。

南京师大钟振振教授来访畅叙往事

钟山皓月照梅庵①，细字笺书夜更贪②。
梧叶秋风归渭北，杏花春雨梦江南。
先师绝学君能继，外域新潮我待谙。
承访萧斋谈往事，陕茶馀味正回甘。

（二〇〇五年六月）

【注】

①梅庵，是李瑞清任两江师范学堂（中央大学前身）总监时的居室，我上南京中央大学时梅庵犹在，距六朝松不远。

②我上南京中央大学时，常以汪辟疆师为榜样，细字笺书，夜深不寐。

金水次拙韵七律见赠依韵致谢

瑶笺光采照茅庵，名利双忘百不贪。

初喜新诗雄日下^①，复惊工楷肖河南^②。

京西好雨君能赏，渭北春风我亦谙。

鸿雪联吟留后约^③，推敲同品早茶甘。

（二○○五年六月）

【注】

①古以天子为"日"，故称京城为"日下"，此指北京。

②赠诗以褚体工楷书写，褚遂良封河南郡公，人称褚河南。

③金水为鸿雪诗社骨干。

抗日胜利六十周年二首

（一）

掳掠杀烧举世惊，夺吾国土毁吾茔。

救亡怒吼芦沟炮，雪耻围歼碧海鲸。

宁舍头颅争寸土，誓抛血肉筑长城。

八年百战驱强寇，万里山河四亿兵。

（二）

图强致富又长征，开放中华育众英。
丕建文明谋发展，勃兴经济保和平。
前瞻永忆侵凌史，后顾常怀友好情。
神社何人犹祭鬼，一衣带水待澄清。

（二〇〇五年七月）

挽启功先生

楼居坚且净①，四海仰清风。
书画千金贵，诗文一代雄。
言行垂典范，学养树高峰。
桃李门墙众，长怀化育功。

（二〇〇五年十月）

【注】
①启功先生自号书斋曰"坚净居"。

挽兰州碑林创建者流萤

代有雄才出会宁，杨思①而后数流萤。

做官只愿民心顺，办报惟思国运亨。

访帖寻碑攀险径，摩崖刻石上高峰。

红楼绿树连云起，三陇明珠耀四瀛。

（二〇〇五年十一月）

【注】

①杨思（1882-1956），字慎之，甘肃会宁人，清末进士、翰林院庶吉士。赴日就读于东京法政大学，入同盟会。民国时任甘肃省议会议长等职。解放后任西北军政委员会委员、人民监察委员会副主任、甘肃省政协第一届委员会第一副主席等职。

题唐世政选编《红羊悲歌》

"文革"烟消迹未陈，小康人岂忘伤痕！

已惊青史无前例，尚恐红羊有后身①。

炼狱吟含忧国泪，牛棚笔吐济时心。

十年血火留龟鉴，一卷诗词万古新。

（二〇〇五年十一月）

【注】

①红羊：古以丙午、丁未为国家发生灾祸之年。丙丁为火，色红；未属羊，故称红羊劫，泛指国难。宋代柴望著《丙丁龟鉴》，历举战国至五代之间的变乱，发生在丙午、丁未年的多达二十一次。"文革"恰恰爆发于丙午（1966），次年丁未已全国大乱。

咏张良二首

（一）

涉危履险击秦君，誓报韩仇不顾身。
尽扫群雄归一统，运筹帷幄建奇勋。

（二）

急流勇退古犹难，兴汉功臣屡丧元。
堪羡留侯矜晚节，韬光养晦享天年。

（二〇〇五年十二月）

狗年元旦

鸡岁鸡人自吉祥，星逢本命亦无妨。
熬出酷暑神犹旺，战退严寒体尚强。
广育英才明善恶，博观青史感兴亡。
春回大地新年好，无限风光放眼量。

（二〇〇六年一月）

参加三秦名流闹元宵盛会应邀朗吟八句

亲民书记访延安，三陕腾欢拜大年。
社会和谐芳草地，山川秀美艳阳天。
腾飞经济鹏追日，蔚起人文虎上山。
闹罢元宵干了酒，图强致富各争先。

（二〇〇六年二月）

游户县牡丹山

姚黄魏紫遍山栽，溢彩飘香带露开。
争向花中求富贵，春寒犹有万人来。

（二〇〇六年三月）

题萧宜美《新声韵绝句选》

作诗宜美更宜新，除腐推陈万象春。
四海壮游开眼界，新声新韵助新吟。

（二〇〇六年四月）

题梁东老友诗集

吞吐能源气似虹，弘扬诗教建奇功。
挥毫更谱和谐曲，高唱神州日正红。

（二〇〇六年四月）

贺《中州诗词》创刊二十周年

中州廿载变诗乡，倡雅扬风颂小康。
社会和谐前景好，更挥健笔写辉煌。

（二〇〇六年五月）

《华商报·文坛演义会馆》创刊百期，将另辟专栏

会馆宏开雅士稠，文坛演义几春秋。
挥师更辟新天地，万里黄河涌巨流。

（二〇〇六年六月）

孙老板桃园吃仙桃

敢从王母买桃园，搬到长安结果繁。
饭后吃它三四颗，心灵体健赛神仙。

（二〇〇六年六月）

诗圣颂

中华诗国，诗人万千。伟哉杜甫，诗中圣贤。
家世绵远，"奉儒守官"。席丰履厚，家学渊源。
远祖杜预，名儒名臣。统一西晋，屡建功勋。杜
甫仰慕，励志修身。"不敢忘本，不敢违仁。"
祖父审言，沈宋鼎峙。确立律体，每多佳制。杜
甫传承，龙吟虎视。激励儿曹，诗乃家事。

黄河赴海，嵩岳摩云。生长中原，强记博闻。
七龄咏凤，早慧惊人。九龄书字，笔扫千军。行
年十五，阔步文林。读书万卷，下笔有神。年近
弱冠，寻幽吊古。纵览吴越，振衣天姥。放荡齐赵，
呼鹰逐虎。继游梁宋，复访齐鲁。李白并辔，高
适继武。快意畅怀，九历寒暑。山水登临，烟霞
吞吐。教化耳闻，风俗目睹。开拓视野，疏瀹灵
府。吟兴勃发，笔飞墨舞。望岳神驰，追踪尼甫。
绝顶纵目，众山皆俯。

西归长安，理想超群：贤路宏敞，立登要津；致君尧舜，大展经纶；治国化俗，国富民殷。孰知盛世，危机日显。君主荒淫，酒色沉湎。奸相忌贤，大权独揽。蕃将骄横，恃宠谋反。仕进无路，十载沉沦。缺衣少食，茹苦含辛。幼子饥卒，邻里声吞。农村凋敝，赋税交侵。饿殍在野，肉臭朱门。洞察隐患，忧国忧民。发为吟咏，动魄惊心。《奉先咏怀》，传诵古今。

安史叛乱，诗人切齿。投主陷贼，谏君忤旨。流亡放逐，一生九死。《月夜》《春望》，血泪满纸。《述怀》《北征》，无愧诗史。两京收复，官复拾遗。忠言逆耳，忧谗畏讥。《曲江》二首，心痛陵夷。留春无计，感慨嘘唏。贬官华州，案牍繁忙。怀念亲旧，东访洛阳。陆浑小住，满目凄凉。《忆弟》诸什，手足情长。此时唐军，邺城平叛。决战溃败，生灵涂炭。西归见闻，心惊泪溅。《三吏》《三别》，长留史鉴。

君王自圣，华州弃官。栖身无地，陇右颠连。峻险道路，伟丽山川。苍茫关塞，幽邃林泉。名胜鸟啼，古迹碑残。征戍不息，烽火屡燃。采药拾橡，晨馁夜寒。异境频写，百感毕宣。历时四月，杰作百篇。诗风丕变，自辟新元。《秦州杂诗》，五律奇观。《同谷七歌》，泣鬼惊天。遣兴、咏物，感慨万端。纪行、怀友，历代盛传。

　　去陇入蜀，艰险备尝。初到成都，借住僧房。友好资助，始建草堂。几行垂柳，一曲清江。白鸥戏水，红蕖送香。陶情怡性，屡见诗章。热爱自然，善写风光。乌云乍涌，狂风恣肆。卷茅破屋，冷雨继至。长夜难眠，厌乱思治。安得广厦，大庇寒士。天下皆欢，独甘冻逝。仁声雷鸣，爱心火炽。慷慨悲歌，震撼百世。此日西蜀，已非乐园。军阀混战，吐蕃寇边。放眼南北，遍地烽烟。安史未平，外患连绵。朝政昏暗，宦官专权。大唐天下，风雨如磐。草堂虽好，寝食难安。心忧国难，情系民艰。构思敲句，涕泪汍澜。四百馀首，照耀诗坛。

　　客蜀五载，每念故丘。携家东下，暂寓夔州。老病交困，大愿未酬。江山信美，岂解百忧！家国迁变，人物去留。盛衰何故？荣瘁何由？抚今忆往，如鲠在喉。长吟短咏，瀑泻泉流。四百馀首，美不胜收。众体兼擅，七律更优。《秋兴八首》，垂范千秋。

　　夔府孤城，两见菊黄。始出三峡，欲返故乡。江陵留滞，公安彷徨。以舟为宅，漂荡湖湘。身历眼见，百孔千疮。官厌酒肉，民少糟糠。税繁租重，卖女难偿。村无烟火，巷有豺狼。万方戎马，四海灾殃。天意难问，人祸未央。写实书愤，心瘁神伤。舟中苦热，蚊蚋猖狂。饥渴困顿，病入膏肓。犹存厚望，多难兴邦。文星遽陨，四野苍茫！

　　人品诗品，齐驱并驾。人品不俗，诗始高雅。伟哉杜甫，志存远大。希圣希贤，胸怀天下。终生不遇，颠沛流离。匡时淑世，此志不移。许身稷契，人饥己饥。举家冻饿，更念灾黎。一身正气，满腔仁爱。爱亲爱友，爱山爱海。尤爱吾国，务求安泰。尤爱吾民，惟恐伤害。惟其爱挚，是以恨深。恨官贪暴，恨君昏淫。穷兵黩武，恨乱乾坤。殃民祸国，不与同群。

　　诗史长河，众流所汇。诗圣杜甫，兼摄众美。上起《诗经》，下至同辈；转益多师，独得三昧。周行万里，博览千家。阅历体验，浩渺无涯。驾御各体，美玉无瑕。题材、风格，竞放百花。审美视野，广袤无际。特爱壮美，壮志所系。讴歌孔明，悲壮宏毅。咏鹰咏马，雄奇壮丽。承创相因，体认精细。承为基础，创乃真谛。自运斤斧，自辟天地。创体创格，创句创意。笔参造化，胸吐霓虹。讽时议政，如见深衷。写景状物，巧夺天工。意新语妙，魅力无穷。

　　一部杜诗，蕴含深广。社会百态，自然万象。文化精华，天高日朗。民族精神，光芒万丈。一部杜诗，诗艺渊薮。流传千祀，脍炙万口。革故创新，扶美除丑。哺育后贤，屡出高手。一部杜诗，爱国教程。弘扬诗教，广育精英。图强致富，揽月缚鲸。神州一统，共建文明。

（二〇〇六年八月）

诸葛庐 二首

(一)

三顾茅庐起卧龙，联吴抗魏建奇功。
躬耕陇亩非无意，其奈乾坤战血红！

(二)

一统河山梦寐求，鞠躬尽瘁死方休。
未酬壮志精神在，万古英雄拜武侯。

（二〇〇六年八月）

张衡读书台 二首

(一)

地动浑天仪器精，刷新科技破鸿蒙。
七言诗与抒情赋，开创功高享盛名。

(二)

读书读到鬓毛衰，谁是发明创造才？
文理兼通驰想象，森罗万象画图开。

（二〇〇六年八月）

医圣祠

中华开放千帆举，官吏贪婪百病侵。

反腐有权唯受贿，扶贫无力且偷银。

谁肯治标先正本？岂能济世不活人！

回春妙手今安在，千里来敲医圣门。

（二〇〇六年八月）

此首四、五句失粘，特用拗体以突显傲兀不平之气，与杜甫《咏怀古迹》五首之"摇落深知宋玉悲"一首类似。

丙戌老年节文史馆雅集

枫叶初红菊吐香，风清日朗过重阳。

佩萸①宜享千金寿②，落帽③休嗟两鬓霜。

社会和谐人敬老，国家兴旺凤鸣冈。

崇文重史群贤集，喜赋新诗颂小康。

（二〇〇六年十月）

【注】

①《西京杂记》载：九月九日佩茱萸或萸囊，令人长寿。初唐沈佺期《奉和九日幸临渭亭》诗："魏文颂菊蕊，汉武赐萸囊。"

②曹植《箜篌引》："主称千金寿，宾奉万年觞"。

③《晋书·孟嘉传》载：征西将军桓温于九月九日率部下游龙山，参军孟嘉风吹帽落而不自觉，引起嘲笑。此后遂以"落帽"，为重九登高典故。

丙戌兰亭秋禊 四首

（一）

气清天朗非春景①，逸少高文启后贤。
觞咏兰亭秋更好，风流不让永和年。

（二）

枫叶初红菊已黄，无风无雨近重阳。
兰亭秋禊开生面，竞谱新声第一章。

（三）

右军醉写兰亭序，文与行书妙入神。
峻岭崇山无限绿，追攀跨越待今人。

（四）

定武兰亭老父传，手临口诵忆髫年。
劫馀三赴流觞会，曲水深涵未了缘。

（二〇〇六年十月）

【注】
　①前人或谓"天朗气清"乃秋景，与"暮春之初"不合，故《兰亭集序》萧统《文选》不收。

龙岩海峡笔会赠台湾诗友

唐风宋雅见诗心，高会龙岩笑语亲。
一峡何堪分汉土，三生难改是乡音。
腾飞经济山河壮，蔚起人文草木馨。
四日同游千载史，联吟字字重南金。

（二〇〇六年十二月）

偕海峡诗会诸公游冠豸山泛石门湖

乌云突起雨声稠，两岸吟朋共一舟。
雾散天晴风日丽，奇山秀水任悠游。

（二〇〇六年十二月）

题周拥军《柴桑集》

人是炎黄胄，诗传世界村。
高攀南岳顶，昂首迓朝暾。

（二〇〇七年一月）

为汝伦贺岁，步见怀诗原韵

解吟"桃李一蹊春"，"吾山吾斗"亦出新。
才力未衰人自寿，时敲佳句慰"心邻"。

（二〇〇七年二月）

题骊山女娲文化论文集

作人妙手抟黄土，炼石精心补碧天。
博考娲皇开草昧，宏文一卷五洲传。

（二〇〇七年三月）

题于右任墨宝暨两岸名家书展

草圣墨缘连两岸，时贤继起各千秋。
闻风观赏人潮涌，争上长安亮宝楼。

（二〇〇七年四月）

杨凌六咏

(一)

缅怀后稷树高标，来访杨凌意气豪。
膴膴周原今胜昔，兴农科技涌新潮。

(二)

稼穑艰难岁屡更，农科今喜建新城。
连云麦浪接林海，不见疲牛带雨耕。

(三)

民为邦本食为天，莫废良田只敛钱。
善处三农兴百业，腾飞华夏写新篇。

(四)

杂交拔萃又挑优，更上神舟天外游。
良种空前惊四海，千村万落庆丰收。

(五)

鸭戏鱼游锦浪生，绿枝挂果豆牵藤。
风光秀美无公害，好鸟欢歌旭日升。

（六）

四化花红后稷乡，高新科技创辉煌。
杨凌示范开生面，一马争先万马骧。

（二〇〇七年六月）

读《汉三颂专辑》及《石门石刻大全》赠著者

汉辟褒斜道，凿山开石门。
摩崖光北斗，传世重南金。
遽陷沉渊厄，仅移旷代珍。
联珠应补缺，潜宝务求真。
详考忘昏晓，穷搜遍典坟。
专辑昌书艺，大全惠士林。
酬勤天有眼，皓首建奇勋。

（二〇〇七年七月）

贺《榆林诗词》创刊

油田气海浩无垠，遍野储煤贵似金。
地宝初呈光耀日，天荒已破绿连云。
人文蔚起群英聚，经济腾飞举世钦。
更创诗刊扶众美，先搜好句赞榆林。

（二〇〇七年八月）

题台湾刘延涛先生书画展

草书标准化，右老建殊勋。
门下多陈力，刘公独冠群。
金陵欣晤叙，宝岛断知闻。
尚有墨缘在，凭高望海云。

（二〇〇七年八月）

天翔孙女攻国际金融博士学位，书条幅嘉勉

蓝天万里任翱翔，国际金融放眼量。
学贯中西辟新路，心宽体健创辉煌。

（二〇〇七年九月）

题王延年山水长卷

重峦叠嶂起烟岚，拔地擎天亿万年。
素练横铺三十米，笔飞墨舞绘终南。

（二〇〇七年十月）

内蒙杂咏四首①

呼和浩特

初到青城眼倍明②，雄楼巨厦入青冥。
年来惯饮蒙牛乳，始见草原无限青。

青 冢

筑冢如山更护林，胡人何故重昭君？
结亲自比交侵好，一曲琵琶万古心。

成吉思汗陵

威加四海马萧萧，"只识弯弓射大雕"？
壮丽陵园游侣众，各抒己见论"天骄"。

鄂尔多斯

沙兴产业千家乐③，地富能源四海惊。
更选羊绒织厚爱，人间处处送温情。

（二〇〇七年十月）

【注】

①2006年秋，应内蒙诗词大赛评委会主任之聘，由长子有光陪同游览青冢诸胜，当时无暇吟诗，今补作。

②蒙语"呼和浩特"今汉语"青城"。

③上世纪八十年代以来，鄂尔多斯兴办沙产业，发展迅速，居民赖以脱贫。

泰山南天门

休夸已过十八盘，一入天门眼界宽。
更上日观峰顶望，始知天外有青天。

（二〇〇七年十月）

嫦娥一号

科技争先日创新，嫦娥奔月报佳音。
蟾宫奥秘从头说，不负思乡夜夜心。

（二〇〇七年十月）

黄河壶口瀑布

万险千难只等闲，直奔大海气无前。
悬崖一跃风雷吼，怒浪狂涛泻九天。

（二〇〇七年十一月）

甘肃光明峡倒吸虹

光明峡水碧融融，巧夺天工倒吸虹。

休叹荒山无寸草，笑迎林海绿千峰。

（二〇〇七年十一月）

莲芬吟长以《八十生日》七律索和，次韵祝嘏

志大何愁世事艰，八旬已越百重关。

政坛跃马原知止，艺海扬帆未肯还。

三绝在身轻富贵，一甘在口念饥寒①。

气吞云梦豪情涌，笔底龙蛇卷巨澜。

（二〇〇七年十一月）

【注】

①一甘，指一味美食，见《晋书·王羲之传》。钱谦益诗："一甘逸少与谁分。"

腊八赏雪

好雨深宵浥旱尘，连朝飞絮尚纷纷。

推窗细味儿时乐，笑看群童塑雪人。

（二〇〇八年一月）

全民抗雪灾 四首

(一)

毁房伤稼断交通，大雪兼旬尚逞凶。
奋起抗灾终奏凯，每临考验见英雄。

(二)

空投陆运更修房，高效消灾国力强。
党政军民齐动手，冰天雪地换春装。

(三)

灾区遍访温家宝，险境频临胡锦涛。
领袖人民心共暖，冰消雪化涌春潮。

(四)

如此天灾史罕传，爱民如此亦空前。
兴邦真以人为本，万众腾欢拜大年。

（二〇〇八年二月）

读《犁破荒原》赠汝伦

一牛独瘦五羊肥，犁破荒原更突围。
赢得骚坛春意闹，千花百草竞芳菲。

紫玉箫吹凤入帏①，唐音足醉是耶非②？
高楼西北宁吾有③，孔雀东南任汝飞。

（二〇〇八年二月）

【注】
①紫玉箫，汝伦诗集名；戏用"吹箫引凤"典，极言箫声之美。
②汝伦撰长文评拙诗，以"一阁唐音足醉吾"为题。
③汝伦为我祝寿，有"巍然西北高楼有"之句，用古诗"西北有高楼，上与白云齐"意，然吾之唐音阁不过二层，真乃愧煞人也。

丁亥除夕，儿孙辈欢聚拜年，兼祝米寿，老妻率众设宴，一室生春，喜缀八句

孱躯劫后转康强，桃李成林老更忙。
始信河清人自寿，况逢天朗鸟高翔。
儿曹敢望兴科教，孙辈还期作栋梁。
贺岁声欢家宴好，高谈畅想乐无疆。

（二〇〇八年二月）

莺啼序

寄友人

　　1942年秋，予肄业国立五中高中部，宿舍乃天水北山玉泉观之无量殿。俯瞰山下，时见队队壮丁，骨瘦如柴，绳捆串联，押赴营房，往往颠踣于凄风苦雨之中。死去，则长官乐吃空名；或逢丁便抓，勒索财物。东夷猾夏，沧海横流；投笔有心，用武无地；念乱伤离，哀今叹往；百感丛生，不能自抑。聊拈此调以寄故人，借抒郁积而已，非与梦窗争高下也。

　　寒飙又催冻雨，搅商声四起。暮笳动，塞马悲嘶，似惜驰骋无地。照长夜，烧残绛烛，华胥梦好空萦系。尽高歌，谁会奇情，唾壶敲碎。炉角香灰，箭底漏冷，甚鸡鸣未已！揽衣起，欲蹴刘琨，路遥鱼信难寄。任流光、风奔电击，掩尘匣、龙泉慵倚。望京华、南斗无光，大千云翳。　　因思旧日，坐领湖山，俯仰画图里。呼俊侣、雪江垂钓，醑酒平远；绣谷寻春，倚歌红翠。芰荷艳夏，鸳鸯迎棹，明霞如锦西趓日，换一轮满月中天丽。繁华易歇，庭花乍咽馀声，那堪顿隔秋水！　　伶俜自惜，彩笔干霄，叹故人尚滞。最感念、铜驼犹在，废苑凄凉；舞榭飘零，断垣尘委。狼烟会扫，胡沙将靖，还京应有诗待赋，浣青衫、休洒伤心泪。殷勤更理前游，画阁谈心，夜眠共被。

（一九四二年九月）

陈匪石曰：参梦窗三首定四声，守律极严，而浑灏流转，舒卷自如。沉厚空灵，虚实兼到，已入梦窗佳境。

端木蕻良曰：爱国之情，跃然纸上。

高阳台·东坡生日作

香透梅梢，阳回井底，忆公岳降眉山。雅望英操，不孤滂母知言。玉墀新拜龙团赐，更何人声动钧天！却赢将、贝锦诗成，岭海颠连。　　笛中重谱南飞曲，问人间此日，天上何年？万柳苏堤，几番摇落春前！大江从卷英雄去，望晴霄、如见苍颜。便相期、汗漫同游，驾凤参鸾。

（一九四六年一月）

苏轼生于宋仁宗景佑三年（1036）12月19日。

陈匪石曰：有坡仙风神。

王季思曰：下片神采飞扬，略似东坡境界。

端木蕻良曰：可称东坡知己。

鹧鸪天

柳外楼高去路赊，曾随蟾影睇窗纱。调筝微露纤纤玉，印枕犹余淡淡霞。　　寻好梦，恋春华。年来何计驻香车！凭将旧事供诗料，况卜新居傍酒家。

（一九四六年四月）

卜算子

　　大地寂无声，雨洗江天净。常记挐舟水上游，啸傲烟波境。　　月忆旧时明，露是今宵冷。遥夜无端出户来，立尽梧桐影。

（一九四六年八月）

李宣龚曰：独立苍茫，感慨无端。

鹧鸪天

居南京古林寺作　二首

（一）

　　古寺金刚不坏身，重来相对证前因。幽人事业杯中醑，志士生涯额上纹。　　云入户，月当门。如今真是葛天民。高楼虽近休频倚，山外平芜有烧（去声）痕。

(二)

敧枕风轩客梦惊，乾坤如此几曾经。四垂天里团团月，一望林中点点萤。　云有影，露无声。都将幽意付残僧。恒河劫换人间世，弥勒龛前说凤城。

（一九四六年八月）

李宣龚曰：深情绵邈。

八声甘州·登豁蒙楼

战云迷望眼，叹纷纭蛮触几时休！自炎黄争立，齐秦竞霸，楚汉相仇。直到而今未已，白骨委山丘。谁挽银河水，一洗神州？　漫说儒冠堪用，甚知津孔某，感慨乘桴！甚肝人盗跖，富贵埒王侯！效庄生逍遥物外，更换来杯酒有貂裘。缘何事、无多危涕，却上层楼！

（一九四六年十月）

【注】

《八声甘州》开头有两式，叶梦得五首皆作五字、八字句，八字句一领七。此首从之。

八声甘州·与友人北极阁踏月

照乾坤万里净无烟，雪月斗清妍。算驱车陇阪，骑驴蜀道，射虎中原。莫叹狂踪似梦，好景又依然。深夜闻鹊喜，玉树重攀。　　六代江山如画，更感音邀笛，随步生莲。笑宗之疏懒，不解话当年。任吴侬、珠歌翠舞，却掉头、商略酒中天。临飞阁，举觞白眼，一片高寒。

（一九四六年十二月）

【注】
此首开头句式从柳永。

点绛唇

倦理瑶琴，桂花满地珠帘静。画栏闲凭（皮孕切，去声），人在高寒境。　　回首前尘，衰柳迷香径。西风劲，断鸿凄哽，雪里千山影。

（一九四七年一月）

王季思曰：意境浑成，尺幅有千里之势。
缪钺曰：情味隽永，极耐寻绎。

高阳台

　　宝殿灯昏，琼楼月冷，几番玉树歌残！无限愁思，夜阑又到吟边。而今只有秦淮碧，叹回波不驻流年。更何堪、征马长嘶，战鼓频传！　　江南已是伤心地，况萧条岁暮，雪压长干。雁落鱼沉，依然烽火连天。五陵佳气应犹在，甚凭高、不见中原！怎消寒？莫问归期，且近尊前。

（一九四七年九月）

缪钺曰：伤今怀古，凄怆缠绵，玉田嗣响。

施蛰存曰：沉郁。

木兰花·梦归

　　卷愁不尽炉烟袅，一刻归思千万绕。昨宵容易到庭帏，衣彩长歌春不老。　　人生自是家居好，客里光阴何日了？晴晖芳草一时新，梦转纱窗天又晓。

（一九四七年九月）

缪钺曰：纯用白描，清空如话。天伦至性之语，固不假雕饰而自工也。

满江红·病疟和匪石师立秋韵

敧枕支颐，懵腾里，乾坤变色。舒巨翅，一飞千里，大风层积。上浴银河馀咫尺，下窥尘海无痕迹。甚九天虎豹逼人来，难停息。　　天未补，怀奇石。地休缩，剩孤客。叹悠飏魂梦，梦回何夕！热泪堆盘烛尚赤，凉飙撼树月初黑。望药炉犹待拨残灰，胡床侧。

（一九四七年九月）
陈匪石曰：写病疟发烧而无一平笔。用意皆透过一层。

过秦楼

转烛光阴，曲屏心事，纵目小楼西畔。星文射斗，露脚飞空，水样旧愁飘乱。良夜未忍负伊，斜月多情，玉梅堪恋。甚肠回锦字，歌残金缕，好怀都变。

浑怕忆，绣辀寻春，金杯沽醉、镜里个侬天远。溪桃艳发，堤柳青垂，付与恼人莺燕。风送笳声自悲，清野都迷，遗钿谁见？更淮南楚尾，凄照危烽数点。

（一九四七年九月）

鹊踏枝

恼乱闲愁何处着！月子无情，故故穿朱阁。常是芳时甘寂寞，东风空送秋千索。　　草长莺飞浑似昨。好梦惊回，事影都忘却。帘外犹喧争树鹊，罗衾怎耐春寒恶！

（一九四八年三月）

摸鱼子

访方湖师不值

一番番李婚桃嫁，东风催换人世。踏青挑菜都孤负，谁识倦游滋味。春雨细，见说道、野花开遍溪头荠。年华似水！任夹岸垂杨，万丝风袅，惹怨入眉翠。　　流舫处，漫忆承平旧事。南朝风景如此！白云更比黄河近，帆影误人天际。无限意。待挈榼追陪，拼取无何醉。重门又闭！不见接罹归，回鞭怅断，鸦背夕阳翳。

（一九四八年四月）

缪钺曰：疏宕有奇气。

浣溪沙

　　春入桃腮晕素涡，含颦娇眼托微波。姹莺声里散鸣珂。　　燕子未消巢幕感，美人谁唱踏青歌。玩珠峰顶夕阳多。

（一九四八年四月）

大酺

和清真

　　又玉绳垂，金波漾，花影时移深屋。撩人浑欲醉，有馀香轻袅，碎珂频触。凤舄牵愁，鸾绡掩泪，帘外风惊檐竹。银塘西边路，记飘灯月夜，绣鞍来熟。甚幽约无凭，旧欢难再，顿成凄独。　　年华消逝速。暂留梦，天外寻飞毂。奈梦里怜伊憔悴，为我清羸，偶相逢倍酸心目。寄怨谁家笛，声尚咽，折杨遗曲。自飘泊，乌衣国。轻换人世，棠院新阴垂菽。照妆更谁秉烛？

（一九四八年四月）

瑞龙吟

豁蒙楼和清真

　　台城路。还见翠柳笼烟，绛桃生树。浮云西北楼高，万花镜里，湖山胜处。　　暗延伫。犹记艳阳酤酒，绣帘朱户。联肩小立楼头，画船戏认，临风笑语。　　谁度清平遗调，露花栏槛，云裳羞舞。相伴乱飞群莺，游兴非故。金梁梦月，虚费怀人句。从头数、江干并马，楸阴联步，浪影东流去。探春尽有、遐情妙绪，牵引愁如缕。残照敛，斜风催诗吹雨。待挥健笔，拨开云絮。

（一九四八年四月）

　　缪钺曰：清真原作，层层脱换，笔笔往复，极尽回环宕折之致。和作亦深得此妙。

浪淘沙慢

匪石师和清真，嘱余继声

忍重记，花明阆苑，树拥芳堞。朱毂青骢竞发，轻歌曼舞未阕。甚蓦地西风离绪结！绾残照、碧柳难折。渐暮霭沉沉暗南浦，音尘望中绝。

凄切。故乡路远云阔。向漏冷灯昏，无言际、隐隐孤雁咽。嗟万事迁流，经眼都别。泪泉顿竭。窥绣帘偏有，当时圆月。

垂地银河星稠叠，霜华重、塞笳未歇。圣娲老，情天谁补缺。掉头去、即是沧波，泛画鹢，扶竿且钓芦花雪。

（一九四八年五月）

施蛰存曰：此词及前二词，俱得清真法乳。

青玉案·用贺梅子韵，时中原战火又起

中原万里来时路。更策马，何年去！野火连霄鸿不度。月明池馆，绿深门户，有梦无寻处。　　不堪满眼旌旗暮。北望时吟放翁句。作个心期天定许：手分银汉，指麾云絮，飞送千峰雨。

（一九四八年六月）

缪钺曰：夏敬观谓，贺方回词，豪迈之处，有时下启稼轩。此作用贺词《青玉案》原韵，而豪迈近稼轩，殆能通两家之驿骑者。

玉蝴蝶

友人有暑假成婚者，中途为兵火所阻，两地情牵，徒增叹惋。因念自抗日以来，十数年于兹，儿女团圆，几家能够。凄然命笔，遂成斯咏。

永夜碧霄如洗、欲舒望眼，怯倚危栏。玉井风来，楼外故曳秋千。拂瑶阶、花思共影；入绮户、月忆联肩。怆离颜。一般光景，两处同看。　　情牵。归程暗数：荒村宿雨，驿路冲烟。画角悲鸣，暗惊烽火又连天。误佳期，空移凤枕；传好语，谁寄鸾笺？悄无眠。水精帘卷，宝篆香残。

（一九四八年七月）

施蛰存曰：此词得清真神韵。
王季思曰：写离情有新意。

水调歌头·寄友

素魄不吾待，故故欲西流。可堪为客千里，对景忆同俦。一样良宵能几，无限衷情谁诉，目断白萍洲。屡换人间世，怀旧意难收。 沐陇烟，披蜀雾，几优游。而今白下，江净如练雁涵秋。忍把旧狂重理，漫道人生行乐，四海豁双眸。有酒谁能饮，试上最高楼。

（一九四八年八月）

八声甘州

记扬鞭并马上高台，浩歌气如雷。看朝阳喷薄，长河浩荡，鹰隼高飞。万里神州奏凯，草木放光辉。伟业相期许，一饮千杯。 往事风流云散，望皋兰夜夜，百感成堆。想前时踪迹，凉月照苍苔。又惊心燎原兵火，误答书鱼雁邈难谐。谁怜我，独彷徨处，又见寒梅。

（一九四八年十一月）

苏仲翔曰：神似苏辛。

水调歌头·偕友人泛北湖

霞脚散罗绮，一雨洗秋容。晴霄万里如拭，倒映碧湖中。喜共蓬莱仙伯，稳泛扁舟一叶，直上广寒宫。顾盼有余乐，谈笑起长风。　　簸南箕，挹北斗，戏鱼龙。乾坤坐领，为问人海竟谁雄？八斗长才安用，百岁良宵能几，忍放白螺空！月桂未须斫，清影正无穷。

（一九四八年八月）

唐圭璋曰：一往豪雄，读之神往。

满庭芳·织女

眉月含愁，鬓云堆恨，泪雨欲霁秋容。牵牛今夜，归信误边鸿。不是星眸懒启，银河外、烟霭重重。三更过，风凄露冷，何处觅郎踪。　　匆匆，成底事？穿针驰电，织锦垂虹。甚人间逐鹿，天上争龙！漫剪征衣寄与，鹊桥拆、鱼雁难通。徘徊久、参横斗转，绕砌沸吟蛩。

（一九四八年八月）

王季思曰：借天孙泪雨，写人间幽恨，融合无痕。

望海潮·惕轩嘱题藏山阁读书图

　　松涛排闼，烟岚浮槛，临风短袂微凉。肴核九经，笙簧百氏，弦歌日夜琅琅。幽境忍相忘！望美人不见，无限思量。梦里追寻，溯洄如在水中央。　　今宵喜挹清光。便纵横万里，上下千霜。思绪纬天，词源泻海，尊前说尽兴亡。金兽篆馀香。看画中月影，还照溪堂。出岫祥云，待作霖雨遍遐荒。

（一九四八年九月）

玉烛新·梦归

　　霜风吹客袖。越万水千山，里门才叩。短垣矮屋，摇疏影、一树寒梅初秀。抠衣欲进，怕老母怜儿消瘦。拈破帽、轻扑征尘，翻惊了，荒村狗。　　仓皇持杖遮拦，却握了床棱，布衾掀皱。烛光似豆。依旧是、数卷残书相守。更深雪厚，听折竹声声穿牖。寻坠梦、愁到明朝，难消短昼。

（一九四八年十二月）

李宣龚曰：惟其情深，是以文明。

苏仲翔曰：至性深情，天真流露，遣词质朴，自运机杼，清折、幽咽，兼而有之。真写得出！

端木蕻良曰：写梦归者可以停笔矣！

台城路·新令丈返里，旋又回京，喜赋

江南毕竟风光好，斜阳漫还鸥鹭。绣谷寻春，澄湖待月，曾约词仙为侣。凭虚醉舞，问如此河山，浮沉谁主？挽断柔条，柳丝无计系人住。　乍闻孤羽冉冉，破云超紫塞，飞下江浒。燕引芳堤，莺呼画鹢，重入溪桃深处。豪情欲吐，忍虚掷华年，听风听雨！料理吟笺，剪灯深夜语。

（一九四九年三月）

菩萨蛮　二首

（一）

绕池杨柳千千缕，鸣蝉似作相思语。倒影一池花，画桥明晚霞。　车声听又隐，鱼雁无凭准。夜夜倚栏杆，月圆人未圆。

（二）

昨宵梦里分明见，斜阳却照深深院。鹦鹉不能言，隔花人倚栏。　窗前风又雨，凄切寒蛩语。数尽短长更，曲池今夜平。

（一九四九年三月）

端木蕻良曰：可与宋人争地位。

王季思曰：光景明艳，情致芊绵，造语复明白如话。殆合温、韦为一手矣！

满庭芳·友人斋读画听筝，时在常州牛塘桥

寒杵敲愁，冷波流梦，断萍犹是天涯。素绢初展，人境有烟霞。天外遥青数点，青山下，应是吾家。临场圃，朱门映柳，犹记话桑麻。　　浮楂。无好计，长河日暮，万里悲笳。便折梅能寄，顾影空嗟。三叠阳关漫谱，怕惊散，绕树残鸦。浮金兽，留香渐久，凉月上窗纱。

（一九四九年三月）

李宣龚曰：情景如绘。

施蛰存曰：宛然秦少游声口。

东风第一枝·春雪和梅溪

院落沉阴，江城积雨，东皇不放春暖。艳摹樱口红稀，怨入柳眉绿浅。偷施妙手，幻遍地茸纤茵软。漫错认、得意东风，冻损乍来莺燕。　　撩谢女，絮飞诗眼；催党尉，波窥酒面。去年记踏梁园，此日再游阆苑。袷衣寒重，忍湿透阿娘针线。待过午、万一天晴，又恐后时难见。

（一九四九年三月）

应天长·匪石师自重庆寄示和清真之作，依韵奉怀

　　云霾剩垒，烟锁断桥，江天共感愁色。正有
万竿修竹，鸡栖凤难食。矜霜羽，怜倦客。念杜老、
惯甘岑寂。料依旧月夜孤吟，短鬓蓬藉。　　飞
梦到渝州，穗冷兰釭，无计借邻壁。尚记四松垂鬣，
时寻浣花宅。谁家燕，迷故陌。傍谢里、几年栖迹。
展青眼，柳岸春回，风信先识。

（一九四九年三月）

龙山会

　　　匪石师损词见怀，因为此解，同师集中韵

　　入户鸡声讶，夜静更阑，瑞脑飘香罢。几时
重会面，揩倦眼、犹喜诗笺盈把。馀韵落空梁，
甚依旧吟高和寡。坐孤轩，芳樽映月，醉颜如
赭。　　连夕梦绕江南，万顷荷香，记柳阴嘶马。
洗兵银汉在，清亢暑、还乞金风先借。迢递蜀江程，
送鱼浪、归舟快泻。素练洒，料劫后水天犹待画。

（一九四九年四月）

满江红·登玩珠峰，用白石平声调

何处寻春，倩紫骝嘶上翠峦。愁如许，绣笺题遍，强说天宽。放眼何妨空万里，开怀重与证千年。又夕阳冉冉下平芜，横暮烟。　　龙虎地，漫踞盘。萁与豆，几相煎！看大江东去，何处投鞭！铁锁从教沉水底，东风应许到人间。待数枝催绽碧桃花，呼画船。

（一九四九年四月）

王季思曰：放眼江山，寄慨时事，意有可取，词亦浑成。

清平乐·重至渝州和清真

二水交流，万山合抱，尊酒向日频赊。轻别无端，漫游南国，前踪雾隔云遮。叹凤阙酣歌未已，仙掌酸风乍起，惊鸿万里孤征，又落平沙。来践西窗旧约，三载事，事事总堪嗟。　　去留无准，阴晴未稳，秋月初明，还又西斜。休记省、旗亭画壁，金谷留春；暗悔、当年浪迹，连夕盘游，看遍长安树树花。聊向故人，求泥种竹，分水浇梅，暂假鹫枝，共度天寒，须知倦客无家。

（一九四九年八月）

【注】

此调句多韵少，颇难处理，倦鹤师命余同作。

水调歌头·己丑中秋

独上蜀山顶，古木战秋声。海风吹月初上，还似旧时明。政有如淮美酒，休问人间何世，奋吻吸长鲸。别有会心处，狂态漫相惊。　　笑玉兔，捣灵药，求长生。要知此身如寄，天地是愁城。更笑杜陵野老，妄欲致君尧舜，奔走竟何成？却把好风月，轻付李长庚。

（一九四九年九月）

醉蓬莱·重九和东坡

问萧萧落木，滚滚长江，几番重九？风恶云昏，忍天涯回首。坐拥书城，但古贤相守。过雁惊心，啼猿搅梦，物华非旧。　　盛会如今怕说，还记茱萸醉把，菊花同嗅。佳约曾留，指六朝烟柳。弦月多情，知是何日，照候潮淮口。更与同游，倚歌平远，一酾芳酎。

（一九四九年十月）

减字木兰花

登《为人民服务》讲话台怀张思德

一台突起，凭眺低徊何限意！赤县春回，锦绣河山血换来。

为谁服务？思德精神光万古。毋负平生，泰岳鸿毛比重轻。

（一九五一年三月）

端木蕻良曰：随手拈来，便成佳句。

王季思曰：立意好，词笔振拔，足以副之。

浪淘沙

示明儿

闻有明国庆入团，并阅其反映三线战斗生活的小说《一代新人》，作此志喜。

打草冒严寒，电钻风旋，风枪穿透几重山。哪里困难哪里去，捷报频传。

旭日照心田，三线入团。洪炉烈火写新篇。一代新人初展翼，万里鹏抟。

（一九七二年八月）

有明自 1970 年 8 月赴紫阳修铁路，打猪草，开电锯，打风枪，六次荣获连部嘉奖。

水调歌头·周恩来总理逝世一周年

　　镜水出人杰，伟业著千秋。弘扬马列真理，奔走遍寰球。驰骋龙潭虎穴，荡涤腥天血地，开国赞鸿猷。灿烂指前景，稳驾万斛舟。　　破封锁，排逆浪，护清流。遗恨未除"四害"，骨灰撒金瓯。忽喜迅雷激电，横扫妖云毒雾，四化已开头。总理应含笑，欢声满神州。

　　　　　　　　　　　　（一九七七年一月）

端木蕻良曰：不骋词藻，实事求是，最为得体。

鹧鸪天·闻明儿喜讯

拨乱反正，恢复高考。明儿来书，言应试顺利，喜而赋此。

　　万里鹏程片隙过，垂云有翼拂银河。待儿揽月攀华桂，共我扬帆泛玉波。　　人不寐，夜如何，明朝应唱凯旋歌。书香换却儒冠臭，笑看晴湖万顷荷。

　　　　　　　　　　　　（一九七九年七月）

端木蕻良曰：真情实感，自然动人。

念奴娇·庚申初冬游赤壁，次东坡韵

九泉根屈，问蛰龙知否，人间奇物？贝锦居然织诗案，谁破乌台铁壁。远斥黄州，两游赤鼻，笔底奔涛雪。天狼未射，鏖兵空羡英杰。　　吾辈劫后登临，浪平江阔，万橹争先发。磨蝎休嗟曾照命，正道沧桑难灭。废苑花开，荒郊楼起，衰鬓换青髲。掣鲸沧海，九天还揽明月。

（一九八〇年十一月）

水调歌头·登岳阳楼

神往巴陵胜，徙倚岳阳楼。烟波浩淼无际，日月递沉浮。屈指今来古往，多少骚人迁客，望远更添忧。袅袅西风起，木落洞庭秋。　　时屡换，楼几毁，又重修。我来恰值新霁，万里豁双眸。且莫坐观垂钓，堪羡同奔四化，破浪纵飞舟。赤县春如海，何处觅瀛洲！

（一九八二年四月）

减字木兰花

西湖抒情　四首

1982 年 4 月 9 日自西安赴杭州参加全国高等院校古籍整理研究所所长会议，住西子宾馆。湖光山色，悦性怡情。因想十亿神州，同奔四化，西子亦应漫游各地，为美化祖国效力也。

（一）

流莺百啭，垂老初亲西子面。

乍雨还晴，淡抹浓妆总有情。

何妨小住，白傅坡仙吟望处。

醉舞东风，夕照山前夕照红。

（二）

朝霞红映，一望春波明似镜。

湖畔垂杨，携李牵桃照晓妆。

东山日上，一叶渔舟初荡桨。

燕舞莺啼，越女如花满白堤。

（三）

恰逢三五，缓步湖滨天欲暮。

散尽游人，柳浪浮来月满轮。

水天澄澈，西子嫦娥争皎洁。

山外青山，戴縠披绡已睡眠。

（四）

眼波眉黛，神采飞扬生百态。

树密花繁，装点湖山分外妍。

且留后约，休道秦川风景恶。

美化神州，西子何时赋远游？

（一九八二年四月）

菩萨蛮·陇南春颂

当年李白还乡井，三杯醉卧青泥岭[①]。海眼出神泉[②]，芳醪自古传。　　山川披锦绣，人物何灵秀！歌颂陇南春，诗情共酒醇。

（一九八二年四月）

【注】

①陇南春酒厂在徽县伏家镇，县志记载：李白曾醉卧于该县境内之青泥岭。

②民间传说：陇南春酒所用水，出自当地海眼神泉。

水调歌头·题《延安文艺精华鉴赏》

滚滚延河畔，宝塔映朝晖。寻求救国真理，志士万方来。谱写炎黄伟烈，鼓荡乾坤正气，御侮辟蒿莱。赤帜迎风舞，天半响惊雷。　　破妖雾，寒敌胆，壮民威。几年血战，扫除倭寇似尘埃。华夏已开新宇，艺苑犹传佳什，鉴赏出清裁。继往拓前路，四化待英才。

（一九八三年六月）

采桑子

题甘肃十二青年诗词集

汉唐文化丝绸路，传统弘扬，再造辉煌，陇上群英战斗忙。　　诗坛老将扶新秀，遍访城乡，竞谱新章，一串高歌促小康。

（一九八四年六月）

水调歌头·题电视连续剧《司马迁》

史家夸绝唱，文士比离骚。发扬文化精蕴，光焰耀晴霄。穷究天人之际，洞察古今之变，褒贬别人妖。开卷照明镜，成败辨秋毫。 持正义，陷冤狱，不屈挠。撰成旷代名著，功比泰山高。今喜荧屏重现，亿万人民瞻仰，豪气荡心潮。继往开新路，前景更娇娆。

（一九八八年五月）

沁园春·赞引大入秦

直上天堂，竟挽银河，横贯祁连①。喜甘露池中②，锦鳞映日；秦王川内，稻浪含烟。近揖西岔，遥迎景泰，共泻琼浆溉旱原。雄奇处，看羊群鸭阵，林海粮川。 凭谁改地戡天？有科技精兵破险关。赞围堤截流，龙驯蛟顺；开渠掘洞，电掣风旋。富国功高，利民术好，引大入秦耀史篇。兴西部，变荒凉边塞，比美江南③。

（一九九〇年二月）

【注】

① 从青海互助县天堂寺引大通河入甘肃兰州以北60公里处的秦王川，穿越祁连山，总干渠有隧洞33座，共长75公里。其盘道岭隧洞长达15公里，为全国之冠。

② 甘露池毗连秦王川。

③ 引大入秦工程可溉田万顷，与景泰电灌工程、西岔电灌工程连成一片，在黄河上游建成巨大粮仓，林、牧、副、渔，亦相应发展。

金缕曲

国璘兄惠寄髯翁手书谒黄花岗诗曲五首，八十造像一帧。附书云："右老八十以后常怀念大陆亲友，每问我：'那位霍松林有无消息？他是我们西北很少见的青年！'这些话我听过好多遍。……右老于公馀常提笔写旧作给我，已保存廿馀年矣。随像寄上两片，留作纪念……"

雨霁天澄碧。喜故人、书来万里，拆封心急。入眼于翁银髯动，奕奕风神似昔。更惊见、晚年墨迹。万岁中华申伟抱，礼人豪、频舞如椽笔。诗与字，连城璧。　　长笺读罢情难抑，道馀生、劳翁屡问："有无消息？"两岸花明风浪静，执卷还思请益。却惆怅、山阳暮笛。往日青年今已老，叹白门、殊遇空追忆。酬宿愿，嗟何及！

（一九九〇年二月）

【注】

手书《越调天净沙·谒黄花岗》后三句云："开国人豪礼罢，采香盈把，高呼万岁中华。"

沁园春·三秦发展赞

华岳钟灵，黄陵毓秀，泾渭灌田。望唐都汉苑，花团锦簇；周原秦岭，林海粮川。银翼穿云，飙轮掣电，国际交流广富源。二十载，赖改革开放，换了新天。　　还须比美东南，正西部开发战鼓喧。要普施教育，群英兴陕；宏扬科技，万众攻关。厂溅钢花，地翻金浪，绿化黄沙硕果繁。迎新纪，更鸿图大展，跃马扬鞭。

（一九九九年十一月）

浣溪沙·迎二〇〇一新春

华岳莲开旭日红，凤鸣岐下庆繁荣，三秦大地换新容。　　击鼓迎春花似海，鸣锣开道气如虹，腾飞处处舞群龙。

声声欢·贺北京申奥成功

今夜华人不寐，家家目注荧屏。群雄申奥争逐鹿，神州问鼎敢交锋。聚焦莫斯科，投票判谁赢。　　万众侧耳，万籁息声。萨马兰奇忽宣布，春雷震四瀛。喜煞炎黄儿女，个个扬眉吐气，江海涌激情。跳狮子，玩龙灯。锣鼓惊霹雳，歌舞起旋风。烟花焰火照天地，狂欢到五更。

鳌头独占非易，永难忘、积贫积弱受欺凌。赖百年拼搏，三代开拓，雾散日东升。振国威，建文明。敦邦交，促和平。得道由来多助，更兼悉尼夺锦，奥旗含笑选北京。　　鹏抟凤翥，虎跃龙腾。奋战六年迎圣火，水更绿，山更青，巨厦摩云花满城。看我健儿显身手：五环联友谊，百技跨高峰。

（二〇〇一年七月）

陆湖讴

烽烟消旧垒，妙手绘新图。筑起长堤大坝，截断奔腾陆水，百里造澄湖。助发电，资养殖，便运输。灌溉八方沃土，万象尽昭苏。赤壁名城开玉镜，楚天丽景耀明珠。名扬遐迩万人游，鸟欢呼。　诗词会，我来初。乘兴烟波纵艇，风光画不如。重峦叠嶂环抱，雾鬟云鬓隐现，天际舞仙姝。时见萦青溢翠，千岛态各殊，珍禽栖异树，沙暖浴双凫。自叹垂垂老矣，安得此地结茅庐；偕吾妇，共读书！

（二〇〇二年五月）

鸣沙山下月牙泉

鸣沙山，月牙泉。山抱泉，泉恋山。风卷黄沙绕泉过，清泉依旧绿如蓝。泉似月牙俏，泉映月牙弯。雾敛云开天地静，玲珑三月斗婵娟。　天上月牙儿，有圆有缺陷。塞上月牙儿，缺也不求全。但愿春风绿遍戈壁滩，阳关内外处处有人烟。

（二〇〇二年八月）

全民战非典

　　未见硝烟滚滚，亦无杀气腾腾。流感不规范，肺炎非典型。忽侵粤海，又犯燕京。急似狂飙凶似虎，伤人害命不闻声。　　中枢部署英明，举国遍布精兵。白衣天使破危阵，科技奇才跨险峰。防治兼施，众志成城。　真金出烈火，旭日化寒冰。瘟君肆虐严考验，民族精神愈提升。试看神州大地，更加水绿山青。

（二〇〇三年八月）

飞龙吟·贺神五载人飞船发射成功

　　嫦娥奔皓魄，夸父逐骄阳。更有挥鞭魏武，欲骑白鹿上穹苍。休道痴人说梦，华胄凌霄壮志，万古闪光芒。御外侮，争独立，致富强。红旗乍展春潮涌，科教兴国国运昌。两弹惊三界，一星耀八荒。　　太空奥秘费思量。封锁由他，攻坚在我，自力更生大愿偿。神舟零故障，飞人百炼钢。欢声动地巨龙起，寥天无际任翱翔。软着陆，迓归航，还期揽月访吴刚。联手友邦遏制星球战，永葆和平四海共温凉。

（二〇〇三年十月）

鹧鸪天·贺《中华诗词》创刊 10 周年

　　终见诗刊四海传，十年辛苦亦甘甜。艳阳温暖香花放，绿树阴浓好鸟喧。　　园拓广，门加宽。风情万种蔚奇观。不伤一美扶诸美，春色无边胜有边。

（二〇〇四年七月）

鹧鸪天·贺中华诗词学会成立 20 周年

　　盛会燕京国运昌，扬风倡雅过端阳。吟旗乍展迎朝日，诗教勃兴育众芳。　　二十载，不寻常。百花齐放遍城乡。彩毫细绘和谐美，更谱新声颂小康。

（二〇〇七年六月）

沁园春·十七大颂

锦锈神州，改革花繁，开放果香。喜燕京盛会，北辰朗耀；邓公伟论，赤帜高扬。回顾征程，前瞻丽景，旷代宏文播四方。沐朝旭，看鸿图大展，凤翥龙翔。　　脱贫已破天荒，更致富图强赴小康。赖南针导向，千帆并驶；东风送暖，百业齐昌。建构文明，恢张民主，社会和谐谱乐章。行两制，促金瓯一统，共创辉煌。

（二〇〇七年十月）

集　评

唐圭璋曰：松林同志为吾乡前辈词家陈匪石先生高弟，渊源有自，功力弥深。所作气象开阔，丰神俊朗，语挚情真，至足感人。

缪钺曰：松林词，清疏宕逸，才情并茂。

钱仲联曰：松林为词，出入清真、白石间，映丽多姿，一扫犷悍之习，一如其诗之卓绝。

施蛰存曰：出入淮海、清真，神情俊爽。北宋雅音，遗响斯在。

苏仲翔曰：大作取境甚高，吐词独隽。长调如和清真《大酺》《瑞龙吟》《浪淘沙慢》及《八声甘州·照乾坤万里净无烟》诸阕，深稳自然，恰到好处，善承匪石翁法乳，优入宋人圣域。梅溪、白石，偶得其一体。《八声甘州·记扬鞭并马上高台》《摸鱼儿·上巳访方湖师不值》《水调歌头·中秋泛北湖》诸阕，神似苏、辛，均为合作。《玉烛新·梦归》一阕，至性深情，天真流露。遣词质朴，自运机杼，清折、幽咽，兼而有之。真写得出！解放后诸阕，视前此各首稍逊。豪情易敛，客气难除，莫不皆然。惟《念奴娇·游赤壁次东坡韵》一阕，堪称压卷。兄家北地，游学江南，骨格坚苍，风华朴茂，宜诗词出手，迥异恒流，不致招傅青主南人无文之讥也。

万云骏曰：大作情文俱胜，豪放、婉约，两擅其美。东坡诗云："刚健含婀娜。"敢以评先生之词。步清真、白石、梅溪诸作，具见功力深厚。《梦归》二首，又出纯孝至性，词亦质朴。"文革"后诸作，熨帖精警，令人振奋。

金启华曰：典雅秾丽，实从清真、梦窗出，此为正宗。

吴调公曰：熔深邃与清新为一炉，功力充而性灵富。

吴丈蜀曰：格调高雅，情感真挚。置诸宋人词中，毫无愧色。

附录一 赋

香港回归赋

　　东亚明珠，南疆巨港。帆扬碧海，集万国之珍奇；绿涨珠江，输宗邦之营养。瑞龙吐瑞，已为世界之名都；香岛飘香，原是中华之沃壤。睹石器之遗存，炎黄之伟烈如见；发古墓之文物，秦汉之声威可想。盖自洪荒以降，驱虎罴，辟榛莽，战飓风，斗鲸浪，以猎以渔，以耕以纺而垦此热土，建此良港者，皆华胄之勋劳，宜五洲之景仰者也。

　　慨晚清之腐败，愤英帝之侵吞。贩鸦片以掠我金银，更戕害吾民之肉体与灵魂。林公奋起，销毒虎门。英军避锐，北犯天津。道光震恐，竟贬忠臣！屏藩尽撤，揖盗媚秦。虽有义民之肉搏，良将之献身，抛头颅而洒热血，惊天地而泣鬼神；其奈舰冲炮击，豕突狼奔，强占香港岛，劫掠广州城，连陷厦门、镇海、宁波、上海、镇江而直逼南京！清廷被迫，城下缔盟；赔银割地，举国吞声！香江流恨，米字旗升。先例既开而列强竞效，外侮频仍。丧权辱国，剜肉喂鹰。而九龙、新界，亦相继割让、租借而泣别尧封矣！

　　溯港英之殖民统治，哀同胞之处境悲惨。港督为英皇之代表，属吏皆总督之干员。行政则保障英伦之利益，立法则维护英人之特权。极种族之歧视，居处则华洋隔离；夺华人之自由，行动

则保甲束箍。开埠伊始,工程浩繁。华工效命,
万役争先。而工资低微,温饱犹难。风餐露宿,
苦何可言!况复税至人头,吸髓之剥削孰忍?令
极宵禁,擢发之压迫何堪?乃不得已而罢工罢市,
争生存之权利与尊严。孰料横遭镇压,弹雨遮天!
"沙田"惨案,血迹斑斑。痛史俱在,其能忘焉!

　　神州解放,新国初建。英即承认,明智堪赞。
香港之与内地,呼吸畅通;内地之与香港,血脉
流贯。供淡水石油,送果蔬肉蛋。辅之以华南之
资源劳力,济之以上海之资金技术与经验。凭地
理条件之优越、贸易政策之自由与港人之勤奋干
练,香港之经贸乃日趋繁荣,如百花之竞艳矣。

　　四凶既殛,华夏龙翔。改革开放,惠及香江。
"三资"企业,遍布城乡。办厂则提供廉价之原
料劳工与土地,销售则畀以十二亿人口之需求与
九百六十万平方公里之市场。而从内地转口贸易
中获取之利润,亦奚啻臿金山银海,炜烨而闪光。
港人振奋,百业齐昌。船王地王,富追海国;华
资中资,势压洋商。遂使弹丸之地,名重五洋。
广厦争高,摩银汉以披云锦;明灯竞丽,乱繁星
而耀艳阳。驰道连网,盘山腰而穿海底;公园铺绣,
陋金谷而藐天堂。工业村中,望不尽林立工厂;
金融街内,数不清栉比银行。船队联翩以出入,
吞吐五洲之财富;机群络绎而升降,送迎万国之

冠裳。伟哉香港，中华之窗。握国际金融之枢纽，总五洲航运之大纲。睹闾阎之富庶，忆历史之沧桑。痛百年之宰割，思合浦而珠垂泪；忍五世之暌违，望丰城而剑有光。剑合珠还，时其远乎？萼荣花艳，愿可偿焉！

一国两制，春雷乍响。恢复主权，港人治港。以情动众，盼统一者欢腾；以理服人，欲阻挠者怅惘。谈判虽极艰辛，结局未违理想。中英之联合声明，遂公布于世而邀万邦之激赏矣。

九七七一，云消浪静。香港回归，普天同庆。交接之盛典空前，祝贺之高轩盈径。旗除米字，始雪瓜分之耻；徽绽荆花，终圆璧合之梦。载歌载舞，喜四美之相兼；吹埙吹篪，乐二难之得并。迎澳门之踵至，动台胞之归兴。尽补金瓯之缺，慰祖宗而裕后昆；大兴赤县之利，除积弊而拓新境。共创文明兮，富强康乐；恢张民主兮，祥和稳定。猗欤休哉！亿万斯年，中华永盛。

附录二 楹联

集《兰亭序》字四则

(一)

放怀宇宙外，得气山水间。

(二)

崇山怀万有，大水会群流。

(三)

兴观春日朗，俯仰惠风和。

(四)

趣舍同天地，咏言系古今。

集《东方朔画赞》字三则

(一)

雄风盖百世，大度包群伦。

(二)

垂言弘大道，济世尽天功。

(三)

宏图开万世，大道定中原。

霍去病墓

长驱御北戎，独将雄师麈瀚海；
转战通西域，永留高冢象祁连。

《史记·卫将军骠骑传》：骠骑将军霍去病卒，汉武帝纪念他大破匈奴于祁连山的战功，"为冢象祁连山"。即把他的坟，堆成祁连山的形状。

唐太宗昭陵

百战展鸿图，兴邦端赖人为镜；
十思谋善政，固本深知水覆舟。

李世民曾说："以人为镜，可以明得失。"又曾比统治者为"舟"，人民为"水"，认为"水可载舟，亦可覆舟"。

马嵬坡杨贵妃墓

琼蕊初开，亭前喜唱清平调；
玉颜空死，坡下愁闻长恨歌。

黄河游览区极目阁

目极长河，喜波澄浪静，普照晴阳，侧耳如闻包老笑；
神游广武，叹虎斗龙争，空留废垒，呼杯欲共阮公评。

极目阁北瞰黄河。宋人谚语："包老笑，黄河清。"包老，即包公。极目阁西接广武。《晋书·阮籍传》："尝登广武，观楚汉战处，叹曰：'时无英雄，使竖子成名。'"

黄河游览区榴园

榴树盈园，看树树开花结子；
河声入耳，听声声鼓瑟吹笙。

乾陵二则

（一）

好畤建皇陵，北踞梁山，东临豹谷。肃立宾王，
森罗仪卫。望华表摩云，万国衣冠犹展谒；
才人登帝座，上承贞观，下启开元。尽除异己，
终用贤臣。抚丰碑无字，千秋功过待评量。

高宗生前选陵墓于好畤县（今乾县）之梁山。武则天初为太
宗才人，后为高宗妃、后而登帝。"贞观"之"观"读贯，去声。

（二）

女祸任讥评，众口由来呼女帝；
乾纲终废毁，一丘何故唤乾陵。

喜闻粉碎四人帮

迷雾难消，十年禹甸罹千劫；
春雷乍震，一夜燕京殄四凶。

民生百货大楼

百货选名优，普献爱心昌国运；
大楼迎俊秀，喜酬壮志惠民生。

西安和平门春联

路经解放。创富强伟业，建改革宏猷，庆芳春毋忘同奔解放
路；
门唤和平。迎欧美嘉宾，邀亚非胜友，赏好景还须共进和平
门。

自西安火车站经解放路，便到和平门。此联正隔双关。

药王山孙思邈纪念馆

方著千金，济世深知人命重；
国除百病，求医毋忘药王灵。

西安市书法艺术博物馆

城楼耸峙，集四海人豪，汉殿唐宫凭想象；
艺馆宏开，汇千秋墨宝，颜筋柳骨任观摩。

西安松园

负郭开园，种菊栽松娱晚节；
临河建屋，吟诗作画寄豪情。

西安钟楼

八水绕西都。自轩圣奠基而后，周龙兴，秦虎视，汉振天声，唐昌伟业，猗欤盛哉！赖雍土滋根，繁荣华胄。历五千年治乱兴衰，古国犹存，继往开来张正气；

四关通异域。迨清廷败绩以还，俄蚕食，日鲸吞，英驱巨舰，美纵骄兵，呜呼危矣！喜延河秣马，再造神州。集十亿人经营创建，新风蔚起，图强致富展宏猷。

华清池海棠汤

汤温绣岭，问万国嘉宾，出浴谁如贵妃丽；
花艳骊宫，看三春嫩蕊，临风尽让海棠娇。

西安古文化艺术节和平门联

大敞和平门。迎六洲钜子,交流信息。议旅游,谈贸易;签科技项目,讲管理经验。待金铺八百里秦川壮丽山河,经济腾飞鹏展翼;

欣逢艺术节。看十代雄都,焕发青春。放焰火,舞龙灯;列墨林杰构,展文物珍奇。要彩绘五千年禹甸光辉历史,人文蔚起锦添花。

兴庆公园沉香亭三则

(一)

亭号沉香,想亭前花艳、亭上人娇,尽有遗闻话天宝;
园名兴庆,看园外春浓、园中日丽,岂无盛世迈开元。

(二)

历史纪新元,广厦已淹双凤阙;
江山留胜迹,游人争泛九龙池。

(三)

妃美花香，征歌新谱清平调；
民康物阜，勤政曾登务本楼。

天水风伯雨师庙

好雨知时，保天水一方，年丰物阜；
和风解愠，愿神州大地，国富民康。

天水秦城区伏羲庙太极殿

广殿壮秦城，应力挽颓风，返朴还淳追太极；
全民兴汉业，须弘扬正气，图强致富纪新元。

天水玉泉观三清殿

瑶殿仰三清，一生二，二生三，三生万物；
玉泉参道妙，地法天，天法道，道法自然。

天水南郭寺卧佛殿

法雨频施，倾听渭水春潮涨；
佛光普照，卧看秦城瑞气浮。

南郭寺山门

空庭老树仍高矗，古寺清泉尚北流。

琥珀初中校门

渭水西来，不畏长途奔大海；
龙山东峙，须登极顶望遥天。

天水卦台山伏羲庙

纳皮兴嫁娶，结网教畋渔，渭河犹奏立基乐；
设象契神明，布爻穷变化，陇坂长留画卦台。

史称伏羲氏"始制嫁娶，以俪皮为礼"。即男家向女家纳两
张鹿皮作为聘礼。《易·系辞》谓伏羲"作结绳而为罔（网）罟，
以畋以渔"。《孝经纬》："伏羲之乐曰'立基'。"

黄帝陵二则

(一)

根在黄陵，五千年古柏参天绿；
泽流赤县，九万里春潮动地来。

(二)

首奠宏基，肇启文明仰初祖；
勃兴伟业，频添锦绣壮中华。

炎帝陵

岐山毓秀，姜水钟灵，遍五洲炎黄裔胄，龙
腾虎跃，致富图强，咸知此是寻根处；

北岭迎阳，双庵破晓，逾百代华夏文明，霞
蔚云蒸，飘香吐艳，共喜今逢结果时。

《国语·晋语》："昔少典娶于有蟜氏，生黄帝、炎帝。黄帝以姬水成，炎帝以姜水成。"姜水，在今宝鸡市南；姬水，在今岐山下。北岭遗址，位于宝鸡市区东北，属新石器时代早期。双庵遗址，位于岐山县双庵村，属新石器时代晚期。

岳阳楼

后乐先忧，万千气象希文记；
昔闻今上，浩荡乾坤子美诗。

南郑南湖陆游纪念馆

志复中原，平戎远略传千载；
气吞狂虏，爱国豪吟动九州。

陆游从戎南郑时向宣抚使王炎献策："经略中原，必自长安始；取长安，必自陇右始。当积粟练兵，有衅则攻，无则守。"见《宋史》本传。

常德春申楼联

争雄于战国四佳公子之间，稽古察今，审时度势。词源泻海，解储君久系长绳；辩口悬河，止敌将深侵劲旅。况兼筹策如神，指挥若定。救赵却秦师，越韩吞鲁邑。遂使宗邦气压鲸涛，威扬雁塞。独惜心灯半灭，枉死棘门，食客满堂，徒夸珠履。幸犹存歇浦申滩，怎说完街市繁荣，闾阎富庶；

挺秀乎江南三大名楼以外，雕梁画栋，碍日摩云。商贾凭轩，迎欧陆西来银翼；吟朋倚槛，咏洞庭东去飙轮。恰值振兴伊始，建设方殷。分洪弭水患，办学育楚材。且看沃野稻翻金浪，波卧虹桥。更添工厂千家，腾飞经济，诗墙十里，蔚起人文。纵复有屈骚宋赋，难写尽澧沅壮丽，兰芷风华。

石门夹山寺

揭竿黄土坡，见饥民颠沛流离，称王自应行仁政；
卓锡灵泉院，愤强虏骄横跋扈，礼佛犹谋复汉疆。

挽缪钺教授

大雅云亡，怅望吟坛挥老泪；
典型犹在，倾听学海涌春潮。

挽丛一平书记

顶风排逆浪，冒险护清流。

福建南平市

沙溪送电，茫荡迎宾，兴致富图强大业，经
济腾飞，岂徒杉海夸金库？

仲素传薪，定夫立雪，承尊师好学遗风，人
文蔚起，会见龙光耀剑津。

罗从彦字仲素，游酢字定夫，皆宋代南剑人，著名理学家，《宋
史·道学传》有传。

乙亥年春联，为《陕西广播电视报》作

乙夜看荧屏，争夸好戏连台，欢声一片家家乐；
亥年听广播，竞贺佳音迭报，美景无边处处春。

古代分一夜为五更，一更称甲夜，二更称乙夜。

大雁塔二则

（一）

登览曾摩唐宋日，品题犹诵杜岑诗。

（二）

涌地庄严明象教，插天突兀壮西都。

迎香港回归

耻雪虎腾欢，集十二亿英髦同奔富裕；
珠还龙起舞，继五千年历史更创辉煌。

曲江安灵苑

月明雁塔，日照龙池，此是尘寰胜境；
情系唐都，神游汉苑，何须海上仙乡。

三兆公墓

休夸马鬣高封，五陵宿草埋翁仲；
别有牛眠吉地，三兆新楸荫后昆。

牛年元旦试笔

保安常砺角，负重更扬蹄。

酷暑偶得

愿为云里鹤，不羡酒中仙。

虎年春联

牛建丰功，喜赤县山川，遍铺锦绣；
虎添双翼，看三秦儿女，更展经纶。

药王宫

健身如治国。要扶正祛邪，保元固本，问四
海英才，谁为医圣？

济世先救人。能消灾解困，起死回生，赞三
秦大地，自有药王。

唐圭璋先生诞辰百周年献联

两全①传巨帙。开新路，奠宏基，词学勃兴瞻北斗；
四教颂宗师。培秾桃，育艳李，人才辈出忆南雍。

【注】
①两全，指《全宋词》《全金元词》。

于右任书法展

千秋书史开新派，一代骚坛唱大风。

天水龙园成纪殿

成纪三阳毓秀。看石门吐月，麦积摩云；仙人耸翠，赤谷流丹；玉泉飞殿，清渭萦村；蜗台布卦，南郭镌碑；至今美景纷呈，更联旧景添新景；

伏羲一画开天。赞作蜀兴儒，纪信扶汉；充国屯田，飞将御侮；德舆相唐，刘锜保宋；世甫工诗，其昌育士；自古名贤辈出，还望时贤继昔贤。

钱明锵西湖别墅

排门柳浪撩诗兴，泼眼钱塘助富源。

挽吴调公先生

辞章义理相辉，审美尤精人所羡；
诗论文评并美，知音顿失我何堪。

挽程千帆先生

鸿儒兴汉学，桃李无言，自有遗书传后代；
大笔赞唐音，蓬荜有字，每观斋榜忆同门。

慈恩寺山门

弘教慕唐僧，缩地鸾车来四海；
题诗追杜甫，摩天雁塔壮三秦。

慈恩寺大雄宝殿

伏魔乃大雄，殿耸唐都昭慧日；
救苦真先觉，门迎渭水渡慈航。

长沙贾谊故居

远谪何堪！旷世经纶馀两赋；
故居犹在，千秋文藻耀三湘。

挽陈贻焮教授

学苑失鸿儒，常留巨著开心智；
词林思化雨，永忆高歌动鬼神。

挽羊春秋教授

才情何富艳，几年扶病著书，尚涌波涛惊四海；
风雅共扬搉，一旦骑鲸去我，独挥涕泪望三湘。

新世纪祝福

日丽风和新世纪，国强民富大中华。

题《歌颂郑成功诗词集》

万弩驱鲸收宝岛，千家绣虎颂延平。

闽侯旗山风景区山门

　　摩天展翠旗，赏怪石，攀奇峰，穿芝洞，憩
莲宫，谁不恋尘寰福地？

　　映日开明镜，泛瑶池，游锦水，渡龙潭、涉
龟濑，何须寻海上仙山。

【注】
旗山山势如旗，一名翠旗山。

临海湖心亭

鱼戏湖心迎皓月，人来亭上赋新诗。

临海烟霞阁

浴日烟波摇阁影，耀天霞彩畅诗心。

临海大成殿

继圣希贤集大成，泽流四海；
仁民爱物开新运，道贯千秋。

临海骆宾王祠

山月常明，应知诗杰丞临海，
湖波乍涌，恍见文澜动则天。

【注】

骆宾王代徐敬业撰讨则天檄文，历数其罪恶，波澜迭起，武氏读"蛾眉不肯让人"，"狐媚偏能惑主"等句，犹勉强嬉笑；读至"一抔之土未干，六尺之孤何托"，矍然曰："谁为之？……宰相安得失此人？"

天水北宅子

抗疏救灾黎，遗爱千秋存北宅；

挺身批虐政，直声四海重东林。

【注】

北宅子为明万历太常寺卿胡忻故居。胡忻名列东林，直言敢谏，留有《欲焚草》四卷，收奏疏90多篇，揭露虐政，为民请命。其奏免矿税及赈灾等，秦民受惠尤深。"抗疏"，向皇帝上奏疏。"奏疏"之"疏"，读仄声。

天水南宅子

按察山西，廉风广被雁平道；

退居陇上，惠泽长流马跑泉。

【注】

南宅子为胡忻之父胡来缙故居。来缙任山西按察副使，整饬雁平道，"厘别宿弊，吏不能欺"，颇有政声。归里病卒，葬于马跑泉。

麦积山书画院

麦积峰高，千窟深藏六代画；

南山柏秀，百碑精刻二王书。

翠华山

天外山崩，旷古奇观惊世界；
云中瀑落，无边胜景壮中华。

陇城娲皇宫

毋轻抟土意，选良工细塑精雕，自有英才清玉宇；
须重补天功，任硕鼠明吞暗啮，何来美政济苍生？

云南巍山县拱辰楼

登楼揽胜，想古迹连绵，足征文化传西汉；
倚槛敲诗，看青山环绕，堪比明星拱北辰。

麦积山瑞应寺

瑞应启禅林，松涛万壑烟浮翠；
麦积开净土，佛影千龛雨洗尘。

昆明市官渡镇赐书楼

官渡竞千帆，振兴经济千秋业；
螺峰荣万卉，蔚起人文万卷书。

【注】
官渡螺峰村人王思训任太子侍读，告老还乡时乾隆赐书万卷，并书"赐书堂"匾。

香积寺

尘外钟鸣，王维诗咏香积寺；
云间塔耸，善导衣传净土宗。

自 勉

奋进天行健，宽容地好生。

兰州碑林

金城天险建仙园。辟荒峰，植嘉树，乍凝眸、
万间广厦飞来，凌霄耀日，溢彩流光，西部胜游
惊异景；

草圣家乡传笔阵。刻巨石，摩高崖，一弹指、
百代法书突现，卧虎跳龙，翔鸾舞凤，中华文化
赞奇观。

岳飞九百周年诞辰

壮志继先贤，禹甸山河归一统；
宏图兴大业，尧天日月耀全球。

李广公园

功大名高，公侯何足羡；
花繁果硕，桃李不须言。

挽钱仲联先生

上寿可期，一代吟坛朝北斗；
德星忽陨，五洲学苑哭宗师。

丁玲百周年诞辰

小说绘奇观，曾有长篇传异域；
散文拓新境，尚留小品记牛棚。

挽陈冠英

篆貌刻神，艺林争睹千奇印；
殚精尽力，梓里常留二妙碑。

汉阴三沈纪念馆

新学导先河，珠联鼎峙尊三沈；
法书开觉路，凤翥龙腾变二王。

少林寺天王殿

剑护十方，民康物阜；
龙行四海，雨顺风调。

四大天王亦称"护世四天王"，各护一天下。其中一天王持宝剑，一天王臂缠一龙。

少林寺大雄宝殿

除障伏魔开觉路；
消烦救苦渡慈航。

【注】
"大雄"，指佛有大力大勇，能伏魔除障。

少林寺方丈室

门迎慧日观拳谱；
室绕慈云见佛心。

长沙杜甫江阁

云外放歌，弘扬风雅追诗圣；
日边把酒，藻绘山河赞楚材。

杭州西溪景点联六则

深潭口

樟古不知年，翠盖擎天迎晓日；
潭深难见底，龙舟竞渡过端阳。

烟水渔庄

蒹葭皓曜休踏雪，烟水空濛且钓鱼。

秋雪庵

佛殿参禅，月明孤岛芦飞雪；
词林斗韵，日暖西溪柳舞烟。

梅竹山庄

月夜谈诗，山畔梅开香入户；
霜晨舞剑，庄前竹茂绿浮天。

西溪草堂

谈佛慕冯公，无边风月一溪水；
吟诗追杜老，有限乾坤两草堂。

高庄独醒斋

众鸟未喧晨读易，百花已睡夜敲诗。

芙蓉园联十二则 选四

紫云楼北正门二层

紫云腾瑞霭，倚槛赏心，崛起神州鹏展翼；
曲水泛新波，登楼纵目，勃兴西部锦添花。

西大门正门西立面

曲水风光冠九州，忆一代明君，揽胜寻幽下南苑；
大唐文化传千载，看八方俊侣，探奇抉奥入西门。

西大门正门东立面

万民同乐，四海交欢，想见盛唐气象；
万木争荣，千花竞艳，发扬华夏文明。

西大门正门东立面二层

喜琼楼丽日，玉殿披霞，已彩绘千秋御苑；
望绿树连云，嘉禾遍野，待金铺万里神州。

南大门（九天门）二则

（一）

读赋曾瞻双凤阙，吟诗今入九天门。

（二）

琪树花繁群鸟乐，御园门敞万人游。

北大门（春明门）二则

（一）

四海无双胜地，三秦第一名园。

（二）

江畔寻春，垂柳摇金朝日丽；
园中避暑，芙蓉出水午风凉。

剧院舞台

咫尺地迎来一代英豪，开创中华新历史；
顷刻间拓展千秋事业，做成世界大文章。

陆羽茶社水云轩

对绿水澄明，休谈酒史；
看白云飘渺，且品茶经。

杏园南大展厅内院立面

天道酬勤，赐宴杏园花似锦；
春风得意，题名雁塔马如龙。

杏园二门东立面

楼殿嵯峨唐气象，园林壮丽汉风神。

荥阳刘禹锡公园

贬官为革新，夔府和州怀政彦；
淑世宜追远，楚河汉界颂诗豪。

题《大家水墨》

水贮一钵涵日月，墨分五色绘山河。

教师节自勉

火热一腔兴国愿，光腾千首育才歌。

元旦试笔

目存沧海心存佛，胸有阳春笔有神。

梦游玄武湖为清洁工撰联

半吨垃圾两只手，满湖风月一条船。

右任翁《标准草书千字文》初版七十周年献联

茹古涵今，博练千文追草圣；
忧民爱国，共谋一统慰诗豪。

西湖冷泉飞来峰

远离闹市泉常冷，热爱名湖峰不飞。

台北版《唐音阁诗词集》跋

　　唐音阁诗六卷、词一卷，天水霍松林教授之心路历程，亦国家近半世纪之沧桑写照也。举凡师友交游、人生际遇、民族圣战、世局艰屯，可以兴观群怨者，无不纪之以吟；其题材之广、寓意之深、行踪之远、丁变之巨，古今诗人殆罕出其右者。曩余就学南雍，主修政治之馀，尝从陈师匪石治词学，得以同门之雅，获交松林，固已叹其诗宗老杜而兼昌黎，不为同光体裁所囿；至其词之力追碧山而溯清真，以承匪石师之法乳，则自惭有所弗及。未几，同游羊城，分袂渝州，音书阻绝，垂四十年。不意今春辗转获赠是集，诵之至再，更深叹故人之才情风格，足以衍派开宗。因忆于右公在日，颇以松林之未随东渡为惜。老友成惕轩教授于松林之思念尤深，誉为西北奇才，盼能序其吟稿。余获是集时，惕轩已于客岁夏至日归道山，终不得偿其夙愿，夫岂天耶！兹者，冯国璘学兄分其退休金之所得，将在台再版是集，以敦乡谊，兼弘诗教。躬逢其盛，爰为之跋，藉申怀念敬佩之忱。

　　　　黄帝纪元四千六百七十九年庚午秋姚蒸民谨跋

《唐音阁诗词集》在台再版跋

　　唐音阁主霍松林教授与余同里。昔年同客金陵，攻读于国立中央大学，虽所修学科不同，仍常相往来，且蒙时以佳作见示。余不能诗，而喜读诗。每读其作，无不悠然神往。其中尤以思亲廿四韵一篇，读之至再，不忍释手，至今犹保存于书箧中。

　　松林家学渊源，秉赋极高。肄业中文系，才华出众，深获文学院名教授胡小石、汪辟疆、陈匪石诸先生赏识，期许甚殷。金陵为人文荟萃之区，每逢重九登高或天文台雅集，莅会者皆诗坛一时豪英，松林虽在学，仍常被邀参加，为当日最年轻之诗人。革命元老于右任先生尤爱其才，时约谈诗至深夜。今则松林蜚声中国文坛多年，而先生早归道山，缅怀往事，诚不禁感慨系之。大陆巨变之际，余随右老来台，松林以道阻未克同行，从此音书隔绝，忽忽四十馀年矣！两岸开放后，松林隔海寄来《唐音阁吟稿》。故人情重，感何可言！病中读竟，惜其版本全采横行，字体又小，且多简笔，阅读十分费力，与四十年前流行之诗集迥殊，顿生在台再版之念，拟以繁体字直行印行，以保存中华文化固有之风貌。商之在台老同学姚蒸民教授，深以为然，姚亦松林之旧识也。此后书信往返数阅月，松林亦略道及直行印行之优点。得闻在台再版之议，欣然赞同，并与夫人胡主佑教授连夜改写繁体本寄余，复承蒸民于百忙中检出多种诗集版本，参酌设计，乃得完成斯愿。

庚午年秋天水冯季子国璘谨识

新编《唐音阁诗词集》跋

霍松林先生是享有世界声誉的诗人和诗歌理论家,我早就读过他的学术著作和诗词作品。一九八七年三月,我和先生在西安初次相识,请教了关于汉诗的若干问题,给我的汉诗研究开拓了新的视野。此后,我多次访问西安,在诗词理论的研究上继续得到先生的关怀和指点。先生的精深理论和人格力量给我的汉诗研究以莫大的支持和鼓舞。

我认为当今诗歌已经迎来了它历史上的一个很大的变革期,处在这个时期,霍先生就对我们显得特别重要。先生的诗词理论和作品,已经成为世界诗人的奋斗目标。

有三千年悠久历史的中华诗词,不仅是中华文化的一个大支柱,而且也是处于领导地位的中华文明的召唤,同时也给亚洲汉字文化圈的人们带来很大的影响。特别是我们日本人,最喜爱唐诗,并把它作为自己的诗歌典范继承下来。一九九六年在日中友好汉诗协会成立十周年之际,我特邀霍先生访问日本,并举办了讲演会,印发了先生的许多诗词作品。先生的讲演和诗词作品使众多日本诗人深受启迪和教益,给日本的汉诗发展以极大的积极影响。

我最近又一次访问西安,碰巧霍先生新编的《唐音阁诗词集》正待付梓,我有幸通读,十分振奋。祝愿它早日问世,为汉诗的繁荣和发展发挥巨大作用。

亚洲文化国际交流会会长、日中友好汉诗协会理事长棚桥篁峰

《霍松林诗词集》后记

　　1989 年，陕西人民出版社为我出版了《唐音阁吟稿》，只发行 3000 册，流传不广。1991 年，台北百骏文化事业有限公司为我出版了《唐音阁诗词集》，分精装、平装两种，繁体直行，纸张、印刷、装帧极精美，但发行于台湾及海外，大陆很少见到。2000 年，河北教育出版社为我出版《唐音阁文集》，包含论文集、鉴赏集、随笔集、译诗集、诗词集等五卷，约 440 万字，纸张、印刷、装帧也极精美，但只有总定价，对只购诗词集者造成困难。2004 年，北京图书馆出版社出版的《当代名家诗词集·霍松林卷》发行 3000 册，由于限制字数，删削较多，不无遗憾。

　　值得庆幸的是：中华诗词学会与北京中华典籍图书编著中心合作编印《中华诗词文库丛书》，承蒙关注，与我签订了自编诗词集的合同，经过教学科研之暇的多日忙碌，总算编出来了。

　　全集 13 卷，约 1200 首。诗词分编，先诗后词，都按写作时间顺序排列，以便读者联想写作背景，知人论世。河北版的《唐音阁诗词集》，前有钱仲联、刘君惠、程千帆、成应求、张济川诸先生的序和师友题咏；后有姚奠民、冯国璘、棚桥篁峰诸先生的跋而以附录的一篇赋与若干楹联收尾。凡此种种，这次全部入编，师友题咏和楹联，则各有增加。这对了解作为主体的 13 卷诗词不无好处，因而占用了一定篇幅。

从 1937 年夏至 1949 年冬，我忧时感事，勤于诗词创作，积稿盈箧，发表者也多，因而师友也多有题赠。惜乎浩劫中劫掠一空，劫后多方搜求，诗词仅得二分之一，徒唤奈何；师友题咏仅得寥寥数首，尤耿耿于怀。例如《今代诗坛》主编成惕轩先生品高学富，兼擅诗词、骈赋及书法，曾以《藏山阁读书图》嘱题，因成忘年交。我每有新作，即承率先发表，并先后赠诗多首，皆写成条幅，弥足珍贵。今拙作《望海潮·题惕轩藏山阁读书图》幸存，而赠我者却俱化劫灰！出乎意外的是我八十初度之时收到台北来信，内有著名诗人陈庆煌教授贺诗，其小序云：

松林教授早岁在南京与先师成惕轩先生友善，先师尝赠诗云："小园风雨盼君来，笑口尊前月几开。近局莫辞鸡黍约，妙年谁识马班才！钓鳌碧海今何世？市骏黄金旧有台。拔剑未须歌抑塞，良辰一醉付深杯。"欣逢霍教授及德配主佑夫人金婚及八秩双庆，谨追步先师元玉以贺嵩寿。

从天外飞来惕轩先生的一首赠诗，真是喜出望外！1949 年以前的师友题咏也就新增一首，其写作时间，大约是 1946 年秋季。改革开放以来，"四凶"既除，阶级斗争熄灭，人际关系日益改善，"诗词热"方兴未艾，诗人词家与我交好者指不胜屈，题赠之作也美不胜收。取十一于千百，于河北版"师友题咏"中增加十馀首编入新版，既珍惜友情，又借此一端以体现当今社会之和谐美好。至于师友们在题咏中所体现的殷切期望，则一息尚存，必当百倍努力，不敢懈怠。

《中华诗词文库》编委会主任郑伯农、周笃文先生审阅清样，不辞辛劳；秘书李葆国吟友负责校对，细致认真。这既是对我的爱护，更表现了对中华诗词事业的忠诚，心怀感激，谨致以由衷的谢意。

丁亥除夕霍松林写于唐音阁

〖附记〗

这次组织出版"中华诗词存稿"，将原本"中华诗词存稿"出版过的霍松林著《霍松林诗词集》和诗国漫步》二种合为《霍松林诗词诗论集》（前书为"诗词作品卷"，后书为"诗词诗论卷"），并对其加以编辑修改工作。特此说明。

中国书籍出版社编辑部
2019 年 12 月于北京